Je dédie ce livre à Emilia,
dont l'aide en fait pratiquement le coauteur.

Tous les personnages et événements décrits dans ce livre, y compris la présence régulière de sous-marins soviétiques auprès des côtes de Suède, Norvège, Italie, Etats-Unis, etc., constituent une pure invention de l'auteur, ce que confirme la longue tradition pacifique de la politique soviétique dans les diverses régions du globe.

L'auteur est en mesure de confirmer que les incursions occasionnelles des sous-marins atomiques soviétiques dans les eaux territoriales des pays occidentaux ne sont motivées par rien d'autre que la curiosité bien naturelle des marins soviétiques à l'égard des dernières nouveautés de la mode, de la parfumerie ou de l'horticulture européennes et n'ont rien à voir avec de quelconques objectifs militaires.

L'auteur remercie sincèrement M. Lev Roitman pour l'aide inappréciable qu'il a apportée à la rédaction et à l'édition de ce livre. De même exprime-t-il son immense reconnaissance aux amis qui l'ont secondé de leurs conseils, en particulier MM. Simon Tchaïevski, Lev Nitkine, Peter R., Léonide D., Youri R., Victor E., Raoul Glant et Mmes Nina Stein et Elfie Thorn-Taylor.

EDWARD TOPOL

La Substitution

ROMAN

TRADUIT DU RUSSE
PAR ALAIN PRÉCHAC

ROBERT LAFFONT

Titre original :

U-137

LA SUBSTITUTION

Edward Topol a travaillé plus de vingt ans comme journaliste et scénariste en U.R.S.S. Il a immigré aux Etats-Unis en 1978. Il est l'auteur de sept films, de deux pièces de théâtre et de trois romans : La Substitution *et, en collaboration avec Fridrich Neznansky,* Une disparition de haute importance, Une place vraiment rouge.

Le 28 octobre 1981, un sous-marin soviétique s'échoue dans des circonstances mystérieuses à dix milles des côtes suédoises, près d'une importante base militaire — « accident de navigation », plaident les Soviétiques devant l'indignation occidentale. Mais que se cache-t-il derrière les faits ?
L'énigme pourrait être résolue avec la collaboration du colonel Yourychev, de l'état-major soviétique, qui offre à la C.I.A. des renseignements contre la possibilité de se rendre à l'Ouest. La C.I.A. va donc engager un immigrant russe nommé Stavinski, sosie de Yourychev, et l'envoie en pseudo-voyage de noces en U.R.S.S. pour tenter un échange.
C'était compter sans le K.G.B., et sans l'amour, totalement imprévu au programme !
Avec *La Substitution,* Edward Topol confirme son rang parmi les grands du roman d'espionnage. Sur son terrain habituel, l'U.R.S.S., et avec sa technique favorite : partir d'événements réels et de personnages existants mêlés à son intrigue romanesque, il bâtit ici un suspense terrifiant dont le noyau est la guerre sismologique, nouvelle arme testée secrètement par les Soviétiques.
Voici donc un superbe thriller avec une très belle histoire d'amour. Quant à l'auteur, il ne sait pas très bien s'il s'agit là d'un roman de politique-fiction ou d'une histoire vraie...

Paru dans Le Livre de Poche
(Edward Topol et Fridrich Neznansky)

UNE DISPARITION DE HAUTE IMPORTANCE.

« On peut se passer de vivre, mais pas de naviguer. »

(Vieux proverbe grec)

PREMIÈRE PARTIE

LA FACE D'UN AUTRE

Secret

Au maréchal de l'Union soviétique D. F. Oustinov, Ministre de la Défense de l'U.R.S.S.

Veuillez informer la commission des Industries de guerre du Comité central du P.C.U.S., le Politburo du C.C. du P.C.U.S. et, personnellement, le camarade L. I. Brejniev de ce que, dans le but d'assurer à nos forces une supériorité militaire décisive sur les forces armées des pays de l'O.T.A.N., les équipes de chercheurs et d'ingénieurs militaires de l'Institut maritime (BP nº 16) et de l'Institut énergétique, rattaché au ministère des Constructions mécaniques (BP nº 78), ainsi que le groupe de commandement du détachement spécial de sous-marins de la flotte de la Baltique, ont accompli avec onze jours d'avance sur les délais prévus tous les travaux préliminaires relatifs au projet Emma. Les essais souterrains effectués en Yakoutie et au Pamir, et les essais maritimes effectués au large de la péninsule de Dikson ont prouvé le haut degré d'efficacité de la nouvelle arme stratégique, y compris dans les régions montagneuses ou de permafrost.

Il me semble normal, dans ces conditions, de proposer pour l'attribution de récompenses nationales le groupe de chercheurs dont le travail a permis la conception de l'arme stratégique, ainsi que les équipages des sous-marins U-137 et U-202, qui ont effectué les essais et la mise en place.

La réalisation pratique du projet industriel militaire Emma et la production en série de l'arme nouvelle dépendent maintenant de la décision du gouvernement.

Le maréchal de l'Union soviétique N. Oparkov,
Chef de l'Etat-Major général de l'armée soviétique.

Moscou, le 17 août 1981

1

« Vous vous appelez Stavinski? Roman Stavinski?

– Oui.

– Vous avez obtenu la citoyenneté américaine?

– Oui. Il y a deux mois.

– Mais vous avez la nostalgie de la Russie? »

Stavinski les regarda dans les yeux. Et il eut un sourire amer. Après tout, il se fichait bien maintenant de ce que l'on pensait de lui à la C.I.A. Il vivait dans ce trou de Portland, Oregon, depuis quatre ans déjà et les nostalgies qu'il pouvait éprouver ne regardaient personne. Il était désormais américain, avec tous les droits que cela impliquait, et il se fichait de la C.I.A.

« Oui, dit-il avec défi, j'ai la nostalgie de la Russie. Et alors?

– Vous voudriez y retourner?

– Non.

– Pourquoi?

– A peine arrivé à l'aéroport, on me fourrera en prison.

– Pour quelle raison?

– A cause des interviews sur les Soviets que j'ai données à vos stations de radio dès mon arrivée en Amérique.

– Vous vous êtes pourtant ensuite adressé à l'ambassade d'U.R.S.S. afin qu'elle vous permette de rentrer?

– J'étais plus jeune alors. J'aurais fait cinq ans et serais sorti à l'heure actuelle. Qu'est-ce que vous voulez de moi?

– Rien de particulier. Un petit service. Si l'Amérique ne vous plaît pas...

– Est-ce que j'ai dit une chose pareille?

– Eh bien, si vous avez la nostalgie de la Russie...

– Cela ne signifie pas encore que l'Amérique ne me plaise pas. C'est un pays remarquable et il n'y a qu'un homme ici que je déteste.

– Notre président? Parce qu'il détériore nos relations avec les Russes?

– Non. Moi. Je *me* déteste dans ce pays. Mais cela n'a rien à voir avec la C.I.A. Dans quel but êtes-vous venus chez moi?

– Pour vous aider à rentrer en Russie. »

Stavinski les regarda d'un air éberlué.

« Nous avons besoin de faire sortir quelqu'un de là-bas, dit l'un d'eux. Vous prendrez l'avion et... vous resterez là-bas. Lui, de son côté, viendra ici avec vos papiers. C'est tout. Nous vous donnerons, bien sûr, des papiers soviétiques établis à un autre nom, pour que vous puissiez habiter là-bas, ainsi que de l'argent... »

Stavinski décacheta un paquet de Marlboro, fit sauter une cigarette d'une pichenette, l'alluma et tira une profonde bouffée. Il les avait attendus six ans, ces djinns, et voilà qu'ils étaient venus. Ni de la mer ni d'une bouteille, mais de la C.I.A. Il aspira une fois encore la fumée. Il devait avoir bonne mine, avec sa barbe de plusieurs jours, son chandail sale, ses poches sous les yeux...

« Pourquoi est-ce moi que vous avez choisi?

– Parce que vous ressemblez à cet homme. Ou qu'il vous ressemble, comme vous préférez. Peut-être pas d'une manière absolue, mais nous saurons faire de vous des doubles parfaits. L'essentiel, c'est la forme du crâne, la couleur des yeux et encore quelques détails.

– Regardez, ajouta l'autre en déployant en éventail devant Stavinski un jeu de photos. Sur les premières, vous voici, Roman Stavinski, de face et de profil (Stavinski reconnut les photos qu'il avait fait faire, trois mois plus tôt, pour l'obtention de la citoyenneté américaine). Sur les autres, retouchées, c'est encore quelqu'un qui vous ressemble, mais avec de petites différences (le nez légèrement plus court, les cheveux coupés ras et les oreilles un peu dissemblables). Vous voyez? On peut vous transformer et nous obtiendrons un autre visage. Celui-ci, ou bien un autre. Vous rajeunirez même un peu. Cela vous dit?

– Et qui est-il, cet homme? demanda Stavinski. Quelqu'un d'important? un espion? ou un dissident?

– Nous ne nous sommes pas encore mis d'accord, fit le premier. Pour l'instant, vous n'avez pas à savoir ces choses-là. Alors? Votre réponse? »

Stavinski se renversa en arrière dans son fauteuil. Il réfléchissait. Ces fils de chiennes ne parlaient pas mal le russe. Sans doute étaient-ils allés plus d'une fois en Russie.

« Et si, une fois arrivé à Moscou, j'allais tout droit au K.G.B. pour leur raconter l'histoire?

– Cela nous étonnerait. Votre fille reste ici.

– Oui, mais elle est américaine et ne peut être tenue pour responsable de ce que fait son père. Et elle va épouser un Américain. Qu'est-ce que vous pourriez lui faire ?

– Hmm..., fit l'un des deux. Evidemment, si c'est dans cet état d'esprit que vous voyez les choses, il vaut mieux que vous ne partiez pas. Nous avons d'autres candidats. »

Et il fit semblant de se lever.

« Attendez, dit en souriant Stavinski. Est-ce que j'aurais moi aussi des doubles ?

– Pas exactement..., mais on peut faire ressembler la copie à l'original de plusieurs manières. Nous avons consulté aux archives du F.B.I. les photos de six mille émigrés russes de votre âge et en avons sélectionné trois. Si vous refusez, nous en avons encore deux en réserve.

– Inutile de me faire du chantage, fit Stavinski. Donc, si j'accepte, je dois rester là-bas. Et si j'ai envie de revenir ici ? »

Ils firent un signe d'impuissance.

« Pourquoi en auriez-vous envie ? Lorsque vous vous êtes adressé à l'ambassade d'U.R.S.S., vous leur avez bien demandé de rentrer définitivement ? Vous étiez même d'accord pour passer un certain temps en prison, pourvu qu'on vous permette d'habiter de nouveau votre chère Russie. Nous vous faisons la même proposition, mais sans la prison. Nous vous payons le voyage et vous donnons un authentique passeport soviétique, ainsi que tous les autres papiers. Bien sûr, vous ne vous appellerez plus Stavinski mais, par exemple, Ivanov ou Yégorov, à votre choix. Vous trouverez un travail, vous reprendrez votre place dans la société. Les dentistes sont partout bien acceptés, n'est-ce pas ? »

L'un des deux se leva.

« ... Et en ce qui concerne une éventuelle trahison

de votre part... nous aussi, nous avons des hommes de l'autre côté. Ils sauront retrouver le traître. Mais nous vous proposons un marché honnête... Réfléchissez jusqu'à mercredi. Voici notre numéro de téléphone. Si vous ne nous appelez pas d'ici mercredi, ce sera que vous n'êtes pas d'accord. Oubliez alors notre conversation. Au revoir.

– Une minute! Ce numéro de téléphone, c'est l'indicatif d'un autre Etat...

– 202 : l'indicatif de Washington. Vous pouvez nous appeler en P.C.V., nous paierons l'appel.

– Ce n'est pas ce que je voulais dire. Je voulais vous demander ceci : vous êtes venus exprès de la côte Est pour me voir?

– Oui. Dans l'intérêt de notre pays, qui est encore aussi le vôtre. Je parle de l'Amérique, précisa l'un des deux, et tous deux sourirent.

– Mais je vous ai aperçus à la pêche, il y a une semaine, au bord de la Columbia...

– Vous auriez encore pu nous apercevoir au bar qui est juste en face, à votre clinique dentaire et en d'autres lieux. Nous faisions votre connaissance *de visu*. Vous avez d'autres questions à nous poser?

– Bien sûr. Des quantités!

– Nous vous répondrons maintenant à Washington, si vous nous appelez d'ici mercredi. A bientôt! »

Ils sortirent.

Stavinski alla à la fenêtre. Il les vit du premier étage se diriger sans se retourner vers une Chevrolet bleue, y prendre place et disparaître. En voilà une affaire! se dit-il. Encore une chance qu'Olia n'ait pas été à la maison. Cependant, s'ils l'observaient depuis au moins une semaine, ils connaissaient aussi l'emploi du temps de sa fille. A quoi rêvait-il, d'ailleurs? La Russie! Moscou! Pendant les trois années qui avaient suivi son émigration aux

Etats-Unis, il avait rêvé de l'odeur du lilas qui poussait sous la fenêtre de son appartement moscovite. Et tout au long de ces six années, il avait vu en rêve des minettes moscovites. Jamais, il n'avait rêvé d'une Américaine. Pourtant les putes d'outre-Atlantique étaient aussi douées que les Russes, elles faisaient exactement les mêmes choses. Il n'empêchait que... Restons calme. Il avait quarante-six ans, une maison, un assez bon travail, deux voitures (et quelles voitures! Il n'aurait même pas osé en rêver en Russie, où Jigouli et Lada représentent le summum du luxe), sa fille Olia qu'il aimait. Qui d'autre d'ailleurs aurait-il pu aimer? Cette maison, où il n'avait rien à faire lorsque Olia n'était pas là? (Elle y venait de moins en moins souvent et cesserait bientôt complètement.) Barbara, la vendeuse du 7-Eleven chez qui il passait deux nuits par semaine? Que pouvait-il encore aimer, dans ce pays? Il y était venu trop tard, beaucoup trop tard. De là-bas, en Russie, l'Amérique lui paraissait un pays idéal, féerique. Il y avait ici tout ce qui manquait en Russie : des voitures somptueuses, des hôtels, des millionnaires, des voyages autour du monde, des avions privés et des yachts. Mais... tout ce qu'il avait été en Russie lui manquait ici. Il n'était plus personne ici, il n'était plus rien : rien qu'un assistant dentaire dans une clinique rattachée à un institut, qui fabriquait des prothèses pour de vieilles femmes. Encore une chance que son père lui ait appris ce métier dès son plus jeune âge, et que sa mère l'ait obligé à faire des études de médecine! Sinon il aurait simplement baissé les bras, comme périssent tous les journalistes quadragénaires qui émigrent ici, quelque super brillants qu'ils aient pu être dans leur pays d'origine, la Russie. A quoi pouvaient-ils bien servir ici, avec cet anglais monstrueux qu'ils savent à peine parler, et encore moins écrire? Oui, il était arrivé trop tard. Les immigrants ont bien raison de dire que l'Amérique semble d'abord un pays aux possibilités illimitées et que ce n'est qu'ensuite que l'on comprend que ces possibilités ne sont pas faites pour nous. Il faut être né ici, ou au moins y être arrivé à l'âge d'Olia, à douze ans. Arriver ici la quarantaine passée, c'était un coup de poker, un suicide. Alors que faire? Retourner? Une telle possibilité se présentait une fois dans la vie. Non : une fois dans six mille vies, puisque c'était le nombre d'émigrés dont ils avaient consulté la fiche. Mais abandonner Olia? Vivre là-bas sous une autre identité? Constamment craindre d'être arrêté? Le moindre détail, la plus petite bêtise le trahirait immanquablement! Ces Américains ne soupçonnaient même pas le système des recoupements en vigueur en U.R.S.S.! Le livret militaire, le livret de travail, l'autorisation de résidence! Il suffisait que n'importe qui vérifie une seule ligne d'un questionnaire, envoie une demande à son précédent lieu de travail supposé et il était cuit! Et ce serait le K.G.B. sous sa pire forme. On lui décollerait le foie et les poumons, on lui ferait tomber chaque dent et, finalement, il serait fusillé comme traître à la patrie et comme espion. Et aucune Amérique ne l'aiderait, et la Russie resterait indifférente...

Il se versa un plein verre de brandy et l'avala d'une traite.

2

« Tu penses qu'il acceptera? » demanda Robert Caroll à Mac Kerry, qui garda le silence.

Qu'est-ce qu'il en savait, si ce Stavinski accepterait ou non? Ils avaient fait tout ce qu'ils avaient pu et étaient en paix avec leur conscience. Ils l'avaient filé une semaine entière, avaient appris par cœur tous ses déplacements dans Portland et conclu qu'il n'avait en cette ville ni amis ni proches, que ces émigrés russes ne se fréquentaient pratiquement pas entre eux et fréquentaient encore moins les Américains, que ses seules passions étaient le yacht-club du samedi et la pêche dominicale, et ses seules relations sexuelles celles qu'il entretenait avec Barbara, la vendeuse du 7-Eleven chez qui il passait la nuit le lundi et le mercredi. En dehors du travail, il passait tout le reste de son temps libre chez lui, à bricoler ses voitures ou à regarder la télé. Sa fille étudiait à l'université, où elle disparaissait des journées entières, s'était trouvé un *boy-friend* américain et partait avec lui en camping lorsqu'elle était libre. La solitude, voilà ce qui devait pousser Stavinski à accepter. Pas l'argent : la solitude. A en juger d'après sa biographie, il avait été en Union soviétique un énergique journaliste de télévision, qui avait parcouru toute la Russie en déplacements. Il avait vécu en Sibérie, à Moscou, à Leningrad, en Asie centrale. Pour un type aussi actif, se retrouver à quarante-six ans à Portland comme simple technicien d'un laboratoire dentaire équivalait à être enterré vivant. Logiquement, il devait accepter. Logiquement. Mais qui pouvait deviner? S'il refusait, toute l'opération, qui ne tenait plus qu'à un fil, échouerait : ils n'avaient plus personne en réserve et Mac Kerry avait bluffé à propos des deux autres. C'est-à-dire qu'il y avait bien eu deux autres candidats, mais *avant* Stavinski, et tous deux avaient refusé de retourner en U.R.S.S. Stavinski était leur dernière carte. S'il ne partait pas, ou réfléchissait encore pendant deux ou trois semaines, le colonel Yourychev, adjoint au chef d'Etat-Major général de l'armée soviétique pour les recherches stratégiques, resterait à Moscou et oublierait ses velléités de défection...

Trois semaines plus tôt, très exactement le 28 août 1981, le correspondant à Moscou du *Washington Herald* Jacob Stevenson photographiait le monument funéraire de Nikita Khrouchtchov, au cimetière de Novodiévitchi, pour un reportage qu'il préparait sur le dixième anniversaire de la mort de l'ancien dictateur. Non loin de là, dans une allée, un homme d'âge moyen, en civil, était assis auprès d'une petite tombe d'allure modeste et buvait du cognac à même la bouteille. Stevenson pensa que c'était un alcoolo moscovite du type ordinaire et décida de le photographier. Pas mauvais comme cliché, un clochard russe en train de biberonner dans le cimetière réservé aux hommes d'Etat soviétiques! Mais à peine Stevenson avait-il braqué son appareil en direction de l'homme que celui-ci se leva brutalement, fit de la main un geste d'interdiction et s'adressa à lui :

« Vos papiers! dit-il d'une voix rauque. Vous n'avez pas le droit de me photographier sans mon autorisation.

– Et vous, vous n'avez pas le droit de me demander mes papiers, répliqua Stevenson qui avait maintenant l'occasion d'examiner son visage soigné à l'expression autoritaire et au regard coupant, avec une silhouette à l'allure sportive.

– Vos papiers! ou j'appelle la milice et vous resterez à la fois sans pellicule et sans appareil. »

Quoique voilé, le ton du Russe était sans réplique. En trois années de séjour à Moscou, Stevenson avait appris que seuls parlaient ainsi les détenteurs du pouvoir.

« Je suis un journaliste américain, dit-il. Voici ma carte de presse. »

L'homme le regarda dans les yeux, prit sa carte de correspondant accrédité, compara la photo avec l'original et grommela enfin :

« La bête vient se jeter dans les pieds du chasseur... Vous voulez boire un coup? »

Dans le même temps, il jeta un bref regard tout autour de lui, mais il n'y avait personne, pas un chat. A neuf heures du matin, en semaine, qui visite les cimetières?

« Merci, fit Stevenson gêné. Mais je... je ne bois pas au goulot...

– Dommage, dit l'homme en souriant. Tant pis, nous boirons peut-être ensemble un autre jour, dans un autre endroit. Mon fils est enterré ici, cela fait aujourd'hui deux mois qu'il est mort... Bon, fit-il en examinant à nouveau attentivement le visage de Stevenson. Ecoutez-moi bien. Je m'appelle Yourychev et je suis adjoint au chef d'Etat-Major général de l'armée soviétique pour les recherches stratégiques. Vous comprenez que je suis au courant de tout ce qui peut intéresser la C.I.A., et même davantage. Voilà : faites-leur savoir que je désire passer à l'Ouest. Je suis un personnage que l'on garde tellement au secret que je n'ai pas le droit de demander un visa de sortie et ne puis par conséquent quitter seul l'U.R.S.S. C'est pourquoi je leur propose le marché suivant : s'ils me font sortir d'U.R.S.S., je leur donnerai toute l'information, tous les renseignements secrets en ma possession...

– Oui, mais je ne travaille nullement pour la C.I.A., je suis journaliste...

– Arrêtez! Vous êtes américain et vous comprenez ce que signifient pour votre pays les plans militaires soviétiques. A vous de voir comment vous leur transmettrez ma proposition. Mais soyez prudent et ne faites rien à l'intérieur de l'ambassade des Etats-Unis : le K.G.B. a posé partout des écoutes, même dans la chambre à coucher de votre ambassadeur. Vous m'avez compris?

– Oui, dit Stevenson. Mais il y a un problème. Comment puis-je savoir si vous n'êtes pas un agent du K.G.B.? Ils aiment bien monter des provocations contre les journalistes étrangers, en particulier américains. Et même si vous n'êtes pas un agent du K.G.B. et ne me montez pas une provocation, où est la garantie que vous ne changerez pas demain d'avis et resterez fidèle à votre désir de passer à l'Ouest? Vous comprenez que, à l'instant, vous... venez de boire une demi-bouteille de cognac! »

Yourychev fixa ses yeux sur ceux de Stevenson.

« Oui, c'est un raisonnement logique de votre part, fit-il d'un ton rêveur, comme s'il soupesait quelque chose dans son esprit. Bon. Pour que la C.I.A. accepte mon offre, il faut naturellement qu'elle ait la certitude que je suis moi et que je sais certaines choses... »

Il ferma à demi un œil et sourit à nouveau.

« D'accord! reprit-il. Puisqu'on entre dans le décor, allons-y carrément. Vous allez leur transmettre ceci : début octobre, un sous-marin soviétique s'échouera sur un haut-fond à proximité des côtes suédoises. On proclamera haut et fort que c'est un accident. Mais ce ne sera pas accidentel, c'est une opération mûrement préméditée. En quoi cette opération consiste, c'est ce que je raconterai, avec bien d'autres choses, si l'on me fait passer à l'Ouest. »

Il parlait d'une voix tranquille et équilibrée. Plus tard, en racontant à David Mac Kerry les détails de cette conversation, Jacob Stevenson fera la remarque que la première impression, tout extérieure, que Yourychev avait faite sur lui, avec sa bouteille à la main et sa voix éraillée, celle de l'alcoolo moscovite typique, s'était dissipée à la seconde même où il lui avait adressé la parole. Ce Yourychev possédait une volonté et une force intérieure peu communes : une demi-bouteille de cognac, pour lui, c'était une bagatelle, presque un verre d'eau. Il avait aussi pensé, toujours lorsqu'ils étaient au cimetière, que la vie venait peut-être de lui offrir une remarquable intrigue pour un roman policier. Tout journaliste rêve d'écrire un polar qui devienne un best-seller, et le succès ne dépend bien souvent que de l'originalité du sujet. Et soudain un tel sujet! Même si toute l'affaire se résumait à une provocation montée par le K.G.B., on pourrait tourner cela autrement dans le roman.

« Très bien, dit Stevenson. Je ferai ce que vous me demandez. Comment vous contacter?

– Pas la peine, dit Yourychev. Il est de toute façon impossible de me téléphoner et mon adresse est ultra-secrète. Il n'est pas non plus nécessaire de nous rencontrer de nouveau : je vous ai tout dit.

– Mais comment vous trouver si...

– S'ils acceptent ma proposition? Ils l'accepteront. Quand le sous-marin s'échouera au large de la Suède, ils l'accepteront. Dites-leur par conséquent que, lorsque le sous-marin aura accompli sa mission et sera rentré en U.R.S.S., je prendrai un congé. Je partirai pour une réserve sur la Viatka, afin de chasser et de me reposer. C'est de là qu'il faudra me faire revenir, en m'envoyant une simple lettre ou un télégramme avec comme expéditrice mon ex-femme Galia. Un texte banal et un lieu de rendez-vous, afin que je puisse m'absenter au cours de mon congé. C'est clair? Retenez l'adresse : Région de Kirov, réserve " Bois des Bandits ", au garde forestier Anikine pour Yourychev. Répétez. »

Stevenson répéta docilement l'adresse.

« Adieu! dit Yourychev. Dites-leur que si je ne reçois pas là-bas de lettre ou de télégramme, l'affaire est annulée. C'est tout. »

Et il commença à se diriger d'une démarche ferme vers la sortie du cimetière, mais s'arrêta presque aussitôt.

« Stop! fit-il. Maintenant, vous pouvez me photographier : ils en auront besoin... »

Cinq jours plus tard, David Mac Kerry était à Stockholm; Stevenson s'y rendit aussi de Moscou pour vingt-quatre heures. Les Russes occupaient l'Afghanistan, massaient des troupes aux frontières de la Pologne et de l'Iran, armaient ouvertement la Syrie, la Libye et Arafat, leurs sous-marins atomiques se promenaient à proximité des bases de l'O.T.A.N. : Dieu seul savait ce qu'ils pouvaient mijoter ou planifier puisqu'ils avaient l'art de garder secrète toute information : non seulement la leur, mais même celles qu'ils pêchaient dans la presse américaine! Dans un tel contexte, un personnage de l'envergure de l'adjoint au chef de l'Etat-Major général chargé des recherches stratégiques était un véritable cadeau pour la C.I.A., qui décida naturellement de ne pas laisser passer l'occasion. Le patron du département U.R.S.S. de la C.I.A., Daniel J. Cooper, convoqua dans son bureau David Mac Kerry et Robert Caroll et leur confia personnellement cette opération.

« Gardez le secret le plus absolu, même pour la C.I.A., leur dit-il en riant. Pour tout le reste, agissez en mon nom. Toutes nos possibilités sont à votre service. Si un sous-marin soviétique s'échoue réellement au large de la Suède, cela signifiera que ce Yourychev n'est pas un piège du K.G.B. mais une tête pensante : il aura livré une information secrète pratiquement sans risque pour lui-même, mais en gardant la clef du secret dans sa poche. C'est pourquoi nous ne devons pas perdre de temps et être prêts dès la fin septembre à faire sortir cette clef de Russie. Il faut rencontrer d'urgence ce journaliste, ce Stevenson, et obtenir tous les détails de sa conversation avec Yourychev. Mais l'essentiel, c'est d'imaginer le moyen de le faire sortir. Par bateau, depuis Riga? Odessa? Vladivostok? Occupez-vous donc de cela. Dans une semaine, j'attends un plan opérationnel, avec plusieurs variantes. »

Mac Kerry et Caroll compulsèrent dans les archives de la C.I.A. tous les renseignements concernant le personnel de l'Etat-Major soviétique. Mais les renseignements qu'ils obtinrent sur Yourychev étaient des plus minces : quelques transfuges mentionnaient son nom parmi les jeunes officiers soviétiques à avancement particulièrement rapide. Il avait fini le cycle de l'académie de l'Etat-Major général en 1970, puis avait été nommé à l'état-major de la R.M. d'Extrême-Orient, juste pendant le conflit armé sino-soviétique, et avait ensuite été muté à Moscou, à l'Etat-Major général. C'était tout. Mais le seul fait que Yourychev ait été muté à quarante ans d'un état-major de province à l'Etat-Major général signifiait beaucoup de choses. Il aurait bien sûr été formidable de faire aussitôt un saut à Moscou, afin de jeter un coup d'œil sur ce Yourychev, au moins de loin, encore mieux de le rencontrer et de convenir avec lui de tous les détails de son évasion, mais Mac Kerry décida de ne pas prendre de risques. D'après les renseignements de la C.I.A. et les informations fournies par les journalistes, Moscou était restée même après les Jeux olympiques, inondée de miliciens et d'agents secrets du K.G.B., et tous les étrangers se voyaient suivis dans la rue presque ouvertement. C'est pourquoi Mac Kerry prit l'avion pour Stockholm plutôt que pour Moscou, et Stevenson lui confirma qu'il avait bien fait. Lui-même s'était retrouvé seul au cimetière de Novodiévitchi, mais par un pur hasard : en trois années de travail à Moscou, il en avait tellement eu par-dessus la tête de ces fichus limiers du K.G.B. que, ces derniers temps, il avait pris l'habitude en sortant de chez lui de se diriger directement vers leur voiture et de leur communiquer lui-même son emploi du temps pour toute la journée. Comme il le respectait ensuite à la lettre, il s'était gagné leur confiance. Les *guébéchniks* chargés de Stevenson rédigeaient depuis lors leurs rapports avec une totale décontraction, presque en avance sur les événements, et eux-mêmes, au lieu de le suivre en permanence, en profitaient pour s'absenter de temps à autre. Ils rentraient chez eux, faisaient la queue pour acheter de la viande ou des saucisses, ou même allaient visiter leurs petites amies. Ce jour-là, tout se passa de même : Stevenson leur fit savoir qu'il voulait faire un saut au cimetière afin de photographier la tombe de Khrouchtchov, qu'ensuite il irait à une exposition de jeunes peintres à la salle de la Grande-Rue de Géorgie, ferait des achats dans cette même rue au magasin d'alimentation en devises réservé aux étrangers (Stevenson expliqua à Mac Kerry qu'on ne trouvait rien dans les magasins ordinaires et qu'il fallait faire la queue même pour acheter de la viande congelée). Les guébéchniks demandèrent à Stevenson de leur acheter au magasin en devises une cartouche de cigarettes américaines et deux poulets, l'accompagnèrent au cimetière et filèrent chacun vers ses affaires personnelles avant de l'attendre, deux heures plus tard, Grande-Rue de Géorgie... Mais un tel degré de confiance, précisa Stevenson, n'était possible que parce qu'ils se connaissaient depuis deux ans. Il aurait été absurde pour Mac Kerry de se rendre en ce moment à Moscou :

impossible de savoir si l'on est ou non suivi, et comment rencontrer ce Yourychev sans adresse ni numéro de téléphone dans l'annuaire? C'était pratiquement impossible. Seule maigre possibilité : l'épier à l'entrée de l'Etat-Major général. Mais c'était encore plus absurde et Stevenson fut le premier à en rire, en transmettant à Mac Kerry les photos de Yourychev.

Après avoir rencontré le journaliste, Mac Kerry décida de se fier au hasard. Une dizaine de variantes comportant le passage clandestin de Yourychev à bord d'un bateau étranger faisant relâche à Odessa, Riga ou Vladivostok furent examinées et mises en réserve comme trop dangereuses, compliquées et peu sûres, surtout si l'on pensait à la méticulosité des douaniers soviétiques. Sans compter que les bateaux américains étaient rares en ce moment en U.R.S.S. Quant à se fier à des Hollandais ou à des Japonais... Mac Kerry et Caroll proposèrent à leurs chefs un autre plan, à la fois simple et élégant : échanger Yourychev contre quelqu'un d'autre. Au cours des dix années écoulées, plus de cent mille Soviétiques avaient émigré aux Etats-Unis. Sur ce nombre, deux mille avaient demandé à l'ambassade soviétique à Washington l'autorisation de rentrer en U.R.S.S. un mois après être arrivés aux Etats-Unis, ce qu'on leur avait bien sûr refusé. Outre ces deux mille, il y en avait certainement un certain nombre encore qui ne s'étaient pas risqués à cette démarche, connaissant le sort réservé à celles de leurs prédécesseurs, en sorte que Mac Kerry et Caroll pouvaient considérer comme parfaitement réaliste l'idée de trouver dans cette masse un homme qu'une opération de chirurgie esthétique rendrait semblable à Yourychev. Le reste, comme on dit, n'était affaire que de technique et de tactique bien conduite. Le patron approuva l'idée, Mac

Kerry et Caroll s'enfermèrent aux archives et, en une semaine, dénichèrent trois candidats. Trois jours furent encore totalement perdus à essayer vainement de décider les deux premiers. Aussi ne se jetèrent-ils pas aveuglément sur Stavinski et préférèrent-ils l'étudier une semaine entière. Mais tout ce plan génialement conçu était maintenant suspendu dans les airs : il échouerait si cet émigré de Roman Stavinski refusait leur proposition de rentrer en U.R.S.S. Il faudrait en revenir à l'idée de faire sortir Yourychev par voie de mer, dans une caisse, au cas où... Au cas où un sous-marin soviétique s'échouerait réellement quelques jours plus tard sur un haut-fond non loin de la Suède.

On était le 19 septembre et, d'ici l'époque annoncée par Yourychev, il restait environ deux semaines...

A l'aéroport de Portland, Mac Kerry et Caroll rendirent la Chevrolet bleue à l'agence de location et prirent le premier vol pour Washington.

3

Stavinski téléphona le mardi.

« Je suis d'accord, dit-il. Mais à certaines conditions.

– Bien, lui répondit Mac Kerry. Arrivez et nous en parlerons. Quand pouvez-vous partir?

– Il y a dans deux heures un avion pour Washington.

– O.K. Nous vous accueillerons à l'aéroport Dulles. Qu'avez-vous dit à votre fille?

– Que j'avais un rendez-vous dans un hôpital de Washington où l'on me proposait de travailler.

– Excellent. Elle est chez vous en ce moment?
– Non. Elle est à l'université.
– Laissez-lui un mot précisant qu'au retour vous passerez par New York pour voir des amis. »

On peut considérer que, dès cette minute, toute l'opération fut mise en route. En ce qui concernait les conditions posées par Stavinski, sauf si elles étaient vraiment trop aberrantes, ils seraient bien obligés de les accepter.

Ils eurent du mal à le reconnaître. Du Stavinski précédent, barbu et voûté, au visage éteint et aux yeux vides, il ne restait pas trace. Ils virent descendre de l'avion un monsieur à l'apparence jeune, qui se tenait bien droit, les épaules dégagées, et souriait d'un air paisible. Stavinski était vêtu d'un costume gris tout neuf et portait un petit attaché-case.

« Salut! dit-il à Mac Kerry et à Caroll. L'agent 007 est arrivé. Comment allez-vous? Pour être franc, j'ai une terrible envie de bouffer. On nous a donné dans l'avion une espèce de poulet pas mangeable, et encore, du côté de Chicago. Allons dans un restaurant chinois, c'est moi qui invite. »

Mac Kerry et Caroll sourirent. Le nouveau Stavinski leur plaisait infiniment plus que l'ancien. En ce qui concernait le restaurant, dès le moment où Stavinski avait donné son accord, il passait intégralement sur le budget de la C.I.A. On lui avait déjà réservé une chambre à l'hôtel, un rendez-vous avec un chirurgien esthétique et même... un cadavre, celui qui serait officiellement le sien : un corps non identifié après un accident de la route, que la police présenterait quelques jours plus tard à sa fille.

Ils le conduisirent dans un restaurant chinois du centre, sur la Connecticut Avenue. Tout en regardant Washington depuis la voiture, Stavinski ne cessa de s'exclamer :

« Ça, c'est une ville! Presque l'Europe! Dommage seulement qu'il y ait ici autant de Noirs. A Portland, il n'y en a pas... »

Au restaurant, il commanda avec l'assurance d'un connaisseur des côtelettes de porc et des crevettes avec une salade chinoise, ainsi qu'une bouteille de vin français par personne, et prévint à nouveau Mac Kerry et Caroll de ne pas se gêner et de demander ce qu'ils voulaient car c'était lui qui payait. Puis il referma le menu d'un coup sec, alluma une cigarette et dit :

« O.K. Passons maintenant aux choses sérieuses. Voici quelles sont mes conditions. *Primo* : je ne partirai pas seul, il me faut une épouse pour m'accompagner. Ne faites pas les yeux ronds, j'ai réfléchi à tout. Lorsqu'un touriste seul arrive en U.R.S.S. cela met aussitôt en alerte les services de sécurité. Autre chose quand il s'agit d'un couple. Bien sûr, ce serait encore mieux de faire le voyage avec des enfants, mais c'est trop de tracas et ils peuvent lâcher des bourdes. Nous nous passerons donc d'enfants. Mais une femme, c'est une chose indispensable. Elle partira avec moi et reviendra avec lui. Que pensez-vous de cette idée? Elle peut être ou ne pas être de chez vous, c'est votre affaire, mais l'essentiel c'est qu'elle n'ait jamais mis les pieds en Russie, pour qu'elle n'ait pas de dossier au K.G.B. Par contre, et c'est non moins essentiel, il faut qu'elle sache au moins un peu de russe. Elle et non moi. Je ferai le voyage avec une écharpe autour de la gorge, comme quelqu'un qui a pris froid, afin de n'avoir nulle part à parler anglais. Sinon mon accent me trahira immédiatement. »

Il ne lui était pas nécessaire de s'étendre davantage : Mac Kerry et Caroll avaient saisi l'idée dès qu'il l'avait énoncée et ne pouvaient que ressentir eux-mêmes de la jalousie : comment n'y avaient-ils pas pensé les premiers? Bien sûr, trouver une Américaine qui baragouinerait le russe simplifierait une quantité de problèmes à la douane. Stavinski pourrait la passer sans ouvrir la bouche et Yourychev, au retour, ferait de même avec sa gorge prétendument enrhumée. Une gorge enrhumée, c'était une idée excellente, on ne pouvait que l'en féliciter. Quelles autres conditions pouvait-il encore avoir à poser? Bien sûr, lui choisir une compagne de route n'était pas une chose si simple, et les délais étaient maintenant réduits. Il fallait refaire tous les papiers commandés pour lui. Et surtout, comment obtiendraient-ils en quinze jours un visa pour l'U.R.S.S.? L'ambassade soviétique examinait avec la plus extrême méfiance toutes les demandes formulées en urgence. Cependant... le jeu en valait la chandelle et le boss apprécierait. Il n'y aurait qu'à envoyer Caroll à Monterey et à San Antonio, auprès des écoles du renseignement. Il verrait là-bas quelle femme conviendrait...

« Alors? demanda Stavinski. Qu'en pensez-vous?

– Accordé, dit Mac Kerry. D'accord pour la femme, l'idée me plaît. Et à toi? fit-il en se tournant vers Caroll.

– A moi aussi, dit ce dernier.

– Oui, *mais*! fit Stavinski en soulevant sa côtelette d'un air important. Sachez que n'importe quelle bonne femme ne fera pas l'affaire.

– Nous ne sommes malheureusement pas à Hollywood, dit Caroll. Ce ne sera pas Miss Univers.

– Je n'ai pas besoin de Miss Univers, répliqua Stavinski. Je me contenterai de Miss Oregon. Non, sérieusement : le physique m'importe peu. Il faut seulement que ce soit une femme entre trente et trente-cinq ans et qu'elle soit futée. O.K.? Je ne lui ferai pas la cour : il y a en Russie une quantité de bonnes femmes dont vous ne pouvez que rêver, en Amérique. Donnez-moi seulement le moyen de m'y rendre! »

Et il planta dans la côtelette ses dents bien saines avec une force telle que l'os en craqua.

Ce Stavinski avait une poigne solide, pensa Mac Kerry, qui associa son image à celle de Barbara, la brunette lymphatique du 7-Eleven. Cette nuit, elle dormirait seule.

« Condition numéro deux, poursuivit Stavinski, j'ai besoin pour la Russie de deux jeux complets de papiers soviétiques, à deux noms différents. L'un totalement honorable, avec des mentions positives concernant la promotion professionnelle et une carte du parti. L'autre comportant la mention que j'ai effectué une peine de camp quelque part dans le Nord, de préférence à Salékhard : crime passionnel ou déprédation.

– Et cela, c'est pour quoi faire? demanda Mac Kerry que ces détails amusaient : on aurait dit que c'était Stavinski qui travaillait à la C.I.A. et non eux, tant il avait bien imaginé les détails.

– C'est très simple, dit Stavinski en passant de la côtelette aux crevettes chinoises qu'il arrosa d'une sauce rouge. Il est clair que je ne pourrai pas rester à Moscou. Dans un premier temps, disons deux ans, je gagnerai la Sibérie, où un homme normal de mon âge ne se rend pas de lui-même. Cela peut paraître étrange, mais après une peine de camp c'est une autre affaire. Il a tué sa femme, fait son temps, n'a pas de famille et ne sait où aller : c'est pour cela qu'il est venu en Sibérie, à la recherche d'un travail bien payé. Or personne ne vérifiera scrupuleusement l'authenticité de papiers de ce type : il faudrait être vraiment idiot pour imaginer contre soi-même une fausse accusation de meurtre et une peine de camp.

– Mais on peut rencontrer quelqu'un qui a effectivement été en camp au même endroit. Surtout en Sibérie, où il y a quantité de détenus libérés. Il faut connaître les détails de la vie au camp...

– Je les connais. Grâce au Ciel, on a vu arriver en Occident une énorme quantité d'anciens *zeks*. Et chacun a déjà eu le temps de publier deux ou trois livres sur son expérience. Moi-même, lorsque j'étais en U.R.S.S. j'ai un jour écrit pour *Milice soviétique* une sorte de reportage sur un « camp modèle » de la région de Salékhard, où j'ai même vécu quelques jours. Pas dans un baraquement pour détenus, bien sûr, mais dans la pièce affectée aux visites. Il n'empêche que c'était dans la *zone*. Je connais donc suffisamment de détails pour nourrir une conversation à bâtons rompus sur la vie dans un camp. Je parle même un peu la langue des truands.

– D'accord, dit Caroll, nous vous trouverons un dictionnaire de l'argot des camps, vous vous entraînerez.

– Dernier point, dit Stavinski. Et probablement le plus important. Cette opération, ajouta-t-il en pinçant avec ses baguettes du riz et des légumes chinois, vous coûtera en plus de tout le reste la somme de cent mille dollars. Je ne pense pas que ce soit une grosse somme et je n'en ai pas moi-même besoin, mais je dois penser à ma fille et à mes futurs enfants. Oui, figurez-vous que j'ai l'intention de faire encore un enfant ou deux lorsque je serai là-bas, en Russie. Peut-être viendront-ils ici un jour. Eh bien, je ne veux pas qu'ils commencent comme moi, comme des immigrants misérables. Si l'on place aujourd'hui ces cent mille dollars, dans quinze ou vingt ans cela fera, avec les intérêts, un tiers de million. Avec une somme pareille, on peut en Amérique commencer sa vie dans de bonnes conditions. »

4

« Le budget de l'opération commence à être assez joyeux, dit le boss. Cent mille dollars, une épouse, de faux papiers, une opération chirurgicale... Et pourquoi s'est-il installé au Sheraton? Il n'y a pas d'hôtel plus modeste? C'est quand même cent trente dollars par jour!

– Il en paie cent lui-même. Il veut vivre ce qu'il lui reste à vivre ici sur un grand pied ou, comme il dit, « comme un être humain ». Il a apporté avec lui sept mille dollars et veut les dépenser jusqu'au dernier *cent* avant son départ. Il a loué une Corvette, d'un modèle sportif...

– Il boit?

– Pas en ce moment. A Portland, il buvait par nostalgie, parfois jusqu'à perdre connaissance. Mais actuellement, il ne boit pas.

– Les nanas?

– Il a fait venir hier dans sa chambre une Japonaise et une Philippine, répondit en riant Mac Kerry. Il leur a donné cent dollars à chacune. Ce matin, il nous a expliqué que c'était sa manière de dire adieu à l'Occident : en Russie, il n'y a ni Japonaises, ni Philippines.

– Vous les avez contrôlées? Il ne leur a pas fait de confidences sur l'opération projetée?

– Elles ont été contrôlées et tout va bien.

– Bien... Récapitulons : six mille pour l'opération de chirurgie esthétique, huit mille pour le voyage touristique en Russie, catégorie luxe... Pourquoi luxe, au fait? Il n'y a pas moins cher?

– Il ne veut pas moins cher, il est prêt à compléter de sa poche. Mais la raison principale, c'est que si l'on demande la catégorie luxe, l'ambassade d'U.R.S.S. donne plus vite les visas : le besoin de devises!

– Ecoutez, Mac Kerry, combien, à votre avis, les Soviets donneraient-ils pour avoir les plans stratégiques du Pentagone? »

Mac Kerry haussa les épaules.

« Je l'ignore. Je ne les leur ai pas encore proposés.

– O.K., dit le chef qui apposa son paraphe pour approuver le budget de l'opération. Vous avez le feu vert! Qui lui affectez-vous comme femme?

– Caroll a pris hier l'avion pour San Antonio, afin de voir ce que l'on peut trouver là-bas.

– Je pense que c'est une mauvaise idée. Les Russes peuvent avoir des photos du personnel et des stagiaires de cette école. Vous savez fort bien qu'ils font ici, un tout autre travail que nous chez eux. Rappelez-vous les paroles d'Arkadi Chevtchenko : rien qu'à New York, il y a trois mille agents soviétiques. Non, rappelez Caroll, il faut imaginer autre chose. Il faut que ce soit une femme qui n'a jamais mis les pieds à la C.I.A.

– Mais nous n'avons plus le temps de recruter!

– O.K., dit le boss. Nous allons immédiatement régler cette question. »

Et il décrocha un appareil de liaison spéciale à haute fréquence :

« Soyez gentille, mademoiselle, donnez-moi le standard de Los Angeles. Merci. Le standard? Donnez-moi, je vous prie, le syndicat des figurants de Hollywood. Excusez-moi, mademoiselle, je ne connais pas le numéro. C'est le 672-7744? Merci, mademoiselle. Allô? Le syndicat des figurants? Ici le producteur Mac Kerry, de Washington. Je commence à tourner un film sur des Russes. J'aurais besoin d'une femme de trente à trente-cinq ans, américaine, sachant au moins un peu le russe. La durée du contrat? Hmm!... Au minimum un mois. O.K., mon assistant vous rappellera d'ici une heure. Quel est votre nom? Mlle Rudolf? Très heureux, merci. Pas plus compliqué que cela, dit-il en reposant l'appareil.

– Mais... fit Mac Kerry d'une voix étonnée.

– Tout marchera comme sur des roulettes, dit le boss en souriant. Je ne connais pas d'actrice qui refuse un pareil rôle. Même Greta Garbo et Marlène Dietrich ont travaillé pour les services de renseignements. Téléphonez-lui d'ici une heure et vous aurez, au minimum, cinq fiancées pour votre Stavinski.

5

Toute sa vie, Virginia Part avait souffert de l'existence de Romy Schneider. Certes, la célèbre actrice ne s'en doutait nullement, mais quelle importance cela avait-il? Qu'elle le sût ou non, elle ne pouvait empêcher le fait que Virginia Part lui ressemblait comme deux gouttes d'eau : c'étaient les mêmes yeux, le même visage, la même silhouette et jusqu'à la même démarche. La seule différence, c'était que Virginia avait huit ans de moins qu'elle. Mais c'était un des rares cas où Virginia aurait accepté de changer d'âge avec sa rivale et même de vieillir, disons, de deux ans. Elle aurait alors devancé Mme Schneider et serait devenue une célébrité, tandis que la pauvre Romy aurait été condamnée à s'entendre dire du matin au soir : « Oh! comme vous ressemblez à Virginia Part! » Bref, c'était justement cette ressemblance qui avait empêché Virginia d'accéder à de grands rôles. Que n'avait-elle pas entrepris, dans sa jeunesse, pour modifier son apparence extérieure! Elle avait changé de coiffure, de teinte de cheveux, s'était habillée en garçon, avait appris à marcher différemment. Mais chaque fois qu'un imprésario transmettait à un producteur sa photo par l'intermédiaire d'un assistant, il se heurtait à la même réponse : « Ah! Romy Schneider numéro deux? Non, si l'on doit prendre Schneider, que ce soit l'original! » En fin de compte, trois imprésarios avaient renoncé à s'occuper d'elle, puis cela avait été le conservatoire d'art dramatique de la célèbre Sonia Moore, à New York, où Virginia avait appris le système Stanislavski auprès d'un metteur en scène immigré. De même, en partageant son lit, avait-elle plus ou moins appris le russe. Mais ni Stanislavski ni une autre aventure qu'elle avait eue avec un nouvel imprésario n'avaient réussi à la tirer de l'ornière et, à trente-quatre ans, Virginia Part semblait vouée pour le restant de ses jours aux rôles de figurante. Depuis un certain temps, elle avait cessé de lutter avec le sort et de s'épuiser avec des régimes. Qui s'intéresse au tour de hanches d'une figurante si celle-ci se trouve de toute façon au deuxième, au troisième, voire au quatrième rang?

« Allez vers les héros, mais efforcez-vous de ne pas vous mettre en valeur! » « Buvez votre café avec votre amie, bavardez avec elle d'une manière vivante, mais sans faire de grands gestes, ne détournez pas sur vous l'attention des spectateurs! » « Ici, vous tournez le dos et, quand l'héroïne passe, vous sortez à droite », etc. Oui, les héros passaient constamment devant elle, au premier plan, tout comme l'éclat de la vie hollywoodienne, et elle avait déjà pris le pli de se tenir dans l'ombre, au second plan, dans la vie comme pendant les tournages.

Elle habitait un hôtel à bon marché d'Altadena, à une heure de Hollywood avec sa vieille Pontiac, avait en moyenne de cinq à sept jours de prises de vues par mois, c'est-à-dire qu'elle gagnait moins que la plus modeste des secrétaires et s'ingéniait encore avec cet argent à entretenir son boy-friend, un jeune acteur comique de vingt-trois ans arrivé six mois plus tôt du Canada pour prendre Hollywood d'assaut. Elle n'était pas vraiment amoureuse de lui et éprouvait plutôt pour lui une sorte de sentiment maternel : elle désirait passionnément le voir percer, et c'est pourquoi elle lui faisait faire le tour des imprésarios d'elle connus et l'attendait le soir pendant des heures à son hôtel pendant qu'il traînait dans les cafés avec des jeunes de son âge, fauchés comme lui, futurs conquérants de Hollywood, acteurs, imprésarios, producteurs et metteurs en scène de films qui n'avaient pas encore vu le jour.

Elle n'éprouvait pas de jalousie, même lorsqu'elle savait, ou devinait que Marc la trompait. Elle se laissait aller. Elle aurait probablement paru avoir le même âge que sa rivale allemande si cette dernière n'avait pas fait tout ce qu'elle pouvait pour paraître plus jeune, observé un régime et utilisé les services d'une esthéticienne personnelle.

Le coup de téléphone de Mac Kerry la surprit au cours d'une de ces soirées de solitude forcée.

« Allô, mademoiselle Part? Ici David Mac Kerry, à Washington. Que penseriez-vous d'un contrat d'un mois, avec un voyage en Russie? »

Ce qu'elle en pensait? Virginia se sentit un pincement au cœur; sa bouche se dessécha. Elle n'avait jamais entendu parler d'un producteur se nommant

David Mac Kerry, mais il y avait un grand nombre de producteurs indépendants sur la côte Est. Un tournage en Russie! Et si c'était le fameux *Gorky Park*, le best-seller dont tout le monde parlait?

« C'est... c'est *Gorky Park*? demanda-t-elle d'une voix rauque.

– Non, c'est un autre policier, répondit Mac Kerry et, rien qu'à la voix, elle comprit qu'il avait souri. Alors, reprit-il, quelle est votre réponse?

– Quand ont lieu les prises?

– Si vous êtes d'accord, nous voudrions que vous soyez demain à Washington. »

Un remplacement! Bien sûr, c'était simplement un remplacement. Une actrice était tombée malade, ou avait renoncé au rôle; le tournage était déjà en cours à Washington et ils avaient un besoin urgent de quelqu'un pour jouer ce rôle. L'amour-propre de Virginia se sentit légèrement blessé, mais elle se reprit aussitôt en riant : elle, parler d'amour-propre! C'était peut-être sa dernière chance! Pourquoi tardait-elle à répondre? Bien sûr, il aurait fallu demander le montant du cachet, il aurait fallu marchander, mais...

« Je suis d'accord, fit-elle dans l'appareil.

– Parfait! Vous pouvez partir ce soir? Nous commanderions maintenant le billet et vous accueillerions demain matin. »

Quel manque de chance, sa plus belle robe était au pressing! Et Marc qui n'était pas là et rentrerait Dieu savait quand! Mais si les prises avaient lieu dès le lendemain...

« Pourquoi? On tourne déjà demain?

– Presque. Alors? Vous pouvez prendre l'avion?

– Bien. Je... je le prendrai. Heu... Comment s'appelle votre film? »

Le film? Hum!...

Mac Kerry toussa délicatement.

« Ah! notre film? Eh bien, il s'appelle *La Face d'un autre*. Ciao! Je vous rappelle dans un quart d'heure pour vous donner l'heure de votre vol. Vous aurez assez de deux heures pour vous préparer? »

6

Stavinski gisait dans une chambre particulière. Un gros pansement de gaze recouvrait son visage. L'opération avait eu lieu : on avait modifié la forme de ses yeux, égalisé et quelque peu retroussé son nez et un peu aplati ses oreilles trop décollées. Le médecin avait dit qu'on enlèverait le pansement de ses yeux au bout de trois jours, celui du nez au bout d'une semaine et que Stavinski serait alors vraiment un très bel homme. Il avait d'abord été question de lui faire un lifting, pour faire disparaître ses rides d'émigration (Yourychev avait sur les photos un visage bien en chair et soigné; ses cheveux étaient coupés court, comme il est d'usage à l'armée), mais le médecin avait déclaré que l'on pouvait s'en passer : pour rattraper Yourychev, Stavinski devait prendre du poids et grossir d'environ dix livres. Une alimentation riche en calories, l'air pur de la clinique de Virginie, les promenades : tout cela ferait disparaître sans lifting les rides de son visage.

Mais il n'était pas pour l'instant question de promenades : on l'avait opéré la veille et tout son visage était recouvert d'un gros pansement. Ainsi allongé sur son lit, il avait l'impression d'être dans une complète obscurité, avec des élancements dans les cartilages du nez et les commissures des yeux qui lui donnaient envie de se gratter. Ce dernier détail était rassurant : il signifiait que les tissus vivaient, se cicatrisaient, et Stavinski, qui était lui-même un peu médecin, se sentait rassuré et réconforté à cette idée. Mais le plus ennuyeux, c'était qu'il ne savait comment passer le temps : pas question de regarder la télévision!

Il tendit la main vers la table de nuit. Sa main se heurta tout d'abord au téléphone, mais il l'abaissa et trouva la commande à distance de la télévision : il pouvait au moins écouter les nouvelles. Il fit successivement tous les programmes mais comprit au bout d'une minute que c'était peine perdue : à midi, en Amérique, tous les téléspectateurs jouent à leurs débiles jeux télévisés, où ils doivent deviner le prix d'un meuble ou d'un tube de pâte dentifrice, à moins qu'ils ne regardent des dessins animés ou des films d'horreur. C'est peut-être mieux que d'écouter les « nouvelles des champs kolkhoziens », comme on en diffuse au même moment à Moscou, mais voir des dessins animés les yeux fermés est une absurdité. Stavinski ferma le poste et chercha au jugé le combiné téléphonique.

« Bonjour, puis-je vous être utile? répondit aussitôt la standardiste locale.

– Le docteur Lawrence, je vous prie, dit Stavinski, en tenant le récepteur à quelques millimètres de son oreille bandée.

– Une seconde... »

Quoiqu'il dût attendre plus d'une seconde, il ne s'en passa pas plus de vingt avant qu'il n'entendît au bout du fil la voix à l'enthousiasme forcé du chirurgien qui l'avait opéré :

« *Hi there,* monsieur Stavinski! Comment allez-vous? Vous ne souffrez pas?

– Tout va bien, répondit Stavinski. Mais on peut mourir d'ennui, ici.

– Voulez-vous que je vous envoie une infirmière pour qu'elle vous fasse la lecture? Ou préférez-vous un somnifère léger?

– J'ai une autre idée.

– Laquelle?

– Je voudrais faire venir une fille... Vous voyez ce que je veux dire...

– Je comprends très bien, monsieur Stavinski. Mais vous n'avez pas encore le droit de faire des mouvements brusques. En outre..., cela n'entre pas dans le budget de vos soins!

– Et si je paie moi-même, en liquide, sans faire des mouvements brusques? Si je fais venir une Japonaise? Vous comprenez qu'elle fera tous les mouvements elle-même... »

Lawrence éclata de rire :

« Je vois que vous n'aimez pas perdre votre temps à ne rien faire!

– C'est qu'il ne m'en reste pas tellement. Alors? Vous me le permettez?

– Cette fantaisie vous coûtera dans les trois cents dollars, mon cher : il y a le service et, en outre, le taxi depuis Washington, et le retour. Bon, je vais vous aider à faire des économies, si vous n'insistez pas pour avoir une Japonaise. Ou bien c'est indispensable?

– Qu'est-ce que vous pouvez me proposer?

– Je vais vous envoyer Uku Tan, c'est une infirmière coréenne. Notre clinique facture le service cent dollars. Vous saisissez? Par contre tout sera fait dans les limites actuellement tolérables pour vous et vous pourrez payer ce service à crédit ou par chèque, lorsque vous quitterez la clinique. Nous n'indiquerons pas en clair le nom du service, en sorte que vous pourrez déduire ces dépenses de vos revenus. »

« Particulièrement important dans mon cas,

pensa en riant à part lui Stavinski. Fichue Amérique, où l'on peut acheter n'importe quoi, et ce sont encore eux qui vous expliquent comment faire pour obtenir le meilleur prix, pourvu seulement qu'on achète chez eux plutôt qu'ailleurs! »

« D'accord, envoyez-moi votre Coréenne. Quel âge a-t-elle?

– Monsieur, les Coréennes de moins de quarante ans n'ont pas d'âge et celle-ci, je vous l'assure, n'a pas quarante ans. Le reste n'a pas d'importance pour vous, n'est-ce pas?

– O.K. Merci, docteur.

– *Bye*. Je vous reverrai demain à la salle de soins. »

Stavinski raccrocha l'appareil et pensa qu'il n'avait pas encore eu de Coréennes. Cent dollars, bien sûr, cela n'était pas une bagatelle. En arrivant en Amérique, il avait travaillé à l'usine pour deux dollars vingt-cinq de l'heure et, même maintenant, cent dollars représentaient pour lui deux jours de travail; mais au diable l'argent! Là-bas, en Russie, tous ces plaisirs seraient gratuits. En attendant..., l'essentiel c'était que le docteur Lawrence fasse savoir aux gens de la C.I.A. qu'il faisait la fête à l'hôpital. Sûr qu'il le leur ferait savoir. Et ce serait parfait. Des filles et encore des filles : japonaises, coréennes, mulâtresses, c'était la plus convaincante des preuves qu'il avait l'intention de quitter pour toujours l'Occident. Mais ils auraient tort de croire qu'il s'était résigné à sentir le glaive du K.G.B. suspendu pendant le restant de ses jours au-dessus de sa tête. Des clous! Il avait probablement eu tort de lâcher, à Portland, qu'il courrait aussitôt tout raconter au K.G.B. Mais d'un autre côté il avait bien fait : il savait maintenant que cela serait dangereux pour Olia. Non, la C.I.A. devait se persuader à Moscou même que chacun de ses gestes serait irréprochable et, alors, elle laisserait Olia en paix. Et c'était pour cela qu'il avait imaginé de demander une compagne de voyage : elle serait le meilleur témoin possible pour la C.I.A. L'argent aussi, les cent mille dollars, il les avait demandés pour qu'ils fussent certains qu'il ne les vendrait pas, faute de quoi il perdrait cet argent. D'un autre côté, si ce double se faisait pincer en quittant l'U.R.S.S., ce ne serait pas de sa faute, à lui Stavinski. Dieu savait quels détails pouvaient couler quelqu'un à la douane! En revanche, cela couvrirait aux yeux du K.G.B. la perte de prestige qu'il avait causée à l'Union soviétique avec ses interviews idiotes à « Radio-Liberté ». Et même au-delà. Après quoi ce qu'il resterait de tout cela, ce seraient avant tout ses « mérites devant la patrie pour avoir démasqué des agents de l'impérialisme ». Il pourrait alors vivre tranquillement en Russie – pas en Sibérie, à Moscou! Et même la C.I.A. ne pourrait rien lui reprocher : serait-ce de sa faute, à lui, si son double s'était rendu coupable de maladresse sur un point de détail?

... La porte s'ouvrit sans presque faire de bruit et l'infirmière coréenne Uku Tan entra :

« Bonjour, monsieur. Comment vous sentez-vous? »

7

Il pleuvait à verse, comme cela arrive à Washington à la fin d'un été caniculaire, lorsque les pluies permettent enfin aux habitants de respirer. Mac Kerry et Caroll (il l'avait rappelé de San Antonio) accueillaient Virginia Part à l'aéroport.

« Miss Virginia Part, annonça la radio, vous êtes priée de vous rendre au bureau d'information. »

Debout auprès du stand, juste à côté de la pancarte « Information », ils attendaient avec curiosité de savoir à quoi ressemblait la Virginia Part que le flot de passagers allait leur envoyer. Dommage que cela ne soit pas cette brune hâlée au visage large et aux fesses en goutte d'huile qui venait de passer sans se retourner en entendant l'annonce. Peut-être par jalousie masculine, ils n'auraient su l'expliquer, mais ils n'auraient pas aimé que Stavinski héritât d'une vraie star hollywoodienne. Tout d'abord cela aurait sans doute compliqué l'opération, car on sait que les stars ont un caractère de cochon et peuvent jouer n'importe quel tour, ensuite parce que... Dieu savait bien encore pourquoi!

« Excusez-moi, êtes-vous monsieur Mac Kerry? »

Ils avaient devant eux une jeune femme à lunettes, aux cheveux châtains et à l'apparence calme, un peu boulotte pour une actrice, vêtue d'un imperméable de couleur claire et une petite valise à roulettes à la main. Elle leur rappelait vaguement quelqu'un, mais ils étaient incapables de mettre un nom sur ce visage.

« Mac Kerry. C'est bien moi. Et vous?

– Je suis Virginia Part.

– Très heureux de faire votre connaissance. Voici mon assistant, M. Caroll. »

Mac Kerry s'empara de la poignée en acier de sa petite valise.

« Si vous voulez bien... »

Ils sortirent et se mirent à attendre à l'angle de l'aérogare la voiture que Caroll était allé chercher. Mac Kerry observait Virginia à la dérobée et s'efforçait de l'évaluer. Elle semblait correspondre parfaitement à ce qu'ils recherchaient. Tout d'abord, ce n'était absolument pas une star hollywoodienne.

Elle était du genre calme et tout en elle, de ses doux yeux noisette à ses manières femme d'intérieur, montrait qu'elle serait docile. Mais inversement pouvait-on escompter qu'une femme aussi terrestre aurait envie d'accepter une mission aussi délirante? Ce n'était pas à lui, grâce au ciel, de se charger de la convaincre : le boss avait déclaré qu'il le ferait lui-même. Il les attendait maintenant au Hilton. La C.I.A. préférait ne pas faire venir dans ses bureaux ses collaborateurs occasionnels et les rencontrait dans des hôtels où elle louait des chambres spécialement pour ces rencontres. C'était certes pour dissimuler leurs opérations aux yeux des services des pays de l'Est, mais aussi et surtout pour ne pas compromettre aux yeux de la population ceux qui collaboraient avec eux. Que l'on propose à l'Américain moyen, dit normal, une simple conversation au F.B.I. ou à la C.I.A., il se révoltera et refusera de s'y rendre. Tous les liens avec ces deux organismes sont considérés comme une sorte d'acte honteux, comme si collaborer avec son propre gouvernement, choisi grâce à un scrutin démocratique, était tenu par la majorité de la population pour une chose inconvenante. Mais que l'on vienne discrètement chez cet Américain, sans que personne le sache ou le voie, et il racontera tout ce qu'il sait, et même davantage, sur ses connaissances et sur tous ceux que l'on voudra...

« Nous allons maintenant nous rendre à l'hôtel, dit Mac Kerry, et vous ferez la connaissance de notre patron. »

Il évitait soigneusement, tout comme lors de leur première conversation, des termes propres au cinéma tels que « producteur », « metteur en scène », etc. Et pour détourner complètement son esprit de ce genre de conversation, il lui demanda en montant dans la voiture :

« Parlez-vous russe?

– *Da, nièmnochko,* répondit-elle en russe avec cet accent charmant qui arrondit et allonge le *o* en *o-o* et transforme le *j,* inexistant en anglais, en *ch.*

– Où avez-vous appris le russe?

– A New York, au studio d'art dramatique où j'ai étudié le système de Stanislavski. J'y avais un professeur de russe qui... était mon ami », ajouta-t-elle avec simplicité.

Il faut contrôler ce boy-friend, nota intérieurement Mac Kerry qui échangea un regard avec Caroll, et ce dernier comprit que cette tâche lui reviendrait. La probabilité de liens entre le boy-friend et le K.G.B. était presque nulle, mais il valait mieux ne pas courir de risques. Aussi Caroll demanda-t-il comme par hasard, avec l'enthousiasme d'un ancien New-Yorkais :

« Ah! vous avez donc habité New York? Et quand cela?

– Il y a huit ans, cela fait longtemps.

– Et quel était ce studio? Le Juilliard?

– Non, c'était l'école de Sonia Moore », répondit-elle, un peu étonnée quand même que ces gens du cinéma ne sussent pas que le système de Stanislavski n'était enseigné que dans cette école.

Ils étaient arrivés à l'hôtel et l'accompagnèrent à sa chambre.

« Aurez-vous assez d'une heure pour vous remettre de la route? demanda Mac Kerry qui regarda sa montre et ajouta : Même un peu plus, nous déjeunons à midi et demi avec le patron. Vous y arriverez?

– Naturellement. Où dois-je me rendre?

– En bas, au restaurant. Nous vous y attendrons. »

Virginia aurait eu très envie de leur poser des questions sur le film et sur le rôle qu'elle devait y jouer, de savoir quels étaient les autres acteurs, les vedettes, mais ils n'abordaient pas eux-mêmes ce thème et cela ne lui était pas commode. On ne lui avait encore jamais proposé de rôles autres que ceux de figurante et elle ne savait pas comment se comporter en pareil cas. Le mieux était certes d'attendre car le producteur lui expliquerait probablement tout en détail. Elle défit sa valise et alla prendre une douche : elle devait s'efforcer d'être la plus belle possible pour cette rencontre capitale. Dommage quand même qu'elle n'ait pas demandé quel rôle était le sien, afin de ne pas commettre d'impair, pour la robe ou la coiffure. Elle avait remarqué à l'aérodrome le regard inquisiteur de Mac Kerry. Elle y avait lu du doute, de l'incertitude. Ils n'allaient quand même pas renoncer maintenant à ses services! Après tout, ils l'avaient fait venir de Hollywood, lui avaient proposé un contrat... Il fallait se tenir en main, rester calme et égale. Ni nervosité ni affectation : être soi-même. C'était tout. Il y avait longtemps qu'elle avait perdu l'espoir d'obtenir un vrai rôle. S'il lui échappait, elle ne perdrait rien... Tout en se persuadant de la sorte d'être bien calme, d'éviter la nervosité et les émotions, Virginia se mit au lit afin de sommeiller un quart d'heure après son voyage et de raviver son teint. Elle était déjà couchée lorsqu'elle se souvint de Marc. Il aurait fallu lui téléphoner, mais pas maintenant... Elle aurait le temps plus tard.

8

Daniel J. Cooper, le patron du département U.R.S.S. de la C.I.A. était âgé de cinquante-trois ans.

Il n'avait jamais mis les pieds en Russie et pourtant il aimait ce pays peut-être autant que son Amérique natale. Il connaissait tout de la Russie, ou plutôt tout ce qu'elle avait de meilleur. Il parlait admirablement le russe et aimait étonner ses subordonnés et les Russes émigrés avec lesquels il avait l'occasion de bavarder en cette langue. Il avait lu et retenu une grande partie des classiques russes et avait avalé plusieurs fois, non seulement par amour de la littérature mais aussi par devoir professionnel, tout Soljenitsyne, Maximov et autres écrivains dissidents, ainsi que presque tout le *samizdat* russe. La Russie répandait son sang en ces pages où l'on voyait l'énorme pays se tordre à l'agonie sous le talon du K.G.B. et des sphères supérieures du parti communiste. Un gouvernement impudent éliminait à l'intérieur du pays le moindre signe de désobéissance et s'efforçait de gagner, avec plus d'impudence encore, la confiance des âmes naïves des peuples occidentaux. Qui donc d'ailleurs, sinon le directeur du département U.R.S.S. de la C.I.A. connaissait aussi bien non seulement la situation générale de la Russie, mais aussi des centaines et même des milliers de petits détails particuliers? Et pourtant, en dépit de tout cela, de ces lectures et de cette expérience, une sorte de mouvement intérieur de résistance à l'information l'empêchait de considérer comme authentiques toutes les horreurs du régime soviétique. Il en va de même aujourd'hui des touristes qui visitent Buchenwald ou Auschwitz et s'exclament en voyant les monceaux d'os humains, les fours crématoires et les paquets de cheveux compressés : « Est-ce que tout cela a vraiment existé? » Ils savent que cela a existé, ils le voient, et pourtant...

C'était justement ce sentiment intérieur de l'irréalité du monstre contre lequel il menait une guerre secrète, joint à l'espoir secret que le monstre lui-même devait respecter des normes humaines, qui avait gêné le travail de son prédécesseur Barry Christopher et le gênait lui-même, quoiqu'il s'efforçât de se libérer, et de libérer ses subordonnés, de semblables illusions. « On n'affronte pas un ours en gants blancs, avait-il coutume de se répéter et de répéter aux autres. C'est pourquoi nous n'avons pas à faire preuve de délicatesse dans nos relations avec eux. » Et il s'efforçait également d'imiter ses adversaires du K.G.B. en prenant à leur contact des leçons d'impudence et d'intransigeance impitoyable.

Ces dernières années, les services soviétiques se conduisaient en U.R.S.S. avec un culot véritablement exceptionnel. Non seulement ils achetaient aux Américains par des pays tiers l'appareillage électronique le plus sophistiqué, non seulement ils commandaient directement à des sociétés américaines, grâce à des sociétés fictives travaillant pour eux à leur mise au point, des circuits intégrés dont ils avaient besoin pour leur propre industrie de guerre, mais maintenant leurs hommes, tirant parti d'une loi absurde interdisant aux membres de la C.I.A. et du F.B.I. de se montrer sur le territoire du Congrès, en profitaient pour s'y promener en toute insolence et liberté. Dix jours plus tôt, un membre des services secrets soviétiques, officiellement attaché de l'air adjoint, un certain Youri Léonov, était encore entré en toute simplicité dans le bureau de l'adjoint d'un des membres du Congrès, à qui il avait demandé une copie du plan secret de déploiement des fusées stratégiques MX. Cette histoire avait fait le tour des journaux, mais on l'avait immédiatement oubliée et tout continuait comme par le passé. Les agents soviétiques faisaient de l'espionnage industriel au sein des entreprises américaines produisant de l'appareillage optique, du matériel électronique, des lasers, etc., et, grâce à des pots-de-vin, le chantage ou tout simplement le vol, réussissaient à obtenir des échantillons de produits interdits à l'exportation vers l'U.R.S.S. Chaque jour qui passait apportait de nouveaux rapports dans ce domaine. Tantôt, c'était une société californienne qui, en dépit de l'interdiction du président en personne, avait vendu aux Soviétiques des miroirs pour installations laser utilisés dans l'industrie de guerre soviétique, tantôt c'étaient deux agents soviétiques qui avaient pénétré par effraction dans les locaux d'une grande compagnie de radio où ils avaient volé les plans de production d'appareillages secrets, tantôt encore l'Union soviétique qui achetait de la manière la plus « légale » à l'Amérique un équipement sismographique servant à la prospection du pétrole mais s'en servait pour rechercher au fond des mers non pas le pétrole mais les... sous-marins américains.

On pouvait même affirmer sans crainte que l'U.R.S.S. était redevable aux Etats-Unis d'Amérique d'un grand nombre de ses succès dans la production de matériel militaire. Leurs agents se sentaient comme des poissons dans l'eau dans ce pays démocratique où ils achetaient des ordinateurs, de l'équipement secret, des projets techniques, des entreprises technologiques tout entières et même... des banques! On avait récemment réussi à arrêter au tout dernier moment l'achat d'une banque par les agents du K.G.B., mais combien d'entreprises, de bureaux de construction, de compagnies électroniques, de banques et autres organisations en tout genre continuaient-elles encore à travailler secrètement, en Amérique, pour le compte des Soviétiques?

Il fallait absolument trouver le moyen de répondre à ce déploiement d'insolence. La Suède leur avait vendu récemment, malgré les protestations des Américains, un appareillage de surveillance aérienne, et c'était maintenant auprès des côtes suédoises qu'un sous-marin soviétique avait choisi de s'échouer! Bien sûr, ce serait une bonne leçon pour les Suédois, mais quelle opération les Soviétiques projetaient-ils donc? Ils ne risqueraient pas un scandale à retentissement mondial pour le simple plaisir de la chose. C'était donc que le jeu en valait la chandelle, ou, comme on dit en russe, la peau de mouton le corroyage! Il était d'autant plus important de réussir l'évasion du colonel Yourychev. La chose devait être bien faite. La partie qui s'annonçait était simple et presque géniale, si on la jouait correctement. Or, ce qui est génial est presque toujours simple, et Daniel J. Cooper ne pouvait se refuser le plaisir de jouer dans cette partie un rôle peut-être bref, mais décisif. Surtout si elle concernait le recrutement d'une actrice venue de Hollywood! C'était d'ailleurs au départ son idée et c'était à lui qu'il convenait de mener ce pion à dame.

Il était donc assis peu avant 12 h 30 à une table d'angle du douillet et semi-obscur restaurant du Capitol-Hilton, et il se préparait à une conversation délicate. Mac Kerry attendait Virginia dans le hall, au pied de l'ascenseur. Il l'accueillit très exactement à 12 h 29 et Virginia remarqua du coin de l'œil qu'il approuvait du regard sa tenue : robe sombre avec décolleté discret et coiffure bien nette, modestement relevée par-derrière en chignon. Il l'accompagna à travers la salle du restaurant jusqu'à la table du boss.

« Permettez-moi de vous présenter : l'actrice Virginia Part. Notre *patron*, M. Daniel Cooper. »

Cooper se leva, s'inclina légèrement et lui serra la main :

« Heureux de faire votre connaissance, asseyez-vous. »

Virginia sentit son cœur défaillir à cette présentation : cela devait bien faire une dizaine d'années que personne ne l'avait ainsi désignée, avec une simplicité alliée à la noblesse du titre : l'*actrice* Virginia Part! Tout recommençait! Tout s'accomplissait! Et c'est avec ces pensées heureuses qu'elle prit place à table.

Le garçon préposé aux boissons accourut immédiatement et se pencha vers elle :

« Un apéritif? »

Cooper regarda Virginia.

« Un ginger ale », dit-elle.

Cooper sourit et passa commande :

« Un ginger ale pour madame et deux scotches. »

Puis ils étudièrent le menu. Virginia commanda un filet mignon, les deux hommes se contentèrent d'un steak. Cooper referma le menu et le tendit au garçon :

« O.K., dit-il. Passons maintenant, comme on dit en Russie, aux « procédures liquides ». Miss Part, vous allez avoir du pain sur la planche. Le policier intitulé *La Face d'un autre* n'est pas un film, c'est la réalité. Et je ne suis pas producteur, je suis le directeur du département U.R.S.S. de la C.I.A... »

Il posa sur la table son attestation de service, l'ouvrant de manière telle que Virginia pût voir son nom de famille.

« ... Nous avons besoin de votre aide, et justement de l'aide d'une actrice telle que vous. Je pense que vous savez aussi bien que moi ce qui se passe actuellement dans le monde : les Russes nous ont dépassés par la force des armes et par la diplomatie. Leurs fusées sont suspendues au-dessus de l'Europe et, lorsque Haig se rend là-bas, les Européens clament que c'est nous, et non pas les Russes, qui menaçons leur tranquillité. Je ne voudrais pas vous faire un cours, je pense que vous comprenez parfaitement que la grande démocratie américaine est à la fois notre force et notre faiblesse. Les Russes n'ont qu'à lire nos journaux pour obtenir n'importe quelle information secrète, tandis que chez eux, même les plans de la machine à photocopier la plus ordinaire sont classés secrets. Je ne vous parlerai pas du patriotisme américain. Je voudrais simplement vous demander, au nom de notre pays, de jouer le rôle principal dans une opération simple mais d'une importance capitale : un roman policier à caractère politique. Mais pas dans la fiction : un roman réel. Attendez, je sais que vous n'êtes pas venue ici pour cela, mais ce voyage, ainsi que la petite déception que cela vous occasionne, tout cela vous sera payé, même si vous refusez ma proposition. Mais qui sait si, ensuite, quelqu'un à Hollywood ne voudra pas tourner un film fondé sur cette histoire? Vous jouerez alors votre propre rôle, sur lequel vous aurez un droit d'exclusivité. On n'a encore jamais vu au cinéma une chose aussi fantastique : qu'une actrice joue d'abord son rôle dans la vie, et ensuite au cinéma. Vous, vous aurez cette possibilité. »

Il la regarda attentivement, étudiant sa réaction et attendant sa réponse.

« Mais je ne sais pas..., balbutia-t-elle un peu décontenancée. Je ne sais pas... Est-ce que vous croyez que je conviens? Que dois-je faire? Mais non, voyons. Je ne suis même pas actrice!...

– C'est faux. Vous êtes actrice, simplement vous n'êtes pas encore connue. Vous vous êtes préparée toute votre vie à devenir une actrice connue, mais pour l'instant... Pour l'instant, cela ne s'est pas encore produit. Mais vous en avez aujourd'hui la possibilité. En tout cas, on n'avait pas jusqu'à maintenant trouvé de grand rôle pour vous et aujourd'hui en voici un. Pas encore au cinéma, mais dans la vie. Alors? »

On apporta les steaks et le filet mignon. Pendant que le garçon mettait la table, Cooper garda le silence, laissant Virginia réfléchir. En fait, elle ne réfléchissait pas vraiment; ce qui se passait dans sa tête à ce moment-là pouvait difficilement être appelé un travail de la pensée : elle tâchait désespérément de rassembler en un tout les paroles prononcées par Cooper et d'essayer sur elle, comme si elle était une inconnue, cette robe formée de morceaux étranges. La robe, qui lui avait semblé au début extravagante, avait maintenant l'air de lui aller et elle s'entendit leur demander :

« Bon. Que faudrait-il que je fasse?

– Je vais vous répondre honnêtement, encore qu'il s'agisse comme vous vous en doutez d'un secret d'Etat. Un homme dont nous avons le plus grand besoin doit quitter la Russie. Plus exactement, il faut l'en faire sortir. Si cela réussit, le monde connaîtra les plans militaires soviétiques, même les plus secrets. Et nous repousserons de dix ans leur percée vers l'Occident. Pendant ce temps, avec le nouveau cours de notre gouvernement, nous les rattraperons aussi pour l'armement. Même en cinq ans. Mais nous avons besoin de ces cinq ans, nous avons besoin de cet homme.

– Et vous voulez que je fasse cela? Que je fasse sortir cet homme? demanda Virginia éberluée, en se souvenant que Mac Kerry avait fait allusion au téléphone à un voyage en Russie.

– Pas vous seule! Comme vous n'avez pas encore donné votre accord, je ne puis vous raconter les détails de l'opération. Mais représentez-vous les choses abstraitement, comme au cinéma. Un couple américain banal prend l'avion pour Moscou, un couple de touristes ordinaires. Riches. Ils descendent dans les meilleurs hôtels, visitent les musées, fréquentent les théâtres : tout ce qui se fait d'ordinaire en pareil cas. Absolument rien à voir avec de l'espionnage. Simplement, le tout dernier jour, juste avant le départ, le mari quitte un instant sa femme, au musée ou au théâtre. Disons, si vous me permettez, pour aller aux toilettes. Une minute plus tard, il revient et ils continuent à assister au spectacle, ou à regarder les tableaux de l'Ermitage, comme vous voudrez. Seule la femme sait que cet homme n'est plus le mari avec lequel elle est venue en Russie et que c'est son double, un homme d'une ressemblance parfaite avec son mari, l'homme dont nous avons besoin et qui repartira avec elle, ce jour-là ou le lendemain, avec les papiers de son mari. C'est tout, voilà toute l'opération. Vous pourrez ensuite, à Hollywood, revêtir ce canevas d'aventures et d'opérations multiples, c'est là votre affaire. Mais en ce qui nous concerne, moins il y aura d'aventures et de complications, et mieux cela vaudra. Je suis pour leur absence radicale et c'est pourquoi nous avons imaginé l'opération dans les moindres détails. Elle doit être d'une simplicité absolue. Vous partez là-bas avec un mari et revenez avec sa copie conforme. S'il arrive malheureusement quelque incident, on n'aura rien à vous reprocher. Vous êtes actrice, vous jouerez la comédie : vous n'aviez même pas remarqué la substitution tellement elle avait été parfaite!

– Attendez, je n'ai pas de mari!

– Nous vous en donnerons un, dit Cooper en souriant. Et même deux, un pour aller en Russie et un pour en revenir. Tous deux vous attendent déjà. Chère Virginia, je comprends toute l'invraisemblance pour vous d'une telle proposition. Mais répondez-moi franchement : est-ce qu'au cinéma vous auriez refusé un tel rôle? »

Elle garda le silence.

« Bien sûr que non, répondit-il pour elle. Et en quoi la réalité diffère-t-elle du cinéma? Toujours le système de Stanislavski : s'efforcer de vivre dans les circonstances données. C'est tout. Or les circonstances qui vous sont proposées ici sont d'une simplicité absolue : un voyage touristique de deux jeunes mariés. Un voyage de noces. Et même plus! »

Une nouvelle idée lui était venue.

« ... On peut même faire une petite croisière nuptiale, poursuivit Cooper : par exemple Rome, Paris, Moscou, et ensuite vous rentrez en Amérique... »

Il regarda Mac Kerry. Celui-ci avait compris son idée : cette croisière aurait pour conséquence que l'ambassade soviétique serait moins méfiante pour la délivrance des visas. Un riche couple de touristes américains effectue un voyage de noces typiquement américain...

Il se tourna vers Virginia :

« Alors?

– Je ne sais pas... Il faut que je réfléchisse, fit Virginia qui ne put s'empêcher de demander : Et cet homme, ce sera qui? Vous? ajouta-t-elle à l'adresse de Mac Kerry.

– Non, dit-il en souriant. Je n'aurais bien sûr rien contre le fait d'être votre mari, mais ce n'est malheureusement pas moi.

– Je comprends, reprit Cooper, que vous soyez un peu ennuyée par un détail délicat, et je tiens à vous rassurer à ce sujet : il ne s'agit pour vous que de *jouer* au mari et à l'épouse. Il n'est nullement nécessaire d'entrer dans la peau du rôle jusqu'au bout. Cela, personne ne l'exigera de vous, je vous en donne ma parole. Voici ce que nous allons faire :

réfléchissez jusqu'à demain et, à neuf heures, nous vous téléphonerons. Si vous refusez, il y a à dix heures un avion pour Los Angeles, vous rentrez tranquillement chez vous et nous... vous chercherons une remplaçante. Que voulez-vous pour le dessert? »

9

Qu'est-ce qui nous pousse à prendre des décisions? Quel moment, dans notre emploi du temps? La nuit, bien sûr.

Pendant l'après-midi, Virginia erra dans Washington inondée de soleil, déjà sèche après la pluie. Elle entra à la National Gallery et passa un long moment à admirer une exposition Rodin, en oubliant même presque le choix qu'elle avait à faire. Plus exactement, elle s'était obligée à l'oublier pour la durée de la visite. Elle ne voyait pas, en effet, même de loin, comment cerner le problème. Au musée, elle se joignit à un groupe de visiteurs et écouta attentivement le récit hâtif d'un jeune guide exalté qui racontait que, lorsqu'il avait reçu commande d'effectuer un monument à la mémoire de Balzac, Rodin avait tout d'abord recherché le vieux tailleur qui confectionnait autrefois les vêtements de l'écrivain. Le tailleur avait conservé dans ses livres toutes les mensurations de Balzac, et Rodin lui avait commandé les mêmes costumes que ceux qu'il avait autrefois confectionnés pour celui-ci. Puis Rodin avait recherché à travers Paris et finalement trouvé un boucher à qui ces costumes allaient comme un gant, en sorte qu'il avait maintenant une réplique du corps de Balzac. Il avait entrepris de modeler l'écrivain, d'abord nu. Il y avait à l'exposition plusieurs exemplaires de la silhouette de Balzac nu, avec un ventre proéminent et un torse puissant. Il y avait même une sorte d'arrogance superbe dans ce ventre énorme, véritablement balzacien. Mais un des moulages frappait les visiteurs, par l'insolence et la fidélité du rendu, dans un dessein qui pouvait paraître comme un peu choquant : la puissante silhouette de Balzac nu se dressait sur son support, avec les jambes écartées et le ventre en avant, et l'écrivain s'appuyait de ses deux mains sur son pénis turgescent. Cela rappelait ces tableaux du Moyen Age où les chevaliers s'appuyaient sur leur épée, arme principale d'un homme de guerre. Chez Rodin, Balzac ne se contentait pas de s'appuyer sur son pénis : c'était toute la puissance balzacienne qui s'appuyait à cet endroit du corps, comme à la source de la connaissance de toute sa Comédie humaine. Même sans le visage, sans la tête de l'écrivain, grâce à ce torse et à ce geste plein d'assurance, le sculpteur avait réussi à rendre l'idée d'une dérision triomphante à l'égard de ce que l'on considère comme la complexité et le raffinement de détails de l'existence humaine. Après cela, Rodin avait sculpté la tête de l'écrivain, puissante et digne d'un aigle, et l'avait adaptée à ce torse nu. Il avait voilé la nudité de l'écrivain des longs pans d'un manteau majestueux, mais avait conservé sous le manteau cette même pose... Virginia avait passé un long moment à l'exposition à admirer le talent de l'artiste, qui s'exprimait également par des dizaines d'autres œuvres, mais en gardant partout en tête l'ironie magnifique du maître à l'égard de notre réalité. Il ne lui était pas venu à l'esprit que, dès le moment où elle avait quitté Cooper et était sortie de son hôtel pour flâner dans la capitale, deux agents de la C.I.A. s'étaient attachés à sa trace et qu'elle leur avait donné, à eux aussi, l'occasion d'admirer ces chefs-d'œuvre de la sculpture de Rodin.

Lorsqu'elle rentra le soir à l'hôtel, elle n'avait encore pris aucune décision. Ou plutôt, il lui semblait qu'elle n'en avait pas encore pris. Elle dîna au même restaurant, prit une douche et regarda les nouvelles, puis un film à la télévision, tout en retardant consciemment le moment où elle devrait se demander en toute honnêteté : « Alors? C'est oui ou c'est non? » Elle essaya de téléphoner chez elle en P.C.V., pour parler à Marc. Elle avait même presque décidé intérieurement de s'en remettre au sort : si Marc était à la maison ce soir-là, s'il l'attendait, eh bien! elle... renoncerait à cette aventure. Mais Marc n'était bien sûr pas à la maison. Elle regarda sa montre. Là-bas, sur la côte Ouest, il n'était encore que dix-neuf heures et il avait pu être retenu quelque part. Mais, quoiqu'elle ne crût plus véritablement qu'il serait là plus tard, elle retarda quand même encore le moment de prendre sa décision : une heure plus tard, et encore plus tard. Mais lorsqu'il fut à Washington une heure du matin, c'est-à-dire vingt-deux heures à Los Angeles, et que la standardiste lui eut annoncé une fois de plus que personne ne prenait l'écouteur, elle sut qu'au matin elle dirait oui à Cooper et à Mac Kerry. Oui, parce que cela lui ouvrait les portes d'une autre vie, alors que son existence était morne et sans intérêt. Oui, parce que d'autres avaient besoin d'elle et que ces autres dépendraient d'elle. Ce n'était pas comme ce Marc, qui se contentait de se servir de son lit et de son réfrigérateur...

A 8 h 40, Mac Kerry reçut un rapport sur l'après-midi et la nuit de Virginia Part. Elle ne s'était pas rendue à l'ambassade soviétique, n'avait rencontré aucun étranger, en particulier russe, et s'était contentée d'essayer à trois reprises de téléphoner chez elle. A neuf heures, Mac Kerry était déjà au Capitol-Hilton. Il composa le numéro de sa chambre sur le téléphone intérieur :

« Bonjour, Miss Part. Ici Mac Kerry. Avez-vous bien dormi? »

10

On ôta à Stavinski son bandage et Lawrence lui dit :

« Ouvrez les yeux. N'ayez pas peur! Vous allez maintenant voir le monde avec *d'autres yeux.* »

Stavinski déplissa ses paupières, qui s'entrouvrirent sans lui causer de douleur.

Le monde était toujours le même. Il faisait dehors un beau soleil. On était le 26 septembre. Derrière la fenêtre de sa chambre, un oiseau à la gorge rouge s'était perché sur la branche d'un érable et regardait à l'intérieur avec curiosité, sa petite tête penchée à gauche. Stavinski l'imita et regarda lui aussi l'oiseau, la tête penchée vers la gauche, puis se mit à rire et demanda un miroir.

« Pas encore, lui dit Lawrence. Vous avez des yeux normaux, faites-moi confiance. Dans trois jours nous ôterons le pansement que vous avez encore sur le nez et vous pourrez alors admirer à votre guise votre nouvelle physionomie. Mais pour aujourd'hui, vous devez vous préparer à accueillir des invités.

– Qui? s'étonna Stavinski.

– Votre femme.

– Ma fem-me? Quelle femme?

– Je ne sais pas, répondit en souriant Lawrence.

Après tout, c'est vous qui savez laquelle de vos femmes! »

Et il sortit de la pièce avec l'infirmière.

Stavinski jeta un coup d'œil autour de lui. Etait-ce propre, rangé? Eh bien, ses nouveaux amis ne perdaient pas une minute : ils lui avaient déjà trouvé une épouse! Sûr qu'ils allaient lui refiler une espionne typique, appointée chez eux, et flanqueraient tout par terre.

La porte s'ouvrit, Mac Kerry entra dans la chambre, et avec lui...

Stavinski plissa les yeux. Il n'avait pas encore compris ce qui lui arrivait, mais une sorte de peur intérieure, d'effroi, de trouble de la mémoire avaient fait resurgir des profondeurs de son inconscient une silhouette et un visage entièrement différents. Mais non, c'étaient justement ce visage et cette silhouette, et c'était pour cela qu'il avait été troublé et avait plissé les yeux.

La femme qui était entrée avec Mac Kerry était *sa mère,* sa mère à trente ans, il ne pouvait pas s'y tromper. C'était le même visage paisiblement arrondi, avec de profonds yeux noisette, les mêmes lèvres, le même nez, les mêmes cheveux. Non, ces signes particuliers étaient impuissants par eux-mêmes à rendre ce qu'il avait ressenti. Mais c'était cette même femme lumineuse, cette femme entre toutes à qui il avait fait du mal, dont il ne se souvenait plus depuis longtemps et qu'il avait enterrée, dix-sept ans plus tôt, dans un cimetière de Saratov. Cette femme que...

« Salut! fit Mac Kerry, dont la voix obligea Stavinski à émerger des brumes de l'enfance. Comment vous sentez-vous? »

Stavinski se força par un effort de la volonté à rouvrir les paupières. Oui, elle ressemblait à sa mère, encore qu'il vît maintenant en y regardant mieux les différences qu'il y avait entre elles : le teint était un peu différent, elle n'avait pas de fossettes et ses cheveux étaient légèrement plus foncés. Mais elle ressemblait quand même beaucoup à sa mère.

« Je voudrais que vous fassiez connaissance. Monsieur Robert Williams, Miss Virginia Part. En fait, de ce jour, vous n'êtes plus Miss Part, vous êtes madame Williams. Voici un extrait d'acte de mariage. Prenez place, Virginia... »

Virginia regardait cet homme qui gisait sur le lit, avec le bandeau blanc qui lui coupait le visage en deux, et ne pouvait comprendre : étaient-ce ses yeux sombres, qui semblaient contenir un cri silencieux? Toujours est-il qu'elle sentait sourdre en elle une étrange inquiétude. Ils n'avaient pas encore échangé une parole, ni en anglais ni en russe. Elle ne voyait encore pratiquement pas son visage, et pourtant quelque chose avait touché son âme. La pitié, peut-être?

Elle s'assit. Elle ne savait que dire, et lui gardait le silence. Seul Mac Kerry s'efforçait de rendre ce silence un peu moins pénible pour tous les deux.

« O.K., mesdames et messieurs! Pendant que vous vous habituez l'un à l'autre et que vous vous examinez bien dans le détail, je vais vous exposer l'état de nos affaires. Au cours des derniers jours, monsieur Williams, nous vous avons trouvé non seulement une épouse mais un nouveau nom et une nouvelle biographie. Cela n'a pas été facile, mais les Soviets disposeront maintenant d'un véritable nom américain de plus et de la plus authentique des biographies bidon. Vous êtes désormais le docteur Robert Williams. Le véritable Robert Williams est dentiste et possède un cabinet à Potomac, Maryland. C'est dans la banlieue de Washington, mais je ne pense pas que les Soviets, lorsqu'ils enregistreront vos demandes de visas, accourent exprès à Potomac pour vérifier l'adresse du docteur Williams. Mais ils peuvent lui téléphoner et il sait ce qu'il doit leur répondre. De toute façon, nous n'avions pas actuellement sous la main d'autre dentiste célibataire. Le jour de votre départ, il prendra lui aussi un congé et partira pour la Floride, de telle sorte que son répondeur téléphonique précisera aux curieux qu'il est en congé. Virginia se rendra demain à l'ambassade d'U.R.S.S. et, en tant que jeune épousée, priera les Soviétiques d'accélérer la délivrance des visas. N'oubliez pas que vous venez de vous marier et avez hâte de passer votre lune de miel en voyage. Voici donc votre biographie, monsieur Williams, ou plutôt celle du dentiste en question. Il y a là douze pages de texte, en russe et en anglais. C'est la vôtre désormais, et vous devez l'apprendre par cœur dans les moindres détails. Virginia la connaît déjà, mais c'est beaucoup moins important pour elle puisque vous venez juste de vous marier et ne vous connaissez que depuis peu. En ce qui la concerne, elle, elle vous racontera sa vie, elle n'a rien à imaginer puisqu'elle joue son propre rôle. Ah! j'oubliais de vous dire que nous avons fait ainsi que vous nous le demandiez : votre épouse de Hollywood parle un peu le russe. Vous êtes satisfait? »

Stavinski avait écouté d'une oreille plus que distraite la moitié du discours de Mac Kerry. On voulait qu'il s'appelle Robert Williams? Eh bien, il serait Robert Williams, quelle importance? Peu importait le nom pourvu qu'on lui permît de partir! Mais son esprit avait happé et apprécié un détail : bravo à la C.I.A., qui lui avait trouvé un collègue, un dentiste! Il pouvait arriver n'importe quoi pendant leur voyage, il saurait toujours jouer le rôle du dentiste. Il n'avait presque rien écouté du reste de leur bavardage, se contentant de regarder Virginia. Que pouvait bien penser de lui cette femme qui ressemblait tant à sa mère jeune? Et qu'aurait pensé de lui sa mère? Elle aurait certainement fondu en larmes, en apprenant quels risques il prenait. Maman aurait essayé de le dissuader de partir, le lui aurait interdit. Mais avait-il jamais prêté attention à ses interdictions? Que de bêtises il avait commises pour cette raison, que d'ennuis il s'était attirés! Maman désirait tant qu'il devînt médecin! Mais il avait abandonné la médecine après la troisième année d'études et s'était précipité vers la télévision, par désir de gloire. Et voilà que sa mère avait eu raison une fois de plus : la vie l'avait fait devenir technicien dentaire et elle le forçait maintenant à devenir dentiste en titre, même si c'était un titre de pacotille. Et, sans quitter Virginia des yeux, Stavinski fit le serment, dès qu'il arriverait en Russie, de se rendre à la première occasion sur la tombe de sa mère, à Saratov.

Virginia, de son côté, examinait Stavinski et suivait le cours de ses propres pensées. Cet homme couché devant elle dans cette chambre, pour quelle raison avait-il accepté de prendre un risque aussi considérable? Celui qu'elle prenait, elle, était misérable en regard du sien. Elle allait en avion en Russie et, si tout se passait bien, elle en reviendrait. Mais lui, lui, il y *resterait*! Complètement, et pour toujours. Elle avait eu quelques échos de la Russie par un ancien petit ami russe, à l'époque où elle lisait les livres de Soljenitsyne qui venait d'arriver en Occident et était l'écrivain à la mode. Elle avait également lu *Le K.G.B.*, de Barron, et ces lectures lui avaient donné une représentation quasi cauchemardesque de la Russie. S'y rendre pour quelques jours et en réchapper était déjà une entreprise hasardeuse, mais qu'un homme acceptât de demeurer de son plein gré dans ce gigantesque camp de concentration... Il y a un mot en japonais pour désigner des hommes comme lui. Comment était-ce, déjà? Ah! oui, bien sûr, les *kamikazes*. Mais pourquoi, pourquoi diable avait-il accepté cette idée? C'est ce qu'il lui restait encore à comprendre...

Stavinski sentait que la pause s'éternisait et qu'il devait dire quelque chose. Mac Kerry se leva.

« Très bien, dit-il. Pendant que vous continuez à vous examiner, je vais parler au docteur Lawrence. »

Il sortit et les laissa seuls.

Mais ni lui ni elle ne se hâtaient de commencer à parler. Ils ne savaient d'ailleurs pas de quoi parler. Finalement, Stavinski sourit et lui dit en russe :

« J'ai probablement l'air ridicule, avec ce stupide bandeau sur la figure.

– Non, répondit-elle, avec un fort accent anglais et quelque hésitation. Vous avez l'air d'un enfant qui s'est bagarré et qui a le nez cassé. »

Stavinski faillit fondre en larmes : cette douce voix de poitrine, et même les mots qu'elle avait employés, cela aurait presque pu être sa mère. Il sourit faiblement :

« Vous ressemblez beaucoup à ma mère... »

Le téléphone sonna doucement et Stavinski décrocha l'appareil.

« Salut, lui dit en russe Caroll. Est-ce que mon patron est chez vous?

– Il est avec le docteur Lawrence. Je peux demander à la standardiste de vous le passer.

– Oui, s'il vous plaît. »

Et ils restèrent à nouveau seuls, environnés de silence. Ils avaient cessé de parler.

« Comment se fait-il que vous parliez russe? » demanda Stavinski au bout d'un certain temps.

Virginia allait répondre lorsque Mac Kerry réapparut :

« O.K., Virginia, dit-il. Il faut que nous y allions. Vous aurez encore tout le temps de bavarder avec votre mari et nous avons, nous, une masse de choses à faire encore ensemble. »

Virginia se leva.

« *Do svidania,* dit-elle à Stavinski.

– *Do vstrietchi.* »

Mac Kerry le mit au courant du contenu de sa conversation avec Lawrence :

« On vous enlèvera votre bandeau dans trois ou quatre jours. Virginia, fit-il en se tournant vers elle, attendez-moi dans le hall, je vous rejoins dans une minute. J'ai juste quelques mots à dire à votre mari. »

Lorsque la porte se referma derrière Virginia, il ajouta :

« Roman, Caroll vient de me dire au téléphone que la police avait trouvé à New York un cadavre qui semble convenir. Il est temps de procéder à vos funérailles. Si vous voulez, vous pouvez téléphoner aujourd'hui à votre fille, comme si vous étiez à New York, et demain... Demain, on lui téléphonera de la police pour lui faire savoir que vous avez eu un accident de la circulation. »

Stavinski secoua négativement la tête :

« Non, demain c'est encore trop tôt. Je veux assister à mon enterrement.

– A votre enterrement? fit Mac Kerry interloqué.

– Oui.

– Ecoutez, c'est une idée absurde. Nous serons obligés de vous suivre et de vérifier que vous ne vous trahissez pas. C'est une perte de temps inutile.

– Je ne me trahirai pas, soyez tranquille. Je veux

simplement voir ma fille à mon propre enterrement. Tout le monde n'en a pas l'occasion, n'est-ce pas?

– Vous êtes un homme difficile, Stavinski.

– Mon nom est Williams. Robert Williams. Stavinski est mort dans un accident automobile et je veux l'enterrer. J'avais quand même des relations intimes avec lui! Et, je vous prie, ne soyez pas fâché. C'est la dernière occasion que j'ai de revoir ma fille, vous comprenez?

– Bien, dit Mac Kerry. Je réfléchirai au moyen de vous donner satisfaction.

– Autre chose : ne parlez pas à Virginia de cet enterrement. D'accord?

– O.K., accepta Mac Kerry. Téléphonez ce soir à votre fille, dites-lui que vous partez ces jours-ci pour New York. »

11

Les jours suivants furent occupés, pour Virginia, par une foule de petits détails à régler. Elle fixa avec Mac Kerry l'itinéraire de leur voyage de noces, puis commanda des billets dans une agence de voyages. Elle rendit ensuite visite à l'ambassade soviétique, pour les visas. On tenta longuement de la persuader de se rendre en Europe par un avion de l'Aéroflot, et Virginia, sur les conseils de Mac Kerry, se fit longtemps prier en posant des questions futiles sur la qualité du service à bord, la nourriture, la différence de prix. Lorsque les Soviets lui eurent démontré que l'avion soviétique leur ferait économiser à deux plus de cent dollars, elle accepta de prendre le vol Aéroflot pour se rendre à

Moscou. Par contre, pour rentrer, ils prendraient un avion américain. « Chaque pays commence dans son propre avion », leur dit-elle en souriant. Mais elle accepta volontiers, toujours selon le plan d'action concerté avec Mac Kerry, de se rendre en Russie en classe luxe. Cela leur reviendrait à trois cents dollars de plus, mais ils auraient une meilleure chambre à l'hôtel National, seraient nourris à part, se rendraient pour deux jours à Leningrad, auraient des billets pour les meilleurs spectacles moscovites, y compris le Bolchoï et aussi, chaque fois qu'ils le désireraient, une Volga personnelle avec chauffeur et guide parlant anglais.

Bien sûr, comme le lui avait expliqué Mac Kerry, cela signifiait qu'ils auraient un guébéchnik personnel comme guide et un autre comme chauffeur, sans compter l'écoute permanente de leurs conversations dans leur chambre d'hôtel, mais cela entrait justement dans le dispositif de Mac Kerry : si les époux Williams restaient constamment bien visibles aux yeux du K.G.B., on ne leur affecterait pas de limiers ou de surveillants en civil.

Bref, après une heure passée en compagnie de fonctionnaires soviétiques et même du consul, Virginia téléphona, à la grande joie du consulat, à son agence de voyages à qui elle demanda de modifier la compagnie aérienne du voyage aller, puisqu'ils avaient choisi l'Aéroflot. Puis elle emporta les questionnaires qu'ils devraient remplir. Cela faisait vingt-quatre feuillets en tout, douze chacun. Elle leur dit qu'elle les leur renverrait incessamment de Potomac avec les photos, elles aussi au nombre de douze pour chacun. Les Soviets la prièrent de se hâter et de ne pas remettre à plus tard cette tâche car ils devaient encore téléphoner à Moscou pour prévenir de leur arrivée, afin qu'on leur retînt une chambre de catégorie supérieure. Virginia leur assura qu'elle renverrait formulaires et photos dès le lendemain. Elle était déjà sur le pas de la porte lorsqu'elle se ravisa : elle ne leur avait pas demandé quel temps il faisait à Moscou, comment elle devait s'habiller. Le froid avait sans doute commencé...

Après l'ambassade, Virginia alla faire du shopping. Cela aussi faisait partie des plans de Mac Kerry. Si les Soviétiques soupçonnaient quelque chose, ils pourraient la faire suivre. Elle se rendit donc à « Lord and Taylor » puis à « Bloomingdale's » et commanda pour elle-même et pour son mari des manteaux fourrés, des chaussures chaudes et différents autres accessoires. Mac Kerry lui avait vivement recommandé de dépenser largement : cela les rassurerait.

Tous deux, Mac Kerry comme Virginia, comprenaient que la visite de Virginia à l'ambassade d'Union soviétique avait été pour cette dernière une sorte d'épreuve de force : il fallait savoir si elle serait capable ou non de remplir sa mission. C'est pourquoi les préparatifs de cette visite, ou, pour parler le langage du cinéma, la répétition de la scène, avaient pris plus de temps que la visite proprement dite. En revanche, cette dernière s'était déroulée de manière idéale. Mac Kerry avait vu de ses propres yeux Virginia sortir de l'ambassade, s'asseoir au volant de la voiture immatriculée dans le Maryland qui était supposée être la sienne, et se rendre dans différents magasins sans être suivie.

D'autres pensées préoccupaient Mac Kerry. Ils dépensaient de l'argent sans compter, avaient fait exécuter sur Stavinski une opération de chirurgie esthétique. Les funérailles de ce dernier avaient été fixées au surlendemain (sa fille était déjà arrivée à New York avec son fiancé et la police lui avait présenté un cadavre méconnaissable, ainsi que les papiers trouvés sur le corps), mais qu'en était-il de

Yourychev? Et si toute l'histoire n'avait été qu'une vaste blague et qu'aucun sous-marin ne s'échouât sur un haut-fond au cours des jours suivants? Cela ne signifierait-il pas que le K.G.B. leur jouait un tour de sa façon, qu'il leur tendait un piège? Tout se passait vraiment trop bien, sans la moindre anicroche, et Mac Kerry n'aimait pas cela. On était le 1er octobre. Il était passé au bureau ce matin-là et avait installé Caroll à surveiller le télex et toutes les informations en provenance de l'Europe du Nord, mais tout était calme en Europe, si l'on faisait naturellement abstraction de la Pologne effervescente, du glissement à gauche de la France, des problèmes de l'Irlande du Nord et de quelques autres bagatelles du même ordre. Bien sûr, si le sous-marin s'échouait ce même 1er octobre, ou le 2, ni lui, ni Caroll, ni Virginia, ni Stavinski n'étaient prêts : Stavinski était encore à la clinique, son nez ne se cicatrisait pas aussi vite que le docteur Lawrence le lui avait laissé espérer et ils n'avaient toujours pas obtenu leurs visas pour se rendre en U.R.S.S. Mais il aurait quand même mieux valu que ce sous-marin se montrât : on pourrait alors être certain que Yourychev n'était pas une invention du K.G.B. Et ils auraient encore devant eux près d'un mois, la durée du congé de Yourychev, ce qui normalement devait suffire...

Déchiré par ces incertitudes, Mac Kerry appela Caroll par radio, lui délégua la surveillance de Virginia et fila lui-même au bureau. Quoi qu'il en fût, ils avaient fait le premier pas : demain, l'ambassade d'Union soviétique recevrait, avec les formulaires des époux Williams, les photos de Virginia et de... Yourychev, du vrai Yourychev, afin qu'il n'y eût aucune mauvaise surprise de ce côté-là à sa sortie d'U.R.S.S., avec Virginia.

Pendant ce temps, Virginia avait terminé ses

emplettes et était rentrée à son hôtel. Son premier « jour de prises de vues » s'était déroulé parfaitement bien, mais elle n'y avait trouvé aucune satisfaction. Bien sûr, elle avait joué le rôle qui lui avait été assigné, elle avait été à la fois aimable et respectable à l'ambassade, mais une inquiétude intérieure, une tension la minaient. Cet homme, à la clinique, aux yeux de bête traquée, mortellement blessée... Sans même prendre de douche, Virginia s'affala, épuisée, sur son lit et pensa qu'elle n'avait aucune envie de téléphoner à Marc.

12

ACCABLÉE DE CHAGRIN,
LA FILLE DE ROMAN BORISSOVITCH STAVINSKI
FAIT DOULOUREUSEMENT PART DE LA FIN TRAGIQUE
ET PRÉMATURÉE DE SON PÈRE CHÉRI.

Le service funéraire et la mise en bière auront lieu le 3 octobre à 10 heures du matin au cimetière du monastère Saint-Vladimir, New Jersey.

Selon l'ancienne habitude russe, c'est en première page que *La Nouvelle Parole russe,* quotidien paraissant à New York depuis 1910, publie les annonces mortuaires, à côté des communiqués de la Maison-Blanche et des gros titres politiques du jour. Stavinski replia le journal et le jeta sur le siège arrière de la voiture. Sa « fille accablée de chagrin » lui avait trouvé un bout de cimetière auprès d'un monastère russe du New Jersey et ferait même dire un service à sa mémoire. Stavinski n'avait jamais été croyant et ne savait pas s'il devait se considérer comme russe ou comme juif, sa mère étant juive et son père russe. En russe, on nomme ceux qui sont dans son cas d'un nom étrange : on les appelle des « demi-sang ». Lorsqu'il avait atteint l'âge d'avoir un passeport personnel, Stavinski s'était inscrit comme russe, grâce au nom de son père. Cela lui ouvrait les portes des instituts, lui donnait accès à la télévision. Cependant, ces dernières années, les services du personnel avaient mis en circulation des « questionnaires élargis », où il fallait indiquer en plus de son ethnie d'origine *(natsionalnost)* le nom de jeune fille de sa mère et les prénoms, patronymes et noms de famille complets des quatre grands-parents. Cela permettait aux services du personnel de détecter les « Juifs cachés », mais cela avait aussi permis à Stavinski d'obtenir son autorisation d'émigrer : selon les lois en vigueur chez les Juifs, il était juif puisque sa mère l'était. Mais il avait épousé une Russe et, pour cette raison, Olia qui était aux trois quarts russe ne s'était jamais considérée comme juive. D'ailleurs, étaient-ils même vraiment des Juifs, s'ils ne savaient pas un mot de yiddish et encore moins d'hébreu, s'ils avaient grandi et été élevés dans une atmosphère culturelle russe, dans des écoles russes, fêtant avec plaisir les grandes journées du calendrier orthodoxe, telles que Pâques, Noël, Mardi gras et le Nouvel An russe, qui tombe le 13 janvier, tandis qu'il ignorait tout des fêtes du calendrier juif et ne s'y intéressait même pas? Il s'était séparé de sa femme exactement dix ans plus tôt, après qu'elle l'avait surpris à la maison avec sa maîtresse. Elle était sortie en claquant la porte et en le traitant de « gueule de youpin », sans exiger quoi que ce fût à propos de sa fille, elle aussi traitée de « youpine dégénérée ». Elle était alors âgée de trente ans, était speakerine à la télévision moscovite et n'avait pas tardé à épouser un metteur en scène de cinéma bien connu. Olia et lui, de leur côté, avaient encore passé deux années en Russie, puis avaient émigré grâce à la « voie israélienne ». Mais Olia n'avait guère envie de s'installer en Israël, et lui-même trouvait qu'il n'avait rien à y faire : il ne rêvait que de connaître les autres pays, et en particulier ce pays mythique dont tous rêvaient : l'Amérique. Il y était donc venu. Et puis, à quarante-six ans, il s'était couché dans la tombe dans un cimetière peu connu et à moitié abandonné du New Jersey.

Stavinski eut envie de rire : c'était donc ce cimetière qui allait marquer le point de départ de sa nouvelle vie. Qu'allait-elle donc lui apporter?

Mac Kerry s'arrêta à un carrefour et demanda au conducteur d'une autre voiture l'adresse du monastère russe. D'après la carte, cela ne devait plus être loin. Ils le trouvèrent rapidement, le long d'une des rues bordant le carrefour. Il y avait là un vieux parc avec une église orthodoxe. Au fond du parc, derrière l'église, on apercevait des croix orthodoxes surmontant des tombes, toutes tordues et à moitié enfoncées dans le sol. Il était neuf heures quarante-cinq, et un soleil encore chaud pour octobre coulait à travers les épaisses frondaisons de l'allée dans laquelle ils venaient de s'engager.

Ils les aperçurent aussitôt, Olia et son fiancé, Jack Cross, étudiant de l'université de Portland. Ils étaient seuls au cimetière, avec le prêtre et les deux fossoyeurs. Mac Kerry avança lentement dans leur direction.

« Mettez des lunettes », dit-il à Stavinski.

Celui-ci mit des lunettes fumées.

« Et surtout ne sortez pas de la voiture.

– Ne vous en faites pas », répondit Stavinski.

Ils longèrent lentement ce groupe esseulé et virent qu'Olia et Jack jetaient à l'intérieur un regard d'espoir : peut-être leur annonce avait-elle fait venir des amis de Roman Stavinski? Celui-ci aperçut le visage de sa fille, fatigué, creusé et éploré, et son cœur se serra. La reverrait-il jamais? C'était peu probable. Encore que... Il avait aussi ses projets à lui dans ce domaine. Elle avait obtenu la citoyenneté américaine, son père était mort et les autorités soviétiques n'avaient aucune réclamation à faire valoir à son égard. Pourquoi ne viendrait-elle pas en Russie avec son mari, comme touristes? Ou sur invitation de sa mère? Il leur paierait le voyage sur les cent mille dollars que la C.I.A. allait déposer à son compte en banque. Simple question d'organisation... Il remarqua qu'on l'observait. Soit, se dit-il, simulons la tristesse. La tristesse et la douleur. Voilà. D'autant plus qu'Olia s'était déjà détournée. La voiture de Mac Kerry était maintenant à quelques mètres de sa propre tombe. Il l'arrêta un peu sur le côté, auprès d'une croix fraîchement repeinte.

« S'il vous plaît, restez dans la voiture, dit-il à nouveau.

– Ne craignez rien, confirma de son côté Stavinski. Je ne sortirai pas. »

Mac Kerry ouvrit la portière, sortit de la voiture, prit dans le coffre une couronne anonyme qu'ils avaient achetée exprès à Washington et la posa sur une tombe. Ils avaient imaginé cette mise en scène pour qu'Olia et les amis de Stavinski pussent penser qu'ils étaient venus honorer un autre mort.

Mac Kerry resta quelques minutes debout auprès de cette tombe étrangère tandis que Stavinski entendait par la fenêtre ouverte sa fille dire au prêtre, un peu plus loin :

« Il n'y aura probablement personne. Commencez, je vous prie. »

Le prêtre se plaça devant le cercueil ouvert, posé sur le monticule formé par la terre retirée du trou, et commença à chanter la mémoire de « l'esclave de Dieu Roman Stavinski ». Mac Kerry revint à la voiture, s'assit au volant et mit le contact.

Stavinski jeta un dernier coup d'œil à ses propres funérailles. Pitoyable spectacle. Solitaire et pitoyable...

Lorsqu'ils eurent quitté le cimetière, il dit à Mac Kerry :

« Entrons dans un bar. Il faut boire à la mémoire du défunt. Après tout, je le connaissais relativement bien.

– ... Ouais, fit Mac Kerry. Vous êtes fort, Stavinski. »

13

Trois jours après la visite de Virginia à l'ambassade d'U.R.S.S., la poste diplomatique livrait à Moscou les formulaires et les photos des dix-sept nouveaux Américains qui avaient demandé des visas d'entrée touristiques. Du ministère des Affaires étrangères, le paquet fut envoyé au 2, place Dzerjinski, au 7e département (Tourisme) de la Deuxième Direction Principale du K.G.B. Au secrétariat, on retira les formulaires du paquet cacheté, on les enregistra au titre des « Entrées », et la secrétaire Katia, à la poitrine opulente, les répartit dans des chemises distinctes avant de les porter dans le bureau de son chef, le major Niéznatchny, qui dirigeait le secteur Amérique.

« Et voici nos petits nouveaux, Frol Evseïévitch », dit au major la secrétaire aux yeux noirs.

Elle était âgée de vingt-cinq ans et avait apporté les dossiers posés sur son énorme et haute poitrine.

Cette dernière était incapable d'entrer dans le moindre uniforme réglementaire et on l'avait autorisée pour cette raison à se rendre au travail en tenue civile, quoiqu'elle eût le grade d'adjudant. En fait, peu nombreux étaient les membres du Département du Tourisme qui allaient au travail en uniforme : leurs fonctions les obligeaient en effet à se rendre sans arrêt dans des hôtels, des restaurants et d'autres lieux fréquentés par des touristes étrangers. Mais Katia profitait de cette autorisation exceptionnelle pour se promener dans tout l'établissement en léger corsage transparent, mules domestiques et jupette imprimée mettant en valeur des hanches qu'elle avait fortes et qui évoquaient des boulets en fonte.

Ayant refermé derrière elle la lourde porte, Katia se dirigea vers la table de travail de Niéznatchny, littéralement recouverte par les journaux et les papiers. Elle la contourna, se planta à côté du major, posa devant lui les dix-sept chemises contenant les formulaires et, tout en le regardant de ses yeux proéminents et langoureux, se mit à attendre qu'il voulût bien lui adresser la parole. Sa poitrine pendait dans le vide, au-dessus de l'épaule du major, et ce dernier entendait juste à côté de lui le souffle triste et languissant de la secrétaire. Il savait qu'il lui aurait suffi de tendre la main vers cette poitrine ou vers ces hanches pour que Katia soit immédiatement transportée au septième ciel, pour que ses yeux sombres pleins de « suivez-moi, jeune homme » se révulsent sous ses paupières et pour que tout son corps, pesant et chaud, tombe aussitôt sur le fauteuil, ou sur la table, ou encore au sol : en tout lieu qu'il lui eût plu de lui indiquer. Mais deux ans avaient passé depuis que Niéznatchny, simple officier du service action, était devenu, à trente-trois ans, directeur du secteur Amérique et qu'il avait compris que le zèle dans le travail pouvait le mener encore plus haut. Et depuis le jour où il l'avait compris, il avait commencé à tenir Katia à distance. Tant pis! il n'allait pas céder aux soupirs affamés de cette vache amoureuse. Son dossier, au parti comme au K.G.B., devait rester immaculé.

« Merci, Katia », lui dit-il.

Katia emplit d'air sa cage thoracique et l'expulsa avec un soupir triste autant que bruyant, puis se dirigea silencieusement vers la porte. Niéznatchny accompagna du regard ses hanches rebondies qui roulaient sous la jupette d'indienne verte et trouva que sa persévérance était bien digne d'admiration. Pas de doute, major, c'était bien ainsi qu'il fallait agir! Mais lorsqu'elle eut disparu derrière la porte, le major poussa à son tour un profond soupir, en se représentant Katia qui errait maintenant de bureau en bureau avec l'ardeur insatisfaite de son corps brûlant, sa grosse poitrine molle et ses fortes hanches. Il se dit que quelque part, au secteur allemand, français ou japonais, un de ces parasites de jeunes officiers dénuderait les puissants charmes de Katia d'un simple mouvement de la main, et cette scène, comme s'il l'avait vue en réalité, fit sur lui un si puissant effet qu'il alluma nerveusement une cigarette et se mit à la fumer fiévreusement.

Depuis que ses fonctions de chef de secteur lui avaient ouvert les portes du « distributeur » pour officiers de troisième catégorie (celle des chefs), juste à côté du bureau, dans la grande ruelle du Komsomol, Niéznatchny éprouvait un plaisir particulier et vaniteux à l'idée qu'il ne fumait plus des Stolitchnyïé russes ou des Tupolev-134 bulgares comme tout le monde, mais des Kent. Ayant éteint son allumette et lâché un nuage de fumée, Frol Evseïévitch sentit qu'il avait mis entre Katia et lui un rideau de fumée et qu'il pouvait maintenant se reprendre en main et se consacrer au travail. Bien sûr, il ne pouvait rien y avoir d'intéressant dans ces dossiers que Katia venait de lui apporter. La saison d'été s'était terminée, on était début octobre et c'était le moment de l'année où le temps était le plus épouvantable, avec son mélange instable de pluie et de neige. Qui pouvait avoir envie de venir en Russie en cette demi-saison glaciale et frissonnante, sinon de vieilles Américaines à demi timbrées ou des Ukrainiens canadiens nostalgiques, nés quelque part du côté du XVIIIe siècle ? Impossible de remplir le plan de recrutement avec un tel contingent! Depuis deux ans, il essayait de persuader le colonel Orlov de lui donner son plan de recrutement de touristes américains et canadiens en une fois, chaque année. La riche moisson de l'été et celle, également brillante, de l'hiver auraient alors pu compenser l'inactivité forcée de l'automne et les maigres résultats du printemps. Mais Orlov avait lui aussi ses raisons : et les primes trimestrielles, pensait-il, allait-on s'en passer pour cause d'objectifs devenus annuels?

Niéznatchny ouvrit le premier dossier qui lui tomba sous la main. Sur la première feuille, contenant les photos jointes aux formulaires, il vit douze fois répété le regard de la même vieille femme maquillée comme une poupée. Myriam Stuart, née en 1903, originaire du Nebraska, célibataire, à la retraite, assurée à la « Health and Life », domicilée à Madison. Il lui fallait regarder s'ils ne se dissimulait pas à proximité de ce Madison d'objectifs stratégiques d'un intérêt particulier. Mais même si c'était le cas, se dit-il en riant intérieurement, que pouvait lui raconter à leur sujet cette Myriam Stuart presque octogénaire qui dirigeait une laverie automatique? Passons plutôt à la suite! A nouveau douze photos en couleur, à nouveau un minois de vieille semblable à une poupée, ou à un enfant, une certaine Rhea Weeks originaire de Floride, née en 1908... Niéznatchny n'avait jamais pu comprendre pourquoi les Américains âgés des deux sexes voyageaient autant. Surtout en hiver et en automne. Il savait, bien sûr, que les prix des billets d'avion et des voyages touristiques étaient pour eux beaucoup plus bas pendant la basse saison qu'en été, encore que ce raisonnement précisément fût absurde aux yeux d'un Soviétique (plus les gens achètent de billets, plus ils devraient être bon marché! Mais le diable les emporte, ces fichus Occidentaux. Ils ne raisonnent jamais comme chez nous). Mais que l'on offre à sa vieille mère, âgée de soixante-dix ans, des billets même très bon marché : jamais elle n'accepterait de quitter son Gjatsk natal pour aller, disons, à Boukhara, à Riga ou même à Yalta! Il devait la supplier des années de suite pour qu'elle accepte de venir le voir même à Moscou. Elle vivait dans sa vieille baraque à la lisière de Gjatsk, où elle s'activait à son potager, et rien n'était à ses yeux plus doux qu'une telle vie. Or ces vieilles Américaines, qui avaient, en Floride, ou ailleurs, des maisons dont sa mère ne pouvait même pas avoir l'idée trouvaient moyen de se trimbaler de par le monde par n'importe quel temps, roulant à travers villes et pays dans des autobus de luxe, dont elles débarquaient en bandes insouciantes à la porte de leurs hôtels, pour se photographier les unes les autres sur fond de Kremlin, d'églises russes ou de théâtre Bolchoï, visitant les musées pendant des journées entières et souriant sans cesse de leurs dentiers fantastiquement blancs. Et tout était pour elles (ou pour eux, qui réagissaient tout comme elles) *wonderful, touching, exciting*... Mais il n'allait quand même pas se mettre à essayer de recruter cette Rhea Weeks, âgée de soixante-treize ans, qui avait survécu à son troisième mari et jouissait maintenant de son indépendance pour voyager à travers le monde : la Chine, l'U.R.S.S., Stockholm, Paris, Rome, Londres!... Pas mal comme itinéraire, à son âge! Niéznatchny ouvrit le dossier suivant. Les douze photographies qu'il contenait reproduisaient les yeux noisette et le regard tranquille de Mme Virginia Part-Williams. Le dessin arrondi d'un jeune visage, des cheveux soigneusement relevés en chignon, la bouche à demi ouverte dans un sourire. Niéznatchny jeta un coup d'œil au questionnaire. Mazette, une véritable actrice venue de Hollywood! Voilà qui était intéressant! L'histoire connaissait quantité d'actrices qui avaient fait de parfaites espionnes, comme Mata Hari, ou cette... comment s'appelait-elle? Oui : Marlène Dietrich. Voyons les motifs de la venue en U.R.S.S. : voyage de noces. Qui était donc l'heureux élu? Niéznatchny retourna le formulaire, un petit pincement de jalousie au cœur, et aperçut le visage de Robert Williams, médecin-dentiste de Potomac, Maryland. Visage fermé d'un célibataire de quarante-six ans, forte mâchoire, regard direct, couleur des yeux difficile à définir, peut-être marron. Pas mal! Bien sûr, cela aurait été mieux s'il avait été par exemple physicien ou chimiste, à la rigueur informaticien, mieux encore président d'une compagnie informatique... D'ailleurs, cette actrice, pourquoi ne s'était-elle pas choisi un sénateur? Elle aurait très bien pu... Mais Niéznatchny n'avait pas le choix, surtout à pareille époque de l'année. Soit, un médecin-dentiste de Potomac, Maryland. Le Maryland, à ce qu'il semble, c'est bien à côté de Washington?

Niéznatchny se leva de son bureau. Tout en faisant jouer sa jambe engourdie, il le contourna et se dirigea vers une étagère couverte de revues américaines, telles que *Life, Time, Newsweek...*, mais aussi *Playboy.* Mêlés aux revues, on y trouvait aussi des livres de référence tels que *La Grande Terreur*, de Robert Conquest, et *La C.I.A.*, de John Barron, ou encore les rapports de la C.I.A. au Congrès. Mais après avoir quelque peu fureté dans cet amas désordonné, Niéznatchny se gratta la nuque avec dépit. Ce fichu Savine, du département scientifique et technique, lui avait encore piqué son atlas des Etats-Unis. Mais il n'avait ni le temps ni l'envie de lui téléphoner pour s'expliquer avec lui. Niéznatchny possédait une autre carte, « secrète », des Etats-Unis. Il alla vers la porte et abaissa d'un geste discret et inaudible le pêne d'un cadenas. C'était précisément de ce geste, précurseur d'une proche intimité, que rêvait depuis deux ans la secrétaire Katia aux hanches rebondies. Niéznatchny sourit au fond de lui : ce geste ne serait pas pour elle. Il tira de sa poche les clefs du coffre-fort.

Ce dernier contenait des instructions confidentielles en tout genre, des dossiers avec des affaires courantes ou classées et aussi, tout au fond, une bouteille de vodka entamée avec deux pommes pour l'accompagner. Mais ce n'était pas là ce que Frol Niéznatchny était venu chercher dans le coffre-fort de son bureau. On y trouvait aussi le tome XVI de la *Grande Encyclopédie soviétique*. Et c'était entre les pages de ce volume, soigneusement pliée, qu'il conservait sa « carte secrète » des Etats-Unis et du Canada. Niéznatchny savait pertinemment qu'il aurait dû depuis longtemps ou bien la détruire, ou bien la transmettre au département des Archives. Mais il n'avait pas la force de s'en séparer. Car sur cette carte ordinaire à vingt kopecks, il notait depuis neuf ans déjà, à l'aide de signes et de chiffres de lui seul connus, les villes et bourgs du continent nord-américain où résidaient ses « filleuls », ceux que lui-même, major Niéznatchny, avait incités à collaborer avec le K.G.B. au cours de voyages d'affaires ou d'agrément en U.R.S.S. Il n'avait pas le droit de mener une telle comptabilité et ignorait si ces gens travaillaient encore pour ses services, puisque sa tâche se résumait à mettre en condition les arrivants, après quoi, si cela réussissait, ses « filleuls » étaient pris en main par un autre département, celui du colonel Orlov. Dans de rares cas seulement, si l'un de ses protégés revenait en U.R.S.S., on lui demandait de parfaire leur formation. Niéznatchny ouvrit le tome XVI de l'encyclopédie, en tira la carte pliée en accordéon et l'étala sur la table. Ses petits « phares », comme il aimait à les appeler, se mirent à clignoter devant lui. C'étaient des cercles bleus, rouges et verts entourant les villes américaines et canadiennes avec, à l'intérieur des cercles, un chiffre : trente-deux personnes à New York, vingt-sept à Los Angeles, quarante et une à Boston, quatre à Houston, dix-neuf à Washington, onze à Philadelphie, quatorze à Albany...

Il fallait remettre à jour les chiffres, en coller d'autres dessus, mais ce travail lui causait un plaisir toujours renouvelé. Bien sûr, tous ces chiffres n'envoyaient pas de renseignements au Centre, tous ne rencontraient plus de manière régulière des agents soviétiques en poste dans leur pays, mais tôt ou tard une des graines plantées par Niéznatchny au sein de ces plates-bandes germerait et donnerait des fruits! Niéznatchny contempla son Amérique avec la satisfaction paisible d'un jardinier laborieux. Il n'avait pas vilaine allure, ce jardin planté par lui dans un pays où il n'avait jamais mis les pieds! En tout cas, pas vilaine pour neuf ans de travail dans le département. Or le major Niéznatchny n'était que l'un des jardiniers de l'armée innombrable des jardiniers du K.G.B., et si l'on additionnait le fruit de leur travail en portant sur la carte tous les résidents et agents stipendiés, les businessmen, les avocats, les chercheurs, les journalistes, les banquiers, les présidents de compagnie, les professeurs, les fonctionnaires, les hommes politiques, les prêtres... Eh bien, cette Amérique si fière d'elle-même serait littéralement recouverte par la pluie de clignotants des émetteurs envoyant en code des informations... Bon, il n'avait guère le temps de rêver... Où était donc cette ville de Potomac, dans l'Etat de Maryland? Tiens, tiens! mais c'était tout près de Washington! Remarquable! Il pouvait et *devait* maintenant téléphoner à Savine. Niéznatchny replia soigneusement sa carte, la remit entre les pages du volume, décrocha de l'autre main son combiné et fit un numéro intérieur, à quatre chiffres.

« Savine? C'est Niéznatchny. Tu m'as encore barboté mon atlas de l'Amérique du Nord? Arrête de dire des conneries, ça n'a pas d'importance. J'ai un besoin urgent de renseignements sur la ville de Potomac, dans le Maryland. Oui, je crois tenir un « filleul » en puissance. Un faubourg rupin de Washington? Des courtiers en bourse, des diplomates, des hauts fonctionnaires? Qui encore? Et des bases ou des objectifs spéciaux, il n'y en a pas? En bref, il me faut toute l'information dont tu disposes, avec une carte détaillée et une liste des points d'intérêt stratégique, le plus vite possible, disons dans dix minutes. D'accord? Tu veux que je t'envoie Katia? »

Niéznatchny raccrocha et tira à lui le dossier des Américains annoncés. Oui, cette paire de tourtereaux méritait probablement une chemise spéciale. Il semblait qu'on pouvait tirer d'eux quelque chose d'intéressant. Un dentiste résidant dans un riche faubourg de Washington? Cela signifiait qu'il avait comme clients des requins du capitalisme, de hauts fonctionnaires de l'administration de la capitale, des diplomates, et Dieu savait qui encore! Quant à l'actrice hollywoodienne, cela aussi, c'était une aubaine. Puisqu'ils venaient de se marier, Robert Williams allait organiser des réceptions pour ses amis et connaissances, se rendre lui-même dans le monde à des parties et des soirées. Il fallait bien qu'il montre quelle jeune femme il venait d'épouser...

La fièvre de la chasse s'était emparée du major Niéznatchny, et elle entraînait ses pensées l'une à la suite de l'autre. Mais son expérience le mettait aussi en garde, le préservant d'un excès de fantaisie. Il lui fallait maintenant étudier dans les plus petits détails les vingt-quatre pages du questionnaire des jeunes mariés. Niéznatchny tira du dossier les formulaires des Williams, les inséra dans une chemise spéciale et posa son bloc-notes juste à côté.

Il se mit à tailler un crayon tout en parcourant, maintenant sans hâte, les renseignements fournis. Virginia avait fait des études dramatiques dans un studio new-yorkais où elle avait étudié le système de Stanislavski et même appris un peu de russe, afin de lire Stanislavski et Tchekhov dans le texte. Parfait. On te fera connaître les metteurs en scène et acteurs de notre pays, ma jolie, tu auras des billets pour nos meilleurs théâtres! Et Niéznatchny se représentait mentalement lesquels, des acteurs et metteurs en scène collaborant avec le K.G.B., il mettrait en rapport avec Virginia. Elle avait une écriture régulière, arrondie. Elle traçait chaque lettre nettement, en entier. C'était donc qu'elle avait un caractère calme, égal, dénué d'extravagance et une nature entière, avec une certaine retenue. Il lui fallait très probablement un chaperon du genre calme et sérieux. Pas forcément un acteur, plutôt même un metteur en scène, ou bien un auteur dramatique. C'était Dmitri Lissadzé qu'il lui fallait, sans l'ombre d'un doute!

Robert Williams, de son côté, avait une écriture irrégulière, volontaire. Ses fins de ligne grimpaient obstinément au-delà des lignes du formulaire. Un homme sûr de lui, mais avec une certaine frustration dans l'âme, peut-être doué. Il avait été célibataire jusqu'à l'âge de quarante-six ans et aimait probablement les filles jeunes. Mais qui ne les aimait pas? se demanda en riant Niéznatchny. Tu en auras, des petites nanas, mon brave! Tu en auras même une dont tu ne reviendras pas! Aucune jeune épouse ne sera en mesure de t'empêcher de succomber à ses charmes! Mais au fait, elle n'était plus si jeune que cela, cette Virginia...

Et tout en inscrivant sur son bloc-notes sous forme de brèves annotations de principe les futurs pièges dans lesquels il allait attirer les époux Williams, Niéznatchny ne cessait de se pénétrer de leurs visages, tâchait de les animer dans sa tête. Bien sûr qu'il donnerait le feu vert à leur entrée en U.R.S.S. Et comment! Ces deux visages devenaient de ce jour plus importants et plus proches pour lui que celui de sa propre femme. Il lui fallait les aimer comme des proches ou des parents, il devait imaginer d'après ces formulaires et ces photos quels pouvaient bien être leur mode de vie, leurs habitudes, leurs inclinations. Par exemple, ce docteur Williams ne s'était pas marié avant l'âge de quarante-six ans. Il avait donc l'habitude de vivre pour lui et, comme tous les célibataires invétérés, de préserver sa santé. Niéznatchny aurait eu envie de fumer une cigarette avec lui. Mieux encore, de s'asseoir à table, d'ouvrir une bouteille de vodka et de se mettre aussitôt d'accord avec lui sur tous les sujets d'intérêt commun. Mais c'était malheureusement impossible et cette conversation n'aurait lieu qu'à la fin de sa visite en U.R.S.S., lorsque Niéznatchny mettrait devant Williams un paquet de photos témoignant de ses galipettes amoureuses avec les petites Soviétiques. Et cette fois-là, il le coincerait! Quelle honte, d'être venu en U.R.S.S. avec une épouse toute fraîche pour se livrer à la débauche la plus scandaleuse! Et c'était le divorce, la perte de sa réputation, de sa clientèle, des photos de ses orgies moscovites dans un quotidien de Washington ou un hebdomadaire pornographique... Que pensez-vous d'une telle perspective, monsieur Williams? Mais oui, mon brave, mon très cher! Lesquelles préfères-tu? Les blondes, les brunes, les rousses? Les grosses, les maigres? Celles qui crient, ou celles qui gémissent? Celles au tempérament tranquillement langoureux ou les volcans en éruption? Très bien, nous t'accueillerons à l'aéroport et observerons sur qui tu arrêtes ton regard. Nous choisirons alors. Et pourtant... Si l'on prend Olia Makhova, y a-t-il eu jusqu'à présent un seul étranger qui ait refusé ses services? Ce n'est pas rien, la petite Olienka Makhova! Niéznatchny la gardait toujours en réserve pour les cas extrêmes lorsque ceux sur lesquels il avait arrêté son choix rejetaient les autres variantes. Mais pour ce visiteur venu de Washington, on pourrait peut-être commencer directement par la reine. D'autant plus que les Williams viendraient en tout et pour tout pendant dix jours et qu'il faudrait aussitôt jouer les atouts, sans perdre une seule journée. Soit, décida en lui-même Niéznatchny, on te donnera Olia Makhova. Puisque tu dois t'amuser, amuse-toi bien! Seulement, mes chers Williams, tâchez d'arriver le plus vite possible. Vous saurez ce que c'est que l'hospitalité russe! Chacun de vos mouvements sera calculé d'avance et, à chacun d'entre eux, je placerai devant vous un piège éprouvé, de ceux qui n'ont jamais raté jusqu'à présent.

Niéznatchny entreprit de détacher les photos de Virginia : il fallait en envoyer une aux archives opérationnelles, une autre au fichier, deux à l'hôtel où descendraient les jeunes mariés, une à l'aéroport de Chérémétiévo. Les autres demeureraient en sa possession pour les opérations à venir et pour ceux de ses collaborateurs qui dirigeraient comme il convenait les Williams dans les rues de Moscou et de Leningrad, les restaurants, les théâtres et les hôpitaux que Niéznatchny ferait obligatoirement visiter à Robert Williams sous le prétexte d'une conversation amicale avec ses collègues soviétiques.

Ah! ma mignonne, pensa tendrement le major en examinant à nouveau les photos de Virginia. Tu as de petites rides au coin des yeux, un sourire aux lèvres? Tu aimes rire? Nous te ferons rire. Nous te trouverons de fameux boute-en-train. Arrive seulement le plus vite possible, ton dentiste sous le bras. J'aurai le plaisir de te faire rire et de te cajoler moi-même, à la manière russe. Au fait, se demanda soudain Niéznatchny, ne pourrais-je pas réellement m'occuper d'elle moi-même?

La fièvre qui fait battre le cœur de tout chasseur professionnel s'était emparée de tout son être, tandis que la chaleur des yeux noisette de l'actrice hollywoodienne l'avait empli d'un doux émoi bien masculin. Après tout, qui sait ce qui peut arriver?...

Quelqu'un tira de l'extérieur la porte de son cabinet, l'arrachant à ses agréables pensées.

« Qui est là? demanda-t-il.

– C'est Savine qui vous a envoyé vos renseignements, Frol Evseïévitch, fit derrière la porte la voix de Katia.

– J'arrive... »

Niéznatchny se leva, alla à la porte et l'ouvrit. Katia se tenait debout, avec à la main l'atlas des Etats-Unis et quelques feuilles de renseignements concernant la ville de Potomac, y compris un plan détaillé, pris à l'encyclopédie géographique américaine, de cette ville ou faubourg de Washington. Niéznatchny tendit la main pour prendre ces différents matériaux, mais Katia sembla ne pas voir son geste.

« Regardez un peu ce qui se passe dehors! » dit-elle à son patron en entrant rapidement dans le bureau pour aller vers la fenêtre fermée par des barreaux.

Niéznatchny la suivit involontairement des yeux, puis regarda à son tour par la fenêtre.

Il *se passait* effectivement quelque chose dehors, avec des chutes de neige épaisse et la première tempête de l'hiver moscovite. La neige tombait en une couche si drue que le bureau de Niéznatchny était soudain devenu obscur sans qu'il s'en aperçût, tellement il était absorbé par la pensée de ses Américains prêts à arriver. Il n'avait même pas encore regardé les autres questionnaires.

« Non, mais regardez un peu, regardez! répétait Katia pleine d'enthousiasme en appuyant son énorme poitrine sur l'appui de la fenêtre, ce qui faisait remonter sa jupe et arrondissait encore davantage les globes de ses hanches. Regardez! »

Niéznatchny alla à la fenêtre. Du quatrième étage de leur grand bâtiment monolithique, on apercevait le carrefour formé par la rue Dzerjinski et le Pont-des-Maréchaux. Au-delà, toute la perspective, dans les quatre directions, était quadrillée, voilée par la première tempête de neige tombant sur la ville. Dans la gadoue à demi neigeuse que le gel n'avait pas encore solidifiée, un trolley était immobilisé au carrefour. Ses caténaires décrochés des fils électriques pendaient lamentablement dans le vide et décochaient des étincelles chaque fois que le vent les mettait en contact. Une femme chargée de filets débordant de provisions venait d'atteindre le trottoir lorsqu'elle effectua une pirouette ahurissante et tomba. Ses sacs s'envolèrent dans toutes les directions et l'on vit rouler sur la neige de belles tomates bulgares bien rouges. La femme se mit à les ramasser avant même de se relever.

« A gauche, à gauche, il y en a encore trois! » lui soufflait d'en haut Katia, comme si elle avait pu l'entendre.

Debout derrière Katia, dont les formes occupaient les deux tiers de l'étroit appui de fenêtre, Niéznatchny s'était lui aussi penché en avant afin de voir la neige furieuse et cette pauvre passante occupée à ramasser ses tomates. Ce faisant, il toucha involontairement avec son ventre les hanches brûlantes de Katia, qui devint aussitôt immobile et dont le souffle s'arrêta. Et les mains de Niéznatchny avancèrent malgré lui, en dépit de sa volonté et de sa raison, et elles se posèrent sur les hanches rebondies.

Mais même en violant le vœu qu'il s'était imposé, ainsi que la discipline du travail, même en pétrissant et en attirant à lui la plantureuse et douce poitrine de sa secrétaire, Niéznatchny ne cessait de penser à ses nouveaux poulains, à ses « filleuls » américains potentiels qui ne tarderaient pas à arriver et à se jeter dans ses filets, et qui se nommaient Virginia et Robert Williams. Et il y pensait avec une joie telle qu'il transmettait son émotion au corps par lui pétri.

14

« Jack? Salut, Jack! Vous allez bien? C'est David, du *Washington Night Review*. Nous nous sommes vus il y a un mois, à Stockholm.

– Ah! David! » fit une voix parvenant de la lointaine Moscou. Et Mac Kerry comprit que Stevenson l'avait reconnu et s'était étonné de son appel.

« Comment va, David? reprit le journaliste.

– Tout va bien, ici. Et chez vous? »

Mac Kerry ne savait pas lui-même de quoi parler avec Stevenson ni comment aborder le problème qui le préoccupait. Mais on était le 6 octobre, il avait rendez-vous une demi-heure plus tard avec le boss, à qui il devait rendre compte. Qu'allait-il bien pouvoir lui annoncer? Aucun sous-marin soviétique ne s'était encore montré au large des côtes suédoises, malgré l'assurance donnée par Yourychev que la chose se produirait sans faute dans les premiers jours d'octobre. Mais peut-être ce dernier avait-il envoyé un signal à Stevenson? Peut-être lui avait-il téléphoné pour lui dire que l'opération était remise, ou annulée, ou encore autre chose? Impossible d'en parler tout de go avec le journaliste dont le téléphone, tout comme celui des autres correspondants étrangers accrédités à Moscou, avait nécessairement été mis sur écoute par le K.G.B. Mais il fallait trouver un moyen pour faire comprendre à ce Stevenson ce qu'il voulait savoir de lui...

« Vous m'aviez promis un article, Jack, vous vous en souvenez? fit Mac Kerry au bout du fil. Vous m'aviez dit que vous me l'enverriez début octobre. Nous sommes aujourd'hui le 6, et mon rédacteur en chef m'a prié de vous demander s'il pouvait compter sur votre article pour l'un des prochains numéros ou pas. Je veux dire – si votre article paraîtra ou non début octobre. (Mac Kerry appuyait sur l'expression « début octobre » pour ne laisser aucun doute dans l'esprit de Stevenson sur l'objet de leur conversation.) Si votre article n'est pas prêt, ce n'est pas grave, Jack. L'essentiel, c'est de savoir avec certitude si nous pouvons ou non compter dessus. Qu'en dites-vous, Jack? Vous n'avez pas modifié vos projets? »

Stevenson garda le silence, sans doute parce qu'il réfléchissait à la manière de répondre.

« Allô! fit Mac Kerry. Peut-être nous ferez-vous connaître une autre date? Pensez-y, Jack! Nous avons le plus grand besoin de cet article.

– Hmmm..., fit Stevenson en toussotant. Honnêtement, Jack, je n'ai pas la possibilité de réunir de matériaux pour cet article. Vous savez, tout est tellement secret, ici, chez ces Russes... »

Il avait fini par trouver la forme et le ton adéquats et sa voix sonnait maintenant avec plus d'assurance. Il savait que tout ce qu'il disait était enregistré mais avait plaisir à envoyer quelques piques à ces diables de Russes.

« Hier, ajouta-t-il, j'ai essayé de rencontrer le cuisinier en chef du Kremlin, je voulais faire un reportage sur les plats qu'on y servait. Impossible! Même les menus servis au Kremlin sont classés top secret! C'est pourquoi je ne sais quoi vous répondre. C'est très difficile de travailler, ici. Et carrément impossible d'obtenir des matériaux nouveaux...

– Je vois..., fit tristement Mac Kerry. Dommage... Bon, s'il y a du nouveau, vous me téléphonez, d'accord? Quel temps fait-il à Moscou?

– Brrr..., se contenta de répondre Stevenson.

– Bonne chance, Jack!

– Vous aussi... »

Mac Kerry raccrocha. Il n'avait pas appelé Stevenson de la C.I.A. mais d'une cabine publique, dans la mesure où les Soviétiques de l'ambassade possédaient depuis longtemps des appareils capables de capter les conversations téléphoniques de la C.I.A. « On est jolis! pensa Mac Kerry. On téléphone à Moscou et on craint d'être écouté des deux côtés à la fois par le K.G.B., de Washington comme de Moscou! Fichu Stevenson, quand même! Il est là-bas, peut-être à un kilomètre ou deux de Yourychev, et ne peut pas entrer en contact avec lui. Va deviner, après cela, quand leur sous-marin fera surface. Aujourd'hui, demain ou jamais? »

Il ressortit de la cabine, prit place dans sa Ford modèle 1979 et regarda sa montre. Il était quatorze heures trente; à quinze heures, il devait faire son rapport au boss sur l'état d'avancement de l'opération « La Face d'un autre ».

Mais lorsqu'il arriva au bureau et, tout en se dirigeant vers l'ascenseur, adressa un signe de tête familier au gardien noir Billy en lui demandant comment il allait, celui-ci lui répondit :

« Comment, monsieur, vous n'êtes pas au courant? Sadate a été tué, en Egypte! »

15

« L'émigration, expliquait Stavinski, est un pays à part. Je dis bien un pays. Il y a la Russie, l'Amérique, la Chine, la France. Mais il y a aussi un pays qui s'appelle l'émigration. En quittant la Russie, je pensais partir pour l'Amérique. Je quittais la Russie pour l'Amérique, les ténèbres pour la lumière, la barbarie et l'arriération pour le XXIIIe siècle. Mais ce n'est pas en Amérique que je me suis retrouvé. J'ai atterri dans un pays cruel et indifférent que vous ne trouverez sur aucune carte : l'émigration. Il n'y a dans ce pays ni capitale, ni théâtres, ni vie d'aucune sorte. C'est une sorte de désert, ou d'océan où chacun dérive sur son propre bloc de glace en cherchant à quoi il pourrait bien se raccrocher. Certains se sont même construit sur ces blocs des maisons pourvues de garages, voire de piscines, d'autres se sont réunis entre eux pour organiser en archipels ces blocs de glace, comme Brighton Beach à New York. Ils y ont même leurs restaurants et un cinéma russe, bien à eux, où ils vont voir des films qui leur parlent de leur vie passée, des films soviétiques. Mais en dépit de tous ces efforts, c'est comme vivre sur un bloc de glace : c'est désert et froid. Les enfants quittent au galop les blocs de glace de leurs parents et se fondent dans la vie américaine. Ils s'adaptent comme ils le peuvent à l'Amérique, à l'Europe, à Israël, et deviennent des personnes normales. Mais les adultes comme moi... Nous, nous restons sur notre bloc de glace, nous sommes condamnés à dériver seuls jusqu'à la fin de nos jours. L'Amérique n'y est pour rien, elle n'est pas coupable. Je pense que s'il était possible d'émigrer dans l'autre monde, même au paradis, ce serait la même chose pour nous. Car lorsque vous coupez les racines d'un arbre encore jeune et le plantez dans un nouveau terreau, il y enfonce lui-même de nouvelles racines. Mais si c'est un arbre adulte, il périt, il se dessèche. Je ne veux pas me dessécher sur mon bloc de glace. Je veux retrouver ma vie d'autrefois. Je me souviens des discours qu'on nous tenait à Vienne, à la H.I.A.S. On nous disait que nous nous étions évadés d'une prison, que nous étions libres. C'est peut-être la vérité, mais que puis-je faire de cette liberté? Je me sentais plus libre dans cette prison qu'ici. Là-bas, je vivais. Je vivais pleinement, je surmontais des obstacles et j'en étais fier, je discutais avec mes amis de prison de l'ordre établi, je me disputais, j'aimais des femmes, je lisais des livres interdits. J'avais une vie remplie, vous me comprenez? »

Virginia l'écoutait sans l'interrompre. Pour la troisième journée consécutive, ils tuaient ensemble le temps en attendant d'être envoyés en Russie. Mac Kerry leur avait dit que le seul problème, c'était les visas soviétiques qu'il leur fallait attendre. Ceux-ci devaient leur être accordés d'un jour à l'autre, les Soviets avaient fini par téléphoner à Potomac au véritable docteur Williams pour éclaircir certains points de leurs demandes, mais le docteur était préparé à ce coup de fil de l'ambassade et avait répondu avec précision à toutes leurs questions, après quoi les Soviets avaient promis les visas dans les jours qui suivraient. Stavinski et Virginia avaient maintenant beaucoup de temps libre et ils le passaient ensemble à se promener dans Washington, à fréquenter les cafés chics de Williamsburg, à visiter musées et expositions, à nourrir les écureuils des jardins publics. Et Stavinski racontait à Virginia quelle avait été sa vie en U.R.S.S.

« Non, lui disait-il, vous ne pouvez pas comprendre cela, vous autres Américains. Il vous semble que si quelqu'un a la nostalgie de son pays, cela signifie que votre pays à vous ne lui plaît pas. Mais le problème, c'est que ce pays est et reste le vôtre, sans être devenu le mien, quoique j'y aie vécu six ans. Et il ne le deviendra jamais, parce que je n'ai pas grandi sur cette terre, ne me suis pas bagarré dans la rue avec les autres gamins, n'ai pas jeté ici de pierres aux pigeons, n'ai pas fait la queue dans les boulangeries, n'y ai pas embrassé ma première femme. Je n'ai rien à faire ici, et d'ailleurs faire quelque chose n'aurait pas de sens. Faire quelque chose pour qui? »

Un écureuil noir émergea d'un bond du buisson où il se trouvait et s'installa dans une allée du parc, dressé sur ses petites pattes arrière, sa somptueuse queue relevée en éventail et les petites billes noires de ses yeux interrogativement tournées vers Stavinski et Virginia.

« Vous voyez, dit Stavinski. Même les écureuils sont différents. Ici ils sont noirs, alors qu'en Russie ils sont roux. J'ai l'habitude des écureuils roux, que puis-je y faire? Vous savez ce que ma fille me disait, lorsque nous sommes arrivés? Elle est restée six mois enfermée dans notre appartement sans mettre le nez dehors, ne cessant de me répéter : « Papa, les « fleurs ne sentent pas ici, le soleil ne me réchauffe « pas, l'herbe ne me caresse pas, ramène-moi là- « bas. » Voilà. Mais cette époque est terminée aujourd'hui pour elle, elle ne parle déjà presque plus le russe, et moi... Non, décidément le soleil ne me réchauffe pas ici... Et c'est pourquoi je dois rentrer, absolument. »

16

« Très bien. Admettons que l'assassinat de Sadate ait quelque peu perturbé leurs plans. Quoiqu'il n'ait pas été démontré que les Russes aient eu quelque chose à voir avec cet assassinat, il n'est que trop évident qu'il sert leurs intérêts. Moi non plus, à leur place, je ne tendrais pas maintenant l'atmosphère dans le monde jusqu'au point maximum : tuer Sadate en Egypte et, dans le même temps, faire peur à l'Europe avec des sous-marins, c'est un peu trop. Moi aussi, je changerais ou retarderais quelque chose. Mais nous sommes aujourd'hui le 20 octobre. Combien de temps encore devrons-nous attendre? Est-il vraiment impossible d'entrer en contact avec ce Yourychev pour savoir ce qu'il en est? »

Daniel J. Cooper se balançait dans son fauteuil et regardait mélancoliquement par la fenêtre. Les pluies d'octobre cisaillaient Washington, l'assassinat de Sadate donnait au Kremlin de nouvelles cartes pour sa politique au Proche-Orient, la Maison Blanche exigeait de la C.I.A. une information précise sur les plans russes, et lui, Cooper, avait déjà fait savoir en haut lieu qu'il ne tarderait pas à fournir au président l'information la plus précise, mais... où ce diable de sous-marin et ce fichu colonel Yourychev avaient-ils bien pu passer?

« J'ai déjà passé deux coups de fil à Moscou, répondit Mac Kerry. J'ai parlé avec ce Stevenson. Mais il n'a aucune nouvelle et ne peut pas aborder Yourychev lui-même. D'ailleurs, d'une façon générale, l'aborder serait dangereux et pourrait tout faire rater. La seule chose qu'il reste à faire, c'est d'attendre le 7 novembre et la parade militaire sur la place Rouge. Habituellement, tout l'Etat-Major général se rend à ces parades. Si Yourychev y assiste, Stevenson pourrait essayer de se montrer à lui. Ensuite, cela dépendrait des circonstances... Mais pour cela il faudrait le faire sortir de Russie afin de s'entendre avec lui. Ce serait plus efficace si vous lui transmettiez vous-même nos instructions.

– M... ouais, fit le boss. L'espoir est maigre, pour dire les choses clairement. Comme on dit en Russie, la pire chose, c'est d'attendre et de rattraper les autres. D'accord. Je connais le rédacteur en chef du *Washington Herald.* Je vais essayer de le persuader de faire venir Stevenson ici pour deux ou trois jours... Et que deviennent pendant ce temps notre émigré candidat au rôle de double et sa jeune épouse?

– A mon avis, dit Mac Kerry en souriant, ils sont en plein roman d'amour. En tout cas, ils sont tout le temps ensemble et j'ai les plus grandes craintes qu'ils ne se marient pour de bon. Dans ce cas, ou ce sera lui qui refusera de prendre l'avion, ou elle qui voudra aussi rester en Russie.

– Il ne manquait plus que cela! La C.I.A., dans le rôle d'entremetteuse, d'agence matrimoniale. Et si nous fermions boutique pour devenir réellement une entreprise de fabrication de mariages? Vous voyez comme cela nous réussit! Ils ont enfin eu leurs visas d'entrée en U.R.S.S.?

– Le docteur Williams les a reçus il y a quatre jours et est parti hier pour se reposer en Floride. Mais je n'ai encore dit ni à Stavinski ni à Miss Part que les visas avaient été délivrés : comment pourrais-je leur expliquer la raison de leur retard?

– Bien. Attendons encore... disons cinq jours. S'il n'y a alors ni sous-marin ni signal de Yourychev, il faudra les renvoyer chez eux.

– Ce n'est pas aussi simple. Miss Part rentrera bien sûr chez elle. Mais Stavinski?... N'oubliez pas qu'on l'a enterré et qu'il ne peut pas revenir chez sa fille depuis l'autre monde. Qui plus est, avec un autre visage.

– ... Ouais. Vous avez raison. Que va-t-il faire, alors?

– Je pense que nous serons obligés de lui verser au minimum un tiers de la somme promise, à titre de compensation pour rupture de contrat. Ensuite, ce sera à lui de voir.

– Mais comment continuera-t-il à vivre en Amérique? Sous quel nom? Son numéro de Sécurité sociale a été rayé des listes. Lui en attribuer un autre, cela signifie expliquer au F.B.I. tous les tenants et aboutissants. On peut dire que nous nous sommes mis dans de beaux draps, vous et moi! »

Cooper se leva et se dirigea en soupirant vers la fenêtre. Une pluie grise répandait son ennui derrière la vitre. En U.R.S.S. sept résidents camouflés travaillaient pour la C.I.A. dans diverses organisations soviétiques. Quelques diplomates russes, certains fonctionnaires du ministère des Affaires étrangères ne refusaient pas les bakchichs. Mais les lâcher sur la trace de ce Yourychev? C'était trop risqué. Non, il fallait patienter. Comment était-ce déjà, dans cette chanson russe? « Il faut seulement apprendre à attendre, il faut être calme et obstiné... »

« D'accord, dit-il. Attendons jusqu'au 25. »

17

Depuis quelques jours, Marc s'était mis à téléphoner à Virginia. Il disait qu'il s'ennuyait d'elle et voulait venir la voir à Washington. Les hommes sont toujours comme cela. Lorsqu'elle était là-bas, à ses côtés, il disparaissait pendant des journées, et même des nuits entières, il ne tenait pas en place à la maison, il avait ses affaires, ses amis à lui. Et maintenant il s'ennuyait! Virginia lui répondait nerveusement au téléphone, lui expliquait qu'elle était occupée, qu'elle avait des prises de vues du matin au soir, qu'elle devait partir en tournage d'un jour à l'autre, et Marc lui répliquait qu'il avait d'autant plus envie de la voir avant son départ, puisqu'ils ne s'étaient pas vus depuis un mois. Leur dernière conversation fut particulièrement pénible. Marc demanda à Virginia d'une voix enjouée et faussement gaie si elle ne s'était pas trouvé un amant à Washington et Virginia lui répondit du tac au tac avec grossièreté : elle ne contrôlait pas ses allées et venues lorsqu'il quittait la maison avec des traînées hollywoodiennes qui se prétendaient productrices. Marc se vexa et Virginia raccrocha. Elle ne savait pas ce qui lui arrivait. Sa raison de femme adulte lui disait qu'elle ne devait pas s'enticher de ce kamikaze russe : cette aventure n'avait pas d'avenir. Il resterait en Russie et y disparaîtrait. Et même s'il ne disparaissait pas, qu'est-ce que cela pouvait bien lui faire puisqu'ils ne se reverraient plus? Et pourtant c'était dans de tout autres dispositions d'esprit qu'elle attendait ses appels et la possibilité de passer en sa compagnie tout leur temps libre. De la pitié, peut-être? Non, ce n'était déjà plus cela, ou plus seulement cela. Quelque chose d'autre, qui n'avait pas de nom. Mais que l'on propose à une femme, n'importe laquelle, de rencontrer un homme qui va affronter consciemment un risque monstrueux, mortel, par exemple une transplantation du cœur, ou un vol sans retour en direction de Vénus, elle dira : « Oui, je désire voir cet homme », et derrière ce « Je désire le voir » se cachera bien davantage. Peut-être est-ce pour cette raison que les femmes de l'âge de pierre aimaient leurs hommes avec plus de force et de fidélité : c'est qu'ils partaient chaque jour affronter le risque mortel de combats avec les bêtes féroces... Il y avait aussi un sentiment de jalousie inconsciente qui la guidait, de jalousie à l'égard de la Russie. Virginia se considérait comme américaine, comme une Américaine authentique, et elle l'était effectivement. Et voilà que surgissait dans sa vie un homme qui était capable de trahir son Amérique, à laquelle il préférait une espèce de Russie lointaine et terrible. C'était un peu comme s'il abandonnait une femme pour une autre.

Il fallait montrer l'Amérique à ce Russe, le forcer sinon à aimer, du moins à admirer ce qui avait fait sa fierté depuis qu'elle était enfant et considérait, comme tous les Américains, qu'il n'y a pas au monde d'endroit meilleur que l'Amérique, ni de pays plus beau... Elle avait pris chez « Exxon » le plus grand nombre possible de guides des environs de Washington et passait son temps à excursionner avec Stavinski dans les parcs nationaux, les musées ethnographiques, s'arrêtait dans de pittoresques bungalows indiens, dînait dans des restaurants japonais, chinois, français, ukrainiens, allait écouter Rostropovitch dirigeant un orchestre symphonique ou admirer une troupe française de ballet de passage dans la région, à moins que ce ne fût du théâtre japonais : le monde entier venait en Amérique, ce « toit du monde ». Et lui, Stavinski, s'apprêtait à la quitter?

Il n'y avait pas encore eu dans leurs relations ce que Mac Kerry avait évoqué avec son boss, Daniel J. Cooper : il n'y avait eu ni lit, ni baisers, ni même de ces attouchements en apparence anodins des mains, des épaules, des regards, qui déclenchent la libido. Stavinski se conduisait en frère, en ami, et cela avait facilement eu raison de l'appréhension bien naturelle que Virginia pouvait avoir envers cet homme qui pouvait bien réclamer certains droits sur elle puisque après tout ils étaient mariés, même fictivement. Mais cela froissait quand même son amour-propre féminin. Après toute une journée passée ensemble, après une promenade commune dans un parc national romantique où ils avaient dominé les chutes grondantes de la rivière Potomac et erré au milieu de la verdure automnale, dans le silence douillet de l'automne, après un concert nocturne où ils avaient écouté la musique émolliente de Saint-Saëns, voilà qu'il la ramenait à l'hôtel, la reconduisait jusqu'à son ascenseur et...

« Bonne nuit, Virginia. Quels sont nos plans pour demain?

– Je ne sais pas, répondait-elle. M. Mac Kerry va peut-être téléphoner dans la matinée.

– O.K., faisait-il, téléphonons-nous. Bonne nuit! »

Elle rentrait dans sa chambre, passait en revue la journée écoulée et ne pouvait y trouver nulle part d'indication qui trahît chez lui autre chose qu'une attitude amicale à son égard. Etait-ce lui qui ne voulait pas remarquer en elle la femme? Ou bien elle qui n'était plus capable d'attirer les hommes? Il délirait tellement à propos de sa Russie, il contemplait avec une telle indifférence, comme un simple voyageur, ces chutes d'eau, ces parcs, ces rochers, ces restaurants qu'il n'avait qu'à retourner dans sa fichue Russie, et le plus vite possible! D'ailleurs, pourquoi ces gens de la C.I.A. tardaient-ils autant à les mettre dans l'avion? Elle était là depuis un mois déjà à ne rien faire, son pseudo-contrat avait même expiré la veille et elle ne savait même pas quand elle partirait pour la Russie. Elle pouvait en toute tranquillité d'âme leur dire que c'était fini, que le mois dont il avait été question s'était écoulé et qu'elle n'avait plus la force de s'occuper de tout cela. Et elle rentrerait chez elle. En fin de compte, c'était eux que cela regardait, pas elle. Ils lui avaient demandé un mois et ce mois était terminé... Oui, c'était bien ainsi qu'elle allait faire. Dès le lendemain matin. Elle appellerait Mac Kerry et le lui dirait. Qu'ils lui paient donc tout ce qu'ils lui devaient, au titre de ce contrat d'un mois! Elle n'était certes pas allée en Russie, mais ce n'était pas de sa faute...

Mais le lendemain arrivait, Stavinski téléphonait de sa voix gaie et légèrement ironique :

« Allô, madame Williams? Ici votre mari. Comment avez-vous dormi, très chère? J'ai pensé que nous pourrions aller faire un tour à la campagne, qu'en dites-vous? Il fait un temps superbe, chaud, avec du soleil... »

Et elle pensait au-dedans d'elle : « Bon. Attendons encore un jour... » Mais elle se leurrait volontairement car ce qu'elle attendait, c'était que quelque chose se produisît, ce jour-là, entre Stavinski et elle.

Stavinski venait la chercher à l'hôtel dans sa Jaguar blanche de location, tout frais et bien rasé, vêtu d'un costume français de bonne qualité qu'ils avaient acheté ensemble chez Bloomingdale's, et de nouveau, après un léger breakfast à l'hôtel, les autoroutes et les allées forestières volaient sous les roues de leur voiture tandis que Stavinski flanquait en riant sur la banquette arrière les contraventions qui lui avaient été dressées pour excès de vitesse : la C.I.A. se débrouillerait plus tard avec! A moins, plaisantait-il, qu'elle ne les lui fît suivre en Russie...

A la différence de Virginia, Stavinski savait parfaitement pourquoi il était attiré par elle. Il l'avait aimée dès le moment où il l'avait vue, alors qu'il était encore à la clinique. Elle était la femme que chaque homme recherche depuis son adolescence et qu'il ne trouve pratiquement jamais : une femme qui lui rappelait sa mère. C'était vraiment une malchance de l'avoir rencontrée après qu'on lui avait refait le visage et qu'il s'était officiellement enterré lui-même dans le New Jersey, alors qu'il ne pouvait plus revenir en arrière. Il devait retrouver la Russie, mais elle, il la perdrait. D'autant plus chères étaient pour lui toutes les journées qu'ils passaient ensemble, d'autant plus grand le plaisir qu'il éprouvait à la promener à travers cette Amérique qu'elle aimait tant, avec ses campings, ses hôtels, ses restaurants, ses parcs, en jetant l'argent par les fenêtres. Il lui semblait par moments que ce qu'il donnait à cette femme, c'était ce qu'il n'avait pas donné à sa mère. Il n'y a pas un petit garçon qui ne rêve d'offrir à sa mère le monde entier : des voyages dans de lointains pays, le luxe et le confort de pays éloignés, des concerts, des plages, des expositions, de coûteux restaurants. Stavinski avait le sentiment qu'il ne faisait plus cela pour Virginia seule, mais aussi pour sa mère. Et il attendait, avec maintenant de l'impatience, ce voyage en Russie car il y montrerait à Virginia ce qu'il s'apprêtait dans son enfance à montrer à sa mère : Leningrad, Moscou, les théâtres et les salles de concert de la capitale, les hôtels de l'Intourist, les expositions, le Bolchoï, le musée Pouchkine, l'Ermitage, l'avenue de la Néva, les auberges des environs de Moscou où l'on sert de la cuisine géorgienne, la Maison du cinéma, la Maison des journalistes. Il suffisait d'avoir de l'argent pour être reçu partout. Sa mère n'avait pas vécu assez longtemps pour le connaître avec de l'argent, elle était enterrée à Saratov et n'avait même pas pu réaliser le modeste souhait de sa jeunesse : voir Leningrad au moins une fois...

Il savait déjà qu'il n'irait pas raconter l'opération au K.G.B. et n'exposerait pas cette femme à des risques. « Que j'aille au diable! pensait-il à propos de lui-même. Je m'en tirerai toujours. Et même si je ne m'en tire pas, eh bien, tant pis! Combien de temps peut-on vivre de la sorte, à macérer dans son amertume et son propre fiel? Au moins vivrai-je correctement pour terminer. Bien sûr, le K.G.B. va se ressaisir et se mettre à chercher l'homme qui aura quitté la Russie à ma place, et des fouilles seront entreprises sur tout le territoire. Cela signifie que dans tous les coins du pays, même les plus obscurs, les plus éloignés, les bureaux de la milice seront ornés de mon portrait. J'aurai beau me faire refaire à nouveau le visage (et où peut-on se faire refaire le visage en Russie ? C'est une impossibilité à peu près totale), cela ne me sauvera pas. Tôt ou tard, le K.G.B. retrouvera ma trace et le nœud se refermera. Et alors ? pensa-t-il en faisant le brave à ses propres yeux. On peut toujours avaler du poison et en terminer avec la vie ! Du moins cela aura-t-il été la vie. J'aurai encore le temps de vivre en Russie et d'embrasser cette femme là-bas, à Moscou... »

A dire vrai, il était intimidé par elle. Il craignait de toucher Virginia, de lui montrer son désir, sa passion : qu'était-il pour elle ? Un raté, qui n'avait pas su s'adapter à l'Amérique. Une âme faible, qui n'avait pas su vaincre les barrières de la transplantation et devenir américain. Rien de plus. Si elle acceptait son amitié, sa franchise, c'était parce qu'ils faisaient partie du même attelage, parce que tel avait été leur contrat avec la C.I.A. C'était son travail, de demeurer quelque temps avec lui, son travail et rien de plus. Mais s'il se permettait quelque chose de plus, comment y répondrait-elle ? Lui donnerait-elle un soufflet ? L'inonderait-elle de son mépris américain ? Ferait-elle demi-tour et repartirait-elle pour la Californie ? Non, il ne pouvait se permettre le luxe de perdre maintenant cette femme. Il allait encore lui parler pendant des heures de la Russie, de lui, de sa mère, de son ex-femme, de sa fille, de la télévision moscovite où il avait travaillé pendant douze ans, de Portland et de ses premières années d'émigration, et même de Barbara du 7-Eleven. Ensuite, après l'avoir reconduite à son hôtel, il rentrerait à son Sheraton où il ferait venir pour une heure une nouvelle fille afin de se libérer de la passion accumulée en lui durant toute la journée, mais il ne toucherait pas Virginia, ne l'effleurerait pas et ne se trahirait d'aucune manière devant elle afin de ne pas la perdre alors que le moment n'était pas encore venu.

... Lorsqu'il rentra avec elle à l'hôtel, après un nouveau concert, au soir du 27 octobre, ils virent Mac Kerry qui les attendait dans le hall. Il avait un visage fermé et maussade.

18

Mac Kerry était rentré le matin même de Stockholm, après quoi il avait passé le restant de la journée à analyser la situation avec son patron. Le rédacteur en chef du *Washington Herald* ayant refusé de convoquer à Washington son correspondant à Moscou, il avait encore fallu arracher Stevenson à la Russie pour le faire venir une deuxième fois dans la capitale suédoise, mais cela n'avait pas été sans mal, au point que l'opération n'avait réussi que parce que l'Américain avait dans cette ville une maîtresse suédoise. Mais leur rencontre n'avait strictement rien donné. Stevenson avait catégoriquement refusé de se mettre à la recherche du colonel Yourychev et, lorsque Mac Kerry lui avait proposé d'essayer de le rencontrer comme par hasard à l'occasion de la parade du 7 novembre, il lui avait répondu avec scepticisme :

« Maintenant que Sadate a été assassiné, il y aura sur la place Rouge un tel cordon sanitaire autour des tribunes qu'ils ne nous laisseront même pas respirer. Alors approcher de la tribune, surtout militaire, il ne saurait en être question. J'ai obtenu un billet blanc, pour la tribune des journalistes. C'est à trois cents mètres des tribunes gouvernementales. Le maximum que l'on puisse faire, c'est filmer ces dernières au téléobjectif. Mais à quoi bon? Même si Yourychev est présent à la parade, comment saura-t-il à une telle distance que je le filme? Il se tiendra debout comme une statue, la main à la visière comme tous les autres, et rien de plus. »

C'est ainsi que Mac Kerry était rentré bredouille à Washington, après quoi son patron et lui avaient décidé de refermer le dossier. De toute manière, espérer que le sous-marin se montrerait le lendemain ou le surlendemain auprès des côtes suédoises alors qu'on ne l'avait pas vu pendant presque tout le mois d'octobre était insensé. Le plus vraisemblable était que les Russes avaient annulé l'opération. Il faudrait trouver d'autres moyens pour aborder Yourychev. Mais cela prendrait du temps et il n'y avait aucune raison de continuer à garder là Virginia et Stavinski.

Au bar, Mac Kerry commanda un ginger ale pour Virginia et deux screw-drivers pour Stavinski et lui.

« Malheureusement, annonça Mac Kerry, nos plans ont changé. L'opération est annulée ou... repoussée à une date indéterminée. Miss Part, merci de votre collaboration, vous toucherez tout ce qui avait été convenu pour le mois d'octobre et nous considérerons que notre film est enterré. Demain ou après-demain, à votre choix, vous pourrez prendre l'avion pour Los Angeles. Voici un billet *open*. Et voici votre chèque. Ne craignez rien, il n'y est pas fait mention qu'il vient de la C.I.A. C'est un chèque d'un studio de cinéma de l'armée. Vous pourrez, si vous le voulez, dire à vos amis que vous avez tourné dans un film pour l'armée américaine. »

Il vit Virginia jeter un coup d'œil au chèque et son visage s'empourprer d'étonnement et de joie lorsqu'elle aperçut la somme qui lui était remise et qui se montait à sept mille cinq cents dollars.

« Merci encore », lui dit-il avec un sourire triste.

Puis, se tournant vers Stavinski :

« La situation est un peu plus délicate pour vous, monsieur... Je ne sais même pas comment vous appeler! Voici en tout cas votre chèque : il y a là exactement le tiers de la somme dont nous étions convenus. Chèque sans nom de famille, au porteur. Ne le perdez surtout pas! Demain matin, vous pourrez l'échanger dans une banque contre des espèces ou des travellers. Autre chose : nous comprenons bien qu'avec ce visage qui n'est pas le vôtre vous ne puissiez ressusciter des morts et vous montrer devant votre fille. Mais si vous le désirez, le docteur Lawrence vous rendra votre vrai visage. En ce qui concerne votre mort, je pense que l'on peut dire que cela a été une nouvelle erreur policière. Vous avez été détroussé par des malfaiteurs, roué de coups, déshabillé et jeté sans connaissance par la portière, après quoi vous êtes resté à traîner pendant quelques semaines, tandis que l'agresseur en possession de vos papiers avait un accident automobile, à la suite de quoi la police aura appris à votre fille la nouvelle de votre mort. Ce sont des choses qui arrivent. On peut affiner la mise en scène et vous ajouter des cicatrices convaincantes à la clinique de ce même docteur Lawrence. L'argent que nous vous donnons compensera, je pense, le dommage moral dont vous aurez été victime. »

Mac Kerry vit que le coup que la nouvelle portait à Stavinski équivalait à un knock-out. »

« Pourquoi cela? demanda ce dernier d'une voix

sourde. Les Soviets nous ont refusé les visas d'entrée?

– Non, ils ont été accordés. Simplement, comme je vous ai dit, nos plans ont changé, mais je n'ai pas le droit de vous faire savoir en quoi.

– Et si... si je refuse votre proposition?

– Comment cela? fit Mac Kerry qui n'avait pas compris. Vous refusez d'accepter l'argent!

– Oh! non! fit Stavinski en souriant. L'argent, je le prends. Mais changer à nouveau de visage et ressusciter comme Stavinski...

– Pas de problème. Je l'avais imaginé. Nous vous aiderons à changer de nom. En principe, les lois américaines autorisent tout citoyen à changer de nom de famille.

– Vous ne m'avez pas compris. J'ai déjà un nom de famille et c'est Williams. Je suis Robert Williams. C'est à ce nom que sont rédigés les papiers et le visa que vous possédez pour moi. Et si j'allais là-bas? Par moi-même. A mes frais. »

Mac Kerry n'avait pas prévu un tel retournement.

« Et qu'est-ce que vous ferez, là-bas? Vous vous contenterez d'y passer un mois, après quoi vous reviendrez?

– Non, dit Stavinski. Je ne pense pas. Si vous me donnez les papiers russes dont nous avons parlé lorsque vous m'avez contacté, il est probable que je ne reviendrai pas.

– Et si je ne vous les donne pas?

– Dans ce cas aussi, je pense que je ne reviendrai pas. J'imaginerai quelque chose sur place. En Russie, quand on a de l'argent, on peut aussi acheter des papiers d'identité.

– Ma foi... Cela vaut la peine d'y penser... »

Mac Kerry venait soudain de réaliser que Stavinski lui-même pourrait retrouver la trace de Yourychev. Il ne savait pas encore comment ni sous quel prétexte, mais c'étaient là des détails que l'on pourrait fignoler ensuite...

« Vous savez, dit-il avec un sourire retrouvé, je crois que nous vous donnerons ces papiers russes. Encore une chose. Quand voudriez-vous partir pour Moscou? »

Stavinski regarda Virginia. Si cette femme n'avait pas montré un tel enthousiasme à la vue du chèque et de la possibilité de regagner dès le lendemain la Californie, il ne se serait peut-être pas ainsi précipité tête baissée en Russie. Si au moins elle avait dit quelque chose, si elle lui avait jeté un regard un peu particulier... Mais non, elle avait simplement détourné les yeux, comme si son destin et le choix qu'il avait formé ne la concernaient pas.

« Eh bien... soupira-t-il en regardant Mac Kerry dans les yeux. Je puis partir dès demain pour la Russie.

– Demain, c'est peut-être un peu tôt. Rencontrons-nous plutôt dans l'après-midi et mettons tous les détails au point », fit Mac Kerry qui avait besoin de temps pour discuter avec Cooper de cette nouvelle idée.

Stavinski, de son côté, regarda Virginia et lui demanda, comme en passant :

« Et vous, Miss Part, quand prenez-vous l'avion pour Los Angeles?

– Demain matin, je suppose », répondit-elle.

Puisqu'il était prêt à partir aussi facilement et sans montrer la moindre hésitation pour sa Russie, se dit-elle, qu'il s'en aille donc et que se défasse, que se rompe de lui-même le nœud diabolique qui les unissait.

« Oui, ajouta-t-elle d'une voix plus ferme, demain matin.

– Vous me permettrez de vous accompagner?

– Pour quoi faire? Je prendrai un taxi.

– Comme vous voulez... Dans ce cas, bonne chance.

– Vous aussi. Bonne chance en Russie. Au revoir, monsieur Mac Kerry. Je vous remercie », ajouta-t-elle en lui tendant la main avant d'en faire autant avec Stavinski qui ne la lui retint pas le plus court instant!

Elle se retourna et marcha rapidement vers l'ascenseur.

Une fois dans sa chambre, elle s'effondra sur son lit et éclata en sanglots.

19

L'avion pour Los Angeles décollait à 11 h 40. Virginia avait retenu sa place par téléphone au cours de la nuit et maintenant elle était prête à partir, ses valises faites et le taxi qu'elle avait commandé sur le point d'arriver. Elle avait encore eu le timide espoir, qu'elle ne voulait même pas s'avouer, que Stavinski lui téléphonerait dans la matinée ou viendrait à son hôtel, mais cela ne s'était pas produit alors qu'elle sortait maintenant de l'hôtel en regardant à la dérobée si elle ne voyait pas la Jaguar blanche. Elle soupira : pas de Jaguar. Soit, se dit-elle, cela vaut mieux ainsi. Tous les fils sont rompus d'un coup. Qu'il file dans sa Russie et disparaisse pour toujours : elle l'avait rayé de sa mémoire. Le film intitulé *La Face d'un autre* avait été annulé, tout comme le roman d'amour des deux principaux personnages. Elle sourit avec une ironie amère. Une fois de plus, elle n'avait pas réussi à être actrice, ni au cinéma ni dans la vie. Il fallait vraiment laisser tomber cette profession et se faire secrétaire, ou mieux encore épouser quelqu'un de tranquille et de sérieux, dans le genre médecin ou avocat, lui donner des enfants et se mettre à vivre une vie humaine normale. Et toujours la pluie qui tombait sur Washington, une pluie froide, venteuse, désagréable. En Californie, au moins, on était au chaud, douillettement chez soi. Oui, rentrer, rentrer au plus vite! Il n'y a rien de mieux qu'un foyer, quel qu'il soit. Ce Stavinski qui se précipitait chez lui, il lui semblait maintenant qu'elle commençait à le comprendre. Flûte, encore ce Stavinski! Il fallait l'oublier, l'oublier immédiatement, en rejeter l'image bien loin d'elle...

Le taxi était arrivé à l'aéroport. Virginia régla le chauffeur et sortit de voiture.

Stavinski se tenait à l'intérieur de l'aérogare, près du comptoir de l'enregistrement, un énorme bouquet d'œillets rouge vif à la main. Elle l'aperçut immédiatement, tendu et nerveux, le reflet vermeil des fleurs sur la joue. Et elle avança lentement vers le comptoir, en tirant derrière elle sa valise à roulettes.

Stavinski se tenait immobile et la regardait droit dans les yeux. Quelques secondes s'écoulèrent avant qu'il n'avançât à son tour vers elle.

Et tandis qu'il avançait ainsi vers elle, et elle vers lui, leurs regards brûlants qui s'entrecroisaient reflétaient tous les sentiments qui les habitaient : l'interrogation, la joie, l'effroi, l'espoir, la confiance et l'amertume. Et tous ces sentiments, toutes ces demi-pensées, tout cet émoi qui se bousculaient en eux donnèrent naissance en quelques fractions de seconde à la manière dont ils allaient se rencontrer et s'aborder. Et la naissance fut : tous deux levèrent les bras et s'étreignirent comme s'ils ne s'étaient pas vus depuis une éternité. Il est vrai qu'ils s'étaient quittés la veille pour toujours et que cette éternité, cette nuit étaient maintenant derrière eux puisqu'ils s'étaient retrouvés. Ensuite, comme s'il avait honte de son élan, Stavinski lui tendit les fleurs (« *Spassibo* », lui dit-elle à mi-voix), l'aida à porter sa valise vers le comptoir, attendit qu'elle eût fini de faire enregistrer son billet, regarda l'heure : il restait une demi-heure avant l'envol.

« On s'assoit au bar? proposa-t-il.

– Si vous voulez... », répondit-elle en cachant son regard et en se reprochant violemment la joie sincère qui l'avait précipitée dans ses bras.

« Idiote que je suis », se disait-elle. Pourquoi lui avoir ainsi montré ce qu'elle ressentait puisque de toute façon, *de toute façon* il partirait pour cette Russie de malheur? Elle s'était donnée en spectacle comme si cela avait été un film, mais y avait-il eu un film? Pas pour elle, en tout cas...

« On se serait crus au cinéma », plaisanta-t-elle en sirotant son Manhattan. Et elle secoua la tête : à quoi bon feindre et mentir devant cet homme qu'elle voyait pour la dernière fois de sa vie et qu'elle... aimait?

« Non, je suis vraiment heureuse de vous voir, dit-elle en le regardant en face.

– Merci, fit-il.

– Quand vous apprêtez-vous à partir pour la Russie?

– Je ne sais pas... Cela dépend... Personne ne m'attend. J'étais en train de réfléchir. Virginia, quelqu'un vous attend-il à Los Angeles?

– Eh bien..., fit-elle d'un air vague car elle ignorait elle-même si Marc l'attendait ou non. Il y a toujours quelqu'un qui nous attend quelque part...

– Ce n'est pas le cas pour moi, malheureusement.

– Pourquoi? Pour vous aussi, peut-être.

– Oui? dit-il en la regardant fixement. Oui?

– Oui, fit-elle à voix basse.

– Alors écoutez! fit-il d'une voix soudain énergique. Plus question de Los Angeles! Il y a dans vingt minutes un avion pour la Floride. Nous allons tous les deux en Floride. Je suis riche, j'ai maintenant trente mille dollars. Je vais acheter des billets.

– Qu'est-ce que vous faites? lui demanda-t-elle, soudain effrayée.

– Silence! ordonna-t-il. Personne ne doit le savoir! »

Il mit un doigt sur les lèvres.

« Allons-y! »

Il jeta sur le comptoir du bar un billet de cinq dollars et marcha énergiquement vers les caisses.

« Attendez, que faites-vous? Je viens de faire enregistrer ma valise pour un autre vol!

– Pas grave, nous allons la récupérer. Et d'ailleurs, quelle importance, cette valise? Nous en achèterons une autre.

– Vous avez perdu l'esprit!

– Sans l'ombre d'un doute! A quoi sert l'esprit, sinon à être perdu, puis retrouvé? Donnez-moi votre billet pour la Californie! Voilà, c'est ça, ajouta-t-il en le lui ôtant des mains et en se tournant vers la caisse :

– Deux billets pour la Floride, je vous prie. M. et Mme Williams. »

20

La proposition de Marc Kerry d'envoyer Stavinski en Russie à la recherche du colonel Yourychev ne suscita guère d'enthousiasme chez Daniel J. Cooper. Utiliser cet émigré comme pion à échanger était une chose, lui confier toute l'opération une autre, sans aucun rapport. Même s'il réussissait à disparaître en Russie comme touriste américain et à réapparaître ensuite quelque part en Sibérie sous le nom d'Ivanov, de Petrov ou de Sidorov afin de revenir à Moscou pour rechercher Yourychev, et même s'il retrouvait ce dernier, ils se retrouveraient devant le même problème : comment feraient-ils parvenir le colonel en Occident? Non, si ce Stavinski avait une telle envie de revoir la Russie, qu'il retourne dans sa ville de Portland et attende un peu! Il avait attendu six ans, il pourrait bien patienter encore quelque temps. Pendant ce temps, l'un des résidents moscovites de la C.I.A. se mettrait en contact avec Yourychev. Ce n'était pas si difficile, en fin de compte. Le résident devait faire la connaissance de l'un des employés du cimetière de Novodiévitchi et, en échange d'un billet ou d'une bouteille de vodka, obtenir de lui l'accès au registre des entrées. On y trouverait l'adresse où avait vécu le fils de Yourychev, c'est-à-dire la propre adresse du colonel. Et si l'on ne réussissait pas par ce moyen à connaître l'adresse de Yourychev, il en restait un autre. L'un des résidents se rendrait dans la région de Kirov, où se trouvait cette réserve forestière du « Bois des Bandits », s'installerait une semaine entière dans la cabane du garde forestier, comme s'il était un chasseur passionné, et tâcherait de connaître l'adresse du colonel Yourychev. Si ce dernier confirmait son intention première de passer à l'Ouest, alors Stavinski partirait pour la Russie, de préférence avec cette même Virginia. Il existait naturellement un risque non négligeable de faire plonger le résident moscovite, mais si l'on agissait sans se presser, soigneusement... L'adjoint au chef d'Etat-Major général de l'armée soviétique pour les recherches stratégiques était un personnage qui valait que l'on courût un tel risque. En attendant, il fallait que Stavinski restât bien sage à attendre. Virginia, de son côté, téléphonerait à l'ambassade d'U.R.S.S., à qui elle demanderait une prolongation du visa d'entrée de deux mois en raison de... Imaginez quelque chose, Mac Kerry, acheva le boss : une maladie, un tournage urgent... C'est une actrice, elle a le droit d'être un peu évaporée. Hier elle avait envie d'aller en Russie, aujourd'hui elle a changé d'avis, ou bien a été convoquée pour un engagement...

Mac Kerry quitta son patron et s'éloigna en voiture des bureaux de la C.I.A. pour téléphoner à Stavinski depuis une cabine. Au lieu de ce dernier, ce fut la femme de ménage occupée à faire la chambre qui répondit. Elle avait l'accent des Noirs du Sud, Alabama ou Tennessee.

« Le monsieur qui était là n'y est plus. Je suis en train de rassembler ses affaires.

– Et où est-il, maintenant?

– Je ne sais pas. Le directeur m'a demandé de rassembler ses affaires et de les porter en bas. »

Mac Kerry interrompit là sa conversation avec la femme de ménage, appela l'administrateur de l'hôtel et apprit que Stavinski avait appelé une heure plus tôt de Floride en priant qu'on lui envoyât ses affaires à l'adresse : « Hôtel Ambassador, chambre 67, Sarasota, Floride. »

« Eh bien, pensa Mac Kerry, il en invente de

belles, ce Stavinski! A peine l'argent en poche, il file en Floride sans prévenir. Pourrait-on lui confier la direction d'une opération? » Mac Kerry fouilla dans ses poches, cherchant de la monnaie. Il lui fallait dans les deux dollars pour appeler la Floride. Il ne les avait pas sur lui. Il lui faudrait donner à la standardiste son numéro de téléphone personnel, pour se faire envoyer la note à domicile. C'était un peu plus cher, mais quelle importance? De toute manière, la boîte paierait la note.

A l'hôtel Ambassador de Sarasota, la chambre 67 ne répondait pas. Bien sûr, pensa Mac Kerry, il est en train de se baigner dans l'océan : il n'allait pas rester dans sa chambre! Mac Kerry lui laissa un message, dicta à la standardiste son numéro de téléphone personnel et retourna au bureau. De toute façon, Stavinski ne rentrerait pas avant le soir dans sa chambre d'hôtel. Pas très sérieux, soit dit en passant, ce type prêt à partir dès le lendemain en Russie, qui semblait ne rêver que de cela et qui soudain, sans rien dire à personne, disparaissait en Floride! Il faudrait décidément parler de tout cela avec Caroll et voir si l'on pouvait se risquer à lui confier des responsabilités.

Ces derniers temps, Caroll avait pris du champ par rapport à cette affaire, dont Mac Kerry s'occupait fort bien tout seul, encore qu'il n'y eût à vrai dire pas grand-chose à faire. Caroll, de son côté, avait été versé à la commission rédigeant le rapport au Congrès sur les difficultés de travail de la C.I.A. Les difficultés! Le mot était faible. On se demandait tout simplement comment le contre-espionnage américain était encore en état de fonctionner. « Les fonctionnaires de la C.I.A. n'ont pas le droit de se montrer sur le territoire du Congrès. » « La C.I.A. n'a pas le droit d'exercer ses activités sur le territoire des Etats-Unis. » « C.I.A. n'a pas le droit de collaborer avec le F.B.I. » « La C.I.A. n'a pas le droit... » Quel droit avaient-ils, en fin de compte? Même pas de téléphoner de leurs bureaux, s'ils voulaient faire leur travail convenablement. Mais rares étaient les fonctionnaires de la C.I.A. qui suivaient aveuglément cette règle : le grand plaisir, en effet, de se traîner pour chaque coup de fil à donner dans la rue, les bars, le métro et changer à chaque fois le lieu d'appel pour déjouer les écoutes éventuelles des Russes! Si la direction continuait à ne pas s'en émouvoir et évitait de faire des vagues avec les Russes et de leur faire enlever leurs sales appareils, eh bien! les simples membres de l'Agence n'auraient aucune raison de faire du zèle. Et des centaines d'opérations secrètes mouraient dans l'œuf, car les Russes en avaient vent avant même que l'on ait achevé la conversation où il y était fait allusion. Après cela, à toutes les conférences, on leur fourrait le nez dans les succès du K.G.B. et des services de renseignements militaires soviétiques. Ce serait intéressant de voir comment le K.G.B. travaillerait si on lui interdisait soudain de se montrer dans les immeubles de son propre gouvernement et d'utiliser les téléphones de service! Mac Kerry s'imagina soudain très concrètement un quelconque colonel du K.G.B. en train de courir dans la rue, de la Loubianka aux boulevards du Koltso, pour appeler d'une cabine un de ses agents.

Tout en souriant amèrement à ses pensées, Mac Kerry partit à la recherche de Caroll. Il ne le trouva pas dans son bureau : Caroll était à la bibliothèque du Congrès, penché sur son rapport. Par désœuvrement, Mac Kerry jeta un coup d'œil aux dépêches du télex. Toujours la même grisaille de nouvelles habituelles, sans un mot sur un quelconque sous-marin soviétique... C'était vraiment la poisse, rien ne réussissait. Autant monter en voiture et aller faire un tour au club de relaxation. Piscine, sauna, à nouveau piscine et, ensuite, double ration de gin : voilà ce dont il avait besoin pour se remonter. Après tout, il était lui aussi un être humain : pourquoi ne pas se contenter de gagner tranquillement sa vie et de jouir de l'existence? Si l'Amérique entière était aussi indifférente au poing suspendu au-dessus d'elle, pourquoi lui, Mac Kerry, aurait-il dû prendre personnellement en charge cette menace?

Un silence apaisant régnait au club. Au vestiaire, des hommes nus enveloppés dans des serviettes-éponges fumaient et regardaient un match de base-ball à la télévision, tandis que le sauna était complètement vide. Mac Kerry y resta un certain temps à transpirer à grosses gouttes puis plongea avec délectation dans la fraîcheur de la piscine. Bien sûr, ce n'était pas l'océan où Stavinski s'ébattait au même instant, mais ce n'était pas mal quand même. Mac Kerry refit surface et nagea avec puissance et élégance vers le bord opposé du bassin...

Il ignorait encore que le boss, exactement dix heures plus tard, allait lui téléphoner à son domicile, le tirer tout ensommeillé de son lit et lui annoncer :

« David! le sous-marin russe U-137 vient de s'échouer sur un haut-fond dans l'archipel de Karlskrona. »

21

DÉCLARATION OFFICIELLE DU GOUVERNEMENT SUÉDOIS AU GOUVERNEMENT DE L'UNION SOVIÉTIQUE

Le 27 octobre 1981, un sous-marin soviétique portant le numéro U-137 a été découvert dans les eaux territoriales suédoises. Il s'était échoué sur un haut-fond dans les eaux territoriales suédoises à proximité immédiate d'une zone interdite entourant l'entrée du Horsfjärden et de la base navale de Karlskrona.

Le 28 octobre, le gouvernement de la Suède a remis à l'ambassadeur d'Union soviétique une protestation énergique concernant cette violation flagrante de la souveraineté suédoise.

Le 29 octobre, le gouvernement suédois a confié au haut commandement de ses forces militaires la mission de mener une enquête sur les raisons et circonstances entourant la violation par le sous-marin soviétique des eaux territoriales suédoises. Au cours de cette enquête, la Suède a interrogé le capitaine et le navigateur du sous-marin soviétique, à bord duquel une inspection a également été effectuée.

L'enquête a montré que des erreurs de navigation, en tant que cause principale de pénétration dans les eaux suédoises, devaient être considérées comme exclues.

Le gouvernement suédois a déduit des résultats de cette enquête que l'équipage du sous-marin soviétique avait pénétré délibérément à l'intérieur du territoire suédois afin d'y exercer une activité d'une nature non autorisée. Le gouvernement suédois est obligé de constater, avec étonnement et indignation, que le sous-marin qui s'est échoué sur un haut-fond à proximité de Karlskrona possédait probablement à son bord une ou plusieurs têtes nucléaires. L'enquête entreprise a démontré que l'on pouvait affirmer avec un degré de vraisemblance proche de la certitude que la partie avant du sous-marin contenait un élément radioactif de type Uranium-238.

Etant donné l'extrême gravité de cette situation, le gouvernement suédois a exigé du gouvernement d'Union soviétique des explications immédiates concernant l'éventuelle présence à bord d'un armement nucléaire. Le gouvernement d'Union soviétique a ignoré les exigences du gouvernement suédois, désireux de faire la clarté sur cette affaire. Le gouvernement suédois se voit obligé d'interpréter ce refus de réponse comme une preuve que le gouvernement d'Union soviétique est dans l'incapacité de nier la présence à bord du sous-marin d'un armement nucléaire.

Le gouvernement suédois adresse au gouvernement d'Union soviétique une protestation énergique concernant la violation de l'intégrité du territoire suédois ainsi que de la zone, interdite pour raisons militaires, où s'est échoué le sous-marin soviétique U-137.

Le gouvernement suédois considère cette violation flagrante comme d'autant plus intolérable et grave qu'il est plus que vraisemblable que le sous-marin soviétique a pénétré à l'intérieur des eaux territoriales de la Suède avec un armement nucléaire à bord.

Le gouvernement suédois exige du gouvernement soviétique qu'il s'abstienne désormais de toute violation grave de ce type concernant la souveraineté suédoise et les principes fondamentaux du droit international.

Stockholm, 5 novembre 1981.

22

Que faut-il à une femme de trente-quatre ans pour être heureuse? La gloire? L'adoration des foules? Le rôle principal dans un film hollywoodien, avec son portrait sur les affiches ornant les murs du métro? Des villas sur la côte méditerranéenne, au Mexique ou à Beverly Hills? Cinq, dix-huit ou même cent vingt-trois amants, chacun avec un avion privé, une Rolls Royce et un yacht?

Ou lui faut-il en tout et pour tout un homme, *un homme à elle?*

Les genoux repliés sous elle, Virginia était confortablement allongée dans son lit et souriait à ses pensées. Elle sentait le bonheur briller en elle comme les feux d'un arbre de Noël. Elle venait de faire un rêve merveilleux : elle avait mis au monde un fils, un beau petit gars rieur aux yeux foncés qui leur ressemblait à tous les deux et courait de manière comique dans un jardin inconnu en mélangeant des mots anglais et russes. Virginia avait eu un tel fou rire pendant son sommeil qu'elle s'était réveillée et restait maintenant allongée les yeux ouverts, à regarder Stavinski dormant à côté d'elle. Elle sentait la chaleur de son corps viril, son visage avait perdu pendant le sommeil les rides que lui donnait habituellement la tension intérieure qui l'habitait, et Virginia l'observait en essayant de deviner, sous les traits de ce visage possédé par le sommeil, à quoi il avait bien pu ressembler avant l'opération chirurgicale à laquelle il avait été soumis. S'ils avaient effectivement un enfant, à qui celui-ci ressemblerait-il? Au vrai Stavinski, celui d'avant l'opération, ou à celui de maintenant? Bien sûr, à celui d'avant. Mais hier, et encore cette nuit, lorsque Stavinski lui avait dit qu'il n'était plus question pour lui de partir en Russie, qu'il voulait retrouver son visage d'avant et l'enlever à Hollywood pour l'emmener où elle voudrait (en Floride, en Alaska, peu lui importait!) et ouvrir là-bas un cabinet de prothèses dentaires avec l'argent dont ils disposaient maintenant, elle avait dit « oui ». Seulement... elle ne voulait pas qu'il change de visage, elle s'était habituée à celui-là et elle l'aimait. En ce qui concernait Olia, sa fille, ils trouveraient quelque chose à lui dire : des bandits qui l'avaient agressé et lui avaient cassé le nez, en sorte qu'il avait fallu lui faire une opération de chirurgie esthétique... Non, il ne fallait pas penser à tous ces détails accessoires, cela faisait fuir le rêve, avec leur petit garçon. Il fallait refermer les yeux et s'efforcer de retenir de lui ce qui collait encore à ses paupières.

Virginia ferma les yeux. Le soleil du matin, un soleil méridional qui filtrait à travers les rideaux colora ses cils d'une lumière orange, les clapotis de l'océan battant sous les fenêtres lui rappelèrent qu'il fallait se lever et aller nager avant qu'il ne fît trop chaud. Mais elle n'en avait pas le courage. Elle avait aussi pitié de Stavinski qui devait être bien fatigué après cette nuit où ils n'avaient pratiquement pas dormi...

Le faible grésillement du téléphone la tira de ses pensées. Etonnée qu'on pût leur téléphoner à une heure aussi matinale, Virginia se glissa doucement au bord du lit, en évitant de réveiller Stavinski, et prit l'appareil.

« Allô?

– Excusez-moi, fit une voix familière. Pourrais-je parler à M... Williams? »

C'était Mac Kerry. Elle avait reconnu sa voix et ne savait maintenant que lui répondre.

« Allô! insista la voix au bout du fil. Vous m'entendez? C'est bien la chambre de M. Williams? »

Stavinski ouvrit les yeux. Virginia recouvrit le récepteur de la paume et lui souffla :

« C'est Mac Kerry.

– Merde! fit Stavinski en prenant l'appareil. Allô! oui, c'est bien moi. Non, je ne peux pas. Ecoutez, David, cette affaire est terminée, n'est-ce pas? J'ai d'autres projets, maintenant : je reste en Amérique. Oui, elle est là, mais nous n'irons nulle part. Non. Au revoir! »

Il jeta presque l'appareil sur son support et se tourna vers Virginia qui lui adressait un regard interrogateur :

« Ils voudraient maintenant que nous partions d'urgence pour la Russie. Qu'ils aillent se faire voir! Viens par ici. »

Et plein d'une ardeur nouvelle, il attira à lui le corps de Virginia.

23

Trois heures plus tard, un taxi arrivait à l'hôtel Ambassador. Mac Kerry paya le chauffeur et partit à la recherche de Stavinski. Le portier lui dit que M. et Mme Williams pouvaient être soit sur la plage, soit à la piscine, à moins qu'ils ne soient partis quelque part en balade. Dans la piscine découverte, des corps féminins dénudés agaçaient Mac Kerry avec leur hâle récent, le reflet lubrique de leurs regards, les lignes voluptueusement arrondies de leurs hanches. Il y avait un bar dans la piscine, au milieu de l'eau, où l'on pouvait prendre sans sortir de la piscine un gin-tonic, un cocktail ou n'importe quoi d'autre. Qui donc, pensait mélancoliquement Mac Kerry, accepterait de quitter un tel paradis pour se rendre dans cette Russie, avec son froid de canard, son K.G.B. et autres délices si sympathiques? Surtout avec tout l'argent que Stavinski avait dans sa poche, et une nana comme Virginia pour lui tenir compagnie!

Il avait l'air complètement déplacé en pareil lieu avec son complet-cravate. En colère contre lui-même, parce qu'il n'était pas passé chez lui se changer, et contre ce crétin qui ruait dans les brancards, Mac Kerry examina attentivement la piscine et les corps masculins et féminins, mollement allongés dans des chaises longues, qui jouissaient béatement de la chaleur et du soleil pour voir si Stavinski et Virginia ne se trouvaient pas parmi eux, puis il se dirigea vers la plage. Mais celle-ci était déserte. Le soleil de midi tapait si fort que tous les baigneurs s'étaient réfugiés soit à la piscine, soit sur les petits bateaux de plaisance qui se profilaient un peu partout sur l'eau. Tout en jurant, Mac Kerry alla vers le quai. Des dizaines de yachts y étaient amarrés et menaient une existence autonome, coupée du monde. Des familles entières y vivaient là d'un bout de l'année à l'autre, méprisant la vie terrestre et sa course à l'argent et au pouvoir, ses querelles politiques et tout le reste. Elles se nourrissaient du poisson qu'elles pêchaient, de l'entretien des yachts des millionnaires, de promenades en mer pour les touristes, d'artisanat local, et bénissaient le sort qui leur permettait de jouir de cette réserve naturelle de chaleur permanente, d'air marin et de liberté, bien loin des passions humaines.

Mac Kerry trouva Stavinski et Virginia tout au bout du quai, sous l'auvent d'un petit café où leurs corps encore rosâtres trahissaient aux regards les nouveaux arrivants.

« Bonjour, dit Mac Kerry en prenant place à côté d'eux. Il fait un temps superbe en Floride, n'est-ce pas? »

Et au serveur qui était accouru :

« Un Coca et des huîtres. »

Puis il se tourna à nouveau vers Stavinski et Virginia. La jeune femme avait l'air décontenancée; son compagnon s'était renfrogné. Mac Kerry comprit que la conversation qui s'annonçait allait être pénible et décida de prendre le taureau par les cornes :

« Ecoutez-moi bien. Je sais, comme on dit en russe, qu'un hôte non attendu est pire qu'un Tatare et je serais désolé de gâcher le repos que vous prenez ici. C'est pourquoi je vais vous raconter les choses telles qu'elles sont. Il y a deux mois, très exactement, le correspondant à Moscou du *Washington Herald* a rencontré par hasard, au cimetière de Novodiévitchi, le colonel Yourychev, dont les fonctions sont celles d'adjoint au chef d'Etat-Major général de l'armée soviétique pour les recherches stratégiques. Ce Yourychev lui a confié son désir de passer à l'Ouest. Si nous l'aidons à faire défection et lui donnons le moyen de quitter l'U.R.S.S., il est prêt à nous transmettre tous les secrets du haut commandement soviétique. Il a fixé une date pour cette opération : le début du mois d'octobre, lorsqu'un sous-marin soviétique s'échouerait sur un haut-fond auprès des côtes suédoises. Il prendrait alors un congé, partirait pour la région de Kirov où il attendrait pendant toute la durée de son congé, dans une réserve appelée le « Bois des Bandits », un signal venant de nous. Nous avons été comme sur des charbons ardents pendant toute la première moitié d'octobre, à attendre que ce sous-marin s'échoue, mais rien ne s'est produit et nous en avons déduit que l'opération n'aurait pas lieu; c'est pourquoi nous vous avons laissés repartir. Or le sous-marin s'est montré cette nuit. Il s'est justement échoué au large de la Suède. Son capitaine prétend que c'est un accident, que leurs appareils de navigation sont détraqués, etc. Soit, mais nous, nous savons que c'est un mensonge, que l'opération a été planifiée il y a deux mois, quoique personne ne sache ce que cela pourra bien leur rapporter. Yourychev, lui, le sait, et il sait bien d'autres choses puisqu'il connaît tous les projets militaires de l'U.R.S.S. Et Yourychev, aujourd'hui, a le même visage que vous, Roman. Regardez! »

Mac Kerry tira de sa poche une enveloppe pleine des véritables photos de Yourychev, prises par Stevenson au cimetière de Novodiévitchi. Le visage qui les regardait sur ces photos était bien celui de Stavinski, plein d'une énergie maussade, volontaire, le regard tendu.

«... Il n'y a aujourd'hui qu'un homme qui puisse tirer Yourychev de là-bas, et cet homme, c'est vous. Toute l'opération est prête, nous avons tous les papiers nécessaires et le compte à rebours part d'aujourd'hui. Nous disposons de trois semaines, la durée de son congé. C'est tout, je vous ai tout dit. Je comprends votre réaction aujourd'hui mais vous nous avez donné votre accord il y a deux mois, sans que nous vous ayons forcé la main, et nous n'avons plus le temps de vous chercher un remplaçant. Toute l'opération dépend de vous.

– Vous êtes venu pour rien, David, répondit Stavinski. Vous nous avez relâchés avant-hier et soldé notre compte. Je n'ai plus aucune obligation à l'égard de votre organisation. Vous me direz qu'il ne s'est écoulé qu'un seul jour depuis notre départ de Washington, mais il arrive qu'un seul jour suffise pour ce que l'on a attendu toute sa vie. C'est ce qui s'est produit pour moi. J'aime cette femme et, à cause d'elle, je reste en Amérique. Pour être plus précis, je l'aime depuis un mois déjà, depuis le jour où je l'ai rencontrée, mais jusqu'à il y a deux jours je vous appartenais. C'est vous, avant-hier, qui avez mis fin à notre contrat. Et depuis cette minute ce n'est plus à vous que j'appartiens, mais à elle. Tant que mon contrat avec vous était en vigueur, je ne vous ai pas trahi. A plus forte raison ne vais-je pas, elle, la trahir. Je pense que c'est logique?

– C'est peut-être logique, répondit Mac Kerry, mais il y a des choses qui...

– Ecoutez, fit Stavinski sans le laisser achever sa phrase. Tant que je ne savais pas qui je devais remplacer, tant que cela demeurait un secret pour moi, je pensais que quelque chose d'extraordinaire se cachait peut-être derrière tout cela : un savant possédant le secret d'un nouveau type de bombe, un membre de l'académie des Sciences du genre de Sakharov. J'essayais même de deviner : le fils de Brejniev? Ou bien Raoul Wallenberg? Or vous m'apprenez qu'il s'agit en tout et pour tout de je ne sais quel colonel merdeux de l'Etat-Major, qui connaît je ne sais quels secrets militaires. La belle affaire! Ecoutez ce que je vais vous dire : que vous connaissiez ou non les secrets de l'Etat-Major soviétique, l'Amérique a de toute manière perdu la partie face aux Soviets. Elle l'a d'ores et déjà perdue. Ils vous ont arraché la moitié du monde et ne cessent chaque jour de vous en arracher de nouveaux morceaux : ils n'ont même pas besoin de vous les arracher, c'est vous qui les leur donnez. Vous vous conduisez comme des hommes riches qui, dans la rue, essaient de se débarrasser d'un mendiant impudent. D'accord, pensent-ils, je vais lui jeter dix *cents* pourvu qu'il me laisse tranquille. Mais l'impudence du mendiant ne fait qu'augmenter. Après les dix *cents,* il vous soutire un dollar, puis cent, puis votre manteau, votre voiture, votre maison, votre femme et, pour finir, vos enfants. Vous, vous reculez, vous n'arrêtez pas de reculer, vous voulez ignorer ce qui se passe non loin de vous, vous voulez vivre sans vous poser de problèmes, comme font les occupants de ces yachts. L'important pour vous, c'est que vous puissiez encore aujourd'hui vivre en paix et que les Soviets s'abstiennent, aujourd'hui encore, de faire défiler leurs tanks sur Broadway. Pour cela, vous êtes prêts à leur donner de l'argent, à leur vendre du blé, vous leur abandonnez femmes et maîtresses, vous leur donnez Cuba, Israël, l'Europe et même, s'il le faut, cette Floride que voici. C'est pour cela que vous avez perdu. Parce que vous êtes riches, repus, amollis par une vie trop facile. Ce qui peut arriver demain, vous n'y pensez pas, vous ne voulez pas y penser. Proposez à n'importe quel Américain le choix suivant : cent dollars aujourd'hui, ou bien la chance de gagner un million dans cinq ans. Vous verrez que chacun vous répondra : « Donne-moi cent dollars aujourd'hui. » Or en U.R.S.S. chacun donne au gouvernement tout ce qu'il possède : tout, contre la promesse que dans vingt ans, dans trente, dans cent, la vie dans son pays ressemblera à celle que vous avez en ce moment ici. Ils étaient affamés hier, sont affamés aujourd'hui et seront encore affamés demain, et c'est pourquoi ils vous vaincront. L'homme affamé est toujours plus fort que l'homme repu, c'est une loi de la nature. Vous êtes condamnés à disparaître. Dans dix ans, quinze au plus, des petits gars venus de Russie chanteront *Choumiel kamych* à l'intérieur de votre Maison-Blanche. Alors quelle différence, que vous connaissiez leurs plans ou non? Comme dit le rabbin à une jeune fille qui vient lui demander conseil avant la nuit de noces dans une histoire juive : « Que tu t'allonges à poil à « côté de ton fiancé ou que tu mettes une chemise « de nuit, de toute façon, il te sautera. » Vous voulez connaître les plans de l'U.R.S.S.? Je vais vous les révéler puisque vous y tenez tant, et sans m'éloigner d'ici : soviétiser le monde entier. Vous prendre le pétrole, l'or, les usines, la terre, les fleuves, les villes, tout. Avez-vous jamais vu un brigand qui se contente de ne prendre à sa victime que la moitié de ce qu'elle possède? Si vous voulez connaître leurs plans, ouvrez Lénine, il a tout expliqué d'avance. Le but, c'est le renversement des gouvernements capitalistes dans le monde entier. Un point, c'est tout. Il n'y a pas un seul écolier soviétique qui ne sache cela. Mais quand on vous le dit, à vous autres Américains, vous nous envoyez promener. Vous prétendez que les émigrés russes sont contaminés par un complexe de haine à l'égard des communistes et font de la propagande. Or les communistes, pendant ce temps, ne perdent pas un instant. En soixante ans ils ont obtenu plus de la moitié du monde, de la Chine à la Yougoslavie et du Vietnam au Nicaragua. Et vous essayez de deviner leurs plans! C'est vraiment comique. C'est pourquoi je ne partirai nulle part. Mangeons plutôt des crevettes, pendant qu'il y en a. Lorsque les Russes seront là, tout cela disparaîtra. En attendant..., moi aussi, je suis devenu américain : je veux vivre aujourd'hui. A votre santé! »

Stavinski versa dans leurs verres du vin italien bien frais, mais Mac Kerry repoussa celui qui lui était tendu.

« Vous voyez, Roman, reprit-il, tout ce que vous venez de me dire sur l'Amérique est peut-être exact. Mais n'oubliez pas que, si les Russes viennent vraiment ici, l'Amérique ne cessera pas seulement d'exister pour les Américains, elle disparaîtra aussi pour vous et pour votre fille. Vous comprenez, je suppose, que les Russes commenceront par supprimer leurs compatriotes émigrés. Dans le meilleur des cas, on vous enfermera dans un nouveau goulag, en Alaska. Si vous aimez vraiment Virginia et voulez revenir à elle de Russie, nous vous en tirerons. Faire sortir de Russie un simple technicien dentaire est autrement plus simple qu'en faire évader un colonel de l'Etat-Major général, et en plus nous aurons du temps pour cela. Actuellement, nous sommes comme le joueur d'échecs qui n'a plus une minute à sa disposition. Rappelez-vous que notre pays, l'Amérique, vous a accordé la citoyenneté lorsque vous avez fui l'U.R.S.S. Elle a donné à votre fille une instruction et vous fait aujourd'hui don d'une de ses meilleures femmes. Et ce pays a aujourd'hui besoin de vous, aujourd'hui précisément et de vous précisément. Vous êtes bien placé pour savoir ce que peut signifier la menace soviétique. Pensez-y et téléphonez-moi demain à Washington. Au revoir, Virginia, veuillez m'excuser d'avoir quelque peu gâché vos vacances ici. »

Mac Kerry se leva de table et, sans se retourner, repartit en longeant le quai. Stavinski et Virginia le regardèrent s'éloigner. Le soleil de Floride tremblait dans le verre de vin que Mac Kerry n'avait pas bu.

24

Toute la journée, Stavinski évita de repenser à la conversation qu'il avait eue avec Mac Kerry. Ils s'enfoncèrent loin en mer à bord d'un voilier (« Seulement quarante dollars de l'heure, monsieur, seulement quarante dollars! »), puis ils dînèrent dans un restaurant cubain (« La cuisine est très épicée, Virginia, qu'ils aillent se faire voir! »). Pendant la nuit, assis dans un bar, Stavinski écouta les dernières nouvelles que retransmettait la télévision : « Les forces soviétiques en Angola... »; « Les chars soviétiques en Afghanistan... »; « Les troupes soviétiques pénétreront-elles en Pologne? »; « Un sous-marin soviétique auprès des côtes de Suède : possède-t-il un armement nucléaire? »

Stavinski fit un geste au serveur et lui commanda une double vodka. Il la but en silence et redemanda la même chose. Au troisième verre, Virginia l'arrêta :

« Cela suffit, Roman. »

Il la regarda dans les yeux et lui demanda :

« Tu sais à quoi je pense sans arrêt?

– Oui, dit-elle.

– Je dois partir.

– Je sais, dit-elle. Nous devons partir.

– Sinon, je me le reprocherai toute ma vie.

– Je sais, dit-elle. Nous partirons. Mais je voudrais... je voudrais que tu me permettes de garder l'enfant.

– Qu-ooi?

– Nous aurons probablement un fils, j'en ai rêvé cette nuit. Je t'en prie, cesse de boire. »

Il la regarda bien dans les yeux, sans savoir quoi répondre. Deux mois plus tôt, il haïssait encore ce pays qui l'avait attiré de loin et avait brisé sa vie, le faisant passer d'un seul coup de la jeunesse à la vieillesse, de la force à la faiblesse, d'une activité bouillonnante à l'impuissance et, à cause de cela, il était prêt à le trahir, à le rejeter de sa vie et à faire connaître à la première occasion au K.G.B. le but de sa venue. Et il avait déjà commencé à payer le prix de cette trahison : il s'était séparé de sa fille, avait changé de visage et s'était lui-même enterré dans un cimetière du New Jersey. Parce qu'il voulait vivre, vivre et non végéter. Mais cette femme, cette femme qui ressemblait tant à sa mère jeune, avait tout bouleversé et il n'y comprenait plus rien. Il ne pouvait naturellement plus être question d'une quelconque trahison, ni d'une collaboration avec le K.G.B. Il avait maintenant des êtres à défendre en Amérique contre les chars soviétiques. Il y avait une grande fille, une femme qu'il aimait et..., nom d'un chien, il allait y avoir un fils! C'était toute une famille! C'était son Amérique à lui! Cela valait le coup de lutter contre les Soviétiques, pour qu'ils ne chantent quand même pas *Choumiel kamych* à la Maison-Blanche! Après, on verrait. Peut-être, avec l'aide de la C.I.A., reviendrait-il ici de Russie et retrouverait-il cette plage avec Virginia.

« Tu sais..., lui dit-il. Je t'aime. Je t'aime très fort. Et... j'ai terriblement envie de toi!

– Moi aussi », lui répondit-elle en souriant.

25

UN SOUS-MARIN SOVIÉTIQUE ÉCHOUÉ CHRONIQUE DES ÉVÉNEMENTS[1]

Stockholm, 6 novembre, Reuter – *On trouvera ci-dessous la chronologie des principaux événements survenus depuis que le sous-marin soviétique U-137 s'est échoué dans une zone militaire interdite, à l'intérieur des eaux territoriales suédoises :*

27 octobre – *Un sous-marin soviétique de la classe*

1. En anglais dans l'original (*N.d.T.*).

Whisky heurte un banc de sable au milieu des îles voisines de la base navale de Karlskrona, sur la côte Sud de la Suède (façade balte).

28 octobre – *Un bateau de pêche suédois repère le sous-marin, qui est resté indétecté par les Forces armées suédoises pendant douze heures. L'ambassadeur d'U.R.S.S. est convoqué à deux reprises au ministère des Affaires étrangères où une protestation lui est remise au sujet de cette « violation flagrante des eaux territoriales suédoises ». Une unité navale soviétique prend la mer.*

29 octobre – *La Suède rejette les allégations de l'ambassadeur soviétique selon lesquelles le bâtiment échoué dans la zone interdite aurait été victime d'une erreur de navigation par temps de brouillard. Le gouvernement ordonne une enquête officielle et indique que le Commandant du sous-marin, Piotr Gouchtchine, sera interrogé.*

30 octobre. – *Gouchtchine refuse de quitter le sous-marin et déclare qu'il ne se rendra à tout interrogatoire qu'en présence d'officiels soviétiques. Deux diplomates soviétiques sont expédiés à Karlskrona mais ne sont pas autorisés à pénétrer dans les eaux interdites.*

31 octobre – *Le sous-marin commence à prendre du gîte en raison de la détérioration des conditions atmosphériques. Gouchtchine fait savoir qu'il attend des ordres nouveaux et persiste dans son refus de quitter le bâtiment.*

2 novembre – *Sur accord de Moscou, Gouchtchine embarque à bord d'un torpilleur suédois et est interrogé par des experts de la Marine suédoise. Le temps continue à empirer et l'équipage soviétique envoie des S.O.S. Deux remorqueurs suédois prennent en charge l'U-137 afin de l'éloigner des récifs par un vent proche de la tempête et le conduisent à un mouillage plus sûr.*

4 novembre – *Moscou fait pour la première fois état de l'échouage de l'U-137 et accuse l'équipement de navigation. L'Etat-Major de la défense suédoise révèle que des essais secrets de torpilles anti-sous-marines d'un type nouveau ont été effectués non loin du lieu où l'U-137 s'est échoué.*
5 novembre – *Le premier ministre suédois Thornbjœrn Fœlldin affirme que, « selon toutes probabilités », le sous-marin possédait à bord une ou plusieurs armes nucléaires.*
6 novembre – *L'U-137 est conduit par des remorqueurs suédois dans les eaux internationales.*

DEUXIÈME PARTIE

UN KAMIKAZE RUSSE

A : nº 2 *Top secret*
Moscou, Centre. *Urgent*

TÉLÉGRAMME CHIFFRÉ

En relation avec votre ordre nº SS-939/7 concernant l'établissement de la liste des patients du docteur Robert Williams, Potomac, Maryland, j'ai l'honneur de vous faire savoir ce qui suit.

Un de nos agents, camouflé sous l'apparence d'un dentiste concurrent du docteur Williams, a pu louer (pour trois cents dollars) les services de deux malfaiteurs d'origine cubaine, lesquels ont réussi à pénétrer dans les locaux professionnels du docteur Williams, fermés pour cause de départ en voyage de noces, et à soustraire son fichier. Celui-ci a été photographié et remis en place sans traces d'effraction. L'étude de ce fichier a montré qu'on trouvait parmi les clients du docteur Williams les noms des sénateurs S. Mac Wayne et P. Jennison, de M. Walter et D. Parkson, membres de la Chambre des représentants, ainsi que de fonctionnaires du Département d'Etat de rangs divers. Il est d'un intérêt extrême pour nos services de pouvoir avoir accès à chacun de ces personnages.

Je vous prie instamment de prendre toutes les mesures qu'il sera possible de prendre pour assurer le recrutement du docteur Williams. Il serait difficile de surestimer l'importance d'une telle opération.

Signé : nº 4.

Reçu de Washington par le département du Chiffre du K.G.B. de l'U.R.S.S., le 4 novembre 1981 à 13 h 5.

RÉSOLUTION

A : Colonel Orlov, directeur du département Tourisme

Chargez-vous personnellement des opérations de recrutement du docteur Williams. Me rendre compte personnellement des résultats.

Signé : général Sémion Tsvigoun, premier vice-président du K.G.B. de l'U.R.S.S.

5 novembre 1981.

1

Le major Niéznatchny se tenait dans le hall de l'Institut du théâtre de Moscou et regardait d'un air mauvais les étudiants qui passaient à côté de lui. Pour un bordel, dans cet institut, c'était un beau bordel! Il y avait vingt minutes que la cloche avait sonné et ces fainéants continuaient à se traîner aux cours, le visage ensommeillé, avec les filles qui fumaient, tous en jeans, leurs vestes ou leurs manteaux couverts de neige qu'ils jetaient sur les portemanteaux sans les secouer, après quoi ils restaient vêtus d'invraisemblables blousons à manches courtes, la poitrine et le dos bardés d'inscriptions voyantes, et s'égaillaient bras dessus, bras dessous dans les salles de cours. Cette manière de marcher bras dessus bras dessous, même entre garçons (ils sont tous pédés, ou quoi? se demandait Niéznatchny), était d'ailleurs ce qui l'agaçait le plus. Niéznatchny avait fini ses études de droit à l'université dix ans plus tôt. Il en avait bavé, à l'époque, quand il portait des pantalons reprisés, ne baffrait que des pommes de terre (et encore, pas en quantité suffisante) et survivait en travaillant comme homme de peine dans les gares. Pendant l'été, on les envoyait tous, les étudiants de l'Université de Moscou, à la campagne, pour butter à mains nues et récolter les tomates, les patates, le chou... Voilà ce qu'il leur aurait fallu, à tous ces zazous : les envoyer récolter les patates, les forcer à traîner des sacs de trente kilos dans le tchernoziom, par tous les temps! Mais le pire, c'était cette misérable d'Olia Makhova qui n'arrivait pas. Niéznatchny regarda sa montre. 9 h 23! Toute sa journée serait fichue en l'air si elle ne se montrait pas. Dans six heures les Williams arrivaient. Canailles de jeunes mariés, qui avaient mis un mois à se décider à arriver! Dès le début du mois d'octobre, il avait donné le feu vert à leurs visas, toute l'opération était prête à se déclencher et Niéznatchny, comme un metteur en scène avant une première, avait tout répété dans les moindres détails avec ses collaborateurs officiels et officieux. Il attendait leur arrivée imminente avec l'excitation d'un jour de fête. Il était alors si excité que, s'il l'avait pu, il les aurait accueillis en bas de la passerelle de leur avion avec un bouquet de fleurs. Mais ils s'obstinaient à ne pas arriver. Et pour quelle raison, va savoir! Impossible de leur téléphoner pour le leur demander! C'était bien là le malheur du métier qu'il exerçait : il se préparait à l'opération projetée, passait des nuits sans dormir à s'épuiser le cerveau pour imaginer des ruses, des pièges, des attrapes, des embrouilles, mettait au point avec ses assistants toutes les situations possibles, dérangeait dans leur travail des gens occupés : peintres, acteurs, médecins, chercheurs, s'entendait avec eux sur le jour et l'heure où ils accueilleraient et entoureraient de toute l'hospitalité russe tel ou tel magnat texan du pétrole, et pan! ces fichus magnats remettaient leur voyage. Et tout le spectacle était à l'eau, toute sa préparation complexe, qui lui avait parfois pris un mois entier, était bonne à mettre à la poubelle, et il n'avait plus qu'à ravaler sa colère, en tâchant de ne pas trop se jeter sur sa femme comme sur un ennemi. La direction, elle, s'en fichait bien que ces Williams, ces Jones ou ces Smith aient décidé de retarder leur voyage : ce qu'il lui fallait, à la direction, c'était un quota abstrait de recrutement de nouveaux agents, faute de quoi il n'y aurait ni primes, ni gratifications, ni nouvelle petite étoile aux épaulettes. Et soudain branle-bas de combat! Un télégramme codé en provenance de Washington : les Williams arrivent. Mal choisi, juste avant la fête, ce jour du 6 novembre. Tout le K.G.B. était mobilisé pour le maintien de l'ordre à l'occasion de l'anniversaire de la révolution d'Octobre. Demain, dans le centre de Moscou, il y aurait autant d'opérationnels du K.G.B. que de miliciens : six mille deux cents, le tiers de la division Dzerjinski. Et tous les chefs seraient d'une nervosité extrême à la pensée des tours que pouvaient leur jouer tel ou tel étudiant dissident ou *refuznik* juif non encore fichés par leurs services. Un de ces cinglés était parfaitement capable de sortir de sous son manteau une banderole, ou une bouteille d'essence afin de s'immoler par le feu sous les yeux des visiteurs étrangers. Bien sûr, cela ne le concernait pas directement, lui Niéznatchny, ce travail de surveillance incombait à d'autres départements qu'au sien. Tous les dissidents potentiels, tous les refuzniks, tous les pentecôtistes, tous les Allemands de la Volga étaient étroitement contrôlés ces jours-là, mais quel moyen de deviner ce que dissimulait sous sa chemise ce binoclard à cheveux longs? Il viendrait peut-être demain sur la place Rouge avec une bombe ou une banderole réclamant la liberté de la Pologne, et les Williams seraient juste à côté de lui! Merde alors! Et cette garce de Makhova, où pouvait-elle bien être encore? Le pire, c'était qu'elle ignorait encore l'arrivée des Williams et le déclenchement imminent de l'opération. Niéznatchny lui-même ne l'avait appris que la veille par le télégramme de Washington, lorsqu'on lui avait transmis les listes des passagers du vol Bruxelles-Moscou. Et au cours de ces trois jours, cette garce n'avait pas dormi une seule fois à son foyer d'étudiants, pas plus qu'elle ne s'était montrée à son institut! Niéznatchny avait donné coup de fil sur coup de fil au secrétariat de son U.E.R., lui avait laissé un mot à son foyer : en vain, elle avait disparu sans laisser de traces! Connaissant cette Makhova depuis un an déjà, Niéznatchny ne doutait pas qu'elle ne passât ses jours et ses nuits chez un nouvel amant, peintre ou photographe. Cette créature maigrichonne à longues jambes, petites hanches et petite poitrine, aux cheveux blancs comme lin tombant sur ses épaules et aux grands yeux bleu foncé, cet être au visage enfantin et aux lèvres d'une innocence vicieuse possédait une force d'appel sexuel pour ainsi dire magique. Aucun homme n'était en mesure de détourner le regard de sa silhouette avec indifférence. On eût dit qu'une sorte de pouls sexuel battait à l'intérieur de ce petit corps efflanqué et que Makhova n'était que l'enveloppe de cette force diaboliquement magnétique. Même le major Gasparian, qui dirigeait le secteur français, faisait claquer sa langue à la seule vue d'Olia et proposait à Niéznatchny de l'échanger, même à perte, contre trois ou même cinq des prostituées travaillant sous ses ordres avec les Français. Mais Niéznatchny n'avait pas accepté : c'était un « cadre » à lui, sa découverte personnelle. Une année plus tôt, il avait lui-même arraché cette Makhova au lit d'un Canadien de trente ans, à l'hôtel Ukraine, l'avait intentionnellement empêchée de s'habiller et l'avait ainsi transportée, dans une voiture fermée, à ses bureaux du K.G.B. Elle l'avait alors imploré en sanglotant de ne rien raconter à l'institut. Tout ce qu'il voulait, pourvu qu'il gardât le silence! Il y avait en effet de quoi. Arriver à Moscou de ce trou sibérien de Bratsk et entrer sans piston dans le meilleur institut théâtral du pays, où l'on prenait au concours un candidat sur quarante-sept, et d'où l'on ne ressortait que pour se produire au cinéma ou dans les meilleurs théâtres de la capitale, voilà qui était chose merveilleuse. Et soudain, deux semaines après le début des cours, voilà qu'on l'enlève toute nue des bras d'un touriste étranger de passage. C'était plus qu'il n'en fallait pour être virée en cinq minutes de l'institut, et avec en prime une mention dans le livret de travail qui ne lui permettrait plus de trouver ensuite du travail non seulement dans aucun théâtre national, mais même dans un club dramatique de village! Toute sa vie serait brisée. Aussi Niéznatchny n'avait-il pas eu le moindre mal à recruter cette gamine et à en faire son agent. Il aurait pu à ce moment-là, et autant de fois qu'il l'aurait voulu ensuite, coucher avec elle. Pour elle cela ne comptait pas et elle l'avait taquiné plus d'une fois avec sa jupe retroussée et ses genoux découverts, sans compter les fois où elle le provoquait directement :

« Quand même, Frol Evseïévitch, on dirait que vous ne sentez rien! Vous avez vraiment une femme? »

Tant pis, il lui montrerait un jour s'il ne sentait rien, mais pour l'instant... Pour l'instant, il savait fort bien qu'il lui suffisait de coucher avec cette Makhova pour que toute l'autorité qu'il avait sur elle s'écroulât, disparût. Elle était déjà assez dissipée, extravagante comme cela, elle qui pouvait arriver en retard pour une opération ou bien, au contraire, s'accrocher avec tant de passion à l'un de ses « filleuls » qu'on ne pouvait plus ensuite les séparer pendant des journées entières. Deux mois plus tôt, un certain Michael Leonard, président d'une très grosse entreprise de construction de Toronto, avait retardé par trois fois son départ d'U.R.S.S. en achetant chaque fois un nouveau billet en devises étrangères. Il l'aurait fait une quatrième si Olia n'avait pas eu ses règles. Mais les billets, c'était une plaisanterie. Leonard rapportait bien davantage au K.G.B., et pas seulement en espèces pour ses petites fredaines moscovites, et il ne le regrettait pas : il rêvait au contraire de revenir en U.R.S.S. Son questionnaire pour une nouvelle demande de visa était arrivé une semaine plus tôt. Mais cette fois il devrait attendre que Makhova assure le service de Robert Williams. Mais où pouvait-elle bien être, cette pu... de bon dieu de garce? « Je vais te la faire enc... par trois cents Sénégalais affamés », jurait à part lui Niéznatchny furieux, et elle verra si on la garde à son institut! Et il montait une fois de plus nerveusement au premier étage, pour vérifier à l'amphithéâtre de deuxième année, où l'on faisait travailler les futurs acteurs, si cette fichue Makhova ne lui était pas passée par quelque miracle entre les jambes. Il observa une fois de plus par la fente cette salle où les étudiants répétaient une scène d'*Un tramway nommé Désir*. Mais cette scène, mon Dieu, comme ils la répétaient! Ils en étaient au moment où Stanley Kowalski fait une scène à Stella, sa femme enceinte, à cause de la sœur de cette dernière, la jeune prostituée Blanche, et l'allonge sur le plancher, se couche à côté d'elle et la caresse, la tente, la prépare pour le sexe tout en lui exposant, entre autres choses, que sa sœur est une traînée. Et la pauvre Stella beugle et se tord convulsivement sur scène tant elle a envie de faire immédiatement l'amour avec un homme et peu d'intérêt pour la vérité sur sa sœur. Niéznatchny voyait cette répétition et un boutonneux de dix-sept ou dix-huit ans dans le rôle de Kowalski qui plongeait carrément la main sous le chemisier de sa partenaire pour lui pétrir et lui caresser la poitrine, tandis que l'autre fourrageait déjà sous la jupe. Plutôt salés, ces cours d'art dramatique! Niéznatchny aurait volontiers accepté d'en suivre de pareils toute sa vie durant. C'était autre chose que ses heures de veille ingrate sur le droit romain et le code de procédure pénale! Et le plus beau de tout, c'était qu'Oleg Tabakov, artiste du peuple de l'U.R.S.S., connu dans le monde entier pour son interprétation de l'*Oblomov* de Gontcharov, corrigeait encore le prétendu Kowalski en lui disant :

« Pas comme ça! N'oublie pas que tu es son mari! Tu dois l'exciter comme un mari qui connaît exactement quel endroit toucher pour la faire défaillir de désir. Ne te contente pas de la tripoter! Allez, recommence! »

Ayant vérifié que Makhova n'était pas dans l'amphithéâtre parmi les étudiants, Niéznatchny s'éloigna de la porte, alluma une cigarette et redescendit dans le hall. Que faire, grand dieu? Le cours était à moitié terminé, le hall et les couloirs de l'institut maintenant déserts, et cette pute n'était toujours pas là! Et lui qui avait son emploi du temps bourré toute la journée, dont chaque minute était précieuse! Il avait dû, dès le matin, commencer par passer à l'Intourist, puis vérifier le bon état de fonctionnement des écoutes dans la chambre que les Williams allaient occuper, puis faire un saut chez le metteur en scène Dimitri Lissadzé. Après cela, à onze heures, il devait encore voir le stomatologue Sémion Bobrov.

Tout saupoudré de neige, un taxi arriva à vive allure et stoppa juste devant l'entrée principale de l'institut. Olia Makhova en jaillit, une pelisse de mouton doré teint en noir jetée sur les épaules, son bonnet fourré dans une main et un filet rempli de livres et de cahiers dans l'autre. Niéznatchny sourit d'un air maussade : à ses petites lèvres potelées à demi ouvertes, à la pâleur translucide de son teint et à sa démarche raide, à ses genoux qui ne pliaient pas, il comprit qu'il ne s'était pas trompé dans ses conjectures. Cette salope était restée au lit plusieurs jours de suite, et si elle venait faire un saut à l'institut ce n'était que parce que le vendredi était le jour où Tabakov en personne dirigeait le cours d'interprétation dramatique. Tout en dérapant dans la neige sur ses talons aiguilles, Makhova s'engouffra dans le hall de l'institut, ôta sa pelisse tout en courant et se dirigea tout droit vers le vestiaire, en cherchant des yeux un crochet encore libre.

« Makhova! » fit Niéznatchny en lui barrant la route à la sortie du vestiaire.

Elle tourna brutalement la tête vers lui et – miracle du jeu dramatique de cette bête de scène! – ses yeux semblèrent s'illuminer tant cette visite impromptue lui causait une joie sincère :

« Oh! Froltchik Seïtch! B'jour! Je cours, s'cusez-moi, mon joli, j'ai art dramatique!

– Je vais te faire courir, moi! répliqua Niéznatchny d'un air mauvais.

– Qu'est-ce qu'il y a donc? Qu'est-ce qu'il se passe? demanda innocemment Makhova tandis que sa silhouette frêle se balançait dans le hall comme tige de fleurette au vent. Frol Seïtch, mon cœur, il y a la pause dans un quart d'heure, nous bavarderons. Attendez-moi, d'accord? Sinon je vais me faire massacrer par Tabakov!

– Je t'aurai tuée avant. Je n'ai pas le temps d'attendre. Où as-tu encore traîné, les trois jours derniers?

– J'étais chez ma tante, à la campagne. Elle est tombée malade...

– Menteuse, répondit-il calmement. Regarde-toi un peu, tu ne tiens pas debout, tu as les yeux *fuckés* jusqu'à la moelle.

– Comment avez-vous dit? » demanda Olia en levant vers lui ses petites pupilles bleues au regard rusé.

Introduire des termes de l'argot américain dans la langue russe était une mauvaise habitude très en vogue dans tous les départements étrangers de la Deuxième Direction principale du K.G.B., mais seuls se vantaient de les connaître les tout jeunes lieutenants et diplômés des cours d'anglais intensif, cours que, soit dit en passant, Olia Makhova avait elle aussi suivis l'année précédente afin de divertir les touristes étrangers par des récits édifiants sur l'Union soviétique, en plus des galipettes sur canapé. Seulement, en ce qui concernait Olia, ces cours ne semblaient pas avoir servi à grand-chose : Niéznatchny avait eu beau écouter ses conversations avec les étrangers, quand ils étaient au lit, il n'avait jamais pu l'entendre prononcer plus de trois mots en anglais, généralement *once more,* ou bien *come.*

« Ecoute-moi, fit sévèrement Nieznatchny. Ton art dramatique se termine à quatorze heures. A quatorze heures quinze, tu dois être à l'hôtel National. Tu donneras ton nom à l'administratrice et recevras d'elle la clef d'une chambre au douzième étage. Attention, dès cette minute tu es au travail! Si tu arrives en retard même d'une minute, je te donne ma parole d'officier que ce sera ta dernière journée à l'institut!

– Très bien, très bien! Mais, Froltchick Seïtch..., je ne peux quand même pas m'installer à l'hôtel sans mes affaires! Il faut que je fasse un saut au foyer pour prendre ma valise et mes frusques. Et puis je n'ai pas d'argent pour mon taxi. Combien de jours devrai-je y rester? Avec qui vais-je travailler?

– Robert Williams arrive aujourd'hui, je t'ai déjà parlé de lui.

– Ah! celui-là? Celui-là, je me le ferai en deux jours! Mais il faudra que vous éloigniez sa femme quelques heures, d'accord?

– Tout sera prêt. Mais il faut que tu t'installes là avant lui, compris?

– Frol Seïtch, vous m'aviez promis la fois précédente de me faire envoyer une invitation pour que je fasse du cinéma. J'ai presque causé un infarctus à votre Canadien tant je l'ai bien *fucké,* rien qu'à cause de votre promesse!

– Ce sera fait. Remplis ta mission et tu tourneras.

– Parole de communiste?

– Parole d'honneur.

– Non, non, donnez-moi votre parole de communiste! » exigea Olia.

Et dans le même temps elle passa lentement, sans se presser, sa petite langue autour de ses lèvres avec une telle langueur traînante que le major se sentit des élancements dans la poitrine et le bas-ventre.

« Très bien, parole de communiste, dit-il à contrecœur.

– Parfait! Bisous! Je cours, je vole! J'y serai à quatorze heures quinze. Filez-moi trois roubles pour déjeuner, vous me les décompterez de mes frais journaliers. »

Elle arracha impatiemment un billet de cinq roubles aux mains de Niéznatchny et, dressée sur la pointe des pieds, lui fit claquer un gros bécot sur la joue. Un moment après, elle grimpait quatre à quatre au premier étage.

« Fais attention, Olia! cria Niéznatchny derrière son dos. Je serai là-bas à quatorze heures quinze. Si tu n'y es pas...

– J'y serai! j'y serai! Je ne suis pas idiote! lui cria-t-elle de l'escalier tandis que ses jambes fuselées, au galbe parfait, se trouvaient juste au-dessus de la tête de Niéznatchny, avec sa jupette largement retroussée par la course.

– Grosse bête, tu n'as pas mis de..., lui cria encore le major.

– Je sais, répliqua en riant Makhova, je n'ai pas eu le temps, mais ça n'a pas d'importance! »

Et elle disparut.

Niéznatchny hocha la tête avec accablement et poussa un profond soupir. Quel travail ingrat était le sien! Que faire? Il faudrait bien préparer ces gambettes – et quelles gambettes! – pour le cher docteur Williams! Bienvenue, cher ami, nous vous offrons ce que nous avons! Et maintenant, il me faut m'occuper de votre Virginia...

2

« Attention, s'il vous plaît! L'avion de la compagnie Aéroflot effectuant le vol Londres-Bruxelles-Paris va bientôt se poser sur l'aérodrome de Bruxelles-Zaventem. Les voyageurs sont priés de se présenter à la porte nº 5. *Povtoriayou : samoliot aviakompaniyi...* »

La voix de velours répétait maintenant l'annonce en russe. Les fautes d'accent et l'accentuation typiquement non russe se répercutaient uniquement dans les salles de l'aérogare, mais c'était justement cet accent fautif qui serrait le cœur de Stavinski. C'en était fait. Le piège se refermait. Il fonçait de lui-même dans l'embûche, se précipitait sur la chausse-trappe qui l'attendait. Bien sûr, il se rappelait les dernières instructions de Mac Kerry. Il avait aussi étudié la photo d'un certain major Niéznatchny du Guébé, spécialisé dans le recrutement des touristes américains, ainsi que celles de ses adjoints et adjointes. Mac Kerry avait en effet passé plusieurs heures avant leur départ à les mettre en garde contre tous les pièges du K.G.B., après que le boss lui avait donné l'ordre de communiquer à Stavinski et à Virginia tout ce que la C.I.A. savait sur le travail du secteur américain du département Tourisme du K.G.B. Et la C.I.A. savait pas mal de choses. Sur la « carte secrète » jalousement gardée par le major Niéznatchny dans le coffre-fort de son bureau, tous les petits cercles colorés ne correspondaient pas à l'exacte réalité. Un certain nombre de ses « filleuls », à leur arrivée aux Etats-Unis, avaient trouvé le courage de se rendre à la C.I.A. pour raconter comment ils avaient été recrutés à Moscou. Et Mac Kerry avait étalé devant les jeunes mariés tout l'éventail des trucs et procédés chers à Niéznatchny, y compris la photo de son « as d'atout », la mignonne si appétissante qui se nommait Olia Makhova. Les deux services de contre-espionnage jouaient maintenant une partie dont le roi et la reine s'appelaient Roman Stavinski et Virginia Part. La C.I.A. avait préparé de son mieux Stavinski pour cette partie, mais comprenait bien qu'il était impossible de prévoir tous les coups de l'adversaire. La seule chose dont Stavinski pût être à peu près sûr, c'était que le 16 novembre, à la consigne automatique de la gare de Yaroslavl, casier n° 217, codé 141516, il trouverait comme il l'avait demandé deux jeux complets de papiers d'identité soviétiques, de l'argent pour les premiers temps de son séjour en U.R.S.S. et des indications sur le moyen de contacter la C.I.A. en cas d'extrême nécessité. C'était tout. Il se sentait un creux à l'estomac à la pensée qu'il allait perdre cette netteté si occidentale des aérogares, ces voix douces et aimables des hôtesses de l'air et des vendeuses, ce brillant limpide des vitrines qui avaient toujours l'air d'avoir été lavées avec un shampooing de bonne qualité, ces vitrines derrière lesquelles on trouvait tout, absolument tout, sans limitation aucune : transistors et magnétophones japonais, porcelaine chinoise, produits de beauté parisiens, laine d'Ecosse, chaussures italiennes, cuir du Brésil, fourrures du Canada, fleurs et fruits d'Israël, cigarettes américaines, vodka Smirnoff et des centaines de liqueurs, vins, cognacs, brandies, whiskies de tous les coins du monde. Et tout cela allait disparaître pour lui.

Stavinski et Virginia se tenaient dans l'énorme salle d'enregistrement, aux proportions harmonieusement réduites par l'abondance des fleurs et des vitrines, de l'aérogare de Bruxelles. A quelques pas de là, un tapis roulant en caoutchouc mousse menait les voyageurs de la salle d'enregistrement à celle des embarquements, mais ces quelques pas à faire semblaient à Stavinski plus longs et plus pénibles que de traverser tout l'océan Atlantique. Là-bas, à l'endroit où s'achevait ce tapis noir en caoutchouc mousse, se trouvait l'avion Tupolev 124 de l'Aéroflot, ce piège tendu à Stavinski. Encore quelques pas et il serait à bord de l'avion, dans le ventre du pouvoir soviétique, englouti par la machine d'un autre monde. Et si, en pénétrant dans l'avion, il tombait soudain sur une hôtesse de l'air connue autrefois de lui?

Juste à côté, à quelques pas de lui, c'était la porte de l'Europe : le petit comptoir de la police frontalière où il suffisait de montrer brièvement son passeport américain. « Je vous en prie, monsieur! » et il se retrouverait en Suède, au Danemark, en Australie, au Japon, en Nouvelle-Zélande ou à la Jamaïque. Quel idiot il était de ne pas avoir visité tous ces pays! Mac Kerry ne leur avait accordé que deux jours pour visiter Rome, trois pour Paris et Bruxelles : il fallait bien que les Russes aient l'impression que les Williams effectuaient un réel voyage de noces...

Virginia lui prit doucement le bras et lui adressa un regard interrogateur.

« Allons-y », essaya de dire Stavinski, mais il se contenta d'une grimace tant il avait la gorge douloureuse.

Ce n'était pas de la blague. La veille, avant de prendre l'avion de Paris pour Bruxelles, il avait englouti une bombe glacée presque sans respirer afin de provoquer en lui une angine naturelle, et il y avait parfaitement réussi : ses amygdales étaient gonflées, recouvertes d'une infecte pellicule d'un jaune blanchâtre qui ne lui permettait ni de parler, ni d'avaler, ni même de tirer une bouffée de cigarette. Même sous la torture, il aurait maintenant été réellement incapable de prononcer une seule parole intelligible en anglais ou en russe. Il ne pouvait que chuchoter quelque chose d'indistinct et aucune police frontalière du monde n'aurait désormais pu détecter en lui une prononciation imparfaite de l'anglais.

Stavinski rectifia le pansement qu'il avait autour du cou : une compresse chaude entourée d'une épaisse couche de sparadrap, puis il prit Virginia par le bras et ils firent ensemble les quelques mètres qui les arrachaient à l'Occident. Le tapis roulant en caoutchouc noir les conduisit jusqu'à l'avion soviétique et ils virent dans le même temps refluer en arrière, vers un passé peut-être sans retour, les vitrines des *sky shops,* avec leurs élégantes vendeuses et toute Son Altesse le Monde occidental.

3

La crainte que Stavinski avait éprouvée qu'une hôtesse de l'air ou l'un des passagers soviétiques de l'avion de l'Aéroflot ne le reconnût dès le moment où il franchirait le seuil de l'appareil et ne s'écriât d'une voix étonnée : « Mais c'est Stavinski! Cela fait un siècle qu'on ne t'avait pas vu! » cette crainte purement théorique n'était que peu de chose en comparaison du choc qu'il ressentit à la minute où il quitta la passerelle pour mettre le pied dans l'avion. Ce n'était pas une simple hôtesse de l'air, c'était la moitié des voyageurs qui représentaient sa vie d'autrefois, ou plus exactement le rêve de sa vie d'autrefois en U.R.S.S. La crème du cinéma soviétique : acteurs, metteurs en scène, scénaristes, opérateurs, tous plus célèbres les uns que les autres revenaient d'un voyage touristique à travers l'Europe, avec ou sans femmes. Comme le passage à Bruxelles ne représentait qu'un transit entre Londres et Moscou, ils n'avaient pas été autorisés à mettre le pied hors de l'avion pendant l'escale, moins à la demande des autorités belges que par décision de leur chaperon, Grigori Mourianov, secrétaire de l'Union des cinéastes de l'U.R.S.S. Pourquoi aurait-il dû se faire un mauvais sang supplémentaire à la pensée que l'une de ses ouailles risquait de choisir l'escale bruxelloise pour rester à l'Ouest? En pénétrant dans le salon de l'avion, Stavinski se retrouva au milieu d'un vacarme typiquement russe :

« Gricha, disait à Mourianov, un homme boudeur et maussade, l'actrice Iya Krassavina, une actrice remarquable âgée d'une quarantaine d'années, j'ai parcouru la moitié du monde et je ne me suis pas enfuie! Vous êtes tombé sur la tête ou quoi? Vous nous prenez pour le Bolchoï? Il me reste des devises, je voulais m'acheter un flacon de Chanel!

– Tu as déjà acheté du Chanel à Londres, prononça entre ses dents Mourianov, toujours aussi maussade, sans la regarder dans les yeux.

– Salopard, va! s'emporta Krassavina. Tu me le paieras!

– Moi, déclarait le metteur en scène Volodia Bolchov, qui venait de recevoir un oscar et était aussi révolté que l'actrice, j'estime que nous devrions adresser une lettre de protestation collective au Comité central! »

Sept ans plus tôt, lorsqu'il travaillait à la télévision, Stavinski lui avait demandé une interview à l'occasion de son premier film, *Le Gain*. Pendant ces quelques années, Bolchov était devenu chauve et gras, mais son oscar lui avait visiblement redonné des forces :

« C'est une manifestation typique de manque de confiance à l'égard d'artistes soviétiques! continuait-il à vociférer. Le parti nous confie la tâche d'éduquer le peuple soviétique, et le camarade Mourianov... »

Le doyen des metteurs en scène soviétiques, Yakov Raiman, prit la parole pour essayer de les apaiser :

« Camarades, un peu de silence! Ce n'est pas correct, les étrangers sont déjà en train d'entrer! Nous discuterons de tout cela à la maison. »

Le bruit se calma, les cinéastes se retournèrent d'un air mécontent et sombre vers les hublots derrière lesquels ils apercevaient l'aérogare de Bruxelles avec ses *sky shops*, ses parfums français et autres merveilles de la civilisation occidentale désormais inaccessibles pour eux.

Les « étrangers » (une dizaine de touristes et de businessmen) se frayaient en effet un passage dans le couloir central en cherchant des places. Le visage penché en avant, s'attendant à ce que, d'un moment à l'autre, l'une ou l'autre de ces idoles du cinéma soviétique le regardât par hasard et le reconnût, Stavinski suivait Virginia d'une démarche molle, en direction du dix-septième rang. Il avait autrefois rêvé, vingt ans plus tôt, de se retrouver au milieu de ces gens-là, et c'était même à cause d'eux qu'il avait quitté en troisième année la fac de médecine pour se faire journaliste de télévision. Et soudain, par une ironie du sort, il se trouvait plongé dans leur milieu! Du coin de l'œil, il notait ceux qu'il reconnaissait : l'actrice Liénotchka Solovieï *(Esclave de l'amour)*, l'acteur Alexeï Batalov *(Quand passent les cigognes; Moscou ne croit pas aux larmes),* l'acteur Nikolaï Bourliaïev *(André Roubliov),* avec sa femme Natacha, la fille de Bondartchouk *(Solaris).* Bien sûr, tous ne le connaissaient pas. Le plus probable même était qu'aucun d'entre eux ne connaissait, ou ne se rappelait un petit journaliste de la télé qui avait autrefois hanté les couloirs des studios, mais lui, Stavinski, connaissait chacun d'entre eux, il avait écrit des articles sur eux, leur avait demandé de brèves interviews pendant les tournages et avait même bu avec Volodia Bolchov au restaurant de la Maison du cinéma. Défaillant de peur, il se laissa tomber dans son fauteuil. Une sueur froide imprégnait sa chemise, la compresse d'ouate qui enserrait son cou l'empêchait de respirer. Il tira le rideau du hublot, pour empêcher la lumière de tomber en plein sur son visage, et ferma les yeux en pensant intérieurement que c'était la fin, la fin! Virginia appuya silencieusement la main sur son bras qui serrait convulsivement l'appui du fauteuil. A cause de cette marque de sympathie, ou peut-être parce qu'effectivement personne ne faisait attention à lui, il se sentit légèrement mieux. Comment d'ailleurs auraient-ils pu faire attention à lui, pensa-t-il soudain, puisqu'il s'était fait faire une opération de chirurgie esthétique? Un autre, il était maintenant un autre! Peut-être ressemblait-il à un certain Stavinski, mais de grâce! Où étaient passées ses oreilles décollées, son nez en bec d'aigle, ses lèvres exagérément charnues? Et tout d'un coup il trouva tout cela extrêmement comique : comment avait-il pu en vérité oublier qu'il n'était plus Stavinski mais un autre, *la face d'un autre*! Un rire nerveux, presque hystérique, afflua dans sa gorge malade, et s'il n'avait pas eu cette angine, si rire ne lui avait pas causé une souffrance intolérable, il aurait tout simplement eu une crise de fou rire à faire résonner les parois de l'avion. Mais à peine les premiers spasmes de rire parvinrent-ils à ses amygdales en feu qu'il gémit douloureusement et étouffa son envie de rire.

Assis dans son fauteuil, les yeux fermés, Stavinski s'était maintenant calmé. Il avait passé la première épreuve : plus personne ne reconnaîtrait en lui le défunt Stavinski. A quelque chose malheur est bon!

« Attention! déclara soudain une voix féminine. L'équipage de l'avion soviétique Tupolev 124 a le plaisir de vous accueillir à bord. Nous allons décoller dans quelques minutes. Prière d'attacher vos ceintures et de vous abstenir de fumer. »

Le Tupolev roula jusqu'à la piste d'envol, les moteurs des turboréacteurs rugirent et toute la carcasse de l'avion fut secouée par une sorte de frisson métallique. Avec tout l'appareil, avec les passagers soviétiques et étrangers, Stavinski se sentit à son tour collé à son siège et secoué par les vrombissements des moteurs. L'hôtesse parcourait les rangs en vérifiant si toutes les courroies étaient bien attachées. Et Stavinski sourit amèrement en lui-même : il s'était lui-même, délibérément lié, attaché, à cette cahoteuse réalité soviétique. Mais les passagers soviétiques ne voyaient aucun sens métaphorique aux cahots que leur imposait l'avion. Seul l'acteur comique Yevguéni Mordounov[1], à la bedaine impressionnante, en profita pour faire une facétie à l'hôtesse qu'il appela du doigt :

« Regarde, ma mignonne : les courroies n'arrivent pas à faire le tour de mon ventre. Tiens-moi donc dans tes bras, ma jolie, viens par ici! »

1. Mordounov = Morgounov. Parmi les autres noms propres volontairement déformés par l'auteur : Oparkov = Ogarkov, Guéorgui Andronov = Youri Andropov, Gladounov = Glazounov *(N.d.T.)*.

Au même instant, l'avion s'arracha du sol, se précipita vers l'avant de la piste d'envol et la jeune hôtesse de l'air s'affala effectivement sur le ventre de Mordounov, provoquant les éclats de rire de tous les passagers. Stavinski lui-même ne put s'empêcher de sourire. Un heureux présage?

4

Le câble chiffré envoyé par Gouchtchinc, capitaine du sous-marin U-137, fut reçu dès le matin. Il était laconique :

Moscou, top secret. Au chef de l'Etat-Major général Oparkov. Mission remplie, stop. Aujourd'hui 6 novembre en compagnie navires de guerre suédois ai gagné eaux internationales, stop. Rentre Baltiïsk, stop. Capitaine U-137 Gouchtchine.

Pour le projet qui avait reçu le nom codé d'Emma, ce câble signifiait le début concret des opérations d'investissement sous-marin de l'Europe au moyen de grilles énergétiques disposées au fond des mers, susceptibles de déclencher sur signal envoyé du centre un tremblement de terre à une distance pouvant aller jusqu'à quatre cents kilomètres à partir des puits où elles étaient enterrées. Pour le colonel Sergueï Ivanovitch Yourychev, adjoint au chef d'Etat-Major général de l'armée soviétique pour les recherches stratégiques, le câble signifiait une prime de deux mille roubles, des épaulettes de général et un congé de vingt-quatre jours ouvrables. Debout à la large fenêtre de son bureau, qui donnait sur la place de l'Arbat, il fumait en regardant Moscou livrée à la tempête de neige. Il aimait cette ville. Doué d'une mémoire visuelle phénoménale, il connaissait chaque rue et presque chaque maison de Moscou. Il regardait maintenant l'Arbat balayée par la neige et les passants qui, le col de leurs manteaux relevé et le visage protégé comme ils le pouvaient du vent glacial, se hâtaient de faire leurs achats dans les magasins en cette veille de fête. Comme à chaque veille de l'anniversaire de la révolution, on avait vu les magasins de Moscou se remplir de saucissons, de saucisses, de fruits, et même de viande de bœuf congelée. Yourychev regardait ces hommes et ces femmes aux silhouettes penchées en avant, vers le sol, aux bras et aux épaules distendus par les filets à provisions lourdement chargés et les serviettes bourrées de paquets divers. La vie avait beau être dure, amère pour ces gens qui ne pensaient de jour en jour qu'au moyen de se procurer du lait pour leurs enfants, un morceau de viande congelée ou un kilo de concombres, ils continuaient à vivre de la sorte, sans se plaindre. Simplement, ils buvaient de plus en plus, malgré le renchérissement de la vodka : ils buvaient des vins cuits à bon marché, de la gnole en tout genre, de l'alcool pharmaceutique. Des siècles durant, se disait Yourychev, la Russie avait noyé ses malheurs dans la vodka, égayé ses chagrins dans l'ivresse. Mais il ne pouvait plus boire. Il avait essayé mais n'avait pas réussi à noyer dans l'alcool une seule goutte du malheur qui l'avait frappé. Il avait eu un fils prénommé Victor, un fils unique et tendrement chéri. C'était un adolescent de quinze ans, grand et efflanqué, qui avait gagné des olympiades de mathématiques, écrivait des vers, composait des problèmes d'échecs et n'avait encore embrassé aucune femme en dehors de sa mère. Trois mois plus tôt, en revenant d'un camp de toile où il avait passé les vacances d'été, un jour plus tôt que prévu, il avait surpris sa mère, la femme de Yourychev, avec un amant. Et pas même au lit, où ils auraient pu être couverts par une couverture, ou au moins par un drap : au sol, sur le tapis, dans une pose honteusement dénaturée. Il était ressorti de l'appartement en claquant la porte tandis que Galia, une robe de chambre jetée sur ses épaules, l'avait rattrapé au milieu de la cour et s'était jetée à ses genoux, des larmes hypocrites plein les yeux, en le suppliant de ne rien dire à son père. Le soir, lorsque Yourychev était comme d'habitude rentré du travail, elle avait préparé un petit dîner de fête en l'honneur du retour de leur fils, avait été extraordinairement tendre, prévenante, causante, aux petits soins pour ses deux hommes. Tantôt pressée contre l'un et tantôt contre l'autre, elle avait fait passer à son mari une merveilleuse soirée familiale, à ce détail près que Victor restait assis sans parler, une grande pâleur sur le visage. Yourychev lui avait même demandé pour rire, entre autres choses, s'il ne s'était pas par hasard amouraché de quelqu'un au camp dont il revenait. Galia avait repris le thème, disant qu'il était grand temps que Vitia ait des amitiés féminines, tombe amoureux, bref, devienne un homme. Au beau milieu de cette tirade, l'adolescent s'était levé et s'était dirigé sans un mot vers leur chambre à coucher. Une minute plus tard, un coup de feu avait retenti. Accourant dans la chambre, Yourychev avait eu le temps de voir le corps de son fils glisser lentement au sol, le visage inondé de sang et son pistolet d'officier à lui, un TT, serré dans une de ses deux mains blanches. Dans l'autre, il tenait une feuille de papier où il avait griffonné quelques mots à la hâte, d'une écriture tremblante :

« NE LA CROIS PAS, PAPA. C'EST UNE TRAÎNÉE. J'AI *VU CETTE CHOSE* DE MES PROPRES YEUX. JE NE PEUX PLUS... »

Le message s'était arrêté là. Le jeune homme s'était alors contenté d'appuyer le canon du pistolet deux millimètres au-dessus du sourcil droit, et de presser la détente.

Yourychev avait déclaré à la milice que son fils avait disparu en maniant maladroitement le pistolet de son père, reçu un blâme de service pour n'avoir pas gardé en lieu sûr son arme personnelle, et il avait chassé sa femme de la maison, après l'avoir forcée à écrire noir sur blanc ce que Victor avait vu ce jour-là. En dix-sept ans de vie commune, il ne l'avait pas trompée une seule fois. Il l'aimait et son fils l'avait toujours vu l'aimer. Lui-même aimait sa mère comme une sainte et était fier, comme Yourychev l'avait plus d'une fois remarqué, d'avoir une mère belle, jeune et tendrement aimée par son père. Tout avait été brisé, détruit, anéanti en un seul jour : sa famille, sa vie de père. Et plus rien n'avait pu ensuite lui venir en aide : ni l'alcool, ni l'abrutissement par le travail, ni la douce et modeste serveuse prénommée Tania, une jeune femme âgée de vingt ans avec laquelle il avait tenté de s'oublier lors d'un de ses voyages à la base de sous-marins de Baltiïsk. Moscou elle-même s'était soudain remplie de points brûlants, douloureux : c'était le boulevard Kroptkine, où il venait se promener avec Victor, la piscine « Moscou » où il lui avait appris à nager; dans ce vieux club échiquéen, son fils avait remporté la médaille de bronze parmi les juniors et là, rue de l'Arbat, ils étaient tombés un jour de printemps sous une pluie diluvienne et s'étaient amusés, depuis une cabine, trempés comme des soupes, à téléphoner à Galia en riant aux éclats : deux lascars à demi adultes, encore à demi gamins...

Yourychev se détourna de la fenêtre. Il ne pouvait ni ne voulait plus vivre dans une ville où chaque rue assaillait sa mémoire de souvenirs liés à son fils. Des nuits d'une cruelle insomnie lui firent comprendre qu'il ne supporterait plus une telle vie et qu'aucun travail intensif, aucun projet stratégique militaire, aucun plan d'occupation de l'Europe en vingt-quatre heures ou de Chine en soixante-sept, aucune occupation de l'Afghanistan suivie d'une percée vers le Golfe ni même aucun plan Emma, susceptible de faire s'effondrer l'Europe grâce aux coups de boutoir de la nouvelle arme sismologique (cette arme que le U-137 venait de commencer à disposer dans des puits sous-marins tout autour de l'Europe), aucun *Kriegspiel*, en un mot, ne serait capable d'absorber complètement son cerveau et sa vie. Avant, cela avait un sens : pour sa famille, sa carrière, pour s'affirmer à ses propres yeux et à ceux de sa femme, de son fils tous deux chéris, oui, cela avait un sens et il avait toujours réussi à obtenir ce qu'il voulait : être devenu, à quarante ans, l'adjoint au chef d'Etat-Major général pour les recherches stratégiques, cela avait eu un sens. Mais maintenant, pour qui, au nom de quoi, dans quel but cette vie? Et la clarté de son esprit analytique lui suggéra qu'il n'y avait plus et n'y aurait plus pour lui un seul jour de bonheur possible dans un monde où chaque pierre, chaque rue, chaque visage d'adolescent lui rappelaient son fils. Il n'avait pas ici d'avenir, ou bien ce dernier se résumait à une blessure sanglante, à un cœur serré comme un poing. D'ailleurs qui le retenait encore dans ce pays? Il n'y possédait ni frères ni sœurs; son père avait été fusillé en 37, lorsqu'il n'avait qu'un an et demi, et il avait enterré sa mère sept ans plus tôt.

Une décision simple s'imposa à lui au cours d'une de ses nuits sans sommeil, qui ne cessa de prendre ensuite de la force et d'accaparer toutes ses pensées : l'Occident, l'Amérique. Peu importait quel homme il y serait et ce qu'il aurait à y faire : ce serait un autre monde, autre sur tous les plans, depuis les visages qui l'entouraient jusqu'aux rues et à la langue. Il se mit à s'intéresser avidement à la vie américaine, à lire tous les livres, journaux, revues en langue américaine qui parvenaient à l'E.M.G. Et son esprit rapide émondait l'écorce des photos, brillantes comme des étiquettes de roman, tirées de la vie des acteurs de Hollywood, pour pénétrer plus loin et atteindre des parcelles de la vie américaine réelle avec son chômage, ses grèves, son taux de criminalité, sa concurrence sauvage et sa peur quotidienne du lendemain. Parmi des centaines de milliers d'émigrants potentiels, il était peut-être le seul à rechercher partout où il le pouvait des renseignements sur les aspects négatifs de la vie en Amérique. Et, lorsqu'il les trouvait, il s'en réjouissait. Parce qu'il savait que c'était là ce qui lui convenait. Cette lutte pour la vie, qu'il devrait recommencer de zéro, serait précisément ce qui l'absorberait et le sauverait. Devenir chauffeur de taxi, docker, peu lui importait, pourvu qu'il s'oubliât dans cette lutte pour la vie et consacrât à cette lutte l'insomnie qui le rongeait...

Mais une chose était de rêver, et même de parler de ces rêves à un correspondant américain rencontré par hasard, et tout autre chose de partir ce jour-là, à l'instant même pour une réserve de chasse de la région de Kirov afin d'y attendre un signal de la C.I.A. Il ne faisait pour lui presque aucun doute que ce signal viendrait. Maintenant que Gouchtchine avait échoué son sous-marin sur un haut-fond à proximité d'une base navale suédoise et que le monde entier essayait de deviner ce que cela pouvait bien rapporter aux Russes, la C.I.A. se tuerait à la tâche pour essayer de l'obtenir, lui Yourychev. Si seulement ce correspondant leur avait fait part de sa proposition...

Il était déjà seize heures quarante-cinq, ce qui signifiait que la section secrète serait fermée dans dix minutes. « Il est temps, Yourychev », se dit-il en lui-même. Il fallait ouvrir le coffre-fort, en retirer tous les matériaux classés « secret » et les porter à la « section secrète ». Il n'aurait bien sûr pas été mauvais de les consulter à nouveau, mais c'était finalement inutile. Avec la mémoire qui était la sienne, il pouvait donner même sans carte les coordonnées exactes des failles sous-marines où les « grilles énergétiques » seraient disposées, tout autour de l'Europe. Il pouvait réciter de mémoire toutes les données techniques de la nouvelle arme sismologique mise au point à l'institut de Marine de la chaussée des Enthousiastes. Dommage seulement qu'il ne pût même pas être question de penser emporter hors de Russie le film de vingt minutes, classé top secret, appelé « projet Emma », qui avait été tourné spécialement pour le Politburo aux studios de l'armée soviétique. L'Occident en serait resté baba : il aurait vu comment, par un beau jour sans nuages, une série de tremblements de terre localisés serait capable d'ébranler les bases maritimes et aériennes de l'O.T.A.N., les ports et les capitales de l'Europe. On verrait s'effondrer les silos des missiles enterrés, craquer les revêtements en béton des aérodromes, se fissurer les embarcadères, éclater les canalisations d'eau et de gaz, ainsi que les égouts, et toute l'Europe occidentale serait plongée dans le chaos d'une catastrophe naturelle, sans intervention visible de l'Union soviétique. Alors, accomplissant leur « devoir humanitaire d'aide aux peuples sinistrés d'Europe occidentale », les troupes soviétiques entreraient dans ces pays, sans tirer un coup de feu, armées non de fusées et de missiles mais de matériaux de reconstruction, de médicaments, de cuisines et de centrales électriques mobiles. L'Europe reconnaissante les accueillerait avec les fleurs rescapées du séisme...

La sonnerie du téléphone interrompit Yourychev dans l'évocation du film qui avait provoqué un mois plus tôt un enthousiasme indescriptible parmi les membres du Politburo. Yourychev s'éloigna de la fenêtre et prit l'appareil. Une voix familière, un peu rauque, s'adressa à lui :

« Sergueï Ivanovitch, vous viendrez nous faire vos adieux avant votre départ en congé? »

C'était le maréchal Nikolaï Oparkov, chef de l'Etat-Major général.

Même seul à seul avec lui-même, Yourychev ne voulait pas s'avouer que sa décision de passer à l'Ouest était liée à cet homme, son beau-père depuis qu'il avait épousé Galia. C'étaient ces liens de famille qui avaient permis son ascension foudroyante. Mais après la mort de son fils, lorsqu'il eut chassé du logis son épouse indigne, même un imbécile aurait compris qu'il pouvait dire adieu à sa carrière. Le maréchal estimait, il est vrai, que cette querelle familiale était passagère, même si elle était aggravée par la profonde douleur que causait à Yourychev la mort de son fils. Il ne connaissait pas la véritable raison du scandale et Yourychev ne pouvait pas lui dire que sa fille était une catin et une meurtrière. Le maréchal espérait les réconcilier et c'est pourquoi il s'apprêtait à prier délicatement Yourychev de partir en congé avec Galia...

Soit! lorsqu'il aurait quitté la Russie, la Section secrète ordonnerait l'ouverture de son coffre et l'on y trouverait une enveloppe cachetée portant l'inscription : « Au maréchal Oparkov, personnel. » Deux feuilles de cahier y étaient enfermées : les aveux de Galia et le dernier message de Vitia.

5

« Attention, s'il vous plaît! L'avion de l'Aéroflot arrivant de Bruxelles par le vol nº 24 vient de se poser. Je répète : l'avion de l'Aéroflot... »

La voix d'homme était si assourdissante et indistincte que Niéznatchny ne put s'empêcher de froncer le sourcil. Peu de temps auparavant, un an ou un an et demi au maximum, les Allemands avaient construit, exprès pour les jeux Olympiques de Moscou, le nouveau bâtiment de l'aéroport international de Chérémétiévo, une merveille de l'architecture contemporaine, un temple de verre et de béton du XXIe siècle noyé dans la forêt de pins et de bouleaux des environs de la capitale. Les parois transparentes doublaient, triplaient l'impression d'espace des salles intérieures. Le nickel des comptoirs et des poignées de portes étincelait d'un éclat mat. Des femmes de ménage en combinaisons d'importation immaculées faisaient fièrement rouler à travers l'aérogare les cubes insonorisés des machines à nettoyer, elles aussi importées, capables de débarrasser le miroir qui tenait lieu de plancher de la plus imperceptible des poussières. Et une voix de femme, une voix douce aux inflexions célestement, si peu soviétiquement insinuantes, annonçait à la radio les atterrissages et les envols en anglais, en français et en allemand. Des étrangers fleurant bon des produits de beauté étrangers traversaient ces salles en traînant sur des roulettes des valises à l'aspect bien peu russe, frappés d'être accueillis même en Russie par un service à l'européenne. Mais c'était dans les bars et les buffets que leur émerveillement atteignait son apogée : noir et rouge, le caviar y était vendu à des prix dérisoires. Outre le caviar, on trouvait aussi du saumon, plus blanc ou plus rose selon les sortes, des pâtés de foie d'oie, du cervelas, des saucissons à profusion, des fruits, des légumes, des jus, des vins, des vodkas, et tout cela à des prix toujours extraordinairement bas. Dès l'époque des jeux Olympiques, Niéznatchny savait pertinemment que cette abondance et ces prix ridicules pour le caviar étaient un simple truc, une manière d'abattre dès leur arrivée les prétentions des touristes occidentaux et de leur montrer que tous les bruits concernant les prétendues difficultés alimentaires de l'U.R.S.S. n'étaient qu'un stupide délire antisoviétique. Il comprenait qu'à peine achevés les jeux Olympiques, cette abondance disparaîtrait. Mais chaque fois qu'il venait maintenant à l'aéroport de Chérémétiévo pour accueillir de nouveaux touristes nord-américains, il éprouvait de l'amertume et du dépit. Admettons encore, se disait-il, qu'on ne trouve plus dans les buffets de caviar à soixante-dix kopecks les cinquante grammes, de pâtés de foie d'oie ou de cervelas finlandais, mais où était donc passée cette voix de femme aux inflexions éthérées? Pourquoi avait-elle été remplacée par cette voix de moujik tonitruante, rauque et comme rouillée? Et ces femmes de ménage à grosses fesses, pourquoi avaient-elles échangé leurs combinaisons immaculées pour la toile de jute grise familière aux gares de chemins de fer de la capitale? Et pourquoi leurs machines à aspirer, autrefois silencieuses, s'étaient-elles mises à rugir comme des réacteurs de Tupolev? Pourquoi encore, sur toutes les portes de service, avait-on vu apparaître, à côté du verre bleuté et du nickel, de grossiers cadenas plus dignes de granges campagnardes que d'un aéroport international?

« Oh! ce laisser-aller russe, si typique de notre pays! » dit-il en soupirant à Lioudmila Zvonariova, guide de l'Intourist, elle aussi venue accueillir les Williams. Assis à la cafétéria, ils buvaient du thé avec des sandwiches qui semblaient dater de l'avant-veille. Jolie petite femme châtain d'une quarantaine d'années, Lioudmila avait un caractère gai et vif, connaissant trois langues étrangères et était une des meilleures guides de l'Intourist et informatrices du K.G.B. Maquillée avec les meilleurs produits occidentaux, elle portait ce jour-là une pelisse doublée gris cendré de fabrication canadienne. Aucun touriste étranger, à la vue de cette rieuse insouciante aux yeux espièglement vivants, de cette coquette doublée d'une intrépide bavarde qui alignait les anecdotes comiques les unes derrière les autres, n'aurait pu se douter que, la nuit, Lioudmila rédigeait pour le K.G.B., de longs comptes rendus détaillés avec portrait psychologique de ses petits protégés. Tous deux, Niénatchny comme Lioudmila, savaient qu'entre le moment où l'avion avait atterri et celui où les passagers pénétraient dans la salle de la douane il s'écoulerait plusieurs minutes, et Lioudmila prit le temps de dire à son supérieur.

« Vous n'avez pas trop bonne mine en ce moment, camarade major. Et pas trop de travail non plus, puisqu'il n'y a guère de touristes, je veux dire qui en vaillent la peine, des touristes bons pour nous...

– C'est bien là le problème, répondit Niéznatchny. Quand c'était la détente, les touristes arrivaient massivement et on avait le choix parmi eux. Si l'un d'eux se décrochait de l'hameçon, il y avait toujours d'autres candidats pour le remplacer. Aujourd'hui, c'est partout la sourdine, il n'y a presque plus de touristes, rien que des vieilles, et personne n'abaisse les normes du recrutement. Ah! cette économie planifiée! Tu peux crever, mais tu dois fournir les mêmes normes qu'il y a trois ans, en pleine détente! C'est pourquoi il faut s'occuper de Williams dès la minute de son arrivée. D'ailleurs, ajouta Niéznatchny, il s'avère que ce monsieur est un personnage d'un *intérêt particulier* pour nous... »

Niéznatchny avait volontairement accentué les derniers mots, dans la mesure où Lioudmila n'avait pas le droit d'en savoir plus. Il se leva.

« ... Allons déployer nos filets, Lioudotchka. Faisons aux jeunes mariés un accueil digne d'eux!

– Moi, dit-elle, j'ai encore un peu de temps devant moi, pendant qu'ils passent le contrôle douanier. »

Et elle resta à finir son thé pendant que le major se rendait dans une salle de contrôle dissimulée aux yeux des arrivants.

Les cinéastes soviétiques de retour d'Europe étaient déjà dans la salle de la douane et faisaient grand bruit, massés autour du ruban transporteur par lequel arrivaient leurs bagages. Leurs valises étaient énormes, bourrées de toute sorte de choses fabriquées en Occident, et ils se hâtaient de les en retirer, mais ils avaient aussi quantité de sacs à main, coffrets, filets, paquets, boîtes en tout genre et de toutes les formes. Economisant sur les porteurs, ils portaient eux-mêmes leurs bagages sur les tables des inspecteurs... Niéznatchny et trois autres de ses collègues, des sections belge, française et anglaise du K.G.B., se tenaient dans la « salle de contrôle » derrière une glace sans tain et, invisibles aux arrivants, reconnaissaient avec étonnement des visages connus de chaque Soviétique : Bondartchouk, Batalov, Bourliaïev, Solovieï, Mourdounov, Krassavina.

Non seulement on n'ouvrait pas leurs bagages, mais on ne vérifiait pas leurs papiers et les cinéastes étaient persuadés que cette mesure de faveur était due au pouvoir de leur gloire. Qui, en effet, ignorait en U.R.S.S. le célèbre comique Mordounov? Foutaises! pensa Niéznatchny en riant au-dedans de lui. Il leur aurait suffi, à lui ou à l'un de ses collègues, d'effleurer le petit bouton rouge placé devant eux sur le pupitre de liaison spéciale pour qu'un voyant rouge caché à l'arrivant s'allumât soudain sur la table du douanier, et on aurait alors organisé une visite en règle à n'importe laquelle de ces stars : chacune des coutures des jeans rapportés par eux aurait été examinée à la loupe! Mais ils n'avaient pas reçu l'ordre de contrôler les bagages des cinéastes. Une valise et deux sacs dans chaque main, retenant encore par on ne savait quel miracle un tapis d'importation roulé sur son épaule, le gros Mordounov se traînait déjà comiquement vers la sortie, où l'attendaient sa femme et ses enfants déjà grands. Mais au lieu de se jeter au cou du chef de famille qui venait d'arriver, les enfants se jetèrent sur ses nombreux bagages et les portèrent presque au pas de course, jusqu'à leur voiture. Ils attendraient de s'y trouver enfermés, pensa Niéznatchny, pour prendre la mesure de leur veine insensée : papa avait réussi à rapporter encore une paire de jeans et *quatre* paires de bottes de femme!...

Après les cinéastes soviétiques venaient les étrangers, en tête desquels marchait un écrivain belge prosoviétique. Vassia Sobinov, de la section belge du K.G.B., appuya sur un bouton blanc, allumant le voyant blanc du douanier aux yeux duquel il signifiait « léger contrôle superficiel », puis ce furent deux commerçants français, quelques Anglais et, enfin, le couple tant attendu des époux Williams qui apparaissait au fond du couloir vitré. Comme cela arrive à tous les étrangers qui viennent pour la première fois en U.R.S.S., ils avançaient dans le couloir avec une prudence et une curiosité notables. Niéznatchny sourit : cette aérogare si belle et si neuve, véritablement européenne, ne pouvait que vaincre leurs préventions, eux qui croyaient tomber dans un trou, avec des fils barbelés et le K.G.B. qui les attendait à chaque pas. Il avançait déjà la main pour appuyer sur le bouton blanc, pour faire comprendre au douanier qu'il devait les faire passer sans encombres, lorsqu'il remarqua que le cou de Robert Williams était entouré d'une écharpe d'où dépassait un pansement de gaze blanche. Au bout d'une seconde de réflexion, il appuya sur le bouton bleu et le douanier décrocha aussitôt son téléphone :

« Qu'a-t-il autour du cou? » demanda Niéznatchny au micro. Il entendit le douanier demander en anglais à Williams, dont il tenait à la main les papiers :

« Qu'est-il arrivé à votre gorge, monsieur Williams? »

Williams ouvrit la bouche, émit un sifflement incompréhensible, mais sa femme s'interposa aussitôt et lui dit en riant :

« Tu ferais mieux de te taire, mon chéri! »

Et, se tournant vers le douanier :

« Il a pris froid. Il faisait un temps affreux à Bruxelles et, en plus, il a bu du whisky avec de la glace! »

Parfait, pensa Niéznatchny, nous allons te soigner, monsieur Williams! Excellent prétexte pour te faire rencontrer certains de nos médecins. Il appuya sur le bouton, le mettant en communication avec le poste de secours, et appela le médecin de garde :

« Olga Victorovna, lui ordonna-t-il, allez d'urgence dans la salle de douane. Voyez ce que cet

Américain a à la gorge et persuadez-le que c'est très grave. Tâtez par la même occasion ce pansement, au cas où il transporterait quelque chose dedans... »

Il vit à travers la glace sans tain Virginia pâlir à la vue du médecin et dire :

« Non, non, nous n'avons pas besoin de docteur! Ce n'est rien de plus qu'un refroidissement!

– Ne vous en faites pas, répliqua en mauvais anglais Olga Victorovna. La médecine est gratuite chez nous. Allons ensemble au poste de secours. »

Lioudmila Zvonariova accourut alors et se mit à babiller d'un ton gai et plein d'entrain :

« Monsieur et madame Williams? Bonjour. Je suis votre guide et interprète de l'Intourist. La visite médicale est une simple formalité. Mais si le docteur dit qu'il vous faut vous soigner, nous avons une médecine d'excellente qualité et tout est absolument gratuit... »

A l'intérieur du poste de secours, Robert Williams ouvrit bien volontiers la bouche et fit admirer au médecin ses amygdales gonflées et recouvertes d'une pellicule malsaine. Et il ne montra aucune inquiétude lorsque l'infirmière ôta son pansement entouré de gaze pour lui mettre une nouvelle compresse. Olga Victorovna prescrivit au docteur Williams de l'aspirine et des bains de bouche, et fit savoir à Lioudmila Zvonariovna qu'elle devait sans faute et sans perdre de temps conduire dès le lendemain le docteur Williams chez un médecin. Il avait 37,2 de température : cela pouvait augmenter dans la soirée et représentait un danger. Il faisait froid à Moscou...

L'incident en resta là et Lioudmila put conduire les époux Williams vers sa Volga de l'Intourist. Un porteur traînait derrière eux sur un chariot leur modeste bagage : deux valises.

6

Même lorsque vous revenez chez vous après un bref envoi en mission, il vous semble que, pendant que vous n'étiez pas là, quelque chose a dû se produire dans votre ville. Et vous cherchez involontairement du regard les signes de ces événements.

Stavinski n'était pas revenu à Moscou depuis six ans. Pendant les trois premières années de son émigration, il la visitait encore en rêve et revoyait ses rues, ses places, ses parcs, croyait sentir le lilas qui fleurissait derrière la fenêtre de son appartement, passage Rostokinski, ou la poussière sèche de l'été sur le boulevard de Tvier, il voyait la jeunesse déambuler et s'agiter rue Gorki. Il s'ennuyait tant à Portland que son âme effectuait presque chaque nuit ce transfert de la moitié du globe et errait sans effort dans les rues et ruelles de son ancienne capitale. Dans son sommeil, Stavinski remarquait même tout ce qui, autrefois, avait échappé à son regard : une clôture en bois sculpté dans une impasse, un auvent ombragé, un vieil hôtel particulier en brique...

Maintenant, c'était dans la réalité que Stavinski revisitait son passé. Balayée par un vent rasant qui soulevait la neige, l'avenue de Leningrad flottait dans le soir descendant sous les roues de la Volga de l'Intourist. Assise à côté du chauffeur, Lioudmila Zvonariova s'était retournée vers les époux Williams et ne cessait de faire marcher sa langue, leur expliquant que, vingt ans plus tôt, il n'y avait qu'un terrain vague à la place de ces beaux ensembles d'habitation...

Stavinski n'écoutait pratiquement pas son bavardage. Moscou, Moscou vivante, réelle et non plus seulement rêvée, se dressait devant lui! Les enseignes des magasins étaient composées en cyrillique, les machines du nettoyage urbain digéraient sur les grands axes les congères de neige, les trolleys oubliés par lui en Amérique se faufilaient sans bruit au milieu du trafic. Mais une deuxième sensation lui montait déjà à la gorge : il se sentait offensé à la vue de cette pauvreté de son pays, qui lui sautait maintenant aux yeux. Voitures pauvres : rien que des Volga et des Lada, des Lada et des Volga. Vêtements pauvres de la population : tout était uniformément gris. Courbés sous le faix de leurs sacs et filets, penchés en avant pour affronter la poussée du vent et de la neige, ils avançaient avec des mines sombres, tous vêtus de manteaux noirs ou gris... Et ces queues à la porte des magasins et, au-dessus des queues, sur les façades des immeubles, ces drapeaux, ces affiches, ces banderoles, ces portraits de Brejniev tout neufs, pour l'anniversaire de la révolution... Même lorsqu'ils descendirent la rue Gorki en direction de leur hôtel, le spectacle resta uniforme : tempête de neige, rares piétons pressant le pas, courtes files d'attente frileuses à la porte des restaurants Sofia ou Bakou et, tous les cent mètres, des détachements de la milice...

« Vous avez de la chance, leur expliquait pendant ce temps leur guide de l'Intourist. Les fenêtres de votre chambre donnent sur le Manège et la place Rouge. Demain vous verrez la parade! C'est très intéressant! Malheureusement tous les musées du pays seront fermés et je ne sais même pas quoi vous proposer de distrayant. Nous pourrions simplement rendre visite à un peintre connu... Cela vous dit? Il y aura chez lui des acteurs, des écrivains... »

Virginia regarda Stavinski en face et Stavinski comprit soudain, avec l'acuité d'une découverte pour lui capitale, qu'il n'avait besoin ni de cette ville ni de cette rue Gorki dont il avait rêvé trois années durant, ni *a fortiori* d'un peintre qui serait probablement Gladounov, collaborateur du K.G.B. Non, il n'avait besoin ni de la Russie balayée par la neige ni de l'Amérique illusoire. Il avait besoin de cette femme assise à côté de lui, qui ressemblait tant à sa mère. Mais on aurait cru que ces deux pays aussi dissemblables, l'Amérique et la Russie, s'étaient coalisés pour lui enlever Virginia. Il leur restait dix jours avant la date de leur séparation et la première de ces dix journées était déjà en train de se terminer.

7

En neuf ans de travail au K.G.B. Niéznatchny n'avait pas encore vu de touristes tels que les Williams. Ils ne s'intéressaient ni aux musées, ni aux anciennes églises russes, ni aux soirées chez les peintres à la mode, ni aux théâtres, ni aux promenades à ski dans les environs de Moscou, ni aux visites aux studios de cinéma ou aux rencontres avec les collègues. Au douzième étage de l'hôtel National, dans leur chambre de catégorie luxe aux fenêtres donnant sur le Manège et la place Rouge, ils ne faisaient qu'une chose depuis trois jours, presque sans arrêt : l'amour. Ils ne s'arrêtaient pratiquement que pour prendre quelques heures de sommeil, pour le déjeuner et pour le dîner. On leur avait donné des billets pour le ballet *Spartak,* au Bolchoï? Ils en étaient partis après le premier acte, la main dans la main comme des enfants, et s'étaient rendus bien gentiment, directement, au dodo...

Installé dans sa chambre spéciale n° 301, permanence de garde du K.G.B. au troisième étage de l'hôtel National, où le service de surveillance effectuait des écoutes de toutes les chambres où des étrangers étaient logés, Niéznatchny passait des heures à écouter les tendresses qu'ils échangeaient au lit, leur respiration bruyante, les gémissements affaiblis de Virginia, puis c'étaient une brève pause, le bruit de la douche et, après vingt minutes de silence ou de bavardage de la télévision, les caresses reprenaient. Epuisée par l'inactivité, la petite Olga Makhova attendait en vain au même douzième étage de l'hôtel, dans la chambre 1214, spécialement équipée pour la photo et les prises de vue cachées. Parfois seulement, lorsque les Williams se rendaient au café ou au restaurant, elle y faisait une apparition ravageuse de sex-appeal, à laquelle elle donnait toutes les apparences du plus pur hasard. On avait dérangé pour rien, à la soirée chez Gladounov, le metteur en scène et agent secret du K.G.B. Dmitri Lissadzé, tout comme étaient vains les efforts de la guide de l'Intourist, qui ne cessait de téléphoner aux Williams pour leur proposer les excursions les plus tentantes à travers Moscou ou des rencontres avec des metteurs en scène, des acteurs, des médecins. Virginia prenait l'appareil et répondait d'une voix faible que son mari ne se sentait pas très bien, qu'il craignait de prendre définitivement froid et que, pour cette raison, ils ne pouvaient quitter l'hôtel ni se rendre ailleurs. Lorsqu'on leur proposait de lui envoyer un médecin soviétique, elle disait que ce n'était pas nécessaire puisqu'il était lui-même médecin et qu'il avait apporté tous les médicaments dont il pouvait avoir besoin. Après cela, Niéznatchny reconnaissait sans mal la nature de leurs occupations : à nouveau les étreintes, les caresses et autres fariboles qui excitaient son imagination. Le plus curieux était qu'ils ne parlaient pour ainsi dire pas l'un avec l'autre. Bon, pensait Niéznatchny, je veux bien que Robert ait mal à la gorge, mais Virginia, cette actrice, pourquoi à part « *darling* », « *honey* » et « *I love you so much* », ne disait-elle à peu près rien? Les actrices sont pourtant bavardes, en règle générale. Peut-être chuchotaient-ils en laissant la télé ouverte? Mais Niéznatchny avait beau tendre l'oreille, il ne pouvait distinguer la moindre phrase d'une quelconque durée. Par contre, il entendait clairement chacun des grincements de leur lit, chacun de leurs soupirs langoureux et toute l'ardeur de chacune de leurs joutes amoureuses. Même lorsque le silence régnait, il lui semblait qu'ils ne dormaient pas dans leur chambre mais étaient occupés à se caresser. Parfois, il lui semblait entendre Virginia pleurer : les micros sensibles dissimulés dans la pièce lui transmettaient quelque chose qui ressemblait à des sanglots féminins étouffés, mais ces sanglots étaient aussitôt masqués par le bruit de ventouses de leurs baisers et une nouvelle vague de caresses conjugales.

Dès le premier jour de sa surveillance, le 7 novembre, Niéznatchny s'était senti incapable de supporter la torture que l'on infligeait à son imagination. Le long de la rue Gorki, le défilé militaire descendait vers la place Rouge. Les orchestres militaires faisaient retentir leurs cuivres. De puissants haut-parleurs installés sur les toits de l'hôtel National, du Télégraphe central et de l'hôtel Moscou retransmettaient depuis la place Rouge les appels tonitruants de Lévitan, le célèbre speaker de la radio de l'U.R.S.S. : « Vive notre cher parti communiste! » « Vive notre Gouvernement soviétique! »

« Vivent les tankistes soviétiques! » et ainsi de suite. A chacun de ces appels répondait un puissant « hourra! » poussé par les soldats, tandis que le commentateur de la télévision et de la radio décrivait avec entrain la cérémonie : « Et voici que débouche en rangs impeccables sur la place Rouge une colonne de nos vaillants servants de missiles, qui assurent dans le ciel soviétique la tâche glorieuse du maintien de la paix! » Et tout près de là, dans la chambre 1202 de l'hôtel National, au son de ces paroles sacrées et solennelles, ce qui se passait défiait l'imagination : Robert et Virginia Williams se torturaient dans une nouvelle joute amoureuse. Leurs gémissements, la respiration excitée et les cris de Virginia eurent bientôt raison de Niéznatchny qui bondit de son pupitre de commande, jeta sur la table ses écouteurs, avala à même le goulot une grosse rasade de cognac et sortit en courant de la « permanence ». Un ascenseur rapide le mena au douzième étage, où Olienka Makhova se mourait d'ennui à ne rien faire. On voyait aussi, des fenêtres de sa chambre, les énormes corps de fusées qui roulaient sur leurs affûts spéciaux en direction de la place Rouge drapée d'andrinople et de banderoles, puis longeaient avec une lenteur sévère le mausolée de Lénine sur le toit duquel se tenait le gouvernement au grand complet.

Une marche solennelle distillée par un orchestre à vents résonnait au-dessus de Moscou. Et ce fut sur ce fond sonore, avec comme toile de fond la parade militaire de la place Rouge qu'Olienka Makhova apporta à la chair martyrisée par l'imagination du major Niéznatchny l'apaisement dont il avait tant besoin...

De retour dans la « permanence », il y trouva ses collègues collés aux écouteurs, captivés par les jeux d'alcôve des Williams. Le capitaine Kozlov, de la section anglaise, fut le premier à bondir hors de la pièce, sans regarder Niéznatchny, tant il était excité. Une minute plus tard, ce fut le cas du lieutenant-chef Kouliémine, suivi du capitaine Zagoskine. Bientôt la « permanence » se retrouva vide. Tout en se demandant où ses collègues avaient bien pu passer, Niéznatchny appuya presque intuitivement sur le bouton le reliant à la chambre 1214 et comprit tout : toujours prête au combat, la brave petite Makhova contentait dans le même temps les sections anglaise, française et allemande du K.G.B., toujours aux accents des marches militaires et des slogans de Lévitan. « La garce! » pensa Niéznatchny avec lassitude. Profitant du fait qu'il était resté seul, il brancha la caméra cachée. Peut-être un jour, pensa-t-il, ces photos compromettant Kozlov, Zagoskine, Kouliémine et tous les autres lui serviraient-elles...

Pendant ce temps, les mêmes doux baisers conjugaux continuaient à parvenir de la chambre des Williams...

« Soit, pensa le major. Si la montagne ne vient pas à Mahomet, il va bien falloir faire un effort... »

8

Les jours de bonheur carcéral, enfermés qu'ils étaient dans leur chambre d'hôtel comme dans une prison, filaient à toute allure. Les trois premiers avaient été emplis d'un amour avide, aiguisé par la sensation du danger : dès le premier petit déjeuner pris à la cafétéria, Stavinski avait en effet aperçu Olia Makhova et s'était aussitôt souvenu des instructions de Mac Kerry. Mais, le quatrième jour, cette avidité était passée et tous deux se sentaient las du lit, tandis que la proximité de leur séparation transformait leur humeur en une tristesse doucement amère. Concrètement, ils avaient rempli la première partie de leur contrat : Jacob Stevenson leur avait rendu visite l'avant-veille, s'était persuadé que Stavinski ressemblait comme deux gouttes d'eau au colonel Yourychev, et Virginia avait fait savoir à Stevenson que Robert et elle reviendraient le 16 novembre à Moscou par l'express « La Flèche rouge » d'un voyage de deux jours à Leningrad. Stevenson devait maintenant acheter un T2 dans le même train et l'envoyer à Yourychev, dans sa réserve forestière de la région de Kirov.

Stavinski et Virginia passaient maintenant la majeure partie de leurs soirées à la fenêtre, assis mélancoliquement à admirer la neige qui tombait lentement sous les arbres du jardin Alexandriyski, ainsi que les voitures et trolleybus qui passaient en contrebas sur la chaussée glissante de l'avenue Marx. L'horloge du fameux « carillon du Kremlin » sonnait impitoyablement tous les quarts d'heure, leur rappelant l'écoulement du temps. Toutes les demi-heures, ils voyaient des soldats se diriger au pas de l'oie à travers le pavement de la place Rouge vers le mausolée de Lénine, où avait lieu la relève de la garde. Et lorsque, dans l'air glacé et cristallin du soir, le carillon du Kremlin faisait entendre un nouveau son de cloche qui se dissolvait lentement dans l'atmosphère, il semblait à Stavinski et à Virginia qu'ils entendaient le glas de leur prochaine séparation. Et chacun des deux, sans le dire à l'autre, priait intérieurement pour que Yourychev ne reçût pas le billet dans sa réserve forestière, ou arrivât en retard à son train : ils pourraient alors revenir en Amérique la conscience tranquille...

Un coup frappé à la porte interrompit brutalement leur solitude. Un coup d'œil inquiet jeté à Stavinski, Virginia alla à la porte, derrière laquelle on entendait un bruit de voix joyeuses et de chansons tsiganes.

« Qui est là? demanda Virginia.

– C'est moi, Lioudotchka! répondit gaiement Lioudmila, leur guide de l'Intourist. Je suis venue souhaiter à Robert un bon anniversaire!

– Une minute! » répondit Virginia.

Comment avaient-ils pu l'oublier, en vérité! C'était en effet l'anniversaire de l'hôte officiel de la chambre 1202, du vrai Robert Williams. Ils l'avaient noté dans tous les questionnaires remplis par eux, un mois plus tôt, à Washington!

Virginia fit un saut à sa penderie et revêtit en hâte sa plus belle robe. Stavinski enfila au plus vite une veste et jeta un coup d'œil rapide à son passeport : c'était bien ce jour-là, le 10 novembre, qu'il était né, en 1935. Mais leur table était vide : ni fleurs ni champagne...

« Mon Dieu, Robert! s'écria Lioudmila en faisant littéralement irruption dans leur chambre, dès que Virginia lui eut ouvert la porte. Rester chez soi un tel jour! »

Elle avait à la main un gros bouquet, qu'elle offrit à Robert en compagnie de sept autres personnes qui entraient avec elle gaiement dans la chambre, du champagne et un gâteau à la main et chantant déjà *Happy Birthday to you...*

Stavinski lui sourit en silence, tandis que Virginia mimait consciencieusement l'attendrissement et la reconnaissance :

« Merci! Merci!

– Mes amis! déclara Lioudmila en leur présentant toute la compagnie. Trois guides de l'Intourist, qui parlent couramment l'anglais, deux actrices du

Théâtre tsigane, un dentiste-stomatologue. C'est votre collègue, Robert! Il s'appelle Sémion Bobrov et nous sommes très amis. Oleg, cesse de faire les yeux ronds en regardant Virginia, elle est prise! Et encore un ami à moi, le metteur en scène Dmitri Lissadzé. Entre nous, c'est aussi mon anniversaire aujourd'hui. Devinez quel âge j'ai, Robert! Dix-sept ans, bien sûr! Nous avons fait la fête au restaurant, à l'Aragvi, et maintenant nous allons à la datcha de Dmitri. Bien sûr vous venez avec nous, inutile de protester! Il y aura là-bas un traîneau, une véritable troïka russe! Vous vous êtes déjà promenés en troïka? Avec en plus des tsiganes pour vous tenir compagnie? Mais tout d'abord place au champagne! Seigneur, où sont vos verres, Virginia? »

Directs et sans façons, comme tous ceux qui sont un peu éméchés, les arrivants se mirent à diriger les opérations. L'un d'eux dénicha trois verres, un autre courut demander à la femme d'étage des récipients complémentaires. Et déjà les bouchons sautaient, le vin coulait dans les verres, deux tsiganes chantaient et s'accompagnaient à la guitare en provoquant Stavinski le plus comiquement du monde. Lioudmila, de son côté, ne laissait pas un moment de répit aux jeunes époux :

« Je ne vous écoute même pas! Nous envelopperons Robert dans une pelisse sibérienne et il est absolument exclu qu'il prenne froid. Robert, habillez-vous! Virginia, où est votre pelisse? Dmitri, tu pourrais t'occuper de Virginia, je crois? Donne-lui sa pelisse et ses bottines! »

(Ne pas relâcher la pression! Telles avaient été les instructions de Niéznatchny, vingt minutes plus tôt. « Vous faites irruption dans la chambre, tel un ouragan, et ne leur laissez pas une seule minute de répit. Tirez-les hors de leur chambre, soyez toute la soirée aux petits soins avec eux, promenez-les en traîneau, noyez-les dans le champagne, gavez-les de caviar, racontez des blagues! Surtout, faites fondre la glace. Liez amitié! Amitié, rien de plus que l'amitié! »)

Lioudmila Zvonariova jouait son rôle avec une conviction digne d'éloges. Près de Moscou, à Krasnaya Pakhra, ils étaient attendus ce soir-là dans une datcha à un étage, avec des brochettes d'agneau, de la vodka, du champagne et même un traîneau avec trois chevaux, tout cela aux frais du K.G.B. Mais si les Williams déclinaient l'invitation, la partie était annulée. Aussi tous, et non pas seulement Lioudmila, s'efforçaient-ils autant qu'ils le pouvaient de les convaincre...

Mais lorsque Dmitri Lissadzé, un beau Géorgien de quarante ans, tendit à Virginia son manteau de fourrure, celle-ci arrêta le metteur en scène :

« Une petite minute! » fit-elle.

Puis elle ouvrit son armoire, tira de sa valise un flacon cher à son cœur de Chanel n° 5, acheté quelques jours plus tôt à Paris, et le tendit à Lioudmila.

« Lioudotchka, lui dit-elle, c'est pour vous. Je vous souhaite un bon anniversaire, en espérant pour vous que vous aurez toujours dix-sept ans! Mais nous ne pouvons aller nulle part... »

Et, arrêtant d'un geste le chœur des protestations :

« Je suis en deuil, aujourd'hui. Il y a dix ans est morte ma petite fille. Elle avait alors sept mois... »

Et, dans le silence soudain, Virginia se colla, des larmes sous les paupières, contre l'épaule de Stavinski. Puis elle s'essuya rapidement les yeux et se retourna vers ses hôtes :

« Excusez-nous, Lioudotchka. Je ne voulais pas gâcher votre anniversaire, mais il fallait que je le fasse. Pour cette raison, Robert et moi ne fêtons pas son anniversaire... Excusez-nous, encore une fois... »

9

Secret

Au Général Tsvigoun S. K.
Premier vice-président du K.G.B. de l'U.R.S.S.

RAPPORT

J'ai l'honneur de vous faire savoir, suite à vos instructions sur les mesures à prendre pour assurer le recrutement du touriste américain Robert Williams, que, depuis sept jours qu'ils se trouvent à Moscou, les époux Williams mènent un type de vie complètement reclus et ne quittent pratiquement leur chambre que deux ou trois fois par jour, brièvement, pour s'alimenter. Tout le reste du temps ils demeurent au lit, comme des jeunes époux pendant leur lune de miel. Au cours de ces sept jours de séjour à Moscou, ils ont rencontré en tout et pour tout à une occasion un Américain nommé Jacob Stevenson, correspondant du Washington Herald. *Ils ont passé douze minutes en sa compagnie, le 9 novembre à 13 heures, au bar en devises du troisième étage de leur hôtel. L'écoute de leur conversation a démontré que cette rencontre revêtait un caractère amical : Robert Williams et le journaliste se sont connus à Washington. Il n'y a rien eu de suspect dans cette rencontre. Stevenson a félicité Williams pour son mariage, leur a conseillé d'aller à plusieurs expositions intéressantes, leur a proposé une promenade dans Moscou et les a invités à une soirée chez lui et à l'ambassade des Etats-Unis. Mais Virginia a prétexté le refroidissement de Robert pour décliner l'invitation de Stevenson, à qui elle a fait savoir qu'ils se rendraient à Leningrad le 13 pour une excursion organisée par l'Intourist. Jacob Stevenson a promis de les accompagner lors de leur départ pour Leningrad et de les accueillir à leur retour.*

Toutes les tentatives de nos collaborateurs du secteur américain pour se rapprocher des Williams se sont révélées infructueuses.

Dans la mesure où il ne reste plus que deux jours avant le départ d'U.R.S.S. des époux Williams, qui s'apprêtent à les passer à Leningrad, je vous prie de donner le feu vert à l'opération spéciale pour laquelle nous aurons besoin de la collaboration du K.G.B. de Leningrad.

Contenu de l'opération : *Plusieurs heures avant le départ de Leningrad des Williams, on créera les conditions adéquates pour que des agents à nous se prétendant dissidents s'adressent aux Williams en leur demandant de transmettre à l'Ouest des matériaux de* samizdat. *Que les Williams acceptent ou non ces matériaux, la scène sera filmée par une caméra cachée, tandis qu'une femme de chambre de l'hôtel où les Williams résideront coudra dans la doublure de leurs vêtements de la littérature antisoviétique. Cela permettra de retenir les Williams au moment de leur départ d'U.R.S.S., de les séparer de leurs compagnons de vol et d'exercer sur eux une pression psychologique en les accusant d'activités antisoviétiques et de tentatives pour faire passer à l'Ouest des matériaux antisoviétiques.*

Le colonel Orlov P.T.,
directeur du département Tourisme
de la Deuxième Direction principale
du K.G.B. de l'U.R.S.S.

Moscou, 13 novembre 1981.

Le général Tsvigoun, beau-frère de Léonide Brejniev, gros homme de soixante ans à grosse tête et yeux rouges dus à l'absorption quotidienne de cognac, lut lentement le rapport d'Orlov et demanda à ce dernier, ainsi qu'à son subordonné Niéznatchny, en soupirant lourdement :

« Alors quoi? Ils sont venus ici pour s'accoupler, c'est bien ça? »

Orlov et Niéznatchny gardèrent le silence.

« Et vous, à proprement parler, à quoi avez-vous occupé vos loisirs, pendant tout ce temps? Vous les avez écoutés baiser dans leur chambre, rien de plus?

– Certainement pas, camarade général! »

Niéznatchny se pencha en avant de tout son corps et exposa brièvement à Tsvigoun tout ce qu'il avait tenté avec ces Williams de malheur. Il lui parla d'Olga Makhova, de la tentative manquée pour célébrer l'anniversaire de Robert Williams et de leur dernier effort en date : ils avaient envoyé dans leur chambre le lieutenant Sirotine, déguisé en plombier. Ce dernier avait raconté aux Williams l'histoire mélodramatique de son amour pour une Américaine venue à Moscou l'été précédent afin d'étudier le russe à l'institut Pouchkine. Les autorités soviétiques avaient, selon lui, privé l'étudiante de son visa trois jours avant leur mariage. Elle avait dû repartir et ses lettres ne lui parvenaient pas, retenues qu'elles étaient par la censure soviétique. Quant à lui, on l'avait chassé de l'institut en raison de sa liaison avec une étrangère. Le plombier implorait les Williams de retrouver en Amérique sa bien-aimée et de lui transmettre une lettre.

« Cette étudiante, poursuivit Niéznatchny, est une fille que j'ai recrutée l'été dernier, une communiste invétérée. Elle aurait pu se lier aux Williams, à Washington, demander au docteur de lui faire connaître des membres du Congrès soignés par lui, sous couleur de sauver son fiancé. Mais cela non plus n'a pas marché. Vous savez ce que cette garce de Virginia a dit au lieutenant Sirotine? Qu'elle lui rendrait volontiers service, mais qu'à leur retour en Amérique ils seraient très occupés par la vente de leur maison de Potomac et leur emménagement en Californie.

– Ce docteur s'apprête donc à quitter Washington? demanda Tsvigoun.

– Foutaises! répondit Orlov. Quel médecin quitterait de lui-même sa clientèle et irait s'installer en Californie, où personne ne le connaît et où il y a autant de dentistes que de mouches à miel? C'est tout simplement le manque de cœur et la lâcheté typiques des Américains. Ils se sont gavés de livres sur le K.G.B. et ont maintenant peur de tout. Il est grand temps de liquider des gens comme Barron ou Conquest, histoire de décourager les autres de nous couvrir de boue!

– C'est encore à voir..., dit le général en souriant. D'un côté on semble nous couvrir de boue, mais de l'autre ces livres accroissent notre prestige à l'étranger. Mais je trouve personnellement grotesque que le légendaire K.G.B. ne puisse venir à bout de je ne sais quels jeunes mariés! »

Et il se tourna vers Niéznatchny :

« Pourquoi estimez-vous que vous réussirez à les briser juste avant leur départ?

– C'est une méthode éprouvée, camarade général, répondit Niéznatchny. Je m'en suis servi plus d'une fois. On les effraie d'abord avec la perspective de la prison et d'interrogatoires brutaux, puis je fais semblant de les tirer d'affaire. Après les journées entières passées au lit par ces Williams, ils sont si affaiblis que si on les coince comme il faut...

– M...ouais..., fit Tsvigoun. La méthode forte... La pression psychologique... Dans l'ensemble, major, tu travaillais mieux autrefois, avec plus de talent et de rendement...

– Mais c'est qu'il y avait un plus grand afflux de touristes, camarade général! fit le colonel Orlov en prenant la défense de son subordonné.

– Je vous en prie, fit Tsvigoun avec un geste las. J'ai déjà entendu cette chanson. Bon, d'accord... »

Il décrocha un des quatre appareils qui ornaient sa grande table de travail et fit un bref numéro le mettant en liaison avec Leningrad par une ligne spéciale.

« Solomine, fit-il dans l'appareil. C'est Tsvigoun. Demain tu verras le major Niéznatchny, de notre secteur américain. Il est chargé d'une opération spéciale concernant deux étrangers. Accorde-lui toute l'aide nécessaire... »

10

Jacob Stevenson arriva à la gare à 11 h 45, dix minutes avant le départ pour Leningrad de l'express confortable « La Flèche rouge ». Presque en même temps que lui se garèrent ses compagnons de route et gardes du corps habituels, les hommes du K.G.B. Soit! Stevenson prit sur le siège arrière de sa Volvo un bouquet de fleurs pour Virginia, enjamba les congères et entra d'une démarche nonchalante dans le bâtiment de la gare. Il réduisit même un peu l'allure, afin que ses anges gardiens n'eussent pas la mauvaise idée de le perdre dans la foule. Il n'avait ce jour-là aucune raison de se dissimuler à eux. Au contraire : il fallait qu'on le vît offrir à Virginia un bouquet d'œillets rose tendre sur le quai de la gare, papoter avec elle et Robert de choses et d'autres et rentrer ensuite chez lui. Et pourtant Stevenson ne pouvait s'empêcher d'être inquiet. Il se sentait jouer dans un film d'espionnage et, en journaliste qu'il était, faisait entrer tout ce qu'il voyait dans les pages de son futur roman :

« Le quai de la gare de Leningrad, à Moscou, écrivait-il mentalement, était empli de touristes étrangers et de l'élite des deux villes : acteurs, actrices, peintres, diplomates, hauts fonctionnaires en canadiennes et pelisses coûteuses, colonels et généraux en hauts bonnets d'astrakan gris – sans compter les omniprésents guébéchniks. Deux de ces derniers me suivaient à la trace, mais j'avançais tranquillement le long des wagons rouges en direction de celui qui portait le numéro 5. La neige poudreuse moscovite tombait mollement sur le bouquet d'œillets rose pâle que j'apportais à Virginia. Mes anges gardiens ne se doutaient même pas que c'était dans ces fleurs que résidait la clef de toute l'opération : sur la jolie carte postale qui les accompagnait, deux chiffres étaient tracés à côté de mes vœux ordinaires de bon voyage : le 6 et le 3. C'étaient les numéros du wagon et du compartiment dans lesquels voyagerait le colonel Yourychev, dans le sens Leningrad-Moscou. Mais il m'a fallu, il y a cinq jours, user quelque peu les nerfs de mes anges gardiens aux joues roses. J'avais garé ma Volvo devant un grand magasin d'alimentation de la place de Smolensk dont certaines portes donnent sur la rue de l'Arbat et d'autres sur le Koltso. Bien en vue de mes chérubins, j'entrai dans le magasin par l'Arlat et me mélangeai à la foule qui formait là trois files d'attente pour les saucisses, les concombres et la vodka. Je pris place dans la queue des concombres et, après avoir vérifié que mes anges gardiens restaient paresseusement assis dans leur voiture, garée juste à côté de la mienne, sortis rapidement du magasin par le Koltso. Ma femme Lucie m'y attendait dans sa Volkswagen. Une bouteille de vodka Sibirskaya gisait sur le siège arrière. Je la fourrai rapidement dans la poche de ma veste et, trois minutes plus tard, pris à tout hasard un taxi place Maïakovski et mis cinq minutes pour me retrouver gare de Leningrad. Il me fallut faire dix-sept minutes la queue dans la salle des billets, ce qui fut probablement le moment le plus épuisant pour mes nerfs. « S'il vous plaît, un compartiment à deux places de Leningrad à Moscou dans la « Flèche » du 15 novembre. Si possible le sixième wagon. Pas la peine de me rendre la monnaie. » Ce dernier détail décida de tout. Je donnai à la caissière quarante-cinq roubles au lieu des trente-sept que coûtaient les deux billets. Après avoir vérifié une fois de plus que je n'étais pas suivi, j'achetai dans un kiosque à journaux une enveloppe timbrée, écrivis sur l'enveloppe « Région de Kirov, réserve " Le Bois des bandits ", au garde forestier Anikine pour Yourychev », mis les billets dans l'enveloppe et jetai cette dernière dans une boîte aux lettres. Nous avions mis au point cette petite opération innocente avec Mac Kerry, lorsque je l'avais vu à Stockholm. Il faut en effet comprendre que, pour un étranger, des vétilles telles que la liberté de déplacement et le secret de la correspondance deviennent un problème presque insoluble. Douze minutes plus tard, après avoir deux fois changé de taxi, je me retrouvai place de Smolensk, entrai dans le magasin d'alimentation par le Koltso et tombai sur mes anges gardiens lesquels, désemparés et furieux, cherchaient à travers tout le magasin où j'avais bien pu passer. La bouteille de vodka qui dépassait de ma poche les rassura quelque peu. Ils en conclurent que j'avais fait la queue pour la vodka et cherchais maintenant ma place dans la queue des concombres. Bien sûr, ils furent un peu étonnés : je pouvais sans faire la moindre queue acheter vodka, concombres et autres victuailles dans mon magasin en devises Bériozka, inaccessibles aux simples citoyens soviétiques. C'est pourquoi je tirai un carnet de ma poche et me mis en devoir d'interviewer les membres de la queue des concombres qui m'entouraient :

« Je suis journaliste américain, leur déclarai-je. Combien de fois par semaine faites-vous la queue pour la nourriture? »

Je commençai par une vieille femme de haute taille qui s'écarta de moi effrayée, sans m'avoir répondu. Je me tournai vers un homme en bonnet de lapin. Même question, même réaction. Les Soviétiques ont peur d'entrer en contact avec des étrangers, à plus forte raison de répondre en public à des questions aussi " scabreuses ". Je vis derrière le dos des acheteurs de concombres que mes anges gardiens en avaient déduit que je n'étais entré dans ce magasin que pour recueillir les matériaux d'un " article calomniateur sur la vie en Union soviétique ". Ils bondirent dans le bureau du gérant et, une minute plus tard, la vendeuse annonçait de derrière son comptoir :

« C'est fini! Y a plus de concombres! »

La queue se mit à protester bruyamment :

« Comment? Pourquoi ne nous avez-vous pas prévenus plus tôt? »

Mais la vendeuse ferma ses oreilles à leurs cris, entremêlés d'ailleurs de jurons particulièrement obscènes, s'éloigna du comptoir en direction de la pièce de service, à l'intérieur du magasin, et la foule, après avoir juré tout son soûl, fut bien obligée de se disperser. En sortant du magasin pour remonter dans ma voiture, je vis mes anges gardiens assis dans leur Volga noire, un sourire mauvais sur les lèvres. Je découvris alors que les pneus arrière de ma Volvo étaient à plat. C'étaient eux, visiblement, qui les avaient crevés pour me punir d'avoir voulu interviewer des citoyens soviétiques faisant la queue pour acheter leur nourriture. Il me faudrait maintenant, pendant deux mois au moins, faire preuve de la plus grande loyauté, sans quoi de faux voyous me détérioreraient chaque nuit ma voiture... »

« Je les ai quand même possédés, pensa Stevenson en arpentant le quai de la gare de Leningrad. Si j'arrive à vendre cette histoire à Hollywood, il faudra que je la garnisse un peu avec une poursuite que j'aurai cru remarquer et d'autres trucs de cinéma du même genre. »

« ... Et voici les Williams. Je les aperçois par la fenêtre de leur compartiment du wagon nº 5. Il y a aussi, dans leur compartiment, une dame avenante d'une quarantaine d'années, aux cheveux châtains. Debout à la porte du compartiment, elle parle avec eux sans jamais s'arrêter. Je frappe au carreau avec mon bouquet de fleurs, ils me remarquent et je leur demande avec des gestes de descendre sur le quai. Je préfère que mes anges gardiens, déjà figés à deux pas de moi dans une attente tendue, ne s'imaginent pas que je veux transmettre à Virginia autre chose que ce bouquet. Toujours accompagnés de l'avenante quadragénaire aux cheveux châtains, Robert et Virginia descendent sur le quai et me font faire la connaissance de Lioudmila, leur guide de l'Intourist. Robert a le cou complètement engoncé dans un foulard. Tous deux sont pâles. Sur le beau visage à la peau fine de Virginia, les yeux noisette et chauds jettent une note triste, angoissée... Oui, leur mise en scène liée à la maladie de Robert a été remarquable. Mais leur réclusion volontaire à l'hôtel, ainsi que l'angine de Robert, ont eu pour résultat que tous deux sont considérablement amaigris et pâles, alors que le colonel Yourychev est en ce moment à la chasse dans une réserve naturelle, au grand air. Lorsqu'il reviendra après-demain des forêts de la Viatka, il sera assurément frais comme une rose, avec des joues bien pleines... Sapristi, voilà que je viens de comprendre le grand danger que court toute l'opération! Il suffira d'une nuit dans le train Leningrad-Moscou pour que Robert Williams, de pâle et épuisé par la maladie et par sa lune de miel avec Virginia, devienne soudain un gaillard robuste, aux joues roses et peut-être même, à Dieu ne plaise! hâlées?... Que faire? Comment le leur dire, quand leur guide de l'Intourist se tient à côté d'eux, sans parler de mes guébéchniks qui ne me lâchent pas d'une semelle?

« Mon Dieu, Robert, lui dis-je, mais tu as horriblement maigri! Virginia, vous devriez le forcer à se promener lorsque vous serez à Leningrad, qu'il respire un peu d'air pur! On ne peut pas rentrer de Russie avec un visage aussi pâle! Que dira-t-on à Washington de Moscou, de la Russie? Qu'il n'y a ici rien à manger, même pour les touristes étrangers? Vous allez déshonorer tout l'Intourist! Je vous en prie, Virginia, il vous reste encore deux jours avant votre départ, faites-le manger! Et promenez-vous avec lui au grand air! Allez sans faute aux environs, à Riépino, à Peterhof, à Mikhaïlovskoïé! De toute façon, Leningrad est une ville superbe! Promenades et nourriture intensive! Vous n'allez pas revenir avec des visages aussi pâles de Russie! C'est vrai, ce que je dis, Lioudmila? dis-je en me tournant vers leur guide de l'Intourist comme pour chercher en elle un appui, tandis que mes yeux criaient, ordonnaient à Robert et Virginia de comprendre le sens réel de mes paroles.

– Il reste une minute avant le départ du train Moscou-Leningrad, annonça-t-on par haut-parleur. Prière à tous les passagers de regagner leurs places et aux accompagnateurs de quitter les wagons... »

Les Williams remontèrent dans leur wagon. Lioudmila et moi restâmes sur le quai. Le train se mit doucement en marche, le wagon rouge flotta devant mes yeux. Lorsque les visages de Robert et de Virginia apparurent à la fenêtre, je leur indiquai encore par des gestes qu'ils devaient manger, beaucoup manger, et se promener au grand air... M'avaient-ils seulement compris, nom d'un chien?

« Exact, me dit Lioudmila de l'Intourist. Ils se sont tellement *fuckés* l'un l'autre au cours de cette semaine qu'ils n'ont plus figure humaine! »

« Ah! si elle avait su que le danger était moins pour leur santé que pour la réussite de cette mission en U.R.S.S., déjà si risquée! »

... Jacob Stevenson ne se doutait pas, et les Williams n'avaient pas pu le lui dire, que, en plus de leur réclusion amoureuse d'une semaine, leur pâleur avait aussi pour raison le fait qu'ils s'étaient trouvés nez à nez dans le couloir du wagon n° 5 de « La Flèche rouge » avec le major Niéznatchny, cet officier du K.G.B. dont Mac Kerry leur avait montré la photo à Washington. Niéznatchny se rendait à Leningrad dans le compartiment voisin du leur.

11

Une fois arrivés à Leningrad, les Williams étonnèrent une seconde fois le major Niéznatchny. Quoique Robert se promenât encore avec la gorge emmitouflée, ils commandèrent dès le matin une voiture à l'Intourist et filèrent pour toute la journée à Peterhof. Ils errèrent la main dans la main dans les allées enneigées de l'ancien palais de Pierre le Grand et stationnèrent de grands moments, enlacés, devant chaque jet d'eau arrêté pour l'hiver, ou tout au bout du parc solitaire et glacé. Même avec un micro directionnel, Niéznatchny n'arrivait pas à comprendre leurs chuchotements. Il abandonna d'ailleurs rapidement ses efforts et cessa d'écouter leurs conversations. Assis dans une voiture du K.G.B. de Leningrad, il fumait nerveusement en maudissant le jour et l'heure où il avait eu la malencontreuse idée de jeter son dévolu sur ces Williams et avait même demandé à leur sujet une information supplémentaire à Washington. C'est que ce n'était pas de la blague : le général Tsvigoun, premier vice-président du K.G.B. de l'U.R.S.S., avait pris personnellement l'affaire en main. Comment avait-il dit? « Dans l'ensemble, major, tu travaillais mieux autrefois. » Etait-ce une menace? Cela signifiait donc pour lui que, s'il ne venait pas à bout de ces Williams, on pouvait le vider de ses fonctions de chef de secteur? Oh! que cela allait mal pour toi, major Niéznatchny! Et c'était toi qui t'étais joué ce tour de cochon! Non, il fallait briser les Williams, absolument les briser!

Tout près de là, à côté du palais de Peterhof, était stationnée la voiture de l'Intourist de Leningrad louée par Robert Williams. Le guide leningradois y bayait aux corneilles pour la cinquième heure consécutive, tandis que le chauffeur y somnolait sans problèmes derrière son volant. Tous deux, quoique rattachés à l'Intourist, étaient essentiellement informateurs du K.G.B. Et Niéznatchny, peut-être pour la première fois de son existence, se surprit à envier une profession autre que la sienne. Ceux-là n'avaient à supporter ni plans de recrutement de touristes étrangers ni remontrances de leurs supérieurs! Rien d'autre à faire qu'à tourner le volant puis à dormir, pendant que leurs clients se promenaient dans des Peterhof, des Pavlovsk, des musées ou des parcs. Et surtout, en cas d'engueulades avec les supérieurs, il était possible de changer d'affectation : on a partout besoin de chauffeurs. Lui aussi, bien sûr, pouvait changer de spécialité et devenir, par exemple, avocat, puisqu'il avait passé ses examens de droit. Mais Niéznatchny savait parfaitement qu'il ne quitterait pas le K.G.B. de lui-même. Le K.G.B., c'était la force, le pouvoir. Devant lui tous se taisaient, du simple citoyen au ministre. Il lui suffisait de tirer de sa poche son petit carnet rouge aux initiales du Comité, et aussitôt on le recevait sans le faire attendre dans les hôpitaux, les garages, les organisations commerciales, les hôtels et les restaurants de plages. A la vue de ce carnet, le dos des fonctionnaires les plus guindés se courbait servilement, les directeurs de magasins s'affairaient avec empressement, les agents de la circulation faisaient passer les feux au vert, les juges, les procureurs et la milice obéissaient sans murmure à ses consignes. Perdre tout cela à cause de quelconques Williams? Non, Niéznatchny n'allait certainement pas les lâcher. Il n'avait encore jamais lâché prise et savait attendre jusqu'au dernier moment. Cette journée à Peterhof avait peut-être été perdue pour rien, mais demain, demain les Williams sortiraient de leur hôtel et il leur fourrerait de faux dissidents avec des matériaux antisoviétiques. On verrait alors quelle chanson ils chanteraient, à l'aéroport de Chérémétiévo...

Le chauffeur de la Volga de l'Intourist affecté aux Williams reçut pour le lendemain 15 novembre des instructions précises : au retour de leur excursion dans les lieux fréquentés par le peintre Ilya Riépine, où il se rendait pour peindre, aux environs de l'ancienne Saint-Pétersbourg, il devait arrêter la voiture sur l'avenue de la Néva, à trois pâtés de maisons de l'hôtel Europe, où ils logeaient. Il devait feindre une panne de voiture pour obliger les Williams à faire à pied les trois cents mètres les séparant de l'hôtel. Quant au guide de l'Intourist, il devait quitter la voiture encore plus tôt, en prétextant une affaire urgente, ou bien un malaise...

Après les splendeurs du golfe de Finlande envahi par les glaces, après la forêt de pins de Riépinskiyé Pénaty, où les Williams avaient nourri à la main des écureuils roux avec des bonbons au chocolat, après toute cette journée pleinement romantique, tout se passa simplement, prosaïquement, exactement selon le plan prévu par Niéznatchny. A l'angle de l'avenue de la Néva et de l'avenue des Fondeurs, le chauffeur des Williams arrêta leur voiture et expliqua à ses passagers, dans un mauvais anglais mâtiné de russe, que la voiture avait une panne de moteur et qu'ils devraient aller jusqu'à l'hôtel à pied. Mais ce n'était pas loin : à peine trois pâtés de maisons. Les Williams sortirent de la Volga et s'engagèrent dans l'avenue de la Néva. Un pâté de maisons plus loin, trois jeunes gens les abordèrent : une jeune fille en manteau beige et deux gars en survêtement.

« Bonjour, demanda en anglais la jeune fille. Vous êtes américains? »

Et sans attendre leur réponse, elle ajouta à toute vitesse :

« Nous sommes des dissidents soviétiques, vous devez nous aider au nom de la liberté! Prenez cela! c'est une lettre pour le président américain. Et tous les matériaux concernant les persécutions infligées aux étudiants. On ne nous permet pas d'étudier, les Juifs sont chassés des universités... Je vous en prie, prenez... »

Elle s'efforçait de faire accepter à Virginia une sorte de paquet, tandis que les deux gars fourraient des papiers dans la poche de Robert. A leurs yeux impudents et obscènes, Stavinski reconnut aisément que ce n'étaient ni des étudiants ni des dissidents. Virginia avait elle-même compris qu'il s'agissait d'une de ces provocations contre lesquelles Mac Kerry les avait mis en garde. Craignant que Stavinski ne leur dît dans son énervement quelques mots en russe, Virginia, qui avait oublié tout son russe, se mit à crier en anglais, avec des gestes de colère :

« *Go away! Go away! Police! Help!* »

Mais il n'y avait pas le moindre milicien à l'horizon et les passants s'enfuyaient loin d'eux dans toutes les directions. Par contre, dans la fourgonnette du K.G.B. garée de l'autre côté de la rue, des appareils de photo invisibles prenaient cliché sur cliché et une caméra de huit millimètres tournait avec un sifflement à peine audible...

S'arrachant aux intrus, Virginia et Robert gagnèrent leur hôtel à la course. Une fois dans leur chambre, Virginia téléphona immédiatement à l'Intourist, puis au consulat américain, afin de faire part de l'incident. Mais il était déjà dix-huit heures passées et on lui répondit, tant au consulat qu'à l'Intourist, qu'il ne fallait pas s'alarmer pour de telles bêtises et qu'ils pourraient attendre jusqu'au lendemain pour faire une déclaration officielle à l'ambassade des Etats-Unis, une fois rentrés à Moscou.

Les dents serrées, Stavinski restait assis à la table et ne disait mot. Cet incident était mauvais signe. A Moscou, d'abord, il y avait eu cette pin-up du K.G.B. qui ne cessait de se montrer à lui, et Lioudmila Zvonariova qui les accablait de coups de téléphone pour les inviter à des pique-niques ou à des rencontres avec l'élite de la société moscovite. Puis cela avait été son fameux « anniversaire », ensuite le prétendu plombier et, dans le train, le chef du secteur américain du K.G.B., rien de moins. N'importe quel véritable étranger aurait pu penser qu'il s'agissait là de choses sans importance, ou d'une série de coïncidences. Mais pas Stavinski, qui avait grandi en U.R.S.S. Comme tous ceux qui y avaient vécu, il savait pertinemment qu'une simple guide de l'Intourist ne se risquerait pas à inviter des étrangers à un pique-nique sans autorisation ou indication formelle du K.G.B. Et, après cet étrange plombier, des « dissidents »! Il y avait quelque chose qui clochait, sans l'ombre d'un doute. Peut-être fallait-il téléphoner à Stevenson, laisser entendre que l'opération était annulée? Mais que pourrait faire Stevenson puisqu'il avait déjà envoyé les billets et que Yourychev attendait, quelque part à Leningrad, le départ de « La Flèche rouge » et guetterait pendant la nuit Stavinski dans son compartiment n° 3 du wagon n° 6? D'un autre côté, si le K.G.B. ne cessait de les agresser, eux les Williams, tantôt par l'intermédiaire d'un guide de l'Intourist, tantôt par des plombiers ou de faux dissidents, c'était qu'on les prenait pour de vrais Américains. Qu'avait-il bien pu se produire? Ils n'avaient pas mordu aux invitations de Lioudmila ni aux fables du faux plombier, n'avaient rien pris aux provocateurs leningradois.

Ils n'avaient commis aucune erreur, on ne pouvait rien leur reprocher.

Supposant néanmoins que leur chambre était truffée de micros, Stavinski dessina du doigt sur la nappe les lettres formant le nom de Stevenson et montra des yeux le téléphone à Virginia. Celle-ci comprit et demanda au standard une communication interurbaine avec Moscou. Elle avait repris ses esprits et ce fut sans panique aucune qu'elle expliqua au correspondant américain ce qui s'était passé et lui demanda de venir le lendemain les attendre à la gare et de demeurer avec eux les quelques heures qui les séparaient de leur départ d'U.R.S.S.

« Nous ne voulons plus avoir de problèmes ou d'incidents, lui expliqua-t-elle; Robert se sent déjà assez mal comme cela. »

Stevenson comprit ce qu'elle lui demandait : s'il demeurait avec eux, c'est-à-dire avec Virginia et Yourychev, nouvel avatar de Williams, le K.G.B. aurait plus de difficultés à manigancer une nouvelle provocation. « Ne vous en faites pas, lui dit-il. Je vous accueillerai à Moscou, à la gare de Leningrad. »

12

L'express de luxe « La Flèche rouge » filait à travers les étendues enneigées de la Russie. Jusqu'à trois heures, les passagers des « wagons mous », à compartiments à deux places, burent du cognac et du champagne, jouèrent aux cartes, flirtèrent avec des voyageuses de rencontre ou des jeunes femmes de service. Un employé du wagon-restaurant passa plusieurs fois, proposant sur son plateau roulant du vin et du cognac, des sandwiches au caviar et au cervelas, du chocolat et des cigarettes. Vers trois heures du matin, toute cette agitation s'apaisa. Le major Niéznatchny s'était endormi dans son compartiment avec le sentiment du travail bien fait. La veille, pendant que les Williams dînaient au restaurant de l'hôtel Europe, une femme de ménage était entrée dans leur chambre sur les instructions de Niéznatchny, avait décousu la doublure du manteau de Robert et celle de la pelisse de Virginia et fourré à l'intérieur plusieurs feuilles de papier pelure avec un texte dactylographié serré de contenu antisoviétique. Les Williams, lorsqu'ils seraient à Chérémétiévo, ne pourraient plus échapper à l'accusation d'activités antisoviétiques. Dans les compartiments voisins, après le dernier verre de cognac prédisposant au sommeil, ronflaient généraux et colonels, tout comme dormaient les tricheurs professionnels, après avoir subtilisé à leurs victimes du jour leurs dernières centaines de roubles. Quant aux petits veinards qui avaient réussi à engager des aventures sentimentales, ils s'étaient enfermés dans leurs compartiments avec les passagères ou employées tentatrices et s'abandonnaient au milieu du claquement des roues à un amour effréné, comme en connaissent les aventures vouées à une durée limitée, sur des couchettes étroites mais quand même mollement élastiques, étant donné la classe par eux choisie. Vers cinq heures, leur fièvre s'apaisa à son tour et le train entier s'endormit alors de ce sommeil profond que l'homme connaît peu avant le matin. Les couloirs des wagons étaient vides. Parfois, seulement, une femme à demi nue courait pieds nus sur la carpette jusqu'aux toilettes, tandis que, dans le passage entre les wagons n°s 2 et 3, un jeune lieutenant qui avait trop bu vomissait sur les traverses enneigées se profilant entre les wagons.

Vers six heures, ces derniers signes de vie s'apaisèrent à leur tour. Trois personnes seulement dans tout le train n'avaient pas fermé l'œil. Dans le wagon n° 5, compartiment 7, Virginia et Stavinski étaient assis l'un auprès de l'autre, même pas embrassés, simplement la main dans la main, parlant avec les yeux. A 6 h 10, Stavinski se leva en soupirant et, en même temps que lui, Virginia se mit debout d'un bond. Ils s'étreignirent étroitement et demeurèrent encore là deux minutes. Les roues du train grondaient sous eux. Il y avait dans les yeux de Virginia de l'hésitation, comme si elle voulait dire à Stavinski quelque chose d'important mais ne s'y résolvait pas. La locomotive siffla. On eût dit qu'elle transmettait à Virginia un signal secret, et celle-ci sentit qu'elle devait repousser Stavinski.

« Va... », lui dit-elle des lèvres.

Il ouvrit sans bruit la porte du couloir et tendit l'oreille. Il n'y avait pas là la moindre manifestation de vie. Un dernier regard jeté à Virginia et... de même qu'un nageur timide plonge d'un rocher dans l'eau aux yeux de sa bien-aimée, Stavinski prit une inspiration et sortit dans le couloir. Il franchit le passage glacé entre les wagons nos 5 et 6 et se retrouva dans ce dernier. Premier compartiment, puis le deuxième, le troisième... Il s'arrêta un instant devant le troisième compartiment et écouta, mais aucun bruit n'en émanait, et il poursuivit sa route jusqu'au septième wagon, celui du restaurant. Ce dernier était vide. Seul un garçon aux yeux rouges de sommeil, un Géorgien, préparait des sandwiches au caviar de saumon pour le petit déjeuner des voyageurs.

« *Tea?* », lui demanda en anglais Stavinski, et, dans un russe volontairement déformé, il ajouta : « *Tssaï, Two, dva...* »

Puis, tenant à la main les anses des deux porte-verres métalliques avec les verres de thé brûlant, il repartit en direction du wagon n° 6. S'il avait rencontré n'importe qui, il aurait eu l'air d'un voyageur ordinaire, à demi endormi, qui porte dans son compartiment son thé du matin. Mais cette petite astuce était même inutile : le couloir du wagon était absolument désert. Stavinski s'arrêta à nouveau à la porte du compartiment n° 3. Le battement de son cœur était plus fort que le bruit des roues. Stavinski prêta l'oreille : toujours aucun son derrière la porte. Eh bien, pensa-t-il, si ce n'est pas Yourychev qui est derrière, il n'aurait qu'à jouer le voyageur à demi endormi qui s'est trompé de porte. Et rêvant intérieurement de trouver derrière cette porte quelqu'un d'autre que Yourychev, Stavinski appuya lentement sur la poignée et tira la porte vers la droite. Celle-ci céda et tourna docilement. Le compartiment était plongé dans l'obscurité, mais la lumière qui tombait du couloir éclaira la couchette du haut, vide, et une silhouette masculine, habillée, couchée sur celle du bas. L'homme avait les yeux fermés, mais il suffit à Stavinski d'un regard pour se reconnaître dans cet homme. Il entra dans le compartiment et referma doucement la porte derrière son dos, après quoi il chercha de la main le commutateur et alluma la lumière. Et ce fut dans cette lumière que le regard direct et dur de Yourychev rencontra le sien. Au même instant, il refléta la perplexité, puis l'étonnement : Yourychev venait à son tour de reconnaître Yourychev en celui qui entrait ainsi dans son compartiment. Cet étonnement le fit s'asseoir sur sa couchette. Il portait un blouson de cuir usé à doublure fourrée, de vieilles bottes de chasseur et un pantalon chaud. Un sac à dos bourré était posé sous la table. Stavinski posa sur la table les porte-verres avec les petites cuillers qui tintaient dans les verres et lui dit, presque dans un chuchotement :

« Bonjour. Nous avons deux ou trois minutes pour tout. Ecoutez-moi et retenez ce que je vais vous dire. A partir de cette minute vous devenez moi, c'est-à-dire un touriste américain et dentiste de Washington nommé Robert Williams. Dans le septième compartiment du wagon n° 5 vous attend ma femme Virginia, qui est maintenant la vôtre. Vous prenez l'avion pour l'Amérique ce matin même avec elle, muni de mes papiers. C'est tout. Mettez mon costume. »

Stavinski commença à se déshabiller.

« Ah! oui. Le plus important. Tenez... »

Il ôta de son cou l'écharpe et la compresse de gaze.

« ... Vous avez une angine et, pour cette raison, vous ne pouvez pas prononcer une parole. C'est Virginia qui parlera tout le temps. Vous, n'ouvrez pas la bouche. Vous savez l'anglais?

– Je le lis couramment mais je le parle mal : manque de pratique, répondit Yourychev d'une voix rauque.

– Qu'est-ce que vous avez à la voix? demanda Stavinski.

– On m'a enlevé une tumeur aux cordes vocales dans un hôpital de l'armée, il y a sept ans. Depuis, j'ai la voix voilée. Qu'est-ce que vous en pensez, on peut guérir cela en Occident?

– On ne guérit cela nulle part, je peux vous l'assurer en tant que semi-médecin, fit Stavinski avec un sourire amusé. Soit! Avant l'envol vous devrez bouffer plein de glace, jusqu'à ce que vos amygdales gonflent comme si vous aviez une véritable angine. Parce que vous pouvez être soumis à une véritable visite médicale à la frontière. Il y a de la glace à l'hôtel, dans le frigo de notre chambre.

Prenez mon écharpe et mon pansement et bandez-vous la gorge comme moi... »

Yourychev échangea ses vêtements contre ceux de Stavinski sans l'ombre d'une protestation, chaussettes comprises. Après avoir enfilé ses chaussures, il fronça le sourcil.

« Elles vous serrent? demanda Stavinski.

– Un peu...

– Patientez. Il y a dans la valise que j'ai laissée chez Virginia des chaussures d'une pointure plus grande : nous avons tout prévu. C'est tout. *Good luck* en Amérique!

– Vous allez travailler à ma place à l'Etat-Major général? demanda soudain Yourychev, en cessant de se rhabiller.

– Non. Je suis fou, mais pas à ce point. Je quitterai Moscou dans la matinée, par le premier train. Habillez-vous! Je crois vous avoir tout dit. Vous êtes Robert Williams, vous avez pris froid à la gorge, votre femme Virginia vous attend dans le septième compartiment du wagon nº 5. Prenez ce thé et mettez-vous en route, d'une démarche à demi endormie. A Moscou, vous serez accueilli à la gare par Stevenson, qui restera avec vous jusqu'au décollage. Autre chose : ne vous avisez pas de faire la cour à ma femme : j'ai l'intention de lui revenir! Vous m'avez compris?

– Vous aussi, laissez la mienne tranquille, fit Yourychev d'une voix rauque. Je ne lui reviendrai pas. Je l'ai chassée parce que c'était une traînée. Vous n'avez pas à savoir les détails. Au revoir. »

Yourychev tendit la main à Stavinski.

« Quand commencera-t-on à vous chercher? demanda Stavinski.

– J'ai un congé de vingt-quatre jours. Je dois donc être au travail le 3 décembre. Pendant un jour ou deux, ils se contenteront encore d'être inquiets.

Ensuite... J'ai dit au garde forestier Anikine que je m'étais trouvé une bonne femme à Kirov et que j'allais chez elle. C'est donc là qu'ils commenceront à me chercher...

– A ce moment-là, j'espère bien ne plus vous ressembler. Mais ne faites aucune déclaration dans la presse occidentale et cachez-vous le plus possible. D'ailleurs, Mac Kerry y veillera lui-même... C'est tout! Filez, ou le thé va refroidir. A partir de maintenant vous ne comprenez pas le russe, et n'ouvrez plus la bouche, même seul à seul dans votre compartiment ou une chambre d'hôtel avec Virginia. Compris? »

Yourychev acquiesça, saisit les deux porte-verres avec leurs verres pleins de thé encore chaud. Il alla vers la porte, prit la poignée de sa main libre, mais se retourna encore vers Stavinski :

« Vous êtes un vrai desperado! J'aimerais boire un verre avec vous!

– Fermez la bouche! répliqua brutalement Stavinski. Vous oubliez que vous avez mal à la gorge!

– Je sais. Mais si vous avez envie de boire un coup, et je vous conseille de le faire car vous êtes fébrile, j'ai de la vodka dans mon sac à dos. »

Il rajusta le pansement et l'écharpe qu'il allait devoir porter. Ils étaient maintenant debout l'un à côté de l'autre auprès de la porte, face à la grande glace qui occupait cette dernière, étonnamment ressemblants : des jumeaux plutôt que des doubles. Et tout en regardant dans la glace, ils se regardaient l'un l'autre.

Stavinski prit soudain le bras de Yourychev.

« Ecoutez! fit-il. Si Virginia croit que c'est moi qui suis revenu, et non pas vous, laissez-la le croire! Cela lui permettra d'être moins nerveuse. Vous lui direz la vérité dans l'avion. Mais ne la touchez pas, je vous tuerais!

– Calmez-vous..., répliqua Yourychev d'une voix rauque et autoritaire. Je vous ai dit que la vodka était dans le sac à dos. Buvez, mais sans vous enivrer. Je suis parti. »

Et il tira sans effort vers la droite la poignée de la porte. Tous deux écoutèrent attentivement. Aucun son ne parvenait du couloir par la fente de la porte. Ayant entrouvert un peu plus largement cette dernière, Yourychev se glissa hors du compartiment et referma la porte derrière lui. Il était maintenant Williams, Robert Williams, et il portait le thé dans le compartiment de sa femme. Entre le sixième et le cinquième wagon, il s'arrêta dans le passage pour détacher un morceau à un gros glaçon bien dur, se le mit dans la bouche, le grignota et le mâcha de ses dents puissantes. Puis il continua sa route dans le cinquième wagon.

Là aussi, le couloir était désert... La porte du troisième compartiment était fermée... Yourychev appuya sur la poignée et ouvrit la porte. Sur la couchette supérieure, une belle femme inconnue était couchée, tout habillée. Depuis cette seconde, c'était sa femme. Il vit qu'elle tremblait de fièvre et que des larmes coulaient le long de ses joues. Se soulevant d'une secousse sur le coude, elle le regarda de ses grands yeux noisette et soupira en anglais, presque sans bruit :

« C'est toi? »

Virginia avait beau être prête à voir ce nouveau Williams, qui devait nécessairement ressembler à s'y méprendre au précédent, elle rêvait et priait le Ciel que Stavinski fût revenu. N'était-ce pas lui?

Yourychev joignit les paupières en signe d'assentiment. Défaillante de bonheur, Virginia tomba presque de la couchette dans ses bras. Les verres de thé échappèrent aux mains de Yourychev lorsqu'il la retint, non sans un certain effroi. Elle s'appuya contre lui de tout son corps, mais, une seconde plus tard, bondit en arrière : il avait une autre odeur, celle de la forêt, une odeur de sueur. Ou bien était-ce son cœur de femme qui avait deviné la vérité ? Tout en le regardant fixement, elle secoua lentement et négativement la tête et lui dit des lèvres :

« *I am sorry... Help me, please...* »

Il lui tendit la main et elle remonta en silence sur sa couchette, se coucha toujours habillée par-dessus sa couverture et cessa de regarder Yourychev. Elle n'avait plus ni fièvre ni larmes aux joues. Elle était simplement couchée les yeux fermés, sans bouger. A ce moment précis, Yourychev envia son double.

Il ramassa les porte-verres et les verres, maintenant vides, qui étaient tombés au sol, posa le tout sur la table en faisant bien attention, s'assit sur la couchette inférieure, près de la fenêtre, et entrouvrit légèrement le lourd rideau. La sombre Russie d'avant l'aube était devant ses yeux, avec ses forêts et ses villages enneigés...

Et c'était cette même Russie que Roman Stavinski regardait enfin, en la saluant, par la fenêtre de son compartiment à lui. La bouteille de Sibirskaya était posée devant lui, entamée, sur la table. A côté de lui, le sac à dos à demi défait de Yourychev gisait sur le plancher. Il y avait dedans plusieurs chandails chauds, un pantalon molletonné, une vieille vareuse militaire défraîchie et tous les papiers de Yourychev : passeport intérieur, livret d'officier et clefs de son appartement. Tout en regardant par la fenêtre la Russie endormie, misérable et enneigée, Stavinski avala une grosse goulée à même la bouteille et se frotta machinalement le cou, maintenant libéré de son pansement.

13

« L'arrivée de « La Flèche rouge » en gare de Moscou, composait mentalement Jacob Stevenson, diffère considérablement de son départ pour Leningrad... » Et tout en se hâtant à travers le flot des voyageurs vers le wagon nº 5, il poursuivait son article imaginaire : « ... On n'y trouve ni ce sens du mystère propre à la nuit, ni ce sentiment de fête qui habite les débuts de voyage. Visages soucieux de passagers qui n'ont pas assez dormi et se hâtent vers le métro ou les taxis, porteurs avec leurs chariots qui vous crient brutalement « faites attention ! » – couleur froide et grise de l'aube. Du wagon nº 5 sortent des généraux en hauts bonnets fourrés d'astrakan gris, puis c'est l'acteur comique bien connu Youri Léonov, suivi d'une femme en manteau de cuir qui a la bougeotte, ensuite deux musiciens armés d'un violon et d'un violoncelle et, enfin, Robert et Virginia Williams. Comme la fois précédente, je tends à Virginia un bouquet de fleurs et je l'embrasse amicalement, ainsi que Robert. Et c'est seulement dans cette étreinte que je sens combien sont tendus tout son être et chacun des muscles de son corps solide et bien entraîné. Je comprends alors que c'est Yourychev. Nous voilà à nouveau réunis, deux mois après notre rencontre au cimetière de Novodiévitchi... Mais je ne puis le lui faire comprendre ni par un geste ni par une parole : mes guébéchniks sont à nos côtés, à trois pas, et nous regardent en plein visage... Conscient de l'intensité de la situation, je cesse de regarder Yourychev et j'appelle un porteur qui arrive avec son chariot, tandis que Virginia, cette femme si merveilleusement intelligente, nous prend tous deux par le bras et se met à gazouiller, absolument comme une actrice en scène :

« – Je suis enchantée par Leningrad! Quelle ville « charmante! Et vous savez, Jacob, nous sommes « effectivement allés à Peterhof et au golfe de « Finlande. Nous y avons nourri des écureuils avec « des bonbons au chocolat. Vous vous rendez « compte, Jacob, en Russie les écureuils sont roux, « alors que chez nous, à Washington, ils sont gris et « noir! Bob, mon chéri, couvre-toi bien la gorge « avec ton écharpe! Mais ensuite, quelle histoire « répugnante avec ces dissidents! Pourquoi au« rions-nous dû accepter ces papiers qu'ils vou« laient nous donner? Ce n'est pas notre rôle, de « nous immiscer dans les affaires intérieures de « l'U.R.S.S.! »

« J'écoutais son charmant babil, visiblement destiné aux guébéchniks, les miens et tous les autres, et en même temps, à la dérobée, je cherchais par de brefs coups d'œil latéraux un autre Williams, celui qui était resté à la place de Yourychev dans le troisième compartiment du wagon nº 6. Mais je ne le voyais nulle part. Prenant sur moi de me retourner, je rencontrai aussitôt le regard, dirigé vers nous, d'un homme au visage rond et aux yeux bleu-gris. Il me semblait que Virginia, tout en bavardant, jetait elle aussi de brefs coups d'œil latéraux. Et pour lui éviter de se retourner et de voir cet autre visage de guébéchnik typique qui nous suivait, je la pris solidement par le coude et, tout en lui comprimant un peu le bras, les conduisis tous deux vers ma voiture... »

14

Stavinski sortit le dernier de son wagon. Une femme de service à demi endormie rassemblait déjà les draps froissés et les taies d'oreiller dans les compartiments déserts, et les portait en tas dans le compartiment de service, lorsque Stavinski, feignant d'avoir manqué l'arrivée du train en gare, enfila le blouson de Yourychev, enfonça sur les yeux son bonnet à oreillettes et jeta sur ses épaules les courroies du volumineux sac à dos. Malgré toute l'envie qu'il avait d'apercevoir Virginia au moins une dernière fois, Stavinski ne s'autorisa à descendre sur le quai que lorsque le flot des passagers se fut presque totalement écoulé. Et si, par Dieu sait quel miracle, il s'était trouvé nez à nez avec le major Niéznatchny?

« Tu ne t'es pas réveillé, mon coco? Tu n'avais qu'à boire moins », fit sur un ton de reproche la femme de service en entrant dans le compartiment pour chercher son linge, et voyant sur la table la bouteille à demi vide.

Autrefois, à l'époque de ses voyages incessants à travers la Russie pour cause de reportages télévisés, Stavinski entrait aisément en conversation avec les gens les plus divers. Il lui aurait fallu ici aussi, sans tarder, répondre à la femme par une quelconque boutade. Mais la crainte soudaine qu'il risquait de prononcer de travers, avec une intonation non russe, la plus anodine des répliques et pouvait se trahir paralysa sa langue. Il avait si longtemps gardé le silence qu'il craignait maintenant d'ouvrir la bouche. La seule chose dont il se souvînt, c'était qu'il fallait lui donner au moins un rouble de pourboire. Il fouilla dans les poches du pantalon de

Yourychev, y sentit des billets et les en sortit. Il y en avait de cinq et de dix roubles, mais il trouva aussi un billet jaune et le tendit à la femme de service dont le visage s'éclaira aussitôt.

« Merci, lui dit-elle. Mais prenez aussi la vodka, cela peut vous servir...

– *Ou-ou...* », grogna Stavinski en guise de réponse. Il enfonça la bouteille dans une des poches de son sac à dos et jeta un coup d'œil dans le couloir. Ce dernier était vide, parcouru par un vent glacial qui provenait des portes grandes ouvertes. La voie était libre. Enfonçant encore plus bas sur les sourcils son *ouchanka* fourrée, Stavinski parvint au bout du couloir. A deux pas de lui, c'était le quai et une nouvelle vie – ou plutôt son ancienne vie, cette vie à laquelle il aspirait tant encore récemment. Mais ces deux pas qu'il devait faire lui coûtaient aujourd'hui un tel effort...

Il était maintenant descendu sur le quai vide, recouvert d'une croûte de neige durcie et foulée aux pieds. La tête penchée vers la poitrine, il se dirigea vers la gare de Leningrad, craignant tout ce qu'il allait devoir affronter : les appels et les regards des porteurs maintenant désœuvrés, la silhouette d'un milicien de garde. Il avançait comme dans un champ de mines. Si un enfant avait fait à ce moment-là claquer un pétard, il serait tombé sur le dos, comme frappé par un véritable coup de feu. Mais personne ne lui accordait la moindre attention, personne ne s'intéressait à cet homme en bottes de chasseur qui portait un sac à dos. Il était devenu un citoyen soviétique complètement banal, semblable aux centaines d'autres qui, sur les quais voisins, descendaient des trains de banlieue et se hâtaient vers le métro et les autobus. Juste à côté, à deux cents mètres sur la gauche, se dressait la gare de Yaroslavl, encore plus populeuse que la gare de

Leningrad et dotée d'une consigne automatique, cette consigne où des papiers et de l'argent attendaient Stavinski. Par cette gare les trains s'enfonçaient dans les profondeurs de la Russie d'Europe vers Zagorsk, Kostroma, Kirov. Des trains de banlieue arrivaient quotidiennement sur ses douze quais, amenant dans la capitale des milliers et des milliers de nouveaux voyageurs qui, tous, ressemblaient à Stavinski avec leurs blousons fourrés, leurs combinaisons, leurs manteaux gris et leurs ouchankas grises. C'étaient des ouvriers, des étudiants, de simples maîtresses de maison. Une fois sortis de la gare, certains se dirigeaient vers leur travail. Mais les autres – une bonne moitié – se précipitaient vers les magasins de la capitale pour y acheter de la viande, du saucisson, du gruau et des légumes.

Stavinski se mélangea à cette foule qui dérivait à travers la place en direction du métro. On le bousculait, on l'invectivait (« Tu ne peux pas faire attention, espèce d'andouille? »), on lui marchait sur les pieds sans s'excuser, mais c'était justement cela qui le réjouissait : il ne pouvait être question d'une filature au milieu d'une telle cohue. Il se serait fait arracher et emporter la main qu'il ne l'aurait pas retrouvée! Et tout en se frayant à grands coups d'épaule un chemin dans le compact flot humain, il ne cessait d'obliquer vers la gauche, en direction de Yaroslavl, et se retrouva enfin englouti par le flot contraire, qui roulait du métro vers les quais de la gare. Il était maintenant emporté en sens inverse et c'étaient à nouveau les jurons, la bousculade. Lorsqu'il parvint enfin au bâtiment de la gare de Yaroslavl, une femme lui dit :

« Regarde, mon gars, on t'a abîmé ton sac à dos... »

Stavinski regarda par-dessus son épaule et s'aperçut qu'on avait découpé avec une lame de rasoir, très proprement, la poche du sac à dos où il avait mis la bouteille de vodka. Il comprit qu'il était revenu dans sa patrie.

Il entra dans le bâtiment et vit que rien n'avait changé dans ce pays depuis qu'il l'avait quitté. C'était la même foule compacte et asphyxiante dans l'énorme bâtiment neuf, des gens avec des valises, des ballots, des caisses qui gisaient étroitement serrés sur les bancs et à même le sol. Des enfants pleuraient. Des queues avides entouraient les buffets. Dans l'attente de leurs trains, les voyageurs dormaient, mangeaient, les mères donnaient le sein à des nourrissons. Passer une demi-journée ou même une journée entière dans la gare était chose normale pour un voyageur soviétique en transit.

Tout en franchissant des jambes et des valises, Stavinski se mit en quête de la consigne automatique. Il avait envie de manger, de fumer, mais il n'y avait pas de cigarettes dans les poches du colonel. Voyant un kiosque à tabac, il tendit au vendeur un billet de cinq roubles et prononça ses premières paroles en russe :

« Des Tu-134... »

Rien d'extraordinaire ne se produisit. Sans même le regarder, le vendeur jeta sur la tablette le paquet de cigarettes demandé, ainsi que la monnaie.

« Et les allumettes? demanda Stavinski, étonné que le vendeur ne lui en ait pas donné en même temps que les cigarettes.

– Deux kopecks! » exigea le vendeur.

Stavinski se souvint alors qu'en Russie les allumettes aussi étaient payantes. Deux kopecks, trois fois rien, mais c'était justement sur d'infimes détails tels que celui-là qu'il risquait de se faire coincer... La boîte d'allumettes à la main, il s'éloigna du kiosque et vit alors l'entrée de la salle de la consigne. De longues rangées de boîtes métalliques le long desquelles, en quête d'un casier libre, erraient des voyageurs chargés de bagages, une lueur avide dans les yeux. Lui aussi se mit à les longer. Il aperçut de loin le nº 217, le sien, mais passa à côté d'un air indifférent et s'installa sur le plancher, près du mur, à côté d'un groupe de moujiks. Telles avaient été les consignes de Mac Kerry : ne pas se hâter, observer une vingtaine de minutes la salle et les passagers, au cas où le casier aurait été surveillé. Son ouchanka sur les yeux, Stavinski s'assit, s'appuya contre le mur à son sac à dos et fit semblant de sommeiller. A sa droite, juste sous l'écriteau « Interdit de fumer et de laisser des ordures », un groupe de voyageurs dormait sur des valises et des sacs, tandis qu'à gauche un moujik à l'accent de Vologda (tous les « o » distinctement prononcés) essayait à mi-voix de faire comprendre quelque chose à sa femme :

« Comment que tu voudrais qu'on ait une vache? Y a pas de fourrage...

– Et comment qu'on fera sans lait, Piétia? lui répondait sa femme, l'air effrayé.

– On s'en passera, comme tout le monde. Y a pas de quoi la nourrir... »

Une sombre mélancolie emplit le cœur de Stavinski. Où était-il arrivé? Et pour quoi faire? Un pays froid, glacial, affamé, où même Vologda, cette capitale traditionnelle du beurre russe, était incapable de nourrir ses habitants et ses vaches... Et, dans trois heures, Virginia qui s'envolait de Chérémétiévo, peut-être pour toujours... Non, il devait la revoir, la revoir au moins de loin! Il la reverrait et ce serait terminé. Il resterait là, à émerger lentement de cette merde où il s'était précipité lui-même, et chercherait le moyen de repasser à l'Ouest. Où et comment, c'était encore à imaginer, à trouver, mais pour l'instant il avait besoin de revoir Virginia, simplement de la revoir. Comment ne pas le faire, alors qu'elle était encore en Russie, et à Moscou! Rien de grave ne se produirait s'il quittait Moscou dans trois heures au lieu d'une, après avoir vu son avion s'élever dans les airs...

Stimulé par cette décision subite, Stavinski rouvrit les yeux et inspecta la salle. Rien de suspect, on pouvait risquer le coup.

Il se leva. Sans se presser, presque paresseusement, il alla vers le casier 217 et, s'attendant à être arrêté, attaqué ou Dieu savait encore quoi, se mit à former d'une main tremblante le code que lui avait donné Mac Kerry : 1-4-1-5-1-6. Personne ne se jetait sur lui ni ne l'arrêtait. Seule une paysanne lui demanda de loin :

« Tu le libères?

– Non », répondit-il d'une voix étranglée tandis qu'elle s'éloignait.

Sans plus regarder autour de lui, Stavinski ouvrit en grand la porte du casier. Au lieu du petit paquet qu'il s'attendait à y trouver, avec des papiers et de l'argent, il y trouva une petite valise proprette de cuir foncé. Un peu interloqué, il la tira à lui et tenta d'ouvrir la serrure. La languette fonctionna sans difficulté et Stavinski l'entrouvrit. Il y avait des vêtements à l'intérieur : un costume, des chemises, un chandail en laine et un manteau en mouton retourné, bulgare, de couleur gris-beige. C'était étrange : Mac Kerry ne l'avait pas prévenu qu'il trouverait des vêtements. La même bonne femme revint et lui demanda d'une voix implorante :

« Tu vas peut-être quand même le libérer?

– Non, c'est occupé », répondit presque grossièrement Stavinski, ne sachant que faire de cette valise.

La bonne femme poussa un profond soupir et tira tristement ses ballots hors de la salle vers l'autre consigne, la manuelle. Stavinski, de son côté, fourra la main à l'intérieur de la valise, sous les chemises et le manteau, et sentit au bout de ses doigts ce qu'il cherchait : un paquet. Petit, mais épais et lourd. Il se sentit soulagé, essuya la sueur de son front et sourit même en pensant à Mac Kerry, dont la prévenance était allée jusqu'à lui faire passer des vêtements par l'intermédiaire de son agent moscovite, en même temps que les papiers et l'argent. D'ailleurs, cela ne pouvait pas tomber mieux. Aller à l'aéroport international de Chérémétiévo avec ces bottes de chasseur, ce pantalon sale et ce blouson de cuir usé était absurde. L'aéroport de Chérémétiévo n'était pas la gare de Yaroslavl, le public y était tout autre. Oui, mais où se changer? Il regarda sa montre, une Oméga lourde et d'excellente qualité qu'il avait reçue en héritage de Yourychev. Il était huit heures trente et il restait un peu moins de trois heures avant le départ de Virginia. Mais où donc se changer, nom d'un chien? dans les toilettes? Cela serait étrange et risquerait d'attirer l'attention de quelqu'un : une espèce de moujik entre dans une cabine et en ressort en manteau neuf de mouton retourné, comme un vrai dandy. Et où mettre le sac à dos de Yourychev? Dans le casier? Dangereux. D'ailleurs Mac Kerry a bien spécifié de ne pas le réutiliser. Or, comme par un fait exprès, il n'y en avait pas d'autre de libre. Que faire?

Stavinski referma le casier, brouilla la combinaison et se traîna à la suite de la paysanne vers la consigne manuelle. Il y avait une longue queue et la paysanne à qui il avait refusé le casier le regarda longuement, fixement, avec une expression de reproche. Puis elle cracha sur le sol, en insistant, et se détourna avec mépris.

Vingt minutes plus tard, après avoir donné au guichet le sac à dos de Yourychev et reçu en échange un ticket en carton, Stavinski ressortit de la gare, sa valise à la main, et prit un taxi place du Komsomol.

« Aux bains de la Presnia rouge..., dit-il au chauffeur.

– Peut-être aux Sandouny? » demanda le chauffeur.

Les bains Sandouny sont les plus célèbres de Moscou, mais c'était justement la raison pour laquelle Stavinski ne voulait pas y aller : il risquait de s'y retrouver nez à nez avec d'anciennes connaissances, ou avec les amis de Yourychev. Les bains de la Presnia, eux, étaient pour le prolétariat : l'élite moscovite ne les fréquentait pas.

« Non, répondit-il au chauffeur. Les Sandouny, c'est bon pour toute la journée. J'ai simplement besoin de me laver après le train...

– Tu viens d'où? demanda le chauffeur qui s'avérait bavard. De Yaroslavl, peut-être?

– *Ou-ou* », grogna Stavinski qui n'avait nullement envie de se lancer dans une longue conversation.

Vingt minutes plus tard, enfermé dans une cabine particulière des bains de la Presnia, il déversait sur le banc en marbre le contenu de sa valise : un costume importé de Hongrie, six chemises fabriquées en Inde, deux chandails tchèques, des chaussures de ville et d'autres plus chaudes, un rasoir électrique Néva et, enfin, le petit paquet épais enveloppé dans la *Pravda* de la veille. Défaisant le paquet, Stavinski y trouva tout ce que Mac Kerry lui avait promis et, tout d'abord, deux jeux de papiers soviétiques : deux passeports intérieurs, deux livrets de travail, deux livrets militaires et deux cartes syndicales, aux noms de Boris Victorovitch Romanov, né en 1937, et Guénadi Matveïévitch Rozov, né en

1938. On y trouvait en outre un diplôme de médecin-dentiste et Stavinski apprit qu'il avait achevé ses études dentaires en 1960 à l'Institut de médecine de Saratov. Sur tous les papiers, ceux de Romanov comme ceux de Rozov, on voyait ses photos, à lui Stavinski. Le passeport de Romanov précisait de son côté que, du 7 juin 1977 au 9 juillet 1981, il avait subi une peine d'internement, en vertu de l'article 104 du Code pénal de la R.S.F.S.R., au camp de rééducation par le travail nº B-672-OR de Salékhard, dans le district national des Khanty-Mansi. Ayant scrupuleusement examiné ses nouveaux papiers, Stavinski ne put décider sur le moment s'il préférait devenir Rozov ou Romanov et compta l'argent qui lui avait été donné : sept mille roubles. Ils auraient pu être plus généreux, pensa Stavinski. Mais il se souvint ensuite que le 7 était un chiffre porte-bonheur. S'il y ajoutait les deux centaines de roubles qu'il avait trouvées dans les vêtements de Yourychev, il était clair qu'il pouvait commencer une nouvelle vie en Russie autrement que couché sur le sol en pierre des gares. Mais où donc étaient les indications lui permettant de retrouver à l'avenir la trace de Mac Kerry? L'avaient-ils purement et simplement laissé tomber, après lui avoir jeté argent, papiers et vêtements? Après avoir soigneusement vérifé tous les soufflets de la valise, il dut conclure qu'ils ne contenaient rien de ce genre. Il passa à nouveau en revue les papiers, l'argent, étudia même le morceau de journal qui les avait contenus : rien! « Les salauds! les salauds! pensa-t-il au désespoir. Ils m'ont abandonné en Russie... Bien sûr, à quoi pourrais-je leur servir maintenant? Ils savent bien que je ne peux pas me rendre maintenant au K.G.B. et leur livrer Virginia... »

L'âme amère, posant ses pieds nus sur le sol en pierre froid, Stavinski passa sous la douche, ouvrit l'eau chaude et, alors seulement, se souvint qu'il n'avait pas de savon. Il aurait pu en acheter au garçon de cabines. Tant pis, pensa-t-il, on s'en passera...

Mais dix minutes plus tard, après s'être essuyé avec une serviette-éponge et avoir mis avec dégoût son costume hongrois tout neuf, misérable présent de la C.I.A., il s'était mis à transférer ses nouveaux papiers et ceux de Yourychev de sa veste précédente dans les poches du costume, lorsqu'il sentit dans une poche intérieure la présence d'un objet en carton : c'était une vieille carte postale représentant Yalta. Une main féminine y avait tracé d'une écriture arrondie ces quelques mots :

« Mon chéri! Où que tu sois, sache que je ne t'oublie pas et que je t'aime, et que j'attends toujours tes lettres à mon ancienne adresse : Yalta, poste restante, Olga Nikanorovna Krylova. Ta tante vieille et malade, mais qui t'aime toujours, Olia. »

Stavinski relut le message et regarda la reproduction : une ville ensoleillée au bord de la mer Noire. Des bateaux étaient à l'ancre le long du quai et des yachts disparaissaient au loin dans la mer. Tout à fait comme en Floride, à Sarasota...

15

« Attention, s'il vous plaît! L'avion de la compagnie américaine Metroliner effectuant le vol n° 32, Moscou-New York, est annoncé au départ. Les passagers sont priés de passer dans la salle d'enregistrement... »

Toujours cette voix de moujik tonitruante, rauque et comme rouillée, en russe comme en anglais...

Virginia prit Yourychev par le bras et lui jeta un regard rassurant. « C'est tout! demandait son regard. Cessez de trembler, colonel! Vous n'avez plus figure humaine! C'est pourtant fini, tout est accompli! Inspection des bagages, contrôle des papiers, tout a été fait et voici maintenant le Boeing américain qui vous attend! Il suffit de suivre le tapis roulant à travers la galerie vitrée, jusqu'au pied de l'appareil, et ce sera déjà la maison, l'Amérique! » Mais elle se contenta de lui dire à haute voix :

« *Darling, are you O.K.?* »

Il fit un signe de tête affirmatif. Il savait qu'il aurait dû se reprendre en main, afficher un sourire insouciant et faire ses adieux à Stevenson qui se tenait derrière la cloison vitrée et agitait la main dans sa direction. Mais quelque chose l'empêchait de se détendre, comme ce pressentiment d'un danger mortel que ressentent parfois les soldats. C'est ainsi qu'une fraction de seconde avant que le projectile ennemi ne les atteignent, certains d'entre eux éprouvent soudain la nécessité de bondir hors de leur tranchée ou de leur abri blindé. Yourychev connaissait cette sensation, qui lui avait sauvé la vie plus d'une fois : à la frontière chinoise, à l'époque du conflit sino-soviétique; pendant des essais de missiles mer-air, dans un sous-marin nucléaire, alors qu'un crétin de technicien avait oublié son blouson dans le compartiment de lancement et que la fusée était restée coincée au moment de la mise à feu; lors des premiers essais du prototype des « grilles énergétiques », au Pamir, alors qu'ils n'avaient réussi à obtenir aucun tremblement de terre contrôlé mais que, par contre, une avalanche rocheuse avait recouvert l'expédition scientifique. Une dizaine de fois encore, il avait surpris en lui cette sensation au cours de chasses au loup ou à l'ours, dont se régalaient les jeunes officiers dans la taïga de l'Oussouri. Et dans toutes ces situations qui auraient dû entraîner la mort, à la veille de l'explosion ou bien au moment où la bête allait attaquer dans le dos, il se laissait aller de manière presque incontrôlée à son instinct intérieur et sauvait sa vie, tout en sauvant celles des autres. Même dans le sous-marin nucléaire, alors que le compte à rebours avait déjà commencé, il avait entraîné deux pointeurs par son sang-froid, était entré avec eux dans le compartiment de lancement et, très exactement deux secondes avant la mise à feu des moteurs de la fusée, avait réussi à retirer ce foutu blouson qui s'était coincé contre le mécanisme d'annulation de tir...

Mais ici, au milieu de cette foule élégante d'importation, de vieilles Américaines folles de voyages aux visages peinturlurés comme des poupées, au milieu de la propreté de verre de ces salles et de l'activité fébrile des fonctionnaires des douanes, il ne comprenait pas comment la sensation du danger pouvait l'assaillir. C'était vrai, que tout était maintenant fini : le contrôle des passeports, l'inspection des bagages, et qu'il avait juste à côté de lui l'avion américain, le territoire des Etats-Unis.

Une file de passagers soviétiques et américains s'étira vers l'échelle de l'avion. Yourychev savait qu'il pouvait maintenant avancer vers le ventre salvateur du Boeing, mais ce sentiment interne du danger ne l'avait toujours pas quitté, le clouait sur place et lui interdisait de poser le pied sur le tapis roulant le conduisant vers l'avion.

L'homme qui était à l'origine des émotions par lesquelles passait alors Yourychev était d'un calme parfait. Le major Niéznatchny se tenait au bout de la galerie vitrée, dans le tambour translucide, et attendait sa victime. Il avait à la main le dossier contenant les photos des époux Williams prises à Leningrad.

Il y avait encore quelqu'un que ni Niéznatchny ni les Williams ne pouvaient voir au milieu de la foule de l'aéroport de Chérémétiévo : Stavinski. Il était parvenu à ses fins et avait réussi à apercevoir Virginia tenant Yourychev et Stevenson par le bras, au moment où elle suivait le chariot contenant ses bagages et se rendait dans la salle de la douane. Il était temps de quitter cet endroit dangereux, de prendre un taxi et de filer à la gare de Kazan pour sauter dans le premier train en partance vers la Sibérie... Mais il ne pouvait se forcer à quitter l'aérogare. Il se tenait au balcon du premier étage et apercevait le Boeing venu d'Amérique à travers la paroi vitrée. Penchés pour se préserver du vent glacial, les premiers passagers montaient déjà à bord de l'appareil. Les bagagistes chargeaient les valises dans la soute à bagages. Stavinski crut reconnaître de loin ses deux valises en cuir roux foncé : un bref éclair et elles disparurent dans le ventre du Boeing. L'Amérique était pour ainsi dire à portée de la main, il suffisait de traverser cette paroi, mais...

« *Let's go* », dit Virginia à Yourychev, et ils posèrent le pied sur le ruban transporteur qui devait les mener à bord de l'avion.

Et lorsqu'ils eurent franchi le dernier contrôle, celui des objets métalliques, ils virent en sortant de l'arc tout blanc, importé de Suède, le major Niéznatchny qui se tenait à cinq pas de l'accès au Boeing. Un garde-frontière de haute taille, un pistolet mitrailleur en bandoulière, allait et venait derrière son dos.

« Monsieur et madame Williams? demanda Niéznatchny en un mauvais anglais. Mon nom est Niéznatchny, je suis major du comité de Sécurité de l'Etat. Veuillez me présenter vos papiers. »

Il prit les passeports que lui présentait Virginia mais ne les regarda même pas et ouvrit son dossier. Une dizaine de photographies en noir et blanc reproduisaient les différentes phases de la rencontre de la veille entre les Williams et les faux dissidents leningradois.

« C'est bien vous qui êtes sur ces photos? demanda Niéznatchny.

– Oui, répondit Virginia. Des voyous nous ont importunés hier à Leningrad, et j'ai téléphoné à l'Intourist pour exprimer notre protestation.

– Ces gens sont des criminels d'Etat. Nous avons arrêté l'un d'entre eux, mais deux autres ont réussi à se cacher. Vous allez être obligés de retarder un peu votre départ de Moscou, pour fournir des témoignages.

– Nous ne pouvons pas retarder notre départ, répondit Virginia en s'efforçant de garder un calme poli. Notre avion est là et nous décollons dans quelques minutes.

– Nous sommes malheureusement obligés de vous empêcher de prendre ce vol. L'homme arrêté a avoué que vous aviez accepté de lui des lettres d'un contenu illégal et antisoviétique.

– Nous n'avons rien pris du tout, je vous le jure! dit Virginia, glacée par l'épouvante.

– Je vous crois bien volontiers, madame Williams. Mais il nous faut effectuer une confrontation entre vous et le criminel en question, et aussi vérifier vos vêtements. Vous voyez bien sur ces photos que M. Williams met quelque chose dans ses poches...

– Nous ne pouvons pas rester plus longtemps, mon mari est malade! Vous n'avez pas le droit de nous arrêter, nous sommes citoyens américains...

– Des citoyens américains, poursuivit courtoisement le major, qui sont venus en U.R.S.S. avec une mission secrète, celle d'entrer en contact avec des comploteurs antisoviétiques! »

Niéznatchny savait très bien que cela allait entraîner un petit scandale, l'indignation et les larmes de Virginia et la formulation par son mari de l'exigence d'être mis en rapport avec l'ambassade des Etats-Unis. Mais les documents qu'il allait tirer de leurs vêtements seraient une preuve irréfutable de leurs activités antisoviétiques. On les ferait attendre une paire de jours à la Loubianka, dans des cellules séparées, soi-disant pour permettre au « comploteur » d'arriver de Leningrad, puis il y aurait la confrontation et des interrogatoires de plusieurs heures, au cours desquels tous les autres inspecteurs seraient brutaux et les menaceraient de prison. Lui seul, Niéznatchny, accepterait de « croire à leur innocence » et leur proposerait un marché : la liberté contre leur collaboration avec le K.G.B. Mais non, leur dirait-il, rien de particulier et pas du tout dans l'immédiat! Un jour, plus tard... Rien qu'une petite formalité, pour l'instant : signer deux ou trois papiers qui ne les engageraient pas à grand-chose. Simplement parce que, sans cela, il ne pourrait convaincre ses propres supérieurs de les relâcher et d'arrêter l'instruction les concernant. Il deviendrait assurément leur ami le plus cher! Et cette Virginia le regarderait encore au fond des yeux d'un air implorant, et il lui dirait qu'il n'avait contribué à les faire libérer qu'à cause de ses beaux yeux et de leur rencontre à venir, « un jour, plus tard... ». Et ils le remercieraient encore de les avoir sauvés, comme cela s'était déjà produit plus d'une fois avec ses autres « filleuls »...

« Je vous prie de me suivre », dit-il en souriant à Virginia et à Robert.

Mais ce qui suivit, une minute plus tard, fut une complète surprise, tant pour Niéznatchny que pour Virginia. Yourychev avait été dès le début de la conversation d'un calme absolument parfait, comme toujours avant un danger mortel. Et tandis que Virginia parlait avec Niéznatchny, le cerveau plein de sang-froid de l'officier avait fait défiler les différentes possibilités lui permettant de s'en sortir. Il ne pouvait rester à Moscou, même une demi-heure, car au premier interrogatoire sa prononciation bien peu américaine l'aurait trahi sans rémission. Et alors... Il avait lu quelque part qu'il suffisait de monter à bord d'un avion américain pour se trouver en territoire américain, sous la protection de la bannière étoilée. Mais même s'il n'en était pas ainsi, il n'y avait de toute manière qu'un seul moyen de s'en sortir : l'avion! Les quelques diplomates soviétiques qui étaient déjà entrés dans l'avion pourraient être ses otages, au cas où les autorités soviétiques interdiraient le décollage de l'avion. Mais il lui fallait pour cela une arme. Il ignorait si ce major du K.G.B. en dissimulait une sous son manteau, mais il en voyait une à proximité : le Kalachnikov du garde-frontière, avec les trente balles de son chargeur. Ce ne serait pas mal, non plus, d'entraîner le major dans l'appareil, en qualité d'otage... Y avait-il un autre moyen de s'en sortir?

C'était le seul. Ou bien les geôles du K.G.B., ou bien...

Du calme. Deux pas docilement décontractés derrière le major, les yeux épouvantés de Virginia, une brusque volte-face en direction du soldat marchant derrière lui et un coup appris depuis longtemps, aux cours de close-combat de l'école d'officiers : coup de pied dans l'aine et la main qui s'empare déjà de l'arme.

Virginia poussa un cri ahuri, Niéznatchny se

retourna sans comprendre et Yourychev, en professionnel qu'il était, fit claquer la culasse familière à ses doigts avant de crier à Niéznatchny, en allemand :

« *Halt!* »

Pourquoi en allemand? Cela lui était venu tout seul. Peut-être parce que, dans son enfance, il avait joué avec les gamins de son âge aux partisans et aux fascistes?

« Vous êtes complètement fou! » fit Niéznatchny en se précipitant sur lui, comprenant que pour rien au monde un simple touriste américain ne lui tirerait dessus et se frottant les mains devant le tour que prenaient les événements : cette fois Williams était entre ses mains! Attaquer un garde-frontière soviétique, quelle accusation en or!

Mais ce fut là la dernière pensée, et aussi la dernière erreur du major Niéznatchny. A peine avait-il tendu la main pour s'emparer de la mitraillette de cet idiot d'Américain que Yourychev pressa la queue de détente. Une courte rafale résonna, qui transperça la tunique du major et fit jaillir dans son dos de petits jets de sang. Mais ce fut moins la douleur que l'étonnement qui se peignirent sur son visage au moment où il tombait.

Attrapant Virginia par l'épaule, Yourychev l'entraîna vers l'échelle de l'avion, d'où les passagers et l'hôtesse de l'air effrayés avaient déjà plongé dans l'appareil. Quelques officiers et gardes-frontière jaillirent de l'aérogare mais s'immobilisèrent à la vue de l'arme pointée sur eux par Yourychev.

Mais Yourychev ne voyait pas une chose parfaitement visible, par contre, de son double Stavinski et de la centaine de passagers et d'accompagnateurs attirés par les détonations et qui s'étaient collés comme lui contre la paroi de verre : ils voyaient un des prétendus bagagistes qui avait sorti un revolver de sous sa combinaison. Placé de côté par rapport à l'échelle, à l'endroit où les bagages entraient dans la soute, il prit son temps pour tirer et atteignit Yourychev au moment où celui-ci n'était plus qu'à deux pas de l'entrée de l'avion. C'était un bon tireur et sa balle frappa Yourychev en pleine tête. Lâchant le Kalachnikov, Yourychev dévala en sens contraire les marches de l'échelle, sans lâcher la fourrure du manteau de Virginia qu'il attirait à sa suite. En bas, Virginia et le corps de Yourychev furent recueillis par des officiers du K.G.B. et des gardes-frontière vite accourus. Virginia, qui avait une crise de nerfs, donna à toute volée une gifle à l'un d'entre eux, tout en s'efforçant désespérément d'attraper la mitraillette de Yourychev. Mais on lui replia le bras derrière le dos et on la conduisit ou plutôt on la traîna à l'intérieur de l'aérogare.

Derrière elle, les soldats portaient le corps de ce major Niéznatchny si malchanceux, dont l'unique ambition avait été de remplir le quota imposé pour le recrutement des touristes étrangers, et celui du touriste américain Robert Williams, qui avait, sans raison valable, fait soudain preuve d'une si grande agressivité...

Dans l'aérogare, des employés de l'Aéroflot couraient déjà le long des murs et chassaient des fenêtres passagers et accompagnateurs. Stavinski, trempé de sueur, s'assit dans un fauteuil. Il fallait se mettre en lieu sûr avant qu'il ne fût trop tard, mais ses jambes étaient en coton tant il avait peur, pour lui et pour Virginia...

TROISIÈME PARTIE

PRIS AU PIÈGE

1

Ambassade des Etats-Unis d'Amérique
Moscou, 19-23, rue Tchaïkovski

Au ministère des Affaires étrangères de l'U.R.S.S.
Monsieur Victor Afanassiévitch Kozlov
Premier vice-ministre des Affaires étrangères de l'U.R.S.S.

Le 18 novembre 1981

L'ambassade des Etats-Unis d'Amérique témoigne ses respects au ministère des Affaires étrangères de l'Union soviétique et attire son attention sur le fait que, le 16 novembre 1981, à l'aéroport international de Moscou-Chérémétiévo, deux citoyens américains, les touristes Robert et Virginia Williams, ont été appréhendés au moment où ils quittaient l'U.R.S.S. Selon les déclarations des témoins, passagers du vol nº 32 Moscou-New York, le citoyen américain Robert Williams a été tué au moment où l'on tentait de le retenir, tandis que son épouse, Mme Virginia Williams, était arrêtée par des membres des organes de sécurité de l'U.R.S.S.

En dépit des règles fixées par la Convention consulaire régissant les rapports entre le gouvernement de l'U.R.S.S. et celui des Etats-Unis d'Amérique, des normes de la législation soviétique et de la pratique internationale courante pour élucider les cas de cette espèce, les membres de notre consulat se voient pour la troisième journée consécutive dans l'impossibilité de rencontrer la citoyenne américaine Virginia Williams, arrêtée par les services de sécurité de l'U.R.S.S., et de connaître le lieu de sa détention ainsi que les motifs de son arrestation. Les nombreuses démarches de notre consulat auprès des instances soviétiques correspondantes n'ont jusqu'à présent donné aucun résultat.

L'ambassade des Etats-Unis d'Amérique exprime sa conviction que la partie soviétique ne tardera pas à faire toute la lumière sur cet incident et à lui fournir une explication des causes ayant entraîné l'arrestation des époux Williams, touristes américains, et des circonstances dans lesquelles le citoyen américain Robert Williams a trouvé la mort. Dans le même temps, l'ambassade des Etats-Unis d'Amérique exige que soit fournie sans délai aux collaborateurs de notre consulat la possibilité de rencontrer la citoyenne américaine Virginia Williams, arrêtée par les autorités soviétiques, et de contribuer à sa remise en liberté.

Respectueusement,

Hubert N. Green,
Conseiller de l'ambassade des Etats-Unis d'Amérique en Union soviétique.

2

Vendredi 20 novembre, le conseiller du secrétaire d'Etat Richard Malvick avait un entretien avec Daniel J. Cooper, directeur du département U.R.S.S. de la C.I.A. Cooper avait lui-même demandé à le voir, quoiqu'ils ne s'aimassent guère l'un l'autre depuis l'époque où ils avaient été ensemble étudiants à l'université de Princeton. Mais la mort de Yourychev et l'arrestation de Virginia Part-Williams avaient placé la C.I.A. dans une situation embarrassante. Non seulement une opération d'une importance considérable avait échoué, mais l'histoire de l'arrestation de Mme Williams et de son prétendu époux avait déjà fait l'objet d'articles dans la presse. Encore une chance que l'unique journaliste à connaître les tenants et aboutissants de cette affaire, en fait pratiquement toute l'opération, Jacob Stevenson du *Washington Herald*, se soit trouvé être un homme d'honneur et se soit contenté d'une brève déclaration de pure forme, au lieu de se hâter de déverser dans les journaux des matériaux à sensation témoignant d'un « nouvel échec de la C.I.A. ». Cela n'eût d'ailleurs pas été sans danger pour lui car il était lui-même mêlé à ladite opération et il aurait suffi qu'il la décrivît dans les journaux pour que les Russes le missent lui aussi à l'ombre pour activités d'espionnage contre l'Union soviétique. Mais les vingt lignes qui avaient été publiées sur cet incident avaient suffi à faire venir au G.Q.G. de la C.I.A. le véritable Robert Williams, médecin-stomatologue résidant à Potomac, qui arriva tenant à la main le journal annonçant sa propre mort à Moscou. Il fallut lui allonger une compensation substantielle et le persuader de repartir d'urgence quelque part pour un mois, aux îles Hawaii ou aux Bermudes, aux frais de la C.I.A. bien entendu. Encore ne l'accepta-t-il que lorsque Mac Kerry lui montra la photo de Virginia et lui fit comprendre qu'au cas où la raison de son véritable voyage à Moscou filtrerait dans la presse, cette charmante femme resterait dans une prison soviétique pour de longues années, en tant qu'espionne américaine.

Robert Williams était un célibataire de quarante-six ans, grand coureur de jupons, et la photo de Virginia mit en lui le chasseur à l'affût. Une belle actrice-espionne de retour de Russie, ce serait assurément une sensation pour les journaux. Lui-même aurait non seulement une chance de partager avec elle la première page des journaux, mais aussi... Tout pouvait arriver! Une telle femme valait que l'on perdît pour elle quelques malades, d'autant plus que la C.I.A. était prête à lui verser une compensation. Daniel J. Cooper et David Mac Kerry envoyèrent Williams aux Bermudes avec un flot de bonnes paroles : dès que Virginia aurait été libérée de prison et d'Union soviétique (car il pouvait « être assuré » qu'ils n'allaient pas manquer, « dans les semaines à venir », de « consacrer tous leurs efforts » à la solution de ce problème, étant eux-mêmes « les premiers intéressés »...), ils feraient revenir Williams de son lieu de vacances et iraient tous ensemble accueillir Virginia à New York, à l'aéroport Kennedy. Mais Daniel J. Cooper n'était pas lui-même si sûr qu'il réussirait à tirer aussi vite Virginia du pétrin. Bien des choses dépendaient du reste de son attitude. Si elle ne dévoilait pas, au cours des interrogatoires, que le défunt Williams n'était nullement Williams mais un colonel de l'Etat-Major général de l'armée soviétique, il y avait encore quelques chances. Mac Kerry l'assurait qu'elle ne le ferait pas pour au moins une raison : ne pas causer la perte de Stavinski, en mettant le K.G.B. sur sa piste...

Malheureusement, la conversation que Daniel J. Cooper espérait avoir avec le conseiller Richard Malvick, du Département d'Etat, tourna rapidement court. A peine Cooper lui eut-il dit que, « pour certaines raisons, la C.I.A. montrait le plus vif intérêt à ce que le Département d'Etat et l'ambassade américaine à Moscou entreprissent des actions énergiques et urgentes pour faire libérer Mme Virginia Williams, illégalement arrêtée » que Richard Malvick étala devant lui la photocopie toute fraîche, reçue le jour même de Moscou, du document suivant :

Ministère des Affaires étrangères de l'Union des Républiques socialistes soviétiques
Moscou, place de Smolensk, nº 32-34

A Monsieur Hubert N. Green,
Conseiller de l'ambassade des Etats-Unis d'Amérique

Le 19 novembre 1981

Le ministère des Affaires étrangères de l'U.R.S.S. témoigne ses respects à l'ambassade des Etats-Unis d'Amérique et lui fait savoir, à la demande du gouvernement soviétique, que :

Le 16 novembre 1981, à l'aéroport international de Moscou-Chérémétiévo, le major du comité de la Sécurité d'Etat F.E. Niéznatchny a appréhendé au moment de leur embarquement les citoyens et touristes américains Robert et Virginia Williams en raison de preuves irréfutables, détenues par les organes de sécurité, des liens desdits époux Williams avec des éléments criminels antisoviétiques. C'est ainsi que le 15 novembre 1981, veille de leur départ d'U.R.S.S., les susdits époux Williams, se trouvant dans la ville de Leningrad, ont rencontré trois criminels à orientation antisoviétique à qui ils ont pris des matériaux illégaux ainsi que des lettres pour les transmettre en Occident. Les photographies de cette rencontre et les déclarations des témoins, tout comme celles des criminels eux-mêmes, qui ont été inculpés d'activités antisoviétiques, apportent à ces faits une confirmation matérielle.

Au moment où il appréhendait les époux Williams à l'aéroport de Chérémétiévo, le major de la Sécurité d'Etat F.E. Niéznatchny leur a présenté des photographies les incriminant et les a priés de fournir des explications, dans la mesure où les liens entre les touristes américains Williams et des éléments criminels antisoviétiques et, d'autre part, le fait que Mme Williams avait accepté des matériaux antisoviétiques pour les transmettre en Occident constituent une grave violation de l'accord conclu entre nos pays sur les buts du tourisme, ainsi qu'une immixtion intolérable dans les affaires intérieures de l'Union soviétique.

Alors qu'il était appréhendé au pied de l'échelle de l'avion américain, le citoyen Robert Williams a commis une agression contre un garde-frontière soviétique à qui il a arraché son pistolet mitrailleur, avec lequel il a tué le citoyen soviétique F.E. Niéznatchny, major de la Sécurité d'Etat de l'U.R.S.S., après quoi, en compagnie de sa femme, Mme Virginia Williams, citoyenne américaine, qui a elle aussi tenté de résister au personnel soviétique (en infligeant à ce dernier des dommages corporels), il a tenté de se cacher à bord de l'avion américain.

Dans le but de mettre fin aux actions criminelles des susdits époux Williams, commises avec des intentions visiblement terroristes, et aussi pour défendre la vie des citoyens américains et soviétiques, les membres des services de sécurité de l'aéroport international de Chérémétiévo ont été obligés de faire usage de leurs armes. La fusillade s'est terminée sur la mort de M. Robert Williams. Sa femme, Mme Virginia Williams, a été l'objet d'une mesure d'arrestation.

L'examen des vêtements de M. et Mme Williams a

permis de découvrir, dans la doublure du manteau de M. Robert Williams et celle de la pelisse de Mme Virginia Williams, des matériaux antisoviétiques qui dévoilent le but véritable de leur venue en U.R.S.S. et explique la raison de leur résistance armée au moment où ils étaient appréhendés.

En raison de sa participation à une action terroriste et de ses activités antisoviétiques, la citoyenne américaine Virginia Part, année de naissance 1944, actrice de sa profession, sera déférée dans les plus brefs délais devant un tribunal soviétique.

En raison de l'incident qui vient d'être rapporté, le gouvernement de l'U.R.S.S. a confié au ministère des Affaires étrangères de l'U.R.S.S. le soin d'exprimer une protestation à la partie américaine, tout en se déclarant persuadé que la partie américaine prendra toutes les mesures en son pouvoir pour mettre fin à l'envoi en U.R.S.S., sous couleur de tourisme, de personnes à orientation inamicale à l'égard de notre pays et du gouvernement soviétique.

Respectueusement,

V. A. Kozlov, Premier vice-ministre des Affaires étrangères de l'U.R.S.S.

« L'intérêt que vous portez à cette affaire, dit sèchement Malvick à Mac Kerry, ne fait que confirmer le bon droit de la partie soviétique. Si ces Williams sont allés en U.R.S.S. avec une mission que vous leur avez confiée, le conseil que je vous donnerai est le suivant : tenez-vous le plus loin possible de cette affaire. D'après ce que je comprends, elle n'est aujourd'hui aux yeux des Russes qu'une actrice écervelée qui a accepté des documents antisoviétiques que lui ont transmis des dissidents et son défunt mari un idiot qui s'est pris pour James Bond. Nous allons procéder doucement, sans faire pression, et tenter d'obtenir une mesure de clémence à l'égard de la femme. Mais c'est un processus qui demande du temps...

– Mais ils n'ont pas pris de matériaux antisoviétiques! éclata Cooper. C'est une provocation typique du K.G.B., qui leur a mis des documents dans leurs affaires...

– Pourquoi le K.G.B. mettrait-il des documents antisoviétiques dans les affaires de touristes américains? demanda froidement Malvick. Au reste, si vous persistez à affirmer qu'il s'agit d'une provocation, la C.I.A. doit nous présenter un rapport sur cette affaire. Mais vous n'aurez alors aucune garantie que les journaux n'en parleront pas, ce qui peut avoir des conséquences fâcheuses non seulement pour votre agent, mais aussi pour vous personnellement. Si je vous dis cela, Dan, c'est par amitié, en souvenir de nos années d'université à Princeton... »

Tout en jurant à part lui, Cooper quitta le Département d'Etat. Essayez un peu de faire concurrence au K.G.B., quand le gouvernement lui-même n'est pas capable de dissimuler ses secrets à la presse!...

3

Un escalier à trois paliers qui monte des profondeurs de la prison spéciale du K.G.B., à la Loubianka. La cour enneigée de la prison, une goulée d'air frais et glacial, et soudain de tout autres couloirs, recouverts de tapis rouges, qui ne ressemblent guère à des couloirs de prison : ceux du quartier général du K.G.B. Un soldat armé pour vous accompagner et on arrive par l'ascenseur au deuxième étage. Après la cellule d'isolement humide avec son sol en ciment, ses murs sans fenêtres et son matelas que l'on rabat contre le mur pour l'enfermer à clef de six heures à dix-huit heures, tandis que l'on ne peut s'asseoir que sur un minuscule siège en fer qui dépasse du mur opposé, après ce sac de pierre et les interminables interrogatoires quotidiens, au cours desquels Virginia se contentait de répéter une seule et unique phrase (« Je suis citoyenne américaine et j'exige de rencontrer des réprésentants de l'ambassade américaine »), après la nourriture répugnante, si tant est que l'on puisse appeler nourriture la soupe claire de pois ou de bouillie d'avoine, le morceau de pain noir visqueux et le thé qu'elle recevait des geôliers à travers la *mangeoire* , un guichet percé dans la porte métallique, après tout cet enfer qui avait duré des jours entiers, voilà qu'elle se retrouvait soudain dans un bureau luxueux et bien chauffé, avec des meubles en cuir souple et de vastes fenêtres claires donnant sur la place populeuse que domine la statue majestueuse de Dzerjinski, fondateur des organes de sécurité de l'U.R.S.S. Les murs de ce bureau étaient entièrement occupés par des rayonnages et l'œil incisif de Virginia releva rapidement un grand nombre de titres anglais sur les reliures : *The Red Terror, The K.G.B., Gorky Park, Lolita, Airport, Wheels, The Joy of Sex...* Les rayonnages étaient surmontés par les portraits de Lénine et de Brejniev. Le guéridon à journaux, ainsi que la table de travail du maître des lieux, étaient de leur côté couverts de journaux et revues anglais et américains, comme le *Sunday Times*, le *Washington Post, Newsweek, Playboy*, le *Wall Street Journal* et le *Washington Herald...*

Le patron était assis derrière son bureau. Il ressemblait un peu à Marlon Brando dans *Le Parrain*, à ceci près que la calvitie avait gagné son crâne bien plus que celui de Brando et que ses yeux étaient dissimulés derrière des lunettes. Il tenait à la main le dossier de Virginia Williams et était absorbé dans sa lecture. Il y avait en outre dans la pièce son premier adjoint, le général Tsvigoun, un sexagénaire au visage plein, aux yeux striés de veinules rouges et de complexion forte, pour ne pas dire obèse, ainsi qu'un homme brun de belle prestance, âgé d'une cinquantaine d'années et que Virginia avait vu au cours des interrogatoires : le colonel Orlov. Deux journalistes jeunes, d'environ trente-cinq ans, étaient assis dans un coin, des bloc-notes grands ouverts sur leurs genoux. Tous, sauf le patron, dévisageaient Virginia avec une curiosité non dissimulée et, pour la première fois depuis quatre jours, Virginia essaya de se regarder d'un œil étranger : robe chiffonnée sur le matelas de la prison, bas déchiré à un genou, visage non maquillé, cheveux épars et non peignés (son peigne et ses épingles à cheveux lui avaient été pris avec tout le reste dès le moment de son entrée en prison). Mais le plus grave, et elle en prit conscience dans l'air frais de ce bureau où les bruits de la rue parvenaient par les vasistas ouverts, le plus grave, c'était l'odeur de son propre corps non lavé qu'elle venait de percevoir violemment. Quatre jours sans prendre de douche! Deux fois par jour seulement, au moment où elle était autorisée à sortir pour ses besoins, elle pouvait se laver le visage avec l'eau glaciale du lavabo des waters, coulant directement du robinet. Et maintenant qu'elle se considérait comme une étrangère, elle se rappela les clochards qui vivaient dans le *subway* new-yorkais : elle leur ressemblait, elle avait la même odeur qu'eux!

Le patron feuilletait toujours le dossier avec les documents la concernant. Sans lever la tête, il donna congé au soldat qui l'avait accompagnée et au secrétaire qui l'avait introduite dans le bureau, puis il lui dit en anglais :

« Asseyez-vous. »

Et il montra de la tête un fauteuil, devant son bureau.

« J'exige de rencontrer des représentants de l'ambassade américaine », dit-elle sans bouger.

Il leva les yeux vers elle. C'étaient les yeux d'un homme calme, fatigué et sûr de lui.

« Vous exigez », prononça-t-il lentement.

Il avait une voix de baryton un peu sourde, une voix de fumeur.

« On peut exiger en restant assis..., reprit-il. Vous avez faim ? »

Et sans attendre sa réponse, il se tourna vers son combiné et appuya sur un bouton :

« Du thé et des sandwiches », ordonna-t-il en russe.

Puis il repassa à l'anglais :

« Vous fumez? »

Son anglais était d'une correction pointilleuse, avec une intonation nettement britannique.

« Non, je ne fume pas.

– Ce serait quand même mieux si vous vous asseyiez, reprit-il. Sans cela nous serons tous obligés de nous lever, puisque vous êtes femme.

– Je ne le suis plus, fit Virginia d'un ton provocateur. Si vous lisez l'anglais, vous avez probablement remarqué dans les livres que vous possédez qu'une femme doit prendre au moins une douche par jour. Dans votre prison, je me suis transformée en animal, je ne suis plus une femme. Alors, jouer les gentlemen... J'exige de rencontrer des représentants de l'ambassade américaine. »

Il l'écoutait en silence, la tête inclinée. D'un geste bref, sa main pressa un nouveau bouton sur son bureau. Son secrétaire réapparut au même moment. C'était un jeune major à l'air impassible. Il portait un plateau avec un verre de thé fort, dans un porte-verre en argent massif, et des sandwiches au caviar, rouge et noir.

Le secrétaire posa le plateau sur un bord du bureau et le patron lui dit, toujours en anglais :

« Conduisez Mme Williams à ma douche. »

Il regarda Virginia qui n'en croyait pas ses oreilles et le considérait d'un air ahuri. Il sourit à demi :

« Vous avez effectivement besoin de prendre une douche. Je vous en prie. Ou bien n'en avez-vous pas envie?

– Je... », balbutia Virginia prise de court.

Elle ne pouvait résister à la tentation de prendre une douche, et d'ailleurs pourquoi l'eût-elle fait? Elle en était à son neuvième jour de retard menstruel. Les cinq premiers jours, elle avait pensé que cela ne voulait rien dire, que c'était un simple retard, et elle n'avait rien dit à Stavinski. Puis il y avait eu son arrestation, la prison, la cellule d'isolement. Au cours de ces heures de désespoir nocturne, sur le matelas de la prison, elle avait soudain senti une douleur lancinante à la poitrine et compris avec épouvante que c'était arrivé, que son rêve secret s'était réalisé : elle était enceinte! Mais, Seigneur, pourquoi fallait-il que ce fût justement à ce moment-là et en un pareil lieu, dans ce pays maudit?...

« Veuillez me suivre », lui dit le major-secrétaire en se dirigeant vers une porte latérale, dissimulée derrière le dos du chef du K.G.B.

Virginia le suivit, toute désemparée. Il y avait derrière la porte une seconde pièce avec des canapés et des fauteuils moelleux, une petite table à déjeuner, un téléviseur couleur et une chaîne hi-fi de marque Grundig. On apercevait derrière cette seconde pièce une petite chambre à coucher, avec un lit et une table de nuit. A côté de la chambre, des waters et une salle de bain. En entrant dans cette dernière, Virginia resta interloquée. Il lui sembla un court instant qu'elle se trouvait dans les luxueux appartements d'une star hollywoodienne, quelque part du côté de Beverley Hills. La baignoire de marbre noir était énorme et ressemblait plutôt à une petite piscine; une glace occupait un mur entier. Elle reconnut l'odeur du savon Lancôme. Le sol était chauffé. Il y avait encore une douche, des serviettes gaufrées, un sèche-cheveux, et même... un bidet.

« A quoi peut-il bien leur servir? » eut-elle le temps de se demander.

« Je vous en prie... », lui dit le major, toujours aussi impassible, en tournant les robinets pour remplir la baignoire, après quoi il ressortit en fermant la porte derrière lui.

Restée seule, Virginia approcha lentement de la glace. Elle ne s'était pas regardée depuis quatre jours, quatre jours seulement, mais, mon Dieu, qu'était-elle devenue! A quoi l'avaient-ils réduite, Seigneur! Des larmes jaillirent de ses yeux, elle éclata en sanglots et se laissa choir au sol, sur ce sol en faïence chauffée. C'était la première fois, depuis qu'elle était en prison, qu'elle craquait. Mais le bruit de l'eau qui remplissait la baignoire étouffait ses sanglots...

Pendant ce temps, le patron dictait en russe aux deux journalistes ce qu'ils devaient développer dans leurs articles :

« La thèse principale de votre article doit être la suivante. Notre pays a toujours été favorable au développement des relations amicales avec les pays occidentaux. Mais, ces derniers temps, les impérialistes et le nouveau gouvernement américain attisent dans le monde une atmosphère d'hystérie antisoviétique. Nombreuses sont en Occident les têtes chaudes qui prêtent l'oreille à cette propagande et prennent part à des actions antisoviétiques. Ils apportent dans notre pays des ouvrages imprimés que leur fournissent la C.I.A. et diverses organisations émigrées et sionistes. A Chérémétiévo, les douaniers retirent de leurs valises des ouvrages de renégats tels que Soljenitsyne, Voïnovitch, Boukovski et d'autres. Et aussi des revues telles que *Possev, Continent* ou *Grani*, qui appellent ouvertement à renverser le régime soviétique. Pendant les jeux Olympiques de Moscou, des dizaines de touristes de ce type ont essayé de faire passer en Union soviétique des tracts, et aussi des milliers d'exemplaires d'une fausse *Pravda* imprimée en Italie contenant des articles à caractère antisoviétique. Ils s'apprêtaient à distribuer ces tracts et ces journaux sur les stades et dans les rues de Moscou. L'histoire des époux Williams montre jusqu'où sont allés ces têtes chaudes dans leurs intentions de nuire à l'Union soviétique. Aucun pays n'aurait toléré des touristes étrangers venus dans l'intention de répandre un état d'esprit antigouvernemental et qui étaient même prêts à tuer des collaborateurs des organes de sécurité de ce pays. Nous estimons que la juste condamnation qui sera infligée par un tribunal soviétique à la prétendue touriste Virginia Williams sera une bonne leçon pour ces touristes occupés aujourd'hui à remplir leurs valises de matériaux antisoviétiques et sionistes reçus de la C.I.A. et autres sources peu reluisantes...

Le chef du K.G.B. avait prononcé toute cette tirade sans se presser, d'une voix égale, mais sans hésiter non plus, comme si tout cela avait été depuis longtemps une affaire réglée. Les deux journalistes notaient rapidement ses paroles.

« C'est tout, leur dit-il. Développez cette thèse. Quand vous aurez écrit vos articles, montrez-les-moi.

– Bien sûr, naturellement! fit l'un des journalistes. Pouvons-nous lui poser des questions? ajouta-t-il en montrant la porte par laquelle Virginia était sortie.

– Quelles questions? demanda calmement le patron.

– Par exemple, pourquoi une actrice de Hollywood comme elle a trouvé nécessaire de se livrer à des activités antisoviétiques...

– Et, ajouta son collègue, de quelle manière elle est entrée en contact avec ces criminels, ces dissidents...

– Inutile de lui poser des questions. Vous êtes libres », dit le patron en montrant de la tête la porte aux deux journalistes. Puis, se radoucissant, il leur expliqua :

« Vous l'avez vue, cela suffit. Vous n'avez qu'à inventer ce qu'elle pourrait répondre à vos questions... »

Une fois les journalistes sortis, il se tourna vers ses deux collaborateurs, restés dans son bureau, le général Tsvigoun et le colonel Orlov, et leur dit sur un ton pensif :

« Il faut maintenant décider dans quel camp on va l'envoyer. Cela pour commencer. Nous n'avons pas encore de camps pour étrangères et nous n'allons naturellement pas en créer un à cause d'elle...

– Elle n'a qu'à aller dans un camp de régime général, il y a déjà eu des cas de ce genre, plaça le colonel Orlov qui s'interrompit aussitôt : le patron ne souffrait pas d'être interrompu. Il ne faisait d'ailleurs aucun cas de l'opinion de ses subordonnés. Le maximum de confiance qu'il pouvait leur accorder parfois, c'était de réfléchir à voix haute en leur présence.

– Deuxième chose, dit-il comme s'il n'avait pas entendu la remarque d'Orlov et avec un visage aussi impassible que si ce dernier avait été absent de son bureau. Je ne peux pas comprendre pourquoi ce Williams a réagi aussi vivement à son arrestation, puisqu'il ne savait pas que des matériaux antisoviétiques avaient été cousus à l'intérieur de son manteau... »

Maintenant qu'il s'était tu et jetait à travers ses lunettes des regards interrogateurs en direction d'Orlov et de Tsvigoun, ces derniers sentirent qu'ils pouvaient s'exprimer.

« Le plus probable, dit le général Tsvigoun, c'est qu'il était cinglé...

– Je ne sais pas..., je ne sais pas... Quoi qu'il en soit, nous devons faire progresser l'aptitude au combat de nos officiers. J'ai remarqué que même les opérationnels commençaient à prendre du ventre... »

Mais il s'arrêta net en voyant entrer Virginia.

Même sans produits de beauté, elle était belle. La douche avait rendu la fraîcheur à son visage. Propres, bien lavés et séchés, ses cheveux reposaient magnifiquement sur ses épaules et sa robe froissée ne faisait que souligner le contraste entre la beauté de cette femme et les vêtements qu'elle portait. Ce bijou avait visiblement besoin d'une autre monture...

Mais seule cette petite hésitation de langage avait trahi le chef du K.G.B. Il avait toujours la même expression impassible sur le visage. Touchant le verre de thé, il dit en anglais à Virginia, de la même voix de baryton un peu sourde, mais égale et seigneuriale :

« Votre thé n'a pas encore refroidi. Asseyez-vous et buvez. Et mangez aussi les sandwiches. Le K.G.B. n'est absolument pas une organisation aussi terrible qu'on l'écrit en Occident. Nous faisons simplement notre travail, nous défendons les intérêts de notre pays. Asseyez-vous. »

Et soit parce qu'il y avait dans le ton de sa voix une autorité tranquille, jointe à la certitude qu'elle lui obéirait, soit parce qu'après la douche qui l'avait rafraîchie sa faim était devenue aiguë à en défaillir, Virginia s'assit sur le bord d'une chaise, près de la table, et attaqua les sandwiches et le thé.

Les autres gardaient le silence. Ils la regardaient manger et, quoique Virginia fît tous ses efforts pour ne pas manger trop vite, la faim et l'air frais lui faisaient tourner la tête, et elle devait, pour arrêter ce vertige, manger d'une manière plus rapide et affairée que sa raison ne le lui permettait. Et tout en mangeant, humiliée par sa hâte affamée, elle jetait sans le vouloir de brefs coups d'œil aux trois hommes. Le général Tsvigoun avait allumé une cigarette et s'était rapproché du vasistas. Le patron appuya soudain sur le bouton de son combiné et ordonna en russe au micro :

« Encore du thé et des sandwiches. »

Virginia n'avait pas eu le temps de finir son thé que le major-secrétaire était revenu dans la pièce avec un nouveau plateau. Mais Virginia avait apaisé son premier accès de faim et réussit cette fois à se maîtriser. Résistant à la tentation, elle repoussa la deuxième assiette de sandwiches et se contenta de boire une gorgée de thé chaud.

« Merci, dit-elle. J'exige de rencontrer un représentant de l'ambassade américaine. »

Il sourit. Les deux autres s'esclaffèrent carrément,

tant cette « exigence » allait peu à cette femme à l'aspect calmement et douillettement domestique.

« Bien, fit le patron. Je prendrai en considération votre exigence. Maintenant dites-moi pourquoi votre mari a tué un officier de chez nous? Son intention n'était pourtant que de vous retenir une heure ou deux, afin d'éclaircir certains points. »

Virginia le regarda dans les yeux. Cette question, le colonel Orlov et les autres inspecteurs la lui avaient déjà posée des dizaines de fois et elle ne leur avait pas donné de réponse, puisqu'elle se contentait de répondre à toutes les questions qui lui étaient posées qu'elle voulait être mise en contact avec son ambassade. Mais couchée de nuit sur le matelas de paille dure de sa cellule d'isolation, elle comprenait qu'il lui faudrait bien leur expliquer l'extravagante initiative de Yourychev avant qu'ils ne se mettent à trouver eux-mêmes la clef de l'énigme. Le représentant de l'ambassade américaine n'allait-il pas lui poser la même question? Tout en écoutant son corps, dans le silence nocturne, elle passait mentalement en revue tous les événements de leur séjour à Moscou et crut enfin trouver une bonne raison. Aussi fut-ce en regardant dans les yeux cet homme bien nourri et sûr de lui, vêtu d'un costume français de bonne coupe et qui la jugeait tranquillement en la regardant, de son regard d'homme, qu'elle lui dit :

« Robert était très déséquilibré. Nous n'avons pas écrit dans le questionnaire qu'il avait fait la guerre du Viêt-nam et y avait été commotionné car nous avions peur de nous faire refuser le visa d'entrée en Russie. Mais lorsque nous sommes arrivés ici, Robert a aussitôt remarqué que nous étions suivis par ce major de chez vous... »

Le général Tsvigoun et le colonel Orlov la regardèrent avec un grand étonnement, mais le visage de leur patron demeura impassible. Seules de petites taches blanches, signe qu'il était en colère, apparurent au coin de ses mâchoires. Virginia comprenait que bluffer ainsi signifiait jouer avec le feu, mais le défunt major Niéznatchny pouvait-il réfuter ses paroles? Et n'était-ce pas lui qui leur avait envoyé cette jeune ravageuse, les tsiganes pour l'anniversaire de Robert et ensuite le plombier? N'était-ce pas lui, enfin, qui était allé à Leningrad dans le compartiment voisin du leur?

« Parfaitement! dit-elle. Il nous faisait suivre à l'hôtel et est même allé avec nous à Leningrad : nous l'avons vu dans le train! Robert était terriblement nerveux à cause de tout cela. En plus, il était malade, il avait tout le temps de la fièvre et il lui semblait constamment qu'on allait nous arrêter pour une raison quelconque. Par exemple parce qu'il avait lutté au Viêt-nam contre des communistes. Sinon, pourquoi nous aurait-on suivis? Robert craignait même de sortir de l'hôtel. A Leningrad, seulement, nous avons décidé de nous promener un peu. Mais lorsque ces voyous nous ont abordés là-bas dans la rue, Robert m'a immédiatement dit que c'était une provocation et qu'il ne se laisserait pas prendre vivant. C'est pour cela qu'à l'aéroport... »

Le patron fit à nouveau venir son secrétaire-major et, lorsqu'il apparut à la porte, dit à ce dernier, en montrant Virginia de la tête :

« Emmenez-la...

– Suivez-moi! » lui dit en anglais le major.

Virginia se leva, jeta au chef du K.G.B. un regard désemparé et lui demanda :

« Est-ce que j'aurai... une entrevue avec un représentant de l'ambassade américaine?

– Ce que vous allez avoir, c'est un minimum de trois ans de prison pour complicité dans l'assassinat d'un officier soviétique. Allez... Vous pouvez emporter ces sandwiches dans votre cellule. »

Virginia crut recevoir un coup de fouet en plein visage. Il lui avait parlé comme à une mendiante à qui il aurait jeté une aumône méprisante.

« Ecoutez-moi, vous! lui dit-elle. Si je pouvais vomir sur votre table tout ce que je viens de manger, je le ferais avec un grand plaisir. »

Le secrétaire-major, effrayé, la prit par le coude et l'emmena hors du bureau, mais elle eut le temps de se retourner avec mépris, avant de franchir la porte :

« Et tu veux encore jouer les gentlemen? Plébéien! »

Le major la poussa dehors, vers l'entrée où l'attendait le soldat d'escorte.

Mais dans le bureau, derrière la lourde porte calfeutrée de cuir clouté, le patron, blanc de colère, laissait éclater sa fureur. Avec une modération calculée, il frappait la table du plat de la main en s'adressant à Orlov :

« Alors quoi? Il n'y a que des idiots, pour travailler au département du Tourisme? C'est quand même un peu fort, qu'un crétin de petit dentiste américain ait découvert dès le premier jour qu'il était filé... »

Une voix retentit dans le haut-parleur :

« Puis-je vous parler, camarade général?

– Qui est-ce? fit avec hargne le patron.

– Broussko, chef de la Section de documentation secrète.

– Qu'est-ce que tu me veux?

– On a découvert une drôle de carte d'Amérique et du Canada en inspectant le coffre-fort du défunt major Niéznatchny, camarade général. A mon avis, Niéznatchny notait sur cette carte tous les touristes avec lesquels il avait travaillé ces dernières années... »

Le patron poussa un soupir silencieux et hocha tristement la tête. Seigneur, avec quels crétins il était obligé de travailler!

« Pourquoi les notait-il sur la carte? finit-il par demander d'une voix lasse.

– Je n'en sais rien, camarade général. Il voulait peut-être vendre la carte aux Américains. Vous nous permettez de voir cela de plus près?

– Mais oui, voyez », fit-il mollement.

4

Deux heures plus tard, dans le cabinet au plancher recouvert de vieux tapis usés du directeur de la prison, le colonel Orlov communiquait à Larry Kugel, représentant de l'ambassade américaine, les matériaux de l'accusation concernant l'affaire de la citoyenne américaine Virginia Williams. Un dossier gris aux pages cousues avec des lacets de chaussure contenait les photographies des époux Williams en compagnie des pseudo-dissidents, avenue de la Néva à Leningrad, les « aveux sincères » des dissidents en question concernant les documents par eux transmis à cette occasion aux Williams et, enfin, des photos du manteau de Robert Williams et de la pelisse de Virginia, avec les doublures décousues et les « matériaux antisoviétiques » que l'on en avait retirés. Larry Kugel parcourait ces matériaux et contemplait ces photographies en se disant que la culpabilité des Williams ne faisait pas de doute. Il fallait maintenant trouver le moyen d'étouffer cette affaire, d'en minimiser l'importance et d'en appeler à l'humanité des autorités soviétiques, afin qu'elles fussent clémentes envers cette femme. On pourrait finalement faire retomber toute la faute sur Robert Williams : de toute façon, il était mort...

« Quand pourrai-je voir Mme Williams? demanda-t-il au colonel Orlov.

– Maintenant si vous le désirez, répondit le colonel, et il se tourna vers le directeur de la prison :

– Faites venir l'inculpée. »

Quelques minutes plus tard, on fit entrer Virginia. Ni le colonel Orlov ni le directeur de la prison ne s'apprêtaient à quitter la pièce, et Kugel n'insista pas pour qu'ils le fissent : de toute façon la conversation qu'il allait avoir avec Virginia serait écoutée et secrètement enregistrée. Il regardait cette femme et trouvait qu'elle n'avait pas du tout mauvaise allure, en dépit des quatre jours passés en prison. Mais il avait du mal à croire qu'une femme aussi domestique, aussi douce en apparence ait pu être complice d'un meurtre.

« Asseyez-vous, dit le colonel Orlov à Virginia. Vous avez demandé à rencontrer un représentant de l'ambassade américaine. Je vous en prie : nous sommes respectueux des lois. »

Kugel se présenta, montra à Virginia sa carte d'identité, puis lui demanda :

« Désirez-vous faire une déclaration?

– Oui, dit Virginia. J'affirme que ni Robert Williams ni moi n'avons pris de matériaux à ces dissidents et que nous n'avions pas la moindre idée de ce qui se trouvait dans la doublure de nos vêtements. Je pense que ces « matériaux antisoviétiques » s'y sont retrouvés ensuite, après notre arrestation. Ce n'est en tout cas pas en notre présence qu'ils en ont été retirés. On pouvait facilement y mettre n'importe quoi : pourquoi pas des diamants, ou le secret de la bombe atomique? »

« M-ouais, pensait Larry Kugel, on ne peut pas dire qu'elle ait choisi la meilleure tactique! » Mais il se contenta de dire à voix haute :

« Alors pourquoi Robert a-t-il attaqué un officier du K.G.B.? Vous affirmez qu'il ne connaissait pas l'existence de ces documents...

– Je le leur ai expliqué aujourd'hui. Robert a fait la guerre du Viêt-nam et en est resté ébranlé – mais nous ne l'avons pas mentionné sur le questionnaire de crainte que le visa d'entrée ne nous fût refusé. Mais je suis sûre que vous pouvez le leur confirmer. »

Ses yeux criaient, essayaient de faire comprendre à Larry Kugel qu'il devait absolument confirmer cette version aux Russes.

« ... Lorsque nous sommes arrivés dans ce pays, nous avons aussitôt remarqué que nous étions filés. Robert voulait même repartir sur-le-champ, mais il craignait que cela ne parût encore plus suspect. En outre il était malade, il avait de la fièvre. Et lorsqu'on nous a monté cette provocation, à Leningrad, il m'a dit que, si l'on nous arrêtait, il ne se livrerait pas vivant. Je pense que si vous le demandez à Washington, on vous enverra des documents confirmant les antécédents de Robert au Viêt-nam et vous montrerez ces documents aux Russes... »

Et de nouveau ses yeux brûlèrent Larry Kugel, à qui ils adressaient une demande pressante, un ordre. Oui, pensa celui-ci, c'est vraiment une drôle de femme. Et quelle étrange forme de défense, alors que c'est elle que l'on va faire passer en jugement et non le défunt Williams. Et même si ce Robert Williams a fait la guerre du Viêt-nam, quelle raison les Russes auraient-ils de lui fourrer des documents antisoviétiques dans ses vêtements? Balivernes! Robert Williams avait probablement pris lui-même contact avec ces dissidents. Surtout s'il avait été commotionné au Viêt-nam à la suite de l'explosion d'une grenade ou d'un obus russes. Il avait voulu jouer aux Russes un tour de cochon, c'était limpide. Tel était bien le côté négatif de notre liberté américaine! Imaginerait-on qu'un Soviétique agissant par lui-même, de sa propre initiative, sans l'ordre du K.G.B., prenne l'avion pour un pays étranger et y monte des actions antigouvernementales? Les Américains, eux, se rendent dans tous les pays du monde et y font ce qui leur passe par la tête, après quoi il faut les tirer des prisons tantôt turques, tantôt soviétiques, tout comme cette femme! « Oui, pensa-t-il, il faut imaginer quelque chose pour lui venir en aide, lui suggérer une autre forme de défense. Mais laquelle? »

« Je pense, Virginia, dit-il, que vous ne connaissiez pas assez bien votre mari. Vous aviez fait sa connaissance récemment, je crois? S'il a fait la guerre du Viêt-nam, cela signifie qu'il pouvait avoir des comptes à régler avec les Russes, dont il ne vous a jamais parlé. Et il n'est pas exclu qu'il ait réellement pris à ces dissidents des matériaux et les ait cousus dans son manteau et votre pelisse, cela à votre insu. Vous comprenez? »

C'étaient maintenant ses yeux à lui qui essayaient de lui suggérer cette version des faits; elle ne savait rien, son défunt mari avait été coupable de tout!

« ... Il est très noble de votre part de vouloir le défendre, mais de toute façon il est mort, vous comprenez? Il craignait d'être démasqué et a agi de manière trop impulsive, surtout avec sa commotion, mais vous, vous n'étiez pas au courant de ces documents, vous me comprenez? »

Virginia le regardait dans les yeux. Elle le comprenait. Il semblait bien qu'ils ne pourraient rien se dire de plus en présence du colonel Orlov et du directeur de la prison. Elle ne pouvait même pas lui donner les noms de Mac Kerry et de Cooper!

« En tout cas, poursuivit Larry Kugel, vous auriez tort de désespérer. Le gouvernement américain prendra toutes mesures pour vous faire libérer. Nous sommes persuadés que la partie soviétique fera preuve d'humanité envers une femme qui s'est trouvée victime du caractère déséquilibré de son mari.

– On m'a dit aujourd'hui que j'en aurais au moins pour trois ans.

– Il faut faire preuve de patience, Virginia. Nous ferons tout notre possible pour que ce délai soit réduit. Nous insisterons pour que vous soyez défendue par un avocat à nous. Je suppose que la partie soviétique ne nous le refusera pas? fit-il en sondant le colonel Orlov, vers qui il se tourna. Qu'en pensez-vous, monsieur Orlov?

– Cela ne relève pas de ma compétence... », répondit le colonel qui savait pertinemment qu'aucun avocat étranger, à plus forte raison américain, n'était autorisé à défendre un client devant un tribunal soviétique. « Quel tribunal serait-ce? » pensa le colonel, en ricanant intérieurement.

Kugel se leva, visiblement prêt à partir. Il adressa à Virginia une dernière question :

« Avez-vous des demandes à formuler, Virginia? Je vous ai apporté un paquet, de la nourriture américaine provenant de l'ambassade. Ce paquet sera contrôlé et, j'espère, vous sera donné. Que voulez-vous que je vous apporte la fois prochaine? »

Elle haussa les épaules.

« Je ne sais pas. Quelque chose de nourrissant. Il me semble, ajouta-t-elle d'un air confus, il me semble... que je suis enceinte... »

Le colonel Orlov tourna vers Virginia un visage attentif, tandis que Kugel exultait :

« Mais c'est une tout autre histoire! C'est magnifique! Pourquoi ne me l'avoir pas dit tout de suite, Virginia? Je suis sûr que la partie soviétique fera preuve d'humanité envers une femme enceinte! Cela change tout! »

... De retour dans sa cellule, Virginia tomba sur le sol et éclata en sanglots, pour la seconde fois de la journée. Le minuscule guichet s'ouvrit aussitôt et le gardien fit, de l'extérieur :

« Debout! Il est interdit de rester couché sur le sol! Prenez votre paquet... »

Et il jeta dans la cellule, par la « mangeoire », le paquet en carton que Larry Kugel lui avait apporté. En tombant sur le sol cimenté, il éclata, le lait qui s'était renversé inonda le sol et dans cette mare de lait de belles oranges de Floride, fantômes de sa vie passée, se mirent à rouler.

Ayant essuyé ses larmes, Virginia ramassa une des oranges, mais la porte de sa cellule s'ouvrit alors en grand, deux robustes geôliers la saisirent sous les bras et la traînèrent à nouveau dans le couloir et l'escalier, mais pas pour aller à un interrogatoire : on la menait à l'infirmerie de la prison. Une gynécologue qu'Orlov avait fait venir examina séance tenante Virginia, en présence d'Orlov, mais elle dit à ce dernier qu'à un stade aussi peu avancé aucun médecin ne serait en mesure de diagnostiquer visuellement une grossesse. On pouvait bien sûr faire une analyse de sang, mais il fallait pour cela un médicament est-allemand nommé Gravimun qui manquait dans les pharmacies. « Tant pis, on s'en fiche! répondit Orlov en russe au médecin. On se passera de ces analyses!... »

5

Le train allait vers le Sud, en direction de Yalta. Depuis trois jours, Stavinski allait et venait sur les lignes de chemins de fer de la Russie, en changeant constamment de train et de wagon. Il avait d'abord été chassé loin de Moscou par la peur bien naturelle que tout animal ressent pour sa vie, et il ne prenait que des wagons sans réservation, pleins des gens les plus simples. Cela sentait la sueur, les bottes de cuir brut des soldats, le linge mal lavé. Dans les compartiments ouverts à tous les vents, des enfants étaient assis sur des pots de chambre et, juste à côté d'eux, leurs parents attablés, ou simplement assis sur leurs couchettes, mangeaient des pommes de terre bouillies avec de l'oignon et du hareng. Mais au sein d'une telle foule, d'une telle accumulation humaine, Stavinski réussissait à se sentir relativement en sécurité. Si le K.G.B. se mettait à sa recherche, il ne commencerait très probablement pas par de tels wagons, mais plutôt par les wagons mous, à réservation obligatoire. Bien sûr, lorsqu'on y songeait, s'ils se mettaient réellement à sa recherche, ils chercheraient partout et rien ne le protégerait : ni ces poils encore modestes qu'il laissait pousser sur ses joues, ni la veste ouatinée qu'il avait achetée dans une gare dont il avait oublié le nom, afin de ne pas trancher sur les autres passagers des wagons ordinaires avec son manteau bulgare en mouton retourné. Et néanmoins, allongé sur la couchette supérieure d'un « wagon commun », sous une couverture poussiéreuse et un drap grisâtre, la tête posée sur un coussin d'ouate grossière, il se sentait plus tranquille que dans un compartiment réservé, où la peur lui aurait mangé le cœur, le foie et l'âme tout entière. Ici, cette peur était atténuée par les conversations que les passagers ne cessaient d'avoir sur les couchettes du bas. En quatre jours, Stavinski en apprit davantage sur le pays que s'il était resté un an de suite à Moscou. Des permissionnaires des zones arctiques et de Sibérie allaient vers le Sud, à la poursuite de la chaleur du soleil, et racontaient bien volontiers à leurs voisins quels gros salaires on se faisait dans le Grand Nord, ce qui n'empêchait pas l'argent de filer on ne savait où car la vodka avait doublé de prix et l'alcool pharmaceutique lui-même, qui coûtait encore récemment cinq roubles quatre-vingt-dix-huit le litre, était soudain passé à douze! Quant à la nourriture, rien que du renne congelé... Une famille de l'Oural, qui conduisait une fillette à demi aveugle à Odessa, où se trouve le fameux hôpital ophtalmologique Filatov, racontait que les cartes de rationnement étaient en vigueur depuis déjà plus de quatre ans dans l'Oural et qu'on ne pouvait pas se procurer de nourriture autrement, avec des normes qui rappelaient celles de la guerre : un kilo et demi de viande de bœuf congelée par mois pour une famille de quatre personnes. A cause du manque de fruits et de légumes, la carence vitaminique faisait tomber les dents, même chez les jeunes qui avaient couramment deux, trois, cinq dents en métal. Les vitamines, on les vendait en pharmacie, mais il fallait faire la queue et on ne savait jamais quand il y en aurait!... Les coupables de tout cela, naturellement, ce sont les youpins et les Polaks. Les youpins ont mis le pays à sac. Quand il n'y a eu plus rien à voler, ils ont commencé à partir pour l'Amérique et pour leur Israël. Les Polaks, c'est encore pire : non seulement on les a sauvés des fascistes et de Hitler, non seulement on les a nourris pendant trente ans, voilà qu'ils se sont mis à faire grève! Trente millions de Polaks font la grève depuis un an déjà. Qui donc les nourrit, pendant ce temps-là? Nous, encore nous. Ils n'en fichent pas une rame, ils ont organisé une espèce de « Solidarité », et nous, nous leur envoyons notre beurre, notre viande et notre blé. Va-t-on nourrir encore longtemps ces fainéants? Il faudrait leur flanquer un bon coup sur la citrouille. Ah! Staline manque à des gens comme eux! Il leur aurait appris, à ces salopards, à faire grève!...

Ces conversations accompagnées de vodka et de pommes de terre bouillies ramenaient Stavinski à la vie soviétique, qu'il avait oubliée en Amérique. Mais, plus fréquemment que la vodka, ce que l'on voyait orner les tablettes des compartiments des chemins de fer, c'était un vin cuit algérien à bon marché, appelé « porto », mais que personne, en raison de son odeur et de son goût, n'appelait autrement que l'« encre ». La vodka avait augmenté, il était de toute façon difficile d'en trouver, même au nouveau prix, double de l'ancien, mais il restait l'« encre », et il restait les pommes de terre : la Russie survivrait!

« Bois, voisin! Tant qu'il y a de quoi boire, nous les emmerdons tous! Les Chintoks, les Polaks, qu'ils aillent tous se faire foutre!... »

Bonne et généreuse Russie, cœurs grands ouverts... Si tu achètes une bouteille d'« encre » ou de vodka, tu es un excellent voisin, à qui ils ouvriront leur âme et raconteront toute leur biographie. Ah! Russie, pensait Stavinski, si tu pouvais apercevoir, même du coin de l'œil, les supermarchés américains croulant sous la viande et le poulet, le fromage et le saucisson, les légumes et les fruits, le jus et les spécialités culinaires étrangères! Et il se rappelait son arrivée à Vienne, six ans plus tôt : sa fille et lui déambulaient dans la ville en s'immobilisant à chaque pas, devant chaque vitrine où étaient exposées des sortes de saucisson inconnues en Russie et des types de charcuterie à en perdre le souffle, sans même de nom russe pour les désigner. Manger de la viande à suffisance, quel rêve simple et difficile à réaliser en Russie! Stavinski se souvint de ce qu'il avait appris dans les livres d'histoire russes : il y avait eu autrefois des émeutes pour la viande, dans la région de la Volga, mais il n'y avait plus maintenant ni viande ni émeutes, les bolcheviks avaient maté la Russie. Crétin qu'il était d'être revenu dans ce pays! Que signifiait cette folie, cette idiotie, cette nostalgie qu'il avait ressentie pendant six ans? Il suffisait de passer une journée dans le « wagon commun » de n'importe quel train russe pour que l'odeur de chaussettes sales et de féculents mal digérés fassent s'évanouir n'importe quelle nostalgie. Bon dieu de foutue p... de m...! Idiot, idiot sans cervelle, tu rêvais de retrouver ta jeunesse, de retrouver un « moi » vieux de dix ans, mais tu es revenu, ton rêve d'idiot s'est réalisé, et quel résultat? Tu es pris au piège. Et le meilleur moyen d'y échapper, c'est de sortir tout simplement maintenant, à la minute, vers le passage entre les wagons et de te jeter sous les roues du train... Tu es un lâche et un aventurier, se répétait-il pour se punir. Décide-toi donc! A qui ta vie pourrait-elle donc encore servir? Tu t'es déjà enterré une première fois, le jour où tu t'es fixé à Portland comme simple technicien dentaire, puis une seconde fois dans le New Jersey. Enterre-moi maintenant en Russie, mais cette fois pour de bon!

Mais comme il n'était qu'un mortel très ordinaire, pas plus courageux qu'un autre, il ne se jeta pas sous le train. L'autopunition la plus cruelle à laquelle il pouvait se condamner, c'était de s'enfermer dans les toilettes du wagon et, au son du claquement des roues, de donner des coups de tête (mais pas trop fort) contre les parois, en sanglotant et en se traitant d'idiot, de sombre couillon...

Heureusement, la crainte d'être arrêté s'estompa au troisième jour, cessa de le jeter brutalement au bas de sa couchette, de lui faire attendre impatiemment la gare suivante pour changer de train et d'itinéraire de fuite. Ce n'était pas qu'il fût devenu plus courageux, ou qu'il eût dit adieu à sa peur : simplement il s'était habitué à elle, comme un homme s'habitue à sa maladie, même mortelle, comme un blessé s'habitue à l'éclat d'obus qui s'est logé dans sa colonne vertébrale... Il s'était alors décidé à partir pour Yalta, chez sa « vieille tante Olia qui l'aimait toujours » et qui était liée à Mac Kerry. Qu'ils le tirent de là immédiatement, qu'ils le kidnappent, l'enferment dans la cale de n'importe quel navire étranger et le trimbalent un mois entier à travers le Bosphore et les Dardanelles, il le supporterait! Oui, il fallait se rendre immédiatement à Yalta! Avant d'être repéré, arrêté, confondu...

Dans une petite gare précédant l'Oural, Stavinski avait quitté l'express de Khabarovsk pour celui de Simféropol et se dirigeait maintenant vers le Sud, vers la chaleur, vers la bonne « tata Olia ». Mais moins la peur le tourmentait, plus souvent il pensait à Virginia. Que lui arrivait-il? Etait-il possible qu'on la torturât au K.G.B. et qu'elle ne l'eût pas dénoncé? Ou bien avait-elle joué à fond la carte de son mari Robert Williams tué par les guébéchniks et ceux-ci l'avaient laissée repartir en Amérique, avec des excuses? Alors il serait sauvé, ou presque sauvé... Mais comment le savoir? En interrogeant, bien sûr, tata Olia : elle lui reprocherait probablement d'être ainsi venu à Yalta sans y avoir été convoqué, mais il devait savoir, il devait apprendre d'elle s'il était déjà dans l'autre monde, ou encore dans celui-ci... Chère Virginia! Bien sûr qu'ils l'avaient déjà relâchée après ce scandale, ce scandale énorme : on avait tué un touriste américain! Le gouvernement américain avait certainement protesté auprès de celui d'Union soviétique, Reagan avait peut-être téléphoné en personne à Brejniev : qu'est-ce qu'il lui en coûtait? Bien sûr! Et lui, en idiot qu'il était, il était là à trembler de peur, à voyager depuis plus de trois jours dans des wagons puants, et Virginia était probablement à la maison, en Amérique, tandis que le K.G.B. ne recherchait personne : ni le vrai Yourychev, encore officiellement en congé, ni lui, Stavinski qui avait quitté l'U.R.S.S. depuis six ans, émigré avec sa fille et vivait désormais aux Etats-Unis. Tout était normal, pensait Stavinski, rien n'était encore bien terrible. Si le K.G.B. te recherchait véritablement, il t'aurait déjà trouvé. S'il ne t'a pas trouvé, c'est qu'il ne te recherche pas, et n'a même pas l'intention de te rechercher! Tu es vivant, Stavinski, vivant! Enterré dans le New Jersey, tué d'un coup de feu en pleine tête à l'aéroport de Chérémétiévo et assis à une table de ce wagon-restaurant minable du train Irkoutsk-Simféropol, à boire de la bière Jigouli coupée d'eau et à t'étouffer avec des macaronis froids, prétendument « marinière », mais tu es vivant! Et par conséquent tu vas vivre, ou que le diable t'emporte!

C'est ainsi que, de la crainte à l'espoir et de l'espoir au désespoir le plus noir, l'âme de Stavinski était ballottée dans les trains dits de grandes lignes. Derrière les fenêtres de ces trains, on apercevait tantôt de moroses forêts russes enneigées, tantôt des champs misérables mi-noirs, mi-blancs, tantôt le ciel de plomb, bas sur l'horizon, qui prélude aux chutes de neige hivernales, tantôt un soleil rouge comme en connaissent les grands froids. Par leur régime proche de celui des casernes, les « wagons communs » évoquaient une sorte de camp roulant, errant à travers les étendues incommensurables de la Russie, d'un mur de fil de fer barbelé à un autre, des frontières occidentales aux frontières orientales.

Dans ces wagons-casernes, les gens dormaient et buvaient, racontaient des anecdotes et juraient à voix basse contre les kolkhozes et contre les chefs, les soldats en permission pelotaient entre les wagons de jeunes paysannes boutonneuses. Aux arrêts, tous les passagers des « wagons communs » observaient avec une haine silencieuse les passagers des deux « wagons mous », privilégiés, habillés de vêtements d'importation, tandis que ces derniers se promenaient le long du quai et regardaient à l'intérieur des « wagons communs » quelles jeunes et accortes passagères ils pourraient bien inviter à monter dans leurs compartiments...

Et Stavinski savait déjà, pour l'avoir compris, déduit sur sa couchette ou à la table du wagon-restaurant, que toute sa nostalgie de la Russie n'avait été autre que le regret de l'ancien prisonnier pour son camp, où il n'était pas un *zek* ordinaire mais un *privilégié*. Parce qu'il ne travaillait pas, alors, dans une usine ou un kolkhoze mais à la télévision : les activités culturelles du camp, en quelque sorte. Avoir été privilégié, c'est cela toute ta nostalgie, Stavinski ! se disait-il en se fustigeant. A cause de cela tu avais même la nostalgie du camp, pauvre idiot !

Pendant ce temps, suite à une livraison de bière, toute une bande de jeunes croquants éméchés fit irruption dans le wagon-restaurant à une petite gare nommée Boursak. Un des gars avait à la main un transistor de marque Spidola, d'où sortaient des flots de musique pop, visiblement non soviétique.

Stavinski se poussa en maugréant lorsque les croquants occupèrent les deux places encore libres de la table, ainsi que les deux tables voisines. Il savait déjà comment les choses allaient tourner : ils allaient commander deux caisses de bière pour eux sept, puis verseraient en se cachant du serveur de la vodka ou de la gnole domestique dans les verres, la coloreraient aussitôt avec la bière et boiraient, brailleraient et jureraient jusqu'au prochain arrêt. Là ils descendraient et passeraient dans le wagon-restaurant du train inverse, afin de revenir à leur gare de départ, à Boursak. Et à cette gare ou bien à la suivante, une nouvelle bande d'amateurs de bière ferait à son tour irruption au restaurant...

« Ici Liverpool », annonça soudain en anglais le transistor, derrière le dos de Stavinski.

Ce dernier était persuadé que les jeunes gens allaient immédiatement fermer le poste puisque la musique était terminée. Mais la bande ne fit pas la moindre attention au speaker. Ils continuaient à parler d'affaires les concernant : quelqu'un évoquait une bagarre dans un village, et le poste continuait à diffuser en anglais les nouvelles du monde, de cette manière décontractée, maintenant familière à Stavinski, qu'ont les speakers radio et télé en Occident :

« Aucune station ne diffuse autant de musique que Radio-Liverpool, la patrie des Beatles. Mais voici la minute des nouvelles à sensation! Le *Baltimore Evening Sun* écrit que le père de John Hinckley s'apprête à assigner le gouvernement américain en justice car, selon lui, son fiston ne se sent pas bien en prison et les interrogatoires constants l'épuisent. L'auteur de la tentative d'assassinat du président Reagan est soumis depuis plusieurs mois à des interrogatoires et, comme l'a déclaré son père, " cela mettrait n'importe qui à bout! " On a arrêté à

Vienne un membre de la police autrichienne, qui a été accusé d'espionnage au profit de la Roumanie. A Moscou, à l'aéroport international de Chérémétiévo, ont été tués il y a quatre jours un officier du K.G.B. nommé Niéznatchny et le touriste américain Robert Williams, originaire du Maryland. Robert Williams passait sa lune de miel à Moscou en compagnie d'une actrice de Hollywood, Virginia Part. L'agence de presse U.P.I. a fait aujourd'hui savoir que la femme du défunt Williams, qui a tenté de défendre son mari, serait déférée devant un tribunal soviétique pour complicité dans l'assassinat de l'officier du K.G.B. Le bruit court que les autorités soviétiques auraient l'intention de lui infliger une peine de trois ans de détention et de l'envoyer dans un camp. Aucun avocat américain n'a été autorisé à prendre part au procès. On se demande quel démon a poussé les Williams à choisir la Russie pour leur lune de miel, quand les United Airlines proposent aux jeunes mariés un voyage de rêve aux îles paradisiaques des Caraïbes pour seulement trois cent quatre-vingt-dix-neuf livres sterling! Trois cent quatre-vingt-dix-neuf livres pour une semaine et vous avez à votre disposition une voiture gratuite, le déjeuner et le dîner, et aucun K.G.B. autour de vous! Utilisez les services des United Airlines! Nous allons maintenant vous faire entendre une de vos chansons favorites, *Meet me at the corner...* »

Et le poste se remit à jouer, à chanter, tandis que les jeunes mettaient la musique plus fort. Stavinski n'écoutait plus. Il restait assis, comme assommé. Virginia était en prison! Et elle ne l'avait pas trahi!

6

Stavinski descendit du train bien avant Yalta, à Krasnodar, capitale du Kouban, qu'il atteignit le lendemain matin. Il y faisait chaud, sans traces de neige : 8 degrés au-dessus de zéro. Un soleil modéré d'automne inondait la place de la gare, encore déserte.

Stavinski se rasa avec son rasoir électrique Néva dans les toilettes de la gare, mit une chemise propre et le costume dont la consigne automatique de la gare de Yaroslavl lui avait fait cadeau et enfonça au plus profond d'une poubelle la veste ouatinée dont il n'avait plus besoin. Ayant mis sa valise à la consigne, il sortit en ville. Tranquille et endormie, comme toutes les villes du Sud, elle s'offrait à son regard avec ses kolkhoziennes en fichus d'indienne qui somnolaient sur un banc en attendant leur train de banlieue, les sacs contenant le pain acheté en ville serrés entre leurs jambes. Devant un kiosque à bière encore fermé, un moujik vendait des graines de tournesol grillées.

Stavinski prit le trolley qui menait au centre de la ville. Il était venu à Krasnodar dix ans plus tôt et se souvenait vaguement qu'il y avait, quelque part dans le centre, un grand magasin avec un rayon radio-télé. De tels magasins existent d'ailleurs dans toutes les villes. Au fur et à mesure qu'il se rapprochait du centre, le trolley se remplissait de passagers, surtout des femmes. La première chose qui sautait aux yeux de l'arrivant était la hauteur de leurs coiffures. Toutes les femmes avaient des cheveux luxueusement bouclés, teints dans une sorte de couleur jaune cendré, et qui ressemblaient aux *halas* juives. Même la conductrice du trolley, une cosaque du Kouban à la poitrine opulente, portait une de ces *halas* de teinte roux doré dans la cabine d'où elle dirigeait son véhicule. C'était ce qui s'appelait dans cette ville une « permanente ». Lorsque la receveuse annonça l'arrêt « Avenue Lénine », Stavinski aperçut de l'autre côté de la rue l'édifice à deux étages du grand magasin local et sortit du trolley. Au milieu de l'avenue qu'elle coupait en deux, une large allée était plantée de hauts peupliers du Kouban et de parterres de fleurs d'automne encore éclatantes. Des grand-mères avec des voitures d'enfant et des étudiants avec des livres étaient assis sur des bancs. Tous les cent mètres se dressaient d'énormes panneaux, avec des portraits de Brejniev et des slogans :

« LE KOUBAN DONNERA AU PAYS UN MILLION DE TONNES DE RIZ! »
« LE PLAN QUINQUENNAL EN QUATRE ANS! »
« EN AVANT, VERS LA VICTOIRE DU COMMUNISME! » etc.

Au rez-de-chaussée du grand magasin, une foule nombreuse faisait bruyamment la queue pour des casseroles émaillées. Par contre au premier, où se trouvaient les articles radio-télé, il n'y avait personne. D'énormes appareils encombraient les étagères : téléviseurs couleur Rubin et Temp, lourds postes de radio Riga-10.

« Vous n'avez pas de Spidolas? demanda Stavinski à une vendeuse endormie.

– Pourquoi pas la lune? » répondit-elle.

Rien n'avait changé depuis six ans, pensa Stavinski : cette marque de petit transistor transportable de bonne qualité demeurait comme par le passé une rareté.

« Le Riga-10 a les ondes courtes? demanda-t-il.

– Oui. Vous le prenez?

– Oui.

– Payez cent quarante-quatre roubles à la caisse. »

Tenant par la poignée le poste lourd de cinq kilos, Stavinski ressortit du magasin. Une demi-heure plus tard, un trolley l'avait conduit à la lisière de la ville, où se trouvait un parc de loisirs. Les allées du parc étaient parsemées de feuilles automnales qui craquaient sous les pieds. Des couples transis d'amour occupaient les différents bancs. Presque chaque couple avait à côté de lui un magnétophone ou un poste de radio diffusant de la musique d'importation. Les jeunes Soviétiques, pensa en souriant Stavinski, avaient autant pris l'habitude de se promener avec des transistors ou des magnétophones à cassettes que les Noirs de la 42e Rue. Nombreux étaient ceux qui, ignorant l'anglais, prenaient les publicités pour les jeans ou les hamburgers pour de la musique pop à la mode. Stavinski s'enfonçait dans le parc en longeant ces couples occupés à s'embrasser, et il lui semblait qu'il passait d'une station radio à une autre. Le fleuve Kouban, au cours grisâtre et paisiblement endormi, lui apparut soudain au fond du parc. Stavinski choisit un banc dans un endroit désert et dégagé. Si quelqu'un s'approchait de lui, il aurait le temps de changer de station. En attendant... Il alluma le Riga-10 et se mit à chercher « la Voix de l'Amérique », la B.B.C., la « Deutsche Welle », ou « Radio-Liberté ». Ces stations de radio étrangères émettant en russe, en ukrainien et dans d'autres langues de l'U.R.S.S., spécialement pour les auditeurs soviétiques, donnent ordinairement bien plus d'informations liées à l'U.R.S.S. que les autres stations occidentales. Une heure plus tard, Stavinski était au courant de tout ce qui se passait d'important dans le monde : Lech Walensa avait invité les syndicats du monde libre à soutenir « Solidarité » et à accentuer leur aide alimentaire à la Pologne en grève. En Angleterre venait de paraître un ouvrage de John Moore, ancien vice-directeur des services secrets de la Navy. Il y écrivait que l'U.R.S.S. disposait actuellement de la plus grande flotte de sous-marins et de mouilleurs de mines au monde. Brejniev s'apprêtait à se rendre à Bonn en visite officielle. Le gouvernement d'Allemagne fédérale avait déclaré que la signature du contrat sur la fourniture de gaz sibérien à la R.F.A. renforcerait les liens économiques entre leur pays et l'Union soviétique. Le Comité central du P.O.U.P., le Parti communiste polonais, s'apprêtait à discuter la semaine suivante des mesures sérieuses à prendre pour mettre fin au chaos qui régnait dans le pays et à la décomposition de l'économie polonaise. Enfin vint la nouvelle essentielle :

« C'est aujourd'hui qu'a eu lieu à Moscou le procès de la citoyenne américaine Virginia Williams. Les autorités soviétiques ont accusé cette dernière de tentative pour faire sortir d'U.R.S.S. des matériaux de *samizdat,* ainsi que de complicité de résistance armée aux membres du K.G.B. lors du contrôle des bagages à l'aéroport de Chérémétiévo. Comme on le sait, deux personnes ont été tuées au cours de cet incident : un officier du K.G.B. et le propre mari de Virginia Williams, le médecin-dentiste américain Robert Williams. Au cours de sa rencontre avec un représentant de l'ambassade américaine à Moscou, Mme Williams a annoncé à ce dernier qu'elle était enceinte. Malgré l'interdiction faite à un avocat américain d'assurer la défense de l'accusée, citoyenne américaine, le procès s'est déroulé à huis clos. Les correspondants occidentaux n'ont pas non plus été autorisés à y assister. Selon une déclaration faite par l'ambassade américaine à Moscou, le tribunal aurait condamné

Mme Virginia Williams à trois ans de détention. Les soviétologues occidentaux considèrent que le procès a eu valeur d'avertissement à l'égard des touristes étrangers, dont un grand nombre essaient, à leur arrivée en U.R.S.S. d'entrer en contact avec des activistes juifs et des dissidents.

« Merano. Au tournoi d'échecs de Merano, Victor Korchnoï a cédé la dix-huitième partie à Anatoli Karpov, et ce dernier a, de la sorte, conservé son titre de champion du monde... »

Stavinski ferma le poste. Virginia était enceinte! Sa femme et son enfant étaient en prison, dans une prison soviétique! Il savait ce que cela signifiait. Dès la naissance de l'enfant, celui-ci serait séparé de sa mère et envoyé dans un orphelinat. Non, pas cela! surtout pas cela! L'ambassade américaine prierait naturellement le Kremlin de libérer avant terme une femme enceinte, mais le Kremlin se fichait bien de pareilles demandes, sachant parfaitement que la Maison Blanche ne ferait pas grand bruit pour une simple figurante hollywoodienne. Dans le meilleur des cas, une organisation féministe occidentale adresserait à Brejniev une pétition, implorante ou menaçante. Et ce serait tout. Carter n'avait même pas été capable de récupérer les otages américains de Téhéran : il avait dû attendre que Khomeiny les livre lui-même. Mais à quoi bon parler de tout cela? Une des choses qui avaient le plus frappé Stavinski en Amérique avait été de découvrir, presque dès la première semaine de son arrivée, que les Américains *craignaient les Soviétiques*! L'Amérique, cette Amérique que l'on dépeignait aux écoliers soviétiques comme un épouvantail, et dont on présentait l'attaque inéluctable comme un prétexte à la militarisation de la Russie et au gonflement de son budget militaire, cette Amérique que tous les dirigeants soviétiques avaient rêvé de « rattraper », de Staline à Khrouchtchov et Brejniev, cette grande et riche Amérique avait une peur panique des Soviets! Pouvait-on s'attendre dans ces conditions à ce qu'ils se fâchent avec les Russes à cause d'une quelconque Virginia, même si cette dernière était enceinte? Non, pensa amèrement Stavinski, on a bien raison de dire que « le salut des noyés est l'affaire des noyés eux-mêmes[1] ».

Il regarda autour de lui. Tout était vide et calme. Le Kouban aux flots grisâtres coulait paresseusement entre ses rives plates parsemées de feuilles automnales. Des grenouilles coassaient, quelque part dans un coin. Et pourtant, là-bas, à Moscou, sa femme et son enfant étaient en prison.

Stavinski se leva, tenant à la main le poste de radio désormais inutile. Il avait pris sa décision. La seule décision possible : retrouver Virginia. Et, pour cela, devenir le colonel Yourychev, adjoint au chef d'Etat-Major général de l'armée soviétique pour les recherches stratégiques. Ces fonctions, et elles seules, seraient capables de l'aider à ouvrir les grilles de sa prison... Il ne savait pas encore comment cela se ferait, mais il était évident qu'un officier supérieur de l'Etat-Major soviétique disposait de bien plus de possibilités qu'un simple technicien dentaire. Oui, il fallait que les noyés contribuent eux-mêmes à leur salut! Stavinski prit son élan et jeta à l'eau le poste, qui fit un grand bruit mou et s'enfonça instantanément.

Une heure plus tard, installé à la bibliothèque publique centrale de Krasnodar, il trouva au rayon des ouvrages médicaux le livre dont il avait besoin :

1. Slogan parodique, emprunté au célèbre *Veau d'Or*, le roman d'Ilf et Petrov *(N.d.T.)*.

les *Travaux de l'Institut psychoneurologique de Moscou* sur l'amnésie rétrograde. Les trois années que sa mère l'avait autrefois obligé de faire à la fac de médecine lui avaient quand même servi à quelque chose! Il lut, dans un article du Pr Léonide Dondych, docteur en sciences médicales, intitulé *Les Commotions cérébrales et leurs conséquences*, le passage suivant :

« Les commotions cérébrales ont pour effet de perturber les fonctions de l'activité nerveuse. Dans la majorité des cas, on observe une perte de mémoire qui peut être brève, partielle ou même totale... Au fur et à mesure que le malade reprend conscience, les signes cliniques suivants font leur apparition : maux de tête, nausées, vertiges et amnésie rétrograde, c'est-à-dire perte de mémoire. Le malade ne se rappelle pas ce qui lui est arrivé, ni les circonstances qui ont causé le traumatisme. Il n'est pas rare qu'il oublie, pour une période qui peut être longue, les circonstances de nombreux épisodes de sa vie antérieure et qu'il perde le sens des lieux, du temps et de l'espace. En fonction du degré et de la gravité du choc subi, la mémoire peut lui revenir dès sa sortie de l'état de choc, au bout de quelques heures, de quelques jours. Elle peut aussi ne pas lui revenir pendant plusieurs années. A l'heure actuelle, la médecine ne dispose malheureusement nulle part d'appareils permettant de déterminer la profondeur de l'amnésie rétrograde ou de la soigner. Même si les électroencéphalogrammes, l'examen de la tête et d'autres organes vitaux aux rayons X, ainsi que les analyses du sang, ne font pas état de perturbations graves ni de traumatismes cervicaux, le malade peut rester pendant plusieurs mois en état d'amnésie. La tâche du personnel de soins doit consister dans ces conditions à créer un climat propice à son rétablissement général, en faisant venir des proches du malade, amis ou parents de ce dernier, susceptibles par leurs récits et souvenirs de contribuer au rétablissement de sa mémoire. Traitement : contre les maux de tête, glucose et chloride de calcium en intraveineuses et intramusculaires. Bibliographie : D. Fédotov, *Les Psychoses consécutives aux traumatismes cervicaux*; D. Scheffer, *Le Traitement des traumatismes cervicaux*... »

Stavinski resta jusqu'au soir dans la bibliothèque, plongé dans des livres traitant de l'amnésie rétrograde et des manuels d'oto-rhino-laryngologie clinique :

« La présence de tumeurs aux cordes vocales, lisait-il, entraîne la nécessité d'une intervention chirurgicale, mais les opérations ont pour conséquence la modification de la longueur des cordes, ce qui entraîne à son tour une distorsion complète ou partielle de la voix qui devient généralement rauque, voilée... »

Stavinski gagna le soir même le train Rostov-Moscou depuis la gare de Krasnodar.

Une fois à Moscou, il récupéra à la consigne manuelle de la gare de Yaroslavl le sac à dos de Yourychev et fila en direction de Kirov.

Au matin, le train passa dans un bruit de tonnerre sur le pont surmontant la Viatka gelée, et Stavinski vit par la fenêtre des pêcheurs assis en grand nombre au bord du fleuve, au-dessus de trous pratiqués dans la glace. On voyait fumer derrière leurs dos les feux de camp leur servant à se réchauffer et à faire griller le poisson.

7

Département d'Etat
Washington, D.C. 20520.

22 novembre 1981
Washington

A Monsieur Daniel J. Cooper
Directeur du département URSS
de la C.I.A., Washington, D.C.

Cher Monsieur Cooper,

J'ai l'honneur de vous envoyer, en raison de l'intérêt manifesté par vous pour l'affaire de la touriste américaine Virginia Williams, arrêtée à Moscou, une copie du rapport fourni par M. Larry Kugel, collaborateur de notre ambassade à Moscou, lequel a représenté cette dernière à l'audience du procès de Mme Virginia Williams, qui s'est déroulé hier 21 novembre à Moscou.

Je suppose que la hâte montrée par la partie soviétique dans l'expédition de cette affaire s'explique par le fait, usuel en pareil cas, qu'elle ne désirait pas permettre la venue à Moscou d'un avocat américain susceptible de défendre l'inculpée, non plus que la production devant le tribunal de preuves de la participation de Robert Williams à la guerre du Viêt-nam, un point sur lequel l'inculpée était revenue à plusieurs reprises lors de sa première entrevue avec M. Larry Kugel. Je suis personnellement étonné de la voir réclamer ces preuves avec autant d'insistance étant donné qu'après le coup de fil donné par nous à ce sujet au ministère de la Défense, il nous a été répondu que M. Robert Williams ne figurait pas sur les listes des anciens combattants de la guerre du Viêt-nam.

Si le voyage à Moscou des époux Williams a été, de

quelque manière que ce soit, lié aux activités en U.R.S.S. de la C.I.A., il vous appartient de faire parvenir de toute urgence à ce sujet un rapport au Département d'Etat.

Respectueusement,

Richard Malvick
Conseiller au Département d'Etat.

Annexe : *Texte du rapport fourni par Larry Kugel sur le procès de Mme Virginia Williams, qui s'est déroulé à Moscou le 21 novembre 1981.*

EXTRAIT DU RAPPORT DE M. LARRY KUGEL :

« ... Le 21 novembre 1981, à 9 heures du matin, à Moscou, j'ai été prévenu par un coup de fil de monsieur A. Vlassov, collaborateur du ministère des Affaires étrangères de l'U.R.S.S., que le procès de la citoyenne américaine Virginia Williams aurait lieu le jour même à midi dans les locaux du Tribunal urbain de Moscou et que je pouvais y assister, ou tout autre représentant de l'ambassade américaine à ma place, en qualité d'observateur.

Lorsque j'ai demandé à M. A. Vlassov si l'ambassade américaine pouvait envoyer au procès un avocat ou un conseil juridique afin d'assurer la défense de Mme Virginia Williams, celui-ci m'a fait savoir que le tribunal avait déjà commis un avocat soviétique, maître Lioudmila Borissovna Lidina, à la défense de Mme Williams.

En arrivant à 12 heures au Tribunal urbain de Moscou, j'ai remarqué que le bâtiment où est situé le tribunal était entouré d'un cordon de forces de la milice. Jacob Stevenson, correspondant du Washington Herald, *ainsi que Jennifer Ronalds et Morris*

Singer, qui représentent à Moscou les agences Associated Press et Reuter, n'ont pas été autorisés à pénétrer dans le bâtiment, ce qui ne m'a personnellement été rendu possible qu'après un long et minutieux examen de mes accréditations.

J'ai été autorisé avant le début de l'audience à rencontrer Mme Lidina, membre du Collège des avocats de la ville de Moscou, qui devait assurer la défense de Mme Williams. Je l'ai informée du fait que sa cliente était enceinte et qu'il convenait d'exploiter ce fait au cours de sa plaidoirie. Mais l'avocate Lidina ne m'a pratiquement pas permis d'en discuter avec elle et s'est contentée de me déclarer : « Votre petite madame simule la grossesse, mais ces astuces ne seront pas de nature à abuser notre tribunal. Je considère que sa culpabilité a été pleinement démontrée et qu'elle ne peut dans ces conditions placer ses espoirs que dans l'humanité de la justice soviétique. » J'ai appris ensuite que maître Lidina avait fait la connaissance de sa cliente au cours du procès et n'avait pas parlé avec elle plus de cinq minutes, et ce en présence du soldat d'escorte qui avait conduit en prison Mme Williams.

Le procès s'est limité à une simple mise en scène qui a duré très exactement dix-sept minutes. Le juge Pétroukhina a donné lecture des conclusions de l'accusation et, dans la mesure où aucun des témoins de l'accusation ne s'était présenté à l'audience, a simplement vérifié que les déclarations de ces témoins avaient été jointes au dossier et que la cour en avait pris connaissance. Le procureur Kssantchouk a ensuite déclaré que la culpabilité de Mme Virginia Williams, citoyenne américaine, sanctionnée par les articles 17-66, 70 et 193 du Code pénal de la République fédérale socialiste soviétique de Russie, avait pleinement été établie au vu des matériaux du procès et des déclarations des témoins, matériaux et déclara-

tions qui avaient soigneusement été vérifiés par le tribunal. En vertu des articles susnommés, Mme Williams était accusée de complicité dans l'acte de terrorisme perpétré par son mari Robert Williams, mort au moment de l'audience, d'agitation et de propagande antisoviétiques, s'exprimant dans la réception et la dissimulation à des fins d'exportation du territoire soviétique de matériaux antisoviétiques, ainsi que de coups et blessures infligés à des fonctionnaires de l'aéroport de Chérémétiévo qui tentaient d'empêcher ses actions criminelles. Et quoique l'ensemble de ces accusations, prises globalement, pût entraîner une condamnation à mort, le procureur a déclaré dans son réquisitoire qu'il priait la Cour de donner à la citoyenne américaine égarée un témoignage d'humanité socialiste en la condamnant à une peine de privation de liberté de trois ans, peine à effectuer dans une colonie de rééducation par le travail à régime renforcé.

Obtenant à son tour la parole, maître Lidina a commencé par remercier le procureur pour l'humanité dont il avait fait preuve envers sa cliente et a souligné qu'elle était révoltée, en tant que Soviétique, par les crimes perpétrés par Mme Williams, même si cette dernière persistait à proclamer son innocence. L'avocate a prié la Cour de s'en tenir aux limites pénales proposées par le procureur et a présenté des excuses au nom de sa cliente, laquelle selon elle, ne comprenait pas que c'était l'aveu sincère de ses crimes, et non l'entêtement, qui pouvait entraîner un adoucissement de son sort.

Comme Mme Williams parlait mal le russe et que les membres du tribunal ne comprenaient pas l'anglais, le juge Pétroukhina a privé Mme Williams de son droit à prendre une dernière fois la parole. Mon offre de faire office de traducteur a été rejetée par la Cour pour la raison que celle-ci ne serait pas en mesure de vérifier que ma traduction refléterait fidèlement les déclarations de Mme Williams.

Après cela, le juge et les assesseurs du peuple se sont retirés dans la pièce des délibérations et en sont revenus au bout de quatre minutes. Le juge Pétroukhina a alors fait lecture du verdict : Mme Williams était condamnée à la peine demandée par le procureur.

En dépit de ma demande insistante, la cour m'a refusé le droit de rencontrer Mme Virginia Williams. Celle-ci a été emmenée sous escorte du bâtiment du tribunal et conduite à la prison de transit de la Presnia rouge....

8

Le froid était déjà vif à Kirov, où il faisait –12° C. Avec ses maisons sans étages recouvertes de neige, la ville ressemblait à une caserne affamée. Il n'y avait strictement rien dans les magasins d'alimentation : ni viande, ni saucisson, ni lait, ni beurre. Rien que des miches de pain noir humide, qu'on aurait dites destinées à une prison, des macaronis et des conserves de poisson à bon marché : morue et petits chabots à la sauce tomate. Au rayon des boissons : portos à bon marché et vodka de luxe, de marque Strélietskaïa (huit roubles). Stavinski acheta une bouteille de vodka, deux boîtes de conserves et une miche de pain, puis se procura dans une droguerie une hache, une canne à pêche et quelques hameçons. Il devait, pour devenir Yourychev, se débarrasser de tous les cadeaux de Mac Kerry, y compris le manteau de mouton retourné et les faux papiers, mais il ne pouvait pas jeter la valise pleine de tous ces objets dans une poubelle ou sous un porche : on la retrouverait. Il avait repris dans le train son apparence de sosie de Yourychev : blouson de cuir râpé, chandail, pantalon ouatiné et bottes fourrées de chasseur. Il ne se distinguait à présent guère des pêcheurs assis au-dessus de la Viatka et qui prenaient du poisson moins pour le simple plaisir de pêcher que pour avoir au moins quelque chose à donner à manger à leurs familles.

Stavinski descendit la rue enneigée des Soviets en direction de la rivière. Des traîneaux et des charrettes tirées par des chevaux passaient à côté de lui, en même temps que des camions. Les chevaux couverts de givre exhalaient de grands nuages de vapeur, les cochers les retenaient avec de grands cris entremêlés de jurons bien russes et repoussaient paresseusement les gamins qui essayaient d'attraper les traîneaux. Des patins fixés à leurs bottes en feutre, ceux-ci s'efforçaient de s'accrocher avec des morceaux de fer recourbés aux extrémités des traîneaux ou des charrettes pour se faire remorquer le long de la rue des Soviets, qui montait sec. Pour descendre vers la rivière, ils n'avaient besoin de personne et dévalaient la rue avec des cris et des sifflements, sur leurs patins ou sur des luges, après quoi ils se jetaient depuis la rive haute du fleuve sur sa surface gelée...

Tout en glissant sans toujours le vouloir, Stavinski descendit jusqu'au fleuve qu'il longea en suivant un sentier creusé dans la neige par les pas, dépassant le dos des pêcheurs avec leurs feux de camp, de plus en plus loin, de plus en plus profondément à l'intérieur de la futaie bordant la rive. Il finit par trouver ce qu'il cherchait : un endroit discret, solitaire, près d'un trou abandonné, recouvert d'une pellicule de glace. On y voyait encore auprès du trou, sur la rive, les traces à demi recouvertes par la neige d'un feu de la veille ou de l'avant-veille. Stavinski n'eut aucune peine à briser avec sa hache la pellicule de glace, jeta dans l'eau sombre sa ligne non appâtée, la cala avec le sac à dos de Yourychev et une pierre durcie par le gel qui se trouvait là, et aborda la phase essentielle de son expédition : il rassembla quelques brindilles sèches et alluma un feu avec les vieux charbons qui s'y trouvaient encore. Il ressemblait maintenant, pour un observateur extérieur, à n'importe quel pêcheur authentique des bords de la Viatka, comme il y en avait des dizaines. A cette différence près que, regardant de temps à autre précautionneusement autour de lui, il extrayait de la valise sur laquelle il était assis auprès du feu les différents objets dont la consigne automatique lui avait fait don et les brûlait entièrement, et tout d'abord les faux papiers aux noms de Romanov et de Rozov : les deux passeports intérieurs, les deux livrets de travail, les deux livrets militaires, les deux cartes syndicales, le diplôme délivré par l'Institut de médecine de Saratov. Il fallait mélanger soigneusement les cendres et les éparpiller avec un morceau de bois sec, faute de quoi, même après avoir brûlé, ces papiers conservaient l'apparence de livrets et papiers officiels. S'étant acquitté de cette tâche, Stavinski poussa un soupir de soulagement et but une rasade de vodka. C'était fini. Les ponts étaient coupés, impossible désormais de revenir en arrière. Il n'avait plus sur lui que les papiers de Yourychev. Il *était* Sergueï Ivanovitch Yourychev, adjoint au chef d'Etat-Major de l'armée soviétique. Il fallait encore brûler l'argent, le costume importé de Hongrie, les chemises, le manteau de mouton retourné et, surtout, feindre de perdre toutes les connaissances et la mémoire de Yourychev. Quant à l'imitation de la voix rauque de ce dernier, il y parviendrait sans opération des cordes vocales.

9

Au Colonel de la milice Gorbounkov I.R.,
Directeur de la milice ferroviaire
des chemins de fer de Gorki.

RAPPORT

Le 25 novembre 1981 à 19 h 30, le citoyen Yourychev Sergueï Ivanovitch, passager du train n° 78 Kirov-Moscou, a fait un esclandre au wagon-restaurant, alors que le train se trouvait sur la section Kirov-Kotielnitch, non loin de la gare de Bystriagui. Alors qu'il était déjà en état d'ivresse, Yourychev s'est mis à exiger du serveur de la bière et du champagne, dont le buffet du wagon-restaurant manquait, puis il a offensé par des injures obscènes des soldats en permission qui s'efforçaient de le calmer. En raison de ce scandale, le citoyen Kvinikhidzé, directeur du wagon-restaurant, a interdit au responsable du buffet de vendre à Yourychev de la vodka. Menaçant tout le monde d'en trouver quand même, Yourychev a ouvert la porte du wagon n° 6 et a sauté du train en marche, ce qui a obligé le chef du train Timofieïev P.O. à arrêter ce dernier, à 19 h 52. Le citoyen Yourychev S.I. a été recueilli sans connaissance par la brigade de surveillance et les passagers du train et conduit par le même train jusqu'au poste de secours de la gare de Kotielnitch. Au cours de la fouille effectuée par le camarade Timofieïev, chef de train, en présence des passagers du train, on a découvert sur l'accidenté un passeport, un livret militaire et une attestation de service au nom de Yourychev Sergueï Ivanovitch, colonel de l'Etat-Major général de l'armée soviétique, ainsi que la somme de deux cent dix-huit roubles. En raison de la haute situation professionnelle de l'accidenté, celui-ci a immédiatement été hospitalisé au service chirurgical du premier hôpital de la ville de Kotielnitch. J'ai immédiatement fait part de sa présence dans l'hôpital au major Krivoroukov D.M., commandant militaire de la ville de Kotielnitch.

Capitaine de la milice Zaroubine P.S., Chef de la section de Kotielnitch de la Direction de la milice ferroviaire des Chemins de fer de Gorki.

Kotielnitch, 25 novembre 1981,
22 heures 15 minutes.
Au général-major L.T. Ovtcharenko,
Responsable de l'Etat-Major général

urgent
par liaison militaire spéciale

DÉPÊCHE TÉLÉPHONÉE

J'ai l'honneur de porter à votre connaissance, suite à vos instructions, reçues par dépêche téléphonée n° 217-S, que :

Le colonel Yourychev S.I. a été transféré dans une chambre particulière du service chirurgical du premier hôpital de la ville de Kotielnitch. Selon le diagnostic des médecins, le colonel a bien repris connaissance mais souffre d'amnésie rétrograde à la suite de la commotion cérébrale dont il a été victime lors de sa chute, ce qui signifie qu'il a complètement perdu la mémoire. Malgré cela, je me suis conformé à vos ordres consistant à placer une garde armée autour de sa chambre vingt-quatre heures sur vingt-quatre, afin de préserver les secrets d'Etat et militaires connus de Yourychev. En raison de la gravité de l'état de santé du malade (qui souffre de maux de tête, de nausées, de vertiges, d'une fracture du bras droit et d'un traumatisme de la mâchoire inférieure), les médecins considèrent que son transfert à Moscou ne sera pas possible avant deux ou trois jours.

Major Krivoroukov D.M.,
Commandant militaire de la ville de Kotielnitch.

Kotielnitch, 26 novembre 1981,
0 heures 55 minutes

Au général-colonel du service de santé Komarov F.I.,
Chef de la Direction médicale centrale
du ministère de la Défense de l'U.R.S.S.

ORDRE Nº 89/762

Suite à l'accident survenu au colonel Yourychev S.I., adjoint au chef d'Etat-Major général de l'armée soviétique, tombé d'un train et se trouvant en raison des traumatismes subis par lui à l'hôpital civil nº 1 de la ville de Kotielnitch, J'ORDONNE :

Que soit immédiatement organisé le transfert et le transport du colonel Yourychev S.I. de la ville de Kotielnitch dans un hôpital militaire de Moscou. Que l'on fasse prendre aux médecins de l'hôpital militaire toutes les mesures permettant le rétablissement le plus rapide du colonel Yourychev S.I.

Général d'armée Akromieïev S.F,
Premier adjoint du chef
de l'Etat-Major général.

Moscou, E.M.G.
26 novembre 1981

Post-scriptum manuscrit : *Fiodor Ivanovitch! Il faut tout faire pour remettre Yourychev en état de fonction-*

ner. C'est un de nos meilleurs et plus talentueux officiers. Des malheurs familiaux (perte de son fils et divorce d'avec sa femme) l'on fait sortir de son état normal. Tout ce qui dépend de nous sera à votre disposition. Avez-vous besoin de médicaments d'importation ? Faites-moi savoir quand le maréchal Oparkov et d'autres officiers de l'E.M.G. pourront rendre visite à Yourychev.

Respectueusement,

Akromieïev.

Au général d'armée Akhromieïev S.F.,
Premier adjoint du chef de l'Etat-Major général

RAPPORT D'EXÉCUTION DE L'ORDRE N° 89/762

Conformément à votre ordre n° 89/762 du 26 novembre 1981, le colonel Yourychev Sergueï Ivanovitch a été transféré aujourd'hui 28 novembre 1981 de la ville de Kotielnitch à l'hôpital militaire n° 214/67, dans la banlieue de Moscou. La fracture du bras et le traumatisme à la mâchoire ont nécessité son admission au service chirurgical. L'état de santé du malade est satisfaisant. Le personnel médical de l'hôpital prend toutes mesures pour supprimer les maux de tête et autres conséquences de la commotion cérébrale. Les électroencéphalogrammes et radiographies de la tête et des autres organes vitaux qui ont été effectués dès l'arrivée du malade n'ont pas montré de détériorations perceptibles des organes étudiés, ce qui permet d'espérer que le malade recouvrera un état physique normal. Cependant ni la médecine nationale ni celle des autres pays ne possédent de médicaments susceptibles de guérir l'amnésie rétrograde et de faire revenir la mémoire. C'est pourquoi le rétablissement de la mémoire du colonel Yourychev S.I. peut se trouver grandement facilité par les visites régulières des membres de sa famille et de ses camarades de travail. J'estime que ces visites pourront commencer d'ici quelques jours, lorsque le malade sera délivré de ses maux de tête.

Le colonel du service de santé Lévitski B.R., directeur de l'hôpital, et le colonel du service de santé Taroussov L.P., directeur du pavillon chirurgical, ont été informés par moi de l'intérêt personnel manifesté par le maréchal Oparkov au plus prompt rétablissement du colonel Yourychev.

Le général-colonel du service de santé Komarov F.I., Chef de la direction médicale centrale du ministère de la Défense de l'U.R.S.S.

28 novembre 1981.

10

L'hôpital militaire nº 214-67 se trouvait à la lisière de Moscou, au-delà de Sokolniki, dans un petit parc entouré par une haute muraille de brique. Un long bâtiment blanc à cinq étages, de hautes fenêtres, des chambres vastes et chaudes. Pendant la première semaine, Stavinski-Yourychev persista à simuler les maux de tête, les vertiges et les nausées : il craignait de rencontrer les anciens camarades de travail et amis de Yourychev. Mais dès le début il avait refusé le privilège d'une chambre individuelle, prétextant qu'il craignait de rester seul. Le but principal de sa folle entreprise consistait en effet à entrer dans la peau de Yourychev, à assimiler au moins les rudiments de l'étiquette et des us et coutumes propres aux officiers soviétiques. Or, dans la chambre à six lits où on l'avait installé, il écoutait avidement les bavardages incessants des jeunes capitaines et lieutenants convalescents, après leurs blessures reçues en Afghanistan. Ces garçons étaient heureux de se voir libérés de l'Afghanistan et de n'avoir payé cette libération que du prix modéré de blessures ou contusions relativement bénignes. Et ils ne dissimulaient pas leur joie à ce propos, car en bas, au premier étage de l'hôpital, étaient soignés ceux de leurs camarades qui avaient eu infiniment moins de chance qu'eux : soldats et officiers victimes de leurs propres armes chimiques et des attaques au gaz de l'armée soviétique. Les malades appelaient d'ailleurs entre eux cette section de l'hôpital la « chambre à gaz ». L'entrée en était strictement interdite non seulement à tous les autres malades de l'hôpital mais même à tout le personnel soignant étranger à cette section. On n'amenait les malades de cette section que de nuit, et c'était aussi de nuit que l'on en évacuait les cadavres. La direction de l'hôpital interrompait sévèrement toutes les conversations concernant cette section. Et néanmoins tout l'hôpital savait que la « chambre à gaz » était remplie de paralytiques à la peau pourrissante à cause des gaz toxiques, une peau d'une couleur absolument inhumaine : vert sombre et vert bleuté. Il arrivait aux soldats d'être brûlés par ce gaz toxique expérimental lorsque le vent capricieux des défilés montagneux afghans changeait brutalement de direction au moment précis d'une nouvelle attaque aux gaz de l'armée soviétique contre les villages afghans et les groupes de partisans, et le nuage de gaz jaune verdâtre atteignait alors les assaillants eux-mêmes. Paralysie, prurit, puis pourrissement de la peau impossible à soigner. Il n'y avait que deux façons de sortir de la « chambre à gaz » : directement vers la morgue, ou pour commencer vers un hospice pour invalides de guerre fermé au public.

C'était pour cette raison que tous les autres malades qui n'étaient pas hospitalisés dans la « chambre à gaz » mais dans les chambres ordinaires de l'hôpital étaient le plus souvent d'une gaieté insolite chez des blessés. Ils savaient qu'après leur sortie de l'hôpital ils ne seraient pas renvoyés en Afghanistan et seraient soit réformés à vie, soit envoyés dans des garnisons de l'arrière. Telle était l'expression utilisée par eux : des « garnisons de l'arrière ». Pour eux, l'occupation de l'Afghanistan constituait la guerre, le front, et toutes les autres troupes disposées sur le territoire de l'U.R.S.S. des « troupes de l'arrière ». Il y avait quantité d'expressions de ce type et aussi de mots de l'argot militaire, que Stavinski entendait employer autour de lui, et il s'en imprégnait avidement, les répétant souvent plusieurs fois pour les apprendre par cœur, les yeux cachés sous le pansement de gaze qui recouvrait sa mâchoire brisée. Curieusement, les officiers ne racontaient presque rien sur la guerre d'Afghanistan proprement dite et se contentaient de fables, d'anecdotes sur les écoles d'officiers, l'instruction, la vie de garnison. Et, bien sûr, ils parlaient des femmes. Parfois seulement, pendant la nuit, ces gamins de vingt ans grinçaient des dents, se mettaient à crier « Feu! » ou bien « Maman! ». Un jour où il était allé aux toilettes, situées au même endroit que le fumoir, Stavinski s'était adressé en grimaçant de douleur, à cause de sa mâchoire brisée, à l'un d'entre eux, le jeune lieutenant-chef Lavrov, à qui il avait demandé d'une voix rauque :

« Tu as crié « Feu! » une bonne moitié de la nuit. De quoi rêvais-tu? »

Lavrov le regarda de ses yeux gris, aux cils duveteux d'enfant, et lui dit à voix basse :

« Vous avez eu de la chance avec votre maladie, camarade colonel. J'aimerais bien perdre la mémoire comme vous... »

Puis il avait écrasé avec un visage maussade sa cigarette sans la finir et était rentré dans la chambre.

Mais cette nuit-là Stavinski apprit quand même ce dont rêvaient ces officiers. Au beau milieu de la nuit, hurlant et arrachant les pansements de son corps brûlé, on vit venir de la chambrée d'officiers voisine le sous-lieutenant d'hélicoptères Vassilievski, un solide gaillard. Une semaine plus tôt, l'appareil de Vassilievski avait été abattu par des partisans afghans près de Kandahar. L'hélicoptère avait pris feu et s'était écrasé, et seul un miracle, joint à la neige des pentes montagneuses, lui avait sauvé la vie. Et maintenant, au beau milieu de la nuit, Vassilievski était sorti en rampant de sa chambre. Causant à l'infirmière de garde une terreur mortelle, il s'était mis à grimper sauvagement, à quatre pattes, comme un singe, à l'échelle des pompiers jusqu'au grenier de l'hôpital. Les infirmiers l'avaient rattrapé sur le toit, dans la neige, garrotté et ramené dans la chambre. Mais tout en perdant le sang mêlé de pus qui s'écoulait de ses blessures encore ouvertes, Vassilievski s'efforçait de s'arracher aux mains des infirmiers et criait à tous les vents :

« Ils sont là! Ils sont là! Ils sont venus me chercher! »

Le médecin de garde arriva et lui fit une piqûre, mais, tout en s'apaisant, il continuait à pleurer et à chuchoter :

« Je ne vous ai pas tués, enfants! Je ne vous ai pas tués! Ce n'est pas ma faute, on m'y a obligé!... »

Vingt minutes plus tard, une ambulance emmenait Vassilievski vers un asile psychiatrique, tandis que médecins et infirmières renvoyaient malades et blessés dans leurs chambres. Mais toute leur chambrée resta éveillée jusqu'au matin. En dépit des ordres extrêmement sévères à ce sujet, les officiers fumèrent dans la pièce. En silence, sans s'adresser la parole. Deux « marchants », Lavrov et le capitaine Sysoïev, se tenaient devant la fenêtre, sous le vasistas grand ouvert, et regardaient la neige tomber à l'extérieur. Puis le médecin de garde entra dans la pièce, fronça le sourcil en sentant la fumée, mais se contenta de leur dire :

« Camarades officiers, prenez votre somnifère.

– Docteur, demanda en se tournant vers lui sur son unique jambe et sa béquille le capitaine Sysoïev, ce n'est pas de somnifère que nous avons besoin : cela ne nous aidera pas. Par contre, si vous aviez une bouteille d'alcool...

– Je n'en ai pas le droit, dit le médecin.

– Et si moi aussi je deviens fou? Maintenant, à cet instant précis? demanda Sysoïev en crispant jusqu'au blanc ses mains sur sa béquille. Vous pensez peut-être que nous ne rêvons pas, nous aussi, d'enfants gazés ou écrasés par nos chars, à Bahram, Qonduz ou Panjshir? Je continue la liste? »

Le médecin les regarda dans les yeux, tourna brutalement les talons et ressortit de la pièce. Une minute plus tard il était de retour avec une cornue d'un litre, contenant sept cents grammes d'alcool pharmaceutique pur.

« C'est tout ce que j'ai trouvé, fit-il. Mais la cantine est fermée, je n'ai rien de solide à vous proposer...

– On s'en passera, répliqua Sysoïev qui remplit les verres et regarda Stavinski avec une certaine hésitation :

– Vous nous accompagnez, camarade colonel?

– Non, dit Stavinski en voyant avec quelle avidité les officiers considéraient l'alcool. Je dors sans rêves, ce n'est pas la peine de m'en verser. »

Sans même trinquer, les officiers engloutirent chacun une rasade de près de deux cents grammes d'alcool pur. Ils dormirent sans rêves le reste de cette nuit-là, ou du moins sans cauchemars.

En une semaine Stavinski s'était fait aux mœurs de l'hôpital et avait pris l'habitude de réagir aux appellations « camarade colonel », « Yourychev », ou simplement « Sergueï Ivanovitch ». Les officiers continuaient à raconter des journées durant des blagues et histoires obscènes, en évitant soigneusement tout souvenir de la guerre d'Afghanistan et l'épisode lié à Vassilievski. Simplement ils riaient de leurs blagues et anecdotes un peu plus fort qu'il n'eût été nécessaire et flirtaient à mort avec les jeunes infirmières. Ils prenaient aussi un plaisir particulièrement grand à faire des farces aux jeunes soldats novices arrivés non d'Afghanistan mais des « garnisons de l'arrière ». Ces malades étaient hospitalisés avec des diagnostics parfaitement ridicules, tels que « cholécystite », « ulcère gastrique », « hypertonie » ou « diabète ». Les médecins et les blessés les considéraient ouvertement (parfois non sans raison) comme des simulateurs, qui s'étaient fabriqué des maladies pour se faire réformer ou quitter leurs écoles d'officiers. L'hypertonie était aisée à simuler : il suffisait d'absorber des doses astronomiques de caféine et de codéine. On se fabriquait un ulcère de l'estomac en absorbant des pilules de chlorure de calcium enveloppées dans des boulettes de pain. Un jeune Ukrainien qui s'appelait Jménia s'efforçait de son côté de prouver aux médecins qu'il avait le diabète parce qu'il était torturé par la soif et buvait jusqu'à douze carafes d'eau par jour. Les farces rituelles étaient au nombre de deux : l'« analyse de la sueur » et l'« épreuve du lavement ».

Dès qu'un bleu arrivait à l'hôpital, une infirmière déposait, sur sa table de nuit, comme il est d'usage, deux flacons portant les mentions « analyse d'urine » et « analyse des selles ». C'était alors la phase la plus importante de la farce : il fallait à ce moment détourner simultanément l'attention du jeune soldat et de l'infirmière et déposer juste à côté de ces deux flacons un troisième, étiqueté « analyse de la sueur ». Découvrant sur sa table de nuit les trois flacons, le bleu s'adressait ordinairement à ses voisins de chambrée d'un air ahuri :

« Dites un peu, les copains! l'urine et les selles, je comprends, mais comment peut-on donner sa sueur? »

Il fallait alors lui expliquer, sur un ton absolument sérieux et, surtout, condescendant, que le malade devait s'allonger dans son lit, se couvrir le corps de plusieurs couvertures ou, mieux encore, de deux ou trois matelas et suer consciencieusement. Il recueillait la sueur sur son corps avec du coton et l'exprimait ensuite dans le flacon. A la suite de quoi on enfermait obligeamment le malheureux innocent sous plusieurs matelas et on faisait venir des visiteurs de presque tous les coins de l'hôpital pour qu'ils admirent cet idiot qui mettait tous ses efforts à suer sous des matelas et exprimer sa sueur dans un flacon. Il était sévèrement défendu de rire à cette occasion, mais on avait le droit de donner au malade les conseils les plus variés :

« Où donc recueilles-tu ta sueur? Sous les aisselles? Espèce de zigoto! La nuit n'y suffira pas! C'est sous les couilles qu'il faut la recueillir, c'est là l'endroit où l'on transpire le plus...

– Tu as bu du thé, au moins? Non? Elle est bonne, celle-là! Comment veux-tu suer? Pourquoi est-ce que vous ne lui avez pas donné de thé, les copains? Il faut boire à peu près six verres, comme cela on a de quoi transpirer... »

L'« épreuve du lavement » était réservée aux malades hospitalisés avec des diagnostics tels qu'« ulcère gastrique » ou « hépatocholécystite » et autres maux internes. Les médecins leur faisaient passer des radios, avant lesquelles on leur administrait un clystère, pour bien nettoyer l'estomac. Au moment où l'infirmière remplissait l'estomac du patient de deux litres d'eau chaude, qui passaient lentement d'un ballon dans son fondement, tous les malades et blessés en état de marcher bondissaient hors de la chambre et occupaient les différentes cabines des waters. Une minute plus tard, serrant les fesses au maximum, la nouvelle victime de la farce arrivait aux waters et s'efforçait avec une impatience fébrile d'entrer dans l'une des cabines, mais toutes les portes étaient fermées de l'intérieur et les cabines occupées. Des soldats qui fumaient dans l'entrée de la pièce s'adressaient alors à lui d'une voix maussade :

« Tu te crois où? Tu ne vois pas qu'il y a la queue?

– Je ne peux pas attendre, les copains, on vient de me faire un lavement! implorait le bleu en serrant les jambes.

– C'est avant une radio, ou quoi? demandait un autre, feignant la sympathie.

– Oui, oui!

– Alors, si c'est avant une radio, il ne faut pas

aller tout de suite aux chiottes. Il faut que l'eau ait le temps de faire tout le tour de l'estomac et des intestins, sans cela on ne verra rien à la radio. Demande au lieutenant : il est passé six fois à la radio, et tout cela parce qu'il ne s'était pas lavé correctement l'estomac...

– Qu'est-ce qu'il faut faire, alors? Comment se lave-t-on l'estomac?

– Il faut faire des flexions. Douze. Vas-y, commence. Un... Deux... C'est cela, bravo, mais accroupis-toi davantage. Trois... »

A la quatrième ou à la cinquième flexion, le malheureux ne résistait pas...

... A la fin de la semaine, l'état général de Stavinski s'était un peu amélioré, mais son bras était toujours plâtré et sa mâchoire brisée enveloppée d'un pansement. En fait, lorsqu'il avait sauté du train, Stavinski n'avait pas eu pour objectif de se casser le bras ou de se mutiler la mâchoire.

Il avait provoqué consciemment l'esclandre du wagon-restaurant, pour qu'il y eût des témoins. Son principal souci, en sautant du train, avait été de ne pas heurter un des nombreux poteaux télégraphiques plantés au bord de la voie du chemin de fer. Il avait sauté dans la neige en pensant que celle-ci adoucirait le choc. (Il sautait d'ailleurs dans sa jeunesse de tous les tramways de Saratov : c'était le grand chic des gamins de la ville.) Après quoi il avait l'intention de simuler tout simplement la commotion cérébrale, l'amnésie rétrograde et la voix rauque propre à Yourychev. Médecin-dentiste, il avait quand même suivi, quoique incomplètement, une formation générale supérieure et savait qu'il était presque impossible de démasquer un simulateur dans le cas d'une commotion cérébrale correctement imitée.

Il avait heureusement évité les poteaux télégraphiques, mais la neige avait été moins profonde et, surtout, plus dure, écrasée, ancienne qu'il ne l'avait imaginé. Cela dit, ce n'était pas de la fracture cachée de son bras droit qu'il avait d'abord souffert, mais bien davantage de son visage, cruellement griffé par la neige durcie. Mais l'essentiel, c'était de donner devant les soldats et employés du train qui accouraient à lui, après avoir arrêté le convoi, les symptômes les plus naturels de la commotion cérébrale : perte de connaissance et nausées. La chose lui réussit à la perfection, mais moins parce qu'il s'y était préparé à l'avance, dès son arrêt à Krasnodar, que pour une tout autre raison. Simplement lorsque, couché sur la neige en bas du remblai, il avait vu le train s'arrêter et les occupants du wagon-restaurant qu'il venait de houspiller sauter du train (employés, directeur du wagon-restaurant, soldats), il avait compris avec une parfaite lucidité qu'en plus du choc qu'il venait de subir, il allait être frappé par eux.

Parce qu'il les avait insultés, parce que le train s'était arrêté à cause de lui. Et le meilleur moyen d'éviter les coups était encore de fermer les yeux et de feindre la perte de connaissance. On ne frappe pas un homme à terre, c'est une règle vieille comme la Russie. Mais le premier homme qui était arrivé jusqu'à lui, le chef de train, lui avait donné de toutes ses forces un coup de chaussure au creux des reins. Les autres l'avaient imité. Quelle haine s'est accumulée en Russie! eut le temps de penser Stavinski. Une haine telle qu'on est prêt à frapper n'importe qui, histoire de se soulager, dès que l'occasion s'en présente...

Son blouson fourré le protégeait mal des coups,

mais, les dents serrées, les yeux fermés, Stavinski s'ordonna intérieurement de ne pas ouvrir la bouche. « L'essentiel, pensa-t-il, c'est de ne pas pousser de cri, de ne pas gémir, de ne pas faire de bruit. »

« Stop! cria quelqu'un. Il est peut-être mort? »

Ce fut la dernière chose qu'il entendit : quelqu'un lui donna un coup de pied en pleine mâchoire pour faire le compte et il perdit pour de bon connaissance.

Il ne savait même pas, à l'heure actuelle, s'il s'était vraiment cassé le bras en sautant du train ou si une chaussure obligeante à bouts ferrés n'était pas venue causer la fracture, huit centimètres en dessous du coude.

Lorsque Stavinski était revenu à lui dans le wagon, il n'avait plus eu à simuler les symptômes de la commotion cérébrale : nausée, vertige, maux de tête étaient parfaitement naturels. Il lui manquait deux dents de devant à la mâchoire inférieure, qu'il avait vomies avec son sang, deux autres étaient branlantes et son menton était fendu jusqu'à l'os. Mais déclarer à la milice qu'il avait reçu une raclée de la part des employés du train et du personnel du wagon-restaurant était chose impossible puisqu'il prétendait avoir perdu la mémoire. En outre, il aurait dû remercier ses tortionnaires qui lui avaient provoqué une commotion cérébrale et, peut-être, brisé le bras droit comme s'il les en avait priés : il n'est en effet écrit dans aucun livre de médecine qu'un amnésique puisse oublier sa propre écriture. Quant au fait qu'on lui avait cassé quatre dents, eh bien! cela lui permettrait de zézayer encore longtemps, ce qui était excellent pour imiter la voix de Yourychev.

Et cependant, à la veille de la visite que le maréchal Oparkov, chef d'Etat-Major général de l'armée soviétique, et les compagnons de travail de Yourychev devaient lui rendre à l'hôpital, Stavinski était nerveux. La visite du maréchal avait été fixée au lendemain, on lavait à cette occasion tous les sols et fenêtres de l'hôpital et Stavinski avait été transféré dans une chambre particulière.

Pendant la nuit, Stavinski ouvrit la fenêtre et, à tout hasard, mangea toute la neige qui se trouvait sur le bord. Au matin il avait une angine et une températore de 37,6.

A neuf heures, on apporta les journaux du matin. Stavinski ouvrit les *Izvestia* et tomba sur l'article suivant :

UN JUSTE CHÂTIMENT

C'est avec des buts très différents que les touristes étrangers viennent dans notre pays. Certains sont attirés par l'exotisme russe, d'autres s'intéressent à notre culture, à nos arts, à l'architecture ancienne, aux chefs-d'œuvre de l'Ermitage et de la galerie Trétiakov, d'autres encore veulent voir de leurs propres yeux ce socialisme mystérieux où l'assistance médicale est gratuite et où il n'y a ni chômage ni cette terrible maladie du capitalisme, la peur du lendemain. Et c'est avec joie et avec cette hospitalité russe bien connue que nous les accueillons et leur disons : regardez et instruisez-vous! Mais parmi les milliers et les milliers de touristes qui viennent dans notre pays, il est d'autres « hôtes » : ceux qui, sous le prétexte du tourisme, viennent chez nous avec des buts fort peu amicaux. Certains essaient d'introduire en Russie de la littérature antisoviétique et sioniste, d'autres cherchent à entrer en contact avec ceux que l'on appelle « dissidents » et autres renégatt de même farine. C'est ainsi que, récemment, un couple de jeunes mariés nommés Robert et Virginia Williams, originaires de la lointaine ville de Potomac, dans l'Etat américain du Maryland, sont arrivés à Moscou. L'Intourist les accueillit avec sa cordialité habituelle : meilleure chambre de la catégorie luxe à l'hôtel National, billets pour les meilleurs spectacles du Bolchoï et des autres théâtres moscovites, excursion à Leningrad, etc. Mais on s'aperçut rapidement que les jeunes mariés n'étaient intéressés ni par la culture ni par l'art de notre pays. Le docteur Williams et sa jeune femme, une figurante de Hollywood, passèrent une semaine à Moscou sans pratiquement quitter leur chambre d'hôtel, n'allèrent ni à la galerie Trétiakov ni au musée Pouchkine, et quittèrent même le Bolchoï à la fin du premier acte de Spartak. *Mais des goûts et des couleurs... Après tout, on peut très bien penser que dans leur lointaine Amérique où, dit-on, on ne manque de rien, les jeunes époux n'avaient pas trouvé d'endroit pour passer leur lune de miel et n'avaient imaginé rien de mieux que d'accourir ici, à l'hôtel National, pour s'y enfermer. Les gens ont parfois de ces lubies...*

Mais cette « lubie » ne tarda pas à s'expliquer. S'intéressant à l'étrange conduite de nos « tourtereaux », les organes compétents de la sécurité constatèrent que, malgré l'intérêt exclusif qu'ils semblaient se porter l'un à l'autre, les époux Williams avaient arraché à leur lune de miel ces dix jours de visite de l'U.R.S.S. pour de tout autres raisons qu'un voyage de noces exotique. A Leningrad, les Williams rencontrèrent secrètement trois dégénérés, de ceux que l'on appelle « dissidents » et qui essaient de se faire passer pour des représentants de la jeunesse soviétique. Ces dégénérés transmirent aux Williams de la littérature antisoviétique, en particulier un appel grossièrement rédigé au président des Etats-Unis pour qu'il fasse entrer ses troupes sur le territoire de l'Union soviétique et libère notre pays de la « tyrannie communiste ». Après avoir cousu ces « documents » dans la doublure de leurs vêtements, les Williams essayèrent de faire franchir la frontière de l'U.R.S.S. à ces libelles et, au moment où ils étaient appréhendés à l'aéroport de Chérémétiévo, opposèrent une résistance armée aux autorités, tuant même un officier soviétique.

Accusée de complicité d'acte de terrorisme, la citoyenne américaine Virginia Williams a comparu récemment devant le tribunal de la ville de Moscou. La cour l'a reconnue entièrement coupable d'activités antisoviétiques et de complicité de terrorisme, mais a rendu une sentence véritablement modérée : trois ans de détention, à effectuer dans un établissement de rééducation par le travail situé sur le territoire de notre pays...

On trouvait ensuite dans l'article de longues considérations élogieuses sur l'humanité de la justice soviétique et sur le fait que cette histoire servirait de leçon et d'avertissement à tous ceux qui, sous le masque du tourisme, tentaient de venir en U.R.S.S. avec des objectifs beaucoup moins reluisants...

Stavinski fit une boule du journal. Les salauds! Ils n'avaient même pas dit qu'elle était enceinte! « Une sentence humaine, modérée! » Crétin qu'il était! Crétin qu'il était, d'avoir dit oui à toute cette aventure! Puisqu'il en était ainsi, il les tirerait de prison, elle et leur enfant!

L'infirmière de jour entra, ou plutôt accourut dans sa chambre :

« Colonel Yourychev! Le maréchal Oparkov est venu pour vous voir! »

11

« Déshabillez-vous!
– Laissez tomber vos cheveux!
– Ecartez les doigts et les orteils!
– Ouvrez la bouche! Ecartez les jambes! »

Virginia se trouvait dans la salle de réception des prisonniers de la prison de transit de la Presnia rouge, à Moscou, une pièce vide et froide avec une longue table en bois sur laquelle il fallait déposer tous les objets qu'on portait sur soi. Elle était tombée entre les mains de surveillantes expérimentées, aux visages de pierre. Elles ne parlaient pas anglais, mais Virginia comprenait ces ordres simples même donnés en russe. En outre, elle avait à ses côtés deux autres femmes arrêtées comme elle, qui exécutaient les ordres donnés avec docilité et habitude : une prostituée d'une quarantaine d'années avec œil au beurre noir et une jeune tsigane, âgée tout au plus de vingt ans, surprise en train de voler.

« A poil! à poil, chienne! hurla une grosse surveillante en arrachant à Virginia son soutien-gorge et son slip. Ouvre la bouche! cria-t-elle, et elle fourra ses pattes dans la bouche de Virginia, en passant un doigt sous sa langue et à l'intérieur des joues. Bon! Ecarte les jambes! Davantage! Penche-toi en avant! »

Elle courba violemment la tête de Virginia vers le sol et, au même instant, ses gros doigts se retrouvèrent dans l'anus et le vagin de Virginia. Celle-ci poussa un cri; des larmes lui jaillirent des yeux.

« Arrête de gueuler! dit la surveillante. Quand tu te faisais baiser, tu ne gueulais pas! »

Et elle se mit à fouiller les cheveux et le pubis de Virginia pour voir si elle avait des poux.

« Rhabillez-vous! Stop! Fais voir ici ton soutien-gorge! Ouais, ouais, ouais, de la camelote américaine! Dommage que ce ne soit pas ma taille! Tant pis, attrape! »

Elle arracha au soutien-gorge un minuscule crochet et rendit le soutien-gorge à Virginia. Puis elle se mit à examiner le slip et le compara à sa taille. Mais celle-ci était en rapport avec son énorme fessier et elle soupira avec regret.

« Rien à faire, je n'arriverai pas à le tendre assez...

– Tu peux le remettre », dit-elle en le jetant à Virginia.

Dans le couloir de la prison, on sépara Virginia de la tsigane et de la prostituée. Une nouvelle surveillante la fit monter par un escalier de fer au premier étage de la prison, dépassa un certain nombre de lourdes portes métalliques et s'arrêta au bout du couloir, devant le n° 147. La lourde barre de fer grinça, la porte de la cellule s'ouvrit pesamment et, au même instant, Virginia reçut en pleine figure un relent de puanteurs mêlées, où l'on distinguait des odeurs renfermées de sueurs, de règles et de dents pourries. Elle chancela en arrière, mais la surveillante l'avait déjà poussée violemment à l'intérieur, où une vingtaine de femmes étaient assises sur des planches à la faible lueur que diffusait une minuscule fenêtre garnie de barreaux.

« Regardez l'Américaine que je vous ai amenée! » annonça la surveillante aux prisonnières, et elle claqua en ricanant la porte derrière elle.

Virginia resta un moment debout auprès de la porte. Les odeurs fortes et l'air confiné lui faisaient tourner la tête et lui donnaient envie de vomir.

Vingt paires d'yeux de femmes la regardaient avec curiosité.

« Tu es du milieu, ou quoi? finit par demander d'une voix de basse l'une de ces femmes, une haute et forte femme à la lèvre supérieure ornée de poils décolorés.

– Bien sûr, qu'elle est du milieu, Vassili, dit une fille maigrichonne et remuante qui se collait contre cette matrone à qui elle donnait un prénom d'homme. Si on lui a donné le surnom d'Américaine, c'est qu'elle est du milieu.

– On ne t'a rien demandé, fit grossièrement la dénommée Vassili en regardant Virginia d'un air autoritaire. Eh bien?

– Je... parle... mal... le russe, prononça Virginia. Je suis étrangère. Je viens d'Amérique...

– Ou-ais...! s'exclama l'une d'elles. Ces garces nous ont collées une cinglée! »

« Vassili » descendit lourdement de sa planche, alla vers Virginia et lui parla sévèrement :

« Ecoute-moi bien. N'essaie pas de jouer les dingues, sinon je t'arrache la moule en un rien de temps. C'est comment, ton vrai nom?

– Je m'appelle Virginia Williams. Je suis amé... »

Une gifle énorme la précipita contre la porte. Perdant connaissance, Virginia s'effondra au sol, mais « Vassili » la souleva d'une main de fer par les cheveux, la maintint dans les airs et lui mit son poing sous le nez :

« Tu vas voir comment je vais te guérir! »

La porte s'ouvrit en grinçant et la surveillante s'adressa à elle en riant :

« Arrête, Vlassova! C'est vrai qu'elle est américaine. Tu ne le vois pas, à ses dents? Essaie de faire un peu attention avec elle, sinon ça fera un scandale international. Tu devrais d'ailleurs me dire merci :

tu as la chance de pouvoir goûter une véritable Américaine... »

Et lui adressant un coup d'œil salace, elle referma la porte et fit claquer la barre.

« Vassili » desserra avec curiosité les lèvres de Virginia. La nouvelle petite *zek* avait en effet des dents d'une blancheur et d'une régularité inhabituelles en Russie.

« Hmm! » fit « Vassili » et, lâchant les cheveux de Virginia, elle l'aida à rester debout en l'appuyant contre le mur de la cellule.

« Dis-nous donc quelques mots dans votre langue à vous.

– *I want to lie down* », prononça Virginia d'une voix presque inaudible, avant de traduire en russe : Je voudrais m'allonger...

– La classe! s'exclama « Vassili » émerveillée. Faites-lui une place, les nanas! Elle couchera avec moi.

– Et moi, je coucherai où? » s'émut la maigrichonne qui remuait tout le temps.

– Tu peux aller te faire foutre où tu veux, metstoi par exemple sous les planchers! » commanda « Vassili ».

12

Le maréchal Oparkov était un petit homme solide et râblé d'une soixantaine d'années aux cheveux blancs coupés en brosse et aux yeux bruns et vifs sur un visage rond et bonasse. Renvoyant les médecins, il prit place sur une chaise au pied du lit de Stavinski et lui dit :

« Ecoute, Sérioja. Tu ne te souviens réellement de rien? »

Stavinski haussa les épaules en signe d'impuissance. Un pansement bien frais couvrait la partie inférieure de son visage, avec les nœuds sur la nuque. Son bras droit étant dans le plâtre, il montra faiblement de la main gauche sa mâchoire bandée, pour faire comprendre qu'il avait du mal à parler.

« Tu sais, lui dit le maréchal, à quelque chose malheur est bon. Tu avais vraiment besoin d'oublier pas mal de choses afin de continuer à vivre normalement. Sinon, tu as vu à quel point tu en étais arrivé? Tu t'enivres, tu fais un scandale, tu tombes du train... Et Galia qui souffre... Elle m'a dit que ce n'était pas toi, mais elle seule, qui était responsable de votre brouille. Mais en fin de compte, elle est ma fille unique et toi, je t'aime comme si tu étais mon fils. Je veux que vous vous réconciliiez, que vous vous remettiez ensemble. Crois-moi, je ferai tout pour toi, si seulement... J'ai parlé à des médecins. Pas à ceux-ci (il montra de la tête la porte par laquelle venaient de sortir les médecins traitants de l'hôpital), mais à des médecins du Kremlin, à Tchazov et à Schmidt : tout le Politburo se fait soigner chez eux. Ils m'ont dit qu'on pouvait faire peu à peu revenir la mémoire. Et je ferai tout pour cela, absolument tout. En fin de compte, si tu as oublié quelques chapitres de la science militaire, cela n'a pas d'importance. Il y a un mot pas mal à ce sujet, tu le connais peut-être : il suffit, pour diriger, de connaître le prénom de sa secrétaire et l'emplacement du cachet. Je ferai passer l'éponge sur ta saoulerie et pour le projet Emma, tu recevras des épaulettes de général. Tu te rappelles ce que c'est qu'Emma? »

Stavinski secoua négativement la tête. Telle était donc la clef de l'histoire : Yourychev avait épousé la fille du maréchal Oparkov! Mais il ne fallait sous aucun prétexte qu'il fût mis en sa présence! Avec d'autres, cela pourrait encore aller, mais dès qu'il se retrouverait au lit avec l'ex-femme de Yourychev, elle le démasquerait en un instant! Par contre, quelle tentation de quitter l'hôpital en uniforme de général... Oparkov couvrirait toutes les erreurs, toutes les bêtises qu'il ferait nécessairement au début, à la place de Yourychev...

« Eh bien, poursuivit le maréchal, si tu ne te rappelles pas Emma, cela ne fait rien. Tu verras le film et tout cela te reviendra, je t'assure. Si tu veux, on mettra un projecteur demain dans ta chambre et on te passera le film, avec Benjer qui a réalisé le projet. Tu te rappelles Benjer? »

Stavinski secoua de nouveau négativement la tête.

« Aucune importance! Quant tu le verras, tu t'en souviendras! Je t'en prie instamment, Sérioja. Galia n'a que trente-sept ans, vous pouvez encore avoir des enfants. Permets-lui de venir te rendre visite ici, elle souffre tellement... »

Stavinski rejeta sa tête contre l'oreiller avec une expression presque épouvantée.

« Très bien, pas aujourd'hui! fit hâtivement Oparkov. Dans une semaine, dans quinze jours? Ou bien quand tu sortiras d'ici? Mais laisse-lui de l'espoir, je t'en prie... Elle t'aime, je te l'assure! »

Stavinski joignit les cils en signe d'acquiescement.

« Tu veux bien? fit Oparkov tout joyeux qui en bondit de sa chaise. Tu veux bien? Je peux le lui dire? Sérioja, donne-moi la main! Donne-moi la main! Je savais bien que tu étais un homme formidable. Je vais être honnête avec toi : quand cette chose vous est arrivée, j'ai eu l'impression de perdre d'un coup tous mes enfants. Toi, elle, Vitienka! Mais maintenant tout va s'arranger, tout ira bien... Quand peut-elle venir te voir? »

De sa voix rauque et enrhumée, Stavinski fit sortir un chuchotement à travers sa gorge malade, ses dents manquantes et sa compresse de gaze :

« Ensuite... Après...

– J'ai compris! Très bien! Et pour la mémoire, ne t'en fais pas! Nous te la rendrons! Nous renverserons des montagnes. D'ailleurs tu ne t'occuperas plus que d'Emma. Emma, c'est ce qu'il y a actuellement de plus important. Le Politburo nous a fixé des délais absolument délirants. Bon, repose-toi bien, guéris au plus vite... »

Lorsqu'il fut sorti, Stavinski épuisé ferma les yeux et sentit des ruisseaux de sueur qui lui inondaient le corps : il aurait pu en remplir un flacon entier, pour les analyses!

13

Un vent de neige bleuté soufflant au ras du sol balayait la toundra arctique aux étendues neigeuses sans fin. Le soleil polaire éclairait maigrement l'accumulation gigantesque des banquises, des poteaux plantés un peu partout et des maquettes en bois d'installations militaires : batteries antiaériennes, rampes de lancement de missiles...

Au poste de commande du sous-marin atomique, le compte à rebours tirait à sa fin : « Six... cinq... quatre... trois... » Plusieurs hommes, des civils et des militaires, parmi lesquels Yourychev, se tenaient debout ou assis auprès du pupitre de commande. « Deux... un... attaque! » commanda le colonel Yourychev. Au même instant, un homme d'une quarantaine d'années aux cheveux noirs, nez aquilin et doigts fins et nerveux appuya sur un bouton blanc marqué « Attaque ».

La toundra tressaillit. La terre enneigée jaillit vers le ciel. On vit prendre de la gîte et s'écrouler les collines et les maquettes des batteries antiaériennes, des rampes de lancement... On aurait dit qu'une tempête souterraine secouait et froissait la toundra, retournait l'intérieur du sol et renversait dans les fissures qui étaient apparues à sa surface des blocs de pierre, des excroissances de glace de plusieurs tonnes, et toutes ces maquettes d'installations militaires... Une poussière de neige cacha le soleil...

Dans la chambre de Stavinski, le projecteur continuait à passer au milieu des craquements le film commandé par le Politburo. La taïga de l'Oussouri. De puissants cèdres centenaires ont enfoncé dans le sol leurs puissantes racines. Une petite rivière bien paisible pousse ses eaux à travers une embouchure sinueuse. Au bord de l'eau, mêmes maquettes que dans la toundra : rampe de lancement de missiles, batteries antiaériennes.

Un peu plus loin, dans la mer d'Okhotsk, le même colonel Yourychev dirige le compte à rebours dans la cabine de tir du même sous-marin : « Quatre... trois... deux... un... attaque! » Et l'homme aux cheveux noirs appuie sur le bouton blanc.

La taïga tressaille sous le séisme. D'énormes fissures coupent le sol, font jaillir l'eau de la rivière, abattent les cèdres centenaires qu'il précipite avec leurs racines dans un gouffre souterrain, détruit plates-formes et batteries...

On vit ensuite apparaître sur l'écran de petites dimensions le visage du colonel Yourychev, qui disait :

« La nouvelle arme sismologique permet de créer des tremblements de terre locaux télécommandés à une distance de quatre cents kilomètres du lieu où ont été implantées les grilles énergétiques. Sans aucune intervention extérieure, visible du dehors, sans pénétration sur des territoires étrangers, nous pouvons, à l'aide de sous-marins, installer dans les eaux côtières de l'adversaire des matrices énergétiques susceptibles de recevoir par radio le signal de déclenchement de l'attaque depuis un poste de commandement installé à Mourmansk, Klaïpéda ou Sévérodvinsk. Tous les problèmes techniques sont en principe résolus : un sous-marin équipé d'un outillage de forage spécialisé... »

On voyait ensuite défiler sur l'écran des photos et schémas techniques accompagnant la voix du colonel Yourychev :

« ... Le sous-marin se pose sur le fond marin au point par nous fixé... Le forage d'un puits destiné à recevoir une matrice énergétique prend de six à dix jours, selon la nature du fond. Il est évident que les services de reconnaissance sismographique doivent choisir à l'avance des points où le forage ne rencontrera pas du granit ou d'autres couches de roches dures. Aussitôt après, la matrice énergétique est installée dans le puits. Huit matrices de ce type, installées dans les huit puits correspondants, forment une guirlande capable de déclencher un tremblement de terre sur une surface de cent cinquante à deux cents kilomètres carrés et à une distance allant jusqu'à quatre cents kilomètres depuis la guirlande. Regardez la maquette de l'Europe. Pratiquement toutes, ou presque toutes les bases de l'O.T.A.N. se trouvent dans le rayon d'action de notre arme Emma, à partir de ses points sous-marins... »

Une carte en relief de l'Europe apparut sur l'écran. Pays scandinaves, Allemagne, France, Espagne, Angleterre, Italie, Grèce... Les montagnes, les fleuves, les villes portuaires, les bases de l'O.T.A.N., les centrales électriques. Une main se posa sur un bouton blanc. Aussitôt, sur la carte, une série de tremblements de terre engloutit les villes, les bases de l'O.T.A.N., les aérodromes, les silos à missiles, les stations électriques, les voies de chemins de fer et les chaussées automobiles.

Le visage du colonel Yourychev réapparut sur l'écran.

« Il est évident que la mise en exploitation de cette arme d'un type nouveau, révolutionnaire, ne peut que coûter cher. Il faut une usine pour la production des matrices énergétiques. Il faut un équipement plus perfectionné que celui dont nous disposons actuellement pour un forage insonorisé des puits sous-marins. Il nous faut un personnel de foreurs sous-marins hautement qualifiés. Et il nous faut aussi une flottille de sous-marins suceptibles de forer simultanément ces puits autour des territoires choisis pour l'attaque. Cela peut être l'Europe, la Chine, les pays producteurs de pétrole du monde arabe, ou encore l'Amérique. Mais une chose est claire : dans le but de renforcer les capacités de défense de notre pays, le collectif de chercheurs des instituts maritime et énergétique dirigé par l'académicien Benjer a créé un type d'arme inconnu en Occident. Cette arme est capable... »

Et de nouveau la toundra vola vers le ciel...

Et de nouveau la taïga se cabra sur l'écran...

« Alors? demanda à Stavinski l'académicien Benjer, cet homme de quarante ans aux cheveux noirs et au nez aquilin. Cela vous revient? Mais nous connaissons actuellement de grosses difficultés. La mission exploratrice récente du sous-marin de Gouchtchine au large des côtes suédoises a montré que l'on pouvait creuser des puits et installer des grilles juste sous le nez de nos adversaires. C'est à la fois bon et mauvais. Mauvais parce que le gouvernement en a déduit que tout allait pour le mieux chez nous et qu'il exige une poursuite accélérée du programme. Mais vous, au moins, vous savez que tout tient chez nous par miracle, et que nous assemblons les grilles à la main. Il nous faut une usine, il nous faut un équipement de forage. Sans vous, je n'arriverai jamais à le leur prouver...

– Je voudrais revoir ce film », dit Stavinski.

Tout ce dont il avait besoin, c'était d'assimiler la manière de parler de Yourychev, sa façon d'incliner un peu la tête à gauche presque avant chaque nouvelle proposition, et aussi, les intonations de sa voix rauque et sourde.

14

A vingt-deux heures, on éteignit la lumière dans la cellule. Il ne resta plus qu'une veilleuse blafarde entourée d'un grillage. Virginia était couchée sur la planche du haut, entre le mur et « Vassili ». Le bat-flanc, fait de planches rabotées et assemblées, de la longueur du corps humain, occupait la moitié de la cellule. Dix corps y étaient entassés. Il y avait en bas le même système. Pour laisser plus de place à sa « petite Américaine », « Vassili » renvoya encore deux femmes en bas. Elle était d'ailleurs aux petits soins pour Virginia. Dans la journée, elle avait demandé aux gardes en qualité de chef de cellule un gobelet d'eau et faisait boire Virginia, comme un enfant, lorsque l'air confiné et la puanteur commençaient à la faire défaillir. Puis elle l'avait libérée de l'obligation de sortir la tinette, qui incombait à toutes les nouvelles. Le soir, lorsque les gardes firent passer à travers la « mangeoire » le brouet et le thé, Vassili laissa son sucre à Virginia et lui peigna même les cheveux avant la nuit avec un peigne dissimulé sous le matelas. Il avait suffi de ces quelques heures à Virginia pour comprendre que la majorité des femmes de la cellule n'étaient pas des truandes mais de simples citoyennes ordinaires, arrêtées pour marché noir, dilapidation de fonds ou crime passionnel. Mais le pouvoir appartenait dans cette cellule aux quatre professionnelles et à « Vassili ». Et, couchée dans l'obscurité auprès de sa protectrice, la massive virago aux odeurs lourdes, Virginia comprenait que sa sollicitude ne serait pas gratuite. Quelque chose devait se produire, et elle devinait précisément quoi. Bondir, se jeter contre la porte, frapper et crier jusqu'à ce que l'on fasse venir le juge d'instruction, puis raconter à ce dernier toute la vérité, tant sur Yourychev que sur Stavinski? Qu'est-ce que cela donnerait? Cela ne ferait que confirmer qu'elle était venue en U.R.S.S. comme espionne sur instructions de la C.I.A., qu'elle avait pris part à l'entreprise d'enlèvement du colonel de l'E.M.G. et que, pratiquement, elle était le personnage principal de cette tentative de sabotage : venue avec un homme, elle en faisait ressortir un autre. Et ce seraient à nouveau des interrogatoires, une instruction, un verdict, pire que l'actuel. Sans compter qu'on retrouverait forcément Stavinski. Actuellement, lui au moins était en sécurité, et elle-même n'avait été condamnée qu'à trois ans. Barry Kugel avait dit que l'ambassade ferait tout ce qu'elle pourrait pour la faire libérer par anticipation. Peut-être l'échangerait-on contre un espion soviétique? En fin de compte, il fallait bien que la C.I.A. imagine quelque chose. Peut-être avaient-ils déjà arrêté un ou deux espions soviétiques, là-bas en Amérique, et allaient-ils proposer aux Soviétiques un échange. Pour l'instant il fallait tenir, arriver à supporter cette cellule, cette odeur épouvantable de sueur féminine, de tinette sale et de menstrues. Et, surtout, cette « Vassili ». Sa main pesante s'était déjà posée sur la poitrine de Virginia. Virginia l'ôta et lui dit de la voix la plus ferme qu'elle put :

« Non.

– Du calme. Ne fais pas de bruit. »

« Vassili », s'approcha tout près de Virginia, lui mit sur la bouche une paume énorme et s'affala sur elle de toute sa masse énorme et malodorante.

« Non! *No!* » se mit à crier Virginia épouvantée d'une voix étouffée en mordant la paume suante et visqueuse de « Vassili » et en s'efforçant de se débarrasser de ce corps et de la main rude qui fourrageait déjà entre ses jambes.

Mais « Vassili » était possédée par la concupiscence, sa paume écrasait les dents de Virginia et de l'autre, comme un foret, elle écartait toujours davantage les jambes serrées de Virginia, tandis que son lourd corps en sueur se tortillait sur le sien en des convulsions lubriques.

Une douleur lancinante la transperça. Elle perdit connaissance et n'entendit pas qu'on ouvrait la porte. Deux gardiennes firent irruption dans la cellule et arrachèrent à elle « Vassili » possédée par la fureur sexuelle...

Quand Virginia revint à elle, elle était ballottée dans une camionnette de la milice et gisait dans une obscurité complète sur le plancher glacial, en fer. Le froid pénétrait son corps. Sa jupe ensanglantée avait commencé à se coller au plancher. Elle se mit debout avec de grandes difficultés et retomba aussitôt : la camionnette avait pris un brusque virage. Puis elle s'arrêta. De lourds pas crissèrent à l'extérieur sur la neige, la porte en fer grinça et une odeur d'air frais et forestier, quoique glacial, pénétra agréablement dans la caisse, jusqu'alors fermée, du véhicule. Des mains la soulevèrent brutalement du plancher dans le noir, la traînèrent hors de la camionnette, et Virginia vit devant elle une maison sombre à un étage qu'entouraient une clôture en pierre et, au-delà, la forêt. Un soldat aux bras puissants la traînait dans la neige du « panier à salade » au perron de la maison, tandis que deux chiens de garde s'efforçaient de fourrer leurs gueules contre le pan de sa jupe barbouillée de sang. Un cri rauque poussé par l'homme, assorti d'un coup de botte du soldat, et les chiens s'éloignèrent.

Le soldat fit entrer Virginia dans la maison et la porta dans ses bras pour ne pas tacher de sang le tapis. Ils longèrent un couloir vivement illuminé, traversèrent un hall vide, somptueusement meublé, et parvinrent enfin dans la salle de bain. Le soldat posa alors Virginia au bord d'une baignoire grande comme une petite piscine, pleine d'une eau bleutée, tiède, parfumée aux essences de pin et qui la tentait, l'attirait! Le soldat sortit et referma la porte. Virginia jeta un coup d'œil autour d'elle : fantastique! C'était exactement la même salle de bain que celle du maître du K.G.B., place Dzerjinski.

Elle comprit chez qui on l'avait amenée et devina pourquoi. Et, sans toucher à l'eau, elle se laissa glisser sur le carrelage tiède. Elle avait des frissons de fièvre, mais maintenant ses yeux étaient secs.

La porte s'ouvrit. Elle avait devant elle un homme d'une soixantaine d'années, grand et massif, avec une tonsure qui avançait profondément sur le crâne, comme Marlon Brando. C'était bien celui qui lui avait offert des sandwiches au caviar, au siège du K.G.B. de la place Dzerjinski. Ses yeux bleu-gris la regardaient à travers des lunettes d'écaille à fine monture. Il tenait à la main un verre et une bouteille de Johnny Walker. Pendant quelques secondes, il contempla Virginia allongée au sol, puis posa sur le seuil le verre et la bouteille par lui apportés et s'en alla.

La porte de la salle de bain était restée ouverte. Virginia entendit ses pas, naturellement pesants, s'arrêter dans le salon, puis ce fut le déclic caractéristique d'une chaîne qu'on met en marche et toute la datcha s'emplit de la voix de Liza Minelli chantant en stéréo un de ses plus grands succès :

« *If I can make it there, I'll make it anywhere. It's up to you, New York, New York...* »

Virginia fondit en larmes. Dans une vie lointaine qui n'était déjà plus la sienne, il y avait New York, Broadway, Carnegie Hall, Greenwich Village, des cafés, des restaurants, Liza Minelli. Elle, elle était sale, battue, violée par une lesbienne vieille et sale, gisant sur le sol, sur des bat-flanc... Mon Dieu, ma petite maman! Mais maman avait été enterrée loin de là, il y avait longtemps, en 1961 dans le Colorado. Son père y avait été enterré lui aussi, l'année suivante. Virginia rampa jusqu'à la bouteille de whisky et se versa un verre presque plein. Le whisky sec passa comme du feu à travers sa gorge et sur son ventre vide, mais lui redonna des forces. Elle se leva et but encore. Et tout en souriant à demi, la bouteille à la main, elle alla vers la voix de Liza.

Le propriétaire de la datcha était assis dans son vaste hall auprès d'une cheminée allumée et lisait le *Washington Post.* Il avait passé par-dessus son pantalon et sa chemise blanche sans cravate une robe de chambre marron foncé. Sur la table à journaux, à côté de la *Pravda,* du *New York Times,* du *Sunday Times* et de *Playboy* était posée une autre bouteille de Johnny Walker, en compagnie de plusieurs petites bouteilles d'eau gazeuse. Un grand plateau d'argent était empli de fruits : raisin, pommes, oranges, bananes. Des bûches en bois de bouleau crépitaient dans la cheminée.

« Asseyez-vous, dit-il à Virginia sans lever les yeux de son journal et, se penchant légèrement, il atteignit le magnétophone et baissa un peu la musique.

– Que voulez-vous de moi? demanda Virginia, sans s'asseoir.

– Que vous ne restiez pas debout.

– Je vais tacher vos meubles, dit-elle en souriant.

– Là-bas, dans la salle de bain, vous auriez pu prendre un bain et vous changer.

– Les détenues ne prennent pas de bains et ne portent pas de robes de chambre gaufrées. Que voulez-vous de moi?

– Pas du tout ce que vous pensez », dit-il en levant enfin le visage vers elle et en ôtant ses lunettes.

Il avait des yeux fatigués, comme malades. Il se frotta l'arête du nez et les sourcils.

« Vous êtes persuadée, poursuivit-il, que je veux vous décrasser et ensuite coucher avec vous. Mais ce n'est pas mon intention. Il y a en Russie des femmes aussi belles et plus jeunes que vous. Et pas seulement des Russes. Il y a des Lituaniennes, des Ouzbèques, des Géorgiennes, des Juives et, pour peu qu'on le désire, des Polonaises, des Hongroises, des Turques, et ainsi de suite. Comme vous le voyez, on ne risque pas de rester à court. Asseyez-vous, sinon vous allez tomber. Et ne buvez plus. Mangez des fruits. »

Virginia s'assit dans un fauteuil de cuir souple. Elle n'avait effectivement plus la force de rester debout. Mais elle ne toucha pas aux fruits, s'efforçant de ne pas les regarder.

Le maître des lieux soupira.

« Votre affaire..., dit-il. Tout ce que je désire vous

proposer est pour votre bien. Vous êtes une jeune et belle femme, et vous ne tiendrez pas longtemps en prison, surtout dans votre état. Ce qu'il vous faut réellement maintenant, ce sont des vitamines, du calme, une alimentation renforcée. Peut-être pensez-vous qu'aujourd'hui ou demain les Américains vont vous échanger contre un espion à nous? Oubliez plutôt cette idée. Que voulez-vous que je fasse d'un espion qui s'est fait pincer? Il me donnerait encore plus de tintouin que vous. Il faudrait le faire surveiller toute sa vie car qui pourrait se porter garant qu'il n'aurait pas été retourné par la C.I.A.? Vous connaissez cette organisation? »

La question avait été lancée légèrement, en passant, à toutes fins utiles. Quelques heures plus tôt, on avait posé sur la table de son cabinet de travail des matériaux compromettant cet idiot de major Niéznatchny, bien plus qu'il ne l'avait été lorsqu'un petit dentiste de Washington avait remarqué qu'il était filé par lui. On avait joint à son dossier des photos de Niéznatchny avec son propre agent Olia Makhova, secrètement filmés dans une chambre de l'hôtel National par le lieutenant Kozlov qui, à tout hasard, avait mis la caméra en marche avec exactement les mêmes intentions que Niéznatchny ensuite, lorsqu'il avait fixé sur pellicule les joutes amoureuses d'Olia Makhova avec Kozlov et les autres membres du K.G.B. En outre, la femme de ménage du département Tourisme du K.G.B. avait témoigné que Niéznatchny s'était plusieurs fois enfermé dans son cabinet avec sa secrétaire Ekatérina Kouniaïéva. Il y avait enfin le procès-verbal de l'interrogatoire de la propre Kouniaïéva, qui avait avoué vivre en concubinage avec le major Niéznatchny. Bref, si Robert Williams avait débarrassé les rangs du K.G.B. de cet idiot, peut-être un futur traître, il n'avait fait que rendre service à la Sécurité d'Etat...

Le patron sourit intérieurement à cette idée et se tourna vers Virginia, qui gardait le silence :

« D'accord, parlons quand même de vous. On ne vous échangera donc ni aujourd'hui ni demain, et vous passerez en prison ces trois années, ou même davantage. Ne vous étonnez pas : la durée de la peine peut être augmentée pour violation du régime interne de la prison. Par exemple, aujourd'hui, vous avez été à l'origine d'une bagarre dans votre cellule et avez tenté de violer votre codétenue Vlassova...

– C'est elle qui a essayé de me violer! s'écria Virginia.

– Qui sait? sourit-il à nouveau, en la regardant dans les yeux. Vlassova rédigera une plainte où elle vous accusera d'avoir voulu la violer, et toutes les autres détenues seront prêtes à le confirmer. Or notre Tribunal populaire peut vous rallonger votre peine pour dépravation sexuelle. Et où est la garantie que, lorsqu'on vous ramènera dans votre prison, vous ne tenterez pas en chemin de séduire les soldats? Vous comprenez maintenant ce dont je parle? Nous pouvons vous maintenir en prison aussi longtemps que nous le désirons, et aucun président américain ne vous sauvera. Je ne peux pas non plus vous garantir que des lesbiennes ou des soldats d'escorte ne vous violeront pas en prison ou au camp de travail. Les bêtes restent toujours les bêtes. Mais il y a une chose dont je suis sûr : vous ne tiendrez même pas les trois ans qui vous ont été imposés. A vivre dans la saleté, affectée à un travail de bagnard, avec la pitance des camps, en un an vous serez devenue une vieille femme. Or, si vous êtes réellement enceinte, pensez à l'enfant...

– Que voulez-vous de moi?

– Je veux que vous collaboriez avec nous... Attendez, ne m'interrompez pas. Ce n'est pas si terrible. J'ai besoin de personnes comme vous, pour un travail tout à fait facile. Par exemple pour entraîner certaines personnes qui doivent aller à l'Ouest. Vous êtes actrice, vous connaissez la vie en Amérique, le slang, les détails de l'existence quotidienne. Mais ce n'est qu'une des possibilités, il y en a d'autres. J'ai étudié votre questionnaire. Vous avez perdu vos parents jeune. Vous avez vécu une vie solitaire et, disons-le franchement, pas totalement réussie. On vous a peu utilisée au cinéma, pour ainsi dire pas du tout. Vous vous êtes mariée il y a trois ou quatre mois, et encore, je pense, uniquement parce que vous aviez déjà trente-quatre ans et qu'il était temps d'avoir des enfants et une famille. Autrement dit, votre Amérique dorée ne vous a donné ni carrière ni bonheur. Un seul mot de vous et vous avez une maison, de l'argent, une voiture, des admirateurs. Ensuite, qui sait? Un mari russe et même des rôles principaux dans des films de chez nous. Nous pouvons tout faire, pensez-y! Ou bien préférez-vous un orphelinat pour votre enfant et, pour vous, la prison, les lesbiennes et les soldats?

– C'est du chantage.

– Non, du *business*.

– Il faut que je réfléchisse...

– Où voulez-vous réfléchir? En prison ou ici? sourit le patron du K.G.B.

– Vous n'avez pas d'autre endroit à me proposer?

– Bien, dit-il. On peut faire une petite concession à une femme telle que vous. Mais pas pour longtemps. Disons, pour quinze jours. Vous serez dans des conditions plus ou moins humaines. Mais je vous préviens : dans deux semaines, ou bien vous retournez en cellule, chez les criminels, ou bien... Vous voulez dîner avec moi? Prendre un bain?

– Vous venez de me donner quinze jours de réflexion.

– Un dîner ne vous obligerait à rien.

– Reportons-le quand même à plus tard, cela vaudra mieux », fit Virginia qui comprenait que si elle restait encore là même une demi-heure, elle perdrait la partie, et non plus dans quinze jours mais immédiatement.

15

Pour la troisième nuit consécutive, Stavinski rêvait de Yourychev. Il n'y avait rien d'étrange à cela : toute la dernière semaine avait été consacrée, du matin au soir, à ce même Yourychev : l'énergique Benjer le mettait au courant des détails du projet Emma; les officiers de l'E.M.G., anciens compagnons de travail de Yourychev, lui rappelaient à tour de rôle, sur ordre du maréchal Oparkov, tel ou tel épisode de la vie de Yourychev (et apportaient en douce dans sa chambre de l'Ararat, le cognac arménien favori de Yourychev); le capitaine Piotr Gouchtchine était venu de sa base de sous-marins de Baltiïsk pour le mettre au courant des détails de l'expédition de son U-137 au large des côtes suédoises. On avait réussi à forer en secret trois cavités dans le lit des étroits et rocheux fjords suédois et à y installer des matrices énergétiques verticales. La quatrième, comme il avait été planifié par les sismologues, par Benjer et par Yourychev, avait été dressée juste en face de la base navale de Karlskrona. On avait foré la cavité dès la première nuit, avant même que les pêcheurs suédois n'aient découvert au petit matin la présence du sous-marin et fait du raffut (Gouchtchine en riait encore dans ses moustaches foncées).

« Puis, ajoutait-il, pendant qu'on me traînait à des interrogatoires, nos hommes-grenouilles ont continué bien tranquillement leur petit travail : ils ont installé la matrice et refermé la cavité avec un ciment spécial et un mortier formant écran : même un chien de chasse serait aujourd'hui incapable de deviner ce qui est caché derrière! Cela dit, ça n'a pas été un travail de tout repos. Les Suédois ont flairé la présence d'Uranium-238 et ont tout fait pour pénétrer dans la partie avant du navire : des clous! Je n'ai laissé personne entrer, alors que j'étais moi-même pratiquement en état d'arrestation. Seulement, permettez-moi de vous faire savoir, camarade colonel, que je ne conseille à personne de se retrouver une seconde fois dans un tel imbroglio! Il nous faut un équipement de forage capable de percer toutes les couches rocheuses, même le granit. Cela nous évitera de nous échouer à nouveau sur ces fichus bancs de sable...

– Vous voyez bien! Qu'est-ce que je vous avais dit? demanda Benjer à Stavinski. D'accord, admettons que nous installions encore deux matrices, quelque part du côté de l'île de Muskö, histoire d'achever la guirlande suédoise et d'obtenir un prix Lénine. Mais c'est tout! Ensuite il faut interrompre ce travail d'amateur et obtenir du gouvernement les fonds nécessaires pour la production en série de matrices et de perceuses avec mèches en diamant d'un nouveau type. Dans toute affaire, l'essentiel, c'est d'obtenir pour son projet les premiers millions et de les dépenser rapidement. Alors ils seront coincés, ils seront bien obligés de nous donner l'argent. Mais demain, la commission de l'Industrie de guerre du Comité central vient nous voir à l'institut. Je ne peux pas les recevoir sans vous, Sergueï Ivanovitch!

– Demain c'est samedi, s'étonna Stavinski.

– Il n'y a pas de jours de relâche pour nous, répondit Benjer. Même chose au Comité central.

– Et mon bras dans le plâtre?

– Aucune importance : vous marchez! Nous leur ferons visiter les stands, nous leur montrerons les deux matrices que nous avons assemblées à la main et nous geindrons que nous ne pouvons pas travailler dans ces conditions. Notre travail, ce sera comme dans une conférence où l'on expose à deux. Commencez et je continuerai. L'essentiel, c'est de ne pas leur laisser de répit et de parler simplement. Ils ne comprennent de toute façon rien aux choses scientifiques...

– J'ai aussi ces poils disgracieux sur le visage... », fit Stavinski en se passant la main sur la joue.

A cause de la grande cicatrice qui lui coupait le menton en deux, il avait cessé de se raser et commencé à se laisser pousser barbe et moustache. Ces modifications extérieures du visage de Yourychev seraient, pensait-il, de nature à détourner l'attention de changements plus substantiels qu'un œil tatillon aurait pu découvrir. Ces changements, il est vrai, pouvaient eux aussi s'expliquer : lorsqu'un homme subit une commotion cérébrale, cela peut entraîner chez lui non seulement la perte de la mémoire, mais d'autres perturbations de l'activité de l'écorce cérébrale, par exemple une modification de la coordination des mouvements propres à cet homme : démarche, gestes et même écriture. Mais, sous prétexte qu'il avait mal à la mâchoire, Stavinski refusait obstinément de se faire mettre de nouvelles dents. Son zézaiement l'arrangeait, en lui permettant de dissimuler ses erreurs dans l'imitation de la voix rauque typique de Yourychev. Et Stavinski voyait que, pour l'instant, tout allait bien. Peut-être aussi parce qu'il n'était venu à l'esprit de personne de soupçonner en lui quelqu'un d'autre que Yourychev. Il était arrivé à l'hôpital avec les papiers de Yourychev, on l'avait entouré d'une sollicitude envisageable seulement pour le gendre du chef de l'Etat-Major général, et le major Riazantsev, aide de camp du maréchal Oparkov, le premier des officiers de l'E.M.G. à être entré dans sa chambre, s'était même écrié en le voyant :

« Tu te laisses pousser la barbe, vieux? Cela t'ira bien, je t'assure! »

Tous étaient avec lui d'une attention exagérée et détournaient les yeux du pansement de son visage et de la cicatrice de son menton, comme toujours lorsqu'on veut montrer, au chevet d'un malade, qu'il est en excellente santé et que tout cela n'a rien de bien terrible. Les gens, en pareil cas, font plus attention à eux qu'au malade...

Oui, pour l'instant tout semblait se passer bien et sans complications. Mais après avoir quitté Benjer et Gouchtchine, Stavinski se mit à aller et venir dans sa chambre. Pratiquement, il commençait dès le lendemain à exercer les fonctions de Yourychev et il avait aussitôt cette commission du Comité central qui lui tombait dessus! Mais il ne pouvait pas refuser. Benjer et Gouchtchine étaient encore là lorsque le major Oparkov lui avait fait envoyer par son aide de camp Riazantsev un uniforme tout neuf de général : le colonel Yourychev venait en effet d'être promu à ce grade en raison de ses succès dans la mise au point du projet Emma. L'uniforme de général était de couleur kaki, avec des feuilles de chêne dorées aux manches et au col droit, une étoile dorée de général-major aux épaulettes, un pantalon à bande rouge descendant le long des coutures latérales, une ceinture de cérémonie faite de fils d'or tressés et d'une boucle hémisphérique, une longue capote de général de fin drap gris avec un grand col rabattu et des feuilles de chêne dorées aux boutonnières, et une nouvelle ceinture dorée, un haut bonnet fourré en astrakan gris avec cocarde dorée, proéminente et ovoïde, et doublure en soie rouge sur laquelle se croisaient les fils noir et or des coutures, des mi-bottes de général, sans lacets, et une chemise kaki clair : tout cet attirail neuf de général soviétique lui avait été apporté dans sa chambre par le major Riazantsev qui n'avait pas manqué d'ajouter, à la demande bien sûr d'Oparkov, que l'uniforme et la capote avaient été confectionnés sur mesure à la demande de sa femme Galina dans l'atelier de couture des généraux de l'armée soviétique. Galina s'y était rendue elle-même à trois reprises pour vérifier que tout serait idéalement fait, exactement aux mesures de Yourychev.

Tout cet attirail était maintenant suspendu dans la chambre de Stavinski, sur des portemanteaux accrochés au bouton de porte, et il y jetait de temps en temps des regards en biais. Il comprenait que ce n'était pas seulement à cause du projet Emma qu'il avait reçu des épaulettes de général. Demain, à l'issue de la visite à l'institut de la commission de l'Industrie de guerre du Comité central, il serait accueilli à l'E.M.G. par Galina, ex-femme du colonel Yourychev et fille du maréchal Oparkov. Yourychev lui avait dit, dans le train Leningrad-Moscou, qu'il « l'avait chassée parce que c'était une traînée ». Que faire? Comment se comporter avec elle? Le plus simple aurait été de continuer à jouer le rôle de Yourychev, celui du mari offensé. Mais, dans ce cas, il se serait privé de la haute protection de son petit papa...

Il rêva à nouveau, cette nuit-là, de Yourychev, de Yourychev au lit avec Virginia. Et Stavinski n'arrivait pas à comprendre, dans son rêve, si Virginia avait reconnu que c'était Yourychev et non Stavinski qui était avec elle. Puis ce fut le major Niéznatchny qui se retrouva brusquement à la place de Yourychev, en train de violer Virginia.

Stavinski se réveilla tout couvert de sueur froide. Deux cadavres, pensa-t-il. Deux cadavres dans le même rêve : était-ce bon signe?

Il se leva, se lava comme il put et endossa son uniforme de général.

16

Une autre personne s'était réveillée, ce matin-là, bien avant l'aube : Galina, la femme de Yourychev. Perdre à trente-sept ans, d'un seul coup, son fils, son mari et le mode de vie facile qu'elle s'était constitué au cours de nombreuses années avait été pour elle, quelques mois plus tôt, un coup assourdissant. Encore qu'il ne sût pas la véritable raison de sa rupture avec Yourychev, son père le maréchal Oparkov avait tout de suite, intuitivement, tenu Galina pour responsable de cette rupture. Peut-être avait-ce été parce qu'il aimait vraiment Yourychev comme un fils et ne manquait pas une occasion de souligner que, s'il concourait à sa promotion professionnelle, ce n'était nullement en raison de leurs liens de famille mais parce que le colonel Yourychev était réellement un homme de grand talent. Et comme son père et Yourychev avaient travaillé ensemble pendant des années de suite, quotidiennement, il s'était constitué entre eux deux un type de relations particulier aux hommes, une amitié purement virile. La mort de son petit-fils et la rupture de son gendre avec Galina étaient venues se mettre en travers de cette amitié, et le père n'en accusait que sa propre fille. Galina, de son côté, se considérait comme unique responsable. Le contraire eût d'ailleurs été comique. Elle aimait Yourychev et les aventures occasionnelles qu'elle pouvait avoir ne gênaient nullement ce sentiment, bien au contraire : lorsqu'elle rompait avec l'un de ses jeunes amants, étudiant ou stagiaire à l'Institut des bibliothécaires, où Galina enseignait le français (comme l'écrasante majorité des filles de l'élite moscovite, civile et militaire, elle avait obtenu autrefois le diplôme de fin d'étude de l'Institut des langues étrangères), elle revenait toujours à son mari le cœur rempli de reconnaissance et d'amour pour lui, pour son fils et pour leur famille. Pouvait-on en effet comparer cet homme plein de talent et qui l'aimait avec autant de calme, ce colonel, ce chasseur et ce père, avec n'importe lequel de ces morveux d'étudiants? Absorbé qu'il était par son travail et par ses continuels envois en mission, Yourychev ne remarquait pas ses allées et venues. Galina, de son côté, ne se sentait pas la conscience particulièrement chargée par ces infidélités conjugales : quelle femme de son âge balzacien ne se sent pas en effet flattée par l'attention que lui portent les jeunes gens, par leurs yeux craintifs et défaillants de passion amoureuse, par les tremblements, les taches qui viennent colorer la peau de leurs jeunes adorateurs éperdus d'émotion? La vie passait, dans peu de temps elle aurait quarante ans. Ce chiffre l'effrayait et chacun de ses jeunes amants lui servait à remettre ce chiffre en cause : non, pas encore quarante! Ni même trente! De toute manière, personne ne lui donnait plus de trente ans. C'était une petite blonde mince et bien faite, avec de grands yeux sur un visage un peu allongé, avec de grosses lèvres sensuelles, une poitrine petite mais haute, bien ferme et élastique, et des jambes faites au tour. Nombreuses étaient les étudiantes de dix-huit ans qui enviaient sa silhouette, et presque toutes ses atours achetés au magasin en devises Beriozka et au rayon nº 100 (gouvernemental) du G.O.U.M. : manteaux en fourrure retournée, pelisses de prix, chemisiers, robes, bottes, parfums français. Elle avait aussi, naturellement, sa voiture personnelle, une Lada. Une jolie femme, habillée à la mode et conduisant sa propre voiture, cela fait à peu près le même effet à Moscou que, par exemple, Anouk Aimée sur les Champs-Elysées ou Liza Minelli sur Madison Avenue. C'était ce que pensait, non sans raisons, Galina. Mais elle ne se doutait pas qu'outre ses charmes féminins, tous ses admirateurs estudiantins venaient à elle attirés par tout autre chose. Ils étaient en effet fermement persuadés que, puisqu'elle enseignait le français, elle au moins en savait bien plus sur le sexe que n'importe quelle « bonne femme russe » et qu'elle avait dans ce domaine *des connaissances françaises.* Et cette envie encore adolescente, typiquement russe, d'essayer l'« amour à la française » conduisait ses admirateurs à faire preuve d'une telle ténacité, à montrer devant elle de telles propensions à l'amour romantique que même une puritaine au cœur de pierre aurait eu du mal à leur résister. Et lorsqu'elle s'abandonnait à eux, lorsque sa petite Lada bleue se recouvrait tristement de neige au milieu des congères d'une rue des environs de Moscou, près d'un nouvel appartement prêté pour quelques heures à l'admirateur en question par un de ses amis, ou bien attendait sa maîtresse au bord de la route de Minsk, à l'orée d'un bois de bouleaux blanc et vert, ce qui se passait dans l'appartement ou sur la clairière n'avait aucune mesure avec la modération de ses jeux conjugaux. Aucun de ses fougueux amants ne se contentait de l'amour ordinaire, dit normal. Chacun (dans la mesure, naturellement, de l'idée qu'il se faisait des fantaisies de l'amour à la française) s'efforçait d'imaginer quelque chose de particulier, d'extravagant, inventait des poses et des contorsions invraisemblables. Pratiquement, ce n'était pas elle qui les débauchait, mais l'inverse. C'étaient de jeunes chiens assoiffés d'amour physique : elle les prenait pour des amoureux transis. C'était précisément au cours d'une de ces séances d'« amour à la française » que son fils Victor l'avait surprise, le 28 juin, alors qu'il revenait d'un camp d'été avec deux jours d'avance sur ce qui avait été prévu. Et tout s'était écroulé, avait péri, disparu : son fils, son mari et même son père. Et tous ses admirateurs avaient disparu d'un coup : peut-être parce que son visage n'exprimait plus, comme auparavant, les charmes du succès, de la légèreté, de la vie facile, du je-ne-sais-quoi féminin et était devenu soudain semblable à celui de tous les autres Soviétiques : marqué par l'ennui et les soucis... Et quoiqu'après la rupture avec son mari elle se fût installée chez son père, dans l'un des immeubles gouvernementaux du quai Frounzé, où le maréchal possédait un très vaste appartement et où elle n'avait aucun travail domestique à faire puisque c'était leur bonne, tata Klava, qui s'occupait de tout, sa vie était devenue complètement vide pendant cette période. Son père ne parlait presque pas avec elle, il l'évitait même et restait à son bureau de l'E.M.G. plus longtemps que de coutume... Peut-être était-ce une impression, car cela allait mal à ce moment-là en Pologne et on n'arrivait toujours pas à mettre l'Afghanistan à genoux; or c'étaient justement Oparkov et quelques autres maréchaux qui avaient garanti à Brejniev et à Oustinov qu'ils en viendraient à bout en deux ou trois semaines. Mais, quoi qu'il en fût, Galina se retrouva soudain seule, face à ses trente-sept ans, avec son français dont personne n'avait besoin et sa Lada qui ne lui donnait plus de joie. Elle essaya de boire, elle tenta une nouvelle aventure sentimentale : peine perdue! Elle n'avait plus en elle la légèreté, l'envol, l'accord de l'être qui faisaient encore son succès si peu de temps auparavant... Yourychev! Dans le malheur où elle était alors plongée, c'était d'un homme comme lui, et seulement d'un homme comme lui qu'elle avait besoin : d'un homme calme, sûr de lui, fort, capable de la préserver de toutes les adversités. Mais ces hommes-là n'existaient pas ou, s'ils existaient il y avait belle lurette qu'ils avaient été accaparés par d'autres femmes à qui elle ne les arracherait ni par douceur ni par violence, comme on n'avait pas réussi à lui arracher son Yourychev au cours de leurs dix-sept années de vie commune. Ce n'était pas qu'on n'eût pas essayé : elle le savait fort bien. Lorsque son père lui avait annoncé que Yourychev s'était enivré, avait sauté d'un train, s'était écrasé au sol et avait perdu la mémoire, un timide espoir s'était éveillé en son cœur et elle avait soudain oublié jusqu'à ce jour fatidique du 28 juin. Elle s'était précipitée chez des psychiatres. Très prudemment, sans donner de détails concrets, elle avait essayé de savoir ce qui l'intéressait : la mémoire pouvait-elle lui revenir, en général, et de quelle manière? Conserverait-il longtemps des trous de mémoire concernant des objets précis, des événements, des émotions? Elle avait eu la surprise de constater que tous ces grands spécialistes, qui se présentaient comme des flambeaux de la médecine moderne, ne savaient rien de précis et ne pouvaient rien garantir hormis le fait qu'en cas d'amnésie rétrograde on ne pouvait régler le retour de la mémoire : celle-ci revenait d'elle-même au bout de plusieurs semaines ou mois, et parfois ne revenait jamais plus. Cela lui donnait de l'espoir et, en même temps, lui en ôtait. Il lui semblait parfois qu'il suffirait à Yourychev de la voir pour qu'il se souvînt immédiatement de tout : de leur fils, du jour d'été fatal et des aveux qu'il l'avait forcée à écrire sous la menace de son revolver. Et elle retardait le moment où elle rencontrerait Yourychev, elle s'était réjouie le jour où son père lui avait dit qu'elle n'avait pas à lui rendre visite à l'hôpital. Mais ce jour avait quand même fini par arriver : Yourychev allait sortir de l'hôpital, il avait à midi une réunion à l'Institut maritime et, ensuite...

En fin de compte, se disait-elle, je vais m'occuper de lui comme une nourrice, comme une mère, comme il voudra. Tout, pourvu qu'il pardonne, qu'il oublie, qu'il ne me rappelle rien, pourvu qu'une partie au moins de notre vie commune lui revienne et que disparaisse ce vide annihilant. Et elle priait en elle-même pour qu'il en fût ainsi, avec la fureur propre aux pécheresses repentantes. Quant au fait qu'il avait le bras cassé et des trous de mémoire, c'était même une bonne chose, cela signifiait que Dieu lui avait pardonné et lui donnait sa chance. Mais comment allait-elle le rencontrer, grands dieux? Comment le regarder en face? Comment rester seule à seul avec lui, alors qu'il y avait *cela* entre eux deux?

Et soudain une nouvelle idée la précipita littéralement au bas de son lit. Les deux feuillets! Sur l'un, il y avait le dernier message de son fils, sur l'autre ses aveux. Ils étaient quelque part chez lui, à leur ancien appartement. Même s'il ne se souvenait de rien au moment même de leur rencontre, il n'en serait plus ainsi lorsqu'il rentrerait à la maison, où il y avait encore tant de souvenirs de leur fils et, très probablement cachés dans son secrétaire, les aveux, les terribles aveux...

S'habillant à la hâte, oubliant à cette occasion qu'elle avait rendez-vous à neuf heures chez Rosa, la coiffeuse la plus chic de Moscou, au salon de coiffure « L'Enchanteresse » de l'avenue Kalinine, s'efforçant de ne pas faire trop de bruit pour ne pas réveiller son père qui dormait du sommeil fragile des vieillards, Galina se glissa hors de l'appartement. Un manteau jeté sur les épaules, son bonnet sous le bras, elle courut dans la neige fraîche tombée pendant la nuit, mit nerveusement en marche sa Lada, nettoya à la hâte le pare-brise avec une de ses mitaines et, sans même attendre que le moteur chauffe, s'élança à travers les rues encore vides et sombres en direction de l'avenue Lénine, vers son ancien appartement.

Elle introduisit sa clef dans le trou de la serrure avec des battements de cœur, comme si elle redoutait quelque chose. Elle entra dans l'appartement et alluma la lumière. Elle ne savait même pas ce qu'elle pouvait redouter : de rencontrer une autre femme, de trouver des traces révélatrices? Ce ne fut que lorsqu'elle eut allumé la lumière qu'elle comprit quel était le danger : le portrait de leur fils. Un grand portrait, un agrandissement d'une photo d'enfant, pendait au mur du salon. Vitia avait quatre ans quand elle avait été prise. Ce bambin souriant en béret marin la regardait, lui sembla-t-il, avec les yeux sévères de son père. Elle ne s'approcha même pas du portrait et s'immobilisa au centre de la pièce. Puis elle tomba lentement à genoux et se contenta de chuchoter :

« Pardonne-moi, Vitienka, pardonne-moi... »

Comme tous les nouveaux convertis, elle était prête à pleurer et à prier avec excès.

Au bout de quelques minutes, elle se leva néanmoins, retira du mur le portrait de son fils et le cacha dans le tiroir inférieur de la commode de sa chambre, sous le linge. Puis elle fourra rapidement l'album de famille dans son sac à main et actionna tous les tiroirs du secrétaire de Yourychev. Mais ni dans les tiroirs, ni dans les valises empilées dans le débarras, ni parmi les livres sur les rayonnages, nulle part elle ne put trouver ces deux feuillets de papier ordinaire, arrachés à un cahier de classe de Vitia...

Le téléphone sonna brutalement et la fit sursauter.

Tout en se demandant si elle répondrait ou non, elle alla vers le combiné. Qui pouvait téléphoner à Yourychev à une heure aussi matinale? Prenant son courage à deux mains, elle décrocha.

« Allô...

– C'est toi? fit la voix de son père.

– Oui...

– Tu mets de l'ordre?

– Oui...

– Tu fais bien. Bravo. »

Pour la première fois durant ces longs mois, elle perçut dans la voix de son père des accents chaleureux.

« Reste là, ajouta-t-il, je vais faire envoyer des provisions par le chauffeur. Après cela, tu iras avec lui au magasin d'automobiles et on te donnera une Volga neuve. J'ai déjà tout payé. Et à dix-sept heures tu viendras le chercher en Volga à l'Etat-Major général.

– Une Volga? fit-elle tout étonnée.

– Mais oui. Le général Yourychev ne va quand même pas se trimbaler dans je ne sais quelle vieille

Lada toute démantibulée, ce ne serait pas correct. Seulement ne lui dis pas que cela vient de moi. De toute façon il ne se souvient pas s'il avait ou non une voiture. Je suis curieux de savoir ce qu'il dira!...

– Papa..., tu es... un ange! »

Mais il avait déjà raccroché.

Elle fondit à nouveau en larmes : était-il possible qu'une vie humaine recommençât pour elle?

17

Au sud-est de Moscou, à environ quinze kilomètres du Kremlin, un bâtiment de huit étages construit dès les années 50 se dresse le long de la bruyante route des Enthousiastes. C'est ce que l'on appelle l'« Institut maritime ». Il y a bien longtemps, du reste, qu'il n'y a plus de plaque portant ce nom sur le bâtiment proprement dit car cela fait une vingtaine d'années que le prétendu Institut maritime est devenu tout simplement une « boîte postale », c'est-à-dire (dans le cas présent) le centre principal de recherches scientifiques du pays en ce qui concerne la mise au point des nouveaux types d'armes. Et année après année le territoire de l'institut s'agrandit, s'adjoint de nouveaux kilomètres carrés de territoires situés derrière et constituant ses « arrières ». On a déjà construit une branche nouvelle de la ligne de chemin de fer de Koursk, qui dessert directement la cour de l'institut. Déjà, dans la cour intérieure de l'institut, circule à heures fixes un autobus qui dessert les différents ateliers, car cette cour est si vaste qu'une heure ne suffirait pas pour en faire le tour à pied. Et pourtant les habitants des rues voisines, des ouvriers des usines de câbles et de moteurs d'avion proches de l'institut, ne soupçonnent même pas que, derrière les murs des corps de bâtiment intérieurs de ce qu'ils pensent être un institut comme les autres, dans des coffres de béton grands comme des hangars d'aviation, des ouvriers travaillent sur des segments de sous-marins nucléaires parmi les plus récents, ou à des fusées intercontinentales à ogives nucléaires. Chercheurs et ingénieurs de l'institut remplissent ces fusées des ordinateurs les plus sophistiqués, capables de conduire les fusées à dix mille kilomètres de leurs silos. C'est précisément là, dans ce centre de recherches secret, que les Soviétiques essaient de rivaliser avec les Américains en matière de conception technique militaire, c'est là qu'afflue toute l'information technique et scientifique dérobée à l'Ouest, dans le domaine de la construction de fusées pour sous-marins nucléaires, c'est là que sont nées les fusées soviétiques intercontinentales mirvées, et ce sont précisément ces chercheurs et ces ingénieurs qui ont construit ici, à l'exemple des Américains, des sous-marins nucléaires à rampes de lancement verticales, ce qui a permis d'embarquer à bord de chaque sous-marins d'abord neuf, puis douze et enfin vingt-quatre fusées, capables d'atteindre le Japon ou les Etats-Unis en quarante minutes depuis l'océan Glacial Articque. C'est là enfin qu'on a inventé les fameux « poissons d'or », ces sous-marins à la coque faite d'un alliage spécial leur permettant d'échapper aux radars et autres appareils de détection...

Ces réalisations sont grassement payées par le gouvernement, qui accorde aux collaborateurs de l'institut des salaires triples, des prix d'Etat et des prix Lénine non officiels, des titres savants, des nominations de Héros du travail socialiste, des décorations militaires, des appartements neufs sans listes d'attente, des magasins d'alimentation spéciaux et autres avantages ou récompenses stimulant leur activité créatrice, comme encore les talons leur permettant d'acquérir des voitures sans attendre des années durant. L'institut compte parmi ses visiteurs assidus le ministre de la Défense, les membres du Politburo et Léonide Ilyitch Brejniev lui-même, ainsi que son fils Youri, ami intime du directeur de l'institut, l'académicien Achot Gaïkaziants, un homme de cinquante-trois ans...

C'est en 1978 que l'un des corps de bâtiments des « arrières », l'un de ceux qui sont situés le plus loin de la grande artère passante, est devenu le foyer d'un travail de la plus grande importance, la mise au point du projet Emma et le lieu d'assemblage des premières « grilles », ou « matrices » énergétiques. Et c'était à ce sujet que l'on attendait ce jour-là la venue à l'institut de la commission de l'Industrie de guerre du Comité central, organisme spécialisé qui coiffe toutes les opérations de fourniture d'équipements techniques de l'armée soviétique. Personne ne s'attendait cependant à ce que Brejniev accompagne la commission. Il y avait pour cette raison une légère effervescence dans les laboratoires et ateliers de l'institut; partout le rythme normal du travail était perturbé. Comment savoir dans quel atelier Léonide Ilyitch choisirait de mettre le nez?

La limousine blindée du secrétaire général, suivie d'un cortège de voitures gouvernementales noires semblables à la sienne, franchit la cour d'entrée de l'institut, dont on avait encore renforcé la protection armée, puis traversa toute la cour centrale en longeant des prototypes de nouvelles fusées et de nouveaux segments de sous-marins, bâchés et prêts à être envoyés aux usines. Elle longea la piscine enneigée et le terrain de volley-ball, puis un dépôt de débris d'avions israéliens abattus et d'autres matériels militaires occidentaux en provenance du Proche-Orient, de l'Angola, etc., et parvint devant le domaine de l'académicien Benjer, un hangar en béton de quatre étages. Sans s'arrêter, elle passa sous le porche et pénétra dans les ateliers.

Le chef de la garde personnelle de Brejniev aida celui-ci à descendre de voiture. Vêtu d'un lourd manteau d'hiver à col rabattable en fourrure et d'un bonnet fourré, Brejniev avança de sa démarche sénile vers les stands où se dressaient deux matrices énergétiques à demi montées, de dix mètres de haut. Privées de leurs cônes de protection, elles ressemblaient à d'énormes bougies métalliques que parcourait tout un réseau de pulsateurs d'énergie.

Brejniev et sa suite, les membres de la commission de l'Industrie de guerre, le ministre de la Défense Oustinov et le maréchal Oparkov, chef de l'E.M.G., serrèrent la main de Gaïkaziants, directeur de l'institut, de l'académicien Benjer et de Yourychev, lequel, ayant le bras droit immobilisé par son plâtre, tendit sa main gauche au secrétaire général.

« Qu'est-ce qu'il t'est arrivé? demanda Brejniev en montrant de la tête son bras plâtré.

– Un petit accident, Léonide Ilyitch, répondit Stavinski d'une voix rauque.

– Tu siffles encore plus fort que d'habitude, grommela Brejniev. Je parie que tu bois? ajouta-t-il en faisant traîner les syllabes à cause de ses défauts d'élocution. Les gens boivent, ils ne se rasent pas...

– C'est parce qu'il a pris froid, Léonide Ilyitch, intervint pour le défendre l'académicien Benjer. Il y a quantité de courants d'air ici et nous travaillons en deux équipes. Boire ou se raser, ce n'est encore rien, Léonide Ilyitch. On n'a même pas le temps de manger!

– Et pourquoi travaillez-vous en deux équipes et non en trois? demanda le maître du Kremlin. Tu m'as promis que ces grilles seraient prêtes pour quand?

– Pour le Nouvel An, Léonide Ilyitch.

– C'est sûr?

– Celles-ci le sont, Léonide Ilyitch. Mais c'est de l'artisanat, du travail à la main. Or il nous faut d'urgence passer au stade industriel, à la production en série. Nous avons besoin d'une usine, Léonide Ilyitch! »

Et, cherchant un appui, il jeta un coup d'œil dans la direction de Stavinski.

« En outre, Léonide Ilyitch, s'enhardit à dire Stavinski, les plongeurs ne peuvent pas travailler avec l'outillage de forage que nous possédons actuellement. Ils ont besoin de perceuses portatives insonorisées capables de travailler les matériaux les plus durs.

– Bejoin! Bejoin! fit Brejniev en se moquant de lui, tant il était content d'entendre parler un homme dont la prononciation était encore pire que la sienne. Ils ont tous « bejoin » de quelque chose, lorsque j'arrive! »

Les membres de la commission sourirent avec servilité tandis que Brejniev continuait, s'excitant de plus en plus :

« Non, c'est vrai! Où que j'aille, c'est : « Léonide « Ilyitch, donne-nous... Donne-nous de l'argent, don- « ne-nous de la viande, donne-nous des fusées! » Jamais on ne me dit : « Voilà! Voilà de la viande, « Léonide Ilyitch, voilà une bonne récolte, Léonide « Ilyitch, voilà l'arme sismologique, cher Léonide « Ilyitch, flanque un bon coup à ces crapules d'im- « périalistes, ou à cette Pologne dont on parle

« trop! » Non, jamais! On me prend pour une vache à lait, ou quoi, à vouloir toujours me traire? Rien qu'aux Suédois, avec cette histoire de Kar..., de Kar... C'est pas prononçable, bordel!

– Karlskrona, souffla Gaïkaziants.

– Ouais, c'est ça... Rien qu'aux Suédois, tu comprends, il a fallu allonger cent soixante-dix mille dollars de dommages et intérêts. Et pourquoi cela? C'était indispensable, de forer juste à cet endroit-là? Vous ne pouviez pas imaginer un autre endroit? »

Cette fois-ci, les membres de la commission se renfrognèrent, aussi servilement qu'ils avaient souri précédemment. Leurs visages devinrent aussi sévères que celui de leur maître, qui n'était pas content.

« La Suède est un pays neutre, Léonide Ilyitch, répondit en pâlissant Benjer, qui osa cependant rappeler à Brejniev que c'était lui qui avait donné le feu vert de la Suède, encore qu'il le lui rappelât sous une forme qui se voulait impersonnelle :

– ... Si vous vous en souvenez, il n'était pas souhaitable de se frotter tout de suite aux bases de l'O.T.A.N. En outre, en cas de conflit majeur, la Suède pourrait bloquer toute notre flotte de la Baltique, et c'est pourquoi...

– Ce n'est pas de cela que je parle, l'interrompit Brejniev. Pourquoi fallait-il échouer un sous-marin sur un banc de sable dans ce Kar... Kars... Merde alors!

– C'est parce que la configuration de la guirlande l'exigeait, Léonide Ilyitch, dit Benjer qui sentait que Brejniev était vraiment fâché, moins par l'histoire du sous-marin que par le fait qu'il n'arrivait pas à franchir la barrière du nom de Karlskrona. Pour obtenir l'effet Emma, donné par des matrices de faible puissance, il nous fallait placer une grille précisément à cet endroit. Bien sûr, quand nous passerons à Emma, avec les matrices de forte puissance, ce sera une autre histoire...

– Et quand y passerons-nous? demanda Brejniev.

– Quand nous aurons notre usine à nous, insista Benjer.

– Et un nouvel équipement de forage, rappela Stavinski.

– Cela signifie à nouveau « Donne »? demanda Brejniev en le regardant d'un œil noir. Vous vous êtes donné le mot? Et où ai-je la garantie que ce machin-là peut vraiment flanquer par terre un pays comme la Suède, l'Angleterre, le Japon ou l'Amérique?

– Vous avez vu le film, Léonide Ilyitch, dit Benjer.

– Le film! ricana Brejniev. On fabrique tout ce qu'on veut au cinéma! Il y a quatre ou cinq ans, j'ai vu un film qui s'appelait *Gorge profonde.* On y montrait une bonne femme qui était capable de la prendre tout entière, à l'intérieur de la gorge... »

Toute la commission se mit à rire en chœur de la plaisanterie graveleuse du grand chef. Brejniev les regarda et sourit à son tour d'un air satisfait : il pensait posséder un énorme sens de l'humour et aimait se voir conforté dans cette opinion.

Stavinski comprit qu'il fallait continuer dans cette direction sans perdre de temps et reprendre la vague d'humour au bond.

« C'est une technique comme celle-là qu'il nous faudrait, Léonide Ilyitch, dit-il. Pour qu'on puisse forer des puits bien profonds à partir des sous-marins et fourrer plein de grilles dedans.

– Oui? demanda Brejniev avec un regard rusé. Eh bien, appelez dans ce cas votre projet « Gorge profonde », au lieu de vous servir de prénoms juifs! D'accord, nous serons généreux avec « Gorge profonde ». Nous sommes des hommes, ou quoi? Mais rase donc ta barbe! Pas la peine de me faire la comédie de l'enthousiasme au travail. Je le vois bien moi-même, que ça roule.

– Et les moustaches, Léonide Ilyitch, je peux les laisser? demanda en souriant Stavinski.

– Vois ça avec ta femme! répondit Brejniev avant de se retourner vers Oustinov et les autres membres de la commission de l'Industrie de guerre :

– ... Mettez-les tous deux demain dans un avion, et qu'ils passent une semaine à inspecter une dizaine d'usines et en choisissent une. Pas le temps d'en construire une nouvelle. Il n'y a qu'à en prendre une ancienne et l'adapter. Deuxième point. Que l'on confie à Andronov la tâche de fouiller du côté de l'Amérique et d'Israël au sujet de la technique de forage...

– Ils n'ont pas cet équipement, Léonide Ilyitch, intervint Gaïkaziants.

– Qu'est-ce que tu en sais?

– Nous recevons toutes leurs publications techniques. Ils ont un équipement superbe pour le forage en mer, mais pas à partir de sous-marins...

– Cela veut dire qu'il vous faut en plus un bureau d'études? Monstres que vous êtes, vous allez me prendre jusqu'à mon pantalon! Bon, si c'est pour « Gorge profonde », tu peux compter sur ton bureau d'études... En quelle année les Américains ont-ils fait éclater leur bombe, à Hiroshima? demanda-t-il avec un clin d'œil.

– En 45, Léonide Ilyitch.

– Eh bien, cette fois, c'est nous qui leur fabriquerons un petit Hiroshima à nous! Il y a longtemps qu'il fallait leur rendre la pareille... »

Lorsque Brejniev fut parti, tous se mirent à féliciter Stavinski.

« Ecoute! fit Benjer aux anges, en le frappant sur

l'épaule. Pourquoi n'as-tu pas eu ton amnésie rétrograde plus tôt? »

Et il cassa contre le stand des matrices énergétiques le goulot d'une bouteille de champagne rosé :

« Tu vas maintenant être obligé de continuer à siffler, siffler, tant que le projet ne sera pas terminé!... »

Une heure plus tard, à l'Etat-Major général où le maréchal Oparkov avait conduit son gendre, Stavinski reçut du responsable de la Section secrète les clefs du cabinet de Yourychev et du coffre-fort de ce dernier, ainsi que la documentation secrète remise par le colonel avant son départ en congé. Quoiqu'on fût dimanche, il y avait grand monde à l'E.M.G., et une atmosphère passablement nerveuse. En ouvrant son coffre-fort pour y ranger la documentation secrète, Stavinski y découvrit une enveloppe blanche portant l'inscription « Au maréchal Oparkov, personnel ». Après l'avoir retournée plusieurs fois entre ses mains, il l'ouvrit. Deux feuilles de cahier et une brève annotation de la main de Yourychev :

« Cher Nikolaï Petrovitch! Ce que vous trouverez ici a été écrit par votre fille alors qu'elle avait toute sa raison et était en parfaite santé. Tout ce que j'ai pu faire ensuite n'en a été que la conséquence. Adieu. Yourychev. »

Stavinski ferma à clef la porte de son cabinet et se mit à lire les aveux de Galina Yourychéva.

« Je soussignée Galina Yourychéva-Oparkova, reconnais avoir systématiquement trompé mon mari au cours des six dernières années de notre vie commune. Mon fils Victor m'a surprise aujourd'hui avec mon amant, pendant l'acte sexuel, au moment où... »

Suivait une description détaillée, même trop

détaillée, sadiquement détaillée de cet acte sexuel et des trois précédents. Galina écrivait qu'elle avait amené son amant, un jeune étudiant de l'Institut des bibliothécaires, chez elle à dix heures du matin, juste après que Yourychev était parti au travail. A son écriture torturée, à ses lignes barbouillées de larmes, Stavinski comprit ce qu'avaient coûté à Galina Yourychéva ces aveux de ses galipettes amoureuses.

« Je reconnais, écrivait-elle, que la mort de mon fils a été causée par le stress dont il a été victime lorsqu'il m'a surprise avec mon amant. Je reconnais que c'est là la raison pour laquelle l'enfant s'est suicidé. »

« Signé : Galina Yourychéva. Date : 28 juin 1981. »

Il n'y avait que deux lignes sur la deuxième feuille, arrachée au même cahier d'écolier :

« NE LA CROIS PAS, PAPA. C'EST UNE TRAINÉE. J'AI VU CETTE CHOSE DE MES PROPRES YEUX. JE NE PEUX PLUS... »

Stavinski resta longtemps assis dans son fauteuil, à contempler ces feuilles. Fallait-il les détruire? Les brûler? A moins que...

Il éteignit d'un geste énergique l'allumette qu'il avait déjà approchée de l'enveloppe blanche laissée par Yourychev.

18

La jolie Volga toute blanche filait sur l'anneau intérieur du Koltso. Le caoutchouc tout neuf des pneumatiques laissait des marques bien nettes sur la neige blanche. Le soleil orange du couchant jouait dans le rétroviseur. La station de radio retransmettait la revue de presse du jour :

« ... *Les chefs de « Solidarité », qui se détestent les uns les autres mais rêvent tous d'une restauration du capitalisme en Pologne, se sont efforcés de saper les bases de tout le système socialiste de ce pays. En utilisant les erreurs commises par la précédente direction du pays et dont chacune provoquait leur jubilation, en excitant l'âme des gens et en proclamant des slogans pseudo-démocratiques, les chefs de « Solidarité » ont réussi à créer le chaos dans le pays et à paralyser son économie. L'appui et la force principale de ce chaos ont été constitués par des éléments fascisants de la jeunesse polonaise. Mais la grande masse des travailleurs polonais demeure fidèle aux idées du socialisme et à son système. La nouvelle direction du pays, avec à sa tête le général Wojtech Jaruzelski, a déclaré que la période des appels à la raison, des exhortations et des mises en garde ne pouvait pas durer indéfiniment. La coupe de la patience est remplie à ras bord. La limite des faveurs et de l'indulgence universelle à l'égard des actions criminelles des aventuriers politiques et ennemis de la Pologne populaire a été atteinte. C'est une chose dont doivent se persuader ceux qui ont fait du sabotage de l'économie une arme dans leur combat pour le renversement de...*

Galina ferma la radio. Comme si elle n'avait pas assez d'ennuis personnels! Il fallait encore cette maudite Pologne... Qui savait si ce n'était pas à cause d'elle que son père devait rester à l'Etat-Major général jusqu'à des heures indues et rentrait à la maison, à deux heures du matin, les yeux rouges de fatigue? « La Voix de l'Amérique » et la radio française, que Galia écoutait le soir par désœuvrement, ne cessaient d'annoncer que l'Union soviétique massait des divisions de plus en plus nombreuses aux frontières de la Pologne. Tout cela, bien sûr, c'était son père qui en était responsable. Qui pouvait-ce être, à part lui? Mais lorsqu'elle lui avait demandé, un jour : « Alors, papa? On dirait qu'il est temps de prendre à nouveau Varsovie? Ce ne serait pas la première fois, pour toi..., il l'avait grossièrement interrompue :

– Ce n'est pas ton affaire! »

Il y avait quelque chose qui clochait chez eux, au sommet, quelque chose que, visiblement, ils attendaient. Ils craignaient peut-être simplement que la Pologne ne devînt un second Afghanistan... Mais ce Wojtech Jaruzelski serait peut-être capable de rétablir l'ordre? Galina l'avait vu, quelques années auparavant, à une soirée donnée à l'Académie de l'Etat-Major général. Un visage déplaisant, semblable à celui d'une jeune grenouille, des lèvres humides et une main qui transpirait. Il la lui avait tendue lorsqu'ils avaient fait connaissance. Même maintenant, elle en avait encore des frissons de dégoût. Elle n'aimait pas les hommes aux lèvres humides. Elle n'avait qu'à aller au diable, cette Pologne! Ils vivaient vraiment si mal, ces Polonais? Il n'y avait qu'à regarder ce qui se passait en Russie : la viande rationnée, le lait réservé aux enfants (et encore, coupé), des queues dans les pharmacies pour les flacons de vitamines. Et personne ne faisait la grève! Non, vraiment, au diable les Polonais! Perdre du temps à penser à eux...

Arrivée place de l'Insurrection, Galina tourna à droite et écouta avec volupté le moteur puissant de la Volga passer doucement et docilement en seconde, puis en troisième.

Près du théâtre des Acteurs de cinéma, elle vit le jeune Boyarski, le célèbre sosie de d'Artagnan, qui montait dans sa Lada. Ses grands yeux marron s'arrêtèrent un instant sur elle, puis son regard l'accompagna et elle eut un sourire d'aise. Non, pensa-t-elle, tout allait encore bien, elle était encore tout à fait correcte! Une belle femme brune, bien faite, en manteau de vison, au volant d'une Volga toute neuve, la femme du général Yourychev! *Bonjour,* madame la Vie! Sa coiffeuse Rosa l'avait certes dissuadée de se faire teindre en brune, mais elle avait insisté : moins elle ressemblerait à ce qu'elle avait été avant, plus il y avait de chances pour que Yourychev oublie ses infidélités...

Et pourtant, en approchant de la place de l'Arbat et du bâtiment massif de l'E.M.G. qui se dressait à droite, derrière la place, Galina ne put s'empêcher de constater que l'inquiétude s'emparait d'elle toujours davantage. Elle regarda sa montre. On était le 12 décembre; il était 16 h 55.

Une minute plus tard, ayant contourné la place de l'Arbat, elle s'engagea dans la rue Frounzé et se dirigea vers la grande entrée de l'Etat-Major général. Une dizaine de voitures noires, de service, étaient garées auprès des marches de pierre, soigneusement déblayées de toute neige. En haut, auprès des portes massives de l'Etat-Major, une garde militaire renforcée, avec des soldats en cabans armés de mitraillettes, assurait la sécurité des membres de la haute hiérarchie. Sur la chaussée, deux majors de la milice armés de porte-voix réglaient la circulation, en ce sens qu'ils ordonnaient brutalement et impatiemment aux véhicules civils qui passaient dans la rue : « Interdit de s'arrêter! Passez rapidement! Interdit de s'arrêter!... »

Mais Galina avait justement besoin de s'arrêter là. Elle freina contre le trottoir. Au même instant un des deux majors bondit vers elle et frappa le toit de la voiture de sa matraque :

« Défense de s'arrêter! Tu es sourde? »

Galina abaissa sa vitre et essaya de s'adresser à lui, mais il ne lui en laissa pas le temps :

« Je vais te briser tes phares, tu vas voir un peu! Je t'ai dit de passer, salope! Tu es sourde, ou quoi?

– Salaud toi-même! explosa Galina. Tu vas me le payer...

– Qu-oi? demanda-t-il en se penchant vers elle d'un air menaçant.

– Je suis la fille du maréchal Oparkov! Je suis venue accueillir mon père et mon mari... »

Galina le regarda bien en face et prit un plaisir vengeur à voir le major pâlir et se décomposer.

« Ex-xcu-usez..., dit-il en bégayant. Exx-cu-cu-sez... Je... je ne savais pas... Le station...nement... est...tinterdit... ici...

– Ecarte-toi », lui dit Galina en apercevant son père et Yourychev descendant les marches de l'E.M.G. Oparkov avait jeté sa capote de maréchal sur ses épaules. Yourychev portait son uniforme de général tout neuf, avec la manche droite vide, repliée dans sa poche. Et aussi avec des moustaches et une barbiche qui prenaient forme. Fichu major de la milice, qui ne lui avait même pas laissé le temps de rassembler ses pensées!

Oparkov et Yourychev traversèrent la rue et approchèrent de la voiture. Oparkov se pencha vers la fenêtre ouverte de la portière avant.

« Excuse-moi, Galia, je ne pourrai pas me joindre à vous. Je dois rester ici...

– Mais, papa! l'implora Galina, qui craignait depuis le début de rester seule avec son mari et évitait même de le regarder, tu m'as promis, papa! J'ai retenu une table à l'Aragvi! Sérioja est sorti de l'hôpital, il a été promu général, nous devons fêter ça!

– Galia, répondit le maréchal, il y a des choses plus importantes, malheureusement. L'état de guerre sera proclamé demain en Pologne. »

Elle jeta des yeux effrayés dans leur direction :

« La guerre? »

Oparkov fronça les sourcils avec dépit :

« Pas encore. Simplement l'état de guerre, la loi martiale. Ensuite on verra. Mais cela ne vous concerne pas. Allez au restaurant sans moi et, dans l'ensemble, tâchez de bien passer la soirée. Je vous téléphonerai... »

Et il s'éloigna, plus voûté qu'à l'ordinaire.

Galina était restée immobile. Elle regarda son mari faire le tour de la voiture, ouvrir la portière de la main gauche et s'asseoir en silence à côté d'elle sur le large siège de devant. Pendant quelques secondes ils restèrent assis sans parler ni se regarder. Galina n'avait pas la force de se tourner vers son mari et de le regarder dans les yeux. Finalement, elle lui dit la première chose qui lui vint à l'esprit :

« Tu... tu as décidé de te laisser pousser la barbe? »

Il haussa les épaules d'un air vague.

« Où allons-nous, Sérioja?

– Hmmm! » fit-il en toussant.

Puis il ajouta, d'une voix rauque :

« Je... je voudrais aller sur la tombe de mon fils. »

Elle sentit son cœur s'effondrer dans sa poitrine. Il se souvenait donc de tout, de tout!

Posant docilement la main sur le levier du changement de vitesses, elle passa la première, débraya et fit lentement avancer la voiture. Le cimetière de Novodiévitchi, où se trouvait la tombe de leur fils, n'était qu'à dix minutes de là.

19

Les « conditions plus ou moins humaines », évoquées par le chef du K.G.B. s'appelaient officiellement « Colonie n° 821-OR pour délinquantes mineures ». Cette dernière occupait un ancien monastère à vingt kilomètres de Moscou, au bord du lac Gloubokoïé. La vieille clôture de pierre était surmontée de trois rangées de fil de fer barbelé et de six miradors avec des sentinelles. Dans l'ancienne église, depuis longtemps privée de sa croix et de sa coupole dorée, on avait installé un atelier de confection de demi-pelisses et de gants pour soldats. L'emplacement de l'ancien autel était occupé par un écran de cinéma malpropre : une fois par semaine, les pensionnaires de la colonie avaient le droit de voir des vieux films dans le genre patriotique et éducatif. Les pièces du fond de l'église et le presbytère en pierre servaient de salles de classe, de réfectoire et de cabinet pour la directrice de la colonie, la colonelle Emélianova. Le petit cimetière attenant à l'église avait été bien sûr mis à sac depuis longtemps et les pierres tombales ornées à la peinture indélébile de toute sorte d'obscénités, essentiellement des organes génitaux masculins et des inscriptions du genre de : « Tout pour une grosse queue bien chaude! » Il y avait d'ailleurs une quantité innombrable de ce genre d'inscriptions dans la colonie : aux toilettes, dans les anciennes cellules monastiques où logeaient de huit à dix gamines âgées de quatorze à dix-huit ans, dans les couloirs et sur les stands officiels, à côté de banderoles d'andrinople ou d'affiches proclamant :

« L'ACHARNEMENT AU TRAVAIL
ET L'APPLICATION AUX ÉTUDES
SONT LA VOIE QUI MÈNE À LA LIBERTÉ »,

« PRÉSERVE TON HONNEUR DÈS TON JEUNE ÂGE »

et

« UN TRAVAIL HONNÊTE
NOUS RENDRA LA CONFIANCE DE LA PATRIE. »

L'administration pénitenciaire menait un combat de tous les instants contre les artistes anonymes, mais c'était à croire que tout le monde dessinait. C'était surtout le slogan « Préserve ton honneur dès ton jeune âge » qui pâtissait de ces excès artistiques et littéraires à l'imagination véritablement exubérante. En deux semaines de présence à la colonie, Virginia apprit tout l'argot russe grâce à ces inscriptions, assorties de dessins correspondants.

Sa situation officielle était très particulière : détenue-professeur d'anglais. Les autres professeurs des deux sexes de l'école du camp, au nombre de six, venaient de Moscou par le train de banlieue et, de quinze heures à dix-neuf heures, enseignaient aux voleuses, prostituées, alcooliques et délinquantes mineures en tout genre la langue et la littérature russes, l'arithmétique, la géographie et l'histoire. L'enseignement se limitait là, dans la mesure où il était difficile de trouver des maîtres pour semblable école. Le terme d'« études » convenait d'ailleurs difficilement à cet établissement et à ces cours. Après une journée de travail de six heures, de 7 à 13 heures, le déjeuner de 13 heures à 14 heures et la promenade d'une demi-heure dans la cour du monastère avant les cours, toutes les élèves avaient une irrépressible envie de dormir. Maigres, incomplètement développées, hystériques, méchantes, vêtues de l'uniforme monotone de flanelle grise et de lourds godillots que personne n'appelait autrement que les « écrase-merde », mal lavées (le bain n'était prévu qu'une fois tous les dix jours), elles ne s'animaient pendant les cours qu'à l'occasion des chahuts et des disputes. Les disputes ne cessaient au reste d'éclater, pour des bêtises, des stupidités, et dégénéraient immédiatement en altercations bruyantes parsemées des termes les plus monstrueusement orduriers. Seule Emélianova, la directrice du camp, était capable d'y mettre fin : elle avait le poing lourd comme celui d'un homme et s'en servait plus souvent que de l'envoi au cachot.

A dix-neuf heures, les professeurs civils libres s'enfuyaient de la colonie comme de l'enfer pour regagner leurs trains. Virginia, elle, restait. Elle avait sa chambre à elle, une minuscule cellule de moine pourvue d'une étroite fenêtre munie de barreaux. La première nuit, alors qu'on venait de l'amener de la datcha gouvernementale et qu'on l'avait logée dans cette cellule, Virginia s'était sentie heureuse : pas de bat-flanc, mais un lit en fer avec un matelas de coton et un oreiller, une table de nuit, un lavabo et pas de verrou de prison sur la porte, dans la mesure où toutes les cellules donnaient sur le couloir où, de nuit comme de jour, veillaient les « éducatrices », des viragos brutales en uniforme de la milice. Au matin, la colonelle directrice du camp lui fit savoir quel serait son emploi du temps : de 7 heures à 13 heures, Virginia devait travailler avec les jeunes détenues de la colonie, travail qui consistait à remplir des sortes de doudounes avec de l'ouate et, après le déjeuner, à enseigner l'anglais aux détenues, de 15 heures à 19 heures. Virginia s'étonna : comment pouvait-elle enseigner, alors qu'elle comprenait à peine le russe? Comment pouvait-elle expliquer à ses élèves le sens des mots, ou la grammaire?

« Cela ne me regarde pas, répondit Emélianova, c'est un ordre que j'ai reçu. »

Et elle conduisit Virginia à l'atelier, où l'on entendait crépiter les machines à coudre comme autant de mitraillettes et où une poussière sèche était en suspension dans l'air. Cette poussière de coton remplissait les oreilles, les narines, la gorge, faisait pleurer les yeux. Virginia fut affectée au travail le plus pénible. Elle devait retirer des sacs des rouleaux de coton étroitement comprimés, les dérouler sur une large table en bois et, après avoir appliqué sur chaque rouleau un patron en carton, découper avec de grands ciseaux le dos et les manches de la doudoune. Au bout d'une heure de ce travail, elle eut les mains pleines d'ampoules dues aux ciseaux et les yeux larmoyants à cause de la poussière de coton. Après le déjeuner, fait de soupe aux pois, de pain noir visqueux, de bouillie d'avoine et de thé clair, Emélianova conduisit Virginia dans sa classe, où l'attendaient quarante-cinq gamines à qui elle déclara qu'elles allaient désormais étudier l'anglais comme il était normal de l'étudier dans les écoles. Mais pour que Virginia ne s'avisât pas de répandre parmi elles de la « propagande bourgeoise », Emélianova prit l'habitude d'assister elle-même aux cours ou de déléguer à sa place une des surveillantes. Curieusement, les cours d'anglais marchèrent remarquablement bien. Peut-être parce que la présence d'Emélianova ou d'une surveillante empêchait les détenues de se laisser aller, ou parce qu'il régnait entre elles une sorte de solidarité, la maîtresse étant détenue tout comme elles, ou parce que Virginia était américaine, un être tombé d'une planète mystérieuse, ou plus probablement pour toutes ces raisons à la fois, les jeunes détenues étaient sous le charme. Surtout le jour où Virginia mit de côté le manuel d'anglais des cinquièmes russes (débutants) et déclara qu'elle allait leur apprendre des chansons enfantines anglaises. « Pas des chansons enfantines, des chansons d'amour! » s'écrièrent en chœur les gamines. Emélianova fronça le sourcil. Mais il n'y avait aucune propagande capitaliste dans ces chansons et, dix minutes plus tard, toute la classe chantait avec volupté à la suite de Virginia un air tiré de *West Side Story*. Elle acquit ainsi une grande popularité au camp. Pour ces chansons anglaises ou américaines, même les délinquantes les plus irrécupérables étaient prêtes à répéter après Virginia les verbes irréguliers. A l'atelier, elles lui firent cadeau d'un gant de fine laine pour que les ciseaux ne lui fissent plus ni ampoules ni durillons.

Toutes ces chansons furent cependant cause d'un incident grave. Le quatrième ou le cinquième jour, au cours de la promenade journalière, les détenues se mirent à pétrir quelque chose avec de la neige dans la cour du monastère. La gardienne de jour pensa que c'était, comme d'habitude, un bonhomme de neige et rentra au chaud dans son bureau. Mais dix minutes plus tard une chanson clamée à tue-tête, ainsi que les éclats de rire des sentinelles placées sur les miradors, attirèrent l'attention d'Emélianova et des surveillantes, qui regardèrent par la fenêtre. Elles aperçurent un énorme phallus de neige pointant dans la cour et les gamines qui dansaient autour, en hurlant la chanson américaine apprise la veille et en se tortillant au rythme de la musique tout comme dans une boîte disco. Certaines étaient si excitées qu'elles avaient jeté dans la neige leurs uniformes de prison et dansaient à demi nues en provoquant les sentinelles avec les tortillements de leurs poitrines et de leurs derrières.

Cette « influence pernicieuse de la culture bourgeoise » fut cause que la colonelle Emélianova interdit à Virginia de faire apprendre aux détenues de nouvelles chansons anglaises et américaines...

Les jours s'écoulèrent de la sorte. Virginia s'était habituée à la colonie et attendait avec terreur la fin du délai de quinze jours qui lui avait été accordé. Retourner dans la cellule de la Presnia rouge, auprès des « professionnelles » adultes et de la terrible « Vassili »? Non! Mais accepter de collaborer avec le K.G.B., travailler pour le K.G.B... Elle comprenait du reste qu'elle céderait et donnerait son accord. Oh! bien sûr, pas pour elle, pas par crainte de « Vassili », mais pour son enfant. C'était du moins ce dont elle essayait de se persuader. Mais pendant que les hésitations et les craintes la torturaient ainsi, en haut, au sommet du K.G.B. où se décidait son destin, il y avait longtemps qu'on ne doutait pas de sa décision finale et que, comme les grands maîtres d'échecs, on pensait avec quelques coups d'avance. Finalement, le 12 décembre arriva. Emélianova fit appeler Virginia à l'atelier et, dix minutes plus tard, celle-ci se retrouva dans un « panier à salade », sous la garde de soldats d'escorte. Une heure plus tard, elle était devant la porte de la fameuse cellule nº 147 de la prison de transit de la Presnia rouge, à Moscou, cette cellule d'où on l'avait extraite deux semaines plus tôt, violée et sans connaissance.

En voyant cette porte, Virginia eut une crise de nerfs :

« Non! non! se mit-elle à crier entre les mains de la geôlière, qui l'avait prise par les coudes. Je désire voir l'inspecteur, je veux lui dire que j'accepte... »

D'une poussée dans les fesses, la geôlière la fit entrer de force dans la cellule, et la barre de la porte fit entendre derrière elle son grincement sourd familier.

La puanteur humide, qu'elle n'avait pas oubliée, la frappa au visage. Virginia se mit à nouveau à suffoquer dans ces relents visqueux et vit aussitôt quelqu'un descendre lentement vers elle, un sourire aux lèvres, de la planche supérieure : « Vassili »...

« Ma petite chérie, prononça-t-elle. Ma petite Américaine, mon inoubliable... »

Ses grosses mains sales avancèrent vers elle. Son visage lubrique, ses grosses lèvres moustachues et sa bouche malodorante s'approchèrent de ses lèvres pour lui donner un tendre baiser. Inconsciente, Virginia enfonça de toutes ses forces les ongles sales de ses mains durcies par le travail dans le visage de la virago.

... Une heure plus tard, rouée de coups et ensanglantée, des bleus sur tout le corps, une lèvre fendue et un œil poché, Virginia se retrouvait à l'infirmerie de la prison et acceptait comme un soulagement après ses souffrances et le stress subi le masque anesthésiant que lui posait sur le visage le médecin de garde.

20

Pendant ce temps, avenue Lénine, où se trouvait l'appartement de trois pièces du général Yourychev, méticuleusement mis en ordre et orné d'une table de fête avec fleurs, cognac et champagne, le dessert était resté intact. Galina avait pensé, ce matin-là, qu'après s'être réconciliés au restaurant, son mari et elle rentreraient à la maison et y seraient accueillis par tout ce confort douillet d'un foyer domestique. Mais au lieu de restaurant, ils étaient allés au cimetière de Novodiévitchi, où elle avait conduit son mari sur la tombe de leur fils, auprès de laquelle il était longtemps resté debout, à regarder silencieusement et tristement la tombe envahie par la neige, avec des détritus et une bouteille de cognac vide qui traînaient à côté de la dalle. C'étaient encore un reproche et une épreuve pour Galina : elle n'était pas venue une seule fois en cet endroit pendant toute cette période et personne n'avait nettoyé la tombe de leur fils. Se ressaisissant, elle voulut ramasser en hâte ces bouts de journal, sales et durcis par le gel, cette boîte de conserve, cette bouteille. Mais Stavinski l'arrêta d'un geste et elle s'écroula d'une masse, les détritus entre les mains, à genoux devant son mari au milieu de la neige profonde et dure :

« Tue-moi, cela vaudra mieux! Vas-y, tue-moi! »

Dans le crépuscule glacial de ce soir d'hiver, elle ne voyait presque pas son visage. Stavinski se détourna sans un mot et se dirigea vers la sortie du cimetière et vers leur voiture. Se relevant, elle se traîna à sa suite. Le gardien du cimetière fermait déjà les portes et mettait dehors deux mendiantes. Ces dernières tendirent en même temps la main vers Stavinski afin qu'il leur donnât quelque aumône, des mains aux gants troués. Sans les regarder, Stavinski leur donna un billet, d'un rouble ou peut-être de cinq...

« Pour Victor, esclave de Dieu, leur dit-il.

– Nous prierons pour lui, mon très cher, nous prierons de toute notre âme, se mirent à gémir dans son dos les deux vieilles qui, un espoir réveillé au cœur, regardèrent Galina qui s'approchait à son tour. Laissant tomber la bouteille et les détritus ramassés auprès de la tombe, elle ouvrit en hâte son sac et leur donna tout ce qu'elle avait, près de cinquante roubles.

– Pour qui? Pour qui allons-nous prier, très chère? demandèrent les vieilles tout effrayées.

– Pour Galina la pécheresse... », leur répondit-elle en pleurs, et elle passa à côté d'elles en penchant la tête et en dissimulant ses yeux larmoyants.

Les vieilles prononcèrent quelques mots à sa suite et l'une des deux ramassa la bouteille de cognac vide, abandonnée par elle dans la neige : c'était toujours douze kopecks de consigne qu'elles pouvaient récupérer en la rendant dans un magasin.

Déjà assis dans la voiture, Stavinski ouvrit à Galina la portière de gauche, celle du conducteur.

« Où allons-nous? demanda-t-elle sans le regarder.

– A la maison... »

Ils étaient maintenant chez eux, dans l'appartement vide et proprement rangé, avec les fleurs, le cognac Ararat (le préféré de Yourychev), le champagne soviétique et le gâteau qui trônaient sur la table de fête. Un lampadaire bas placé jetait dans la pièce une lueur obscure, dissimulant la tache carrée laissée sur le papier du mur par le portrait de Victor. Galina se tenait à la fenêtre sombre, épuisée et fumant nerveusement.

Stavinski alla vers la table et remplit de cognac non pas un petit verre mais un verre à vin, à mi-hauteur. Cette femme était pour lui le plus redoutable des examinateurs, mais ce qu'il savait d'elle lui donnait un avantage et un pouvoir sur elle. Il fallait conserver ces derniers le plus longtemps possible, ce qui signifiait ne permettre aucune intimité, remettre celle-ci à plus tard. Le cognac à la main, il s'approcha de Galina qui lui tournait le dos et lui tendit le verre par-dessus son épaule.

Elle tourna vers lui un visage éploré. Il vit qu'elle était à nouveau prête à tomber à genoux et à implorer son pardon, mais il lui dit de sa voix rauque :

« Bois. Bois et laisse-moi le temps...

– Très bien. Naturellement. Merci, Sérioja... »

Elle lui prit le verre et le regarda avec des yeux si emplis de reconnaissance que Stavinski ne put y tenir, fit brusquement volte-face et partit dans leur chambre. Il y ouvrit la commode, trouva des draps et les porta dans la chambre de Victor, leur fils supposé.

Galina vit qu'il avait du mal à porter les draps tout seul et se précipita à son secours :

« Tu vas dormir dans la chambre de Vitia? »

Il hocha la tête en signe d'assentiment.

« Très bien, fit-elle avec soumission. Je vais faire ton lit. »

Un peu plus tard, Stavinski referma la porte, se déshabilla et se coucha. Il entendit un certain temps Galina qui allait et venait nerveusement dans le salon, puis faisait couler l'eau dans la salle de bain. Une fine bande de lumière filtrait à travers la porte et Stavinski attendait impatiemment qu'elle fermât la lumière et se mît au lit, mais il s'endormit sans s'en rendre compte. Il y avait eu tellement d'événements au cours de la journée qu'il était lui-même très fatigué.

Il se réveilla au milieu de la nuit, une heure ou deux après s'être endormi, en sentant un contact humain sur son bras droit, encore immobilisé par le plâtre.

Ivre, nue, la bouteille de cognac presque finie à la main, Galina était assise sur son lit et caressait de la main droite la planchette de son plâtre.

Voyant qu'il s'était réveillé, elle gémit et, tout en gardant la main sur la planchette, lui dit à mi-voix :

« Tout ça, c'est à cause de moi! A cause de moi! Seigneur, qu'as-tu fait de toi, à cause de moi!... Je suis une garce, une salope!... »

La voilà, pensa Stavinski : la voilà bien, la femme

russe idéale dont tu rêvais quand tu te morfondais à Portland, Oregon. Maintenant elle est ivre et tu peux coucher avec elle, avec tous les raffinements du sexe, à la russe ou à la française. Elle est si ivre qu'elle ne remarquera même pas que tu n'es pas son ancien mari. Par contre, la fois suivante...

« Galia, lui dit-il de sa voix toujours rauque, et cette voix lui vint cette fois tout naturellement, comme à un mauvais acteur qui conserve sa vie durant les tics hérités d'un de ses rôles... Galia, je t'en prie, va dormir. Tout ira bien. Mais attends encore un peu. Ensuite, peut-être... Et pas dans cette chambre... »

Elle tituba soudain, comme si elle avait reçu un coup de fouet en plein visage. « Je suis quand même un beau salaud », pensa Stavinski avant de se rendormir.

21

Le lendemain 13 décembre 1981, Daniel J. Cooper, directeur du département U.R.S.S. de la C.I.A., reçut à Washington deux dépêches. La première lui apprenait que la loi martiale venait d'être instaurée en Pologne. La deuxième était beaucoup plus brève et chiffrée. C'était le rapport d'un de ses agents de Moscou, tailleur à l'atelier de couture des généraux de l'armée soviétique. Ce dernier lui faisait savoir que, parmi les capotes et tuniques militaires qui avaient été fabriquées au cours du mois à l'atelier, on avait livré et envoyé à l'hôpital militaire n° 214/67, une tunique et une capote de général pour un certain général-major Sergueï Ivanovitch Yourychev, gendre du maréchal Oparkov, chef de l'E.M.G. de l'armée soviétique...

QUATRIÈME PARTIE

AVENUE OF THE AMERICAS

1

Avant même d'ouvrir les yeux, Virginia prit conscience de la fraîcheur d'un drap qui ressemblait bien peu à celui d'une prison et du caractère pelucheux, et non plus rêche, de sa couverture. Son corps rossé de coups était encore couvert de restes de bleus et d'écorchures, mais le lit si propre, si chaud et si douillet semblait compenser toutes les douleurs de son corps martyrisé. Où l'avait-on donc amenée? Dans un nouvel hôpital, civil cette fois? Mais cela ne sentait pas l'hôpital : on n'y trouvait pas cette odeur mêlée de phénol et de médicaments, typique des hôpitaux russes. L'air était pur et l'oreiller sous sa tête n'était plus fait de paille dure, comme en prison ou dans son camp pour jeunes délinquantes. Il était de duvet, et si merveilleusement doux que l'on n'avait guère envie d'en retirer sa tête une fois qu'on l'y avait posée.

Ne pas bouger! Ne pas ouvrir les yeux et ne pas remuer, afin de ne pas trahir qu'on est revenue à soi et qu'on s'est réveillée! Arracher encore ne fût-ce que cinq minutes au retour dans cette Russie maudite, au K.G.B., aux geôlières. Se pelotonner dans la position fœtale, comme autrefois quand elle était enfant et venait se réfugier sur le lit de maman...

Tout pouvait lui arriver si elle ouvrait les yeux : être battue, torturée, à nouveau violée. Et c'est en craignant toutes ces éventualités que, très prudemment, elle entrouvrit à peine les yeux. La chambre dans laquelle elle était couchée était relativement petite et sombre. Seuls quelques rais colorés filtraient à travers la large fenêtre. Virginia se souleva lentement, sans en croire ses yeux, et s'assit sur son lit : la fenêtre n'avait pas de barreaux! Et sur le plancher, à côté du lit, reposant sur un tapis pelucheux doux aux pieds, il y avait sa valise, à demi ouverte, avec ses vêtements en désordre, qu'on entrevoyait : sa robe, ses collants, son chandail. Son manteau de fourrure et ses chaussures de ville étaient posés à côté, sur un fauteuil. « M-ouais », pensa-t-elle en soupirant, c'était donc qu'elle était revenue à la datcha du patron du K.G.B. Des tapis, un lit bien propre, un poste de télévision, un fauteuil confortable, la porte qui menait à la salle de bain, le lampadaire : tout cela était parfait. Mais, grands dieux, quelle pitoyable absence de goût dans tout cet ameublement! On aurait dit la chambre standard d'un quelconque Holiday Inn. Même le cadre de la fenêtre ne s'ouvrait pas vers l'extérieur, comme en Russie, mais vers le haut, comme en Amérique. Ce patron du K.G.B. était un imitateur et rien de plus. Et un minable, qui avait meublé sa datcha à l'américaine, lisait des livres et des journaux américains et buvait du Johnny Walker! Mais l'absence de barreaux à la fenêtre était quand même troublante. Bien sûr on ne pouvait pas s'évader de cette datcha. Même si elle descendait par la fenêtre, il y avait dans la cour les chiens de garde, la clôture, les soldats. Et pourtant... que pouvaient bien représenter ces rais colorés qui passaient à travers la fenêtre fermée? Peut-être un sapin de Noël illuminé, dans la cour?

Enfilant un collant et son chandail préféré, le noir, puis mettant à la hâte ses pieds dans ses chaussures noires, Virginia s'approcha avec curiosité de la fenêtre.

Elle vit et en resta bouche bée.

Juste en face d'elle, de l'autre côté de la rue, brillaient des néons étincelants de réclames et enseignes lumineuses :

HAIRDRESSING SALOON,
7-ELEVEN, LUCKY CASINO, VIDEOGAMES.

Derrière la large fenêtre d'un salon de jeux, quelqu'un tirait la manette d'un jackpot. La vitrine du 7-Eleven était garnie de revues et de livres aux couleurs vives. Une voiture de la police passa lentement sur la chaussée enneigée...

Virginia se sentit soudain la gorge sèche.

Elle était en Amérique! On l'avait déjà fait ressortir de Russie, on l'avait échangée contre un espion russe! Mais quand donc, Seigneur? Comment? Et pourquoi ne se souvenait-elle de rien? Quel jour était-on?

Virginia se précipita vers le poste de télévision. Mais oui! c'était un poste américain, un Zenith! Elle voulut le mettre en marche, mais il devait être en panne. Mon Dieu, mais c'était quelque chose d'imaginaire, un rêve, un mirage, elle devait dormir! Non : elle se vit dans la glace avec son œil toujours poché, qu'elle ne pouvait toucher sans avoir mal...

Les jambes tremblantes, Virginia alla vers la porte. Une clef était posée dans la serrure, une clef d'hôtel, avec le numéro en plastique, le 33! Virginia appuya l'oreille contre la porte et écouta très prudemment. De l'autre côté, c'était le silence total. S'enhardissant, elle tourna lentement la clef vers la gauche et la serrure s'ouvrit. C'était donc aussi une serrure américaine, puisque, à Moscou et à Leningrad, dans les hôtels où Virginia et Stavinski avaient logé, toutes les serrures s'ouvraient à droite. Toujours avec la même prudence, Virginia entrouvrit la porte, jeta un coup d'œil furtif à l'extérieur, puis regarda aux alentours. Juste en face d'elle il y avait l'escalier, recouvert d'un tapis comme celui du couloir, un couloir avec de nombreuses portes, comme dans tout hôtel. Un écriteau standard était suspendu au mur :

« NO SMOKING! NO SPITTING UNDER PENALTY OF LAW! »

Peut-être fut-ce la vue de cet écriteau qui, plus que tout autre chose, persuada Virginia qu'elle ne dormait pas et n'avait pas perdu l'esprit. « On ne rêve pas de choses comme celles-là », pensa-t-elle fiévreusement tout en revenant en trombe dans sa chambre et en retirant de manière désordonnée de sa valise sa robe, un chemisier, une jupe et en se répétant dans le même temps : « On ne rêve pas de ces choses-là! On n'en rêve pas! »

Elle n'arrivait pas à imaginer ce qu'elle pourrait bien mettre. Mais était-ce si important? Attrapant une jupe blanche étroite, elle tira sur la fermeture Eclair d'une main qui tremblait d'impatience. « Elle est bien bonne, celle-là! pensa-t-elle entre autres choses. Ma jupe me serrait et voilà maintenant qu'elle flotte sur la taille et sur les hanches! » Mais il était quand même étrange, bien étrange qu'elle ne se souvînt de rien : ni du franchissement de la frontière ni du voyage en avion. Il y avait onze heures de vol de Moscou à New York : comment avait-elle pu dormir tout ce temps-là? Et comment avait-elle passé le contrôle douanier à Kennedy? Non, c'était du délire, du délire pur, elle devenait folle! Et pourtant, cette porte donnant sur le couloir, cet escalier...

Lentement, prudemment, marche après marche, Virginia se mit à descendre l'escalier. Au palier suivant, elle se retrouva dans un couloir similaire, avec un tapis de sol rouge et l'écriteau sévère interdisant de fumer et de cracher sous peine de poursuites. Mais, là aussi, c'était désert.

Virginia toucha l'écriteau : une tablette en verre bien réelle. Elle la caressa avec amour. Elle l'aurait même embrassée si elle n'avait pas entendu, au même moment, venant d'en bas, une musique et une voix qu'elle aurait reconnues entre mille : c'était une chanson de Stevie Wonder, une chanson sur l'amour fou. Attirée par cette chanson, Virginia fit encore quelques pas dans l'escalier et aperçut le foyer de l'hôtel, le foyer typique de n'importe quel hôtel américain moyen : des fauteuils, le bureau du portier, un arbre de Noël dans un coin et une table à journaux jonchée de prospectus de publicités. Une fille à lunettes était assise au bureau du portier et lisait *Goodbye Janette*, de Harold Robbins. Tout en s'efforçant de poser ses pieds au sol de manière que la fille ne l'entendît pas, Virginia se dirigea lentement vers le tambour vitré de l'hôtel. Elle aurait été incapable de dire pourquoi elle craignait de s'approcher de cette fille. Peut-être pour ne pas dissiper le mirage? Peut-être parce que tout cet hôtel pouvait appartenir à l'ambassade ou au consulat soviétique en Amérique? Il ne lui restait plus que quelques pas à faire jusqu'à la porte lorsque le téléphone résonna avec un bruit strident sur le bureau de la fille. Virginia sentit du froid lui passer dans le dos. Elle se précipita d'un bond vers la porte et sortit vivement dans la rue.

L'air froid rafraîchit son visage brûlant d'émotion.

La rue se trouva être une vraie rue. En outre, elle entendait par la fenêtre d'une chambre de l'hôtel d'où elle venait de sortir (et qui était effectivement un Holiday Inn) la fameuse réclame hystériquement rapide de « Crazy Eddy » :

« Personne-n'a-de-prix-plus-bas-que-Crazy-Eddy!-Allez-dans-n'importe-quel-magasin-et-demandez-le-prix-de-n'importe-quel-article!-Mais-ne-l'achetez-pas!-N'achetez-rien-à-personne!-Apportez-ce-prix-au-magasin-de-Crazy-Eddy!-Et-Crazy-Eddy-écrasera-ce-prix!-Crazy-Eddy-vous-vendra-encore-moins-cher!-Achetez-seulement-chez-Crazy-Eddy!... »

Virginia s'appuya au mur de l'hôtel, ferma les yeux et de douces larmes de bonheur ruisselèrent de ses paupières.

Mon Dieu, elle était *chez elle*! Jamais auparavant elle n'avait autant aimé ce « Crazy Eddy », ce « 7-Eleven » et toute cette Amérique qu'à cette minute précise!

Dans la rue déserte, Virginia vit deux hommes correctement habillés qui avançaient droit sur elle. L'un des deux, qui paraissait mécontent, disait à l'autre dans le plus pur slang new-yorkais :

« J'en ai ras le bol de ses cours! C'est pas vrai, un mec comme ça... »

Ils s'apprêtaient visiblement à entrer dans l'hôtel, mais Virginia leur barra la route :

« Excusez-moi, messieurs, quel est le nom de cette ville? »

Ils s'arrêtèrent interloqués et regardèrent Virginia qui commençait à grelotter de froid.

« Comment s'appelle cette ville? reprit-elle en

essayant de capter le regard de l'un puis de l'autre. Dans quel Etat sommes-nous? »

On aurait dit qu'un mur d'incompréhension se dressait dans leur regard. Sans prononcer une parole, ils la contournèrent, comme on contourne un objet présentant un danger d'explosion, ou un malade mental, et disparurent en hâte dans le tambour de l'hôtel. Virginia pensa à nouveau que tout cela était un rêve. Car c'est seulement en rêve qu'il nous arrive de parler sans qu'on nous comprenne, nous voie ou nous réponde. Et c'était assurément en rêve qu'elle voyait ce 7-Eleven et ce nègre âgé, vêtu d'une veste fourrée, qui en ressortait un paquet à la main. Le nègre traversait la rue et, lui aussi, se dirigeait vers l'hôtel. A la vue de Virginia, il s'arrêta.

« Je pense, mademoiselle, lui dit-il, que vous n'êtes pas habillée pour la saison. Il me semble que vous pourriez prendre froid. Ce n'est quand même pas la Floride, ici.

– Et qu'est-ce donc? » fit Virginia en levant le visage vers lui.

L'espoir venait de poindre à nouveau dans son cœur : il lui avait parlé et elle avait entendu sa voix, une voix avec un accent typique des Noirs du Sud, un accent de l'Alabama.

« Quel est le nom de cette ville, monsieur? » insista-t-elle.

De bienveillant qu'il était, le visage du Noir se ferma aussitôt et il se contenta de laisser passer entre ses dents :

« Tu as trop bu, ou quoi? Laisse-moi te raccompagner à l'hôtel... »

Et il la prit fermement par le coude.

Mais Virginia le lui arracha et lui cria en pleine figure :

« Je ne suis pas ivre! Je voudrais seulement savoir quelle est cette ville!...

– Ça va, dit le Noir. Arrête de jouer les idiotes. Où habites-tu?

– A Los Angeles. Quartier d'Altadena, Lake Street...

– Je vois, répondit ironiquement le nègre. Je suis désolé, mademoiselle, mais c'est un autre Etat... »

Et il repartit vers l'hôtel, prenant visiblement Virginia pour une alcoolique ou une folle.

Sentant qu'elle gelait et commençait vraiment à devenir folle, Virginia traversa en courant la rue en direction du 7-Eleven et tira à elle la porte d'entrée. Un bruit de clochettes résonna à l'intérieur du magasin, annonçant la venue d'un client. Virginia se sentit un pincement joyeux au cœur : elle était quand même bien chez elle! Jamais elle n'avait entendu en Russie de telles clochettes dans un magasin!

Le magasin était rempli de produits qui lui étaient chers, familiers depuis l'enfance : des céréales « Apple Jacks », des boîtes de lait en carton marquées « American Farms, Inc. », du thé Lipton, des jus de fruits « Welch's », des boîtes de nourriture kacher de chez Manischewitz, du café Sanka, etc. Un homme de grande taille, âgé d'une quarantaine d'années, était assis derrière un haut comptoir et mâchonnait une pipe en lisant *Penthouse.* Levant les yeux vers Virginia, il lui lança la phrase standard :

« Puis-je vous aider, mademoiselle? »

Virginia regarda tout autour d'elle comme un animal traqué. Non, elle n'était pas devenue folle. Il y avait à côté d'elle de la bière américaine Budweiser, du pain à toaster, des cigarettes Marlboro, Kent et Winston et, finalement, un appareil de téléphone au mur, un appareil bien américain.

Virginia courut à l'appareil, arracha le combiné et fit le 0.

« Operator, fit aussitôt une voix de femme. Que puis-je faire pour vous?

– Donnez-moi s'il vous plaît la Californie en P.C.V. demanda Virginia en mangeant ses mots. Le numéro est le 797-0330 à Altadena. »

Le vendeur ôta la pipe de sa bouche et la considéra d'un air ahuri.

« Que demandez-vous? répéta au bout du fil la voix de la standardiste, non moins étonnée.

– La Californie, Altadena à Los Angeles. »

Et Virginia répéta le numéro de son hôtel. « Pourvu, pensa-t-elle, pourvu que Marc soit là en ce moment... »

Il y eut une longue pause au bout du fil, puis la standardiste reprit d'une voix sévère :

« Cessez ces jeux stupides! Raccrochez! »

Et ce fut de nouveau la tonalité.

Virginia stupéfaite raccrocha et rencontra le regard du vendeur.

« Il y a longtemps que vous êtes dans notre ville, mademoiselle? demanda-t-il avec un accent britannique à peine audible, tandis que sa main glissait lentement, comme par hasard, sous le comptoir.

– Vous voulez appeler la police, monsieur? demanda Virginia, toute réjouie. Je vous en serai tellement reconnaissante!

– C'est déjà fait, dit-il, et il tira alors de dessous son comptoir un pistolet qu'il braqua sur elle.

– Ne bouge pas! » ajouta-t-il.

Les clochettes résonnèrent à nouveau doucement dans le dos de Virginia. Elle se retourna. Un policier de grande taille se tenait à la porte. Il portait à la taille, comme il est d'usage, un trousseau de clefs, une matraque en bois, des menottes, un pistolet dans son étui et quelques autres objets. Un macaron de la police agrémentait la veste de son uniforme.

« Willy, dit le vendeur au policier. Elle voulait appeler en P.C.V...

– Range ton pistolet, l'interrompit le policier. C'est une nouvelle. Elle s'est échappée de l'hôtel sans que Mickey s'en aperçoive... »

Et il ajouta à l'intention de Virginia :

« Suivez-moi, mademoiselle! »

Ce policier aussi avait un accent, mais Virginia n'arrivait pas à distinguer lequel : de l'Arizona, peut-être? Elle eut l'impression de participer au tournage d'un film surréaliste. « Stop! » allait crier quelqu'un, les lumières de cette rue allaient s'éteindre et le metteur en scène dirait : « C'est mauvais! Tout est mauvais! On recommence! » Mais personne ne criait « Stop! » et le policier lui faisait traverser la rue d'un air sombre.

« Monsieur, où suis-je? lui demanda-t-elle.

– On va tout vous dire, mademoiselle... »

Il la fit passer la première dans le tambour de l'hôtel, puis la conduisit à travers le hall, où la femme de service lui jeta un regard hostile. Ils longèrent le couloir du rez-de-chaussée et s'arrêtèrent devant la porte nº 11. Le policier frappa.

« Entrez! » fit-on de l'intérieur, toujours en anglais.

Le policier ouvrit la porte, et la première chose que Virginia aperçut fut un grand portrait de Lénine au mur de ce bureau meublé avec goût. Un petit vieux rondouillard qui ressemblait un peu à un gentil petit blaireau était assis derrière un secrétaire. Il portait un uniforme de colonel soviétique et fumait un havane odorant. A peine Virginia entrée, il se leva à demi dans son fauteuil et s'adressa à elle dans un excellent anglais, un bel anglais comme on le parle à Oxford. Ses inflexions étaient douces, presque paternelles.

« Je vous en prie, madame Williams, lui dit-il, asseyez-vous ici, dans le fauteuil. Je vois que vous avez à nouveau très bonne allure. Vous allez bien mieux, c'est parfait! Asseyez-vous, asseyez-vous, ma chère! Comme on dit en Russie, on n'arrive à rien si on reste debout. Asseyez-vous, nous devons parler de bien des choses. Voulez-vous du thé? du café? ou quelque chose de plus fort? »

La combinaison du portrait de Lénine et de cet anglais raffiné, du cigare avec l'uniforme soviétique était parfaitement accordée à l'absurdité de tout ce rêve.

« Qui êtes-vous? demanda Virginia au colonel en serrant de toutes ses forces les accoudoirs de son fauteuil.

– On m'appelle Stanley, répondit le vieillard en se rejetant au fond de son fauteuil et en observant avec amusement le visage de Virginia qui n'y comprenait rien. D'une façon générale, je m'appelle Stanislav Vassiliévitch. Mais *ici* (et il appuya sur ce mot) tous m'appellent Stanley.

– Que signifie " ici "? demanda Virginia. Où sommes-nous? »

Les yeux du vieillard brillèrent d'une lueur gaie. Il s'anima, se rapprocha à nouveau de son bureau et y appuya sa petite bedaine.

« Et vous, qu'en pensez-vous? Voyons un peu si vous arrivez à deviner! »

Virginia regarda, par la fenêtre, les réclames au néon du casino et de la salle de jeux qui persistaient à ne pas disparaître, comme il est d'usage dans les rêves, puis elle tourna les yeux vers le portrait de Lénine pendu dans ce bureau.

« Je ne sais pas, dit-elle.

– Vous ne savez pas? s'étonna le vieillard, qui

parut même un peu vexé. Est-ce que tout ce que vous avez vu ici vous est inconnu?

– L'Amérique?... prononça Virginia, avec l'espoir qui renaissait en elle.

– Exact! fit le vieillard aux anges, et Virginia eut l'impression de passer un examen où l'on venait de lui accorder la meilleure note. Vous savez que vous commenciez à me faire vraiment de la peine? Je pensais que nous avions eu tort de nous donner autant de mal pour construire tout cela. Ou que nous avions oublié un détail important. Bien sûr que c'est l'Amérique! La plus authentique des Amériques!... »

Et soudain il lui demanda, rapidement :

« Et selon vous, ma chère, dans quel Etat nous trouvons-nous? »

Virginia haussa les épaules en signe d'impuissance.

Le vieillard soupira :

« M... ouais. Difficile à dire, pas vrai? Parce que tous parlent avec des accents différents, n'est-ce pas? Voilà un point pour lequel vous nous serez précieuse, ma chère. Vous allez leur apprendre à avoir une bonne prononciation américaine. Mais ne me regardez pas comme si j'étais un fantôme! ajouta-t-il, en goûtant visiblement le désarroi de Virginia. Cette ville est une mini-Amérique artificielle, située non loin de Moscou. Pour simplifier, disons que c'est une datcha ou une succursale de notre école du renseignement. Nos étudiants y viennent à tour de rôle passer un mois de pratique de la vie américaine, telle qu'elle existe réellement. Pour ne pas se faire prendre au dépourvu par des bêtises lorsqu'ils seront là-bas, vous comprenez? Comme moi à Chicago, en 1939, lorsque je me suis déshonoré publiquement parce que je ne savais pas de quel côté on entrait dans une porte à tambour.

Je me suis mis, bien sûr, à la pousser du mauvais côté... »

Virginia revenait lentement du rêve éveillé à la réalité et de l'Amérique à la Russie. Les épaules basses, elle entendait la voix bienveillante et alerte qui continuait à s'adresser à elle :

« Nous avons en ville tout ce qu'il nous faut : une banque, un bar, un casino, un supermarché, un hôtel et même de la drogue. En quantité limitée, il est vrai. Mais nous avons pour cela notre policier personnel! Pour nous, vous êtes une perle rare. Non seulement vous avez l'accent américain, mais vous monterez avec nos étudiants des situations de la vie américaine de tous les jours. »

Et, remarquant le bref geste de protestation de Virginia, il leva la main :

« Vous avez un don pédagogique, nous l'avons vérifié. Vous avez eu un succès fantastique auprès de nos jeunes délinquantes pour l'enseignement de l'anglais. Ici, vous travaillerez encore mieux. Vous comprenez bien que si l'on vous a amenée en un tel lieu...

– Je n'ai plus aucune chance de jamais rentrer chez moi », dit Virginia d'un air sombre.

Le colonel haussa les épaules puis, se penchant par-dessus la table, lui parla en confiance, comme si elle eût été sa propre fille :

« Ecoute, Virginia. Du camp non plus tu ne serais jamais rentrée chez toi. Tu n'aurais tout simplement pas tenu le coup! J'ai fait six ans de camp à l'époque de Staline et j'en suis ressorti vivant. Mais je suis russe, moi, et sibérien! Tandis que toi, ici, tu vivras comme une petite reine. Crois-moi! »

2

Une période des plus étranges était intervenue dans la vie de Galina Yourychéva. Pendant des semaines entières, elle ne voyait pas son mari. Le 13 décembre, il s'était envolé avec Benjer et un groupe d'ingénieurs afin de choisir une usine permettant la production en série d'elle ne savait trop quelles « grilles énergétiques ». Le fait même qu'il lui eût mentionné, juste avant de partir, le nom de ces mystérieuses grilles témoignait déjà un début de réchauffement dans leurs relations. Auparavant, il ne la mettait jamais au courant de ses affaires ni des détails de son travail secret, et cette mise à l'écart, pensait ce matin-là Galina, avait aussi été sinon la cause, du moins une des causes des infidélités qu'elle s'était permises à son égard. Mais maintenant tout serait différent. Il faudrait naturellement lui laisser du temps. Elle devait également l'entourer de soins attentifs et être tolérante envers ses étrangetés, comme au fait qu'il n'avait pas fait attention qu'ils avaient une nouvelle voiture et ne demandait pas ce qu'était devenue l'ancienne, ou qu'il avait bu du thé sucré au petit déjeuner, alors qu'il ne pouvait pas le supporter autrefois. Et comme ses zézaiements, dus aux dents manquantes, étaient comiques, il était devenu encore plus silencieux qu'avant. Mais en fin de compte, c'était elle la responsable de tout ce qui lui était arrivé, et c'était à cause d'elle qu'il s'était mis à boire et s'était même jeté du train. Maintenant, tout serait différent. Ils seraient ensemble, à nouveau mari et femme au plein sens du terme, et cela impérativement! Elle aurait bien aimé savoir s'il avait eu des femmes pendant leur séparation. Elle saurait bien les lui faire oublier, pour peu qu'il revînt dans son lit! Elle lui montrerait tout ce que ses jeunes amants lui avaient appris. Elle le lui montrerait et il ne regretterait pas de s'être remis avec elle. Elle ne serait plus seulement sa femme, elle serait sa maîtresse, et une maîtresse comme il n'en avait jamais eu!

Et en s'endormant toute seule dans son grand lit, Galina rêvait avec une volupté qui faisait résonner chaque fibre de son corps à la première nuit où elle lui ferait retrouver la couche conjugale. Elle avait remarqué que sa confiance en elle et dans ses charmes lui étaient revenue. Sa démarche était redevenue élastique, ses yeux exprimaient à nouveau ce je-ne-sais-quoi qui mettait tant les hommes en émoi. Et de nouveau les jeunes étudiants se sentaient attirés par elle. Il y avait même eu, récemment, un jeune tailleur, à l'atelier de coupe et couture des généraux de l'armée soviétique, là où elle avait commandé l'uniforme de son mari lorsqu'il était devenu général. Ce jeune tailleur lui téléphonait pratiquement chaque jour, lui annonçait que l'atelier avait reçu du drap anglais de toute première qualité (ne voulait-elle pas faire faire une nouvelle tunique pour son mari?) du tweed superbe et une laine italienne magnifique (elle pourrait se faire faire un tailleur, et un costume pour son mari). La plus forte tentation avait été la soie de Chine (« un tissu magnifique pour une robe du soir, Galina Nikolaïevna!... »).

Bien sûr, ce petit tailleur de vingt ans, un brun mince de belle allure aux yeux vivants et gais, nourrissait des plans de séduction à son sujet. Mais elle se fichait bien maintenant de ses plans, elle avait assez fait la fête. Cela avait conduit son fils dans la tombe et son mari à la commotion cérébrale. Par contre, commander pour son mari un costume neuf et, par la même occasion, un costume pour son père, qui ne dormait plus la nuit à cause de ces histoires de Pologne (« Dieu sait ce qu'ils trafiquent, à Gdansk et en Silésie. Il va falloir demain ou après-demain faire entrer nos troupes en Pologne! »), un costume pour chacun des deux et, pour elle, une robe du soir... Galina n'avait naturellement pas pu résister à semblable tentation.

Lorsqu'elle entra dans l'atelier, ses yeux coururent en tout sens. Dans aucun magasin elle n'aurait pu trouver les tissus que se mit à dérouler devant elle ce jeune tailleur si expérimenté. Elle commanda deux costumes pour son mari et autant pour son père et, pour elle, trois robes du soir : en soie de Chine et fine laine italienne, et aussi une jupe en velours cerise. Voilà bien ce que cela signifiait, d'être générale : on passait tout de suite dans une autre catégorie pour les magasins spéciaux. Et pas du tout parce que le jeune tailleur essayait d'augmenter ses chances auprès d'elle (il n'essayait rien, du reste, et se conduisait avec une modestie exemplaire), mais parce que maintenant tout cela *lui était dû.* Pas par piston, pas grâce à son père maréchal. Mais de plein droit, parce qu'elle était femme de général. Tant qu'elle était colonelle, elle n'y avait pas droit. Devenue générale, elle était la bienvenue.

Et Galina se sentait déjà un avant-goût du moment où elle offrirait à son mari les deux costumes neufs qui lui seraient fabriqués dans l'atelier d'après les mesures de son vieil uniforme. Mais le tailleur lui demanda :

« Quand donc votre mari pourra-t-il venir pour l'essayage?

– Non, répliqua-t-elle, je veux que ce soit une surprise pour lui, qu'il trouve les costumes déjà prêts. Vous lui avez bien fait un uniforme sans le voir... »

Le tailleur protesta gauchement :

« Vous comprenez, un costume, ce n'est quand même pas la même chose qu'un uniforme. Le tissu est différent et la coupe doit être adaptée au visage, à la silhouette... Le costume de votre père, je peux encore le lui faire sans le voir. Je suppose qu'il n'est pas si important pour lui d'avoir un revers plus large ou plus étroit. Les hommes d'un certain âge apprécient généralement le style traditionnel. Mais pour votre mari, je pense qu'il faut faire un costume élégant, véritablement sur mesure. Dites-lui de passer ici, j'en aurai pour cinq minutes. Ou si vous préférez, je peux faire un saut chez vous, juste pour prendre ses mesures.

– Non, merci, il est actuellement en mission.

– Pour longtemps? »

Elle haussa les épaules.

« Dommage, dit le tailleur en mesurant la taille, la poitrine et les hanches de Galina et en dictant ses mensurations à son assistante. Je lui aurais fait son costume en trois jours. Au mollet, la jupe, ou bien plus bas, à la cheville? En tout cas, quand votre mari reviendra, qu'il téléphone et passe ici pour cinq minutes. J'y reste tard chaque soir. Mon nom de famille est facile à retenir : je m'appelle Volodia Ivanov. Vous voulez les manches droites ou ballonnées? »

Mais à son premier retour de mission, le mari de Galina n'eut pas le temps d'essayer son costume. Accompagné de Benjer et de trois autres ingénieurs travaillant avec lui, il arriva directement de l'aéroport à l'appartement. Sans avoir téléphoné ni prévenu d'aucune manière (« Il me contrôle, pensa amèrement Galina, il veut voir s'il me surprend avec quelqu'un »), il fit irruption dans l'appartement et dit à Galina :

« Galina, allons au restaurant. Benjer et trois autres sont en bas. Fais vite... »

Elle fut attristée, vexée qu'il ne se soit pas approché d'elle pour l'embrasser. Ils ne s'étaient quand même pas vus depuis une semaine! Et elle qui avait pensé à lui chaque jour, qui l'attendait avec une telle impatience!... Mais au restaurant Sofia, le vin bulgare un peu vert, la vodka d'exportation et le mouton aux champignons – et surtout l'attention masculine débordante, puisqu'elle était seule femme pour cinq hommes –, tout fit que Galina se rasséréna. Elle remarqua que son mari la regardait à la dérobée avec un intérêt d'homme et lui versait volontiers à boire. Et une vague brûlante la portant à espérer que leur réconciliation complète, vraiment complète, se produirait précisément cette nuit-là la faisait boire et rire avec plaisir et écouter d'une oreille distraite les stupides conversations des hommes entre eux, portant toujours sur leur travail. Oh! ces hommes russes! Même au restaurant, même au lit avec une femme, ils ne savaient parler que de leur travail. Ah! ils étaient beaux à voir! Ils avaient passé une semaine à parcourir le pays et à inspecter des usines dans l'Oural, la région de la Volga ou l'Ukraine et trouvaient encore le moyen de parler de tout cela!

« La meilleure solution, disait Benjer, quadragénaire brûlant aux yeux vifs, c'est de construire cette usine à Moscou. Il faut enlever le morceau, Sergueï Ivanovitch! »

Galina regarda son mari. Il inclina un peu la tête à gauche, une vieille habitude qu'il avait lorsqu'il s'apprêtait à prononcer une phrase, et répondit :

« Non, à Moscou cela ne marchera pas. Par contre à Chatoura, pas loin de Moscou, on peut réussir à enlever la vieille usine d'équipements électriques et l'adapter à nos besoins en un mois ou deux... »

Ils rentrèrent à la maison vers une heure, mais, contrairement aux espérances de Galina, son mari s'en fut derechef dormir dans la chambre de leur fils et disparut dès le lendemain matin pour une nouvelle mission.

3

Il semblait parfois à Stavinski qu'il ne supporterait pas cette tension affolante, cette danse sur le fil du rasoir. La transformation de l'usine de Chatoura ne nécessitait naturellement pas sa présence et les adjoints de Benjer s'en tiraient parfaitement sans lui. Mais le désir de se tenir le plus loin possible de la femme de Yourychev, de l'Etat-Major général et du maréchal qui était censé être son beau-père le forçait soit à rester des journées entières à cette usine de Chatoura, soit à s'inventer des missions à Bakou, où le bureau d'études de l'Institut azerbaïdjanais de l'équipement pour le forage pétrolier élaborait le projet d'un nouvel appareil de forage des puits à partir des sous-marins. Pratiquement, tout son travail consistait à stimuler et pressurer d'autres personnes. Il avait la possibilité, parce qu'il était le chef, d'obtenir d'un seul coup de fil un nouveau lot de diamants industriels de Yakoutie, pour la nouvelle foreuse en projet, des « pulsateurs à téflon » au nom énigmatique ou du titane pour les « générateurs Benjer à grande capacité ». Et il s'acquittait admirablement de ce travail, car il y consacrait malgré lui tout son temps et ses loisirs. Le résultat, c'était que lui qui était venu en Russie avec une mission de la C.I.A., pour arracher aux Russes le secret du projet Emma, faisait en réalité de son mieux pour favoriser sa rapide production en série. Benjer était ravi de l'énergie que déployait son « chaperon » de l'E.M.G. Plus d'une fois, devant un verre de cognac, il avait essayé d'expliquer à Stavinski, c'est-à-dire de rappeler à Yourychev le principe de l'« effet Benjer », la découverte sur laquelle reposait tout le mécanisme de la nouvelle arme sismologique.

« Honnêtement, confiait Benjer à Stavinski, tout repose sur la découverte d'un original, un géologue d'Achkhabad. Il s'appelle Odékov, s'occupe de prévision des tremblements de terre et a consacré dix-sept années de sa vie à démontrer que les mouvements tectoniques verticaux et horizontaux de l'écorce terrestre étaient indépendants les uns des autres. Il a même découvert des mouvements tectoniques nouveaux, qu'il a appelés sismogénérateurs... »

Mais les secrets de la tectonique, de la sismographie et de l'énergétique étaient au-delà des compétences de Stavinski, qui malgré toute sa bonne volonté n'y comprenait rien.

« ... La Suède est située aux limites du Bouclier balte de la plate-forme est-européenne et des structures de la zone plissée calédonienne encadrant cette dernière. La structure de ce bouclier contient des complexes métamorphiques protérozoïques faits des éléments suivants : Svécofenne, Carélien, Gothien et Dalslandien, ainsi que d'amas non métamorphosés : Sous-Jotnien, Jotnien, Sparagmite... »

Soyons honnête : un homme normal peut-il comprendre quelque chose à un tel discours? De tous ses entretiens avec Benjer, Stavinski ne retenait qu'une chose : Oparkov, Benjer et ce Yourychev dont il jouait maintenant le rôle avaient choisi la Suède en qualité de futur Hiroshima pour un certain nombre de raisons. Tout d'abord, la Suède ne faisait pas partie de l'O.T.A.N. et ses forces sous-marines propres étaient risibles. Mais en dépit d'une puissance faible en regard des standards militaires modernes, la Suède possédait deux bases navales essentielles pour la région de la Baltique : Horsfjörd, au milieu des récifs faisant face à Stockholm, et Karlskrona. Sa troisième base majeure était Göteborg, sur la côte ouest. Les deux bases navales orientées à l'est surveillaient toute la flotte soviétique de la Baltique. En cas de guerre, la Suède pouvait à n'importe quel moment mettre ces bases à la disposition de l'O.T.A.N., et celle-ci interdirait alors à la flotte soviétique de la Baltique l'accès de l'océan Atlantique. Les récifs proches de Stockholm et les milliers de fjords suédois fourniraient un abri superbe aux bâtiments de guerre de l'adversaire en cas de frappe atomique. Plutôt que d'enfumer un à un tous ces bâtiments et sous-marins pour les faire sortir de leurs fjords ou de derrière leurs récifs, il était plus simple de les anéantir à l'aide d'une unique frappe sismique préventive où personne ne verrait la main de l'Union soviétique. Un tremblement de terre, catastrophe naturelle, secouerait un bon coup la vieille Suède et flanquerait les falaises à bas, bouchant les abris maritimes où se dissimulerait la flotte et détruisant les bases militaires...

Bref, la doctrine stratégique soviétique prévoyait en cas de guerre pour la Suède, pays neutre, le même sort que celui qu'elle réservait alors à l'Afghanistan, lui aussi pays neutre. Et le maréchal Oparkov pressait Benjer et Stavinski d'achever au plus vite la « guirlande suédoise ». Plusieurs sous-marins avaient été dépêchés vers les côtes suédoises afin de déterminer la nature du fond sous-marin dans les récifs avoisinant Stockholm et près de Göteborg...

Bien sûr, au milieu de ces journées d'intense activité militaire où Stavinski devait siéger à l'E.M.G., puis prendre d'urgence l'avion pour Baltiïsk (où se trouvait leur base de sous-marins) ou s'envoler pour Bakou (où il prenait part aux premiers essais en mer du nouvel appareil à forer, au lieu-dit des « Pierres pétrolifères »), ou encore activer la transformation de l'usine de Chatoura, et chaque fois se conduire comme s'il eût été Yourychev, semblable en cela à un étudiant qui s'arrangerait à un examen pour répondre aux questions d'un autre ou à qui on soufflerait les bonnes réponses, parmi toute cette tension de chaque jour, Stavinski connaissait parfois d'autres moments. Des moments dont il avait autrefois eu la nostalgie en Amérique, des moments où il jouissait de son prestige, de son appartenance à l'élite, à une caste. Jeune général, il parcourait le pays en compagnie de quatre ingénieurs de grand talent, voyageant dans le salon de tête des Tupolev 134 et logeant dans les meilleurs hôtels. Sans faire comme les autres la queue pour les billets, il se dirigeait avec assurance vers le bureau dit de « dispatching des réservations » et, de là, directement à bord de son avion, dans ce salon de tête pour lequel le peuple ordinaire ne pouvait avoir de billets et qui était réservé à l'élite : hauts fonctionnaires du parti et du gouvernement, généraux, députés du Soviet suprême, etc. On lui avait même remplacé ses dents gratuitement au dispensaire de garnison des officiers de Bakou. Les moustaches, la barbiche soignée et la voix un peu rauque donnaient au jeune général un air imposant. Mais il parlait d'une voix chaque jour un peu moins rauque, en tout cas moins grossière et sourde car qui pouvait finalement se rappeler la voix du véritable Yourychev, sept ans auparavant, avant qu'il se fût fait opérer les cordes vocales?

Par contre, un tout autre souvenir du véritable Yourychev vint soudain visiter Stavinski à Baltiïsk, ville interdite située à cent kilomètres de Kaliningrad. C'était là qu'était située la base de sous-marins de la flotte militaire soviétique de la Baltique.

A son arrivée à Baltiïsk, Stavinski passa toute la journée dans les docks, où le U-137 subissait une révision générale. Le dock situé sur la langue de terre de Kursk-Neringa était, tout comme les autres docks, camouflé de l'extérieur pour ressembler à une maison d'habitation ordinaire. Mais à l'intérieur de ces fausses maisons, en suspension au-dessus de l'eau, on trouvait des hangars et des ateliers pour la maintenance hivernale des sous-marins. Les carcasses de ces derniers, recouvertes de gros caoutchouc pour chars, étaient ceinturées par les plates-formes suspendues des ouvriers réparateurs dont les scies circulaires détachaient des sous-marins le caoutchouc endommagé par de longs séjours en mer. Puis ils débarrassaient la coque de la rouille, la peignaient au minium et recouvraient à nouveau la coque d'une couche épaisse de caoutchouc mélangé, pour la solidité, à des billes de polyuréthane. Les peintres achevaient le travail en remplaçant, par exemple, les numéros de bord U-137 par U-300...

Ayant passé toute la journée aux docks en compagnie du capitaine Piotr Gouchtchine, commandant du sous-marin U-137, et de son adjoint politique Vassili Jdanov, Stavinski se rendit avec eux au centre de la ville, à l'hôtel Océan.

Baltiïsk, l'ancienne Pillau allemande, était une petite ville tranquille à maisons basses, trois étages au plus, saupoudrée de neige et entourée de superbes forêts de pins où se trouvaient autrefois les maisons de campagne de Hitler et de Goering et où les membres du Politburo soviétique venaient maintenant, de loin en loin, chasser l'élan, le cerf et le sanglier... La ville aurait eu l'aspect parfaitement banal et paisiblement ensommeillé propre aux petites villes de province sans les uniformes sombres des sous-mariniers que l'on rencontrait à chaque pas. Mais c'était surtout à l'hôtel que leur nombre surprenait, en particulier dans la grande salle du restaurant, au rez-de-chaussée. Un orchestre y faisait entendre son tintamarre sur une petite estrade et, aux sons de cette musique propre à renverser des murailles, les ingénieurs maritimes en mission, les intendants des états-majors de la flotte et les officiers sous-mariniers locaux buvaient chaque soir un nombre incalculable de bouteilles de vodka, de cognac et de champagne, et dansaient avec le contingent local féminin, nettement insuffisant pour toute cette population masculine en surnombre.

Epuisés par leur longue visite des bassins de radoub, Stavinski, Gouchtchine et Jdanov dînèrent dans un coin de la salle de restaurant, à une table réservée dès le matin, et burent une bouteille de vodka avec des biftecks durs comme de la semelle. Lorsque Stavinski, prétextant la fatigue, refusa la seconde bouteille de vodka et se dirigea vers la sortie, une serveuse qu'il n'avait pas encore aperçue, une blonde bien en chair aux yeux à fleur de tête se trouva comme par hasard sur son chemin.

« Je te félicite, lui dit-elle avec un sourire, en montrant des yeux ses épaulettes de général.

– Merci, répondit-il de la voix rauque de Yourychev.

– Tu t'es laissé pousser la barbe? prononça-t-elle d'une voix traînante, en passa la main sur sa joue...

– Tania! cria-t-on d'une autre table. Où est l'eau minérale? Combien de temps faut-il attendre?

– J'y vais... », répliqua la serveuse de la même voix traînante.

Et sans se presser, elle se dirigea vers la cuisine.

A minuit et demi, l'orchestre de variétés à prétentions cataclysmiques se tut enfin sous la fenêtre de Stavinski. Un quart d'heure plus tard, il dormait. Mais à une heure du matin très exactement, un coup bref frappé à la porte le tira de son premier sommeil.

« Qui est là? demanda Stavinski dépité, avec la certitude que ce devait être un alcoolo qui s'était encore trompé de chambre.

– C'est moi, Tania-a... », fit la voix traînante et douce de la serveuse.

Stavinski enfila son pantalon d'uniforme et alla ouvrir la porte.

« Tu es seul? » demanda-t-elle, avant d'entrer comme si elle était chez elle. Elle avait à la main un grand sac à provisions, d'où elle sortit une bouteille de cognac entamée et une autre de champagne, intacte, ainsi que quelques en-cas : caviar, salade de légumes, gâteaux. Posant le tout sur la table, elle s'en fut sans mot dire dans la salle de bain, où bientôt la douche coula. Stavinski comprit que cette Tania venait ainsi en toute simplicité dans la chambre de Yourychev lors de ses missions à Baltiïsk et qu'il en avait hérité. La situation aurait pu paraître piquante si Stavinski n'avait pas craint à chaque instant d'être démasqué. C'est pourquoi il se déshabilla à nouveau, se coucha, se mit sous la couverture, et lorsque Tania, complètement nue et ses longs cheveux dénoués flottant sur ses épaules et sa forte poitrine, sortit de la salle de bain, il lui dit en surmontant le désir apparu en lui :

« Tu sais, je suis très fatigué aujourd'hui...

– Comme toujours, je sais, répondit-elle calmement en s'asseyant à la table. Moi aussi je suis terriblement fatiguée. J'ai été aujourd'hui de service toute la journée... »

Elle se versa un plein verre de cognac, qu'elle descendit d'une traite, mangea sans se hâter deux sandwiches au caviar, se versa à nouveau du cognac, but à nouveau et éteignit la lumière dans la chambre avant de s'étendre aux côtés de Stavinski.

Involontairement, il s'éloigna vers le mur, mais la main douce et forte de la serveuse se glissa sous sa tête et il sentit son corps vigoureux, gonflé comme une pomme bien mûre. Il resta coi. Tania elle aussi restait immobile, silencieuse et les yeux fermés, goûtant le repos après une longue journée de dur labeur. Sa respiration devenait plus égale, ses lèvres pleines s'entrouvrirent : on aurait dit qu'elle dormait. Et en effet elle s'était endormie. Rapidement, presque immédiatement. Mais il lui suffit de faire un unique mouvement pour qu'elle se tournât vers lui, et tout son corps doux et chaud se colla entièrement, des pieds à la tête, contre le sien. Alors, sans qu'il le voulût, les réflexes jouèrent et il tendit la main vers sa poitrine. Le contact la fit doucement gémir. Elle se figea à son tour et ouvrit un grand œil vert. Cet œil le fixait attentivement et attendait la suite des événements.

« Attends..., souffla-t-il en l'écartant légèrement de lui. Tu sais..., tu sais, j'ai eu un accident... Et je... Je... Comment te dire cela simplement? Bref, j'ai eu un choc à la tête et j'ai oublié un certain nombre de choses...

– Qu'as-tu oublié? demanda-t-elle étonnée.

– Eh bien... j'ai oublié comment nous faisions ça..., comment tu l'aimes? »

Elle sourit d'un air moqueur :

« Hmm!... A croire que cela t'ait jamais intéressé!

Reste plutôt allongé! Je ferai tout moi-même, comme d'habitude. Je ferai tout comme tu l'aimes... Gros bêta!... Prends-moi seulement par la poitrine, d'accord?... »

... Cette nuit-là, Stavinski apprit sur son double ce qu'aucun ami de Yourychev ni aucun papier venant de lui n'auraient pu lui apprendre.

A l'aube, Benjer tout ébouriffé accourut dans sa chambre, sans même frapper.

« J'ai eu une idée fantastique, mon vieux! lui cria-t-il depuis le seuil, sans même secouer la neige de son manteau. Mais il resta court en voyant Tania dans le lit de Stavinski.

– Merde! fit-il, l'air ennuyé. Bonjour! »

Puis il se mit à arpenter nerveusement la pièce, en s'adressant à Stavinski :

« Lève-toi rapidement! Sortons d'ici, j'ai des choses à te raconter... Une idée m'est venue au cours de la nuit. J'ai sauté dans un avion et me voilà! »

... Quelques minutes plus tard, tous deux marchaient dans la rue, encore sombre, et battue par une tempête de neige, Benjer allait et venait à grands pas sur le trottoir verglacé, avec de grands gestes des bras et des explications passionnées :

« Je suis un idiot! Un couillon complet! Si cette idée m'était venue six mois plus tôt, nous n'aurions pas eu à échouer le U-137 devant Karlskrona. D'ailleurs nous n'avons besoin d'aucun équipement de forage pour poser Emma au fond de l'eau! Imagine un sous-marin de poche, disons de la taille de cet autobus, mais posé sur chenilles et télécommandé. Toute notre Emma est empaquetée à l'intérieur. Le sous-marin mère transporte cette petite chose jusqu'à la région qui nous intéresse, disons par exemple à cinq milles de Stockholm ou de Karlskrona. Et notre sous-marin de poche rampe de lui-même jusqu'à la côte désirée et s'enterre dans une cavité naturelle, sous des pierres, dans une fissure du fond marin. Tu comprends? Et il reste planqué là tout le temps qu'il faudra, jusqu'à la minute où, à Moscou, nous appuierons sur le bouton. Tu te rends compte? Plus il restera longtemps dissimulé, plus il se recouvrira de vase, de limon, de saletés, d'algues. Au bout de six mois, rien ne le distinguera plus d'une grosse roche. Encore mieux : Nous pouvons, dès le début, le décorer en tendant sur sa coque un filet plein d'algues et de coquillages. Hein? Ce n'est pas fantastique? Une grosse puce chenillée et télécommandée et, à l'intérieur, toute notre Emma se trouve déjà enfermée. Tu te rends compte? »

Stavinski avait compris sans difficulté l'idée de Benjer. Ce savant avait beau être un aventurier, il avait quand même une grosse tête.

« C'est si simple! continuait-il avec passion. Des sous-marins de poche comme celui-là, on peut en fabriquer autant qu'on en veut à l'usine, en série comme des voitures. Et telles des puces sous-marines, ils iront se loger dans toutes les bases navales : celles de la Suède mais aussi de l'O.T.A.N., en Norvège ou en Italie, et aussi en Amérique. Ensuite, un seul geste à faire et toutes ces bases seront volatilisées par un tremblement de terre! Ce n'est pas beau? »

Stavinski ne répondit pas immédiatement. L'idée de Benjer était simple et irréfutable, comme tout ce qui est génial. Mais il fallait imaginer quelque chose pour retarder ce projet et arrêter ce fou de génie. Pourquoi pas le tuer? Ici, maintenant, dans cette rue sombre où l'on ne voit rien à cause de la tempête, alors qu'il n'y a pas de témoins...

« Regarde », reprit Benjer en s'accroupissant et en dessinant dans la neige avec son gant la coque du sous-marin porteur et le petit sous-marin de poche accroché à son flanc...

Stavinski regarda autour de lui et vit, non loin de là, un pavé de bonne taille. Il suffirait de flanquer maintenant un bon coup sur la nuque de Benjer...

« Tu comprends, lui disait pendant ce temps Benjer, j'ai regardé hier le journal télévisé américain, avec mes adjoints. Et lorsque j'ai vu comment ces Américains avaient amarré " Columbia " sur leur Boeing avant qu'ils ne s'envolent tous les deux, je me suis écrié : « Les copains! mais un sous-marin est parfaitement capable de faire la même chose qu'un avion! C'est exactement ce que le Comité central nous réclame : que ce soit économique et original... »

« Trop tard, pensa Stavinski, trop tard pour le tuer. Mais on peut encore l'arrêter... »

Stavinski poussa un profond soupir et répondit à Benjer :

« Si nous proposons maintenant cette idée au Comité central, cela va faire un esclandre. On a mis au point à Bakou un nouvel outillage de forage, et l'usine de Chatoura est presque prête pour la production des matrices énergétiques. Et il faudrait maintenant arrêter tout cela? On va nous arracher la tête, nous dire que nous bazardons l'argent de l'Etat. Pratiquement, cela signifierait pour eux que l'académicien Benjer a exploité une idée qui n'était pas entièrement mûre, que l'Etat a dépensé des millions de roubles et que maintenant, rien que parce qu'une idée lui est venue pendant qu'il dormait... Et si, demain, il en a une autre?

– M...ouais, soupira Benjer. C'est toujours comme ça : les bonnes idées viennent toujours trop tard. Non, nous n'allons rien arrêter. De toute façon, je ne sais pas encore comment empaqueter Emma dans notre sous-marin de poche. Et la commande à distance ne sera pas simple à installer. Bref, de l'idée au prototype, il se passera au moins un an.

Non, nous n'allons rien arrêter. Mais, parallèlement, il faut commencer à mettre au point nos sous-marins de poche... »

Stavinski soupira en lui-même avec soulagement. Un an lui suffirait pour arriver à quitter l'U.R.S.S. et prévenir le monde de ces sous-marins de poche et de l'arme sismologique. Pratiquement, c'étaient des mines à retardement, des mines montées sur chenilles...

« L'essentiel, dit Benjer, c'est de convaincre Oparkov que c'est une idée géniale. Et c'est toi qui dois t'en charger, mon vieux. Dans le cercle de famille, lorsque le maréchal sera de bonne humeur. Tu comprends? »

« Voilà donc pourquoi tu m'es arrivé de Moscou en pleine nuit, pensa en riant Stavinski. Pour que je fasse accepter ton idée à mon beau-père! » Mais ce n'était pas encore tout...

« Il y a dans les cliniques chirurgicales américaines, poursuivit Benjer, un appareil absolument génial : un œil télécommandé, que l'on introduit dans l'œsophage du malade et qui rampe dans l'estomac, en pleine obscurité comme tu t'en doutes, tandis que le médecin voit tout sur un écran et dirige en plus les mouvements de cette espèce d'œil. Et si on achetait à l'Amérique cet œil télécommandé et qu'on le transforme pour la commande à distance de nos sous-marins de poche? Qu'est-ce que tu en dis? »

« Enfant de garce, pensa Stavinski plein d'admiration. Enfant de garce! Cet appareil à télécommande est aujourd'hui utilisé dans n'importe quel hôpital américain. L'acheter ne posera aucun problème : jamais le F.B.I. ne s'opposera à la vente à l'U.R.S.S. de matériel médical. La seule autorisation qu'il nous faudra, ce sera celle du Gosplan pour débloquer quelques devises... »

Pendant la journée, après avoir promis à Benjer de choisir le moment le plus favorable pour exposer à Oparkov le projet de ses sous-marins de poche, Stavinski prit l'avion pour Bakou où il alla retrouver les techniciens qui avaient mis au point l'équipement de forage sous-marin. Il y resta exprès le plus longtemps qu'il put. Dans la journée, il passait de longues heures au bureau d'études et, le soir, en tant qu'hôte moscovite de haut rang, on le conduisait d'une rôtisserie de campagne à une autre. C'étaient des établissements fermés au commun des mortels, où l'on servait de succulentes brochettes d'agneau et d'esturgeon. La nuit, comme le reste de l'élite soviétique, il écoutait dans sa chambre d'hôtel la B.B.C. et « La Voix de l'Amérique ». A cette seule différence près que, si les autres étaient intéressés par les nouvelles en provenance de Pologne, Stavinski, lui, attendait impatiemment qu'il filtre quelque chose sur Virginia, soit qu'elle ait été libérée, soit qu'on l'ait échangée contre un espion soviétique pris par les Américains.

Mais l'histoire de Virginia se perdait maintenant dans la nuit des temps et d'autres nouvelles à sensation l'avaient remplacée : la loi martiale proclamée en Pologne, le « contrat gaz-tubes » sur la fourniture de gaz sibérien à l'Europe occidentale, les sanctions imposées par Reagan, les préparatifs de Noël en Amérique et en Europe...

4

Pendant ce temps, l'Institut maritime de Moscou avait achevé trois jours avant le Nouvel An, comme promis à Brejniev, l'assemblage à la main des deux nouvelles grilles énergétiques. Les ingénieurs de Bakou promettaient de livrer d'une semaine à l'autre le premier prototype du nouvel appareil de forage. Le capitaine Gouchtchine pourrait de la sorte bientôt retourner vers les côtes de la Suède, afin de compléter sa « guirlande suédoise ». Seuls l'ébullition qui régnait en Pologne et les scandales qui avaient éclaté au Kremlin retardèrent l'opération. Le maréchal Oustinov, ministre de la Défense, fut très net sur ce point lorsque Oparkov posa sur son bureau le rapport de Benjer concluant que l'opération était prête.

« Qu'elle aille se faire f..., cette Suède! fit-il nerveusement. Essayons plutôt d'y voir d'abord clair en Pologne. D'ailleurs, je ne peux rien décider sans le feu vert de Léonide Ilyitch, et il est actuellement malade... »

La « maladie » de Brejniev reçut bientôt une nouvelle interprétation : tout d'abord des bruits, répercutés à l'E.M.G. et à l'Institut maritime, circulèrent sous le manteau, prétendant que la famille Brejniev aurait été liée aux principaux représentants de la « contre-économie », dite « de gauche », et mêlée à l'arrestation des représentants en question. Puis ce fut, le 19 janvier 1982, la mort dans des circonstances très suspectes du général Sémion Tsvigoun, premier adjoint d'Andronov à la tête du K.G.B. et beau-frère de Brejniev : était-il mort soudainement? s'était-il suicidé[1]? Puis, cinq jours plus tard, ce fut le décès de Mikhaïl Souslov, secrétaire du Comité central et idéologue numéro un du parti communiste de l'U.R.S.S. La vague d'arrestations

1. Ou avait-il été assassiné? Cet épisode, et tous ceux évoqués dans ce paragraphe, constituent le thème central du livre *Une place vraiment rouge*, du même auteur (avec F. Neznansky, R. Laffont 1983) *(N.d.T.)*.

atteignit alors la propre famille de Brejniev : on arrêta d'abord, en raison d'un quelconque trafic de diamants, l'amant de la fille de Brejniev, un artiste tsigane nommé Bouriatski; puis sa fille elle-même fut convoquée pour des interrogatoires... Bref, Léonide Ilyitch avait, ces jours-là, de tout autres chats à fouetter que la Pologne, l'Afghanistan et, à plus forte raison, le projet Emma. A Moscou, tout le monde évoquait un prochain changement de gouvernement. Peu après les funérailles de Souslov, Stavinski entendit cette anecdote dans le fumoir des ouvriers. On était pourtant à Chatoura!

« Ecoutez, les copains! annonçait à ses amis un jeune ajusteur aux yeux bleus, sans se cacher et à haute voix. C'est Brejniev qui assiste aux funérailles de Souslov et monte au Mausolée. Il sort un papier de sa veste et se met à lire : « Camaade! (le jeune « gars copiait assez fidèlement le débit embarrassé « de Brejniev), aujoud'hui... Euh... Note pâti et... tout « le peuple soviétique... euh... déplôent une gande « pette... euh... Nous avons pêdu... euh... notte chê et « bien-aimé... euh... Léonide Ilyitch Bejniev!... « Qu'est-ce que je lis? Mêde alô, j'ai encô mis la « veste d'Andônov!... »

Pendant ce temps, le retard apporté à l'achèvement de la « guirlande suédoise » mettait le maréchal Oparkov en rage. Officier de carrière, il supportait difficilement l'incompétence dans les choses militaires de ses supérieurs immédiats, le ministre de la Défense et le président du conseil de Défense, soit Oustinov et Brejniev. Le simple fait que ces hommes qui avaient fait toute leur carrière au parti se soient attribués le titre de maréchal, tout comme lui, Oparkov, lui semblait un affront intolérable. Mais non seulement ils s'étaient scandaleusement attribués ces titres militaires suprêmes, ne comprenaient rien à la stratégie militaire, étaient plus illettrés dans ce domaine que le plus modeste lieutenant de l'armée, mais encore ils fourraient leur nez dans les plans de l'armée, bouleversaient les projets en cours, reportaient des opérations d'une importance capitale. Et comprenant que d'un jour à l'autre une personnalité bien plus résolue et autoritaire que Brejniev viendrait le remplacer, le maréchal Oparkov observait depuis l'E.M.G. comme d'un abri blindé, tout ce qui se passait au Kremlin. L'opération visant à discréditer Brejniev avait échoué, mais Andronov s'était bien sorti de l'affaire et prétendait même au poste de secrétaire du Comité central laissé vacant à sa mort par Souslov. Mais Brejniev, lui aussi, était resté vivant... Quelle force vitale, quand même! Et même s'il mourait, on ne savait pas qui sortirait vainqueur et si Andronov l'emporterait sur Tchernenko, ou Tchernenko sur Andronov. Pendant que tout cela restait confus, il fallait se tenir à l'écart, mais aussi rester attentif, et renforcer, renforcer l'armée. Quel que soit le nouveau maître du pays, si lui, Oparkov, offrait à ce nouveau maître l'armée la plus puissante du monde, il demeurerait au sommet de la hiérarchie militaire et deviendrait peut-être même ministre.

Et pour bien faire comprendre à ce successeur à venir de Brejniev quel soin il prenait de l'armée soviétique, le maréchal Oparkov décida d'écrire au plus vite une brochure traitant de ses conceptions militaires. Brejniev pouvait bien écrire ses Mémoires et faire joujou avec sa gloire littéraire, voire s'autodécerner des prix, lui, maréchal Oparkov, utiliserait les presses pour des buts autrement plus importants.

Ayant convoqué ses adjoints, Oparkov se mit à leur dicter les thèses de cette brochure. Si nous avançons un peu dans le temps, nous remarquerons que très peu de temps après, soit en mars 1982, la brochure en question (soixante-dix pages), intitulée *Toujours prêts à défendre la patrie*, sera publiée à des millions d'exemplaires par les Editions militaires et diffusée dans toutes les unités de l'armée soviétique. Mais ce qui sera encore plus important pour Oparkov, c'est qu'on en parlera dans la presse occidentale et à « La Voix de l'Amérique ». De la sorte, même si le successeur potentiel de Brejniev n'avait pas pris le temps de lire la brochure en entier, il ne pouvait ignorer ce qui avait suscité l'intérêt de l'Occident, et en particulier ces lignes du maréchal Oparkov :

« L'Union soviétique ne peut pas se permettre de se traîner à la queue des derniers perfectionnements techniques militaires, surtout parce qu'à l'heure actuelle l'arsenal des principaux systèmes d'armement des armées occidentales est en voie de renouvellement complet pour les dix ou douze années à venir. DANS CES CONDITIONS, TOUT RETARD DANS LE RENOUVELLEMENT DES CONCEPTIONS STRATÉGIQUES, TOUTE MANIFESTATION DE ROUTINE DANS LA MISE AU POINT ET LA MISE EN APPLICATION DES NOUVELLES CONCEPTIONS DE L'ÉDIFICATION DE NOTRE ARMÉE SONT CHARGÉS DES PLUS LOURDES CONSÉQUENCES...

Le maréchal Oparkov avait longuement pensé et remodelé la dernière phrase et consulté Stavinski à son sujet. Il fallait que l'allusion au caractère criminel du retard apporté à l'exécution du projet Emma fût comprise de ceux qui en portaient la responsabilité tout en demeurant obscure pour les autres lecteurs, ceux d'Occident...

5

« Tu pourrais au moins faire un saut à l'atelier pour tes essayages en l'honneur de mon anniversaire? Comme cela, le 6 février, tu porterais un nouveau costume! » fit nerveusement remarquer Galina à Stavinski lors d'une de ses visites éclairs dans la capitale.

Stavinski voyait que Galina était tendue à craquer et qu'il n'était pas possible de retarder plus longtemps l'exécution par lui de ses « obligations conjugales ». Il n'y a rien de plus terrible ni de plus dangereux qu'une femme insatisfaite. Mais il était maintenant, pour ainsi dire, doublement prêt à passer aux actes car lorsqu'il était à Bakou, ville où l'on peut se procurer sous le manteau absolument tout, y compris des préservatifs d'importation, il avait acheté à des dealers locaux de l'héroïne. Or il se souvenait qu'à Portland, sa Barbara du 7-Eleven s'amusait parfois à en prendre et que, ces nuits-là, elle perdait complètement la tête. Faire boire Galina au cours d'un nouveau dîner au restaurant et lui verser de l'héroïne dans l'eau minérale qu'elle prenait avant de se mettre au lit ne présenta aucune difficulté. Or cette nuit d'amour fut une nuit comme lui, en tout cas, et peut-être elle aussi, n'en avaient jamais connu. Soit qu'elle eût accumulé en elle une envie de coucher gigantesque, soit qu'elle eût complètement décollé dans l'euphorie de la drogue, Galina fit au lit la démonstration de toutes les connaissances les plus affriolantes qu'elle avait acquises au cours de ses infidélités conjugales. Et tout en lui faisant l'amour, elle ne cessait de lui déclarer, en riant aux éclats :

« Ecoute, mais elle a grossi, elle a grossi! »

Et Stavinski essayait de la persuader que c'était parce qu'elle était ivre, mais elle se jetait dessus, l'embrassait passionnément et s'écriait dans son ivresse :

« Que je l'aime! Ah! mon Dieu, que je l'aime! »

Et Stavinski à son tour se sentait excité par ses épanchements...

Il regretta même que cela ne se fût pas passé plus tôt, au cours de la première nuit passée par lui au domicile de Yourychev. « J'ai été prudent à l'excès, se dit-il avec mélancolie. Encore que, dans le cas présent, l'excès de prudence ait eu les conséquences les plus heureuses. »

« Tu sais, lui dit-il au cours d'une minute de répit, ce serait une bonne idée d'inviter Youri Tchourbanov à ton anniversaire. »

Youri Tchourbanov, mari de Galina Brejniéva et à ce titre gendre du secrétaire général, était devenu vice-ministre de l'Intérieur de l'U.R.S.S. et pouvait incontestablement savoir dans quel camp on gardait les détenus étrangers. Stavinski voyait enfin se profiler la raison pour laquelle il était devenu le général Yourychev!

Galina, naturellement, comprit cette idée à sa manière et l'approuva entièrement. Il était nécessaire que le jeune général Yourychev se mêlât aux plus hautes sphères. Mais il n'était pas obligatoire de tisser des liens trop étroits avec la compagnie gravitant autour de Brejniev. On avait montré ce jour-là Brejniev à la télévision, aux obsèques de Souslov. Elle ne l'avait jamais vu aussi épouvantable : c'était une loque, un cadavre ambulant! Non, ce n'était pas Tchourbanov qu'il fallait inviter! Elle se mettrait en quatre, en huit, en seize s'il le fallait, mais elle arriverait à faire venir Ilya Andronov, le fils du président du K.G.B. et l'un des américanologues les plus en vue. Il fallait regarder de l'avant, en direction de l'avenir, se lier au futur patron du pays.

Au matin, ils allèrent à l'atelier essayer les deux costumes neufs. Voyant Galina avec son mari le général, le jeune tailleur Volodia Ivanov leva les bras au ciel :

« Enfin! dit-il. J'étais déjà prêt à saupoudrer vos costumes de naphtaline, comme aime à le faire tata Olia, dans sa belle ville ensoleillée de Yalta! Je vous en prie, camarade général, veuillez passer dans la cabine pour les essayages... »

Stavinski n'avait pas prêté une attention particulière à la gouaille du jeune tailleur lui parlant de sa tante qui vivait en Crimée. Il entra dans la cabine d'essayage, se déshabilla et attendit les costumes à demi prêts que le tailleur allait lui apporter. Assise dans le hall, Galina feuilletait des magazines de mode. Le tailleur réapparut enfin avec deux costumes véritablement somptueux, presque prêts et qui, déjà, allaient parfaitement à Stavinski. Mais le tailleur faisait le difficile, tournait Stavinski d'un côté à l'autre, plantait des épingles là où il croyait voir des plis et ne cessait de répéter la même antienne :

« Comme dit tata Olia, à Yalta, le costume vous va comme si vous étiez né dedans! Levez le bras, camarade général. Vous n'êtes pas serré, sous les bras? Magnifique! Ah! si ma tata Olia, à Yalta, voyait pour qui je fais ce costume! »

Tout en blaguant, le tailleur le regarda gaiement, mais avec une expression particulière, et Stavinski sentit un courant lui passer au travers du corps : mais oui, Yalta! Tata Olia!

« Doucement, camarade général, ne remuez pas trop, sinon vous allez vous piquer, lui dit en souriant le tailleur. Ma vieille tante Olga Nikanorovna, qui est bien vieille et malade à présent, s'est piquée dans sa jeunesse de façon qu'elle en est tombée enceinte...

– Quel est le nom de famille de votre tante? demanda Stavinski à mi-voix.

– Krylova », répondit le tailleur dans le même registre. Et il ajouta plus bas encore, en regardant avec appréhension la porte de la cabine d'essayage derrière laquelle était assise Galina Yourychéva, avec d'autres clients : « Ma tante vous transmet le bonjour. Commandez-moi encore un pantalon ou une veste, pour avoir l'occasion de venir faire un nouvel essayage. Et revenez demain soir, après vingt heures. Je serai seul, nous pourrons bavarder. »

Et il cria à travers la porte, de sa voix redevenue normale :

« Galina Nikolaïevna! Regardez comme le costume va bien à votre mari! »

6

Un mois s'était écoulé depuis que Virginia s'était retrouvée dans cette mini-Amérique de banlieue, étrange ville-datcha de l'école du renseignement du K.G.B. Au cours de la première semaine, personne ne l'avait dérangée. Elle avait récupéré, s'était levée tôt, promenée dans les deux uniques rues de cette ville : l' « Avenue of the Americas » et la « 7e Rue », en examinant enseignes et vitrines, parfois en carton-pâte mais le plus souvent naturelles. Elle avait longuement choisi des produits américains au supermarché : produits de beauté, shampooings, provisions. Toucher à ces objets et aux inscriptions *Made in U.S.A.* était agréable et triste à la fois, comme lorsqu'on relit de vieilles lettres. Les deux ruelles de cette petite ville, avec leurs toits plats à l'américaine, étaient vides et enneigées dans la matinée et s'interrompaient brutalement au bord d'un grand champ, lui aussi recouvert par la neige, derrière lequel on apercevait une épaisse forêt de pins et les miradors des gardiens. Virginia ignorait si ce champ qui entourait la mini-ville était lui-même ceinturé de fil de fer barbelé, mais comprenait qu'il était inutile de penser à s'enfuir. D'ailleurs, honnêtement, elle n'y pensait même pas. Elle était fatiguée de tout, de ce qu'elle avait enduré avec Stavinski à Washington et à Moscou, de la prison de la Loubianka et des interrogatoires, des criminelles et des délinquantes mineures. Un état d'âme fait de paisible soumission à son destin et de préoccupation pour son futur enfant emplissait maintenant son âme. En fin de compte, cette cage dorée était infiniment préférable à la cellule de la prison. Dès le premier soir, le colonel Stanley lui avait donné cinquante dollars pour la semaine (« Quand tu commenceras à travailler, lui avait-il dit, tu recevras davantage ») et maintenant elle pouvait planifier ses dépenses : six dollars allaient quotidiennement au breakfast, au lunch et au dîner, au restaurant de l'hôtel, et le reste pouvait être dépensé en café ou en produits de beauté. Mais la première chose qu'elle acheta, ce fut de la crème Lancôme, du savon et du déodorant. A son grand étonnement, ces choses coûtaient ici beaucoup moins cher qu'aux Etats-Unis. Puis elle découvrit sur une des étagères du magasin quelques jouets pour enfant et décida aussitôt de les acheter, quel que fût leur prix. Mais le vendeur (ce même brun quadragénaire, qui fumait la pipe) lui dit avec indifférence :

« Vous pouvez les prendre gratis. Je me demande

bien quel idiot a pu apporter cela ici? Il n'y a pas d'enfants dans notre ville et je ne pense pas qu'il y en ait jamais... »

Mais Virginia ne voulait pas penser à l'avenir.

Une petite poupée en matière plastique et un petit pingouin gonflable ornèrent la table de nuit de sa chambre d'hôtel. Si l'on oubliait, du reste, qu'on était en Russie et qu'à l'orée de la forêt se dressaient des miradors garnis de soldats, on aurait presque pu vivre dans cette ville en miniature comme à la maison, presque comme dans la chambre d'hôtel qu'elle habitait à Altadena, Los Angeles. Ou plus précisément comme lors d'un tournage, quand des artistes ont fabriqué des décors naturels et qu'un groupe de cinéastes vit dans ces décors.

A quatorze heures, les habitants de la petite ville se déversaient dans les rues après les leçons du matin, suivies par eux dans les classes du même Holiday Inn. La seconde moitié de la journée devait être occupée par eux à une pratique active de la vie typiquement américaine : déplacer quatre voitures d'un côté de la rue à l'autre et les mettre du côté indiquant « No parking 8 a.m. – 2 p.m. », rester assis au café, jouer au bridge, au billard ou aux machines à sous, discuter de base-ball, vérifier leurs comptes en banque et faire la cour aux rares femmes de leur groupe, trois étudiantes de l'école d'espionnage, l'administratrice de l'hôtel (Mickey) et Gloria, la serveuse du restaurant. Ce flirt était naturellement plus feint que réel car tous savaient que Mickey était la fille du colonel Stanley et Gloria la femme de Rodriguez, un Espagnol enseignant à l'école. Aussi Virginia, réputée libre, fut-elle dès son arrivée l'objet de l'attention de tous les hommes.

Au début, cependant, Virginia se tenait à part et préférait, après quatorze heures, se prélasser dans sa chambre avec un livre. Par chance, la bibliothèque de l'hôtel était un des plus beaux fleurons du colonel Stanley, qui y avait rassemblé une énorme collection de best-sellers américains à bon marché et sentimentaux. Mais au cours des repas, et quoique Virginia fût à la table du colonel et pour ainsi dire sous sa tutelle, elle ne savait comment échapper aux regards intéressés des hommes et aux petites allusions lâchées comme en passant.

Elle-même d'ailleurs ne se faisait pas faute de jeter des coups d'œil du côté de ces prétendus étudiants. Ils étaient une trentaine, d'âges divers mais surtout autour de trente ans, et des origines ethniques les plus variées : il y avait des Bulgares, des Arméniens et même des Coréens, mais quand même surtout des Russes. Tous, pensait Virginia, partiraient tôt ou tard pour l'Amérique où ils vivraient sous des identités réelles ou fausses, ouvriraient des magasins, des entreprises, peut-être même inaugureraient des banques ou des journaux, se promèneraient dans des voitures américaines à travers des villes américaines, coucheraient avec des femmes américaines et leur feraient même des enfants américains, et tout cela pour espionner et détruire son pays.

Mais, quelque étrange que cela fût, elle ne trouvait pas en son âme de haine pour ces gens. Peut-être parce qu'elle les enviait, enviait le fait que chacun d'entre eux pourrait vivre en Amérique comme il le désirerait. Et plus encore parce qu'elle se sentait abandonnée et oubliée par ceux-là mêmes contre qui les « étudiants » en question allaient travailler : Cooper, Mac Kerry et Caroll. Bonne et douce de nature, Virginia sentait en elle, pour la première fois peut-être de sa vie, un étrange plaisir, inconnu d'elle : celui de la vengeance. La C.I.A., avec Daniel J. Cooper, ce gandin washingtonien si bien léché et sûr de lui, l'avaient persuadée de partir pour cette maudite Russie, lui avaient fait quantité de promesses mirifiques : de l'argent, un voyage agréable, le droit de jouer un rôle important au cinéma... Stavinski lui avait tourné la tête et lui avait même fait un enfant, et voilà qu'ils l'avaient tous laissée tomber, oubliée; ils se fichaient parfaitement de son sort et de tout ce qu'elle avait enduré dans la prison russe, sans compter ce qu'elle aurait enduré dans les camps si elle n'avait pas eu la chance de se retrouver dans cette « mini-Amérique ». Pendant les nuits où « Vassili » la violait dans la cellule de la prison de transit, les journées où elle gelait sur le sol de ciment de la Loubianka, ou gisait sans connaissance sur les matelas de paille puants de l'infirmerie, pendant les heures où elle mourait de peur dans la cage du fourgon sombre et gelé, au plancher de fer couvert de givre, lorsqu'elle se demandait à quelle nouvelle torture on la menait, pendant tout ce temps-là, Cooper ou Mac Kerry s'étaient-ils privés au moins une fois de la piscine chauffée de leurs clubs de relaxation? de leurs maisons bien chaudes de la banlieue de Washington? de leurs téléviseurs couleur, de leurs molles pantoufles domestiques, de leurs lunches, de leurs vacances de Noël sur les plages veloutées d'Acapulco ou de la Floride? Non, bien sûr! Ils l'avaient abandonnée, rejetée de leur mémoire. Plus une station de radio ne mentionnait son nom dans les bulletins d'informations! Eh bien, les « étudiants » du K.G.B. n'avaient qu'à punir la C.I.A. de sa stupidité, de sa trahison, de sa duplicité... Mais bien plus souvent encore, comprenant qu'elle était injuste ou se surprenant à l'avoir été, Virginia se tenait un autre raisonnement : en fin de compte, si ce n'était pas elle qui leur enseignait la pureté de l'accent californien ou différents détails de conduite typiques des véritables Américains, d'autres s'en chargeaient : le colonel Stanley et trois de ses assistants : le Noir Louis Norton, l'Hispano-Américain Garcia Rodriguez ou le Magyar-Américain Matin Koren, qui assuraient la direction des cours pratiques dans cette ville...

Elle voyait bien sûr que le rondouillard colonel Stanley la faisait insensiblement participer au travail de groupe. Chaque jour au dîner, il lui demandait quels détails l'avaient frappée au cours de la journée comme ne répondant pas aux standards de la vie américaine. Elle nommait ces détails : il n'y avait pas de pancartes « SALE » au supermarché, on ne se servait pas de coupons, on ne trouvait pas de ces petits jouets standards sans lesquels aucun Américain ne grandit, comme Miss Piggy ou Superman, il n'y avait pas de gobelets en carton au café, on ne vendait pas de pop-corn au buffet du cinéma où l'on montrait chaque soir aux étudiants de vieux films américains, et ceux-ci ne mettaient jamais leurs jambes sur les dossiers des fauteuils des rangées précédentes.

« En outre, ajouta-t-elle pour rire, je n'ai pas de carte de l'American Express. »

Au bout de quelques jours, elle remarqua que toutes ses remarques avaient été prises en considération : de grandes pancartes SALE ou DISCOUNT 30 p. 100 étaient apparues au 7-Eleven; les numéros du *New York Times* ou du *Washington Post* étaient découpés aux pages où avaient été publiés des coupons donnant une réduction sur un achat de pâte dentifrice ou de sous-vêtements masculins; le café proposait aux clients des gobelets en carton et, au cinéma, chacun des spectateurs recevait gratuitement une portion de pop-corn, afin d'en prendre petit à petit l'habitude.

Au bout d'une semaine, le colonel Stanley donna

à Virginia quatre-vingts dollars au lieu de cinquante et ajouta en riant :

« Tu viens déjà d'obtenir une augmentation, fillette ! »

Virginia le regarda avec étonnement : elle ne l'avait pas méritée !

« En outre, reprit-il, je vais régulièrement faire augmenter les prix, à cause de l'inflation. A propos, je veux que tu viennes demain matin à neuf heures à la séance de mon groupe. N'aie pas peur, tu n'auras rien de bien terrible à faire, tu te contenteras d'observer. Nous tiendrons nos assises à la cafétéria. »

« Tu te contenteras d'observer » ne correspondait naturellement pas exactement à la vérité. Le lendemain matin, lorsque Virginia arriva à la cafétéria Now, elle y trouva tout le groupe, fort de huit hommes. Habillé en civil et son éternel havane à la bouche, le colonel Stanley était assis devant eux sur un siège pivotant du bar et tenait à la main le livre *How to Pick Up a Girl*.

« Aujourd'hui, dit-il, nous ferons des cours pratiques sur le thème « Comment draguer une femme américaine ». Je vous ai donné ce livre à lire il y a une semaine et je suppose que vous l'avez étudié. Passons maintenant à la pratique. Virginia, mon enfant, viens ici et assieds-toi à côté... »

Il lui montra un haut fauteuil pivotant devant le comptoir et, lorsqu'elle fut assise, s'adressa au groupe :

« Eh bien, qui a du courage ? Qui veut s'approcher de cette jolie femme et essayer de la draguer ? »

Le colonel Stanley parlait un anglais d'une classe si parfaite, où il introduisait pour jouer différents argotismes de la langue de tous les jours que, lorsque Virginia l'écoutait, elle en oubliait qu'elle était en Russie. D'ailleurs, cette leçon, tout comme les suivantes, ressemblait à une leçon de groupe dans une école d'art dramatique, à des répétitions suivant le fameux système Stanislavski (« La vie réelle dans les circonstances proposées »), ces séances qui plaisaient tant à Virginia à l'époque où elle était apprentie actrice. Mais voir le livre *How to Pick up a Girl*, ce best-seller américain paru cinq ou six ans auparavant, utilisé comme manuel scolaire dans une école du K.G.B. tenu par un colonel qui était quand même du K.G.B. même s'il avait une bedaine, Virginia trouvait cela hautement comique. Elle se rappela le bruit que le livre avait fait à l'époque : un gars timide et modeste n'arrivait pas à se trouver une petite amie, ou du moins à faire la connaissance d'une jeune fille ou d'une femme. Il avait alors pris un magnétophone et était sorti dans la rue comme s'il était journaliste, posant à toutes les femmes une seule et même question : quelle était la meilleure façon de les aborder? Quelques mois plus tard, il avait réuni ces interviews sous forme de livre et était devenu millionnaire. Mais cela l'aurait amusée de connaître sa réaction si on lui avait dit que son livre était, en plus, devenu un manuel pratique de vie américaine dans une école d'espionnage du K.G.B., à Moscou...

Assise au bar, Virginia commanda un Pepsi et rembarra le premier étudiant, un jeune Caucasien, Arménien ou Turc, beau et un peu impudent. Il s'était assis à un siège de distance de Virginia et lui avait présenté assez habilement son briquet au moment où elle avait sorti une cigarette de son paquet, jouant le rôle d'une Américaine qui s'ennuyait au café. Virginia avait en outre écouté ses premières phrases toutes faites avec une certaine bienveillance, mais il lui avait suffi de s'asseoir à côté d'elle et de lui dire « Puis-je vous offrir quelque chose à boire? » et Virginia s'était détournée brutalement de lui en hochant négativement la tête à l'intention de Stanley.

« Qu'y a-t-il qui cloche? demanda le colonel.

– Tout d'abord, expliqua-t-elle, il ne sait pas quel rôle il joue. Qui est-ce? Un employé? Un homme d'affaires? Un plombier? En tout cas, il a une odeur de plombier et même pire. Je veux dire, excusez-moi mais il faut être honnête, qu'il sent tout simplement la sueur. Pas une Américaine n'acceptera de bavarder avec un homme qui dégage une telle odeur. »

Pour la première fois de son séjour, Virginia vit le rondouillard colonel Stanley, qui ressemblait tant à un brave petit blaireau, se mettre en colère, et à un degré tel que les veines de son cou en devinrent écarlates.

« Bravo... », dit-il entre ses dents à Virginia et il se tourna vers ses étudiants. Puis elle entendit dans sa bouche un chapelet de jurons choisis comme on n'a pas souvent l'occasion d'en entendre, même à Harlem :

« Combien de fois vous ai-je dit de vous servir d'un savon de bonne qualité? D'un shampooing de luxe, de déodorant? Vous voulez faire des économies, enfants de p...! Vous économisez sur le savon pour vous envoyer un verre de brandy de plus! Je passerai aujourd'hui dans les chambres et vérifierai personnellement quel savon vous avez chez vous. Qui s'est rincé ce matin la bouche avec du Fresh Start?... »

Personne ne levant la main, l'honnêteté des élèves pris en faute le calma quelque peu :

« ... Bon, bon... grommela-t-il d'une voix déjà moins encolérée. Au moins vous avouez! Vous déshonorez l'école aux yeux de Miss América!... Au suivant! »

C'est ainsi que le surnom de « Miss América » naquit et devint la propriété de Virginia, non seulement pendant cette leçon mais au cours de tout son séjour ultérieur. Deux jours plus tard, le groupe du colonel Stanley fleurait bon le savon Chloé et l'eau de Cologne pour hommes Cavalier; tous avaient les ongles coupés court et aucun d'entre eux, en parlant avec Virginia, ne se grattait la nuque. Et Virginia eut de plus en plus de mal à envoyer paître ses cavaliers, non seulement pendant les cours mais après, le soir. Ces hommes se trouvèrent en effet avoir une parfaite instruction et connaître à fond la littérature et la musique anglo-américaines classiques et contemporaines. Sortis des Instituts des langues étrangères militaires et de l'école du K.G.B., ils avaient tous étudié l'anglais au moins dix ou douze ans, passant à les en croire des journées entières dans les cabines des laboratoires de phonétique, à parfaire leur prononciation anglaise ou américaine. Ils avaient lu des montagnes de livres et appris par cœur des pages entières de Shakespeare, Whitman, Salinger, Bradbury, Updike et d'autres écrivains dont Virginia elle-même ignorait souvent le nom. Mais on sait qu'aucune langue n'est statique. Elle coule comme un fleuve et ne cesse d'intégrer de nouveaux mots, des nuances, des expressions. Virginia remarquait que certains mots pittoresques que les étudiants aimaient à étaler avaient vieilli ou étaient prononcés un peu différemment. Elle happait ces scories dans leurs discours et les corrigeait. Il lui arrivait même de ne pas comprendre certains mots, ou des proverbes vieillis, tirés de vieux manuels d'anglais...

Mais dans l'ensemble, elle s'était vite acclimatée à la « mini-Amérique » de la banlieue de Moscou. Ses cours de vie quotidienne américaine étaient de plus en plus fréquemment ressentis par elle comme de joyeuses répétitions théâtrales, et les étudiants des autres groupes étaient de plus en plus attirés par eux et cherchaient à y assister. Quant au colonel Stanley, il s'était mis à lui confier la direction des cours en question et parfois même n'y assistait pas, ce qui lui permettait de se consacrer à ses affaires de gestion du centre, dévorantes comme on s'en doute.

Dès la troisième semaine, Virginia se mit à toucher cent dollars, ce qui était une somme très convenable pour une telle mini-ville, où il lui aurait d'ailleurs été difficile de dépenser davantage en dehors de la nourriture et des babioles nécessaires à toute femme.

Lors de la soirée du Nouvel An, les étudiants couvrirent Virginia de cadeaux et d'attentions et lui firent une cour terriblement insistante. Puis un jour, alors qu'ils étudiaient le thème « Comment se comporter dans une discothèque » et alors que Virginia, rouge comme un crabe de beaucoup danser et excitée par l'amusement que lui procurait son travail (elle avait toutes les peines du monde à obliger ces hommes à se décontracter : ils dansaient raides comme des marionnettes), se sentait ne plus faire qu'un avec le fracas du disco, les rires et l'excitation de ses partenaires, elle s'aperçut soudain que les étudiants s'immobilisaient et faisaient silence. Elle continua encore à leur montrer les pas allant avec la musique et à danser elle-même, mais, observant leurs regards, elle se retourna vers la porte et...

Elle vit dans l'encadrement le colonel Stanley en compagnie d'un général âgé à l'air fatigué, portant des lunettes d'écaille : c'était celui-là même qui lui avait offert des sandwiches au caviar dans son bureau de la place Dzerjinski, puis du Johnny

Walker à sa datcha. L'homme qui avait scellé son destin et l'avait fait venir ici de prison. Mais c'était la première fois que Virginia le voyait en uniforme de général.

Elle se troubla, perdit contenance, ne sachant depuis combien de temps ils étaient là et l'avaient observée, et se hâta de fermer le magnétophone, qui continuait à déverser les rythmes endiablés de la musique disco.

« Non, non, dit le général. Continuez. »

Et il ressortit avec Stanley.

La fin du cours se déroula d'une manière beaucoup moins libre. Peu avant le déjeuner, Mickey, fille de Stanley, s'approcha de Virginia et lui dit :

« Papa te demande de passer dans son bureau. »

Et elle lui cligna de l'œil, « entre femmes » :

« Va mettre une belle robe. »

Virginia monta dans sa chambre et resta longtemps indécise sur ce qu'elle mettrait. Ce général serait naturellement présent dans le bureau du colonel directeur du centre. Comment se comporter avec lui? C'étaient ses gens qui avaient tué Yourychev à Chérémétiévo, ses gens qui l'avaient jetée en prison, interrogée, nourrie d'une pitance infecte et fourrée dans la même cellule que l'ignoble « Vassili ». Mais d'un autre côté n'était-ce pas elle-même qui était venue sans qu'on l'y ait forcée dans ce pays comme espionne, afin d'enlever ce Yourychev qui connaissait des secrets russes? Qu'ils l'aient capturée et mise en prison, n'était-ce pas ce que faisaient les Américains eux-mêmes avec les espions russes? Le célèbre espion russe Abel n'était-il pas resté enfermé dans une prison américaine? Simplement les prisons, ici, étaient une abomination : aucune récompense n'aurait pu la forcer à accepter une seconde mission risquant de s'y terminer! Mais n'était-ce pas ce général qui l'avait tirée de l'horrible prison et l'avait fait venir ici, où les conditions de détention étaient humaines?

Et Virginia mit sur elle la même robe d'un violet foncé à petit décolleté qu'elle avait portée à Washington lorsqu'elle était venue au premier rendez-vous de Cooper, au restaurant du Capitol Hilton. De même releva-t-elle modestement ses cheveux en chignon. C'était sa petite vengeance personnelle et à l'égard de la centrale américaine et à l'égard de Cooper, le responsable du département U.R.S.S. qui semblait ne plus se souvenir d'elle.

Dans le bureau du colonel Stanley, on avait mis trois couverts et un seau de champagne français. Lorsqu'elle entra, le général et le colonel se levèrent et Stanley lui avança galamment un siège, avant de se mettre à plaisanter gaiement pour détendre l'atmosphère. Il porta le premier toast à Virginia, « ou plutôt à " Miss América ", à l'étoile hollywoodienne qui honorait de sa présence leur petite ville américaine de province et était devenue un membre de plein droit de leur communauté locale ». Puis il se mit à couvrir d'éloges les talents pédagogiques de Virginia et raconta au général de manière comique, en outrant les détails, leur séance de « dragage d'une Américaine », ainsi que d'autres épisodes de la vie de leur ville.

Virginia rougissait et perdait contenance sous les éloges et surprenait les regards attentifs que lui jetaient les yeux bleu pâle du général. A la fin du repas, ce dernier lui dit :

« Je voudrais vous inviter à une promenade. Vous n'avez rien contre? »

Virginia garda le silence. Pouvait-elle ne pas être d'accord avec la proposition de cet homme, capable de l'envoyer d'un mot et même d'un geste, et non seulement elle mais tous les occupants de « Mini-America », en prison, en camp, au bagne? Mais il était poli, prévenant et lui demandait encore son autorisation.

Dehors, une longue limousine gouvernementale noire à chauffeur stationnait auprès de l'hôtel, suivie d'une Volga noire pleine de gardes du corps. A peine Virginia et le général eurent-ils mis le pied hors de l'hôtel que l'un d'entre eux accourut et ouvrit la porte à son patron et à la dame qui l'accompagnait.

La limousine se mit souplement en marche, sortit rapidement de la ville et, sans s'arrêter aux postes de contrôle et aux barrières qui s'ouvraient obligeamment à cent mètres de la voiture, s'enfonça dans la forêt de pins. La Volga des gardes du corps suivait respectueusement derrière.

Assis sur le siège arrière, séparés du chauffeur par une glace teintée, le général et Virginia gardaient le silence. Derrière les vitres flottait la féerique forêt russe, brillant au soleil de ses chapes de neige d'un blanc lilas. Le disque solaire, d'un orange glacial, apparaissait de-ci, de-là derrière les cimes et semblait faire la course avec la voiture.

Le général prit sans mot dire la main de Virginia. Elle le regarda avec des yeux timides et craintifs. Il transféra sa main sur son épaule et l'attira doucement à lui. Et Virginia, comme un chaton, se colla contre son uniforme de général et remarqua presque machinalement qu'il émanait de lui une odeur de savon de bonne qualité et de délicate eau de Cologne masculine.

7

« ... *Selon les renseignements dont nous disposons, le réseau de camps de la Direction principale des Etablissements de rééducation par le travail auprès le ministère de l'Intérieur de l'U.R.S.S. comprend un camp spécifique pour les prisonniers étrangers. Ce camp se trouve dans la ville de Potma, à deux cent quatre-vingts miles au nord-est de Moscou. C'est dans ce camp qu'ont effectué leur peine le pilote de l'avion U-2 Garry Powers et trois Américains accusés d'avoir introduit des stupéfiants en U.R.S.S. : Gerald Amster, Paul Brawer et Dennis Burn. Au cours de leur internement, en 1976, il y avait dans le même camp environ cent dix prisonniers, tous de sexe mâle, venus de divers pays du monde. On fait travailler les prisonniers dans la fabrique du camp, où ils assemblent des lustres en cristal et des téléviseurs. Les prisonniers portent un uniforme de flanelle avec leurs noms (et non pas des numéros!), inscrits devant et derrière. L'alimentation est très mauvaise et la ration quotidienne ne dépasse pas deux mille cinq cents calories. Il n'est pas exclu que, depuis cette époque, un camp pour femmes ait été organisé dans le même périmètre ou quelque part à proximité, encore qu'une prisonnière étrangère native de Singapour ait effectué en 1977 une peine de détention dans un camp ordinaire pour femmes en raison de l'absence d'un établissement pénitentiaire de ce type.*

Voilà malheureusement toute l'information dont nous disposons sur les conditions de détention de prisonniers étrangers en U.R.S.S. Nous vous recommandons, lorsque vous rechercherez Virginia, d'éviter d'entrer en contact avec les fonctionnaires du K.G.B. et de préférer le contact avec le personnel dirigeant de la Direction des camps et, personnellement, avec son chef le général-lieutenant Ivan Bogatyriov.

Nous vous prions de transmettre immédiatement par l'intermédiaire de notre résident tous les matériaux concernant le sous-marin U-137 et les raisons de sa pénétration dans les eaux suédoises. Nous sommes également extrêmement intéressés par toute autre information secrète à laquelle vous pourriez avoir accès... »

« Seulement s'ils me tirent d'U.R.S.S. avec Virginia », déclara Stavinski au jeune tailleur Volodia Ivanov, avant de brûler dans un cendrier le message chiffré que Cooper et Mac Kerry lui avaient fait passer de Washington. Ce message témoignait en outre du léger étonnement éprouvé par les deux hommes lorsqu'ils avaient appris que Stavinski avait pris le risque de se substituer à Yourychev. « Nous sommes émerveillés par votre courage, lui avait-on écrit de Washington, et nous prions pour que vous réussissiez et pour que Virginia reste en bonne santé. »

« Ils prient! fit Stavinski d'un air sombre. Virginia en est à son troisième mois de grossesse, elle a besoin d'une alimentation renforcée, d'air frais et de promenades, et ils forment des vœux! Non, je ne leur donnerai les matériaux secrets que lorsqu'ils nous aurons tirés tous les deux hors d'ici. A eux de se creuser la cervelle pour trouver le moyen!

– Mais, objecta Volodia Ivanov, nous ne savons même pas dans quelle prison elle se trouve! En outre, quel intérêt les services américains peuvent-ils avoir à vous faire quitter l'U.R.S.S. alors que vous occupez d'aussi hautes fonctions?

– C'est bien la raison pour laquelle je garderai le silence jusqu'à ce qu'ils me fassent sortir d'ici.

Faites-leur simplement savoir qu'il s'agit d'une nouvelle arme stratégique d'une puissance considérable, capable d'ébranler n'importe quel continent. Qu'ils sachent bien, d'autre part, que l'équipée du sous-marin U-137 a matérialisé le début de l'encerclement de l'Europe par cette arme. Cet encerclement se poursuivra dans les semaines à venir. Mais je ne leur dirai rien de plus, ils ne tireront plus un mot de moi.

– Etrange, dit Volodia. Si vous avez entre vos mains une information d'une telle importance, comment pouvez-vous la garder secrète? Si quelque chose, malheureusement, vous arrive, cela signifie-t-il que l'arme en question restera la propriété des cinglés du Kremlin et qu'ils pourront mettre le monde à genoux?

– Oui, mais si je vous donne aujourd'hui les matériaux concernant cette arme, ils se retrouveront d'ici une semaine dans les journaux américains et, dès le lendemain, les guébéchniks me descendront. Croyez-moi, Volodia, l'Amérique, ce n'est pas la Russie. Là-bas, même le président ne peut pas faire un pas sans que les journalistes le sachent. Transmettez donc à Washington mes conditions : les schémas de l'arme stratégique nouvelle en échange de ma libération et de celle de Virginia... »

... Lorsqu'il reçut le rapport chiffré de son agent, Daniel J. Cooper se tourna vers David Mac Kerry, à qui il dit dans un excellent russe :

« Bordel à queues! Ça ne s'arrange pas! est-ce que nous allons maintenant devoir chercher des doubles pour Stavinski et pour Virginia? Ou parachuter à cause d'eux des hommes sur toutes les prisons russes et sur le G.Q.G. de l'armée soviétique?

– Les Russes ont bien réussi à faire sortir d'une

prison turque l'auteur de la tentative d'assassinat de Jean-Paul II..., commença Mac Kerry.

– Cessez de faire des comparaisons, David! le coupa nerveusement Cooper. Si j'avais les mêmes possibilités qu'Andronov, nous n'aurions eu besoin ni de Stavinski ni même de Yourychev. J'aurais mis un terme depuis un quart de siècle à l'évasion d'information technologique américaine, et les Russes n'auraient ni fusées intercontinentales ni sous-marins atomiques, alors que nous en sommes aujourd'hui réduits à voler aux Russes nos propres secrets technologiques. Je ne serais pas étonné que cette arme nouvelle que les Russes possèdent ait été volée quelque part dans la Silicon Valley. Il faut pourtant bien faire quelque chose! Situation idiote! D'un côté nous devons prévenir le Pentagone et nos partenaires de l'O.T.A.N. de la nouvelle menace soviétique et, de l'autre, nous n'avons pas la moindre idée de ce qu'ils ont inventé... »

8

urgent
top secret

Au maréchal Oparkov N. V.,
Chef de l'Etat-Major général

Nos services spéciaux installés en Norvège nous apprennent qu'avant-hier 3 février le chef du département U.R.S.S. de la C.I.A. Daniel J. Cooper est arrivé à Oslo à l'occasion de la réunion de concertation des états-majors des pays membres de l'O.T.A.N. Le colonel Cooper a aussitôt demandé à voir le général américain Peter N. Scott, commandant en chef des forces de l'O.T.A.N. On a annoncé aujourd'hui 5 février à Oslo qu'auraient lieu en février-mars dans le nord de la Norvège d'importantes manœuvres baptisées « Ella Express 82 », auxquelles participeront près de quinze mille hommes, des bâtiments de guerre et des avions des Etats-Unis, du Canada, de l'Allemagne fédérale, de Grande-Bretagne, d'Italie, des Pays-Bas, du Luxembourg et de Norvège. En même temps que les manœuvres de l'O.T.A.N. auront lieu en Suède d'importantes manœuvres d'entraînement des forces armées suédoises, auxquelles prendront part vingt-quatre mille membres des trois armes. Cette information paraîtra demain dans les journaux.

Général-colonel B. Krasnopolski,
Chef de la Direction Principale
du Renseignement de l'Armée soviétique.
Moscou, 5 février 1982

Stavinski lisait cette dépêche dans le bureau du maréchal Oparkov et avait l'impression d'être gagné par le froid. Quel crétin il était ! Il savait pourtant parfaitement que, tant qu'il était là, en Russie, il ne fallait donner *absolument* aucune information aux Américains ! A peine reçue la dépêche du tailleur sur les préparatifs d'un encerclement de l'Europe par une arme nouvelle non précisée, Cooper n'avait rien trouvé de mieux à faire que de prendre le premier avion pour aller trouver le commandant en chef de l'O.T.A.N. Or le K.G.B. avait sans aucun doute possible ses propres agents à la C.I.A. et à l'état-major de l'O.T.A.N. Et si le K.G.B. apprenait la cause de la venue de Cooper à Oslo, c'en était fini, il était cuit ! Tant pis : il n'accepterait plus une seule rencontre avec Volodia Ivanov. Quel idiot il avait été de lâcher une partie de ce qu'il savait ! Pour bien montrer l'intérêt qu'il représentait, personnellement... Encore heureux qu'il n'ait rien révélé au sujet des sous-marins de poche de Benjer. Mais il était grand temps d'en parler à Oparkov. Benjer le relançait tous les jours : lui en avait-il parlé et qu'avait-il dit de cette nouvelle idée? Repousser encore le moment où il lui en parlerait devenait dangereux. Benjer pouvait tenter de rencontrer Oparkov sans son intermédiaire...

« Je pense que ces manœuvres de l'O.T.A.N. sont une réponse tardive à la concentration de nos forces aux frontières de la Pologne, lui disait pendant ce temps Oparkov, avec un signe de tête en direction d'une énorme carte de Pologne pendue à sa gauche, au mur du bureau. Sur cette carte toute la Pologne était déjà réduite en charpie par des flèches puissantes indiquant les axes de pénétration des troupes blindées et aéroportées soviétiques, avec un effort principal en direction des trois grands ports de la Pologne : Gdansk, Gdynia et Szczecin.

– Ils comprennent très bien à l'O.T.A.N., poursuivait Oparkov, que si Jaruzelski ne vient pas à bout de « Solidarité », nous entrerons en Pologne. C'est pour cela qu'ils font cliqueter leurs armes. Ils croient nous faire peur. Mais il est trop tard pour eux : Gdansk et Gdynia sont déjà bloquées... »

Plein d'une profonde lassitude, il se rejeta au fond de son fauteuil, but un peu de thé noir et reprit :

« Il faudra pourtant bien retarder de deux mois la nouvelle expédition de Gouchtchine. Nous n'avons rien à faire dans le secteur tant qu'ont lieu les manœuvres. Nous attendrons qu'elles prennent fin. Ils vont tourner et manœuvrer savamment pendant deux ou trois semaines et puis, comme chaque fois, se reposeront pendant six mois. Au fait, dit-il soudain en plissant ses yeux bleus et en rejetant la mèche gris-roux qui ne cessait de lui tomber sur le front, et si nous en profitions pour les chatouiller un peu au sud, du côté de l'Italie, pendant que toutes les forces de l'O.T.A.N. sont au nord? L'Italie vient bien en numéro deux après la Suède? »

Il se pencha vers son combiné :

« Le commandant en chef des forces navales Gortchakov. Gortchakov? Ici Oparkov. Ecoute. Le général Yourychev te donnera d'ici une petite heure un certain nombre de cotes du fond marin, au large de l'Italie. Envoie un sous-marin à la hauteur de ces cotes et qu'il prenne des échantillons du fond marin... Oui, c'est pour le projet « Gorge profonde ». Il te racontera les détails personnellement. Au revoir. »

Oparkov débrancha le combiné et regarda Stavinski :

« Voilà une bonne chose à faire. Pendant que j'y pense, on pourrait passer ce film, *Gorge profonde*, pour les invités lors de l'anniversaire de Galia... »

Oparkov avait un visage fatigué, mais débonnaire. Maintenant que, grâce à ses nuits d'insomnie, les troupes du pacte de Varsovie avaient achevé le blocus de la Pologne, il pouvait se permettre de souffler et de se détendre. Il pressa sur le bouton, afin de faire venir son aide de camp Riazantsev :

« Kolia, dit-il au major, téléphone au Goskino. Demande-leur *Gorge profonde* pour demain.

– Il nous ont déjà donné *All That Jazz*, camarade maréchal, répondit le major.

– Ça ne fait rien. Qu'ils nous donnent aussi la *Gorge*, ils n'en mourront pas. »

Stavinski sentait que ses jambes reprenaient vie et que le sang revenait à son visage. Mais il avait eu bien peur! Rien qu'une minute plus tôt, lorsqu'il avait lu le message top secret du G.R.U. à Oparkov, il lui avait semblé que ce papier, tel l'aile de madame la Mort, lui avait transpercé le cœur. Mais c'était passé à côté! Il fallait d'urgence donner toutes ces cotes à Gortchakov afin qu'il envoie un sous-marin en Italie. Mais ce n'était pas tout...

« Je pense, Nikolaï Victorovitch, dit-il à Oparkov, que nous n'avons pas tiré tout le profit que nous pouvions de l'affaire Gouchtchine. »

Oparkov lui adressa un regard interrogateur.

« En Occident, personne ne croit que Gouchtchine se soit retrouvé dans le détroit de Karlskrona à la suite d'erreurs de navigation. Et il est bien probable que les services de renseignements occidentaux essaient de découvrir ce qu'il y fabriquait. C'est-à-dire que l'intérêt des services occidentaux est actuellement concentré sur Baltiïsk, sur le U-137 et sur tout ce qui est lié au sous-marin. Or le cercle des personnes intéressées à ce projet ne cesse de s'élargir : les ingénieurs de Bakou, les techniciens de Chatoura... Il serait bien extraordinaire que l'Occident perde tout intérêt pour le sous-marin et pour Gouchtchine. On pourrait mettre en prison Gouchtchine pour l'affaire suédoise. Oh! pas vraiment, bien sûr, simplement laisser cette information filtrer vers l'Occident...

– J'ai compris, dit Oparkov. L'idée n'est pas mauvaise. Tâche d'en discuter demain avec le général Krasnopolski. Il sera à l'anniversaire de Galia? »

Stavinski haussa les épaules.

« Il faut l'inviter, dit Oparkov.

– Il me semble, dit Stavinski, que ce serait mieux si cette information émanait non pas de nos services de renseignements, pas plus que du K.G.B., mais qu'elle ait l'air de venir d'une prison ou d'un camp où Gouchtchine serait censé être enfermé. Je veux dire qu'il faudrait prendre contact avec la direction des camps et des prisons, avec le général Bogatyriov...

– Il faut d'abord en parler à nos services, à Krasnopolski, souligna Oparkov, qui ajouta soudain : Au fait, tu as déjà acheté à Galia son cadeau d'anniversaire ?

– Pas encore, répondit Stavinski qui jura intérieurement : il avait voulu tisser des liens avec le général Bogatyriov en utilisant Oparkov lui-même, et cela avait échoué. Or Youri Tchourbanov, gendre de Brejniev et vice-ministre de l'Intérieur, ne viendrait pas à l'anniversaire de Galia. Puisque cette tentative avait échoué, il aurait fallu au moins avoir Bogatyriov. On verrait ensuite comment procéder... »

Mais ce que Stavinski dit à voix haute fut :

« Je n'arrive pas à imaginer quoi acheter à Galia. Nous pourrions faire un tour avec vous dans les magasins ? »

Oparkov sourit avec commisération :

« Dans les magasins ? Cela n'aurait pas de sens. Par contre on pourrait passer un coup de fil au directeur du Voïentorg... »

Il tendait déjà la main vers son téléphone lorsque Stavinski lui dit :

« Il y a encore une question, camarade maréchal. L'académicien Benjer m'a prié de vous faire part d'une idée nouvelle qui lui est venue... »

Et Stavinski exposa brièvement à Oparkov l'idée qu'avait eue l'académicien concernant la construction de sous-marins de poche télécommandés qui pourraient transporter Emma aux cotes souhaitées. Puis il tira de sa serviette quelques feuilles de papier, avec les schémas explicatifs faits par Benjer...

Oparkov avait écouté Stavinski sans l'interrompre. Comme précédemment Stavinski, il ne lui avait fallu que quelques instants pour saisir tout l'intérêt du projet nouveau et comprendre toutes ses perspectives. Et sans même regarder vraiment les schémas de Benjer, Oparkov se leva de son fauteuil et se mit à marcher dans la pièce en état de grande excitation.

« C'est fantastique! dit-il tout en marchant. Simple et génial! En combien de temps, à ton avis, peut-on construire ces petits sous-marins?

– En un an, à mon avis...

– Ah! merde! fit Oparkov désappointé. C'est maintenant, aujourd'hui que nous en aurions besoin! Non, nous n'allons pas retarder d'un an l'encerclement de la Suède par notre arme sismologique. Je les ai en travers de la gorge, ces Suédois! Ils me tiennent toute ma flotte de la Baltique comme dans un piège. Il faudra travailler en Suède suivant l'ancienne méthode, forer comme nous avons foré jusqu'à présent. Quant à ces sous-marins de poche, le jour où nous en aurions une ou deux centaines, bien camouflés dans les bases de l'O.T.A.N. et attendant leur heure, nous pourrions offrir immédiatement aux Américains le désarmement général, le retrait d'Europe de nos missiles et de nos chars! Sûr qu'ils mordraient à l'appât!... »

Il alla vers son secrétaire, pensant appeler Oustinov sans perdre un moment, et avait déjà posé sa main sur le téléphone rouge du Kremlin, mais s'arrêta au dernier moment. Non, Oustinov ne ferait pas un pas sans l'autorisation de Brejniev, et ce dernier avait d'autres chats à fouetter que les sous-marins de poche. Bon Dieu! Mais à qui alors téléphoner! A Dmitriev, le président de la commission de l'Industrie de guerre du Comité central? Mais Dmitriev non plus ne ferait rien sans le feu vert du secrétaire général. Non, les sous-marins de poche avec les matrices sismiques dans leur ventre, c'était l'arme de l'avenir, l'arme de celui à qui reviendrait le pouvoir après Brejniev. Mais qui serait-ce? Tchernenko? Kirilenko? Andronov? Grichine? Diable! un pas dans la mauvaise direction, on mise sur le mauvais cheval et hop! il n'y a plus qu'à dire adieu à sa carrière...

Oparkov soupira. Ce Brejniev, avec son marasme sénile! Chaque fois qu'il avait un nouveau projet, il lui fallait plusieurs mois avant de pouvoir le lui exposer! Il fallait chaque fois attendre, attendre... Qu'arrive enfin le moment où quelqu'un de plus décidé, de plus énergique prendrait le pouvoir!

Et au lieu de prendre le téléphone rouge, Oparkov se contenta du noir, du téléphone urbain ordinaire, et dit à la standardiste :

« Donnez-moi le directeur du Voïentorg... »

9

La journée de travail du général d'armée Guéorgui Andronov, président du K.G.B., commençait tôt, deux heures avant le début de ses activités au comité de Sécurité de l'Etat. Le général consacrait cette période de la journée à l'anglais. Trois fois par semaine, les lundis, mercredis et vendredis, sa voiture de service attendait dès six heures quarante-cinq sous les fenêtres du 119, avenue Vernadski et on voyait plonger dans la voiture tiède, frissonnant de la fraîcheur matinale en été ou se recroquevillant sous le gel hivernal, Inessa Petrovna Goriounova, une femme d'une quarantaine d'années grande et forte, avec un visage russe bien rond, des bras bien pleins et une poitrine généreuse. Elle était chef de chaire à l'Institut des langues étrangères de Moscou et passait pour l'un des meilleurs, sinon le meilleur professeur d'anglais d'Union soviétique.

A peine était-elle assise dans la voiture que celle-ci se mettait en marche et filait dans Moscou encore sombre et enneigée, avec ses pneus à l'épreuve des balles qui faisaient entendre un doux chuintement, en direction de la maison de l'avenue Koutouzov où habitaient (chacun occupant un duplex) Léonide Brejniev, Guéorgui Andronov et le ministre de l'Intérieur Nikolaï Chtcholokov. Accompagnée par un des gardes du corps du président du K.G.B., Inessa Petrovna montait par l'ascenseur jusqu'à l'appartement du général. Il l'attendait déjà devant la porte, et sans faire de bruit pour ne pas réveiller sa femme, la conduisait alors dans son bureau. Dès cette minute et au cours des deux heures qui suivaient, la langue russe était bannie de ces lieux. Elève du fameux professeur bulgare Lozanov, le propagateur de la méthode de l'enseignement des langues par le jeu, Inessa Petrovna avait même inventé des noms anglais pour elle et pour le général. Pendant les cours elle s'appelait Suzanne et lui George. Energique et gaie, « Suzanne » contaminait ses élèves avec le rythme actif et énergique de son enseignement de la langue. Elle obligeait le général à apprendre par cœur d'énormes morceaux de texte composés par elle-même sur la base d'un dictionnaire des fréquences lexicales. Et pas seulement à les apprendre par cœur : à les répéter après elle, tantôt d'une voix chantante, tantôt en chuchotant, tantôt à voix rapide, tantôt avec des intonations théâtrales, etc. Cette méthode permettait d'assimiler les mots nouveaux, les intonations et la prononciation anglaise sans faire d'efforts, comme dans un jeu. Ensuite ils lisaient des journaux anglais et américains, bavardaient sur différents sujets abstraits, et il y avait toujours à la fin du cour une nouvelle chanson anglaise ou américaine, qu'ils chantaient à deux voix.

Ces occupations rechargeaient les batteries du général pour le restant de la journée. Inessa Petrovna lui avait donné l'habitude de parcourir chaque jour le *Times* et le *Washington Post*, et il voyait ces dernières années, avec un plaisir toujours plus grand, son nom dans les articles et sa photo accompagnant ces derniers. A chaque nouveau bruit concernant l'état de santé de Brejniev, les journalistes occidentaux se demandaient sans se gêner qui s'emparerait du pouvoir au Politburo pendant l' « ère post-brejniévienne ». Le nom du général Andronov était de plus en plus fréquemment cité parmi les trois ou quatre noms les plus importants, ceux sur qui pariaient les soviétologues et journalistes occidentaux. Il est vrai qu'ils donnaient régulièrement la préférence à l'Ukrainien Kirilenko, un des secrétaires du Comité central, ou à l'Ukrainien Tchernenko, le nouveau favori de Brejniev, sans comprendre que la relative démocratisation du pouvoir introduite par Khrouchtchov avait nettement renforcé le noyau russe au sein de la partocratie. Mis en place par les mafias ukrainiennes du parti, Khrouchtchov et Brejniev avaient été obligés de composer avec les mafias russes du parti et d'élever à des postes de direction divers leaders communistes de Sibérie, de l'Oural ou de la région de la Volga. Le général Andronov, de son côté, orientait dans l'ombre ces promotions et favorisait les courants russophiles au sein de l'intelligentsia. Il pardonnait tout leur modernisme aux metteurs en scène de cinéma ou de théâtre, aux écrivains et aux peintres, et faisait même semblant de ne pas voir leurs pointes contre le système, qui ressemblaient bien pourtant à un « esprit dissident », à condition que les pièces, les films, les romans et les tableaux favorisassent les idées russophiles et la renaissance de l'esprit russe. Certains de ces peintres, sentant d'où soufflait le vent, commençaient même à collaborer ouvertement avec le K.G.B. tandis que les autres ne comprenaient même pas pourquoi on leur permettait de faire ce qui était interdit à des centaines d'autres. Et seul Andronov voyait l'ensemble de la perspective; il faisait instinctivement comprendre au pays par le biais du mouvement russophile qu'après le Géorgien Staline, après Khrouchtchov et Brejniev, pions entre les mains des Ukrainiens, la Russie et la partocratie russe n'avaient plus le droit de laisser la voie du pouvoir ouverte à un nouvel Ukrainien comme Tchernenko, ou Kirilenko, ou encore à un Biélorusse du type Mazourov.

On devait reconnaître pour être honnête que Léonide Brejniev était au pouvoir depuis bien longtemps : dix-sept ans de règne au Kremlin! Et pas une maladie, pas une attaque cardiaque, pas un accès de paralysie n'arrivaient à détacher ses mains tenaces des accoudoirs de son fauteuil du Kremlin. Avec la podagre, une leucémie non maligne, un emphysème pulmonaire, une perte progressive de l'ouïe et une paralysie partielle de la mâchoire inférieure, on aurait pu penser qu'il était temps pour lui de prendre une retraite honorable... Il aurait même pu entrer vivant dans la légende et devenir le premier leader communiste au monde à avoir transmis volontairement le pouvoir à ses successeurs! Eh bien, non, il restait assis dans son fauteuil et un bulldozer n'aurait pu l'en déloger! Et il faisait tout le temps semblant de mourir, spéculait depuis des années sur ses maladies et retardait la minute décisive! Or les années passaient, et pas seulement pour lui, mais aussi pour celui qui attendait son heure, se préparait, étudiait la façon d'aborder ses rivaux et apprenait, apprenait l'anglais pour devenir un dirigeant d'un nouveau type et le premier chef de la Russie depuis le tzar Nicolas II à pouvoir parler avec les ambassadeurs et les dirigeants des autres pays sans interprètes ni truchements d'aucune sorte.

Cette pensée réchauffait l'ambition du général : il savait de façon certaine qu'il n'aurait plus à attendre longtemps car, même si le vieux avait survécu à ses deux derniers infarctus, il était bien mal en point : les médecins ne lui donnaient plus que quelques mois à vivre.

Or la santé du général Andronov commençait elle aussi à donner des signes inquiétants. Les docteurs insistaient pour qu'il prît un congé, observât un régime strict pendant un mois et, surtout, se reposât. Mais le général considérait tous ses docteurs comme des idiots, incapables de comprendre le simple fait qu'un soldat au combat ne tombe pas malade. Malgré la boue des tranchées, la pluie qui tombe à verse, la chaleur ou le froid intensif, la neige, les soldats sont capables de dormir en plein air pendant des semaines de suite, et c'est tout juste s'ils attrapent un rhume ou une autre affection bénigne. Le système nerveux est plus puissant qu'aucune armure. Mais qu'arrivait-il une fois la guerre gagnée? Les statisticiens savaient qu'après les guerres le nombre des malades au sein des armées augmentait de manière dramatique. Le système nerveux devenait plus fragile et on ne pouvait plus l'abuser avec des astuces en tout genre. C'est pourquoi il devait faire vite et vider Brejniev de son fauteuil avant que son propre système nerveux ne se vidât lui-même de toutes ses ressources.

Tout était prêt pour une prise de pouvoir. Ses deux principaux rivaux russes, Grichine et Romanov, étaient neutralisés depuis longtemps, et Tchernenko lui-même semblait comprendre qu'il ne pourrait grimper dans le fauteuil du secrétaire général tant que le parti russe aurait une telle puissance à l'intérieur du P.C.U.S. Aussi faisait-il ces derniers temps des avances à Andronov, s'efforçait-il de lui plaire par tous les moyens. Il avait même été le premier, lors d'une réunion du Politburo, à proposer la candidature du général au poste laissé vide par Souslov : le Petit-Russien avait deviné qu'il ne se maintiendrait au sommet de la hiérarchie moscovite que s'il passait à temps dans le camp du nouveau maître.

Oui, tout était prêt pour la prise de pouvoir. Dix-huit ans de travail à la tête du K.G.B. avaient appris au général à être calme et froid même au cœur des jeux les plus périlleux, chez lui comme à l'étranger, et il savait qu'avant le bond décisif il fallait se détendre un peu, s'abstraire de l'environnement, laisser la tension des muscles et des nerfs refluer, tout comme fait un champion sportif avant une course olympique décisive.

Virginia Williams était devenue le repos du général.

Une ou deux fois par semaine, une voiture conduisait Virginia à sa datcha de l'est, parfois pour quelques heures, parfois pour vingt-quatre heures consécutives. La soumission dont Virginia faisait preuve satisfaisait l'amour-propre du général, même plus parfois que lorsqu'il voyait sa photo dans une revue ou un journal. Ayant fait d'elle sa maîtresse surtout par vanité sénile et curiosité masculine (il n'avait jamais encore eu d'Américaine), le général avait ressenti pour elle, après la première nuit, une attirance qui n'était pas seulement charnelle. C'est ainsi que les chefs militaires d'autrefois, les seigneurs de la guerre aux riches harems, préféraient toujours les étrangères conquises par la force des armes à leurs concubines locales et, comme l'histoire se plaît à le chuchoter, s'éprenaient même d'elles, ce qui faisait écrire aux écrivains antiques que « la victoire du général était devenue sa défaite ». Mais il n'y avait aucune défaite dans le cas présent et le général prenait simplement plaisir à passer du temps avec Virginia, à parler avec elle des heures durant de cette Amérique où il n'avait jamais mis les pieds, mais qui, justement pour cela et en dépit des rapports exacts et détaillés de ses agents, lui semblait de loin une belle endormie, un rêve attirant et irritant à la fois.

Virginia était la première hirondelle de la future soumission de toute l'Amérique à la volonté de ce général vieillissant mais encore solide. Il n'y avait aucune raison de détruire ce pays avec une frappe atomique ou un ébranlement sismique, aucun sens à occuper son gigantesque territoire et à faire entrer de force les fermiers dans des kolkhozes. Non : il aurait un autre pouvoir sur l'Amérique, le pouvoir dont il jouissait déjà peu à peu en peuplant le pays avec ses agents, en introduisant des hommes à lui dans tous les cercles de la société et de l'administration américaines, en fondant en Amérique des journaux, des banques, des stations de radio, des entreprises technologiques et des compagnies d'assurances. Et il parlerait avec ce pays, où des milliers d'agent à lui, comme autant de récepteurs, captaient les frémissements les plus insensibles de l'organisme américain, de la même manière que les Américains, récemment encore, parlaient avec la Russie : en position de force. Les tzars russes, et après eux Lénine, Staline, Khrouchtchov et Brejniev, avaient rêvé de parler ainsi avec l'Amérique et avec le monde entier. Aujourd'hui, ce rêve devenait réalité. La nouvelle arme sismologique fournirait l'atout décisif. Ce vieux débile de Brejniev se dépêchait certes un peu trop de vouloir flanquer à bas l'Europe à coups de tremblements de terre, à commencer par la Suède qui serait son Hiroshima. Mais il était peu probable qu'il en eût le temps. Les sous-marins pouvaient bien ceindre la Suède de « grilles énergétiques », lui, le général Andronov, nouvellement promu au secrétariat du Comité central, saurait toujours bloquer au Politburo la décision d'appuyer sur le bouton. Et ni Oustinov ni les autres membres du Politburo ne tenteraient de s'opposer à lui, car ce serait sous sa férule à lui qu'ils devraient ensuite vivre, une fois Brejniev disparu. L'arme sismologique serait l'« arme absolue » d'Andronov et entrerait sous ce nom dans l'histoire. Mais avant d'organiser des Hiroshima de démonstration en Suède, on pouvait se servir de cette arme en douce dans des conflits localisés : en Afghanistan, par exemple, ou encore en Angola, au Yémen, au Salvador. Et lorsque, grâce à l'ensemble de tous les moyens mis en œuvre (révolutions, coups d'Etat, putschs militaires, armes sismologiques), toute l'Amérique du Sud et le reste du monde se détacheraient de l'Amérique, alors ce pays hautain, avec sa vieille fille décrépite de statue de la Liberté, deviendrait aussi soumis à ses désirs que Virginia. Mais cela, c'était pour plus tard. En attendant...

Le général sentait qu'il avait été attiré dans une histoire d'une parfaite banalité : celle du vieillard qui s'amourache. Habitué à analyser froidement les passions des autres et à jouer avec les faiblesses de ses semblables, il était certain d'être, lui, défendu contre ces faiblesses séculières et en particulier contre la vulgarité des coups de cœur.

Ainsi l'homme sobre est-il certain que lui au moins ne deviendra jamais un alcoolique, quelle que soit la quantité qu'il est conduit à boire. Et n'importe quel non-fumeur est persuadé qu'une cigarette, ou deux, ou trois, qu'il fumera simplement pour s'amuser ne feront pas de lui un fumeur... Et connaissant sa force de caractère, il prend parfois plaisir à se passer cette petite fantaisie...

Le général se surprenait maintenant à penser à Virginia aux moments les moins opportuns : dans la journée, pendant ses heures de travail, à la réunion extraordinaire du Politburo qui avait suivi la mort de Souslov, et même aux obsèques de ce dernier, alors qu'il faisait partie de la garde d'honneur entourant le cercueil de son protecteur au parti et coauteur de tant d'intrigues et d'actions dans les pays étrangers : même en ces minutes-là, il pensait à Virginia. Elle était si merveilleusement fraîche, belle, excitée, au moment où elle s'était retournée vers lui, pendant la « leçon de disco ». Et si adorablement pudique à la piscine et au sauna de sa datcha de la banlieue est... Et si émerveillée dans sa curiosité envers toutes les richesses de l'ancienne Russie, aux heures où il la promenait dans sa limousine à travers Moscou, lui montrant les hauts lieux du passé, les musées, les galeries de peinture!

A vrai dire, ils n'avaient encore fait que deux escapades de ce type. Une nuit, il avait fait ouvrir la galerie Trétiakov et l'avait conduite de salle en salle, lui montrant les tableaux des plus grands peintres russes tout en pensant qu'il la mènerait de même au Kremlin une autre nuit et lui montrerait les trésors du palais aux Facettes, après quoi il la conduirait encore au musée Pouchkine, à l'Ermitage et à Kiji où les églises en bois ont été construites sans l'aide du moindre clou... Il prenait un plaisir extrême à ces excursions. Surtout lorsqu'ils se tenaient tous les deux au-dessus de Moscou, dans le parc de la Maison des hôtes du gouvernement soviétique, sur ce mont des Moineaux aujourd'hui rebaptisé mont Lénine. Drapée de neige immaculée, éclairée par les feux nocturnes de la lumière indirecte et les guirlandes des réverbères, Moscou gisait à ses pieds. Haut comme un monument, bien droit dans sa longue capote de général, il se dressait au-dessus de sa ville mais aussi de son pays, maître encore secret mais bientôt officiel de tout l'empire soviétique.

Un tel pouvoir avait naturellement aussi ses côtés accablants. C'est ainsi qu'il ne pouvait pas se promener simplement à pied avec la femme de son cœur dans les petites rues de l'Arbat, qu'il aimait tant dans sa jeunesse, ni l'emmener en toute simplicité au restaurant ou bien au théâtre Bolchoï. Et même lorsqu'ils allaient, hors de la ville, au restaurant d'Arkhanguelskoïé, il ne pouvait s'y délasser avec elle (ou sans elle) que si ses hommes de garde avaient préalablement nettoyé le restaurant de tous ses visiteurs. C'était aussi un lourd fardeau.

« Je ressemble, dit-il un jour à Virginia, à l'avare de Balzac qui ne peut ouvrir que de nuit son coffre rempli d'or. »

Mais ce qu'il ne lui avait pas dit, c'était que la référence à la vanité de l'usurier balzacien flattait aussi son amour-propre.

Ce matin du 6 février, ils allèrent à Zagorsk. L'air brumeux de la tardive aube hivernale, avec les petites aiguilles du gel qui entraient dans la peau, était suspendu au-dessus de la route de Yaroslavl, où toute circulation avait été interrompue. Prévenus par talkie-walkie du passage des voitures gouvernementales, les postes du trafic routier forçaient dix kilomètres à l'avance les camions et les automobiles particulières, rares en ce matin de samedi, à se ranger sur les bas-côtés. Le pays dans lequel s'avançait son futur maître paraissait vide, mort, recouvert par les neiges. Et ce fut seulement lorsqu'un bord du disque jaune orangé du soleil se leva au-dessus de la forêt clairsemée et enneigée, et se mit à faire la course avec la limousine du général et les deux Volga de sa suite, que Virginia aperçut les villages aux maisons basses, avec les cheminées fumantes de leurs chaufferies et les vieilles églises, généralement privées de leurs croix, qui montaient à l'assaut des collines : Pouchkino, le bourg de Pravdinski, Zagorianka...

Ses longues jambes habillées de chaussettes chaudes étendues dans le vaste salon de sa limousine, le général était mi-assis, mi-allongé et buvait du thé dans un verre à porte-verre en argent tout en lisant *Gorky Park* et en poussant des « Hum! » critiques à tous les nombreux endroits où l'auteur a commis des inexactitudes dans sa description de Moscou ou de la vie russe. Virginia était assise à côté de lui sur un siège séparé et buvait elle aussi du thé. Les transformations fantasques de son mode d'existence ne l'inquiétaient plus comme avant, lorsqu'elle se réveillait la nuit pleine d'angoisse et de frayeur. Maintenant que les faibles mouvements d'une autre vie, d'une vie nouvelle avaient commencé à résonner à l'intérieur de son corps, l'instinct de conservation de ces deux vies réunies poussait sa nature d'actrice à trouver dans la société du général les couleurs et les détails qui enchantaient et retenaient son amant et protecteur tout-puissant. Son instinct d'actrice, bien plus que la ruse, lui faisait deviner quelle réaction son partenaire attendait d'elle et combien il était important qu'elle se montrât émerveillée par tout ce qu'il lui faisait admirer. La Russie lui plaisait vraiment, elle avait admiré les tableaux de la galerie Trétiakov, avec le dramatique *Ivan le Redoutable tuant son propre fils*, de Répine, et l'adorable *Fontaine de Bakhtchisaraï*, de Brioullov. Elle avait été plongée sous le charme du Moscou nocturne, vu depuis les monts Lénine. Mais tout en y prenant un plaisir sincère, sa nature d'actrice et son intuition féminine lui dictaient d'enrober ses sentiments sous un voile typiquement américain et elle s'écriait sans retenue *Great! Wonderful! Exciting! Fantastic! Unbelievable!* Sans se forcer, en se contentant simplement d'accentuer l'enthousiasme que lui procuraient la nature et l'art russes (tout comme, aux moments d'intimité, elle forçait un peu l'étonnement que lui causaient les facultés sexuelles du général), Virginia ne se doutait même pas qu'elle était en train de faire la conquête du cœur du général par le moyen le plus simple, le plus banal, le plus vulgaire peut-être mais aussi le plus sûr : la flatterie.

Au bout d'une heure de route, les coupoles dorées de Zagorsk surgirent devant la voiture comme des profondeurs de l'histoire russe, véritable rêve de pierre blanche et de sons dorés de l'architecture russe ancienne. Ceinte d'un mur de brique, la citadelle du vieux monastère de la Trinité de Saint-Serge se dressait au sommet d'une colline enneigée, et les puissantes tours de garde avançaient des quatre côtés, suspendues au-dessus de ravins ou de fossés profonds, comme prévenant chacun du risque mortel qu'il y avait à vouloir essayer d'enlever la forteresse par la force des armes. Mais si l'on avait osé affronter le tir de barrage de ces quatre avant-postes, il y avait encore ensuite les tours du mur d'enceinte de la citadelle. Depuis l'époque où la Russie avait été libérée du joug tataro-mongol, la ville fortifiée de Zagorsk avait constitué la défense naturelle, sur la route du Nord, de la capitale de l'Etat russe. Par contre ceux qui entraient dans le monastère animés de bons sentiments étaient accueillis par l'unique entrée de la citadelle, la porte de l'Assomption de la Vierge aux lourds battants en fer forgé...

Ce jour-là, quelques moines, emmitouflés dans leurs robes noires pour se protéger du froid, se tenaient aux portes et accueillirent avec des courbettes modérées le cortège du général. A l'intérieur du monastère, la résidence du Patriarche avait été prévenue à temps de la venue de cet hôte de marque, et l'accès de Zagorsk fermé ce jour-là aux visiteurs, russes comme étrangers.

Sans s'arrêter à la porte mais diminuant un peu sa vitesse, la limousine du général suivit la voiture de tête qui montrait le chemin, passa à côté de la cathédrale de l'Assomption, qui se dressait sur la place centrale, et poursuivit en direction de la curiosité principale, la cathédrale de la Trinité. Ayant enfilé des bottines chaudes et mis un manteau gris sombre à doublure fourrée, le général sortit de la voiture, la main galamment tendue pour aider Virginia.

La cathédrale de pierre blanche, faite de blocs équarris, ceinturée à mi-hauteur d'ornements en relief, apparut au regard de ses hôtes de marque... La coupole dorée prenait son essor dans le ciel ensoleillé et ressemblait au casque d'un guerrier médiéval. Un léger vent de neige poudreuse glissait le long de ce casque d'or et, sans s'arrêter, continuait son vol vers le bas et les portails des deux escaliers monumentaux de pierre blanche menant à l'intérieur du temple. De jeunes moines, élèves de l'école de théologie de Zagorsk, se tenaient eux aussi dans l'escalier de l'entrée principale. Ils firent de profonds saluts pour accueillir le général et sa compagne qui gravissaient les marches. On entendait l'écho des matines qui provenait de l'intérieur.

A l'entrée de la cathédrale, le général ôta son bonnet de fourrure.

Virginia resta médusée : vu de l'intérieur, le temple semblait beaucoup plus grand que de l'extérieur. Les hautes voûtes montant verticalement et le tambour creux de la coupole, source principale de lumière se diffusant dans le temple, conféraient aux lieux un volume et une transparence supplémentaires. Les vieilles peintures de fresques, les trois rangées de l'antique iconostase aux garnitures dorées et argentées protégeant les images saintes aux teintes dominantes rouges et bleues, œuvre des grands peintres russes Andreï Roubliov et Daniil Tchiorny, avec les regards interrogateurs du Christ et de la Vierge brûlant d'un feu sombre proprement scythe, les portes royales de l'autel, exécutées au XVIIe siècle et revêtues d'argent ciselé, derrière lesquelles se tenait, dans une attitude silencieuse et humble, le Patriarche de toutes les Russies Pimène[1], tout revêtu d'or et de perles cousues à son manteau, les gonfalons dorés dominant l'autel, le prêtre en robe de brocart pourpre qui officiait, le chœur monastique et le chant d'une pureté et d'une suavité incroyables : « O Xénia dont honorons l'hospitalière mémoire... que révérons avec amour... nous chantons Christ qui te donna pouvoir de guérir les malades... et Le prions pour nous tous dans les siècles des siècles... », tout cela remplit Virginia d'un tremblement et d'une extase religieuse authentique.

Elle remarqua que le général s'était arrêté devant la petite table placée à la porte du temple et avait

1. Le patriarche Pimène, résidant à Zagorsk (*unique* monastère encore ouvert de toute l'immense Russie), est le chef de l'Eglise orthodoxe officielle. Désigné par le gouvernement soviétique, son pouvoir n'est pas reconnu par un grand nombre de croyants, rattachés à d'autres patriarches. *(N.d.T.)*

pris deux cierges, après quoi il avait fouillé avec confusion dans ses poches et s'était retourné vers le garde du corps qui le suivait immédiatement. C'était probablement la première fois depuis de nombreuses années que le général devait payer en argent comptant : tout le reste lui était dû, ou lui revenait gratuitement. Le garde du corps mit aussitôt la main dans la poche de son pantalon d'uniforme et paya les cierges achetés par le général.

Et ce fut avec ces cierges, au son de la lecture rythmée que faisait le prêtre de la vie de sainte Xénia, qui « menait une vie véritablement angélique, aimait et aidait son prochain, était la bienfaitrice des pauvres, la consolatrice des affligés et l'éducatrice des pécheurs », que le général et Virginia s'approchèrent des icônes : le général vers celle de saint Nicolas et Virginia vers celle de la Mère de Dieu.

Lorsque le général avait pensé pour la première fois à montrer Zagorsk à Virginia, une idée étrange, qui l'avait lui-même étonné, lui était venue et avait ensuite pris de la force, pour devenir une décision ferme et secrète. Bien sûr il était athée et, en tant que chef du K.G.B., ne croyait ni en Dieu ni au diable. Quant à la section des Cultes du Conseil des ministres de l'U.R.S.S., elle avait été remplie de guébéchniks, donc d'hommes à lui et, de la sorte, dépendait formellement seulement du Conseil des ministres et, en pratique, du K.G.B., voire de lui, le général Andronov. Mais la possibilité, sans cesse plus réelle pour lui, de parvenir dans un proche avenir au pouvoir suprême, pour ainsi dire celui des anciens tzars, rapprochait le général d'un autre pouvoir sur le monde, le pouvoir éternel, celui de Dieu. Aussi s'était-il dirigé vers l'icône de Nicolas le Bienveillant, protecteur traditionnel des tzars russes et de leurs entreprises accomplies au Nom de

Dieu. Le reflet des cierges brûlant sous l'icône joua dans les verres de ses lunettes, et son regard ferme rencontra celui du Bienveillant. Il ne demandait pas à l'icône une bénédiction, il ne s'humiliait pas, et cependant...

Virginia, pendant ce temps, avait plongé son regard dans les prunelles profondes et sombres, à l'inquiétude proprement sémite, de la Mère de Dieu. Ses lèvres prononçaient silencieusement les paroles des prières apprises dans l'enfance. Elle priait la Vierge Marie de bénir son futur enfant, ou plutôt le fruit déjà vivant et remuant qu'elle portait en son sein.

« Gloire à Toi, qui nous a montré la lumière..., prononça le prêtre, annonçant ainsi la fin du service.

– Gloire à Dieu au plus haut des cieux, chanta après lui le chœur. Paix sur terre aux hommes de bonne volonté... »

Le service étant terminé, les portes royales s'ouvrirent, et deux assistants du Patriarche le prirent sous les bras pour l'aider à se diriger vers l'ambon, d'où il bénit silencieusement des deux mains, à l'antique manière assyrienne, les moines et le chœur en train de prier. Puis il attendit que ces derniers quittent le temple et tourna alors le regard vers le général et vers Virginia.

S'étant de son côté assuré d'un bref coup d'œil circulaire que personne n'était resté dans l'église en dehors des hommes de sa garde personnelle, du Patriarche et de ses quelques assistants, le général avança alors d'un pas ferme, sans servilité mais sans non plus sa morgue habituelle, en direction de Pimène.

Alors s'accomplit l'acte mystérieux, secret, imaginé dès la veille par le général, et à cause duquel, à proprement parler, toute cette expédition à Zagorsk avait été organisée par lui et l'accès du monastère de Saint-Serge, avec ses musées et ses églises, interdit ce jour-là à tous les visiteurs. Le Patriarche de toutes les Russies leva silencieusement la main et donna sa bénédiction au général. Le Patriarche pensait à des actions pieuses et morales et à une vie humble et sans péchés, mais le général savait, lui, que ce serait pour son règne à venir. C'est ainsi que, depuis que la Russie était devenue la Russie, les princes et les héritiers du trône étaient venus demander la bénédiction du Patriarche : avant de partir en campagne, avant toute décision de grande importance pour l'Etat. Et lorsque le signe de croix vint se poser sur la grosse tête découverte et grisonnante du général, il comprit qu'il serait, désormais sans l'ombre d'un doute, l'héritier de l'empire des Romanov, de Staline et de Brejniev.

Ce fut dans un état d'esprit tout autre, gai et presque gamin, qu'il suivit ensuite le guide dans les salles du musée. Virginia marchait à sa suite. Les trésors sans prix de l'Antiquité russe les entouraient de toute part. C'étaient des icônes anciennes aux faces sévères, aux vêtements vermillons et verts sur fond doré et à garnitures d'argent et d'or : saint Nicolas Thaumaturge, la Vierge d'Hodiguitria, la Vierge de Vladimir, la Cène, saint Jean l'Evangéliste, saint Nicolas de Radonèje, sainte Barbe la grande martyre. Icônes en forme de triptyques, peintes sur soie, calices d'or servant à la communion, chandeliers en argent entrelacés de serpents dorés et de pompons en or filé, porcelaine ancienne, vases en faïence. Habits brodés de perles des princes du XIVe siècle... Carrosse doré à deux places offert au XVIIIe siècle au tzar de Russie par la reine d'Angleterre... Cottes de mailles forgées, casques des anciens guerriers russes, portraits des tzars : toute l'histoire russe regardait le général et sa compagne depuis les quatre murs, les tables et les stands d'exposition et, il en était persuadé, le bénissait à l'exemple du Patriarche. Et lui aussi regardait les portraits des tzars russes d'égal à égal, héritier légitime de leur pouvoir, presque leur descendant par le sang...

Ils se promenèrent après le musée dans les allées du monastère. La neige fraîchement tombée craquait sous leurs pas. Dans une allée vide du cimetière, parmi des monuments funéraires anciens saupoudrés de neige, le général ordonna d'un geste à ses gardes du corps de s'éloigner et Virginia le prit par le bras. A un détour de l'allée enneigée, ils aperçurent du haut de la colline les étendues neigeuses de la Russie, avec ses forêts de sapins blanc et vert, la mince bande du chemin de fer de banlieue, les champs et les pentes des ravins balayés par la neige, les silhouettes minuscules des skieurs et, plus loin, à nouveau des champs, des bourgs, des cheminées d'usines fumantes...

Le futur maître du pays était heureux. Les sentiments qui l'emplissaient lui firent étreindre sa concubine du Nouveau Monde. Il l'attira à lui et embrassa ses lèvres douces, obéissantes et légèrement gonflées. Cette femme était maintenant complice de son secret, de la bénédiction par lui reçue à l'église, et il se sentait désormais lié à elle par quelque chose de plus que la tendresse masculine, quelque chose de différent et d'éternel.

Mais sur le chemin qui les ramenait de Zagorsk, Virginia eut soudain envie de vomir. Elle eut tout juste le temps de crier : « Faites arrêter la voiture! » et la main sur la bouche de sauter sur la route, entourée par les gardes du corps aussitôt accourus, de quitter en hâte la route pour la neige des bas-côtés, où elle ne put se retenir davantage.

Le général savait naturellement qu'elle était

enceinte et déjà au quatrième mois de sa grossesse, mais son état n'avait pas jusqu'à ce jour déformé le corps de Virginia ni détérioré leurs relations. Elle n'avait pas le visage enflé, comme cela avait bizarrement été le cas de sa propre épouse quand elle avait été enceinte d'Ilya. Elle n'était ni capricieuse ni excessivement portée sur la nourriture, et même sa taille n'avait pas grossi au point de nuire à son apparence extérieure. Il n'avait encore formé aucun projet au sujet de l'enfant de Virginia : il avait été bien trop préoccupé au cours des semaines écoulées pour y penser. Mais il savait très bien qu'il n'aurait pas de maîtresse plus reconnaissante ni plus tendre que Virginia s'il lui permettait de mettre l'enfant au monde et l'entourait du minimum de confort à l'américaine. Il la regardait par la fenêtre de la voiture, pliée en deux et agitée de soubresauts, et ce n'était pas le dégoût qui était en lui mais la pitié. La pitié et la tendresse.

Et ce fut ce qui lui fit peur. Non que les nausées subites et autres désagréments subis par la femme enceinte pussent momentanément interrompre leurs relations charnelles, ni même qu'il fût jaloux de l'enfant d'un autre, cet enfant dont il savait que dès le cinquième mois il lui enlèverait Virginia. Ce qui lui fit peur, ce fut qu'il s'était surpris à nourrir des sentiments de tendresse qui n'avaient rien de feint, d'affecté ou simplement de ludique, alors que leurs relations n'en étaient qu'à leur début. Il avait, en outre, surpris en son cœur une faiblesse impardonnable : de la pitié. Cela avait effrayé le général, comme l'homme sobre constate avec angoisse que ses pas le conduisent malgré lui au cabaret ou que ses mains se tendent involontairement vers la bouteille...

Et s'étant surpris à éprouver pareille frayeur, le général prit une décision. Non pas contre Virginia, mais contre lui-même. Cette femme avait pris un empire beaucoup trop grand sur son âme et il devait y mettre un terme résolu, rapide et définitif. Et pendant que Virginia exsangue revenait vers la voiture, soutenue par un des gardes du corps et s'essuyant la bouche avec sa mitaine, il se tourna vers le chauffeur :

« A Mini-America », lui dit-il à mi-voix.

Virginia vomit encore trois fois avant de regagner la « mini-Amérique », et le général comprit que la décision qu'il avait prise était la seule raisonnable.

Lorsqu'ils arrivèrent, il la raccompagna personnellement jusqu'à sa chambre et se donna la peine de la mettre au lit : Virginia affaiblie se sentait envie de dormir.

« Dors..., lui dit-il avant de quitter la pièce. Ne t'inquiète pas. C'est normal, au quatrième mois. Je vais dire au colonel Stanley de prendre soin de toi... »

Mais une fois redescendu dans le bureau de ce dernier, il fit part au colonel rondouillard de la décision prise sur la route de Zagorsk :

« J'ai l'impression que Mme Williams va avoir une fausse couche. Je vais lui faire prochainement envoyer un spécialiste. En attendant, libérez-la de ses obligations... »

10

Ce samedi 6 février était aussi le jour anniversaire de la naissance de Galina Yourychéva, née Oparkova. Il faisait une journée d'hiver superbe, à croire qu'elle aussi avait été commandée à l'avance : un soleil superbe et un froid modéré, dix degrés au-dessous de zéro. Une compagnie de soldats de l'intendance, rattachée à l'Etat-Major général, était arrivée dès le matin à la datcha du maréchal Oparkov, à Malakhovka. Pendant une heure, les soldats avaient déblayé avec des pelles en bois les allées du parc entourant la maison, puis les avaient recouvertes d'un sable jaune qui craquait sous les pieds. Ils avaient lavé tous les planchers, au rez-de-chaussée comme au premier, coupé une grande quantité de branches de bouleau pour la cheminée et, dès neuf heures du matin, tata Klava, la femme de ménage de son père, dirigeait avec ses deux aides la préparation du festin, faisant cuire à l'eau, à la poêle et au four tous les bons petits mets traditionnels de la cuisine populaire russe : pâtés de poisson dits *rasstiégaï*, à la viande dits *koulébiaka*, *pirojki* aux choux, etc. De leur côté, Stavinski et Riazantsev (l'aide de camp d'Oparkov) faisaient à bord de leur jeep tout-terrain de l'armée le tour des meilleurs magasins, où ils étaient reçus par des accès spéciaux : le grand magasin de l'armée (Voïentorg), le magasin Elisseïev, le G.O.U.M., le restaurant Aragvi, et partout achetaient des boissons étrangères ou nationales, de la charcuterie finlandaise ou autrichienne, des caviars des deux sortes, des légumes frais arrivés par avion du Caucase, du Pepsi-Cola de Krasnodar, des fruits arabes.

Dans la petite mais confortable salle de projection du sous-sol de la datcha, un projectionniste prêté pour la soirée par le ministère du Cinéma mettait au point son appareil. Les cent vingt datchas gouvernementales des environs de Moscou sont en effet équipées d'appareils de projection, et un service a même été créé auprès du ministère pour assurer la distribution auprès de ces datchas de films non officiellement importés de l'étranger. C'est ainsi que l'on peut, chez eux, voir *Superman, Le Dernier Tango à Paris, Portier de nuit*, tous les James Bond et les derniers Fellini, Antonioni, Godard ou Costa-Gavras. Il est vrai que « les fellini et les antonioni » (comme écrivent avec dédain les journaux soviétiques) intéressent peu la masse des habitants de ces datchas. Par contre, tous commandent pour le week-end des films distrayants tels que *Certains l'aiment chaud, Gorge profonde*, ou la version porno de *Cendrillon*. Et pendant que l'ensemble du peuple soviétique voit dans les salles de spectacle de bons films soviétiques, bien primés et récompensés en U.R.S.S. et à l'étranger, tels que *Sibériade* ou les diverses épopées de la vie de Lénine : à Paris, en Pologne, en Finlande, etc., les hôtes des datchas gouvernementales de banlieue, imperméables à l'influence corruptrice du cinéma bourgeois, pleins de la fermeté proprement communiste des zélateurs inconditionnels de la pensée de Marx et de Lénine, mettent à l'épreuve leur moralité en se forçant à voir des *Cendrillon* pornos et autres *Tango*. Mais dès le lendemain ils sont prêts à fustiger, la bave aux lèvres, l'Occident vicieux et corrupteur de la jeunesse : ils le feront d'autant mieux qu'ils connaîtront ce dont ils parlent...

Galina arriva à la datcha directement de chez l'« Enchanteresse ». Elle était d'une humeur merveilleuse : quelle magnifique journée, mon Dieu, quel temps superbe, quel soleil, quelles ravissantes forêts argentées, tout autour d'eux, comme étaient beaux les méandres de la rivière gelée qui serpentait à travers bois, couverte de la carapace bleu-lilas de la neige! Et tout cela lui appartenait! Oui, lui appartenait véritablement. Elle, son père, son mari et quelques dizaines d'autres familles du même type que la leur n'étaient-ils pas les maîtres de toute la terre russe, de la Baltique à la mer d'Okhotsk? Aucun Rothschild, aucune fille d'Onassis n'auraient pu rêver de telles richesses ni d'une telle puissance : ils régnaient sur la terre, les mers, les cours d'eau, l'armée, la milice et le peuple tout entier! Comme il était beau, comme il était doux de pouvoir conduire *sa* voiture sur *sa* terre, *ses* routes, à travers *ses* forêts argentées de neige, lorsqu'on se rendait à *sa* datcha! Seigneur, pensait-elle, qu'il était dommage que son fils ne pût désormais plus voir tout cela, avec sa mère au volant de la Volga toute neuve, vêtue de la pelisse de zibeline bleue que son mari et son père lui avaient donnée pour son anniversaire!

Le souvenir de son fils lui pinça un peu le cœur, mais pas très profondément. Quel ballot il avait été!

Vers dix-sept heures, la longue table de fête, couverte de nappes de lin blanc, fut prête à accueillir les invités, mais, même avant de les voir, rien qu'en regardant ce qu'il y avait sur la table, on pouvait être assuré que ceux qui allaient prendre place à cette table étaient les véritables maîtres de l'Union soviétique.

Il y avait tant de nourriture sur la table qu'il était certain qu'on ne pourrait pas tout manger. Rien que pour les hors-d'œuvre et le premier service, on trouvait : des *satsivi* (poulet froid à la sauce aux noix) et des *soulgouni* (crème de fromage chaude) géorgiens, des perdrix de Sibérie à la sauce moldave (à base de vin rouge), des poissons du lac Baïkal : *omoule* et *khariouss*, de la truite du lac Sévan, en Arménie, du saumon blanc de l'Ob, préparation Stroganoff, des carpes du lac Ilmen cuites dans de la crème fraîche, du hareng de la Caspienne, des écrevisses de la Volga, des airelles rouges de la taïga, du fromage de Lettonie, de la viande d'ours de l'Altaï et, dans deux seaux particuliers, du caviar noir d'Extrême-Orient et du caviar rouge d'Astrakhan. Il est vrai que les visages des invités, qui commencèrent à affluer vers dix-huit heures, des datchas voisines et de Moscou, faisaient eux aussi un certain effet. Depuis que Souslov était mort, il n'y avait enfin plus au gouvernement, ni dans les milieux paragouvernementaux, une seule personne maigre susceptible de porter ombrage par son aspect extérieur à l'abondance du régime communiste. Et les toasts qui se succédaient à table (« Vive notre parti communiste! » « Vive notre cher gouvernement! » « Vive notre armée! » étaient tout sauf des toasts obligés ou de pure forme : ces hommes et ces femmes buvaient réellement à la santé de leur parti, de leur gouvernement et de leur armée, garante de *leur* bien-être...

Mais le clou du programme de la soirée ne fut ni les prodiges de virtuosité de la cuisine nationale russe, ni la chanson *Les rois ont tous les droits*, qu'ils reprirent en chœur, ni la promenade en troïka russe à clochettes, ni même la projection des films *Gorge profonde* et *Que la fête commence*! Ce fut une cassette vidéo de la télévision américaine, montrée une semaine auparavant en Amérique et en Europe occidentale et où les participants protestaient vigoureusement contre l'instauration de la loi martiale en Pologne. La cassette avait été reçue de Paris le 1er par la valise diplomatique, et de joyeux lurons de la section cinématographique du K.G.B. s'étaient amusés à réenregistrer les discours de Reagan, de Margaret Thatcher, de Schmidt, des Premiers ministres belge, norvégien, portugais et luxembourgeois en substituant à leurs voix celles, imitées par eux, d'acteurs comiques soviétiques populaires : Arkadi Raïkine, Tarapounka et Chtepsel, Chourov et Rykounine. C'est ainsi que les chansons de Frank

Sinatra, de Barbara Streisand ou d'autres interprètes occidentaux se virent entrecoupées de ces interventions drôles à en avoir mal au ventre (surtout si l'on était ivre) : le président américain et d'autres hommes politiques occidentaux vantant en russe ou en ukrainien les mérites de Jaruzelski ou couvrant d'ordures Lech Walensa... C'était Ilya Andronov, fils du président du K.G.B. et américaniste de premier plan, qui avait apporté cette petite farce en cadeau à la femme de Stavinski.

« Galotchka, lui avait-il dit, tu peux considérer que ce cadeau vient moins de moi que du président américain ! Ce programme lui a, paraît-il, coûté un demi-million de dollars, mais je pense que tu les vaux bien ! En ce qui concerne mon cadeau personnel, tu l'auras un peu plus tard... »

Et il mordit avec un bel appétit dans une poire aux joues roses de Krasnodar.

Stavinski vit sur la poire des traces roses de sang. « De la parodontose, remarqua-t-il mentalement, un affaiblissement des gencives. C'est étrange : la parodontose se produit ordinairement chez des gens affaiblis par le jeûne et les carences vitaminiques, ou chez ceux qui négligent les règles de l'hygiène... » Mais il était difficile d'imaginer que l'on n'eût pas appris à ce quadragénaire au visage large, replet comme toutes les huiles du parti et dont le ventre débordait de son costume d'importation, ce fin connaisseur des affaires américaines et canadiennes, à se laver les dents. Et encore plus invraisemblablement de penser qu'il se nourrissait mal. Mais Stavinski se souvint alors qu'il avait lu dans un manuel de médecine que la parodontose existait aussi chez les personnes manifestant une prédisposition au diabète. Et choisissant un moment favorable au milieu de la conversation générale, il s'approcha d'Ilya Andronov et lui dit :

« Un de mes amis souffrait comme vous de parodontose. Les médecins lui faisaient des piqûres d'aloès, mais cela ne donnait rien.

– Avec moi non plus, dit Ilya Andronov en souriant. J'ai eu récemment à Madrid un accès d'une telle violence que j'ai dû interrompre ma participation aux conversations sur le traité d'Helsinki et me faire hospitaliser... »

La véritable raison, qu'il se gardait modestement de donner, et qui avait provoqué l'arrêt momentané de la conférence à la demande de la délégation soviétique, avait en fait été ses beuveries nocturnes continuelles...

« Ensuite, poursuivit en souriant Stavinski, les médecins lui imposèrent une douloureuse thérapie par le vide...

– Moi aussi, dit Ilya, on me torture. On m'aspire le sang pratiquement chaque semaine, et pourtant cela ne donne rien.

– Ensuite, une vieille femme lui a conseillé de se rincer les gencives avec du bicarbonate de soude. Deux cuillers à café de bicarbonate par verre d'eau chaude et on garde cette mixture un bon quart d'heure dans la bouche.

– Et alors? demanda Ilya Andronov, très intéressé.

– Alors il n'a plus eu besoin de médecins, c'est tout. Vous devriez essayer maintenant, sans perdre de temps. Venez avec moi... »

Et il entraîna Ilya dans la cuisine où il prépara lui-même une solution bicarbonatée. Un quart d'heure plus tard, le fils d'Andronov constata avec stupéfaction que la douleur lancinante qu'il ressentait habituellement dans les gencices avait effectivement disparu. Stavinski savait parfaitement qu'il en serait ainsi. La solution bicarbonatée ne guérissait pas la parodontose, mais elle soulageait les gencives.

« Ecoute, lui dit Ilya en passant d'un coup au tutoiement, tu es un magicien! Moi aussi, d'ailleurs, je vous ai préparé aujourd'hui une surprise, à toi et à ta femme. Mais je ne te le dirai pas tout de suite. Un peu plus tard... »

Vers deux heures du matin, lorsque tous les invités étaient ivres ou semi-ivres, Galina trouva son mari sur la véranda, au jardin d'hiver, en train de chuchoter avec le capitaine Gouchtchine, le général Krasnopolski, chef des services secrets militaires, et le général Bogatyriov, dont dépendaient tous les camps et prisons d'U.R.S.S.

« Sérioja! » l'appela-t-elle.

Il vint vers elle. Elle lui chuchota à l'oreille, pleine d'excitation :

« Ecoute! Ilya Andronov nous propose de faire un saut avec lui dans un endroit absolument super. Seulement il faut que cela reste entièrement secret. Toi, moi, Ilya et sa femme Liouda. Laisse bien gentiment tomber ces trois andouilles et attends-moi dans la voiture... »

Vingt minutes plus tard, la Mercedes d'Ilya Andronov et la Volga blanche des Yourychev fonçaient sur les routes nocturnes et enneigées en direction de l'ouest de la capitale. De temps à autre apparaissaient des villages sombres, paisiblement endormis, ou des postes de la milice éclairés, tous de verre et de béton. Au quarante-septième kilomètre de la route de Mojaïsk, la Mercedes et la Volga qui la suivait tournèrent dans une petite route à peine visible, dans le mur boisé qui l'entourait. Et presque aussitôt, à deux cents mètres de l'embranchement, la première voiture se heurta à la barrière d'un poste de contrôle. Galina et son mari virent dans l'obscurité un capitaine du K.G.B. s'approcher de la Mercedes et parler une demi-minute avec le fils de leur grand patron, après quoi il alla vers la

Volga et en éclaira l'intérieur avec une lampe de poche. Ensuite seulement il fit un signe au soldat de garde à la barrière, qui ouvrit celle-ci.

Il y eut encore quatre contrôles de ce type : deux dans la forêt et deux dans la demi-steppe qui lui succédait, le dernier juste à l'entrée d'une étrange petite ville violemment éclairée par les réclames lumineuses. A chaque fois, reconnaissant Ilya Andronov, les hommes de garde les laissèrent passer sans encombre.

La ville qui était devant eux, de la taille d'un bourg, était illuminée d'inscriptions en langue anglaise. Ilya Andronov roula jusqu'à la rue centrale et arrêta sa voiture auprès d'une salle de jeux et d'un casino avec roulette. Puis il s'approcha de la Volga :

« *Welcome to América, my friends*! dit-il aux Yourychev. *This is my special present to you, dear Galya! You can spend a night in a real United States town!* »

Et il entonna :

« *Happy birthday to you! Happy birthday to you! Happy birthday...* »

Stavinski ahuri regardait de tous côtés et ne pouvait en croire ses yeux : cette minuscule petite ville des environs de Moscou ressemblait à s'y méprendre à Portland. Il y avait même un 7-Eleven au coin de la rue!

11

Un bruit inhabituel tira Virginia de son sommeil. Dehors, dans l'« Avenue of the Americas », des voix ivres braillaient une chanson en russe :

Frères artilleurs, Staline nous ordonne!
Frères artilleurs, la Patrie nous appelle!
Nos mères ont trop pleuré,
Le pays trop souffert,
Par centaines de milliers
Les batteries vont tirer...

Puis sans transition, par les mêmes voix avinées, une autre chanson populaire de l'époque de la guerre :

Les pommiers et les poiriers fleurissaient,
La brume envahissait la rivière,
Sur la berge sortait Katioucha...

Sans doute la relève qui est arrivée, un nouveau groupe de stagiaires, pensa Virginia, qui jeta un coup d'œil à son réveil, sur la table de nuit : il était six heures trente. Mais pourquoi chantaient-ils en russe sans que personne leur dît de s'arrêter? Il était pourtant très sévèrement interdit de se servir de cette langue à « Mini-America », au point que Virginia en avait déjà perdu l'habitude... Et pourtant leur chanson discordante, ivre et extrêmement bruyante, continuait à se déverser par la fenêtre ouverte.

Deux voix d'hommes et deux de femmes, avec des claquements de pieds. Et une des voix d'hommes qui lui semblait étrangement familière. Quelle chose incroyable... Ce n'était pas possible!

Virginia se força à se lever et, s'enveloppant dans une couverture, alla à la fenêtre. En bas, dans l'« Avenue » enneigée, deux hommes et deux femmes ivres dansaient, dans l'éclairage rouge des néons des magasins. Ils dansaient et ils chantaient.

Un des hommes faisait dans la neige des trémoussements en uniforme de général. Sa silhouette lui parut étonnamment familière... Mais avant même de l'avoir reconnu des yeux, elle avait ressenti un coup au cœur : Stavinski, c'était Stavinski! Il savait peut-être qu'elle était là et avait imaginé tout ce raffut pour l'attirer à la fenêtre?

Pendant ce temps, le quatuor de poivrots, avec les deux femmes en pelisses de prix qui s'agitaient devant, les mains sur les hanches, et les deux hommes qui suivaient derrière, d'une démarche bien mal assurée, se dirigeaient en continuant à gigoter vers deux voitures garées à l'angle de l'« Avenue » et de la « 7e », une Mercedes et une Volga. Et Virginia comprit qu'ils allaient partir, partir dans un instant...

Enfilant convulsivement sa robe et ses bottes, elle ne pouvait s'empêcher de jeter des coups d'œil par la fenêtre : surtout arriver à temps! Qu'ils ne partent surtout pas! Elle aurait été incapable de dire ce qui la poussait vers Stavinski, lui donnait l'envie de le rejoindre puisqu'elle l'avait oublié, rejeté de sa mémoire, tout comme il avait fait de son côté. Comme lui? Etait-ce sûr? Il était pourtant là... Mais que signifiait cet uniforme de général sur ses épaules? Arriver à temps! En bas, Stavinski et son ami avaient déjà pris place au volant de leurs voitures respectives, l'ami dans la Mercedes et lui dans la Volga. Jetant une pelisse courte sur ses épaules, Virginia se précipita hors de sa chambre et dévala l'escalier de l'hôtel. Tout en traversant comme un éclair le hall de l'hôtel, elle entendit dans la rue le bruit des moteurs que l'on venait de mettre en route. Mais de l'angle des deux rues, où les voitures étaient garées, à la porte à tambour de l'hôtel il y avait quelque deux cents mètres et Virginia se tapit dans l'attente, derrière la porte. Finalement, les deux voitures décollèrent du trottoir, après que les conducteurs eurent allumé les phares. Augmentant leur vitesse, elles se mirent à filer sur la chaussée, toujours plus près de l'hôtel et toujours plus vite. « C'est maintenant! » s'ordonna intérieurement Virginia lorsque la voiture de tête, la Volga blanche, ne fut plus qu'à dix mètres d'elle. Poussant la porte, elle sortit en courant de l'hôtel juste sous le nez de la voiture. Un crissement de freins, la Volga effrayée se jeta à droite (et Virginia, qui avait prévu la chose, à gauche), et elle entendit le choc sourd du pare-chocs avant contre un réverbère. Une belle femme en fourrure de zibeline bleue jaillit aussitôt comme une furie par la porte de droite et se mit à invectiver Virginia en russe :

« T'es cinglée, ou t'es miro, *paskouda*? »

Virginia avait été à excellente école pour l'argot russe lorsqu'elle travaillait avec les jeunes délinquantes, et il ne lui fut pas difficile de comprendre ce qui lui avait été dit, mais elle répondit en anglais, en regardant moins la femme que le conducteur, ce général barbu qui était lui aussi sorti de la voiture, pâle comme un linge, et qui ne pouvait détacher ses yeux d'elle.

« Je suis désolée, madame, dit Virginia à Galina Yourychéva, mais il nous est interdit ici de parler russe. »

La femme en pelisse de luxe poussa un profond soupir de rage et continua en russe :

« Nous avons bousillé notre voiture neuve à cause de toi! »

Mais derrière, la Mercedes avait déjà freiné, et un homme aux joues rouges d'une quarantaine d'années, à l'allure respectable, en sortait déjà en riant. Il lui sembla qu'il avait une ressemblance lointaine avec son amant de haut rang.

« Magnifique! *A typical american accident*! » dit-il

en riant toujours au général et à sa femme. Nous avons maintenant l'assortiment complet des divertissements à l'américaine! Le seul ennui, c'est que vous ne serez pas remboursés car vous ne vous êtes pas assurés à l'« American Insurance Company »!

Et se tournant aussitôt vers Virginia, il lui dit dans un anglais impeccable :

« Tout va bien, mademoiselle? Je ne pense pas vous connaître. Vous êtes nouvelle ici?

– Oui..., lui répondit Virginia, tout en continuant à regarder dans les yeux ce Stavinski barbu en uniforme de général. Il n'y a pas longtemps que je suis là, ajouta-t-elle, mais je crains que ce ne soit pour toujours. Vous m'avez fait si peur que j'aurais pu avoir une fausse couche...

– Vous êtes enceinte? demanda aussitôt le propriétaire de la Mercedes.

– Oui, j'en suis au quatrième mois. J'étais sortie manger quelque chose rapidement. La grossesse donne parfois de telles envies de manger!... »

Assommé par cette rencontre imprévue, Stavinski gardait le silence. Il avait monté toute une comédie, invité pour l'anniversaire de Galina le propre chef de tous les lieux de détention de l'Union soviétique afin de se lier avec lui et d'apprendre un jour de lui, sous un prétexte quelconque, dans quel camp Virginia était enfermée, et soudain... une telle rencontre!... Sans préparation, et devant de tels témoins : la femme de Yourychev, le fils d'Andronov!

Ilya Andronov, pendant ce temps, avait interprété son silence à sa manière :

« Tu as failli écraser une femme enceinte, lui dit-il. En Amérique, elle t'aurait tout de suite fait cracher cinquante mille dollars... »

Puis il se tourna à nouveau vers Virginia, à qui il dit en anglais :

« Permettez-moi de nous présenter, mademoiselle. Je m'appelle Ilya Andronov et voici mon ami Segueï Yourychev et sa femme Galina. C'est aujourd'hui son anniversaire et c'est pourquoi nous faisons la fête. Je vous invite à vous joindre à nous. Nous vous offrirons à souper et boirons nous-mêmes un *drink*. Comment vous appelez-vous?

– Virginia..., prononça-t-elle avec effort.

– Pas question de boire! intervint en russe Galina, en baissant quelque peu le ton. Vous vous êtes déjà suffisamment bourrés : la voiture est maintenant bousillée!

– Absurde! » fit Ilya avec un geste de dédain.

Le fils d'Andronov était visiblement intéressé par celle qui venait de donner son nom. Il avait déjà vaguement entendu dire que son père avait le béguin pour une Américaine arrêtée et venait de comprendre que c'était Virginia.

« Galotchka, ajouta-t-il, tu peux ne plus boire et conduire la voiture. Sérioja et moi, on va encore s'en envoyer quelques-uns. Ce serait d'ailleurs indécent d'abandonner une femme enceinte qu'on a presque écrasée. Allons-y! »

Il prit Virginia par le bras et, quelques instants plus tard, ils étaient attablés dans la cafétéria encore vide où Virginia mâchait en se forçant du poulet froid.

Les yeux fixés sur Virginia, Stavinsky et Ilya Andronov buvaient des whiskies-sodas et leurs femmes du champagne. Stavinski disait quelque chose à Virginia en russe, mais lentement, avec des pauses, en choisissant bien ses mots. Ilya traduisait :

« Je suis absolument désolé de cet incident... Mais d'un autre côté je suis heureux que l'anniversaire de ma femme ait eu lieu précisément aujourd'hui... et que notre ami Ilya soit venu à cet anniversaire et nous ait invités ici... J'ai pu ainsi faire la connaissance d'une femme aussi charmante que vous... »

Il voulait bien sûr en dire davantage que les circonstances ne le lui permettaient. Ses yeux parlaient pour lui, criaient ce qu'il avait sur le cœur.

« J'espère... Non, je suis sûr que vous mettrez au monde un garçon... »

Puis Stavinski jeta un coup d'œil interrogatif à Ilya Andronov :

« Nous pourrons revenir ici une autre fois?

– Pas avant un mois, lorsqu'il y aura ici de nouveaux étudiants, lui dit en russe Ilya, avant d'ajouter : Pourquoi? Tu n'as pas peur de donner des rendez-vous devant ta femme?

– Je voudrais simplement vérifier, dit Stavinski, que l'incident d'aujourd'hui n'a pas eu de conséquences fâcheuses pour sa grossesse. En outre, je pense qu'elle doit se sentir un peu seule dans cette toute petite ville et que nous pourrions revenir la voir en tant qu'amis... Quel est votre numéro de chambre?

– Trente-trois, dit Virginia.

– Ne t'en fais pas, elle n'est pas seule! dit en riant Ilya Andronov à Stavinski.

– D'accord, les hommes, on y va! » fit Galina en se levant impatiemment de table, avec des intonations effectivement jalouses dans la voix. Il y avait d'ailleurs de quoi : son mari ne quittait pas des yeux l'Américaine enceinte.

« Je ne serais pas contre l'idée de danser un peu avec votre victime, dit Ilya à Galina, en pensant à part lui que son petit papa n'avait pas du tout mauvais goût.

– Non, vraiment, allons-y! » fit Liouda, la femme d'Ilya, en se levant à la suite de Galina.

L'attention quc leurs maris portaient à cette Américaine avait entraîné de la part des deux femmes une réaction de solidarité, et ce fut sans se douter que Virginia comprenait le russe que Liouda ajouta :

« Dans un mois, elle aura le ventre exactement deux fois plus gros qu'aujourd'hui. Tu pourras alors danser avec elle, je ne suis pas contre. Mais pour aujourd'hui, cela suffit. »

Laissant du champagne dans leurs verres, les deux femmes se dirigèrent ostensiblement vers la sortie.

Ilya Andronov fit un grand geste d'impuissance, sourit et toucha le bras de Virginia :

« A bientôt... Bonne chance!... »

Et, se tournant vers Stavinski :

« Allons-y... »

Dehors, Galina s'était déjà assise au volant de la Volga, avait éloigné en marche arrière la voiture du poteau et appuyait maintenant avec autorité sur le klaxon, pour faire venir son mari.

Comprenant qu'on ne les laisserait pas une minute de plus ensemble, Stavinski toucha lui aussi le bras de Virginia et répéta les paroles d'Ilya :

« *I'll see you soon...* »

Ils se regardaient maintenant dans les yeux, comprenant que les dernières secondes de cette rencontre étaient en train de s'écouler. Dans la rue, on klaxonna de nouveau.

« *Good luck* », leur dit à tous deux Virginia, mais elle ne regardait que Stavinski. Et elle sourit :

« Allez, vos femmes vous attendent.

– *Take care*, prononça-t-il. *I'll see you soon...* »

Se tournant brusquement, Stavinski suivit Ilya vers la sortie de la cafétéria.

Virginia vit sa femme lui ouvrir la portière en se penchant par-dessus le siège, tandis qu'il s'asseyait à sa droite. Seigneur, pensa-t-elle, il est fou, complètement fou! Si on le démasque, et cela peut se produire n'importe quand, alors toute la vérité éclatera sûrement et elle sera à nouveau interrogée, emmenée loin d'ici : dans une prison, un camp... Et l'enfant, quel sera son sort? Pourquoi, pourquoi donc avait-il fait cela? Double kamikaze!...

Peut-être, se demanda-t-elle soudain, était-il devenu Yourychev pour la retrouver, elle, Virginia?

Projetant de part et d'autre la neige avec ses roues, la Volga blanche s'arracha à son lieu de stationnement et se jeta à la poursuite de la Mercedes tout au long de l'« Avenue of the Americas », au-delà de la barrière, vers le champ, vers le point de contrôle.

Virginia suivit des yeux les deux voitures et sentit que les émotions et la tension avaient à nouveau fait monter à sa gorge une envie de vomir.

12

Il en fut de même au cours des trois semaines qui suivirent : les accès de vomissement déferlaient les uns après les autres, surtout dans la première moitié de la journée. Il est vrai que le colonel Stanley avait libéré Virginia du soin de s'occuper des stagiaires nouvellement arrivés et que sa fille Mickey s'occupait de Virginia avec un dévouement et un zèle exceptionnels. Elle allait se promener avec elle, restait assise à côté d'elle dans sa chambre le soir et obligeait Virginia à boire divers jus de fruits naturels. Virginia obéissait en tout à sa garde-malade et pensait dans le même temps à Stavinski. Allait-il vraiment revenir au moment du nouvel arrivage d'étudiants, début mars? Non, ces choses-là n'arrivaient que dans les romans, ou dans les films de James Bond, à Hollywood. Mais quelle ressemblance pouvait-il y avoir entre Stavinski et James Bond? Un émigré alcoolique avait quitté l'Amérique pour se retrouver dans une situation du style « agent 007 » et était même, par Dieu sait quel miracle, devenu général de l'Etat-Major général soviétique, mais qu'est-ce que cela voulait dire? Si le vrai colonel Yourychev s'était avéré incapable de quitter l'U.R.S.S. par ses propres moyens, comment Stavinski pourrait-il l'enlever à une école hyper-secrète du K.G.B. et franchir avec elle la frontière soviétique? Non, c'était impensable.

Les timides espoirs en un miracle faisaient place au désespoir et à de nouvelles nausées qui obscurcissaient toutes ses pensées. Finalement, le colonel Stanley lui dit qu'il ne pouvait plus la voir souffrir ainsi et allait faire venir un médecin de Moscou. Le soir même arriva de Moscou un grand homme aux cheveux noirs, âgé d'une quarantaine d'années, qui s'appelait Moussatov. Il examina Virginia, une expression soucieuse sur le visage, l'ausculta et lui donna deux cachets qu'il la pria de prendre avant le sommeil. Il lui dit que ces cachets supprimaient les accès de vomissements et que Virginia pourrait dormir normalement.

Effectivement, ce soir-là, Virginia s'endormit de manière exceptionnellement rapide et sombra dans un sommeil profond, semblable à un évanouissement.

Elle n'entendit pas et ne vit pas, exactement une heure après s'être endormie, le même docteur entrer dans sa chambre en compagnie de Mickey. Sans craindre de la réveiller, le docteur ôta la couverture de Virginia et lui fit une piqûre anesthésiante intraveineuse. Ensuite, Mickey lui dénuda le ventre et Moussatov introduisit dans l'utérus de

Virginia avec une aiguille longue et fine une préparation d'importation difficile à trouver, la prostaglandine, qui interrompait la grossesse. Les recherches entreprises pour la trouver, même entreprises par le K.G.B., avaient pris trois semaines, car il n'y a pas en U.R.S.S. de préparations chimiques interrompant la grossesse.

Ayant recouvert Virginia et fermé la lumière, le docteur Moussatov et Mickey s'éloignèrent.

Une violente douleur dans le bas-ventre réveilla Virginia à six heures du matin. Une deuxième poussée douloureuse lui arracha un cri et la fit s'asseoir sur son lit. Tout en se tordant de douleur et en étouffant ses gémissements, elle resta encore allongée un certain temps dans son lit. Mais lorsqu'elle sentit son cœur flancher après une troisième secousse, elle comprit qu'elle ne tiendrait pas jusqu'à l'aube. Roulée en boule, les jambes repliée sous elle, elle descendit de son lit, jeta une robe de chambre sur ses épaules et, toute courbée et se tenant les reins, elle entreprit de descendre lentement l'escalier, en direction de la chambre occupée par Stanley.

A peine eut-elle frappé à la porte que Stanley lui ouvrit, comme s'il n'avait pas dormi de la nuit et était en train de l'attendre. A la vue de Virginia gémissante, il la déposa précipitamment sur un divan et courut aussitôt dans la chambre voisine pour réveiller le docteur. Moussatov arriva avec une seringue, lui fit aussitôt une piqûre anesthésiante et confirma les suppositions de Virginia : le travail semblait avoir commencé et c'était bien ce qu'il avait craint la veille.

Dix minutes plus tard, la voiture personnelle du colonel Stanley emmenait déjà Virginia et le médecin dans un hôpital de Moscou. Pendant le trajet, Moussatov essaya dans un mauvais anglais de rassurer Virginia, à qui il dit qu'on réussirait probablement à l'hôpital à faire cesser les contractions et à interrompre la fausse couche naturelle en cours.

A sept heures trente, ils entrèrent à Moscou, où tout était encore sombre. Les réverbères éclairaient des groupes humains se hâtant vers des stations de métro surmontées de gros « M » lumineux et rouges. Des petits paquets frileux d'hommes et de femmes stationnaient aux arrêts d'autobus et de trolleybus. D'autres groupes tout aussi silencieux et sombres attendaient à la porte des magasins d'alimentation : les Moscovites et tous ceux qui étaient arrivés en mission des différentes régions du pays prenaient leur tour de rôle dans la queue pour la nourriture.

La voiture traversa le centre à toute vitesse, plongea dans une petite rue et s'arrêta devant un haut portail métallique aux bords cernés par la neige qui était tombée pendant la nuit. Un soldat en pelisse militaire courte et bottes de feutre, une mitraillette en bandoulière, sortit de l'entrée des piétons. Etait-il possible qu'on l'ait à nouveau amenée dans une infirmerie de prison?

Le soldat donna des coups de semelle endormis contre la neige fraîche, jeta un coup d'œil à l'intérieur de la voiture et se mit à vérifier les papiers du chauffeur.

« Ouvre la porte! » lui ordonna sèchement le docteur Moussatov.

Le soldat rendit avec indifférence ses papiers au chauffeur et s'en fut ouvrir le portail.

La voiture pénétra dans l'hôpital par une allée recouverte de neige et Virginia comprit que ce n'était pas une prison. Ils s'étaient arrêtés devant un beau bâtiment neuf de six étages à auvent de béton au-dessus de l'entrée et petits rideaux blancs identiques à toutes les fenêtres des sept étages.

Moussatov et une infirmière sortie de l'hôpital aidèrent Virginia à sortir de voiture. Un bras passé autour d'elle, l'infirmière la conduisit vers la salle des admissions. L'infirmière de garde qui se trouvait là ordonna à Virginia de se déshabiller, puis, sans raison apparente, de se peser sur une balance froide posée au sol et, tirant un rideau en plastique, lui montra la douche. L'action des anesthésiques commençait à se dissiper et Virginia sentit à nouveau une douleur lancinante dans son bas-ventre.

En s'essuyant avec une serviette, Virginia remarqua qu'elle commençait à perdre du sang. Elle regardait ce sang avec épouvante lorsque l'infirmière de garde qui était sortie rentra dans la pièce, accompagnée d'une vieille femme au maintien militaire qui portait une combinaison de médecin et tenait une *papirosse* fermement serrée entre les dents. Cette cigarette entre les dents, précisément une *papirosse* à long bout de carton blanc et non une cigarette de type européen, étonna profondément Virginia.

Voyant entre les mains de Virginia une serviette ensanglantée, la vieille jeta à l'infirmière de jour :

« Dans la petite salle d'opération, et au trot! »

Et, jetant sa *papirosse* au sol, elle l'écrasa de la pointe de sa botte en skaï.

Une nouvelle contraction douloureusement aiguë plia Virginia en deux, la fit gémir, crier...

... Une violente odeur d'ammoniaque la réveilla. Elle gisait sur une table d'opération, au service des urgences. Autour d'elle s'affairaient un certain nombre de personnes vêtues de blouses médicales délavées, un bonnet blanc sur la tête et un masque sur le visage. Ils échangeaient de temps à autre des lambeaux de phrases :

« La tension baisse...

– Gravidité de dix-sept à dix-huit semaines... »

Le faisceau violent d'une lampe chirurgicale était dirigé vers la moitié inférieure de son corps. Virginia ignorait ce que l'on y faisait : un tampon de gaze placé sous son menton l'empêchait de voir le travail des chirurgiens. Elle tenta de bouger et constata que ses bras et ses mains étaient rivés à la table. Elle perdit à nouveau connaissance. La dernière chose qu'elle entendit fut :

« C'était une fille...

– Le fœtus se développait normalement. Cela aurait pu être un beau bébé... »

13

Le message codé envoyé de Moscou par le tailleur Volodia Ivanov réjouit et étonna à la fois Daniel J. Cooper et David Mac Kerry :

... D'après les informations communiquées par Stavinski, les manœuvres de l'O.T.A.N. en Norvège du Nord, celles des forces armées suédoises, la situation en Pologne et aussi la lutte pour le pouvoir en cours au Kremlin ont obligé l'E.M.G. de l'armée soviétique à retarder l'opération d'encerclement de la Suède par une arme d'un nouveau type. Cependant Stavinski n'est prêt à livrer le secret de cette arme et toute l'information qui lui est liée qu'en échange de sa sortie d'U.R.S.S., ainsi que celle de Virginia. Virginia en est à son cinquième mois de grossesse. Elle se trouve à Moscou, dans une école hypersecrète du K.G.B., d'où Stavinski essaiera de la tirer une nuit du début de mars. Sa disparition ne pourra passer inaperçue que

pendant une durée de cinq à six heures. Au cours de ces quelques heures, Stavinski et Virginia doivent se retrouver hors des frontières de l'U.R.S.S... Telles sont les conditions posées par Stavinski. La confirmation de l'importance des matériaux détenus par lui sera apportée au cours des jours prochains par la présence d'un sous-marin soviétique dans les eaux territoriales de l'Italie, à trente-cinq kilomètres au sud de Tarente...

Les conditions posées par Stavinski plaçaient à nouveau la C.I.A. devant un casse-tête, mais la nouvelle que les manœuvres de l'O.T.A.N. avaient forcé les Russes à retarder leur opération d'investissement de la Suède par cette arme mystérieuse avait de quoi réjouir Cooper. Bon dieu! il avait enfin pris une petite revanche sur le K.G.B., après l'avalanche de défaites subies! Il y avait eu encore récemment, parmi ces défaites, l'expulsion de Washington de l'attaché militaire soviétique, le général Vassili Chtchitov et, presque en même temps, la disparition d'un autre membre de l'ambassade d'U.R.S.S. à Washington, chef de tout le réseau d'espionnage soviétique aux Etats-Unis, un certain Dmitri Yakouchine. Il n'aimait guère d'ailleurs tous ces scandales publics liés à des expulsions d'espions soviétiques de différents pays du monde, au cours des mois de janvier et de février : Oleg Dokoudovski et Evguéni Vopilovski avaient été expulsés de Norvège; l'attaché militaire adjoint Sergueï Yégorov (lieutenant-colonel) et le directeur de l'Aéroflot Alexeï Finenko l'avaient été d'Indonésie; plusieurs autres espions soviétiques du Portugal, etc. Tous ces scandales complaisamment relatés par la presse ne faisaient guère honneur aux services de contre-espionnage des pays considérés. Au lieu d'« apprivoiser » ces espions et, connaissant leurs habitudes, leurs faiblesses, leurs lieux de rendez-vous et leurs contacts, de leur fournir des informations fausses par des tierces personnes, les services de sécurité de tous ces pays allaient maintenant devoir étudier pendant des années ceux que le K.G.B. enverrait à la place des expulsés. Bien sûr, ces espions soviétiques passaient parfois toutes les bornes. Le général Chtchitov, attaché militaire à Washington, en était arrivé à un tel point dans le culot qu'il s'était mis à se rendre seul, personnellement, aux rendez-vous de ses informateurs. Mais en fin de compte quelle importance, qu'il aille à ses rendez-vous? Cooper était prêt à tolérer son impudence pourvu qu'il restât aux Etats-Unis. Mais il avait fallu que la Maison Blanche montrât à l'opinion publique américaine que des officiers de renseignement soviétiques travaillaient effectivement sur le territoire des Etats-Unis. Et l'on avait dû sacrifier sur l'autel de la nouvelle politique américaine, dite « de courage », ce général qui passait toutes les bornes. Or, comme il aurait été commode, aujourd'hui, de fourguer aux Russes, par l'intermédiaire de ce général, une information bidon, afin de continuer à retenir les Soviets d'encercler la Suède avec cette arme d'un nouveau type! Il fallait les retenir jusqu'au moment où les preuves matérielles se retrouveraient entre les mains de Cooper. On aurait pu, par exemple, laisser filtrer une information suivant laquelle les Américains auraient secrètement fourni aux Suédois des avions P-3 Orion, spécialisés dans l'observation et la détection aérienne des sous-marins ennemis. Entêtés de Suédois qui avaient refusé d'adhérer à l'O.T.A.N.! Ils devaient maintenant avaler de fameuses pilules avec ces sous-marins soviétiques que leurs radars antédiluviens étaient incapables de détecter!

Il est vrai, pensa en riant Cooper, qu'il y a à Washington, outre Yakouchev et Chtchitov, quelques centaines d'espions soviétiques. Il allait falloir agir par leur intermédiaire. En outre, il fallait prévenir les Italiens, partenaires des Etats-Unis au sein de l'O.T.A.N., de la nécessité de renforcer leurs patrouilles dans le golfe de Tarente, et aussi leur dire de ne pas envoyer en Norvège leur aviation de chasse anti-sous-marine.

Pendant que Cooper se livrait à ces réflexions de haute politique stratégique, Mac Kerry et Caroll se cassaient à nouveau la tête, comme en août de l'année passée avec Yourychev, sur l'organisation de projets d'évasion de l'U.R.S.S. pour Stavinski. La seule différence, c'était qu'au lieu du seul Yourychev, ils devaient maintenant en faire sortir deux : Stavinski et Virginia. Et ils ne disposeraient pour cela que de quelques heures.

Mac Kerry et Caroll se plongèrent dans des documents d'archives. Ils étudièrent des dizaines de cas d'évasion de Soviétiques au cours des années écoulées. Deux soldats avaient franchi à pied la frontière finlandaise et continué à travers toute la Finlande jusqu'à arriver en Suède, en se cachant de la police finlandaise qui, on le sait, livre aux autorités soviétiques les évadés d'Union soviétique. Trois dissidents soviétiques avaient tenté de traverser la mer Noire à la nage. Un groupe de pentecôtistes soviétiques avait réussi à pénétrer à l'intérieur de l'ambassade américaine. Le lieutenant Bélenko avait atterri au Japon aux commandes de son Mig-26. Un pêcheur d'Extrême-Orient était parvenu au Japon en canot à moteur. Plusieurs Allemands étaient passés de l'Est à l'Ouest en montgolfière. Les étudiants Guiliev et Posdieïev avait détourné un avion de l'Aéroflot qui se rendait en Crimée, l'obligeant à atterrir à Sinope, en Turquie...

Mais toutes ces évasions étaient plus fantastiques les unes que les autres. Elles convenaient pour les studios de Hollywood, mais pas du tout pour Stavinski et Virginia. Même si Stavinski réussissait à enlever Virginia à cette école d'espionnage (comment diable allait-il y parvenir?), une femme enceinte était incapable de traverser à pied la Finlande, ou la mer Noire à la nage. Quant aux groupes de pentecôtistes réfugiés à l'ambassade des Etats-Unis à Moscou, les autorités soviétiques continuaient depuis des années à leur refuser l'autorisation d'émigrer, moins parce qu'elles avaient besoin que des dissidents religieux supplémentaires demeurassent sur leur territoire que pour ôter aux autres l'envie de demander eux aussi asile à des ambassades étrangères. Les Turcs avaient livré les auteurs du détournement d'avion. En ce qui concernait le Mig-26, Stavinski n'était naturellement pas pilote de chasse...

La solution se présenta à eux de manière inattendue, lorsqu'ils tombèrent sur l'histoire, relatée par les journaux, d'un interprète soviétique resté à l'Ouest qui avait tenté par deux fois de faire sortir sa famille d'U.R.S.S., alors qu'il se trouvait à Berlin-Ouest. Le moyen imaginé par lui était à la fois remarquable et simple, et s'il avait échoué, cela avait été par manque de technique professionnelle. Mais on pouvait reprendre l'idée et mettre des spécialistes sur le coup...

Trois jours plus tard, ils reçurent du Pentagone de superbes photos aériennes, parfaitement détaillées, du lac Ilmen. Celui-ci se trouve aux environs de Novgorod, soit à cinq ou six heures de Moscou par la route avec une voiture rapide. Le satellite avait réussi à rendre non seulement la surface gelée du lac, mais les traces des tracteurs et des traîneaux qui traversaient le lac à même la glace. Muni de ce document, Mac Kerry prit l'avion pour la Suisse, où une équipe de cinéastes hollywoodiens tournait alors dans les Alpes les prises de vues d'un nouveau film à grand spectacle qui devait s'appeler *Les Ailes de l'aigle*. Mac Kerry alla trouver une acrobate aérienne célèbre, championne d'Europe de planeur et directrice de la société Doubleur, qui avait effectué dans des dizaines de films des exercices de voltige aérienne époustouflants à bord de ses avions et planeurs. Elle faisait deux mètres de haut, parlait d'une voix de basse et possédait la nationalité française. Elle s'appelait Lana Pett. Ayant écouté attentivement Mac Kerry et regardé les photos du lac, elle considéra Mac Kerry de haut en bas de ses yeux bleu clair et lui dit soudain en excellent russe :

« Vous pensez que je dois vraiment risquer ma vie pour vos deux agents qui sont en Russie? »

Lana Pett s'appelait en fait Svetlana Petrovna Khoudiakova et était fille d'émigrés russes qui avaient quitté leur pays en 1917.

Mac Kerry lui tendit en silence un numéro tout frais du *Neue Berner Zeitung*. Un gros titre barrait la première page :

UN SOUS-MARIN SOVIÉTIQUE
DANS LES EAUX TERRITORIALES ITALIENNES

Puis venait le texte de l'article :

Tarente (Italie), 27 février (U.P.I.).
Hier, au cours d'opérations de patrouille dans les

eaux territoriales italiennes, le sous-marin Léonard de Vinci *a détecté le bruit des moteurs d'un sous-marin soviétique qui avait pénétré dans le golfe de Tarente à seulement trente-cinq milles marins au sud de la base navale de Tarente, la plus grande d'Italie. Après que le sous-marin fut resté muet aux questions qui lui étaient posées par radio, les forces aériennes italiennes l'ont attaqué avec des bombes en profondeur afin de l'obliger à quitter les eaux territoriales italiennes. Le sous-marin soviétique a cependant choisi de demeurer dans le golfe de Tarente et s'est couché au fond, tous moteurs éteints, à une profondeur de 1 000 pieds (33 mètres), ne quittant les eaux italiennes que quatorze heures plus tard, à deux heures du matin, au maximum de sa vitesse. Les navires américains de la 6e flotte mouillent régulièrement dans le golfe...*

« Et alors? demanda Lana Pet en regardant à nouveau Mac Kerry.

– Alors, ceux que vous pouvez faire sortir de Russie savent pourquoi les sous-marins russes se promènent dans les eaux territoriales de l'Italie, de la Suède et de plusieurs autres pays. Il s'agit, ajouta Mac Kerry, de l'installation d'une arme nouvelle ultra-secrète autour de l'Europe. Et vous êtes la seule personne à pouvoir nous permettre de savoir ce qui se cache derrière tout cela. »

Lana lui prit à nouveau des mains les photos du lac Ilmen et les considéra en silence.

« D'accord, dit-elle au bout d'une minute avec un soupir. Les yeux ont peur mais les mains le feront. »

Colonel du service de santé Mouravina A. P.
Médecin en chef de l'hôpital spécial du K.G.B.
de l'U.R.S.S.

Au général-major du service de santé Stachkov P. D., Chef du service de santé de l'Administration principale des établissements de rééducation par le travail auprès le ministère de l'Intérieur de L'U.R.S.S.

Le 27 février à 8 heures 17 minutes est entrée à l'hôpital spécial du K.G.B. de l'U.R.S.S. la détenue Virginia Williams, enregistrée au camp nº 942-OR de la ville de Syktyvkar (république autonome des Komis).

La malade a été admise avec des saignements vaginaux et des contractions prénatales, au cinquième mois de sa grossesse.

Toutes les tentatives du personnel médical pour empêcher un accouchement prématuré ont été vaines. Au cours de l'avortement spontané qui a eu lieu, l'état de la malade s'est brutalement aggravé à la suite d'une embolie du liquide amniotique, d'un œdème pulmonaire aigu et d'une hémorragie de la région utérine.

La malade a reçu de l'adrénaline pour soutenir le cœur et de la fibrinogène pour arrêter le processus de non-coagulation du sang, mais ce dernier traitement n'a malheureusement donné aucun résultat positif et il a été nécessaire de recourir à des transfusions directes de sang.

Suite aux consignes personnelles du général G. Andronov, président du K.G.B. tous les donneurs de la fabrique de bonbons n° 17 possédant le même groupe sanguin que la malade (B) ont été convoqués.

Le général Andronov se tenait debout derrière la cloison de verre de la salle d'opération et regardait Virginia. Il pouvait parfaitement apercevoir à travers le verre épais sa figure pâle et boursouflée avec des taches violettes, ses lèvres bleu-noir et ses cheveux défaits éparpillés sur l'oreiller. Cette femme, en cette minute précise, ne rappelait en rien la Virginia qui était récemment encore si charmante, douce et touchante à force d'être confiante. Un nouveau donneur de la fabrique de bonbons était allongé sur la table voisine de la sienne et un cordon blanc transparent empli d'un filet de sang vermeil avançant par saccades reliait une de ses veines à une des veines de Virginia. Une infirmière de garde et deux assistants chirurgiens veillaient au bon déroulement de l'opération.

Juste à côté du général, la vieille femme docteur, en uniforme de colonel du service de santé, tenait toujours sa *papirosse* entre ses dents serrées. Après un long silence, elle lui dit brièvement :

« Moussatov y est allé trop fort, camarade général. Il lui a injecté une trop forte dose de prostaglandine. Dieu seul sait quelles doses on doit injecter car c'est un médicament d'importation. Pour elle, cela a été trop fort... »

Mais le général n'avait nul besoin de ses explications. Il était simplement irrité par l'odeur plébéienne de tabac à bon marché qui se dégageait de sa Biélomor. Voyant qu'il avait involontairement détourné la tête pour ne pas respirer sa fumée, la femme s'éloigna en hâte vers le fond de la salle des internes et éteignit son mégot.

Andronov était resté seul avec cette cloison de verre et avec ses pensées. C'était probablement la première fois qu'il contemplait ainsi, face à face, une de ses victimes. Tous ceux qui avaient été tués sur ses ordres depuis qu'il travaillait au K.G.B., tous ceux qui s'étaient fait écraser dans des accidents automobiles ou avaient été abattus par des tueurs à gages ou par des terroristes, tous ceux qu'on avait rendus fous dans des hôpitaux psychiatriques en les traitant de force contre l'esprit « dissident » et tous ceux qui y étaient encore, tous ceux qui mouraient de froid dans des camps de Sibérie ou tentaient de lutter contre lui, le général, par de longues grèves de la faim, tous ceux-là étaient pour lui des êtres anonymes qu'il ne voyait jamais. Il ne connaissait ni leurs visages, ni leurs yeux, ni leurs voix. Ces gens étaient de simples pions dans le grand jeu de la sécurité du système soviétique, de la dictature du parti communiste et de son pouvoir personnel. Il fallait simplement les chasser de l'échiquier : vers les camps, l'Occident ou le cimetière.

Mais tout le pouvoir qu'il possédait sur Madame la Mort, qui venait rendre visite aux victimes à l'heure exacte fixée par lui, comme si elle était elle-même un des membres inférieurs du personnel du K.G.B., tout cet énorme pouvoir était insuffisant pour ordonner à une autre dame, Madame la Vie, de ne pas quitter le corps de Virginia.

Et maintenant il se tenait debout devant la cloison de verre qui le séparait de la salle d'opération et regardait la vie qui s'écoulait lentement goutte à goutte, hors du corps de Virginia. Et dans le même temps il étudiait ce qui arrivait à son propre cœur. Et il voyait que, plus encore que de Virginia, il avait pitié de lui-même. Il était déjà vieux, il avait connu une vie cruelle, épouvantable pour les nerfs et pour le cerveau, et avait consacré les quarante dernières années de sa vie à la poursuite de la sensation la plus grisante qui fût : celle du pouvoir des tzars, complet et sans partage. Mais avait-il tellement besoin de ce pouvoir maintenant, alors qu'il avait déjà soixante-sept ans et que les médecins avaient décelé chez lui des symptômes de diabète? Le joug de ce pouvoir pèserait de tout son poids sur ses épaules presque séniles et, de chasseur du pouvoir, il se transformerait comme tous ses prédécesseurs en une bête traquée, attentive au bruit de pas des jeunes chasseurs qui se rapprochaient et ne lui laissaient pas de répit. S'il n'y prêtait pas attention, ils pomperaient son sang sans hésitation, comme ce sang qui quittait le corps de Virginia. Y aurait-il alors un seul donneur qui accepterait de lui céder le sang de ses jeunes veines? Seigneur, qu'était-ce donc que la vie? Etait-ce réellement, en tout et pour tout, quelques litres de sang que l'on pouvait transfuser d'un corps à un autre? Ou bien était-ce autre chose? Le sourire de Virginia, l'air des résineux entourant Moscou, l'ombre découpée du feuillage d'un parc, le soleil des plages de la mer Noire et la simple joie d'aimer cette femme?

Non, il ne tolérerait pas cette mort, il ne pouvait croire qu'il fût impuissant à l'empêcher.

Il se tourna vers la femme-docteur :

« Vous devez la sauver.

– Je ne puis garantir qu'une chose : elle restera en vie tant que les transfusions directes dureront, camarade général. Mais nous en sommes déjà au vingt-sixième donneur, il ne nous en reste plus que huit.

– Nous ne manquerons pas de donneurs, je vais y veiller. Quel est le groupe sanguin du docteur Moussatov? »

La colonelle le regarda bien en face.

« S'il a le même groupe sanguin qu'elle, dit le général, ce sera lui le donneur suivant et il lui cédera la moitié de son sang.

– Il n'y survivra pas, camarade général. La dose maximale que l'on puisse prélever...

– Cela ne m'intéresse pas, l'interrompit le général. Faites-lui savoir qu'il a autant de chances de survie qu'elle. Vous aussi, d'ailleurs. Faites venir les meilleurs médecins, et des donneurs en nombre illimité. Souvenez-vous que c'est vous que vous sauvez et non elle. »

15

Un enfant aux pieds nus, une toute petite fille aux petons rondelets et aux boucles d'un blond presque blanc tombant sur son visage rieur aux yeux bleus courait sur le sable chaud d'une plage de Floride. Riant comme un ange, elle invitait Stavinski à la suivre...

En s'éveillant le matin, Stavinski prenait plaisir à se remémorer les détails de ce rêve. Une fille! Il aurait une fille, encore une fille! Il n'y avait chez lui ni déception, après le garçon qu'il avait attendu, ni angoisse née de la voir courir ainsi avec légèreté, sans presque toucher le sol de ses petits petons et sans qu'il pût la rattraper, rian de tout cela. Il n'y avait qu'un sentiment d'excitation joyeuse, festive, qui demeurait en lui toute la journée, joint à un léger étonnement qu'un tel rêve pût ainsi revenir chaque nuit, toujours le même.

Et il sentait, il voyait que cette excitation joyeuse l'aidait dans toutes ses entreprises. Le tailleur Volodia Ivanov lui avait transmis le contenu d'un message codé envoyé par Washington : la nuit où il enlèverait Virginia, un avion les attendrait sur le lac Ilmen, près de Novgorod. De plus, Ilya Andronov lui avait téléphoné dès le matin pour l'inviter au

Théâtre d'Art, où l'on donnait la pièce *C'est ainsi que nous vaincrons*! dont tout Moscou parlait depuis un mois. On disait que le spectacle avait été mis en chantier depuis longtemps, mais que Souslov, l'ancien idéologue en chef du parti, avait interdit la première. Maintenant que Souslov était mort...

« Viens sans faute, mon petit vieux, lui avait dit Ilya au téléphone. On dit que le spectacle est remarquable. En plus, aujourd'hui, le spectacle sera double.

– Que veux-tu dire?

– Je ne peux pas t'en dire plus au téléphone. Tu verras toi-même. Demande les billets à l'administrateur, j'en ai commandé pour vous. Nous vous verrons à l'entracte. »

Boulevard de Tvier, où se dressait le nouvel énorme bâtiment du M.H.A.T., semblable à un aréopage, il se passait effectivement quelque chose de peu ordinaire. La circulation avait été interrompue, tant en provenance de la rue Gorki que de la rue Herzen, et la milice n'autorisait le passage que sur présentation des billets. Les épaulettes de général de Stavinski et son attestation de travail de l'Etat-Major général l'aidèrent naturellement à franchir ces cordons en compagnie de Galina, mais lorsqu'ils arrivèrent près du théâtre ils virent qu'il n'y avait pas de place pour garer la voiture. Partout stationnaient les Volga, Jigouli et Moskvitch de l'élite théâtrale et gouvernementale, ainsi que les Volga noires du K.G.B. avec les moustaches d'acier de leurs antennes radio. En violation de toutes les règles du stationnement en U.R.S.S. on voyait même des voitures garées sur le trottoir.

Stavinski n'hésita pas longtemps et fit de même.

Des gars au visage carré et à l'allure sportive se tenaient sur les larges marches de pierre de l'entrée du théâtre. Malgré leurs vêtements civils, il était clair qu'ils appartenaient au K.G.B.

Stavinski détourna les yeux de leurs silhouettes et regarda sa montre. Il était 18 h 59 et ils allaient visiblement être en retard puisque le spectacle commençait dans une minute.

Trois minutes furent encore occupées par Stavinski à obtenir les billets laissés par Ilya Andronov au nom du général Yourychev. Puis ils se remirent à courir sur les larges degrés qui montaient vers le vestiaire.

« Je vais courir occuper les places », dit Galina en jetant sa pelisse sur les bras de Stavinski et en filant par un accès latéral vers les fauteuils d'orchestre.

Le vestiaire du nouveau M.H.A.T. était gigantesque. Des réceptionnistes en livrées bleues à galons dorés s'emparaient lestement des vêtements et donnaient jetons, jumelles et programmes. Mais l'atmosphère de fête propre aux théâtres était aujourd'hui emplie d'une certaine nervosité, sensible au fait que, même ici autour du vestii ire, environ huit hommes solides vêtus de costumes standard, gris foncé ou bleu foncé, semblaient occupés à ne rien faire.

Stavinski déposa sa capote et la pelisse de Galina et se dirigea en hâte vers la salle. Une quarantaine d'hommes qui ne s'apprêtaient visiblement pas à voir le spectacle stationnaient dans le foyer. « Encore des guébéchniks, pensa Stavinski. Je me demande bien ce que cela peut être comme spectacle! »

En entrant dans la salle, Stavinski jeta un coup d'œil circulaire. Il n'était jamais venu dans le nouveau bâtiment du M.H.A.T., et pour cause : le Théâtre d'Art avait quitté son ancien emplacement (rue du Théâtre-d'Art) postérieurement à son émigration d'U.R.S.S. Mais il se souvenait parfaitement de l'époque où l'on avait construit le bâtiment. Cela avait pris une vingtaine d'années, avec des interruptions dans la construction qui duraient parfois un an, et l'on avait pris l'habitude de voir éternellement béer sur le boulevard cette grande carcasse de pierre aux orbites vides que les chauffeurs de taxi moscovites appelaient d'un ton méprisant tantôt le « crématoire », tantôt la « morgue », ou encore le « mausolée n° 2 ».

La salle était alors plongée dans cette pénombre et ce silence vivant qui règnent dans une salle de spectacle quelques secondes avant le lever de rideau, lorsque la lumière est déjà éteinte et que les spectateurs s'enfoncent dans leurs confortables fauteuils en toussant rapidement et timidement dans leurs poings refermés.

Et ce fut dans ce profond silence que résonna un bruyant cri de femme :

« Sérioja! Sergueï! »

Au quatrième rang de l'orchestre, juste à côté de la loge du gouvernement, Galina l'appelait en agitant son programme.

Toute la salle s'était retournée vers elle et vers lui.

« L'idiote, pensa Stavinski furieux. Elle veut faire remarquer sa robe, cette crétine! »

Au même instant une main puissante lui prit l'épaule, tandis qu'une voix masculine lui disait à voix basse :

« Suivez-moi, camarade général... »

Stavinski se sentit défaillir. Mais la main du guébéchnik le conduisait obligeamment vers les premiers rangs.

Accompagné par le robuste et aimable policier, Stavinski traversa la salle accompagné par des centaines de regards, comme un avion non identifié volant de nuit se sent soudain pris par les feux croisés de centaines de projecteurs.

« Je vais la tuer! » pensait-il tout en se dirigeant vers sa femme, mais au moment même où ils étaient enfin parvenus au quatrième rang, tous les projecteurs du théâtre s'embrasèrent en même temps et éclairèrent... non, pas la scène mais justement la loge sous laquelle Galina était assise.

Un tonnerre d'applaudissements ébranla l'énorme nouvelle salle du Théâtre d'Art. Et Stavinski comprit alors en suivant l'onde de propagation de cette ovation ce qui se passait en réalité au théâtre ce jour-là. Juste au-dessus de sa tête, à trois mètres des places qu'ils occupaient au quatrième rang, entraient dans la loge du gouvernement Léonide Ilyitch Brejniev, Constantin Tchernenko, Andreï Gromyko, Guéorgui Andronov et Dmitri Oustinov. Voilà donc à cause de qui le théâtre avait été entouré d'un aussi grand nombre de guébéchniks!

Tous les guébéchniks, comme au commandement, s'étaient levés en même temps un peu partout dans la salle et s'étaient mis à applaudir avec frénésie, en regardant la loge gouvernementale et en laissant filtrer entre leurs dents, à l'intention du public ordinaire :

« Debout! Debout! »

Obéissant à cet ordre, ou portés par l'onde générale de fidélité, tous les mille cinq cents spectateurs alors présents dans la salle se levèrent à leur tour et firent une « ovation fraternelle à leur cher gouvernement communiste ».

Et naturellement, se levant avec les autres, Stavinski et Galina se mirent eux aussi à applaudir debout.

Son bras tenu en suspension, Brejniev répondit d'une inclination de la tête à la salle et s'assit aussitôt dans son fauteuil comme s'assoient les vieillards dans les hospices : il commença par plier les jambes, lentement et semblait-il avec effort, puis son corps ne fut plus soutenu par les bras, qui s'étaient agrippés aux accoudoirs, ni par les jambes à demi repliées et il s'effondra dans le fauteuil. Alors seulement, comme au commandement, s'assirent à ses côtés Tchernenko, Gromyko, Andronov et Oustinov...

L'ovation se calma. Les spectateurs se réinstallèrent dans leurs fauteuils. Les projecteurs braqués sur la loge du gouvernement s'éteignirent. Galina mit son programme entre les mains de Stavinski. A la faible lueur émanant du lumignon rouge surmontant la porte latérale, Stavinski put lire :

« C'EST AINSI QUE NOUS VAINCRONS!

Pièce de Mikhaïl Chatrov.

Mise en scène d'Oleg Yefrémov, artiste du peuple de l'U.R.S.S.

Assistant technique : Ilya Rutberg.

Dans le rôle de Vladimir Ilyitch Lénine : Alexandre Kaliaguine.

L'action se passe en 1923, au Kremlin, au cours de la dernière visite de V.I. Lénine à son cabinet de travail. Dans les autres rôles :

Fotiéva, secrétaire de Lénine : Eléna Proklova... »

Lisant la distribution, Stavinski ne vit pas que le rideau s'était ouvert et seul un coup de coude de Galina attira son attention sur la scène. Des décors austères représentant le cabinet de travail de Lénine au Kremlin étaient apparus aux regards, avec un bureau massif, une lampe de travail munie d'un abat-jour en verre, une haute horloge et des fenêtres donnant sur la place Rouge.

Côté cour, Lénine malade entra dans un silence total, sans presque faire de bruit, marchant sur le côté et regardant autour de lui son cabinet et sa secrétaire enveloppée dans un châle qui tapait quelque chose à la machine.

Soudain, venant de la loge du gouvernement, Stavinski entendit distinctement la voix traînante et étonnée de Brejniev qui bougonnait :

« C'est Léé-énine... Il faudrait applauau-dir... »

Stavinski et tous ceux qui l'entouraient se tournèrent involontairement dans la direction de la voix. Là-bas, dans la loge, un des conseillers de Brejniev s'était déjà penché vers son oreille pour lui chuchoter quelque chose, mais Brejniev secouait capricieusement la tête et répondait à son conseiller :

« Mais c'est Lénine! On doit applaudir... »

La musique fit alors irruption de manière brutale, tonitruante tandis que le décor tournant se mettait en action. On vit défiler dans un tourbillon les épisodes de la révolution d'Octobre liés à Lénine : une pantomime de la prise du Palais d'Hiver, puis l'effondrement du front allemand, la révolte de Kronstadt, l'intervention des pays de l'Entente, l'épidémie de typhus sur la Volga...

Le décor tournait sur la scène à un rythme toujours accéléré qui symbolisait le tourbillon révolutionnaire, entourant de plus en plus rapidement cet homme malade et désemparé qui avait réuni dans son petit poing par la force de son génie toutes les courroies de transmission de l'Histoire, jetant la Russie arriérée, affamée et typhique contre l'ennemi de sa famille, le tzar Nicolas II, dont le prédécesseur et père avait tué son frère aîné Alexandre[1].

La salle rugit d'enthousiasme, tant la mise en scène était pittoresque et puissante.

1. Alexandre Ilyitch Oulianov avait été exécuté en 1887 pour sa participation à un complot visant à assassiner le tzar Alexandre III. *(N.d.T.)*

Dans la loge du gouvernement, Brejniev ne décolérait pas. Il avait redressé son dos sénile et regardait ses proches avec fierté :

« Je l'avais bien dit, qu'il fallait applaudir! Je l'avais bien dit! »

Et il se mit à applaudir avec la salle.

Stavinski et Galina étaient assis si près de la loge du gouvernement qu'ils entendaient distinctement chaque parole prononcée par Brejniev. Le vieillard était persuadé que la salle rendait hommage à Lénine et que seule la stupidité de ses conseillers l'avait personnellement empêché de réagir correctement au spectacle.

La pantomime avait disparu après s'être déchaînée, avec le décor. Mais une impression demeurait, tenace : Lénine avait déchaîné le tourbillon de l'Histoire avec une force centrifuge si puissante, si irrésistible que le Lénine malade, chétif et fragile de 1923 n'était plus en mesure de la maîtriser et comprenait que ce décor tournant était emporté à hue et à dia, comme le volant d'une machine soudain emballée. Il fallait faire quelque chose, l'arrêter, le redresser!... Mais Lénine n'avait plus de forces, son poumon avait été atteint par la balle de Fanny Royd-Kaplan, son cerveau se calcifiait et Staline le tenait enfermé au village de Gorki, à quarante kilomètres de Moscou. Oui, il s'était secrètement enfui de cette villa-hôpital de Gorki, avait atteint le Kremlin par ses propres moyens et était arrivé discrètement dans son ancien cabinet de travail pour dicter au parti son testament spirituel. Mais ses pensées, celles concernant le passé et celles concernant l'avenir, se mêlaient dans sa tête malade, et Yakov Sverdlov, son ami Yakov Sverdlov qui était mort en 1918 du typhus, Yakov Sverdlov qui avait été le premier président de l'Etat soviétique apparaissait soudain dans son cerveau en feu, lui aussi malade et presque mourant. Lénine prenait place à l'avant-scène et parlait à voix très basse, presque dans un chuchotement, avec son ancien compagnon d'armes disparu avant lui...

On entendit alors à nouveau venir de la loge du gouvernement audible jusqu'aux premiers rangs des fauteuils d'orchestre, la voix capricieuse de Brejniev :

« Je n'entends rien... »

Les conseillers de Brejniev se collèrent de nouveau contre lui. Gromyko se pencha vers son oreille droite et se mit à chuchoter, mais le vieillard était vraiment fâché.

« Je n'entends rien! » s'exclama-t-il à nouveau, comme un enfant gâté, puis il se leva sèchement et quitta sa loge.

Ses conseillers se précipitèrent à sa suite. Tchernenko se glissa silencieusement derrière eux...

Cinq minutes plus tard, Brejniev revint et reprit sa place avec un visage sombre et offensé.

Seuls, les habitués des théâtres moscovites étaient en mesure de se représenter les conséquences qu'aurait eu un départ définitif de Brejniev. Le spectacle aurait été interdit et l'acteur Kaliaguine chassé du théâtre. Mais le boulet était passé à côté. Stavinski entendit un soupir de soulagement parcourir les premiers rangs et se sentit lui-même émettre une expiration rassurée. Il jeta quelques coups d'œil autour de lui : à sa gauche comme à sa droite étaient assis des guébéchniks aux visages carrés dont les yeux trahissaient la souffrance intérieure : le « peuple » avait été spectateur de l'infirmité de leur maître.

Un seul homme, dans toute la salle, semblait complètement indifférent à tout ce qui se passait : Guéorgui Andronov. Silencieux, immobile, les yeux protégés par ses lunettes, le regard fixé bien au-delà de la salle dans un espace insaisissable pour les étrangers, il restait assis dans sa loge comme s'il remplissait une fonction inutile et ennuyeuse. Ce vieillard capricieux et sourd, aux sourcils teints et retombant en enfance ne l'irritait même plus. Au même instant, à quelques pâtés de maisons de là, les médecins de l'hôpital spécial du K.G.B. menaient une lutte acharnée pour sauver la vie de Virginia. Cela durait depuis six jours consécutifs et un timide espoir de la sauver était peut-être apparu. A moins que les médecins ne se bercent, et ne le bercent, de fausses espérances. Mais si Virginia restait en vie, Seigneur, si elle restait en vie... Ce serait le signe de la Divine Providence et la vie du peuple russe serait sous son règne tout autre qu'elle n'avait été sous Brejniev. Il en faisait le vœu. Ce que ce génie à la prononciation grasseyante qu'on leur montrait sur scène n'avait pu faire dans les années 20, lui, Andronov, le réaliserait. Il fallait seulement que Virginia restât en vie. Vivement l'entracte, pour pouvoir téléphoner à l'hôpital!

L'acteur Kaliaguine dicte en grasseyant à sa sténodactylo le fameux « testament de Lénine au parti ». Il met en garde ce dernier contre le despotisme de Staline, contre le fait qu'il ne faut en aucun cas lui laisser le pouvoir suprême. Il parle de l'abîme vers lequel la logique du pouvoir autocratique précipite un pays. Peut-être Brejniev laisserait-il un testament de ce genre, prévenant le parti contre lui, Andronov! Heureusement que l'histoire se moque de semblables bouts de papier...

Entracte.

Public repu, à la satiété héritée de ce même Lénine, et de Staline, et de Khrouchtchov, et de Brejniev. Enfants d'esclaves, soudain passés grâce au pouvoir soviétique de la vermine à l'hermine, possédant datchas, voitures, pelisses de vison et titres de musiciens ou d'hommes de théâtre émérites... Ce même public a écouté avec délectation au cours du premier acte les répliques mordantes de la pièce, subtilement antisoviétiques, les phrases de Lénine tirées des comptes rendus sténographiques de ses discours mais que l'auteur a habilement mis en parallèle avec des situations contemporaines. Les voilà maintenant qui accompagnent les acteurs de salves d'applaudissements avec la jubilation secrète d'esclaves assistant à la maladie et à la mort de leurs maîtres.

Le général sentit une vague de colère monter en son cœur. Et il oublia pour un instant Virginia et le vœu qu'il avait formulé. Non, ce public n'aurait ni « dégel » ni prétendues « libertés démocratiques ». Il ne l'avait pas mérité!

Andronov observait lentement et attentivement la salle, à travers ses verres fumés. Qui pouvait bien être ce petit général barbu accompagné d'une bonne femme remuante mais agréable à regarder, au quatrième rang de l'orchestre? Pourquoi avait-il eu les yeux fixés sur lui pendant presque tout l'acte et détournait-il maintenant peureusement le regard? Qui rappelait-il donc? Ah! oui, c'était ce colonel, gendre du maréchal Oparkov, qu'on voyait dans le film top secret sur le projet Emma et qui parlait à l'écran d'une arme sismologique! Il était donc à présent général-major. Cela allait vite, les promotions, quand on était gendre d'Oparkov! Au fait, que devenait-il, ce projet Emma? Le général Andronov avait eu quelques jours plus tôt sur sa table de travail les épreuves de *Toujours prêts à défendre la patrie*, la brochure du beau-père. Un de ses assistants avait coché un passage particulièrement intéressant :

« En réponse aux plans ouvertement agressifs de

l'O.T.A.N., notre pays doit sans cesse élever son degré de préparation à la guerre totale... Tout retard dans le renouvellement des conceptions stratégiques, toute manifestation de routine dans la mise au point et la mise en application des nouvelles conceptions de l'édification de notre armée sont chargés des plus lourdes conséquences... »

Cette dernière phrase semblait se rapporter au projet Emma, dont s'occupait ce petit général barbu, gendre du maréchal Oparkov, ce Yourychev.

« Eh bien, se dit-il, le chef de l'Etat-Major général fait allusion à des choses totalement justifiées : les intrigues liées à la lutte pour le pouvoir sont une chose, mais il faut dans le même temps accroître sans cesse la puissance de l'armée... " Elever son degré de préparation à la guerre totale... " Voilà qui était bien dit... »

Pendant ce temps, l'homme auquel pensait le général Andronov était sorti, avec le flot des autres spectateurs de la salle dans le foyer où régnait le brouhaha habituel en pareil lieu. Le public, comme au manège, tournait en rond et se faisait admirer. Les étoiles les plus connues du monde du théâtre et du cinéma, du genre de celles avec lesquelles Stavinski était arrivé à Moscou, venant de Bruxelles, faisaient assaut d'élégance. Les hommes étaient en jeans délavés, mais leurs femmes portaient de longues robes du soir, tout comme d'ailleurs les femmes d'économes, les coiffeuses à la mode et les cosmétologues de l'élite soviétique. Toutes portaient des rangs de perles et des boucles d'oreilles en diamant, avec des pendentifs et des broches en émeraude. Et les odeurs, les odeurs... Tous les parfums du monde se mêlaient ici, ceux importés de Paris comme ceux fabriqués à Riga...

Vêtu comme à son habitude d'un costume américain traditionnel de chez le célèbre Brooks Brothers, à New York, des lunettes d'écaille à verres fumés sur son visage qui, quoique rond, ressemblait beaucoup à celui de papa, Ilya Andronov tournait lui aussi en rond, un sourire sarcastique et condescendant sur les lèvres et son ventre déjà proéminent orgueilleusement exposé à la vue du public. Il était accompagné de Liouda, sa femme, de Guéorgui Arbatov, directeur déjà un peu chauve de l'Institut des Etats-Unis et du Canada, et du colonel Piotr Orlov, chef du département Tourisme du K.G.B., dont les vêtements civils faisaient encore davantage ressortir le maintien militaire.

Stavinski et Galina allèrent vers Ilya Andronov, qui les présenta à ceux qui étaient avec lui.

Tout en serrant la main de Stavinski, Orlov lui demanda :

« Il me semble vous avoir déjà vu quelque part. C'est peut-être une impression? »

Stavinski haussa les épaules. Il n'avait jamais rencontré cet homme, mais Dieu sait où Yourychev avait pu le rencontrer! Et comme il avait déjà fait plusieurs fois en pareil cas, Stavinski adressa un sourire interrogateur à Galina afin qu'elle lui vînt en aide : il n'allait pas raconter à tous ceux qu'il rencontrait qu'il avait eu une commotion et souffrait de trous de mémoire! Galina lui vint effectivement en aide :

« Mais bien sûr! fit-elle. Nous avons pris des vacances en même temps que vous en 77, à la maison de soins de Pitsounda. Simplement Sérioja ne portait pas alors de barbe. Vous, vous étiez avec votre femme et deux petites jumelles. Vous vous souvenez? Nous avons été surpris par un orage sur la plage et Sérioja est rentré de la plage en courant, une de vos filles sur les épaules, tandis que vous portiez l'autre. Elles vont bien, j'espère?

– Parfaitement exact! répliqua Orlov. Oh, mes filles sont maintenant presque en âge de se fiancer! Et votre jeune fiancé, à vous? Vous étiez je crois avec votre fils... »

Stavinski vint cette fois au secours de Galina :

« Galotchka, tu n'aurais pas des cigarettes? J'ai une terrible envie de fumer. »

Ilya Andronov et le colonel Orlov lui tendirent en même temps un paquet et éclatèrent de rire : tous deux fumaient des Marlboro.

« Interdit de fumer ici! entendirent-ils aussitôt à côté d'eux. Au fumoir! ajouta la voix masculine, discrète mais ferme. Vous prenez l'escalier jusqu'au premier. »

Stavinski apprécia la réaction d'Ilya Andronov, qui aurait pu discuter, se parer de l'autorité de son père, supérieur absolu de ce guébéchnik inconnu qui lui faisait une remarque. Mais il se contenta de sourire ironiquement et, comme un écolier bien obéissant, se dirigea avec les autres vers le fumoir. Pendant que Galina et Liouda étaient parties aux toilettes, Orlov et Arbatov se mirent à discuter des dernières nouvelles en provenance de Washington. Ilya Andronov, de son côté, demanda à Stavinski :

« Que penses-tu du spectacle? Pas mal fichu, à mon avis! Tu connais Yéfrémov, le metteur en scène? Non? Il a du talent, ce type! Voilà quelqu'un avec qui on pourrait aller faire un tour là-bas... Tu te souviens, aux environs de Moscou? On emmènerait deux ou trois actrices...

– J'ai entendu dire qu'il buvait...

– Oui, c'est bien dommage. C'est un fieffé buveur. Pendant un mois il se retient, il ne boit pas une goutte, et puis, s'il remet cela, il devient une vraie bête. Non, on ne peut pas aller là-bas avec lui, il s'enivrerait à mort.

– Et ta paradontose? demanda Stavinski, feignant une parfaite indifférence à l'idée de retourner à « Mini-America » et se demandant fièvreusement que faire pour remettre la question sur le tapis.

– Mon vieux, tu m'as tout simplement sauvé la vie! Figure-toi que je n'ai plus jamais mal aux gencives. Il suffit que je me gargarise avec ta mixture et... »

Il s'arrêta net. Un flot de spectateurs passait à ce moment à côté d'eux, se dirigeant vers le fumoir après avoir fait la queue au buffet pour des sandwiches au caviar et des boîtes de chocolats, alors introuvables en ville. Et au milieu de ce flot, la main dans la main avec un étranger de haute taille, entrait au fumoir une créature faite au tour, aux jambes aériennes : Olia Makhova. Ilya Andronov la suivait du regard, bouche bée :

« Dieux du Japon, finit-il par dire, quel beau brin de fille!

– Tu veux faire sa connaissance? demanda obligeamment Orlov en se tournant vers lui. Tout en bavardant avec Arbatov, il avait eu tout ce temps-là une oreille tendue vers eux.

– Elle est à toi? lui demanda Ilya.

– Et pas qu'un peu! fit fièrement Orlov. La petite Olga Makhova, étudiante à l'Institut du théâtre de Moscou, accompagnée de Michael Leonard, citoyen canadien et président d'une grosse société de construction de Toronto. Il part dans deux jours. Je peux t'arranger cela ensuite... »

Comme si elle avait senti que l'on parlait d'elle et qu'on la regardait, Olia Makhova, la plus belle pépée et la fierté du défunt major Niéznatchny, se retourna vers Orlov, Stavinski et Ilya Andronov et envoya aux trois hommes un long regard de ses yeux espiègles. Mais si ce regard envoûtant faisait rentrer le ventre à Ilya Andronov, qui goûtait déjà en pensée toute la folie à venir de l'amour partagé avec une telle ravageuse, Stavinski, en revanche, se sentit les jambes coupées par la flèche que lui lançaient ces prunelles bleues bien connues de lui. Olia Makhova, c'était cette Olia Makhova que le major Niéznatchny essayait de lui envoyer dans les couloirs de l'hôtel National! Et comme si cela ne suffisait pas, il se trouvait que le colonel Orlov était son supérieur direct, un guébéchnik...

Ilya Andronov, de son côté, tira une profonde bouffée, rejeta la fumée et se tourna vers Orlov avec une indifférence feinte :

« Eh bien..., si tu ne vas pas cafarder auprès de mon père... je ne serai pas contre... Une petite idée m'est venue. Yourychev et moi voudrions faire un saut samedi prochain à la campagne, pour respirer l'air pur... Ta mignonne a peut-être une copine? »

Et Stavinski comprit que leur voyage à « Mini-America » aurait lieu le samedi suivant. Et qu'Olia Makhova, la fameuse Olia Makhova, serait de la partie.

... Le lendemain, tous les journaux occidentaux annoncèrent la nouvelle : Brejniev avait fait sa réapparition en public, pour la première fois depuis les funérailles de Souslov. Il avait assisté avec d'autres membres du Politburo à *C'est ainsi que nous vaincrons*, le nouveau spectacle du M.H.A.T. Mais pas un journal ne rapporta la conduite de Brejniev au cours du spectacle car le K.G.B. avait bien pris soin qu'aucun journaliste occidental ne fût avisé à l'avance de sa présence au théâtre. Aussi n'y étaient-ils pas venus.

16

A trois mille cinq cents mètres au-dessus de la Baltique, Lana Pett coupa le moteur. Capter un vent de face lui permettant de plonger en planant vers la frontière soviétique ne présentait pas pour elle de grandes difficultés. Avec son expérience de l'acrobatie aérienne, elle pouvait faire ce qu'elle voulait de l'appareil. Et ce n'étaient naturellement pas ces détails techniques du pilotage qui lui faisaient tendre son regard dans l'obscurité nocturne. Elle se rendait dans sa patrie, cette patrie que porte dans son cœur le descendant de n'importe quel émigré russe, même si cette patrie n'a jamais réchauffé ses pieds nus de la poussière de ses chemins de campagne, ni brûlé à la fraîcheur lancinante des herbes matinales gonflées de rosée. La Russie était pour Lana comme le pays des merveilles pour Alice. C'était dans ce pays féerique que vivaient la musique de Tchaïkovski, la poésie de Pouchkine et les héros des contes russes : Alionouchka aux cheveux d'or, le Petit Cheval bossu, Vassilissa la Belle... Alexeï Pavlov, le patron du Comité sportif soviétique, avait par trois fois invité Lana à venir participer à des compétitions de planeurs en U.R.S.S., deux fois comme participante et la troisième fois comme juge. Mais malgré ces propositions alléchantes, en particulier la troisième, Lana avait chaque fois refusé au rubicond Pavlov, sous prétexte de tournages. La véritable raison était tout autre : les bolcheviks avaient fusillé en 1918 le grand-père de Lana, l'ancien général tzariste Khoudiakov. Accepter maintenant leur invitation eût signifié considérer cette condamnation à mort comme légitime. Bien sûr, ce Pavlov à grosse gueule ignorait très probablement qu'un soldat et « commissaire rouge » ait pu fusiller autrefois dans la ville sibérienne de Tobol un comte nommé Khoudiakov, mais Lana, elle, le savait, et cela lui suffisait.

Elle volait maintenant vers la Russie. S'il n'avait tenu qu'à elle, elle aurait continué sur ce planeur jusqu'à Tobol même, ce qui aurait techniquement été parfaitement possible (il eût suffi de remettre le moteur en marche trois ou quatre fois pour reprendre de la hauteur), mais le but de son vol était tout autre : c'était le lac Ilmen, pris par le gel hivernal. Une seule chose la dérangeait, la mettait en colère : que la petite-fille d'un général et comte russe, elle-même par conséquent comtesse Khoudiakova, fût obligée de manœuvrer ainsi comme une contrebandière, de précipiter son appareil de trois mille cinq cents mètres d'altitude presque au niveau des vagues afin de se glisser comme une ombre au-dessus de la frontière soviétique, sans s'élever surtout au-dessus de deux cents mètres pour ne pas entrer dans la zone de surveillance des radars frontaliers. Elle n'arrivait pas à accepter le fait qu'elle dût entrer comme une voleuse dans ce qui était sa patrie légitime. Tout avait été prévu, jusqu'aux plus petits détails, pour parer à tout accident. Si son appareil était quand même repéré et qu'on la forçât à atterrir, elle n'aurait pas de mal à prouver qu'elle n'avait pas de cartes soviétiques dans sa cabine et affirmerait que ses appareils de bord et son moteur étaient hors service : il suffisait pour cela d'appuyer avec le pied droit sur un bouton et plus rien ne marcherait : les fusibles grilleraient, les connexions électriques cesseraient de fonctionner et le prétexte serait parfaitement trouvé : victime d'un incident technique, la championne d'Europe de vol plané effectuerait un atterrissage forcé et demanderait aux autorités soviétiques, et personnellement à Alexeï Pavlov, de l'aider à remettre son appareil en état de fonctionner et de repartir. Ce qui serait beaucoup plus complexe, ce serait le retour, avec deux passagers à bord. Impossible de jouer la comédie; il faudrait coûte que coûte réussir à se faufiler hors du territoire soviétique! Mais pourquoi imaginer des situations catastrophiques? Tout devait marcher normalement. Même si elle était repérée au retour, les Soviétiques ne tireraient pas immédiatement, ils lui enverraient des intercepteurs et s'efforceraient de la faire atterrir sur leur territoire. Et là, elle saurait montrer aux aviateurs soviétiques ce que signifiait le pilotage de grande classe! S'il y avait quelque chose qu'elle connût à la perfection, c'étaient justement les astuces du vol acrobatique...

Et pourtant malgré toute son expérience et en dépit de sa bravoure typiquement aristocratique (une légende familiale assurait que son oncle avait eu le temps de cracher au visage du commissaire rouge qui dirigeait le peloton d'exécution; on avait même retenu son nom : quelque chose comme Niéznatchny ou Nitchtojny...), Lana était émue en approchant de la terre soviétique, comme elle ne l'avait encore jamais été pendant un tournage aérien de grande virtuosité technique. Ses mains tenaient fermement le manche, ses yeux restaient rivés sur l'aiguille de l'altimètre et le cadran de l'appareillage infrarouge pour la navigation de nuit, mais ses pensées...

Lana mit la radio pour se libérer de cette tension. On était le 7 mars, veille de la « Journée internationale des femmes », et les différentes stations soviétiques diffusaient des chansons consacrées aux femmes. Mais Lana n'avait jamais entendu parler de cette fête typiquement soviétique. Elle se mit à écouter les programmes de la radio soviétique et constata avec étonnement que cette Russie qui, vue de Paris, lui apparaissait comme une prison ou une caserne communiste sévère et glacée, cette Russie chantait! Et pas des marches ou des hymnes bolcheviques : des chansons de variétés pleines de fantaisie! Par exemple :

Les fleurs que tu m'as apportées
N'étaient pas des roses blanches,
Ni des lis ni des tulipes,
Ce que tu m'as apporté,
Etait bien plus tendre :
C'était du muguet...

Ou encore :

Le long de la rue de Pétersbourg,
De Tvier et du Relais de poste,
Dans sa troïka où dansent les grelots
Passe mon bien-aimé...

Lana en resta bouche bée. *Vdole po Piterskoï*, mais c'était une chanson prérévolutionnaire, une chanson que sa grand-mère lui chantait quand elle était petite! Les assassins de son grand-père se l'étaient donc appropriée sans vergogne!

Repoussant presque à fond le manche à balai, Lana étendit son appareil à la lisière des flots du golfe de Riga et, dans la nuit sombre et battue par la tempête du 7 mars 1982, fit passer son planeur sportif à moteur auxiliaire comme un grand oiseau silencieux au-dessus de la frontière soviétique. Puis, à un kilomètre et demi environ à l'intérieur, elle rencontra une forte turbulence ascendante et permit à son appareil déjà prêt à tomber de remonter à une altitude plus proche de la normale. La vieille chanson du temps des tzars résonnait dans la cabine et elle s'amusa même à faire danser son appareil aux sons de la mélodie bien connue. Elle volait au-dessus de sa patrie, au-dessus de la Russie.

17

Quelques heures avant cet événement, à neuf heures du soir, une Mercedes grise se garait à l'entrée du foyer des étudiants de l'Institut du théâtre de Moscou, rue Trifonov. Ilya Andronov était au volant et Stavinski enfoncé sur le siège arrière, dans un coin sombre. Deux Volga noires, une Volkswagen toute neuve et une Lada stationnaient déjà au même endroit.

« Une vraie réception diplomatique! » dit Ilya en ricanant.

C'était pourtant un jour comme les autres. Simplement, les voitures des diplomates soviétiques et étrangers, des écrivains vedettes du parti et des fonctionnaires de haut rang ne cessent de rendre visite aux foyers des étudiants des instituts de théâtre et du cinéma. Il suffit qu'on propose à une jeunette de première année de tourner dans un film, surtout si c'est une comédie musicale, pour que la pauvre Cendrillon qu'elle était jusqu'alors, qui vivait de ses vingt-six roubles de bourse mensuelle, reprisait la nuit son unique paire de collants et se nourrissait, pour quatre-vingts kopecks journaliers, de pommes de terre et de thé sans sucre, cela suffisait pour que ce joli petit minois soudain apparu à l'écran se transformât en une radieuse princesse que des adorateurs aisés venaient attendre le soir à la porte de son foyer. Empruntant à une voisine ses chaussures, à une autre un collant, les jeunes princesses dévalaient les escaliers de leurs foyers estudiantins, en embarquant parfois pour leur tenir compagnie leurs camarades non encore touchées par la célébrité. Une minute plus tard, des limousines étincelantes de peinture neuve se dissolvent dans la nuit moscovite, emmenant les starlettes affamées vers des datchas, gouvernementales ou non, parfois pour plusieurs jours. Ivres, des cernes violets sous les yeux, un flacon de parfum français dans leur sac ou une bouteille de brandy sous le bras, elles rentrent à l'une des aubes qui suit, chancelantes de fatigue, trouvant avec difficulté la chambre qui est la leur au foyer et s'effondrent sur leurs lits jusqu'au soir, jusqu'au moment où d'autres voitures viendront les chercher. Au bout d'un mois, la mode de ces starlettes passe, les chauffeurs stationnés à la porte des foyers viennent cueillir d'autres favorites, mais les « anciennes » ont pris goût à l'alcool et à la vie nocturne débridée, et sont prêtes à partir n'importe où avec n'importe qui pour retrouver pareille vie, et même pas en voiture personnelle : elles prendront le train de banlieue si on le leur demande... L'auteur pourrait citer des dizaines d'actrices dont la carrière s'est ainsi achevée après leur premier rôle au cinéma, mais à quoi bon? Je souffre en écrivant ces lignes car c'étaient mes amies lorsque j'étais moi-même étudiant dans un institut de cinéma...

Il n'y avait donc rien d'extraordinaire dans l'apparition d'Ilya Andronov à la porte du foyer d'étudiants. Vêtu de son uniforme de général, Stavinski était comme nous l'avons dit dissimulé au fond de la cabine sombre avec, entre les pieds, un sac contenant du cognac, du champagne, des mandarines et du café chaud dans une bouteille Thermos chinoise. C'était le tailleur Volodia Ivanov qui la lui avait fournie. Elle était munie d'un double fond où Stavinski avait placé trois microfilms, avec tous les documents techniques des projets Emma et Emba, photocopiés par lui à l'E.M.G. Le champagne aussi était un peu particulier : Stavinski y avait versé de l'héroïne blanche. Il comptait sur le champagne pour désorienter Olia Makhova, afin qu'elle ne reconnût pas en lui Robert Williams. La précaution prise était d'ailleurs, comme toujours, excessive. Une gamine aussi follette qu'Olia Makhova aurait dû faire un énorme effort de mémoire pour reconnaître dans ce général soviétique, barbu et moustachu, son client américain manqué de l'hôtel National.

Olia Makhova et son amie Nadienka, étudiante de la faculté de danse, s'échappèrent du foyer à 9 h 03. Le colonel Orlov les avait prévenues de la position élevée de ceux qui leur avaient fait l'honneur de passer la soirée avec elles. Nadienka n'avait commencé à travailler pour le K.G.B. que depuis un mois et le colonel Orlov, reprenant en cela les idées du défunt major Nieznatchny, avait pu flanquer Olia d'une « copine » : cela paraît toujours plus naturel et facilite le travail avec les étrangers. Les deux filles se sentaient particulièrement émues : elles allaient faire la connaissance d'Ilya Andronov, le fils de *l'autre,* du vrai! Mais cela leur ouvrait des perspectives fabuleuses pour leur « carrière »! Elles plongèrent gracieusement dans la voiture. Olia prit place sur le siège avant, auprès d'Ilya, tandis que dans l'obscurité de la cabine Nadienka disait brièvement « b'jour » à un général barbu assis sur le siège arrière, auprès duquel elle s'installait. La voiture s'ébranla et Olia se concentra aussitôt sur la conversation et le flirt avec son principal client.

Ils venaient à peine d'atteindre l'avenue Koutouzov que la première bouteille de champagne avait déjà été vidée, aux joyeux accents de la musique de « Mayak ». Tout le monde se sentait bien. Ilya conduisait la voiture de la main gauche et avait déjà posé la droite sur le genou dénudé d'Olia Makhova. Nadienka, de son côté, faisait de son mieux pour plaire à Stavinski. Toutes les boissons étaient passées entre ses mains et c'était maintenant elle qui versait le champagne dans les gobelets en plastique, et qui abreuvait Olia et son compagnon, en prenant bien garde de ne pas s'oublier. Stavinski réprimait son excitation nerveuse. Pour l'instant tout se déroulait selon ses plans. Au quarante-septième kilomètre de la route de Mojaïsk, la Mercedes tourna dans la forêt et, au premier poste de contrôle, l'officier de garde releva immédiatement la barrière en reconnaissant le conducteur et salua même toute l'honorable compagnie. Même chose au deuxième poste. Stavinski montrait avec application son visage par la portière, afin que les officiers de garde se souvinssent de lui. D'après ses plans, ce ne serait plus Ilya mais lui qui, deux ou trois heures plus tard, conduirait la Mercedes. Ilya et Olia, qu'il droguerait au cours de leur saoulerie nocturne avec un somnifère puissant, la Sambrivine, seraient assis sur la banquette arrière en compagnie de Virginia. Les cinq postes de contrôle avaient vu Ilya arriver à « Mini-America » en compagnie de deux femmes et laisseraient tranquillement repasser le quatuor. Le fils du chef du K.G.B. dormirait alors sur le siège arrière, les bras passés au cou des deux femmes : aucun officier ne se risquerait à le réveiller ou à vérifier si ces femmes étaient bien les mêmes que précédemment. Quant à Nadienka, assommée par la Sambrivine, elle resterait bien gentiment dans la chambre de Virginia où elle dormirait jusqu'au matin. Pendant ce temps Stavinski foncerait à bord de la Mercedes d'Ilya jusqu'au lac Ilmen, près de

Novgorod, et... « adieu, Russie crasseuse, pays d'esclaves, pays de maîtres![1] ». Deux jours plus tôt, Volodia Ivanov lui avait transmis un message chiffré en provenance de Washington : le 7 mars à six heures du matin, un avion l'attendrait à l'extrémité occidentale du lac. La veille, Stavinski avait repéré la scène : il avait parcouru la distance Moscou-lac Ilmen en cinq heures quinze minutes dans sa Volga, en allant très vite. Il devait donc partir de « Mini-America » aux environs de minuit, minuit et demi maximum.

A dix heures vingt-cinq, la Mercedes d'Ilya Andronov entra à « Mini-America ». Il y avait dans le champagne bu en cours de route suffisamment d'héroïne pour réveiller un mort. Garant sa voiture devant le Holiday Inn, Ilya tout excité appuya sur le klaxon et entraîna aussitôt toute la compagnie à l'hôtel. Il se sentait le maître des lieux. Il salua gaiement le colonel Stanley, accouru à sa rencontre, reçut de lui les clefs de deux chambres du premier étage, et entraîna aussitôt sa mignonne hilare dans la chambre, tant il avait hâte de la mettre au lit.

« Et le dîner, Ilya? demanda le colonel découragé. Tout est prêt pour vous au restaurant...

– Après! fit Ilya avec un grand geste de la main. Dans une heure! Cela nous laissera juste le temps de nous mettre en appétit! »

Et il partit d'un grand rire, tant il trouvait sa plaisanterie drôle.

Olienka et lui s'isolèrent dans la chambre n° 27 tandis que Stavinski et Nadienka héritaient de celle d'en face.

Obligeante et excitée par la drogue, Nadienka n'était pas entrée dans la chambre qu'elle avait déjà commencé à se déshabiller. Sa silhouette mince et

1. Lermontov, début d'un court poème de 1835. *(N.d.T.)*

ses petits seins de danseuse étaient diablement attirants, mais Stavinski pensait à tout autre chose qu'au sexe. Tandis que Nadienka prenait une douche et l'appelait impatiemment à la rejoindre dans la salle de bain, Stavinski ouvrit une nouvelle bouteille de champagne et versa la Sambrivine dans son verre. Nadienka ressortit de la douche en costume d'Eve, se jeta au lit, but avec Stavinski la coupe de l'amitié et, tout en commençant à déboutonner son uniforme, tomba dans un profond sommeil.

Stavinski regarda sa montre. Il était dix heures quarante. Il lui restait un peu moins d'une heure et demie pour mener les opérations à bien. Il reboutonna son uniforme et partit à la recherche de Virginia, à qui il voulait communiquer les détails de leur fuite.

La chambre 33 était au second. Stavinski frappa discrètement, mais personne ne lui répondit. Il appuya sur le bouton de la porte : la chambre n'était pas fermée. Stavinski franchit le seuil, trouva sur sa gauche l'interrupteur et alluma. La chambre 33 ressemblait à toutes les autres chambres de l'hôtel, comme celle où il venait de laisser Nadienka : vide, le lit soigneusement fait, et sans trace des affaires de Virginia. Par contre on voyait sur la table de nuit, sous la lampe de chevet, une petite poupée en plastique et un petit pingouin en caoutchouc gonflable : était-ce pour décorer la chambre, ou bien plutôt un oubli de la locataire, au moment de partir?

En voyant ces jouets, Stavinski sentit pour la première fois l'angoisse lui percer le cœur. Une femme enceinte pouvait-elle, en changeant de chambre, oublier des jouets?

Il referma la lumière et descendit dans le hall de l'hôtel, à la recherche du colonel Stanley.

Il le trouva au restaurant, en compagnie de Louis

Norton, le Noir qui enseignait l'argot et la prononciation nègres et servait en même temps de barman et de serveur à table. Tous deux bavardaient dans l'attente de leurs invités de marque, devant la table déjà servie.

« Déjà? Aussi vite? » demanda en russe Stanley, avec un sourire étonné.

Stavinski prit un air gêné, haussa les épaules et s'assit à table à côté d'eux.

« La petite dort, dit-il, et moi j'ai faim... »

Quelques minutes plus tard, tout en parlant du temps et des derniers bruits qui circulaient à Moscou au sujet d'une nouvelle crise cardiaque de Brejniev, Stavinski demanda à Stanley :

« La dernière fois que nous sommes venus ici, j'ai failli écraser une Américaine enceinte. Elle s'appelait je crois Virginia, ou quelque chose de ce genre. Pourriez-vous me dire comment elle va? »

Le colonel se renfrogna et échangea un regard avec Louis Norton. Puis il dit à contrecœur :

« Elle est à l'hôpital. Elle a fait une fausse couche.

– Une fausse couche? » cria presque Stavinski.

Stanley le regarda avec surprise : la réaction du général aux malheurs physiques d'une Américaine qu'il connaissait à peine était quand même un peu disproportionnée.

Mais Stavinski ne se rendait plus compte de l'endroit où il était ni des personnes avec lesquelles il parlait. Il se tourna brutalement vers Stanley :

« Vous avez dit : une fausse couche? »

Son visage était blanc, épouvanté.

« Non, pas quand vous l'avez presque renversée et pas pour cette raison, lui dit Stanley. Tout s'est produit plus tard, il y a une semaine. Vous n'y êtes donc pour rien... »

Stavinski avala l'air avec difficulté. Il arrivait à

peine à y croire, lui qui avait affronté Dieu sait quelles épreuves pour cet enfant et pour Virginia, se jetant du train, se faisant casser un bras, perdant plusieurs dents, lui qui était resté alité à l'hôpital à simuler l'amnésie, lui qui risquait chaque jour sa vie en imitant Yourychev et avait quand même fini par parvenir à « Mini-America » et devait ce soir-là, enfin, enlever Virginia et fuir à l'Ouest avec elle! Et elle faisait une fausse couche, elle était à l'hôpital! Impossible... Et l'avion qui les attendait sur la glace sur le lac Ilmen? Fuir tout seul, peut-être? La C.I.A. attendait de lui les matériaux concernant la nouvelle super-arme secrète soviétique. Mais il se fichait bien de la C.I.A.! Et du monde entier. Il n'avait qu'à sauter en l'air, le lendemain s'il le fallait! Il ne quitterait pas l'U.R.S.S. sans Virginia...

Sous les regards étonnés du colonel Stanley et de Louis Norton, Stavinski se versa un plein verre de cognac d'une main tremblante et l'avala d'un trait. Le liquide brûlant lui rendit la conscience du danger : Stanley et Norton observaient sa conduite avec bien trop d'étonnement. Il reprit sa respiration, toussa et dit :

« J'ai eu peur. J'ai cru que c'était de ma faute, à cause de l'autre fois. Dans quel hôpital est-elle? »

La sonnerie du téléphone retentit au loin, dans le hall de l'hôtel. Le colonel soupira :

« Les nouveaux étudiants arrivent demain. Ils vont appeler toute la nuit... »

Et, rond comme une petite boule, il se dirigea vers le téléphone de sa démarche de pingouin.

Norton le suivit du regard et s'adressa à Stavinski :

« Vous n'y êtes pour rien. Simplement, elle était la maîtresse du général Andronov et il n'a pas voulu qu'elle ait un enfant. On lui a administré un médicament et... »

Il se versa du cognac, et en versa à Stavinski qui ne fit même pas attention au fait que Norton, ce Noir américain, parlait si parfaitement et sans accent le russe. Norton leva son verre et dit :

« Que ferait-il d'une maîtresse avec un enfant? Il est le maître du monde. Il peut faire avorter ou tuer qui bon lui semble. La seule chose, c'est qu'on ignore s'il pourra maintenant la sauver... »

Et devant le regard interrogateur de Stavinski, il expliqua :

« Elle est dans un état grave. Mais n'en parlez pas devant Stanley. Il est déjà bouleversé par cette histoire. On dirait qu'il s'était attaché à elle. Tout le monde l'aimait ici, d'ailleurs... »

Stavinski but machinalement son cognac, sans en sentir le goût.

Il n'avait pas entendu ce que lui disait le Noir Norton. Il restait assis comme assommé, vide, brisé. Une petite fille aux cheveux blonds courait pieds nus le long d'une plage de Floride et lui échappait, lui échappait...

18

A quelques heures de route de « Mini-America », le planeur de Lana Pett était posé sur la glace sombre et recouverte de neige du lac Ilmen. Lana regarda impatiemment sa montre. Le délai fixé s'écoulait rapidement. Il était déjà 5 h 10... 5 h 18... 5 h 32... 5 h 43... A 5 h 51, cinq silhouettes obscures débouchèrent de la forêt en direction de la glace du lac. « Des chiens », pensa Lana. Lorsqu'elle coupa les traces des skis de l'avion, enduits pour une meilleure glisse de graisse animale, la horde s'arrêta un instant, renifla les traces, puis se dirigea au petit trot vers l'avion. Lorsqu'il atteignit l'avion, le chien de tête renifla les skis, s'assit dans la neige juste sous l'avion, leva la gueule en direction de la cabine et fit résonner un long hurlement sauvage sur le lac nocturne. Tous les autres s'assirent alors à ses côtés et s'associèrent à ses hurlements. « Des loups! » pensa Lana terrifiée.

Son sang s'était glacé. Elle n'y tint pas et, à 6 h 03, mit en route son moteur qui rugit et mit les loups en fuite. Après quelques dizaines de mètres de course sur la surface du lac, le planeur disparut dans le ciel.

CINQUIÈME PARTIE

LA PLONGÉE

1

LE 22 mai 1982 à 0 heure, le sous-marin U-300, repeint de neuf pendant sa mise en cale sèche, s'éloigna de son quai de la base de sous-marins de Baltiïsk et, dans la grisaille de la nuit, mit le cap vers le large.

Sur la passerelle du rouf de promenade, agrippés aux drailles de protection, se tenaient : le capitaine Piotr Gouchtchine, commandant du sous-marin; l'officier en second Oleg Kouvaïev; le « *zampolite* » Vassili Jdanov, assistant du capitaine pour les questions politiques, et le délégué de l'E.M.G., le général-major Sergueï Yourychev-Roman Stavinski.

Le vent froid qui montait de la mer éventait leurs visages, la houle de la Baltique frappait la coque du navire et couvrait leurs cabans d'officiers de gros embruns salés. Comme un peu plus de six ans auparavant, Stavinski quittait la Russie, mais cette fois vraiment pour de bon, et sans aucune espèce de regret. Il laissait derrière lui la tension monstrueuse des deux derniers mois, occupés par lui à suggérer à Oparkov et à Benjer l'idée de le faire envoyer comme contrôleur de l'expédition. Tantôt c'était le Politburo, tantôt l'Etat-Major général qui en retardaient la date, et seul le début des opérations déclenchées par Margaret Thatcher en direction des îles Malouines avait semblé à Oparkov le moment idéal pour l'opération, puisque l'attention du monde entier serait concentrée sur le conflit anglo-argentin. Le 21 mai, jour où l'infanterie de marine britannique commençait à débarquer aux Malouines et où la flotte de Sa Gracieuse Majesté mitraillait Port Stanley, tandis que les Harrier bombardaient Fox Bay, les sous-mariniers de Baltiïsk reçurent un câble du maréchal Oparkov : « Ordre de commencer exécution opération prévue ce jour à 24 heures. »

Le sous-marin contourna lentement la pointe nord de la langue boisée de Kursk-Neringa et déboucha en haute mer. Les lumières de Klaïpéda, dernier témoignage visible de la terre russe, se dissolvaient derrière la poupe dans la légère fumée d'une brume nocturne posée sur la mer. C'était dans cette terre que reposaient désormais l'ancien colonel de l'Etat-Major général soviétique Sergueï Yourychev, enseveli sous le nom de Robert Williams, touriste américain, le malchanceux Frol Niéznatchny, major du K.G.B. et aussi Virginia Part-Williams, qui s'était éteinte le 9 mars sans avoir repris connaissance d'une embolie du liquide amniotique, d'un œdème pulmonaire, d'une chute de la tension artérielle et de l'arrêt du cœur. Bien des choses avaient changé depuis cette date dans le destin de nos héros. Le nouveau plénum du Comité central avait confirmé la nomination du général Andronov au secrétariat, et le général comptait maintenant impatiemment les derniers mois de vie de Léonide Brejniev. Le maréchal Oparkov avait fait son choix et transmis à Andronov un rapport sur les sous-marins de poche et la nouvelle arme sismologique. Quelques jours plus tard, le ministère soviétique de la Santé avait acheté aux Etats-Unis pour plusieurs millions de dollars l'équipement médical, dont l'œil télécommandé réclamé par Benjer, et l'académicien avait pris la tête d'un groupe de constructeurs de l'Institut maritime chargés de mettre au point les sous-marins de poche montés sur chenilles. Ses séances de saoulographie en Espagne et de débauches nocturnes à Moscou avaient valu à Ilya Andronov l'interdiction de se rendre à l'étranger : le père ne voulait pas voir son nom compromis par la conduite de son fils, comme cela avait été le cas pour Brejniev, avec sa fille Galia. Olia Makhova avait épousé avec l'autorisation du colonel Orlov le businessman florissant Michael Leonard, qui s'apprêtait à présenter sa candidature aux élections législatives canadiennes. Quant à Stavinski, il avait passé tout le mois qui avait suivi la mort de Virginia à Bakou, aux Pierres pétrolifères, où il avait pris une part active à la mise au point du nouvel appareillage de forage et à l'entraînement des hommes-grenouilles.

En mai, lorsque les événements des îles Malouines laissèrent prévoir un conflit imminent, Oparkov donna l'ordre au sous-marin U-300 d'embarquer des « grilles Benjer » et d'attendre l'ordre d'appareiller. Et pendant que les Anglais se préparaient à la guerre et que l'escadre de l'amiral Woodward faisait route vers les mers du Sud, pendant que le maréchal Oparkov guettait le moment le plus favorable et que Galina Yourychéva, lasse d'attendre son mari, avait pris un nouvel amant parmi ses jeunes étudiants, à Baltiïsk la serveuse Tania, aux gestes lents et aux yeux à fleur de tête, Tania dont les vingt ans fleuraient bon la pomme venait silencieusement chaque nuit dans la chambre d'hôtel de Stavinski et le délivrait doucement, sans une parole, de toute la tension nerveuse qui s'était accumulée en lui pendant la journée, tant il avait craint à chaque instant de revevoir un câble de l'E.M.G. annulant l'expédition ou le rappelant à Moscou. En femme véritablement russe, Tania soignait la nervosité de Stavinski avec son corps.

Toutes les petites amies des sous-mariniers leur offrent d'ailleurs leurs caresses à la veille de chaque plongée. Et comme aucun des membres de l'équipage ne connaît d'avance la date de l'appareillage, chacune des nuits qu'il passe à ce moment avec une femme lui paraît la dernière et devient la plus fougueuse et la plus tendre de toutes. Les rats des troupes terrestres, les biffins, ceux qui ne s'éloignent pas de leurs douces compagnes pour six mois, en se coupant du monde dans leurs carcasses d'acier, avec l'obligation de silence sur les ondes et l'épaisseur monstrueuse des couches d'eau au-dessus de la tête, les rats de la biffe qui quittent le matin leurs femmes jusqu'au déjeuner ou, au maximum, jusqu'au dîner, ces rats ne connaissent pas les nuits que les femmes offrent aux sous-mariniers. Et comme l'auteur appartient lui-même à la tribu innombrable des rats et des biffins, il n'a pas la prétention de les décrire...

Une faible vibration parcourut la carcasse de l'U-300. C'étaient les moteurs atomiques du navire qui s'étaient mis en marche, à régime encore relativement faible. La vibration se fondait avec les tremblements nerveux dont était agité Stavinski, qui avait craint jusqu'à la dernière seconde d'être écarté de l'expédition par le maréchal Oparkov. Mais celui-ci avait visiblement apprécié à sa manière l'envie de son gendre de « s'aérer en mer pendant deux ou trois semaines » : qu'il s'aère, pensait-il, qu'il s'ennuie de sa femme, il ne l'en aimera que davantage lorsqu'il reviendra.

« Alors, camarade général, on est nerveux? » entendit-il derrière son dos.

C'était le *zampolite* Vassili Jdanov, un homme de trente-trois ans. Son visage rond de la région de

Viatka était éclairé par un sourire moqueur et rusé, typiquement paysan.

Stavinski n'eut pas le temps de lui répondre, car la voix du capitaine Gouchtchine résonnait déjà sur le bâtiment :

« Remplissage des réservoirs centraux! Ouverture des vannes de proue! Amorcez la plongée! »

L'avant du navire se mit à s'incliner, à s'enfoncer lentement dans l'eau, phosphorescente sous les reflets de la lune.

« C'est fini, camarade général, dit Jdanov à Stavinski. Faites vos dernières inspirations d'air frais et descendons. La plongée commence. »

Stavinski poussa un soupir de soulagement. D'ici une minute ou deux, le sous-marin quitterait la surface et couperait tout lien radio avec sa base. Le plan de l'E.M.G. prévoyait que, jusqu'à son arrivée dans les eaux territoriales suédoises, le sous-marin passerait pour mieux assurer le secret de l'opération au régime du silence radio. Et maintenant personne ni rien (en était-il vraiment sûr?) ne viendrait déranger son projet de fuite. Seul ce casse-pieds de Jdanov lui taperait maintenant sur les nerfs, soit qu'il fît du zèle devant l'huile de l'E.M.G. qu'il était, soit que son flair de responsable du parti eût détecté en Stavinski un élément étranger, hostile. Il avait noué au cours de la préparation de l'expédition des relations simples et amicales avec tous les autres officiers de l'U-300. Jeunes officiers, d'une trentaine d'années en moyenne, tous avec une instruction militaire et technique de haut niveau, c'étaient des spécialistes de premier plan qui n'avaient pas à faire de grâces devant leurs supérieurs, ni à s'affirmer aux yeux de leurs subordonnés en soulignant leurs privilèges d'officiers ou en se conduisant comme des mufles, et ils tutoyaient généralement les matelots. Ce Vassili

Jdanov était tout autre qu'eux. Aucune instruction technique, rien que l'Ecole politico-militaire comme bagage intellectuel. De simples matelots entrés dans la marine après le secondaire étaient plus instruits que lui. Le parti lui avait confié la haute mission de veiller au niveau de conscience politique des cent douze membres de l'équipage, du commandant au plus humble des matelots, et Jdanov, en simple fils de paysans, en tirait vanité. Il étudiait tout, de la première à la dernière ligne : les dizaines d'instructions politiques à usage interne, de directives pour les membres du parti, d'aide-mémoire et de circulaires que lui envoyait la Direction politique centrale de l'armée et de la flotte soviétiques. Il lisait intégralement la *Pravda*, organe suprême du parti communiste, de l'éditorial de tête aux « Nouvelles des champs kolkhoziens ». Et maintenant, à la veille de l'expédition, il avait encombré sa cabine, en plus des indispensables instructions du parti, de piles de la revue *Kommounist*, de brochures : *Toujours prêts à défendre la patrie* et *Guide pratique du militant du parti*, des ouvrages de Brejniev : *Renaissance, La Petite Terre, A l'appel de l'usine*, et aussi du dernier discours prononcé par le général Andronov lors de la commémoration de l'anniversaire de Lénine, en avril. Et pendant tout le temps qu'avait duré le chargement, il avait observé du coin de l'œil le « responsable de l'Etat-Major général » : le général ne pouvait manquer d'apprécier le zèle et la qualité de son activité politique. A moins qu'il ne s'intéressât, comme du reste tous les autres officiers et matelots à bord des sous-marins, qu'aux chargements de nourriture : au chocolat, au beurre, au vin, aux soupes en sachets et à la réserve de cognac du commandant. Stavinski comprenait qu'en tant que représentant de l'E.M.G. il serait obligé d'assister, plusieurs fois pendant l'expédition, aux cours de préparation politique obligatoires et quotidiens des matelots, après quoi il devrait encore féliciter Jdanov de la qualité de son travail. Rien qu'en y pensant, Stavinski avait envie de vomir...

Les mains sur la rampe de l'escalier, certes sans le panache maritime mais sans perdre non plus pied, Stavinski suivit le second dans la salle de contrôle du navire.

« Ouverture des vannes de poupe! Condamnez les descentes! » ordonnait pendant ce temps Gouchtchine.

2

La vodka qui passe à huit?
Ça n'empêche pas d' prendre une cuite!
Faites bien savoir à Ilyitch
Que nous sommes partants pour dix.
Mais si ça doit augmenter
On f'ra comme les Polonais.
Et si ça monte à plus d' vingt
On reprendra le Kremlin!

Dans l'étroit poste d'équipage, les matelots au repos jouaient aux dominos. L'un d'entre eux chantait en s'accompagnant lui-même à la guitare ces couplets populaires à sept pieds, à la mode depuis la dernière augmentation du prix de la vodka. Sur la couchette supérieure, le matelot Sinitsyne, au visage couvert de taches de rousseur, lisait un exemplaire tout usé de *La Reine Margot*, de Dumas. A côté de lui, sur la couchette voisine, le torpilleur Routchkine essayait de mettre au point une course de cafards dans une boîte en carton. A la différence des navires de surface, il n'est pas autorisé dans les sous-marins d'avoir à bord chiens, chats ni oiseaux. On n'y trouve même pas de rats. Par contre aucun déparasitage ne peut préserver des cafards. Les cafards, dits aussi blattes ou cancrelats, sont la seule espèce animale à prendre volontairement la mer avec les sous-mariniers pour n'importe quel voyage, même autour du monde. Et les sous-mariniers nourrissent pour les cafards une sorte de tendresse. Quoi qu'on puisse penser de ces créatures, elles représentent le monde animé au sein de cet univers constamment inanimé fait de lumière électrique et de cloisons d'acier farcies de cartouches à oxygène pour la purification de l'air. On nourrit les cafards avec les restes des plantureux repas servis à bord, on leur donne des surnoms affectueux et, de temps en temps, on organise des courses de cafards.

La sirène hurla soudain : un signal bref – un long – un bref, arrachant les matelots à leurs couchettes.

« Bordel à queues, encore une alerte aux gaz! » jura Routchkine, en refermant le carton aux cafards et en tirant son masque de dessous l'oreiller.

Stavinski lui aussi, dans sa petite cabine d'officier, jura et enfila son masque à gaz. Il avait déjà pris l'habitude de ces alertes simulées, qui se produisaient jusqu'à cinq fois par jour : tantôt aux gaz, tantôt au feu, tantôt à la chasse aérienne. Avec les séances de préparation politique, les contrôles de radioactivité, le nettoyage des sections et les tours de garde, les matelots n'avaient guère le temps de s'ennuyer.

On entendit dans le couloir le fracas des chaussures des matelots, puis tout redevint calme. Les mécaniciens, les servants des missiles, les hommes de barre, les torpilleurs et les préposés au sonar avaient tous couru jusqu'à leurs postes de combat.

Son masque à gaz sur le visage, Stavinski sortit de sa cabine et se rendit dans la salle de contrôle. Le compartiment était relativement petit : quatre mètres sur deux et dans cet espace, se tenaient déjà, étroitement serrés, le commandant, l'officier en second, l'officier de navigation, l'officier de communications et, naturellement, le *zampolite*. L'atmosphère était celle de tous les jours, travailleuse mais ni fiévreuse ni nerveuse. Gouchtchine était assis sur un tabouret rotatif, un peu semblable à ceux des pianistes, devant le périscope inutile à de telles profondeurs. Le navigateur se tenait devant le gouvernail hydraulique. Les autres officiers observaient les appareils de navigation, le sonar et l'écran DON, qui détectait la présence des autres sous-marins. Et quoique aucun des appareils présents ne montrât la présence de navires au-dessus du sous-marin, ni ne témoignât même qu'il y en eût à une certaine distance, Gouchtchine annonça tranquillement à la radio :

« Attaque ennemie par torpilles! Plongée rapide! Remplissage des réservoirs centraux! Barre à bâbord, dix-sept degrés! Augmentez le régime des moteurs! Vitesse vingt-quatre nœuds! »

Et aussitôt, de tous les points du sous-marin, des voix sourdes répondirent :

« Barre à bâbord, dix-sept degrés, exécution!

– Remplissage des réservoirs centraux, exécution!

– Vitesse vingt-quatre nœuds, exécution! »

Stavinski sentit le navire s'incliner vers l'avant et à droite, tandis que ses oreilles se bouchaient en raison de la submersion très rapide. Il entendait cependant, mais comme à travers du coton, la voix du second qui continuait à transmettre les indications de profondeur :

« Profondeur quatre-vingts mètres!... Quatre-vingt-dix mètres!... Cent mètres!... Cent vingt mètres!... »

Le sang avait afflué à son visage et, malgré le verre des parois de son masque à gaz, il voyait le visage des autres officiers tout aussi rouges que le sien derrière les parois de leurs masques. Mais Gouchtchine poursuivait la plongée, tout en modifiant le cap :

« L'ennemi attaque avec des bombes en profondeur! Barre à bâbord, trente degrés!... Barre à tribord, quarante degrés!...

– Profondeur cent quarante mètres!... Cent cinquante mètres!... Cent soixante mètres!... » continuait à transmettre le second.

Dans le compartiment du réacteur nucléaire, des inscriptions d'un rouge flamboyant proclamaient : « INTERDIT D'ENTRER! RADIOACTIVITÉ ÉLEVÉE! » Dans le compartiment des machines, les matelots avaient tendu un fil fin d'une cloison à l'autre. En s'affaissant, celui-ci leur indiquait à quelle pression le navire était alors soumis : en dehors du commandant et des officiers qui l'entouraient, aucun membre de l'équipage ne devait en effet être mis au courant de la profondeur atteinte par le sous-marin. Mais les matelots de tous les sous-marins de la marine soviétique s'étaient adaptés à la situation et calculaient la profondeur où ils se trouvaient d'après le degré d'affaissement de fils de ce type.

« On a plongé à environ cent cinquante mètres, fit le roux mécanicien Sinitsyne, après avoir regardé le fil.

– Videz les réservoirs centraux et de proue! Remontée rapide! » annonça alors le commandant.

La mise en route des moteurs auxiliaires fit vibrer toute la coque du navire, l'avant se releva brutalement et le sous-marin s'apprêta à faire surface. Stavinski sentit le sang refluer brutalement de son visage, tandis que son estomac lui donnait l'impression qu'il était dans un ascenseur rapide. Voilà pourquoi, se dit-il, tous les sous-mariniers ont une peau variqueuse et des troubles auditifs...

Environ vingt minutes plus tard, Gouchtchine donna enfin le signal de fin d'alerte. Epuisé et couvert de sueur, Stavinski se traîna sur ses jambes privées de force en direction de sa cabine. Les matelots et officiers qui venaient de participer à l'alerte avaient eux aussi l'air fatigué. Ils se dirigeaient vers la cambuse et le carré des officiers afin de prendre leur dîner. Tout en avançant dans le couloir, plusieurs matelots calculaient sur leurs doigts qui hériterait ce jour-là de la bouteille de vin : chaque matelot sous-marinier a en effet droit chaque jour à cinquante grammes de vin rouge « Cahors », mais boire du vin à des doses aussi misérables ne procure aucun plaisir et les matelots, à raison de dix hommes par bouteille d'un demi-litre, jouent chaque jour entre eux cette bouteille, ou bien adoptent un ordre de succession des plus stricts. Le grand plaisir, alors, de boire une bouteille entière de bon appétit un jour sur dix avant de s'endormir!

Et quoique les officiers ne fussent soumis à aucune limitation de ce type pour le vin, et que Stavinski sût pertinemment que Gouchtchine lui verserait avec plaisir avant dîner autant de cognac de sa réserve de commandant qu'il lui plairait d'en boire, Stavinski ne se rendit cependant ni au carré des officiers ni dans la cabine de Gouchtchine.

De retour dans sa petite cabine étroite, il s'effondra sur sa couchette. Ces descentes et remontées continuelles, ces alertes et ces séances d'instruction interminables l'avaient mis à plat. Or c'était précisément le moment d'être en grande forme physique! Ce qu'il avait imaginé, ce moyen unique de s'enfuir auquel il s'était préparé exigeait une résistance physique exceptionnelle. Dans huit jours, après avoir erré dans la Baltique pour tromper une surveillance éventuelle, le sous-marin se dirigerait vers la Suède, afin d'y enterrer les deux dernières matrices de la « guirlande suédoise » : l'une auprès de l'île de Muskö, destinée à détruire Stockholm et l'archipel qui l'entoure, l'autre auprès de l'île de Väddö pour détruire Uppsala, important centre industriel suédois. Les autres centres vitaux ou militaires de la Suède (Göteborg, Malmö, Karlskrona et Sundsvall) avaient été investis par des grilles énergétiques placées par Gouchtchine dès le mois d'octobre précédent.

En quittant Moscou au début du mois de mai, Stavinski n'avait eu le temps de donner au tailleur, pour qu'il les transmît à Washington, que les dates approximatives où un petit bateau de pêche devrait l'attendre en mer auprès de l'île de Muskö, dans le Mysingsfjärden, par 59° de latitude Nord et 18°07' de longitude Est. Il avait indiqué comme époque les deux semaines suivant le début des opérations militaires actives des Anglais aux îles Malouines. Mais Mac Kerry ferait-il le guet nuit et jour pendant deux semaines, à attendre qu'il apparût?

3

« WELCOME ABOARD JURIANNA! »

Une grande banderole multicolore était plantée sur le rouf blanc comme neige d'un yacht à deux ponts. Malgré la demande de Stavinski, répercutée par Volodia Ivanov, qui voulait n'être accueilli au large de l'île Muskö que par un tout petit bateau de pêche, Mac Kerry avait jugé qu'après tous les incidents essuyés par Stavinski en Russie, il méritait un accueil bien plus luxueux. En outre, il était impossible de passer deux semaines consécutives à attendre en mer sur un petit bateau de pêche, sans repos ni commodités d'aucune sorte! Il en allait tout autrement du *Jurianna*, le yacht d'Anna Jurins, la maîtresse suédoise de Jacob Stevenson : deux cabines, un carré avec téléviseur couleur, chaîne hi-fi et bar, une cuisine pourvue d'un réfrigérateur, d'une gazinière, d'un grille-pain et d'une cafetière, une douche avec eau chaude, l'air conditionné et deux water-closets. Et depuis trois jours Mac Kerry, Caroll, Jacobson et Anna Jurins, une blonde de vingt-sept ans à longues jambes et hanches minces, bronzaient au large de l'île de Muskö, pêchaient au lancer, se faisaient cuire d'odoriférantes brochettes de poisson et... ne se sentaient nullement fatigués. Le soleil de mai leur avait déjà donné une belle couleur à tous quatre, en particulier Anna qui, dès le premier jour, avait enlevé son soutien-gorge et dont les petits seins étaient maintenant presque de la même teinte chocolat que ses tétons. Jacob, de son côté, en était à son huitième bloc-notes. Mac Kerry lui avait raconté avec tous les détails le plan avorté d'enlèvement du colonel Yourychev, ainsi que les détails de l'envoi de Stavinski et de Virginia en Russie. Jacob assurait qu'il changerait tous les noms et prénoms dans son roman et se sentait un délicieux avant-goût du succès que le roman devait avoir. Son excitation était bien compréhensible : il avait été une des chevilles ouvrières de cette opération, à ses débuts, avait le premier rencontré le colonel Yourychev, en août 1981, puis accueilli à

Moscou son double Stavinski-Williams accompagné de sa prétendue épouse Virginia, envoyé lui-même ses billets de train à Yourychev pour qu'il prît « La Flèche rouge » et, pour couronner le tout, été témoin à l'aéroport de Chérémétiévo de la fin du véritable colonel Yourychev, avec le major du K.G.B. Niéznatchny. Il avait maintenant l'occasion d'assister au dénouement de toute l'histoire en accueillant Stavinski sur le yacht et en apprenant enfin le secret de la présence des sous-marins soviétiques au large des côtes suédoises. N'importe quel journaliste professionnel se serait senti à cette pensée des fourmis dans les doigts. Bien sûr, s'il publiait une série d'articles ou bien un livre sur cette opération, quel que fût le nom qu'il prendrait dans l'histoire, le K.G.B. établirait sans difficulté que c'était lui qui avait pris part à l'opération. Il pouvait alors être assuré de ne plus revoir Moscou avant la fin de l'existence du système soviétique en Russie. Et alors? Quelle importance? On ne pouvait pas passer toute sa vie à végéter dans cette ville, sous la surveillance vigilante de ses « anges gardiens »! Il était grand temps de devenir membre du personnel de rédaction du journal, comme l'avaient fait en leur temps Hedrick Smith et Robert Kaiser, anciens correspondants à Moscou du *New York Times* et du *Washington Post*, après leurs best-sellers sur la Russie.

Où diable pouvait être ce Stavinski? Etait-il possible qu'il fût juste à ce moment-là sous leurs pieds, au fond de la mer, en train d'essayer d'échapper à un sous-marin russe entré une nouvelle fois dans les eaux suédoises? D'ailleurs, nom d'une pipe, comment pouvait-on se sauver d'un sous-marin? C'était là un point sur lequel Mac Kerry et Caroll autant que Stevenson restaient muets. Le bref message chiffré en provenance de Moscou avait simplement spécifié *où* Stavinski ferait surface. La guerre entre Anglais et Argentins battait maintenant son plein et ils ne cessaient de courir sur le rouf pour demander au capitaine Martin Raben, loué par eux, s'ils n'avaient pas été déportés par le vent ou par le courant, et faisaient le guet par roulement au bastingage, les yeux plongés dans l'élément vert. Chaque nuit, le *Jurianna* allumait en outre tous ses feux de position ainsi que deux puissants projecteurs installés sur le pont supérieur.

Le lendemain 25 mai, sa bouffarde rougeoyante à la main, le capitaine montra dès le matin à Mac Kerry la ligne d'horizon.

« Qu'est-ce qu'il y a? » demanda Mac Kerry à Anna qui lui servait d'interprète dans ses conversations avec le capitaine, celui-ci ignorant l'anglais et lui-même ne comprenant pas un mot de suédois.

Anna échangea quelques mots avec Raben et traduisit à Mac Kerry :

« Il dit que le ciel est devenu rouge et qu'il va y avoir une tempête.

– Et alors?

– Il dit que si la tempête dépasse la force cinq ou six, il faut rentrer *Jurianna* au port.

– C'est impossible! Nous ne pouvons quitter cette côte avant la fin mai, quoi qu'il arrive!

– Même s'il y a une tempête de force 10? Hmm..., fit Anna. Je n'ai pas l'intention de crever ici à cause de vos histoires d'espionnage! C'est assez de Virginia!

– Dites-lui de demander la météo », suggéra Mac Kerry.

Anna adressa à nouveau quelques paroles au capitaine.

« Il dit qu'il l'a déjà demandée. La météo prévoit un vent léger, mais il ne croit pas à ces prévisions. Il dit qu'il va y avoir de la tempête.

– Très bien, on verra... », fit Kerry, maussade.

Une heure plus tard, alors qu'il prenait sa canne à pêche à bord du bateau, il entendit soudain fonctionner le moteur du cabestan et vit le câble de l'ancre qui remontait à vive allure le long du yacht.

Il se précipita vers la timonerie.

« Que se passe-t-il? » demanda-t-il.

Anna n'était pas sur le rouf. Elle et Stevenson s'étaient isolés dans leur cabine. Comme tous les journalistes, Jacob n'aimait pas passer le temps à ne rien faire.

Debout devant le gouvernail, le capitaine avait mis en marche à pleine puissance les deux moteurs Diesel du yacht. Il avait le visage sombre. Deux puissants tours d'hélice portèrent aussitôt le *Jurianna* loin de l'île, vers le nord, en direction du petit port de Sandemar.

« Que se passe-t-il? » cria cette fois Mac Kerry.

Il y avait de quoi : calme plat sur la mer, pas même la moindre brise. Et aucun nuage dans le ciel.

« *Om tio minuter,* grommela Raben en suédois, *vil stormen börja.* »

Mac Kerry comprit seulement le mot *Stornem,* qui dans la plupart des langues signifie « tempête », et regarda à nouveau autour de lui d'un air incrédule. Il remarqua alors seulement qu'il n'y avait plus autour d'eux ni yachts de plaisance ni ces nombreux bateaux de pêche qui, hier et avant-hier, sillonnaient la mer. Signe le plus probant : les mouettes avaient disparu. Il ne voyait plus autour de lui ces oiseaux criards et impudents qu'ils avaient nourris quatre jours de suite des déchets de leur cuisine et qui n'hésitaient pas à se poser sur les cordes du bastingage ou le pont avant du yacht.

Sans doute est-ce cela, le calme avant la tempête, pensa Mac Kerry.

Un quart d'heure plus tard, alors que le *Jurianna* filait à pleine vitesse vers Sandemar, un coup de vent de force 9 s'abattit en effet sur la Baltique.

... Deux heures plus tard, un gros chalutier quittait pesamment son appontement de Sandemar et mettait le cap sur la mer déchaînée.

4

MESSAGE CHIFFRÉ

Au Maréchal Oparkov, Moscou, E.M.G.
Copie au Maréchal Gortchakov,
Commandant en chef des forces navales

Le 29 mai à 19 h 08 ai atteint la position d'attente préalable. Prière me faire connaître vos instructions. Gouchtchine.

MESSAGE CHIFFRÉ

Au Capitaine Gouchtchine, Commandant
du sous-marin « U-300 »
Copie au maréchal Gortchakov,
Commandant en chef des forces navales

Notre reconnaissance aérienne nous signale que, dans la zone où doit avoir lieu votre opération auprès de l'île de Muskö, un chalutier stationne depuis plusieurs jours en dépit de la tempête sans sembler avoir d'activités liées à la pêche.

J'ordonne de modifier l'ordre de pose d'Emma et de commencer l'opération par la seconde cote, aux environs de l'île de Väddö, dans le golfe de Botnie. J'ordonne, après accomplissement des opérations dans cette zone, de regagner les eaux internationales afin de recevoir de nouvelles instructions.

La patrie envoie des salutations chaleureuses à tout l'équipage et vous souhaite le succès.

Maréchal Oparkov

... Lorsque le radio apporta ce câble dans la cabine du commandant et en lut le contenu à Gouchtchine, Stavinski se sentit blêmir. « Quels crétins! hurlait chaque fibre de son être. Quels crétins que ce Mac Kerry et ce Cooper! » Il avait pourtant bien spécifié : « un petit bateau de pêche ». Que faire, maintenant?

Gouchtchine, pendant ce temps, dictait au radio sa réponse au maréchal Oparkov.

MESSAGE CHIFFRÉ

Au maréchal Oparkov, Moscou, E.M.G.
Copie au maréchal Gortchakov,
Commandant en chef des forces navales

Bien reçu vos ordres. Exécution imminente. L'équipage du sous-marin remercie la patrie de la confiance qui lui est faite. Piotr Gouchtchine, commandant U-300.

Et envoyant un rapide clin d'œil à Stavinski, il rejoignit le poste de contrôle central afin de faire effectuer une plongée rapide. Stavinski resta seul dans la cabine du capitaine. Une mélancolie noire recouvrit d'une vague de désespoir tout ce qu'il avait autour de lui : la petite mais confortable cabine du capitaine Gouchtchine, la table où étaient étalées les cartes à grande échelle des eaux territoriales suédoises et du relief des fonds marins, la bouteille de cognac posée à côté de ces cartes et la photo de la femme et des deux enfants de Gouchtchine qui ornait le mur de la cabine. Les yeux fermés, aboulique, Stavinski restait assis devant la table sur une chaise métallique rivée au plancher.

Un haut-parleur transmettait depuis la salle de contrôle les ordres sourds concernant la plongée :

« Remplissage des réservoirs principaux et de proue!... Petite vitesse avant!... La barre à bâbord!...

– Augmentez la vitesse!... Gardez le cap!... »

Le sous-marin descendait dans les profondeurs de la mer. Le bruit sourd que faisait l'eau en remplissant les réservoirs de lest pénétrait dans la cabine à travers les cloisons métalliques.

Stavinski rouvrit les yeux et considéra d'un œil stupide, aveugle, les cartes laissées par Gouchtchine. Il n'en avait en fait nul besoin car il les avait étudiées dans les moindres détails alors qu'il était encore à l'E.M.G., puis à Baltiïsk. La deuxième cote où Emma allait être enfouie, auprès de l'île de Väddö, se trouvait à une profondeur de – 97 mètres. Il fallait être fou pour envisager de remonter en une seule fois du fond à la surface. Même avec un scaphandre, la brutale diminution de la pression pouvait et devait provoquer la terrible « maladie des caissons », avec le sang qui se met à bouillir, les tympans qui se déchirent, les capillaires nasaux qui éclatent. Il en allait tout autrement à l'île Muskö. La cote où devait être enterrée la matrice énergétique était située à une profondeur de –40 mètres, et c'était de cette profondeur que Stavinski s'apprêtait à remonter en descendant avec les hommes-grenouilles, monteurs et foreurs, par le compartiment des torpilles, tout au fond de la mer Baltique. Même si l'un des plongeurs le remarquait et se jetait à sa poursuite et même si, pour échapper à la poursuite, il devait se débarrasser en même temps des lourdes ceintures de plomb et des chaussures, elles aussi lourdement plombées, qui retiennent l'homme-grenouille au fond, provoquant ainsi sa remontée en flèche, comme un bouchon soudain libéré, même si ce faisant il perdait connaissance, le bateau de pêche qu'il avait prié Mac Kerry et Cooper de tenir prêt le recueillerait. Ce n'était pas pour des prunes qu'il était resté trois semaines aux Pierres pétrolifères, près de Bakou, à surveiller l'entraînement des plongeurs-foreurs, auquel il avait participé. Mais maintenant tout était dans le lac!...

On frappa à la porte. Encore ce Jdanov, pensa paresseusement Stavinski. Il ne s'était pas trompé : quelques secondes plus tard, le visage têtu du *zampolite* apparut dans l'ouverture de la porte.

« Je vous cherchais, camarade général. Dès la fin de la plongée nous avons la préparation politique. Je voudrais vous demander de prendre la parole devant les matelots, à la veille de l'opération prévue. Au nom de l'Etat-Major général. Il y a longtemps que les hommes attendent cette occasion... »

Stavinski arrêta sur lui ses yeux emplis de tristesse. Puis, tout en se balançant un peu, il tendit la main pour prendre la bouteille de cognac, avala deux grosses gorgées au goulot sous les yeux de Jdanov, essuya du revers de la main les gouttes de cognac qui perlaient à sa barbe et à ses moustaches et prononça d'une voix rauque mais distincte :

« Va te faire f..., *padlo*!

– Hmm..., fit Jdanov qui avait légèrement pâli. Vous avez semble-t-il trop bu, camarade général... »

Mais au fond de ses yeux gris de paysan une étincelle joyeusement vengeresse s'était allumée. Il s'était donné tant de mal depuis le début de l'expédition! Il avait tellement analysé, avec les matelots, le contenu du discours du camarade Andronov, pour le cent douzième anniversaire de la naissance de Lénine, que ceux-ci savaient par cœur chaque paragraphe de ce discours et pouvaient répondre sans hésiter à n'importe quelle question concernant les plans des impérialistes américains, des hégémonistes chinois, des féodaux afghans, des sionistes israéliens et des contre-révolutionnaires polonais. Or le général-major Yourychev, représentant de l'Etat-Major général, n'avait assisté à aucune de leurs séances! Il en comprenait maintenant la raison : le général buvait.

Stavinski brandit lentement celle de ses deux mains qui tenait la bouteille de cognac et visa le *Zampolite*. Mais Jdanov réussit à refermer la porte avant qu'elle ne s'écrasât contre elle dans un grand bruit de métal et de verre mêlés.

5

A l'entrée du golfe de Botnie, le sous-marin se posa sur le fond marin. Dans les deux compartiments des torpilles, à l'avant et à l'arrière du navire, huit plongeurs-foreurs étaient déjà couchés dans les quatre tubes lance-torpilles et se préparaient à effectuer leur sortie. Les compresseurs marchaient à plein régime, élevant lentement la pression à l'intérieur des scaphandres. Gouchtchine, Stavinski, Jdanov et Raïzman, chef de la « section mines-torpilles », se trouvaient eux-mêmes dans le compartiment avant, tandis que le second et le chef de la « section électromécanique » surveillaient la bonne marche des opérations dans le compartiment des torpilles à l'arrière. Des signaux sourdement métalliques parvenaient des tuyaux intérieurs des tubes lance-torpilles : c'étaient les plongeurs qui donnaient des coups de clef anglaise pour signaler que l'adaptation aux hautes pressions se passait bien. Stavinski savait que chacun de ces plongeurs était surtout préoccupé à ce moment-là de respirer aussi fort que possible par le nez, de se « nettoyer le nez », comme disent les plongeurs, pour se faire au changement de pression.

Lorsque l'aiguille du manomètre indiqua que la pression avait atteint dix atmosphères, Raïzman débrancha les tuyaux d'alimentation forcée des scaphandres et les plongeurs passèrent à l'alimentation autonome en oxygène. Seul l'appareillage radio reliait maintenant les plongeurs à Gouchtchine. Celui-ci ordonna d'un geste à Stavinski, Jdanov et Raïzman de quitter le compartiment des torpilles et tous quatre se retrouvèrent bientôt à l'intérieur du sous-marin. Stavinski et Gouchtchine se rendirent à la salle de contrôle.

« Où en êtes-vous derrière? demanda par radio Gouchtchine.

– Nous sommes prêts!

– Verrouillez les compartiments des torpilles!

– Verrouillage avant achevé!

– Verrouillage arrière achevé!

– Ouvrez les valves latérales des compartiments des torpilles! »

Dans le silence total, les moteurs du sous-marin étant arrêtés, on entendit l'eau se précipiter dans les compartiments avant et arrière, qu'on venait d'ouvrir. Stavinski savait ce qui se passait alors et les brefs rapports des deux contremaîtres dirigeant les deux groupes de plongeurs ne faisaient que compléter pour lui le tableau :

« Remplissage à cinquante pour cent... aux trois quarts... remplissage achevé, camarade commandant! »

Une fois les compartiments totalement remplis d'eau, les plongeurs glissèrent par les tubes jusqu'au fond de la mer, tels des enfants dévalant sur une luge une piste enneigée.

« Nous sommes parvenus au fond, camarade commandant. En voilà un fond, p...! Une vraie décharge publique! fit le contremaître Rogatchov.

– Arrêtez de jurer! ordonna Gouchtchine.

– J'arrête de jurer, à vos ordres, camarade commandant. N'empêche que le fond, c'est pas beau à voir : de la vase et des ordures. C'est ici qu'ils viennent jeter leurs boîtes de conserve vides?

– Cherchez un endroit pour forer.

– Nous cherchons, camarade commandant. »

Les huit plongeurs, éclairant leur progression avec les puissants projecteurs qu'ils portaient à leur poitrine, avançaient maintenant lentement au fond de l'eau en cherchant une surface plus ou moins unie pour forer.

« On dirait qu'ici on peut, camarade commandant.

– Où?

– A environ douze mètres du navire.

– Tu en es sûr?

– Ouais... Normal... C'est normal, ici, camarade

commandant. On va un peu balayer avec les pieds et tout ira bien. »

Au bout de quelques minutes, pendant lesquelles les plongeurs nettoyèrent l'endroit qui leur avait paru propice, le même contremaître reprit la parole :

« C'est terminé, camarade commandant. On peut commencer à sortir l'équipement. »

Gouchtchine regarda Stavinski, lui fit un clin d'œil joyeux et lui demanda :

« Alors, camarade général? A Dieu vat? »

Stavinski fit un signe d'acquiescement.

« Ouverture du compartiment bâbord des missiles! » commanda au micro Gouchtchine.

Et ce fut à nouveau le bruit sourd et bouillonnant de l'eau qui s'engouffrait dans le compartiment de gauche, où sont ordinairement stockés verticalement les énormes cigares des missiles nucléaires intercontinentaux. Mais le U-300 n'en était pas alors équipé. A leur place, de puissants crics pneumatiques soulevèrent lentement et portèrent à la rencontre de l'onde bouillonnante une plate-forme d'acier sur laquelle se dressait, protégé par une bâche, l'appareil à forer tout neuf qui avait été assemblé à Bakou.

Lorsque l'eau qui avait bouillonné aux environs du compartiment des missiles se calma au-dessus du sous-marin, les huit scaphandriers s'approchèrent de la plate-forme et, prenant la machine-outil de tous les côtés à la fois, la portèrent lentement du sous-marin à l'endroit choisi pour le forage. L'eau réduisait le poids de la machine et une hélice horizontale lui permettait de se propulser. Quelques minutes plus tard, la machine était déjà à pied d'œuvre. Les plongeurs tiraient maintenant en sa direction des câbles électriques, ainsi que le tuyau d'eau fraîche à haute pression destiné à refroidir la fraise en diamant pendant le forage.

« Nous sommes prêts, camarade commandant, annonça le contremaître.

– Salle des machines! ordonna Gouchtchine. Fournissez l'énergie à la fraiseuse!

– Prêts, camarade commandant!

– Salle des compresseurs?

– Prêts!

– Sonar, qu'y a-t-il en surface?

– Tout est clair, camarade commandant. »

Gouchtchine regarda à nouveau Stavinski, qui lui adressa un nouveau signe de tête silencieux.

« Rogatchov, tu peux commencer! ordonna Gouchtchine au contremaître.

– J'en grillerais bien une, camarade commandant, plaisanta Rogatchov.

– Je t'en foutrai, des cigarettes, salopard! Au boulot!

– Au boulot, à vos ordres! » répondit le joyeux luron.

Même sans hydrophones, on put entendre la fraise en diamant qui hurlait au régime particulièrement élevé qui lui était imposé.

A quelque douze mètres du sous-marin, à une profondeur de – 97 mètres et à seulement six milles des côtes suédoises, une fraise pointue comme un dard s'enfonçait avec puissance et rapidité dans le fond sous-marin et préparait un puits pour l'arme sismologique. Cinquante centimètres... un mètre... un mètre et demi...

Soudain, on entendit dans le couloir menant de la salle de contrôle aux autres compartiments du sous-marin, les éclats de rire des matelots et les sonores accords d'une guitare, Gouchtchine se retourna, l'air mécontent, vers le *zampolite* :

« Jdanov, trouvez quelque chose pour occuper l'équipage!

– A vos ordres! salua Jdanov qui bondit hors de

la salle de contrôle et tomba aussitôt sur un groupe de matelots inoccupés qui avaient organisé des courses de cafards dans le couloir :

– Cessez! Tous à la préparation politique! Tous! »

Et de la semelle de sa chaussure d'officier, il écrasa trois cafards-recordmen, dont « Reagan », la fierté du torpilleur Routchkine, une bête qui avait gagné de nombreux prix.

« Pourquoi écraser " Reagan ", camarade *zampolite*? demanda Routchkine, les larmes aux yeux.

– Je vais t'en flanquer un, moi, de " Reagan "! Attends un peu quand on sera rentrés à terre! File plutôt au travail! »

Et pendant que le groupe de scaphandriers descendu de l'U-300 forait le fond marin des côtes suédoises, les matelots au repos répondaient sans hésitations ni murmures aux questions sévères du *zampolite* Jdanov :

« Mécanicien Zakharov, comment le peuple soviétique répond-il aux tentatives des forces agressives de l'impérialisme pour s'assurer la suprématie militaire sur l'Union soviétique?

– « En réponse aux tentatives des forces agressives de l'impérialisme pour s'assurer la suprématie militaire sur l'Union soviétique, débita aussitôt le mécanicien Zakharov, qui connaissait le discours d'Andronov par cœur, nous maintiendrons notre capacité défensive au niveau nécessaire pour assurer efficacement la sécurité de notre pays et de toute la communauté socialiste. »

– Assieds-toi. Torpilleur Routchkine, qu'arriverait-il à notre planète sans la politique fermement pacifique de l'Union soviétique?

– « Sans la politique fermement pacifique de l'Union soviétique, répondit Routchkine en se levant à son tour, notre planète aurait depuis longtemps été victime d'une catastrophe irréparable. » C'est ce qu'a déclaré le 22 avril le camarade Andronov à la séance solennelle tenue au Kremlin en l'honneur du cent douzième anniversaire de Lénine. Et il a ajouté : « La politique étrangère pacifique de « l'Union soviétique et sa lutte pour la vie et « l'épanouissement de toute l'humanité ont joué et « jouent de nos jours un rôle énorme pour épargner à l'humanité une catastrophe nucléaire. »

Jdanov adressa à Routchkine un regard satisfait.

A l'extérieur du sous-marin, à douze mètres de cette séance de préparation politique, la fraise en diamant continuait à grignoter le territoire suédois : deux mètres... deux mètres et demi... trois mètres...

6

Stavinski était allongé dans sa cabine. Les mains derrière la tête, il regardait fixement le plafond métallique. Les dernières heures de présence de l'U-300 dans les eaux suédoises étaient en train de s'écouler. S'il ne se risquait pas à fuir maintenant, une autre possibilité pouvait ne pas se présenter. Le général Andronov, nouvellement nommé au secrétariat du Comité central, veillait personnellement au programme de fabrication des sous-marins de poche montés sur chenilles et, avec son appui, Benjer n'aurait pas besoin d'un an mais seulement de quelques mois pour les fabriquer : les meilleurs ingénieurs de l'Institut maritime étaient maintenant affectés à ce programme. Une grosse tête avait même proposé de munir la quille de ces sous-marins d'une sorte de queue de poisson en caoutchouc, afin d'effacer les traces de chenilles sur le fond marin... Oui, lorsque ces sous-marins de poche télécommandés seraient mis en exploitation, les plongeurs-foreurs ne seraient plus obligés de quitter le sous-marin mère et la dernière possibilité de fuite disparaîtrait alors...

Stavinski se leva et se rendit dans la cabine du navigateur. C'était à côté, derrière la cloison... Pendant que le navire était posé au fond, l'officier navigateur qui n'avait rien à faire composait une liste de prénoms masculins et féminins : sa femme devait accoucher une semaine plus tard et tout l'équipage prenait maintenant une part active au choix du prénom du futur garçon ou de la future fille du navigateur. Dès leur prochaine liaison radio avec la terre, le navigateur avait l'intention de câbler les noms, masculin et féminin, qui avaient finalement été retenus par l'équipage. Lorsque Stavinski ouvrit la porte de sa cabine, le navigateur se leva, comme il est d'usage devant un général, mais Stavinski lui fit paresseusement le geste de rester assis.

« Camarade général, lui demanda le navigateur que torturait ce travail de Sisyphe, ne pourriez-vous pas me suggérer un joli prénom féminin? »

Stavinski haussa les épaules puis sourit tristement :

« Virginia.

– Comment? demanda le navigateur.

– Virginia, répéta Stavinski. C'est un prénom américain... »

Puis il demanda au navigateur, comme une chose sans importance :

« Au fait, quel temps fait-il au-dessus?

– Calme plat, camarade général. Vent de force 0,5, au maximum.

– Et près de l'île Muskö, c'est la tempête?

– Il y a trois jours, quand nous avons établi le contact radio, les bulletins météo étaient mauvais. Mais nous nous en fichons bien, ici! Sous l'eau, personne n'aura le mal de mer!

– Bien vu... », répondit rêveusement Stavinski qui pensa que c'était très probablement à cause de cette tempête que David Mac Kerry n'avait pas réussi à louer un simple petit bateau de pêche. Il n'y avait en tout cas pas d'autre explication à la présence insistante de ce chalutier au large de l'île Muskö. Mais si ce chalutier continuait à rester planté au même endroit, l'E.M.G. n'autoriserait pas le sous-marin à s'approcher de l'île.

Le capitaine Gouchtchine jeta un coup d'œil par la porte.

« Camarade général, dit-il à Stavinski, le forage est terminé... »

Devant ses subordonnés, Gouchtchine vouvoyait toujours Stavinski, quoiqu'ils fussent depuis longtemps passés au « tu » :

« ... Nous allons maintenant procéder à l'installation d'Emma, poursuivit-il. Les monteurs s'apprêtent à sortir. Vous voulez les accompagner? »

Gouchtchine était visiblement content de lui : il avait mené le navire très proprement sur la cote, les foreurs avaient fait leur travail avec une grande classe et il ne restait plus qu'à procéder à la dernière phase de l'opération. Stavinski, lui, décidait en ces quelques minutes de son destin.

« J'y vais! » déclara-t-il enfin.

C'était pour cela, à proprement parler, qu'il avait accompagné l'expédition : veiller à la bonne installation d'Emma. Sans cela sa participation au voyage serait apparue à un observateur comme une promenade dénuée de sens, et son refus de sortir avec les monteurs comme de la couardise. Il pouvait bien sûr remettre sa sortie à la seconde cote, celle de l'île

Muskö, mais qui savait si l'on donnerait le feu vert à la deuxième cote ou si l'on enverrait le sous-marin dériver dans les eaux internationales en attendant que le chalutier suédois quittât les parages de l'île? Peut-être même les renverrait-on à terre, et dans ce cas... Non, Oparkov ne le laisserait pas participer à une seconde expédition.

« J'y vais! » répéta-t-il.

Et il s'en fut changer de vêtements dans sa cabine.

7

Bas de laine fine... Bas de grosse laine... Culotte de laine... Deux gros chandails de laine et un passe-montagne en laine. Ouvrant le double fond de sa bouteille Thermos, Stavinski tira de sa cachette les trois petites cassettes contenant les microfilms. Il les colla avec du sparadrap contre son bras gauche, un peu en dessous de l'aisselle. Une combinaison légère maintenant, par-dessus les vêtements chauds. Bon. Cela avait l'air d'aller... Regardant une dernière fois sa cabine, Stavinski fit demi-tour et sortit rapidement dans le couloir. Pendant ce temps, dans le compartiment des torpilles de la partie avant qui venait d'être « asséché », les monteurs mettaient déjà leurs scaphandres. Stavinski vit avec étonnement que le *zampolite* faisait de même. Depuis que Stavinski l'avait visé avec une bouteille, Jdanov avait bien pris soin de ne plus se montrer à lui et évitait toute occasion de le rencontrer... Et soudain... Stavinski adressa à Gouchtchine un regard interrogateur...

« Le *zampolite* a décidé de jouer les héros..., dit-il en haussant les épaules.

– Annulation, dit calmement Stavinski.

– Comment cela, annulation? » explosa Jdanov, rouge et révolté par de tels propos.

Et, sans plus se gêner, il adressa à Stavinski un regard dénué d'aménité.

« C'est ainsi. Annulation de la sortie du *zampolite* Jdanov, répéta Stavinski avec l'autorité que lui donnait son grade. Vous ne vous êtes pas entraîné.

– J'ai quarante-neuf heures d'expérience de travail sous l'eau, s'indigna-t-il. J'ai fait des sorties dans l'Atlantique ct l'océan Glacial Arctique!

– Je n'y étais pas. Otez votre scaphandre! ordonna Stavinski. En outre, on ne discute pas les ordres des supérieurs! »

Et il se libéra le cœur lorsque Jdanov eut ôté son scaphandre :

« Garde à vous! lui ordonna-t-il. Demi-tour! Pour sortir du compartiment des torpilles, en avant, marche!

– A vos ordres! fit Jdanov d'une voix mauvaise et sèche en saluant avant de sortir, blême, du compartiment.

– Tu es dur..., remarqua Gouchtchine, visiblement mécontent. Fais attention, il va t'envoyer une de ces « charrettes » à la direction politique...

– Je réponds devant l'Etat-Major général du succès de l'opération et je n'ai pas besoin de surprises », dit Stavinski en enfilant son scaphandre.

De lourdes chaussures à semelles de plomb retenues par des pinces, une ceinture lestée de plomb, un sac à dos avec deux ballons d'oxygène, une autre ceinture avec les instruments de montage, un couteau à cran d'arrêt et le projecteur porté sur la poitrine, avec son accumulateur. Deux matelots de service aidaient le général à s'équiper. A côté, dans les autres tubes lance-torpilles, des monteurs étaient déjà couchés et prêts à la sortie. Une minute plus tard, le même Raïzman, chef de la section « mines-torpilles », mit en marche les compresseurs. Les fins tuyaux de caoutchouc tendus jusqu'aux scaphandres des plongeurs se gonflèrent et Stavinski sentit la pression atmosphérique augmenter dans son scaphandre en comprimant tout son corps. Il expira de toutes ses forces pour se « nettoyer le nez ».

La pression augmentait. Quelque chose de lourd et de puissant semblait s'être abattu sur tout le corps de Stavinski, étiré qu'il était dans le tube lance-torpilles. « Respirer! s'ordonnait-il. Respirer! »

Il sentit enfin que l'augmentation de la pression avait cessé. Il remua un bras, commuta sur son flanc la soupape de passage à l'alimentation autonome par le mélange oxygéné produit par son sac à dos. Puis il donna trois coups brefs avec le manche de son couteau contre le revêtement du tube lance-torpilles. Et aussitôt il entendit dans son casque la voix joyeuse du capitaine Gouchtchine : « Alors, les amis? Tout le monde respire? » puis la réponse du monteur en chef :

« Nous respirons, camarade commandant! »

Stavinski se représenta mentalement les opérations : Gouchtchine était déjà à son poste de contrôle central, il était passé à la liaison radio, c'était donc que le processus de submersion allait commencer.

Lentement, très lentement, pouce par pouce, il vit s'écarter les vérins sur le flanc du sous-marin et la lourde et froide eau de la Baltique s'engouffrer par la fente dans le sombre compartiment des torpilles.

Stavinski comptait mentalement les secondes : « Huit... neuf... dix... onze... » Sous ce décompte palpitait une seconde idée : peut-être ne valait-il pas la peine de s'enfuir? Peut-être était-il préférable de rentrer en Russie et d'y vivre avec Galina Oparkova de la luxueuse vie des généraux? C'était folie que de tenter de s'enfuir de là, à une telle profondeur. Même s'il parvenait vivant à la surface, il ne ferait pas deux milles à la nage dans ce lourd scaphandre et serait aussitôt rattrapé par les monteurs-grenouilles...

« Sergueï Ivanovitch, entendit-il dans son casque, comment vous sentez-vous?

– En pleine forme! » se força-t-il à répondre au capitaine, avec autant d'entrain que cela lui fut possible.

Le monteur en chef faisait entre-temps son rapport à Gouchtchine :

« Remplissage au quart... à cinquante pour cent... »

Stavinski entendait lui aussi ces chiffres dans son casque. Lorsque le niveau de l'eau atteignit le milieu de son dos, il fit un gros effort pour vaincre le poids de son sac à dos et se pencha vers ses chaussures dont il défit, sur chacune d'entre elles, deux des quatre pinces retenant les lourdes semelles de plomb. S'il se décidait en fin de compte à s'enfuir, il serait ensuite plus aisé de défaire les pinces restantes.

Un nouvel ordre de Gouchtchine retentit dans le casque :

« Ouverture du compartiment tribord des missiles! »

« Gouchtchine se dépêche quand même un peu trop, il a la trouille, pensa Stavinski. Il fait sortir Emma avant que les monteurs n'aient atteint le fond. Bah! ce n'est pas de la hâte, il veut simplement gagner du temps... »

Le deuxième compartiment des missiles s'ouvrait pendant ce temps, sur la droite du sous-marin. Et les énormes crics pneumatiques soulevaient à nouveau une plate-forme à la rencontre des eaux qui déferlaient. Sur celle-ci se dressait l'épouvantable invention de l'académicien Benjer : les différents éléments, longs chacun d'un mètre, de la matrice énergétique, pionnière de l'arme sismologique soviétique.

8

Le fond du golfe de Botnie était effectivement sale, pollué, avec de vieux tonneaux métalliques, des boîtes de conserve et autres cochonneries toutes recouvertes de vase. Aux profondeurs compactes et opaques où se trouvaient les plongeurs, seul le puissant projecteur qu'ils portaient à la poitrine était capable d'éclairer leur route, mais pas au-delà de deux ou trois mètres.

Sur le chantier où avait lieu la pose de la grille énergétique, il faisait par contre beaucoup plus clair. La masse assez considérable qui était posée sur le chantier rappelait un petit puits de forage pétrolifère. La machine-outil était surmontée de quatre projecteurs fixes de grande puissance alimentés par le générateur du sous-marin. Ces projecteurs éclairaient toutes les emprises du chantier, ce qui permettait aux monteurs de travailler sans obstacle, au fur et à mesure qu'ils laissaient descendre dans le puits les éléments successifs, longs d'un mètre, de la matrice. Leurs gestes étaient lents, précis, longuement répétés.

Stavinski voyait disparaître l'un après l'autre dans le puits ces éléments porteurs de mort. Qui plus est, il les tirait lui-même, avec les autres plongeurs, du sous-marin en direction du chantier. Quatrième élément... cinquième... sixième...

Dans les pauses faites au cours du travail, Stavinski relevait la tête, remontait même un peu en appuyant ses semelles au fond et restait un certain temps en état d'apesanteur, les yeux fixés sur l'épaisseur aqueuse qui le séparait de la surface. Mais cette eau épaisse couleur de plomb était totalement opaque. On était à près de cent mètres de profondeur et fuir vers le haut représentait un acte totalement absurde. Même s'il ne montait pas d'une traite, mais par paliers, en se libérant successivement du sac à outils, des semelles de plomb, de l'accumulateur du projecteur et des autres objets pesants, et même si les monteurs occupés à leur travail ne remarquaient pas immédiatement sa disparition, il ne réussirait pas à nager jusqu'à la côte dans une eau aussi froide, surtout alourdi par le scaphandre. A quoi bon même y penser!

Un froid mortel pénétrait son corps, malgré le scaphandre réchauffé de l'intérieur par un système spécial branché sur l'accumulateur. Le fond de la mer lui aussi était mort : on n'y voyait ni poissons ni végétation. Le nombre des éléments de la colonne énergétique diminuait rapidement : plus que trois, plus que deux... Bientôt les monteurs installeraient le dernier, puis refermeraient le puits avec un mélange hermétique absorbant les ondes électromagnétiques, pour que les services de reconnaissance sismique de la marine suédoise ne puissent pas détecter l'emplacement des matrices.

Ensuite, une fois scellée l'entrée du puits, les monteurs ramèneraient l'énorme foreuse au compartiment de gauche des missiles et...

Et soudain ce fut l'imprévu. Les quatre projecteurs du chantier s'éteignirent au même instant, ainsi que les moteurs de la foreuse. La voix de Gouchtchine, autoritaire mais visiblement inquiète, se fit entendre dans les casques des monteurs et celui de Stavinski :

« Arrêtez tous les travaux! Eteignez les projecteurs pectoraux! Débranchez l'interphone et restez immobiles là où vous êtes! Un navire passe au-dessus de nous! »

Les projecteurs portés par les monteurs s'éteignirent aussitôt. Dans un silence exemplaire et une obscurité totale, le sous-marin restait couché sur le fond marin, tous ses moteurs débranchés, afin de ne pas trahir sa présence par le moindre son métallique ou mécanique. Il ressemblait en cette minute à un énorme poisson qui se fût tapi à l'affût au fond de l'eau.

Et Stavinski comprit soudain que c'était sa chance! Un navire passait au-dessus d'eux? Pas un yacht ni un bateau de pêche, pour lesquels Grouchtchine ne se serait pas donné la peine d'interrompre la pose, mais un gros navire. Peu importait lequel! Suédois, japonais, canadien, c'était le salut! En tout cas, sa dernière chance à lui, qui déciderait de tout! Il n'était plus obligé de nager jusqu'à la côte, ni de se laisser remonter en catastrophe, tel un bouchon, ce qui équivalait pratiquement à un suicide. Dans une obscurité aussi parfaite, avec l'interphone qui était débranché, personne ne remarquerait maintenant sa disparition et il se passerait une vingtaine de minutes, sinon une demi-heure avant que Gouchtchine n'eût la certitude que le navire s'était suffisamment éloigné et qu'il n'en dissimulait pas un autre dans son sillage. Et qui sait s'il n'y en avait pas effectivement un second? C'était peut-être une caravane marchande? Le salut! Ils le recueilleraient à sa remontée et Gouchtchine ne se risquerait pas à le faire rechercher, de peur d'être découvert!...

Toutes ces pensées passèrent en un tourbillon dans le cerveau de Stavinski qui, le moment d'après, s'éloignait déjà du chantier de montage et des autres plongeurs. Encore un pas... un autre... Une couche d'eau épaisse et glauque le séparait déjà d'eux mais il ne se hâtait pas de remonter. Doucement! Lui qui avait déjà été enterré deux fois de son vivant, dans le New Jersey sous son propre nom et quelque part à Moscou sous le nom de Robert Williams, il échapperait, échapperait obligatoirement à une troisième mort!

Tout se passait bien. Il était déjà à une dizaine de mètres de distance. Il fallait maintenant se débarrasser des pinces métalliques retenant encore ses semelles de plomb.

A peine les eut-il détachées que la pression de l'eau se mit à l'expulser brutalement de son sein. Il fit un bond d'une dizaine de mètres en état d'apesanteur, après quoi il s'arrêta : le lourd sac à outils, le sac à dos avec l'accumulateur et la ceinture lestée de plomb arrêtèrent son ascension, mais dans une position stupide : la tête en bas. Il fallait se débarrasser d'extrême urgence du sac à outils!

Mais la fermeture de la ceinture retenant le sac ne voulait pas céder. Stavinski se mit alors à jeter hors du sac les différents outils : clefs de serrage, à molettes, à mâchoires mobiles... Il se sentait continuer à monter, mais l'essentiel restait à faire : défaire les fermetures de la ceinture de l'accumulateur et de la ceinture lestée de plomb. Ces serrures étaient si dures qu'aucun plongeur ne pouvait les défaire sans être aidé par un de ses camarades. Et pendant ce temps sa tête se remplissait de sang, il avait de plus en plus de mal à respirer. Le couteau! Stavinski retira le cran d'arrêt de son fourreau et se mit à tenter de cisailler la ceinture de cuir aux boules de plomb. Ne pas se dépêcher, surtout, faire des gestes précis! Il lui suffisait de donner par maladresse un coup de couteau dans le scaphandre et c'était la mort : l'eau remplirait aussitôt le scaphandre.

A peine eut-il tranché la courroie que la pression de l'eau le projeta à nouveau vers le haut. Il n'eut même pas le temps d'écarter les bras, de modifier la position de son corps : il fut entraîné comme dans un ascenseur express. Sa respiration s'arrêta, son cœur trembla. Seigneur, arrête ma remontée, sans quoi je vais avoir une embolie gazeuse, avec le sang qui se mettra à bouillir, les vaisseaux qui vont se boucher! Arrête-moi, Seigneur!

Stavinski s'arrêta. L'ascension se réduisit d'elle-même et il resta suspendu dans l'eau, retenu au fond par le sac contenant les ballons de mélange oxygéné et l'accumulateur de son projecteur pectoral.

Happant l'air à petites goulées, Stavinski reprit son souffle. Son cœur retrouvait lentement son rythme normal. Il aurait été curieux de savoir de combien il avait remonté! L'eau était plus claire autour de lui; un banc de petits poissons jaillit de part et d'autre de lui. Des poissons! Cela signifiait qu'il ne se trouvait plus très loin de la surface. Souffler un bon coup, s'adapter à cette profondeur ou bien risquer un nouveau bond? Naturellement, il aurait fallu s'adapter, demeurer à ce niveau au moins dix minutes, et même vingt, mais le navire risquait de s'éloigner pendant ce temps-là! Les hommes du sonar avaient sûrement détecté le navire au moment où il s'approchait du sous-marin, calculé sa trajectoire et en avaient déduit qu'il passerait au-dessus d'eux, ou tout près d'eux. Mais Stavinski ignorait, lui, à quelle vitesse il se déplaçait et à quel moment il serait au-dessus de lui.

Et soudain... Seigneur! Quelle était cette énorme masse qui avançait au-dessus de lui, sur la gauche? C'était lui, le navire, le salut! Il risquait de ne pas arriver à temps!

Et oubliant tout ce qu'il savait sur la maladie des caissons, sur l'embolie gazeuse, l'ivresse des profondeurs et les risques vasculaires, Stavinski se mit à trancher avec son couteau la courroie de l'accumulateur. Et soudain il sentit ce qui avait glacé son cœur d'un mauvais pressentiment : une légère piqûre, sous une de ses côtes, causée par son propre couteau. Des bulles d'air passèrent aussitôt devant la cloison vitrée de son masque : c'était l'air qui s'échappait de la partie centrale de son scaphandre. L'instant d'après, il sentit l'anneau de fer de la pression de l'eau enserrer sa poitrine et arrêter son souffle. Une partie du scaphandre avait perdu sa flottabilité et Stavinski était maintenant entraîné vers le bas, avec cette pression circulaire glaciale qui s'exerçait avec toujours plus de force et de cruauté autour de sa cage thoracique. Et sans plus respirer ni lutter contre la fatalité de la mort stupide, il comprit clairement, tout en perdant conscience, que sa fin était arrivée...

Ce sont des bêtises et des mensonges, des racontars d'écrivains bien installés dans leurs fauteuils et qui n'ont jamais été à deux doigts de la mort, lorsqu'on nous dit que l'homme à l'article de la mort voit soudain défiler en pensée toute sa vie. A une seconde, à une fraction de seconde de la mort, il n'y a rien d'autre dans le cerveau de celui qui meurt que le désir de survivre. Et même lorsqu'il comprend clairement que c'est la fin, même lorsque sa volonté brisée et sa conscience crépusculaire ordonnent à son organisme de se rendre, la conscience biologique de chacun de ses membres, programmée par Dieu le Père en personne pour l'intégralité de sa vie terrestre, continue à lutter pour la vie en dépit de son cerveau et de sa volonté. Que le lecteur me pardonne cette comparaison, peut-être un peu déplacée à un moment aussi dramatique, mais même la poule, une seconde après que la cuisinière maladroite lui a coupé la tête, même la poule bat encore des ailes et échappe parfois même aux mains de son bourreau pour s'enfuir sans tête, et parcourir les derniers mètres de son existence terrestre.

Et alors que Stavinski avait cédé à la mort et que le pesant accumulateur, le sac à dos chargé des ballons d'oxygène et le scaphandre redevenu lourd l'entraînaient vers le bas, vers les profondeurs de la tombe, et que la pression de l'eau écrasait maintenant d'un poids mortel ses côtes fragiles, les mains de Stavinski accomplirent d'elles-mêmes, inconsciemment, le geste désespéré qui lui sauva alors la vie : elles coupèrent convulsivement avec le couteau à cran d'arrêt la courroie de l'accumulateur.

Quatre secondes plus tard, Stavinski était projeté au-dessus des vagues, en plein dans les rayons du soleil couchant. Précipité environ deux mètres au-dessus de l'eau, il retomba douloureusement sur les flots agités. Il se reçut sur le dos, violemment, tandis que le sang s'était mis à lui couler du nez en raison de la grande différence de pression. Mais il était vivant, vivant!

Et tout en s'étouffant sous le masque avec son propre sang, en perdant connaissance à cause de la douleur dans le dos, en sentant à travers son scaphandre éventré la froideur glaciale de l'eau de la Baltique, le cran d'arrêt désormais inutile convulsivement serré dans le poing droit, Stavinski vit à quarante mètres de lui passer majestueusement le *Viking*, paquebot océanique d'un blanc immaculé aux nombreux ponts éclairés de lanternes, un bateau suédois qui effectue des croisières autour de la Baltique en s'arrêtant pour une journée à Stockholm, aux îles Aland, à Helsinki, Leningrad, Riga et Gdansk.

Stavinski leur fit un faible signe de la main et balbutia quelques syllabes de sa bouche ensanglantée. Sa conscience en déclin lui faisait croire qu'il faisait de grands signes et criait à pleine voix en direction du navire.

Mais son casque hermétique ne laissait passer aucun son.

Sur le paquebot, pendant ce temps, la musique déversait ses flonflons. On dansait sans s'en faire, à l'arrière des deux ponts principaux tandis que, dans le grand salon, commençait le spectacle du soir. Tout en haut, clignant leurs yeux à cause du soleil descendant mais qui ne se couchait pas complètement à cette époque des « nuits blanches », des hommes et des femmes dénudés aux nez fragiles protégés par des cônes de carton étaient encore assis ou allongés. Tous ces Américains, tous ces Français, ces Canadiens, ces Suédois, ces Brésiliens, ces Japonais et Dieu sait encore qui, tous ces touristes occupés à ne rien faire voguaient vers l'Est et savouraient déjà en esprit l'enrichissement culturel que leur procureraient les galeries de tableaux de l'Ermitage ou les spectacles du ballet Kirov, et le plaisir qu'ils auraient à déambuler dans les petites rues exotiques de la vieille Riga.

Juste en dessous d'eux, au fond du golfe de Botnie, le sous-marin soviétique U-300 installait une arme nouvelle, sismologique, capable à n'importe quel moment, sur signal radio envoyé depuis Moscou, de détruire leurs maisons et leurs villas, leurs bureaux et leurs usines, leur vie si insouciante et si agréable. Demain ou, mettons, dans quelques mois dans le meilleur des cas, des grilles énergétiques de même type seraient posées au fond des mers autour du Japon, le long des côtes de France, d'Angleterre, d'Allemagne fédérale, des Etats-Unis...

L'homme qui portait sur lui l'avertissement susceptible de leur sauver la vie, qui possédait sous son aisselle gauche, collés avec du sparadrap, les microfilms donnant les schémas de cette arme et les cotes où elle devait être installée, cet homme les appelait à son secours, à quarante mètres seulement de leur bateau, mais sans force pour se faire voir ni possibilité d'être entendu.

Le bateau passa à côté de Stavinski et s'éloigna lentement, impitoyablement.

9

MESSAGE CHIFFRÉ

Au maréchal Oparkov, Moscou, E.M.G.
Copie au maréchal Gortchakov,
commandant en chef des forces navales

Le 1er juin à 19 h 40, au cours de l'installation d'Emma près de la presqu'île de Väddö, votre représentant le général-major Sergueï Yourychev a effectué une ascension non autorisée à la surface. Agissant conformément aux instructions ED-01, interdisant de laisser au fond de la mer tout équipement de caractère secret, nous avons interrompu d'urgence tous les travaux de montage et effectué une remontée à profondeur de périscope, achevée à 21 h 39. La mauvaise visibilité et la nuit nous ont empêchés de rechercher Yourychev. J'attends vos instructions. Gouchtchine.

MESSAGE CHIFFRÉ

Au commandant de bord de l'U-300

Retrouvez à tout prix Yourychev. Pour détourner l'attention des forces navales suédoises, notre sous-marin de service E-40 fera surface, dans la demi-heure qui vient, au nord de votre position dans le golfe de Botnie. Entrez en contact avec lui suivant le code E-2 et coordonnez vos actions. Maréchal Oparkov.

MESSAGE CHIFFRÉ

Au commandant de bord de l'E-40

Faites rapidement surface et montrez-vous afin de détourner l'attention de l'action de l'U-300. Entrez en contact direct avec son commandant suivant le code E-2 et coordonnez vos actions. Maréchal Oparkov.

MESSAGE CHIFFRÉ

Au maréchal Oparkov, Moscou, E.M.G.

Le corps du général Yourychev a été repéré flottant aux environs de l'île d'Arholma, prêt à entrer dans la grotte d'un fjord. Impossible de procéder aux opérations de récupération du corps en raison de la présence d'hélicoptères suédois. Gouchtchine.

EXTRAITS DES ARTICLES DE PRESSE ET COMMUNIQUÉS D'AGENCES

Stockholm, 5 juin 1982

Les forces navales et aériennes suédoises continuent à essayer d'intercepter le sous-marin non identifié qui a été repéré dans le golfe de Botnie, au nord de la mer Baltique. Les officiers de trois postes d'observation ont découvert la présence de ce sous-marin le 2 juin au nord du chenal de soixante pieds, à l'extrémité sud du golfe de Botnie. Un deuxième sous-marin non identifié a été découvert par des marins et par les installations radar, cent milles plus au sud...

Stockholm, 8 juin 1982

Les hélicoptères de la marine jettent des bombes en profondeur dans la zone où doit se trouver le sous-marin non identifié, afin de le forcer à faire surface avant qu'il ne quitte les abords de l'île de Väddö. Près de cent avions, hélicoptères et navires garde-côtes font en tout la chasse aux deux sous-marins non identifiés qui ont pénétré dans les eaux territoriales suédoises.

« Cela fait déjà six ou même sept sous-marins étrangers qui se sont montrés dans nos eaux depuis qu'un sous-marin soviétique s'est échoué sur un haut-fond à proximité de Karlskrona, en octobre 1981, a déclaré Emil Svensson, commandant en chef de la marine suédoise. C'est étrange et inhabituel. Nous ne comprenons absolument pas ce dont ont besoin les sous-marins étrangers dans nos eaux territoriales. »

MESSAGE CHIFFRÉ

Au commandant de bord de l'U-300

Quittez rapidement les eaux suédoises. Coupez les liaisons radio. Maréchal Oparkov.

EXTRAIT DES ARTICLES DE PRESSE
ET COMMUNIQUÉS D'AGENCES (suite)

Stockholm, 11 juin 1982

Un représentant du ministère suédois de la Défense a déclaré que les recherches concernant les deux sous-marins non identifiés seraient poursuivies pendant encore au moins une semaine et que les forces armées suédoises bloqueraient l'entrée du golfe de Botnie tant qu'elles n'auraient pas la certitude que les sous-marins en question ont bien quitté les eaux territoriales suédoises.

EXTRAIT DE LA CORRESPONDANCE SECRÈTE DE L'E.M.G. DE L'ARMÉE SOVIÉTIQUE

Au général-lieutenant	
V. Fédortchouk,	*urgent, top secret,*
Président	
du K.G.B. de l'U.R.S.S.	*par courrier spécial*

Les sous-marins U-300 et E-40 ont quitté les eaux territoriales suédoises et se dirigent vers leur base de Baltiïsk.

Suite à vos indications personnelles, tous les travaux d'installation d'Emma auprès des côtes suédoises ont été interrompus jusqu'à ce que la lumière ait été faite sur les circonstances de la tentative de fuite à l'étranger de mon adjoint pour les recherches stratégiques, le général Sergueï Ivanovitch Yourychev.

Je vous fais parvenir une enveloppe trouvée dans le coffre-fort de service du général Yourychev et qui m'était adressée. Comme l'indique le message autographe du général Yourychev trouvé dans l'enveloppe (ainsi que les aveux de ma fille qui y sont annexés), des motifs strictement privés ont été la cause de la fuite du général Yourychev. Quoïque cela ne justifie en rien l'acte criminel du général Yourychev, il y a lieu d'espérer que le général Yourychev a accompli sa tentative de fuite de manière impulsive et solitaire, sans avoir contacté auparavant de services étrangers. Comme le général Yourychev a disparu, on peut espérer que l'ennemi ne dispose pas de renseignements concernant le projet Emma.

Avec mes respects,

Maréchal de l'Union soviétique N. Oparkov,
Chef de l'E.M.G. de l'armée soviétique.

Annexe : *enveloppe contenant un message du général Yourychev et des déclarations de Galina Yourychéva-Oparkova.*
Moscou, 11 juin 1982

COMITÉ DE SÉCURITÉ DE L'ÉTAT DE L'U.R.S.S.
Moscou, 2 place Dzerjinski

Au maréchal de l'Union soviétique *top secret*
N. Oparkov, chef de l'Etat-Major *urgent*
général de l'armée soviétique

... La présence d'un gros chalutier suédois auprès de l'île de Muskö, à la cote choisie pour l'installation d'Emma, et le maintien de cette présence pendant la durée prévue pour l'accomplissement de cette opération laissent supposer que le chalutier en question pouvait attendre en cet endroit votre gendre, le traître et ex-général-major Yourychev.

Je vous demande de me remettre sans retard en mains propres la liste complète des personnes liées au projet Emma, ainsi que celle des personnes avec lesquelles votre gendre, l'ex-général-major S. Yourychev, peut avoir été en relations en dehors du service.

Je vous demande parallèlement de renforcer au maximum les mesures de secret entourant la mise au point de notre arme stratégique sismologique d'un nouveau type.

Général-lieutenant V. Fédortchouk,
Président du K.G.B. de l'U.R.S.S.
Moscou, 11 juin 1982[1]

1. C'est ici que s'interrompt la première édition du roman, publié en anglais (*Submarine U-137)* en 1983 aux éditions Quartet Books, à Londres. *(N.d.T.)*

ÉPILOGUE

COMITÉ DE SÉCURITÉ DE L'ÉTAT DE L'U.R.S.S.
Moscou, 2 place Dzerjinski

Au camarade Igor Fiodorovitch Dmitriev, *top secret*
Chef du département des Industries
de défense du Comité central
du Parti communiste de l'Union soviétique.

... Après avoir effectué une étude approfondie des circonstances de la fuite de l'ancien général-major S. I. Yourychev, adjoint du chef d'Etat-Major général de l'armée soviétique pour les recherches stratégiques et responsable des projets hypersecrets Emma et Emba, les organes du K.G.B. ont établi ce qui suit :

Au mois de juin 1981, S. Yourychev a subi un choc profond lié à l'infidélité de sa femme et au suicide de son fils... Dissimulant les véritables raisons du suicide de son fils, S. Yourychev est resté assez longtemps dans un état de dépression et, pendant son congé régulier d'octobre 1981, s'est même jeté en état d'ébriété du train Kirov-Moscou. Sa chute a causé chez lui une commotion cérébrale entraînant une complète perte de mémoire (amnésie rétrograde). En raison de l'urgence des travaux à effectuer pour réaliser le projet Emma, S. Yourychev a été autorisé à quitter l'hôpital avant l'achèvement de son traitement et n'a été soumis à sa sortie à aucun examen psychiatrique. Ces faits laissent à penser qu'à cette période S. Yourychev était encore en état de dépression, avec des phénomènes résiduels de perte de mémoire... Ses collègues affirment qu'après le suicide de son fils et sa propre commotion cérébrale, son caractère s'était profondément transformé... L'assistant pour les questions politiques Vassili Jdanov et le capitaine du sous-marin U-300 Piotr Gouchtchine ont témoigné qu'au cours de l'expédition S. Yourychev avait abusé des spiritueux.

... Tous ces faits, ainsi qu'une série de confirmations indirectes (dépositions de la femme de S. Yourychev, dépositions de la serveuse de restaurant Tatiana Loguina, sa dernière concubine, dans la ville de Baltiïsk) donnent lieu de supposer que le général S. Yourychev a effectué son acte de trahison en état de stress, dans le cadre de sa profonde dépression mentale et des restes de son traumatisme cérébral.

Un contrôle soigneux de toutes les personnes ayant eu des contacts avec le général S. Yourychev, des membres de l'Etat-Major général au fils du secrétaire du C.C. du P.C.U.S. Ilya Andronov, exclut que ces derniers aient été liés à des services de renseignements occidentaux.

Selon les conclusions de nos agents en poste en Suède, le chalutier suédois qui se trouvait au large de l'île Muskö du 25 mai au 7 juin avait eu une panne de moteur et était occupé à le remettre en état. Le corps du général Yourychev a disparu dans une grotte et a visiblement coulé.

Les agents du K.G.B. de l'U.R.S.S. et de la Direction centrale des renseignements de l'armée soviétique infiltrés dans l'appareil de la C.I.A. et des autres services de renseignements occidentaux nous ont informés qu'aucune des centrales occidentales n'a été mise au courant du projet Emma...

... Je recommande d'achever dans les délais les plus brefs la « guirlande suédoise » par la pose d'Emma auprès de l'île de Muskö, comme il avait été décidé par le projet. Il est en outre souhaitable d'expérimenter les deux versions de sous-marins de poche du nouveau type se déplaçant au fond des mers tant sur chenilles que par hélice.

Général-lieutenant V. Fédortchouk,
Président du K.G.B. de l'U.R.S.S.

Moscou, 20 septembre 1982

EXTRAITS DES ARTICLES DE PRESSE ET COMMUNIQUÉS D'AGENCES

Stockholm, 5 octobre 1982

Les hélicoptères et navires suédois effectuent des recherches intensives pour retrouver le sous-marin inconnu repéré vendredi dernier 1er octobre à trois cents yards de la base navale située dans la zone de l'île Muskö, à vingt milles seulement au sud de Stockholm.

Stockholm, 6 octobre 1982

Un représentant des forces navales suédoises a déclaré que le sous-marin étranger qui a fait irruption dans les eaux territoriales suédoises appartenait selon toute vraisemblance à l'Union soviétique. Il affirme que le sous-marin a été pris au piège dans le golfe du Horsfjärden, à dix milles de son débouché dans la mer Baltique. Les navires et hélicoptères suédois prennent toutes mesures pour l'obliger à faire surface. La base militaire de Muskö est une base stratégique navale suédoise. Les installations radar qui y sont implantées maintiennent sous surveillance la côte est du pays, qui fait face à l'Union soviétique. Une partie des ouvrages relevant en propre des forces navales est située pro-

fondément sous l'eau à l'intérieur d'un réseau de grottes destinées à fournir un abri fiable en cas d'attaque atomique. Pour l'Union soviétique, cette base a une importance stratégique essentielle car elle donne à longueur d'année un débouché sur l'Atlantique libre de glaces, essentiel en cas d'opérations militaires. Selon les plans de l'O.T.A.N., les Occidentaux comptent, en cas de guerre, clouer la flotte soviétique de la Baltique sur ses bases en l'empêchant de se déployer dans l'Atlantique.

Stockholm, 7 octobre 1982

Environ quarante navires de guerre et dix hélicoptères suédois sont actuellement concentrés dans la zone du golfe de Horsfjärden où l'on estime que se trouve le sous-marin étranger qui a pénétré dans les eaux territoriales suédoises. Tout le golfe du Horsfjärden est enserré des deux côtés par des filets et des câbles. Les hélicoptères suédois attaquent avec des bombes en profondeur le sous-marin dont on pense qu'il est tapi au fond du golfe...

Stockholm, 8 octobre 1982

Comme l'a déclaré le commandeur Sven Karlsson, représentant officiel des forces navales suédoises, le sous-marin a effectué une tentative pour échapper au piège et déboucher dans les eaux libres de la Baltique. Cette tentative se serait mal terminée : le sous-marin se serait heurté à des obstacles en acier et aurait été chassé grâce à des bombes en profondeur. Selon le journal Dagens Nyheter, *le sous-marin aurait été endommagé et serait actuellement couché au fond à une profondeur de deux cent trente pieds aux environs du village d'Arsta Havsbad. L'infanterie de marine suédoise est prête à appréhender l'équipage du sous-marin s'il se risque à remonter à la surface. Le sous-marin doit disposer de réserves d'air ne dépassant pas cinq jours.*

New York, 8 octobre 1982

L'auteur de ce livre a eu quarante-quatre ans. Il a fêté cet évènement relativement peu important en se remettant à La Substitution. *Il avait commencé à écrire ce livre en novembre 1981, aussitôt après l'apparition de l'U-137 à Karlskrona, mais son travail a dû être interrompu d'avril à octobre 1982 par le travail harassant que lui demanda à cette époque le roman* Une place vraiment rouge. *Le jour de son anniversaire, l'auteur a fait connaître à la télévision suédoise les véritables raisons de la pénétration de sous-marins soviétiques dans les eaux territoriales suédoises, mais sa déclaration, tout comme l'annonce tout aussi véridique qu'il venait d'avoir quarante-quatre ans, n'a pas été publiée.*

Stockholm, 9 octobre (*U.P.I.*)

Consciente qu'il en allait de son prestige, la marine suédoise s'est fixé pour but d'obliger à tout prix le sous-marin à faire surface.

Stockholm, 12 octobre 1982

Le général Lenkart Lyng, commandant en chef des forces armées suédoises, a effectué une déclaration d'où il ressort que le sous-marin fautif semble avoir quand même réussi à échapper à ses poursuivants et à regagner l'espace libre de la mer Baltique.

Moscou, 11 novembre 1982 (*Tass*)

Le maréchal de l'Union soviétique Léonide Ilyitch Brejniev, secrétaire général du Parti communiste de l'Union soviétique, président du présidium du Soviet suprême de l'U.R.S.S., président du Conseil de défense de l'U.R.S.S., a succombé hier à un brusque arrêt du cœur.

Moscou, 12 novembre 1982 (*Tass*)

Le plénum du Comité central du Parti communiste de l'Union soviétique, réuni en séance extraordinaire, a élu à l'unanimité le camarade Andronov Guéorgui Sergueïévitch au poste de secrétaire général du Comité central du Parti communiste de l'Union soviétique.

Sanaa, 14 décembre 1982 (*Tass*)

Le fort tremblement de terre qui s'est produit hier au Nord-Yémen aurait fait, selon les chiffres officiels, environ six cents victimes. Le plus grand nombre de victimes et de destructions a été relevé dans la province de Dhamar. Onze localités ont été entièrement détruites, près de quatre-vingts gravement endommagées.

(Notons qu'aucune agence de presse n'a remarqué que l'agence télégraphique soviétique Tass avait été la première à communiquer l'annonce du tremblement de terre au Nord-Yémen [non communiste] et la première à fournir des chiffres précis concernant les destructions.)

Kaboul, 16 décembre 1982

L'Afghanistan a été ce matin victime d'un fort tremblement de terre. Les stations sismologiques ont enregistré des secousses d'une force de 6,3 sur l'échelle de Richter, avec un épicentre dans les contreforts de l'Hindu-Kush, à environ cent soixante kilomètres au nord de la capitale afghane, dans des régions de forte concentration des insurgés anticommunistes afghans. Les secousses ont également affecté la région de Peshawar, au Pakistan, où sont regroupés des camps de réfugiés ayant fui le régime communiste en place en Afghanistan.

Taipei, 17 décembre 1982

Un tremblement de terre d'une force de 6,5 sur l'échelle de Richter a été enregistré ce matin à Taiwan. On attend des précisions sur les dégâts enregistrés...

Washington, 14 février 1983

Deux vaisseaux de guerre soviétiques sont apparus soudain à cinquante milles de l'estuaire du Mississippi. Ces deux vaisseaux, un croiseur lanceur d'engins et une frégate, font partie d'une flottille militaire soviétique forte de quatre bâtiments qui, depuis le 25 novembre, croise dans la mer des Caraïbes. L'un de ces bâtiments est un sous-marin à moteurs électriques permettant de travailler sans bruit dans les eaux peu profondes.

Stockholm, 26 avril 1983

La Commission gouvernementale spéciale constate dans son rapport que, dans la zone de la base navale de Muskö, deux types de sous-marins soviétiques de dimensions extrêmement petites ont opéré en octobre de l'année passée. Construits pour se déplacer sur les fonds marins, ces sous-marins de poche étaient accompagnés de sous-marins porteurs de taille ordinaire. Les opérations des sous-marins soviétiques avaient, affirme le rapport, un caractère stratégico-militaire. Le Premier ministre suédois Olof Palme a remis à l'ambassadeur soviétique à Stockholm une note de protestation énergique.

Copenhague, 26 avril 1983

Hans Engell, ministre danois de la Défense, a déclaré que les sous-marins soviétiques du nouveau type étaient capables de pénétrer dans le port de Copenhague sans être repérés.

Oslo, 27 avril 1983

Sven Strei, ministre norvégien des Affaires étrangères, a déclaré à la télévision de son pays que les violations par l'Union soviétique des eaux territoriales suédoises suscitaient en Norvège une profonde inquiétude.

Stavanger, 27 avril 1983

La flotte et l'aviation norvégiennes ont entrepris des recherches pour retrouver deux sous-marins étrangers aperçus par hasard par des hommes-grenouilles dans le Hardangerfjorden, à cent kilomètres au sud de Bergen, la principale base navale norvégienne.

Moscou, 27 avril 1983 (*Tass*)

La campagne antisoviétique en cours concernant de prétendues « violations » par les sous-marins soviétiques des eaux territoriales suédoises a pour but de détériorer les relations entre nos deux pays.

Sundsvall, 28 avril 1983

Les forces navales et aériennes suédoises ont entrepris de rechercher deux sous-marins de poche soviétiques qui se sont à nouveau infiltrés dans les eaux territoriales de ce pays.

Oslo, 4 mai 1983

Les recherches concernant les deux sous-marins non identifiés aperçus au sud de la base navale de Bergen ont été abandonnées. La marine et l'aéronavale norvégiennes ont fait exploser sans résultat des bombes en profondeur au cours de ces recherches pour essayer de forcer les sous-marins à faire surface.

Moscou, 7 mai 1983 (*Izvestia*)

Le but du charivari antisoviétique en cours en

Norvège est de faire oublier la politique pacifique de l'Union soviétique.

Sundsvall, 10 mai 1983

Le haut commandement suédois a décidé d'interrompre les recherches concernant les deux sous-marins. Les bombes en profondeur précédemment larguées n'ont pu forcer les sous-marins à faire surface. On pense donc que les sous-marins de poche ont réussi à s'échapper des zones de recherches.

Moscou, 11 mai 1983 (*Tass*)

Il est hors de doute que les déclarations infondées et inconsistantes du gouvernement suédois, ainsi que les prises de position de personnalités officielles concernant la menace que des sous-marins soviétiques feraient peser sur ce pays apportent de l'eau au moulin des forces qui ont depuis longtemps commencé à attaquer massivement le processus de la détente.

Moscou, 12 mai 1983 (*deuxième programme de la radio de l'U.R.S.S.*)

Le présidium du Soviet suprême de l'U.R.S.S. a envoyé au roi de Suède Charles XVI Gustave un télégramme de vœux à l'occasion de la fête nationale suédoise et souhaité beaucoup de bonheur à l'amical peuple suédois.

POSTFACE

L'auteur doit immédiatement confesser au lecteur qu'il hait les postfaces. Surtout lorsque, après avoir terminé son roman, un écrivain s'efforce d'achever de dire dans une postface ce qui n'a pas été explicité de manière satisfaisante dans le cours du livre proprement dit. C'est comme si, au cinéma, le metteur en scène ou le scénariste bondissaient vers l'écran à la fin de chaque séance et s'adressaient en ces termes au public : « Chers spectateurs! Attendez pour enfiler vos caoutchoucs! Je désire vous expliquer de quoi parle ce que vous venez de voir!... »

Les lois du métier d'écrivain sont sévères : ou bien l'on a raconté dans son livre tout ce que l'on voulait raconter, ou bien l'on est un mauvais écrivain.

Et cependant, au risque de me faire une mauvaise réputation, je dois achever mon livre en lui ajoutant quelques lignes. De plus, je dois avouer que je ne suis nullement l'auteur de ce livre, en ce sens que ce n'est pas moi qui ai inventé l'arme sismologique, les matrices énergétiques que l'on installe dans des puits forés au fond des mers, pas plus que les sous-marins de poche chenillés et autres gadgets techniques, toutes inventions que le lecteur peut croire empruntées au domaine de la science-fiction pure et simple. Elevé dans le réalisme socialiste le plus strict, ancien auteur des scénarios de sept films soviétiques, je suis absolument incapable d'inventer quoi que ce soit de fantastique.

Quel est donc l'auteur de cette fiction? Mais y a-t-il vraiment fiction?

Avant d'émigrer en octobre 1978, j'étais en U.R.S.S. un écrivain de cinéma assez connu. Je ne dis pas cela pour me vanter, mais pour que le lecteur comprenne que l'auteur de ces lignes entrait dans le cercle étroit de l'élite cinématographique soviétique, laquelle a parfois accès à des sphères plus étroites encore d'où le Soviétique moyen est exclu, et aussi accès à des sources d'information qui ne pénètrent pas la presse soviétique. C'est ainsi que le Comité pour les affaires du cinéma auprès le Conseil des ministres de l'U.R.S.S. organise régulièrement des séminaires et conférences privés au cours desquels, outre la projection de films « bourgeois » interdits en U.R.S.S. tels que *Le Dernier Tango à Paris* ou *Huit et demi*[1], les metteurs en scène et scénaristes de cinéma soviétiques ont l'occasion de rencontrer des responsables de haut niveau de leur pays. Le but de l'opération est de garder l'élite cinématographique soviétique au courant des événements réels se déroulant dans leur pays ou dans le monde. Par exemple, le camarade Sverdlov, frère du premier président de l'Etat soviétique et conférencier au Département international du Comité central du P.C.U.S., vient raconter avec assez de franchise quels sont les objectifs de la politique de l'U.R.S.S. au Proche-Orient, en Afrique et dans d'autres parties du monde. Le ministre de la Métallurgie parle du travail des métallos et prie les cinéastes de consacrer un film à l'héroïque labeur des ouvriers-fondeurs. Le chef de la P.J. d'Union soviétique vient plaider pour un film sur la milice et les instructions criminelles. Un représentant du ministère de l'Agriculture est venu un jour nous demander de célébrer au cinéma le

1. Ce dernier film avait pourtant obtenu, pour la façade, le grand prix du premier festival du cinéma organisé à Moscou! *(N.d.T.)*

labeur des trayeuses afin d'attirer des jeunes à cette profession et d'élever le niveau de production du lait en U.R.S.S.

C'est au cours d'un séminaire de ce type qu'il me fut donné en mars 1978 d'écouter à Bolchévo, où se trouve la Maison de création de l'Union des cinéastes (j'y ai passé les plus belles années de ma vie), un représentant de la Direction politique de l'armée soviétique, un général-major dont le nom était quelque chose comme Pavliouk ou Pavlioutchenko. J'ai oublié son nom exact et le poste qu'il occupait, mais je me souviens que c'était quelqu'un de très important, le numéro deux ou trois de la Direction politique de l'armée. Par contre j'ai gardé un souvenir très précis de son discours. Il était venu persuader les cinéastes de faire une série de films sur l'armée soviétique : tankistes, serveurs de missiles, etc. Il accordait une importance particulière aux jeunes officiers et aux officiers du génie. La raison de sa venue était que, depuis déjà pas mal d'années, la jeunesse soviétique se trouve fort peu attirée par la profession militaire, surtout les jeunes gens à vocation technique qui n'ont guère le désir de consacrer leur talent à des découvertes utiles à l'armée. Mais, nous disait le général, si vous montriez dans vos films sous un angle romantique la vie d'officier, ainsi que la possibilité de créer des nouveaux types d'armes... Et il nous parla alors des quatre types d'armes stratégiques nouvelles, ou comme il nous dit alors d'« armes absolues », qui étaient alors à l'étude, en 1978, dans les laboratoires de recherches de l'armée. L'une de ces armes était l'arme sismologique, sous l'aspect que j'ai décrit dans ce livre. Ce général nous dit alors ceci :

« Les problèmes théoriques pour créer l'arme sismologique ont été résolus. Il suffit d'enterrer des batteries de grande puissance, que nous appelons « grilles énergétiques » et qui seront susceptibles, sur signal radio reçu de nous, de provoquer des tremblements de terre directionnels sur une distance de quatre cents kilomètres à partir des points de déploiement. Ces tremblements de terre, dans les zones strictement définies par nous, détruiront tous les silos balistiques de l'adversaire et tout son réseau de communications : eau, énergie, téléphone, etc. A la suite de ce qui apparaîtra comme une calamité naturelle, nos troupes pourront entrer sur le territoire ennemi et apporter à la population en détresse des vivres, de l'eau, de l'électricité, même des plats chauds de nos cuisines de campagne, et naturellement l'aide médicale. Et la population reconnaissante nous accueillera avec des fleurs, comme les Tchèques accueillaient l'armée soviétique à Prague en 1945... »

Un des scénaristes demanda alors comment il était possible de transporter les « grilles énergétiques » sur le territoire ennemi afin de les y déployer, ce à quoi le général répondit en riant que, dès que serait résolu le problème technique consistant à « empaqueter » ces énormes batteries sous des formes plus réduites, il ne serait plus nécessaire de les transporter sur le territoire de l'adversaire : il suffirait de les installer à proximité du territoire ennemi à l'aide de sous-marins...

C'est tout. Nous ne lui avons pas demandé de détails techniques sur ce projet car aucun d'entre nous ne tenait à obtenir le droit d'accès à des secrets militaires, droit qui lui aurait automatiquement ôté celui d'obtenir des visas pour l'étranger. J'ai oublié assez rapidement cette conférence, quoique l'idée de l'arme sismologique eût alors fait sur moi une très forte impression, en particulier l'astuce remarquable permettant d'occuper pacifiquement, sous prétexte d'aide humanitaire, le territoire de l'adversaire où nos victimes, ignorant que nous sommes à l'origine de leurs malheurs, nous accueilleraient encore avec des fleurs...

J'ai émigré, comme je l'ai dit plus haut, en octobre 1978. En octobre 1981, le sous-marin U-137 s'est échoué sur un haut-fond à quelques milles seulement de la base navale suédoise de Karlskrona. Je me suis alors rappelé la conférence faite par ce général et me suis dit : « Nom d'un chien ! Et si l'U.R.S.S. avait résolu pendant ce temps le problème de la miniaturisation du moyen de transport de ces grilles énergétiques ? » Et je me suis mis à écrire un roman, *La Substitution*, en pensant honnêtement que ce que j'écrivais relevait au moins pour moitié de la science-fiction.

Mais pendant que j'écrivais ce roman et que mon héros Stavinski se contentait, dans les premiers chapitres, de trouver le moyen d'entrer en U.R.S.S., les sous-marins soviétiques ont commencé à se montrer de plus en plus fréquemment dans les eaux suédoises, puis italiennes, puis auprès des côtes américaines, à l'embouchure du Mississippi. Et il ne s'agissait encore que des sous-marins qui avaient été remarqués, repérés. Combien y en avait-il encore eu qui n'avaient pas été détectés ? Bref, ce qui au début du roman avait semblé à l'auteur n'être qu'une hypothèse fantastique se mit avec le temps à revêtir des contours de plus en plus réels et effrayants. Surtout lorsque les Suédois se sont enfin aperçus que les sous-marins de poche soviétiques, telles de grosses puces de mer, rampaient sous leur nez, au fond de leurs mers, dans leurs fjords et à quelques milles seulement de Stockholm. La réalité devint alors si proche de ma fiction que je dois avouer que je me suis senti carrément mal à l'aise. Diable, pensai-je, est-il possible que les Suédois n'aient pas encore compris que ces sous-marins de poche ne disparaissaient nullement de leurs eaux territoriales ? Ces grosses puces télécommandées s'infiltrent dans leurs fjords à faible distance de leurs bases militaires (et pas seulement des bases militaires suédoises, mais aussi des bases militaires de *tous* les pays de l'O.T.A.N.) et, bourrées d'armement sismologique, y restent tapies dans l'attente d'un signal radio envoyé par Moscou !

Et même si l'on suppose que l'arme sismologique décrite dans mon livre demeure une simple hypothèse théorique à la limite de la science-fiction, qu'est-ce qui empêche les Soviétiques de remplir leurs sous-marins de poche de T.N.T. ou d'une charge nucléaire? Un signal radio envoyé de Moscou leur permettrait tout aussi bien de détruire avec du T.N.T. ou des bombes atomiques les bases navales suédoises, italiennes, anglaises, japonaises, américaines, etc., en particulier celles que des explosifs classiques ou nucléaires ne pourraient pas détruire par des frappes aériennes. Je ne pense pas que les Suédois se sentiraient soulagés d'apprendre qu'un de ces sous-marins de poche, enfin capturé par eux, contient non pas une arme sismologique nouvelle mais un certain nombre de tonnes de T.N.T...

Et m'étonnant moi-même de ma perspicacité, je donnai le 4 mai 1983 une interview à un correspondant de l'*Associated Press.*

« Imaginez, lui dis-je, que ces sous-marins de poche bourrés de grilles énergétiques, ou simplement de T.N.T., se sont déjà glissés dans toutes les bases navales de l'O.T.A.N., et même dans tous les ports européens, américains, japonais, etc. Que fait alors Andropov? Sachant qu'il peut à n'importe quel moment détruire l'Europe, l'Amérique, le Japon, il n'a plus qu'à proposer à Reagan n'importe quel accord de réduction des armements, de destruction des missiles intercontinentaux ou à moyenne portée, le retrait des chars soviétiques d'Europe de l'Est, et ainsi de suite. Il apparaîtra immédiatement aux yeux de l'opinion publique mondiale comme un ardent défenseur de la paix... »

Le correspondant d'A.P. s'éloigna avec, dans les yeux, de la méfiance à l'égard de ce nouvel émigré russe qui voulait effrayer l'Occident avec la menace soviétique.

Deux heures plus tard, j'allumai mon poste de télévision et vis le visage de Youri Vladimirovich Andropov qui effectuait, précisément ce jour-là, une nouvelle « proposition pacifique » concernant la réduction du nombre des ogives nucléaires en Europe.

Un de mes amis me dit ce soir-là :

« Ecoute! Si tes livres se rapprochent autant de la réalité, n'écris rien, je t'en prie, sur la Troisième Guerre mondiale. »

Je promets solennellement aux lecteurs de ne jamais rien écrire sur la Troisième Guerre mondiale, la fin du monde, l'invasion des extraterrestres et autres désagréments susceptibles de troubler l'existence paisible que nous menons en Occident.

Edward Topol, 14 mai 1983.

Table

DU MÊME AUTEUR

en collaboration avec Fridrich Neznansky

UNE DISPARITION DE HAUTE IMPORTANCE, 1983.
UNE PLACE VRAIMENT ROUGE, 1983.

IMPRIMÉ EN FRANCE PAR BRODARD ET TAUPIN
Usine de La Flèche (Sarthe).
LIBRAIRIE GÉNÉRALE FRANÇAISE - 6, rue Pierre-Sarrazin - 75006 Paris.

ISBN : 2-253-04117-3 30/7514/0